华侨大学生活哲学研究中心资助

间文化·泛文学·全媒介

金惠敏　王福民　主编
刘玲华　执行主编

中国社会科学出版社

图书在版编目（CIP）数据

间文化·泛文学·全媒介／金惠敏，王福民主编．—北京：中国社会科学出版社，2019.4

ISBN 978－7－5203－3852－3

Ⅰ．①间…　Ⅱ．①金…②王…　Ⅲ．①文化研究—世界—文集②文学理论—文集　Ⅳ．①G112－53②I0－53

中国版本图书馆 CIP 数据核字(2018)第 292211 号

出 版 人　赵剑英
责任编辑　刘志兵
特约编辑　张翠萍等
责任校对　冯英爽
责任印制　李寡寡

出　　版　中国社会科学出版社
社　　址　北京鼓楼西大街甲 158 号
邮　　编　100720
网　　址　http://www.csspw.cn
发 行 部　010－84083685
门 市 部　010－84029450
经　　销　新华书店及其他书店

印　　刷　北京明恒达印务有限公司
装　　订　廊坊市广阳区广增装订厂
版　　次　2019 年 4 月第 1 版
印　　次　2019 年 4 月第 1 次印刷

开　　本　710×1000　1/16
印　　张　24.25
插　　页　2
字　　数　376 千字
定　　价　98.00 元

凡购买中国社会科学出版社图书，如有质量问题请与本社营销中心联系调换
电话:010－84083683

前　言

为弘扬理论的社会品格，推进理论自身的研究，中国社会科学院文学研究所理论室与北京外国语大学《外国文学》编辑部、华侨大学（厦门）生活哲学研究中心于2016年12月9—12日在北京崇文门饭店联合举办“当前中外文论争议问题”学术研讨会。有感于学界其时流行的对理论的误解和放弃，我们在会议邀请函中特别写道：

> 有人说如今是“理论之后”或“后理论”的时代，理论已经黯淡了其在20世纪的“短”辉煌，人们终于可以不带那沉重的理论罗盘而轻松地到远方去旅行、去吟诗、去歌舞了。但事实是，随着全球化的不均衡发展、新媒介技术对社会活动的拆解和重构，老的问题不仅没解决，新的问题更层出不穷。当社会需要理论的时候，理论不应躲避起来，唱衰理论乃至抛弃理论就是回避责任和担当。

我们设置的议题主要包括：中国理论的世界责任，迪伦获奖之后纯文学概念的危机，世界文学与世界主义，文学理论与文学批评的关系，文化研究与批判理论的关系，媒介生态学与文学研究的关系，英国文化研究伯明翰学派的遗产，当代文论中的伦理关切，等等。

两三年时间过去了，其间新现象、新问题和新关切不断涌现，层层叠叠，但我们当年的理论担忧和议事日程好像不仅没有绝尘而去，无影无踪，且又盛装以新的披挂卷土重来，逼近目前，并加剧以新的紧迫性。

本论文集多数篇章来自那次会议的论文和后来修订增补的会议发言稿。在阅读和编辑这些文章的过程中，我们逐渐认识到会议的关键词乃是间文化、泛文学、全媒介，于是以为书名，画龙点睛。

如果“世界文学”只是意味着文学的同质化、一体化，那么“间文化”则是对这样的“世界文学”概念的更新。“间文化”一方面承认文学的民族性，另一方面也认为民族性不是一个自我封闭的概念，而是一个自我呈现且呈现于他人的交流和对话的概念。“泛文学”要求回到文学的初始状态，要求承认文学的社会性、大众性和能动性（agency）。文学原本就流淌在生活的血脉之中，是现代性的纯文学概念完成了文学的审美自觉，但这同时也是自绝于“生活世界”（胡塞尔），将文学和审美变成了笛卡尔心物二元论的附庸。在现代人那里，似乎日常经验根本就不具备真实性之品格，而只有伽利略从日常经验中抽象出来的几何学才是放之四海而皆准的真理。跟从这一信念，文学不再是生活的反映，而是真理的映现，依附于抽象的真理和教条而苟且偷生。[①] 海德格尔早就警告过，“美学”的诞生就是艺术的死亡![②]“全媒介”是媒介发展的当代现实，媒介无处不在，媒介无所不（替）代（如人工智能），其中的意义虽有待更深入的阐发，但我们也已经知道，全媒介是对人的感官的全部征调，就此而言，麦克卢汉对媒介的美学研究范式值得借鉴。再进一步说呢，对美学的媒介研究可能吗？理论家或无明确意识，但一些艺术家早就从展示心理内容转向展示物质媒介了，即探索媒介的象征链接的无限可能。另外，图文之争是否可能在全媒介的视域下偃旗息鼓？毫无疑问，一种崭新的媒介研究范式正在召唤着我们，尽管它还不是十分清晰。

出版该论文集既是一种历史留痕，雪泥鸿爪，但更是一种历史的延伸，历史不会白白地发生，期待我们当时的讨论话题能够在不断变化的语境中继续深入和拓展下去，并取得新的进展。

最后，要向参加那次会议的所有朋友暨本论文集的所有作者表示衷心的感谢，没有大家的积极参与和鼎力支持，就不可能有那次激情燃烧、面红耳赤、回味悠长的争辩，也不会有这本与时俱进、时尚大气、开辟未来的论集。北外《外国文学》杂志选发了若干会议论文，我们视之为对会

① 参见胡塞尔《欧洲科学危机和超验现象学》，张庆熊译，上海译文出版社 2005 年版，第 78 页。

② 参见海德格尔《林中路》，孙周兴译，商务印书馆 2015 年版，第 73 页。

议的高规格支持，作者们也一定是心存感激。相信我们还会有新的、更有意义的合作机会，我们同在一个学术共同体！

金惠敏　王福民　刘玲华
2019 年 3 月 17 日

目　录

第一编　新夷夏之辨研究

第二编　日常生活研究

第三编　媒介文化研究

第四编　马克思主义的当代议题

第一编

新夷夏之辨研究

作为话语的文化与作为生命的实践

——习近平“当代文化”和“现实文化”两个概念对于破除中西文化二元对立思维模式的意义

金惠敏*

内容提要： 在当代文化建设中，学术界长久以来局趣在一种中西二元对立思维模式之中，要么全盘西化，要么唯我独尊，在西方文化和中华传统文化之间或左右摇摆，或非此即彼。本文在对习近平“当代文化”和“现实文化”两个概念深入解读的基础上提出，只要我们坚持自己的现实本位立场，坚持古为今用、洋为中用这一“用”的原则，并且能够理解到，从使用的观点看，一切文化，无论中国自己的文化遗产还是作为舶来品的西方文化，都是资源，都是话语，那么僵硬的中西文化二元对立将涣然冰释。

关键词： 习近平　当代文化　现实文化　中西文化二元对立　话语

发展一种新的文化，例如在当前的中国，是应该以中国传统文化为出发点、为本位，还是以西方所代表的现代文化为本位、为摹本？张之洞

* 作者简介：金惠敏，中国社会科学院文学研究所理论室主任，研究员，博士生导师。

“中学为体，西学为用”的回答有大批赞同者①，而反过来说，“西学为体，中学为用”也不乏甚至吸引了同样多的追随者。前者希望把西学整合进中学，借西学以滋养和强健中学，万物皆备于我啊，而后者则试图用西学取代中学，将中国打造成另一个西方②，有敢教日月换新天的豪气！不过，若是超出两派的争执，则我们会发现它们有一共同特点，即均守持一个陈腐的“中西二元对立”模式。

最近阅读习近平总书记系列讲话，我逐渐体悟到，无论“中学为体”云云，抑或“西学为体”等等，其实都是一个伪命题，一个凭空想象出来的问题。或者说，中西二元对立仅仅存在于人们的观念之中，根本上是属于知识分子的知识与话语，是飘浮在云端、不接地气的臆想和独断。在习总书记那里，过去一切形式的二元对立纷争，真可谓，“俱往矣！”。然而由于习总书记的有关论述分散在各处，其对中西二元对立思维模式看来是十分鲜明的超越，并未引起一向闻风而动的思想界的关注和重视。甚憾，甚憾！或许，责任不在于习总书记之微言大义，需要较高的读解悟性，而在于我们那些胶柱鼓瑟的“文化”人之于中西二元对立这一思维俗套相沿成习，以至于习焉不察其问题所在罢了，这时虽有耳提面命、反复提醒，亦浑然不觉，依然故我，我自岿然不动。眼下该是我们认真反思中西二元对立思维定式的时候了！且不提时代之要求，全球化之大势，中国之崛起为世界性大国所必需的话语调整，等等，单单是从面对文本的态度上说，如果我们理论工作者不能在一个意义充盈的文本中读出其重大意义，那真是愧对我们的职业和职责了！

综合阅读习总书记多次相关论述，可以说，作为伟大的文化战略家、

---

① 塞缪尔·亨廷顿发现，面对西方现代化的冲击，非西方社会的一个回应是改良主义，准确地说，相对于全盘拒绝和全盘接受而言，是折中主义，即把现代化与本土文化的主要价值观、实践和体制结合起来，借取西方技术但坚守民族文化本位；换言之，要（器物）现代化而不要（文化）西方化。这方面亨廷顿举出的例子有中国的“中学为体，西学为用”，日本的“日本的精神，西方的技术”，以及20世纪30年代埃及的穆罕默德·阿里“不使文化过分西方化的技术现代化”的尝试。参见［美］塞缪尔·亨廷顿《文明的冲突与世界秩序的重建》（修订版），周琪等译，新华出版社2009年版，第53页。

② 亨廷顿也注意到日本和中国的全盘西化论，其立论的依据是：“现代化是可望的和必要的，本土的文化与现代化不相容，必须抛弃或废除；为了成功地实现现代化，社会必须完全西方化。现代化和西方化相互加强，而且必须相辅相成。”参见同上书，第52页。

时代的精神舵手，他已经为我们明白无误、毫无歧义地指出了中西二元对立的不可能，并昭示了走出此二元对立之困局的康庄大道。

一 “当代文化”和“现实文化”作为实践着的接受主体

在纪念孔子诞辰 2565 周年国际学术研讨会暨国际儒学联合会第五届会员大会开幕会（2014 年 9 月 24 日）上，习总书记提出了两个看似波澜不惊但实有平地起雷效果的两大概念，一是“当代文化”，一是“现实文化”。初览，它们悄然掩映在一贯如此表述的字里行间；但旋即，只要我们想及长久以来困扰着我们的那个中西文化二元对立，即带着问题来展读，它们顿时便闪亮起来。我们先看他是如何谈及“当代文化”的：

> 对人类社会创造的各种文明，无论是古代的中华文明、希腊文明、罗马文明、埃及文明、两河文明、印度文明等，还是现在的亚洲文明、非洲文明、欧洲文明、美洲文明、大洋洲文明等，我们都应该采取学习借鉴的态度，都应该积极吸纳其中的有益成分，使人类创造的一切文明中的优秀文化基因与**当代文化**相适应、与**现代社会**相协调，把跨越时空、超越国度、富有永恒魅力、具有**当代价值**的优秀文化精神弘扬起来。[①]（注：黑体为引加者）

这里令人拍案叫绝之处当然不是领袖号召人们学习借鉴人类所创造的一切文明，取其精华，去其糟粕。从马克思到列宁，从列宁到毛泽东，那些砸烂旧世界、开辟新天地、创造新文化的伟大领袖们，在创造新文化方面，一直是如此这般地口授秘诀的。对于既往的或其他民族的即一切的人类文化，即便是作为其斗争对象的资本主义文化、封建主义文化，他们也从来都是一分为二地、有辨别地萃取和利用的。例如列宁对于那些企图创造纯

① 习近平：《在纪念孔子诞辰 2565 周年国际学术研讨会暨国际儒学联合会第五届会员大会开幕会上的讲话》（2014 年 9 月 24 日），《人民日报》2014 年 9 月 25 日第 2 版。此文以下简称“孔诞”，采取随文夹注形式。

而又纯的无产阶级文化的人就曾严厉地告诫说："无产阶级文化并不是从天上掉下来的，也不是那些自命为无产阶级文化专家的人杜撰出来的。如果硬说是这样，那完全是一派胡言。无产阶级文化应当是人类在资本主义社会、地主社会和官僚社会压迫下创造出来的全部知识合乎规律的发展。"① 他将马克思和马克思主义作为批判继承并从而创新人类文化遗产的典范："凡是人类社会所创造的一切，他都有批判地重新加以探讨，任何一点也没有忽略过去。凡是人类思想所建树的一切，他都放在工人运动中检验过，重新加以探讨，加以批判，从而得出了那些被资产阶级狭隘性所限制或被资产阶级偏见束缚住的人所不能得出的结论。"② 领袖们的谆谆教诲早已写进了教科书，我们一遍又一遍地诵读，化为我们的基本话语、态度和习惯。对于古代文化遗产和外国文化，我们不是列宁所批评的"无产阶级文化专家"，我们很辩证，我们知道应该怎么做。但是，对于我们这些执行批判地汲取古代文化遗产和外国文化这一任务的人，即对于我们自身究竟是什么，我们由什么所构成，却被不经意间忽略了，似乎就不存在这一问题似的。说明白点儿，我们行动着，我们专注于我们的行动，而对于行动着的我们/主体却无暇返观和反思。习总书记将我们的注意力来了个 180 度的大反转，即从行动转向行动者，转向行动者的本质属性：作为一切人类知识的接受主体，我们代表的是"当代文化"，我们的位置是"当代"，我们站在"当代"这个位置上，面对、协商和筛选人类文化成果；因而也完全可以断言，作为接受主体的我们就是"当代"人，就是"当代文化"。

需要进一步究问，这个"当代文化"的本质又是什么呢？或者，"当代文化"是由何物所构成的呢？"当代文化"这个接受主体在接受过程中究竟会发挥怎样的作用呢？我们暂不回答这些问题，而先来阅读习总书记提出的又一相类的概念，"现实文化"：

> 优秀传统文化是一个国家、一个民族传承和发展的根本，如果丢掉了，就割断了精神命脉。我们要善于把弘扬优秀传统文化和发展**现**

---

① 《列宁全集》第 39 卷，人民出版社 1986 年版，第 299 页。

② 同上。

> **实文化**有机统一起来，紧密结合起来，在继承中发展，在发展中继承。
>
> 传统文化在其形成和发展过程中，不可避免会受到当时人们的认识水平、时代条件、社会制度的局限性的制约和影响，因而也不可避免会存在陈旧过时或已成为糟粕性的东西。这就要求人们在学习、研究、应用传统文化时坚持古为今用、推陈出新，结合**新的实践**和**时代要求**进行正确取舍，而不能一股脑儿都拿到今天来照套照用。要坚持古为今用、以古鉴今，坚持有鉴别的对待、有扬弃的继承，而不能搞厚古薄今、以古非今，努力实现传统文化的创造性转化、创新性发展，使之与**现实文化**相融相通，共同服务以文化人的时代任务。（《孔诞》）（黑体为引者加）

显然，“现实文化”与“传统文化”之分就是在文化上的古今之别：“传统文化”是古代文化，而“现实文化”则是前文所指论的“当代文化”。诚然，在语义上，现实与当代不完全相同，当代是时间概念，现实是一种存在或存在样态，是具体的人和事，是人之作用于外界（自然和社会）的过程和结果。但当代亦非空洞的时间，现实就在其间，而且正是由于现实之充塞其间，我们才似乎看到了时间的形象，因为时间不过是事物的变化，没有事物的变化便没有时间。而现实也必须在时间中展开，现实包含着时间这一维度。正是因为有了时间，现实才是活的现实，动态的现实。

不言而喻，所谓“当代”和“现实”或者说“当代现实”就是在时间中铺开的人类实践生活，是人的欲望和梦想的伸张与实现过程，或者用马克思的话说，是“人们自己创造自己的历史”① 的伟大的实践过程。这一实践过程的特点是它必须在前人的基础上即有条件地进行：“他们并不是随心所欲地创造，并不是在他们自己选定的条件下创造，而是在直接碰到的、既定的、从过去承继下来的条件下创造。一切已死的先辈们的传统，像梦魔一样纠缠着活人的头脑。”② 人们只能在历史语境中创造历史对象，而这也就是说实践在本质上就是积累性的、文化性的，或者简单地

① 《马克思恩格斯文集》第2卷，人民出版社2009年版，第470页。

② 同上书，第470—471页。

说，实践即文化。因而只要人们说到“当代”“现实”也就说的是“当代文化”和“现实文化”了。“当代”的特点是共时性，意味着古往今来人类一切文明成果的会聚，会聚于当前的时刻，并在相互的作用中一起呈现出来，构成我们看得见、摸得着的“现实”。反过来说，“现实”则是一切既往的东西、不在眼前的东西在时间中的“实现”和呈现于眼前，是“历史”的延续和复活，是“他者”的移/异地而生。

这也即是说，“当代文化”和“现实文化”具有实践的品格。按照马克思主义哲学的基本观点，“实践”的要义乃是人类自由自觉地改造自然和外部世界的活动，以理论为指导，赋有理论的维度。在实践上，人与动物区别开来。人类是实践的主体，是文化的主体，因而回到我们前面的问题，当作为“当代文化”和“现实文化”的接受主体面对其传统文化和外来文化时，这一主体的任务就是把历史上的文化和异域的文化——我愿意称之为外在的文化，或者，对象性的文化——实践出来，实现出来。如果不嫌尖刻和偏激，那实在也可以说，在作为“当代文化”和“现实文化”的我们这一理性主体面前，无论中国传统文化还是西方文化都不过是供我们随意取用的一堆没有生命、没有自主性的材料，它们是外在性的和对象性的文化，必须接受“当代”“现实”带有为理论所导向的检验、拣选和使用。也正是在这一意义上，即在理性的和显性的实践或文化面前，如前所引，习总书记要求我们“学习、研究、应用传统文化”，要求我们“结合新的实践和时代要求进行正确取舍”，要求我们“古为今用、以古鉴今，坚持有鉴别的对待、有扬弃的继承”。对待传统文化，我们有能力这样做，能够古为今用，因为在这里我们是能动的积极主体，而传统文化则是我们能动主体施加作用的被动客体。

在自由自觉地实践着的、秉持“古为今用”宗旨的“当代文化”“现实文化”即接受主体面前，作为“服务”（《孔诞》）性的、被使用的中西文化将不再呈现对立的状态。“对立”的意思是必须自立，立得住，站得稳，脚下有一坚实的基地。中国传统文化没有这样的基地，其基地已经随历史的演进而漂移；西方文化也没有这样的基地，它们已近脱离了本土，漂洋过海，悬浮在中国的大地之上。因而无论中国传统文化或者西方文化，相对于中国当代现实文化来说，都是一种理论性的、话语性的存在。如果有人坚持它们之间的二元对立，那也只能说这种对立是话语之间的对立，而这样的对立，对于材料使用者而言，不过就是营养的差异而已。比如说一份早餐，其中有鸡蛋、牛奶、西红柿、生菜、坚果、烤面包，这些食材之间当然是有差异的，但对于用餐者来说，它们都是其营养源，没有什么对立可言。只有在顶天立地的主体之间才有对立，才有主体间性。在被作为外在对象的材料之间不存在什么对立。因而那些株守于中西文化二元对立的人实际上就是教条主义者、本本主义者、唯心主义者，死抱着教规、条文、理念而全然忘记了脚下的真实的大地。

历史传统之于当代的、现实的传承者而言乃是作为一种话语和观念，具有外在性、客体性，因而具有被选择性；外来文化之于立足于当代的、现实的大地的接受者而言亦复如是。它们之间的距离是理论与实践的距离，观念与现实的距离，材料与使用之间的距离。正是由于这种距离，历史的传承者和外来文化的接受者在面对历史和外来的时候具有了回旋的余地，考量的余地，选取或拒绝的余地。马克思举过一个特别有意思的例子，我以为讲的就是这种情况：

> ……例如，毫无疑问，路易十四时期的法国剧作家从理论上构想的那种三一律，是建立在对希腊戏剧（及其解释者亚里士多德）的曲解上的。但是，另一方面，同样毫无疑问，他们正是依照他们自己艺术的需要来理解希腊人的，因而在达西埃和其他人向他们正确解释了亚里士多德以后，他们还是长时期地坚持这种所谓的“古典”戏剧。……①

法国剧作家之所以能够自由地处置古希腊戏剧以及亚里士多德的阐释，这种自由甚至能够达到肆无忌惮于历史真实的地步，其原因不过就是：第一，接受者是活人，他们的生活，他们的需要，他们的欲望，是第一位的。第二，古典遗产则是第二位的，是死的，是“木乃伊”，如庄子所言，是活的作者所留下的死的“糟粕”，是无法内化的书本知识。某种文化一旦成为遗产，它也就成了一种知识、一种话语。现实不能移动，而反映其需要的文化观念、学说则是可以被传播、被借鉴、被挪用的。

---

① 《马克思恩格斯全集》第30卷，人民出版社1974年版，第608页。

马克思非常形象生动地描述过那些挪用古典遗产的人："他们战战兢兢地请出亡灵来为自己效劳，借用它们的名字、战斗口号和衣服，以便穿着这种久受崇敬的服装，用这种借来的语言，演出世界历史的新一幕。"[①] 马克思继续揭露说，资产阶级这些人是"穿着罗马的服装，讲着罗马的语言来**实现当代的任务**（黑体为引者加），即解除桎梏和建立现代**资产阶级**社会"[②]（原文黑体）。在此我们不想陷入历史细节的烦琐考证，我们感兴趣的是马克思再次为我们演示了遗产被从其生产者身上剥离出来而成为一种可资使用材料的转化过程。

这当然不独是资产阶级的做法，而是遗产之被激活和使用的通例与通则。我们知道，列宁就曾提醒："只有确切地了解人类全部发展过程所创造的文化，只有对这种文化加以改造，才能建设无产阶级的文化。"[③] 对于发展中国特色的哲学社会科学来说，也同样需要创造性地使用一切人类优秀文化资源，最近习总书记强调了其中三个方面的资源：马克思主义，中华优秀传统文化，以及国外社会科学积极成果，并要求我们以解决中国实际问题为目的来"**融通**古今中外各种资源"。[④] 我以为，**"融通"**就是**对各种资源的去语境化和再语境化，消除其独立性和生命体征，使之"资源化"**，服务于马克思所谓的"当代的任务"，从而赋予其新的生命和命运。

二 除为理性所界定外，实践或文化同时也是一种本能冲动或物质行为

为了凸显作为实践的"当代文化"和"现实文化"在"融通"传统文化和外来文化资源上的积极能动作用，以上我们只是讲述了其作为接受主体的理性化方面，就此而言，一切实践都是理论的实践，话语的实践，无实践不理论，不过这只是人类实践活动的一个面向，其另一面向则是非

① 《马克思恩格斯文集》第2卷，人民出版社2009年版，第471页。

② 同上。

③ 《列宁全集》第39卷，人民出版社1988年版，第299页。

④ 习近平：《在哲学社会科学工作座谈会上的讲话》（2016年5月17日），《人民日报》2016年5月19日第2版。此文以下简称"哲社"，采取随文夹注形式。黑体为引者加。

理论或非理性。否则，历史倒真成了黑格尔的“概念”的演绎了。实践主体并非通体透明，作为理论或理性的化身，而是其中有模糊的乃至黑暗的区域，那是我们意识不到的水面下的“冰山”，是弗洛伊德的“冲动”和“无意识”，是拉康的“实在”，是叔本华的“意志”，是歌德的“魔鬼”，等等，它们不接受理论或理性的羁縻，反过来还会修改由理论或理性所预先设置的实践过程和目标。理性看起来是管制非理性的主人，而根本上说它是非理性的奴仆。这非理性其实并不神秘，它就是人类自己无法完全把握的其生命的本能和冲动，及其所显现的对于美好生活（包括物质的和精神的）的向往和追求。理性常常不能断定哪些是真实的需求，而哪些又是虚假的需求。

如同实践，文化也是一体两面，既是理性的，又是非理性的，理性为非理性服务。就其非理性方面而言，我们常常称之为“日常生活”，它被雷蒙·威廉斯作为“文化”的定义。文化从来就是人类的生存需要以及对这种需要的认可和各种形式的表征。高雅文化是这种需要的高雅表征，通俗文化是其通俗的表征。尽管其表征不同，然则在这不同表征背后的却是一样的生命奔突，盲目、无序、躁动，不过又总是趋向明晰、纲纪和淡然，即我们日日所见的日常生活的样态。日常生活的变化或文化的变化在形式上显示为表征的变化，而根本上则是生命本身的逼迫和驱使。文化史归根结底乃是人类生命的外化史。可以说，正是由于其非理性或物质性方面的强劲推动、鼓噪，文化才呈现为一条流动的长河。生命不息，文化不止！

习总书记正确地描述说：“任何一种文明，不管它产生于哪个国家、哪个民族的社会土壤之中，都是流动的、开放的。”（《孔诞》）历史学家许倬云先生通过对中国历史上内外分际即“我者与他者”互动关系的长时段考察，演绎了中国文化的流动性和开放性，其结论可能有点惊世骇俗：

> 中国的历史，不是一个主权国家的历史而已；中国文化系统也不是单一文化系统的观念足以涵盖。不论作为政治性的共同体，抑或文化性的综合体，“中国”是不断变化的系统，不断发展的秩序。这一个出现于东亚的“中国”，有其自己发展与舒卷的过程，也因此不断

有不同的“他者”界定其自身。[①]

这种变化程度之巨大、之彻底竟使他忍不住要发问：“原来的‘中国’是否还存在?”[②] 的确，如果按照他的观点，“在一个领域的文化，与另一领域的文化相融合时，新的文化综合体，已不是原来任何一方的生活方式，而是另一生活方式”[③]，这里生活方式即文化，那么自久远的夷夏融合，经漫长的与周边民族的冲突和融合，特别是西方文化逐渐地反客为主，将作为“我者”的中华文化转换为“他者”，原先的“中国”是不复存在的了，甚至如有些极端论点所认为的，就其生成和不断纳入异质与变易的过程而言，单一的“中国”是否存在过也成一个问题了。当然我们未必要接受这一颇具后现代色彩的观点，但文化的变异则是一个无法否认的客观事实。

文明之所以具有流动性和开放性，其原因一方面在于文明之间的相互学习和相互促进，即习总书记所说的“文明因交流而多彩，文明因互鉴而丰富”（《孔诞》），而另一方面则在于推动这种交流和互鉴的物质性力量，即社会生产实践或生产力发展的需求。文化没有自身的发展规律，它应和着物质生活的变化而变化。在这一意义，我们倒是可以放言：文化算不得什么！文化的走向不是文化自身说了算，那是物质生活的权力范围。我们今日之文化向何处发展，不是哪一种文化说了算的，而是要由我们今日之现实来裁决。

那么，今日之现实又是什么呢？进而，这种变化了的现实需要哪一种与之相适应的文化形式呢？再者，前谓之“当代文化”和“现实文化”的具体面相是什么？习总书记告诫我们：“当代中国的伟大社会变革，不是简单延续我国历史文化的母版，不是简单套用马克思主义经典作家设想的模板，不是其他国家社会主义实践的再版，也不是国外现代化发展的翻版，不可能找到现成的教科书。”（《哲社》）这暗示，今日之现实既不是

---

① 许倬云：《我者与他者：中国历史上的内外分际》，三联书店2016年版，第2页。

② 同上书，第123页。

③ 转引自梁元生、黎明钊《江山风雨晦，长河万古流：迎第一届“余英时历史讲座”讲者许倬云教授》，载许倬云《我者与他者：中国历史上的内外分际》，第xi页。

古代现实的当代延伸，也不是西方现实的地理平移，更不是按照某种理念设计出来的模型，以及实现了的某种理念的再实现。我们为什么不能照抄、逐译各种文化资源，甚至是人类最优秀的文化成果？其根本的原因在于：我们所处身其中的现实是不同的现实，我们所从事的事业是不同的事业。“苟日新，日日新，又日新”！如习总书记所图绘，“当代中国正经历着我国历史上最为广泛而深刻的社会变革，也正在进行着人类历史上最为宏大而独特的实践创新”（《哲社》）。这是“前无古人的伟大实践”，需要新的理论，新的世界观和价值观，以及与之相匹配的新的文化形式。19世纪人曾无比自豪地宣称其已进入一个世界文学时代：“我们可以把19世纪视为世界性的文化，因为这个文化里包含了所有以往时代、所有以往民族和所有以往文化的传统。我们现在的文学也已经是世界化了的文学。”[①] 那么迈入21世纪的我们当更有资格说，我们的现实是一种世界化了的现实，我们的文化因而是一种世界化了的文化。世界文学如果不把它理解为一种绝对的同质而是一种文化间性或地方间性的话，那么全球化已经意味着它的实现。似乎愈演愈烈的文化冲突，难民危机，脱欧运动，闭关锁国（如川普的新政），不过是世界文学展开的一个变体，其实即便民族主义以及民族主义文化亦概莫能外。世界文学已经成为一个不可逆的过程，因而我们能够做的不是要或者不要世界文学，而是要怎样的世界文学，在世界文学大格局中占得一个怎样的位置。

文化的形成和发展为生命本能所决定，为物质生产所决定，为当代现实之需要所决定——以上，我们的意思是说，纵然以其非理性维度言之，“当代文化”或“现实文化”也不会屈服于那个僵死的中西二元对立壁垒的，它一“欲”孤行，为所“欲”为，不仅不听从理性的召唤，反倒还要理性顺从它的冲动。

布克哈特看出了这一点，所以其文化定义便是“精神**本能地**发展的总和”[②] ——对此，研究者的解说可能更易理解：“他认为，文化是精神发展的总和，而这里所说的精神是出于本能发生的，因而它不要求普遍的

---

① ［瑞士］雅克布·布克哈特：《世界历史沉思录》，金寿福译，北京大学出版社2007年版，第61页。

② 同上书，第51页。黑体为引加。

和强迫的认可。"① 理顺了精神与本能在文化过程中不可颠倒的次序，那么布克哈特的如下一段话也就可以读解为对我们以上论点的一个经典支持了：

> 文化与物质和精神的需求紧密相关。按照我们的理解，它包含了所有促进物质发展的因素，所有为了表达人们精神和道德生活而自发产生的东西，所有社会交际，所有技术文明，以及艺术、文学和科学。文化是处于不断发展变化的和处在自由状态的世界的整体，但它并非一定具有普遍性，因为它不是强加在人们身上的。②

布克哈特还真是难能可贵，他首先肯定了文化对物质活动的依附性，这是他讨论文化问题的前提；虽然他接着说文化还是精神和道德生活的自然流露，但如果按照他并未放弃的精英主义文化定义，即文化的最高表现形式是艺术、文学和哲学，那么返回其根本，这些高级的表达形式也就仍然可以视作物质生活需求的推动或自然生长。道德心未必跟物质生活有关，但道德规范绝对是为了一个更好的生活而制定并共同遵从的。所以我们看到，布克哈特还会于不经意间透露其对物质生活作为文化之始源的根深蒂固的坚持："当然，我们不应当在每一精神活动或者精神成果后面寻找一个物质的诱因，虽然最终确实存在这样一个物质的诱因。"③ 这种所谓的"物质"在他有时被说成是"生命"，甚至"人的灵魂深处"。例如，文化的"生长和衰落都受到一个高级的、神秘莫测的生命法则的主宰"。④生命还有法则？再如说，语言的"源头归根结底都在人的灵魂深处。不然的话，我们怎么能够教会聋哑人说话或者理解语言呢？人的灵魂深处有一种把思想转化为文字并且一次来与其他人交流的冲动"。⑤ 灵魂深处是冲动？也许用不着惊奇，伊格尔顿淡定地告诉我们，信奉本能的弗洛伊德

---

① ［瑞士］维尔纳·卡埃基：《编后记》，载雅克布·布克哈特《世界历史沉思录》，金寿福译，北京大学出版社 2007 年版，第 269 页。

② 同上书，第 25 页。

③ 同上书，第 52 页。

④ 同上书，第 54 页。

⑤ 同上书，第 52 页。

还讲过马克思的一个基本观点："人类社会的动因归根结底是一种经济的动因。"① 是的，马克思的最亲密战友恩格斯所认定的马克思的重大发现之一便是"人们首先必须吃、喝、住、穿，然后才能从事政治、科学、艺术、宗教等等；所以，直接的物质的生活资料的生产，从而一个民族或一个时代的一定的经济发展阶段，便构成基础，人们的国家设施、法的观点、艺术以至宗教观念，就是从这个基础上发展起来的"②。随后列宁也是这么说的。③

不扯远了，回到我们的本题，在**作为话语的文化与本能或经济**——再加一个词目，**实践**——之间，不是前者决定后者，而是后者决定前者。这是马克思主义的基本观点！中国古人喜欢把本能叫作自然，依此文化便是自然的延伸或升华。我们早就习惯了这样的信念："心生而言立，言立而文明，自然之道也。"④ 此"心"乃"天地之心"，与"天地并生"耳！相较于道家的"自然"，"文化"不过是派生性的和外在的东西，须服从根本性的"自然之道"。接受道家影响的海德格尔认为，文化和艺术不过是"自然"（physics）的发生和延伸。

综上所述，只要我们坚持自己的现实本位立场，坚持古为今用、洋为中用这一"用"的原则，并且能够理解到，从使用的观点看，一切文化，无论中国自己的文化遗产还是作为舶来品的西方文化，都是资源，都是话语，那么僵硬的中西文化二元对立将得以冰释。

毋庸赘言，此"用"乃感受着、谛听着当代现实脉动的伟大实践，而实践则是检验一切真理或话语命题的唯一标准。我们不偏爱任何一种资源，我们只偏爱我们自己对资源的使用，偏爱我们自己的实践，偏爱我们自己的生命活动，偏爱这生命活动为"我"之所需而展开的对各种资源

---

① 参见 Terry Eagleton, *Literary Theory: An Introduction*, 2nd ed., Minneapolis: The University of Minnesota Press, 1996, p. 131。伊格尔顿在其后来的《审美意识形态》再次提到弗洛伊德的这一马克思主义观点："所有社会，弗洛伊德以马克思的口吻说，在根本上都有着一个经济的动机。"（Terry Eagleton, *The Ideology of the Aesthetic*, Oxford: Basil Blackwell, 1990, p. 276）

② 《马克思恩格斯选集》第3卷，人民出版社1995年版，第776页。

③ 参见列宁《卡尔·马克思》"唯物主义历史观"一节，《列宁全集》第26卷，人民出版社1988年版，第57—60页。

④ 刘勰：《文心雕龙·原道》。

的实践性借用。非如此，将不能完成习总书记所要求于我们的“实现中华文化的创造性转化和创新性发展”[1]，因为离开了作为生命的实践，任何对文化遗产和外来资源的使用都不过是在头脑中的概念演绎或互文指涉罢了。要创造性转化，要创新性发展，我们必须将概念付诸实践，将文本种植于大地，也正是在这一意义上习总书记告诫文艺家们：“艺术可以放飞想象的翅膀，但一定要脚踩坚实的大地。文艺创作方法有一百条、一千条，但最根本、最关键、最牢靠的办法是扎根人民、扎根生活。”（《艺谈》）书本里长不出参天大树，大脑里结不出硕果累累，“文艺的一切创新，归根到底都直接或间接来源于人民”（《艺谈》）、来源于生活：“人民不是抽象的符号，而是一个一个具体的人，有血有肉，有情感，有爱恨，有梦想，也有内心的冲突和挣扎。”（《艺谈》）这些话是习总书记说给文艺家们听的，但同时也是说给一切思想文化工作者听的。创新不是能指的游戏，而是意指的政治。接受哪一种话语资源不重要，重要的是如何以其完成我们自己的创新性意指。

（原载《外国文学研究动态》2017 年第 3 期）

---

① 习近平：《在文艺工作座谈会上的讲话》（2014 年 10 月 15 日），《人民日报》2015 年 10 月 15 日第 2 版。此文以下简称“艺谈”，采取随文夹注形式。

学术一定要“中国”吗？

——对“中国性”的批判性思考

王　峰*

内容提要：“中国性”是目前学术界讨论比较热烈的一个概念，它表达了中国学界面对西方强势学术努力提出自己思想、发出自己声音的诉求。本文对“中国性”概念进行批判性反思，指出其中蕴含着偏激的民族情绪，过分强调它会将中国的学术研究带上一条偏颇的道路，不利于真正的学术建设。“中国性”只能保持为一种学术关怀，不能成为学术论证的基石，只有面对具体问题进行细致分析和论辩才会促进中国的学术建设。

关键词：中国性　批判思考　汉语表述

我们经常看到这样的观点：中国学术一定要立足于中国，丧失了中国这个立足点，我们就会丧失真正言说的喉舌。我们说话，但吐露的是别人的心声；我们言谈，但说的是别人的语言；我们操持概念，但那是别人的术语。所以到处是沉痛的呼声：我们失语了！这种呼声可谓沉痛至极。每一个从事学术研究的人都应该认真地思考一下这个问题，这涉及中国学术的安身立命之所。但是，如果我们不是被一种情感的力量所攫住，而是客观冷静地分析一下这个命题，我们就会产生一些疑惑：当我们说我们不知

* 作者简介：王峰，文学博士，华东师范大学中文系教授。

道如何言说自己的时候，我们是否预设了一种纯粹的、正确的言说自己的方式呢？当我们说我们所使用的概念和术语都来自西方的时候，是否预设了一种中国独有的正确而纯粹的言说方式呢？当我们说我们的经验也被西化了的时候，是否预设了一种纯粹的中国经验呢？

一种常见的回答是，作为中国人，当然要思考中国的问题，当然要使用中国独享的概念，因此我们的思考就必须基于中国独有的经验，进而铸造中国独有的言说方式。因此，我们看到诸多关于“中国性”“中华性”的谈论，高呼中国之为中国是所有学术研究必要的背景，进而，我们也看到关于“中国当下性”的论述，因为无论如何，任何学术研究都是在中国当下做出的，任何学术关怀都是当下的人们的关怀。我们都承认，一个学者应该热爱他的国家，中国的学者应该热爱中国，这股爱国激情应该横亘在我们的胸中，应该是我们（至少是某部分人）的基本生存准则。学术研究却是一种冷静客观的工作，爱国激情应该存在，但在做学术研究的时候却要把它暂时放在一旁。当然，有激情的学者从根本上否认我们能够暂时悬搁激情，他们的观点是，任何学术研究都有中西之别，西方学术对中国学术形成了一种压迫的霸权，我们的学术研究都是在重复西方，跟随西方。表面上看，我们的言说好像是客观的，好像是在言说一种普世的价值，但是我们的学术语言却来自西方，学术观念来自西方，中国传统的学术言说方式中断了，我们已经被强行嫁接到西方文明上去，实际上暗中被规训为西方的奴隶，所以一个有责任的学者应该挑战这种学术的霸权，不能被这种霸权所蒙蔽。因此，重要的是，在从事学术研究的时候，把这种中国关怀贯彻到每一个概念中去，清除概念中的西方霸权，重建中国独有的学术。必须承认，这种中国关怀很让人感动，也很让人敬佩，但从学术研究本身来说，我们又不得不指出这种观念的虚妄。

“中国关怀”是一种关怀，它的确应该横亘在我们的胸中，只要是中国学者，他做学术一定是为了中国学术的发展；我们也的确希望中国的学术研究能够与西方学术研究平起平坐，希望中国学者的研究引起西方学者的关注。这点没错，但这只是我们的“关怀”而已，它是我们从事学术工作的整体目的，不是具体学术思考时使用的概念，我们在每一个思考细节里不需要出现“中国”二字。我们在思考过程中考量的不是是否惦念着“中国”，而是考量概念是否清晰，推论过程是否严密，论证基石能否禁得起质疑，等等。“中国”，这个激动我们心灵的字眼儿是灵魂安居之所系，但在做具体学术分析的时候却是要放在一边的。

但并不是说学术研究排斥“中国关怀”，“中国关怀”是一种通过具体的学术研究体现出来的整体特征，这个整体特征通过细致入微的分析工作表现出来，我们在进行学术分析的时候不必时刻想着这个是否是中国，那个是否是中国，然后才去用它，而是用汉语把学术分析做得透彻精到，这自然就体现出一种中国关怀，别人自然就承认这是中国的学术。但我们看到，中国性、中华性之类的提法，往往是把“中国”当作一个至高无上的规则，其他具体的分析不过是一些微小的规则，这些微小的规则都要统一到“中国”这个大规则之下，在这个大规则的前提下得到论证，如果不提这个大规则，就怀疑他做的是不是中国的学术，就怀疑他是否被西学虏获，成了西学的奴隶，就怀疑他的学术是否是真诚的，进而怀疑他的学术是否是有价值的。这样一来，学术研究就不再是冷静的分析，而是比赛谁对西学的压迫更敏感，谁更有爱国热忱，这的确能培养爱国者，但不利于培养有普世关怀的学者。

百年来，中国学术受到西学的强大影响，在这种影响中饱含着弱者的焦虑，这是事实情况，但一直到20世纪90年代，这种焦虑都没有影响到我们的学术判断，我们把焦虑当作一种情绪，而不是当作学术研究的起点。但90年代后殖民主义在中国兴起之后，我们发现了理论反抗的必要，我们也发现了理论反抗的妙处：原来我们的焦虑正印证了我们的学术自主，学术自主就是学术反抗，现在的学术规则是西方人制定的，中国古代的学术规则与西方不同，现在却被西方学术规则挤压得没有立足的空间，只有依附于西方学术规则才能表述自己。这种情形不能不令人扼腕叹息；因此要想真正准确地表述自己，真正形成中国的学术自主性，必须反抗西方学术规则的压迫。如果说以前西方对中国的压迫是一种政治压迫、经济压迫的话，那么现在就存在文化压迫和学术压迫。我们看到，90年代以来不断有学者惊呼中国学术失语了，为的就是重新找回中国自己的言说方式。为了这一言说方式，学者们付出了极大的心力，并且发现用学术压迫来表达现在的处境是合适的字眼儿，同时也被这一字眼儿迷倒，认为在中国和西方学术规则之间划一道界限是如此的必要和必行，这样一来，迫在眉睫的问题就是，我们如何不受西学的影响做出自己的学术来？如何找出一条纯粹的中国道路、纯粹的中国言说方式？这条思路如此让人心醉，如此让人着迷，也让人如堕云雾之中。

争论的焦点实际上是学术到底有没有国界。持中国性观点的学者会认为学术有国界，这个国界表现在具体的西方学术强势中。的确，目前中国学术还处于弱势地位，向西方学习的过程还没有完结，一些学者从这个事实中体验到一种强烈的焦虑，并把这种焦虑渗透到具体的学术研究中去，认为学术有国界，这是可以理解和同情的，但又是必须反对的。这种心态是从弱势事实演化来的弱势心理，并且力图平复弱势事实带来的心理伤害。这是一种混杂的情感，是一种弱者的怨恨，但这种怨恨不应该是学术反抗合理化的理由，反而是需要我们警惕的心态。这种心态不会给学术研究带来任何益处，只会引起更多的混淆。我们发现，思想不重要，立场最重要，屁股坐在哪里决定了思想是否正确。这不得不让我们从过往的历史中发现一些相似的痕迹。从反抗的逻辑说，既然有压迫，就必然有反抗，我们这些弱者就反抗了罢，因为我们的屁股是坐在反方面的，而且正因为我们的屁股坐在反方面上，所以我们所说的一切应该而且必然都带着反方面的烙印。这样一来，什么是真理？什么是正确？不知道，我们现在只剩下斗争了，只有斗争是正确的，先不要管对方说什么，敌人赞同的我们就反对，敌人反对的我们就赞同。最后谁的力气大，谁的手腕高，谁就获胜。获胜的一方就会把自己的道理宣布为真理，开始新的压迫。后殖民主义理论的反抗大致类此。

学术无古今中西，王国维如是说。这一判断即便在今天依然有效。以“中国性”为基础来研究学术，无非是把学者身份模糊成学术身份，戴着有色眼镜来看学术，特别是遇到西方学术的时候。的确，学者有身份，有国界，但学术无身份，无国界。如果我们能够把西方学术表述得好，让西方学者也承认这一点，这就是中国的学术。假使我们另搞一套学术规则，认为只有这样才叫“中国学术”，那么我们只好自己关起门来自弹自唱、自说自话了，反正别人也不懂，我们愿意怎么说就怎么说。但这样一来，我们也就看不到与西方学术融通的可能性。姚明到美国 NBA 去打篮球，遵守的是 NBA 的规则，打得好了人家自然会认为他是伟大的球星，而且认为姚明是伟大的中国球星。我们也承认姚明是中国球星，即使他打的是美国篮球。假设我们没有出现姚明这样的篮球球星，却关起门来另搞一套规则，然后说我们打的是中国特色的篮球，并且选出一名球员说这是中国的伟大球星，但这个球星一出国打别国的篮球却一败涂地，这让别人怎么承认？只会贻笑大方罢了。篮球是一个规则的共同体，同样，学术也是这样的共同体，我们应该做的是出力共建这个共同体，而不是另搭草台，另唱一出戏。在这个共同体里，存在大致相同的学术规则，我们要做的是遵守学术规则，做好学术。用汉语表述，这是最关键。康德曾说过，他的理想是让哲学说德语，他做到了。那么什么时候能够让学术说汉语呢？这决不是一个被动的过程，而是主动参与的过程。从共建学术共同体的角度，我们可以学习西方学术，中国古代学术也可以向外国推介，不过这得以我们先说好人家的学术为基础，这样人家才会来看我们的古代学术。用西语来言说中国古代思想，这就是一种中学的西学转化。所谓双向学术交流是有一些限制的，是我们先到人家那里去，然后人家才会到我们这里来，这也是实际情况，承认了也没什么可害羞的。如果我们闭上双眼，根本不去看这个实际情况，这就不是西方学术对我们的压迫，而是我们主动放弃了与西方学术交流的愿望。

“中国性”这个概念本身就很不合适，这么一提就好像真有什么性质是“中国性”一样，实际上它不过是一个大得不能再大的帽子，是为了说话的方便，只是为了笼统地一指而已，作用只是告诉我们应该为中国的学术做点什么。但假如有的学者就此把它变了“性”，并且把这一个宏大似天的“性”当作所有其他具体思考的基础，那么这和讨论开始之前先问你是唯心主义还是唯物主义有什么区别？遇到这种情况我当然要表决心说我是唯物主义，要不然一定是立场错误。

我们抛弃“中国性”这个似是而非的概念，但我们依然思考学术怎样是中国的，这与当前中国学术依然处于弱势有关，这种思考是合适的。但我们应该怎样确定我们所做的学术是中国的呢？方法很简单，也很麻烦。简单在于，它只是一种简单的方法，而且很传统，我们本来都知道它是怎么样的，但在这个时代，越是简单的、常识性的道理越是容易受到怀疑；麻烦在于，判断它需要时间。它是什么呢？效果，言说的效果。我们把西方学术用汉语如实地表述出来，表述得好就是中国的，因为它是用汉语说出的。没有一个标准能够保证怎样言说一定就是中国的，语言本身就是复杂的，我们不可能一下子就能够领会清楚整个文化和学术的方向，总有一些东西或者说很多东西躲避开我们的反思。这也正是麻烦所在。到底哪些是好的，哪些是不好的，也许要等到几十年后，甚至是百余年后，学术讨论相当充分了，我们才有一个清晰的判断。其实这只是一个传统的学术观念，只是在这个人云亦云、众声喧哗的时代，好的东西被轻易地遮蔽了。所谓学术的发展不过是一种合力作用，学者的任务是尽可能地将一个问题精细地表述清楚，深入语言深处恳谈，众多学者的研究逐渐形成大致的方向，如黄河般九曲回肠，流入大海。重要的是如何精研学术问题，而不是在宏观上议论如何才能"中国""更中国"之类的话。只有经过长时间的积累，中国学术才能与西方学术平起平坐，到那时，我们的焦虑不再存在，也根本不再谈论什么学术以及怎样做学术才是"中国的"，而只是具体地谈学术问题。

当然，当前我们谈论中国的学术无疑是有意义的，怎样就是中国的学术可以推详，这一点不需要委之后世。我们既知道学术探究的效果是最后的评判标准，我们也知道必须加入当下的论争才能把这个问题剖析清楚，但这些论证是具体问题的论争，而不是宏大问题的论争。目前来看，重要的是必须去除学术话语的浮沫，跟随优秀学者的脚步，潜入到学术研究深处，不管有用无用，不管冷门热门，不管古典现代，只要是符合自己学术兴趣的问题，就深研之。西学可用就用西学，古典可用就用古典，须自度新曲就自度新曲，只要是用汉语说得好，说得透彻，就是中国的，就是把古典的化为现代的，把西方的化为中国的，这是水到渠成，不需时刻焦虑在心之事。戴上一顶大帽子的做法无疑毫无裨益，这只会让我们迷失于泛滥的爱国情绪之中，离真正的学术研究越来越远。只有走入语言中，走入概念术语的研讨才能找到途径。用汉语把西方学术表述得清晰到位，就是把西学演化为中国的途径，但这并不像想象中那么容易，而要通过数十年，甚至上百年的精研才可能做到的。比如用汉语表述出来的概念与西方学术概念一定有差距，我们不可能一下子为西方学术概念找到合适的汉语表述，但我们可以通过解释和注解，为汉语术语注入新的内涵，使它成为合适的西学术语的对等概念。在这样的过程中，中国与西方的学术差异也会显现出来，保持这种差异也是学术融会的一种方式。当然也存在这样的情况，有些西学概念的内涵会在汉语转述中遗失掉，这也是正常的，并不代表西学的转化失败了，这就像古代汉语的语义也会不断发生变化，有些语义也会遗失一样。学者的任务是描绘变化的路线图，而不是判断这种变化是否正确。我们也用西学术语表述传统概念，在这个路向上，我们深入思考汉语术语的内涵，梳理其流变，用西方分析方式重理传统概念，这本身就是一种转化。再强调一句，重要的不是根据什么标准进行转化，而是怎样说得好，说得言之有理、言之有据，这就是转化。转化就是思入语言，用现代汉语概念完好地表达古代概念，表述西学概念，这些概念通过明白晓畅的汉语编织进我们的文化，编织进我们的汉语，用（现代）汉语思考古代，也用汉语来思考西学，这是一个大的目标，重要的依然是学者们在具体的研究中怎样将研究对象描述清楚。文化和语言的“编织”是一个逐步渐进的过程，没有任何舟楫可助我们一蹴而就。至于到底使用的是哪种学术，是不是中国的标准，是不是中国的独有术语概念，有没有“中国性”，这根本就不重要。

（原载《云南大学学报（社会科学版）》2009 年第 3 期）

汉学主义及其争议

赵稀方*

内容提要：汉学主义对东方主义进了修正和补充，它不是简单地将汉学主义处理为一种殖民侵略以至政治意识形态，而是深入到了文化无意识的层面，并且认为中国人自身参与了汉学主义的建构过程。就此而言，汉学主义的提出是很有意义的，不过，问题也不少。如在汉学主义构建中，中国人只是以自我殖民化的方式参与其中，却没有涉及中国人挪用西方话语，发出自己的声音的情形。

关键词：汉学主义　东方主义　后殖民主义

1998 年，西方才有学者运用"Sinologism"这一术语①，并将其与东方主义（Orientalism）联系起来。在国内，首先提出汉学主义的，是周宁发表于《厦门大学学报》2004 年第 1 期的《汉学或汉学主义》一文。周宁之后，倡导汉学主义最力者是美国达拉斯德州大学的华裔学者顾明栋。顾明栋在英国 Routledge 出版社出版了 *Sinologism：An Alternative to Orientalism and Postcolonialism*（London；New York：Routledge，2013）一书，由西方著名学者希利斯·米勒教授（J. Hillis Miller）作序，这本书的出版和翻译，标志着"汉学主义"在海内外学界的初步奠定。汉学主义在国内

* 作者简介：赵稀方，中国社会科学院文学所研究员，博士生导师。

① Bob Hodge and Kam Louie，*The Politics of Chinese Language and Culture：The Art of Reading Dragons*，London and New York：Routledge，1998；Adrian Hsia，*Chinesia：The European Construction of China in the Literature of the 17th and 18th Centuries*，Tübingen：Max Niemeyer Verlag，1998.

学界引起了相当注意，《跨文化对话》和《汉学研究》等刊曾就汉学主义展开过专题笔谈，南京大学高等研究院为此召开过研讨会。汉学主义及其相关论述一方面获得了部分学者的充分肯定，另一方面引起了激烈争议，其中不乏严厉的批评。面对这些批评，顾明栋也不示弱，撰写了《为汉学主义一辩——与赵稀方、严绍璗、张博商榷》等文，对于相关问题进行了回应。在对于严绍璗、张博先生的回应中，顾明栋认为他们的主要问题是，在对于汉学主义来龙去脉及主要观点了解不够的情况下进行批评，过于武断。对于笔者的批评，顾明栋认为，因为笔者读过原稿，所以批评"很有针对性"，他因此也将笔者作为商榷的主要对象。针对顾明栋的说法，笔者再次发表文章进行回应，由此引发一场引人注目的论争。

笔者首先对于"汉学主义"的提出，予以了充分肯定。我们知道，萨义德在1978年出版《东方主义》一书后，引起了学界极大的反响，并奠定了后殖民主义理论。不过，我们注意到，萨义德"东方主义"之"东方"概念其实与今天不同，它主要是指伊斯兰。那么，东方主义与中国的关系如何呢？这是汉学研究的一个重要议题。有关于此的探讨常常出现，但顾明栋的《汉学主义》一书却是第一次系统表述。就此而言，顾明栋及其"汉学主义"的提出无疑具有重要意义。

可贵的是，顾明栋并没有盲目地套用东方主义，而是认为东方主义并不完全适应于中国，因为东方主义是一种"殖民话语"，而汉学主义并不是。在他看来，相较于东方主义，汉学主义有其独特之处。如何解释近代以来西方对于中国的负面表述呢？顾明栋看来，单一的东方主义殖民话语不能直接解释，而从政治和意识形态冲突的角度进行解释也显得过于表面，他认为最为内在的原因应该在心理层面寻找。他提出了"文化无意识"这个概念——它与拉康、弗洛伊德及李泽厚的概念既有关系又有不同。顾明栋认为，西方的优越感和中国的自卑感都是近代以来西方资本主义、帝国主义强势的结果。对于西方人来说，近代以来的记忆多是关于征服、胜利和统治的优越情节，而中国人近代以来不断遭受失败和创伤性事件，造成了一种自卑情结。这些感觉逐渐内化，逐渐被抑制在集体心理的更深层次，从而形成了中外汉学主义模式。顾明栋不是简单地将汉学主义处理为一种殖民侵略以至政治意识形态，而是深入到了文化无意识的层面，这种解释无疑较直接套用东方主义更为深入一些，具有一定的创新意义。

不过，在我看来，显而易见的是，这种说法只能解释一种倾向，不能解释全部。海外汉学家们一定不会同意他们的著作全是汉学主义的产物这样一个结论，顾明栋自己也认为很多汉学研究是公允精深的。海外汉学肯定有汉学主义倾向，但同样可以肯定不是全部。举例来说，书中曾引用保罗·科恩的看法，批评中国历史研究受到外来话语的钳制，“中国人自己，无论是马克思主义者还是非马克思主义者，在重建他们的历史的时候，都已经深深地依赖着从西方借来的词汇、观点和分析的构架……这些视角，到目前为止，都倾向于歪曲中国历史，或者夸大西方的作用，或者较为微妙地误解这种作用”①。这个提出“以中国为中心”的保罗·科恩（Paul A. Cohen），正是海外的汉学家。从后殖民角度批评中国历史研究的，最早也来自西方汉学家，那就是杜赞奇（Prasenjit Duara），他写了《从国家拯救历史》一书。这本书运用后殖民理论的视野，追溯了线性目的论和进化论的启蒙历史观，并详细地分析了近代以来西方国家主义史学逐渐成为中国史学主导的过程，并打捞被国家史学所压制从而逐渐被人们遗忘的“历史”，给人以很大启发。顾明栋本人系海外学人，他的研究是汉学主义的一个部分，但这本书突破了“文化无意识”，提出反对汉学主义的思想。大概可以这么解释，虽然是文化无意识，但也不乏突破者，更重要的是，“文化无意识”这个概念的长处恰恰是它并不是不可改变的，作者批评“汉学主义”的目的恰恰就是改变它。

汉学主义的一个自以为新颖的地方，是指出了中国人自身参与汉学主义的建构过程。顾明栋指出，萨义德《东方主义》的一个局限是，它主要探讨了西方的东方学话语，并未涉及被殖民者。他认为，中国人自身的论述构成了汉学主义另一方面。近代以来由于中国的落后，国人不自觉地崇尚西方价值，应和了西方汉学主义的思路。在这里，顾明栋列举了顾颉刚的疑古运动，王国维对于叔本华的运用，朱光潜的美学思想，以及郭沫若的马克思主义史学研究等，指出中国大师们受到了西方思想的操控。自然，当代学术中唯西方是从的学风更是有说服力的例子，顾明栋为此专门

① Cohen, *Discovering History in China: American Historical Writing on Recent Chinese Past*, New York: Columbia University Press, 1984, p. 1.

援引了李泽厚和汪晖对于盲目搬用西方话语的批评。

批评萨义德的东方主义论述没有顾及被殖民者，这是一种常见的批评，不过在我看来并不准确，至于顾明栋断言萨义德的书中没有任何关于被殖民者的“只言片语”的发挥，更是没有根据的。的确，萨义德的《东方主义》一书主要是论述西方的东方学话语的，不过在这本书的最后，第三章第四节“The Latest Phase”，专门谈到了当代阿拉伯世界的“自我殖民化”问题。书中谈到，近东当代文化已受欧美文化模式的主导，本地学者操持着从欧美贩卖来的东方学话语，自身只能充当一个本地信息的提供者。东方主义话语所构造的阿拉伯人的刻板形象，甚至已经被阿拉伯本地人所接受和生产。如此等等。萨义德的结论是，当代东方参与了自身的东方化过程（the modern Orient，in short，participates in its own Orientalizing）。事实上，自我殖民化、东方参与了东方主义的建构过程的说法都是从萨义德那里开始的。当然，萨义德并没有对此多加发挥。

顾明栋先生对于我的这一批评，并不接受，他专门查阅了《东方主义》的英文原著的有关章节，认为萨义德只提到了当代阿拉伯人只是西方人从事东方学研究的“信息提供者”，并没有参与东方主义建构。我觉得奇怪，谨慎起见，我也像顾教授一样，重新查阅萨义德的《东方主义》英文原著。查阅的结果证实了自己的看法。我把萨义德的有关阿拉伯人“自我殖民化”以及有关“东方主义话语所构造的阿拉伯人的刻板形象，甚至已经被阿拉伯本地人所接受和生产”的论述引出来几段，注明原版本章节页数，向顾先生请教。

这里用的是萨义德《东方主义》1978年最初版本（Edward W. Said，*Orientalism*，First published in 1978 by Routledge），引文来自第三章 Orientalism Now 第四节 The Latest Phase。

> Indeed，there is some reason for alarm in the fact that its influence has spread to “the Orient” itself：the pages of books and journals in Arabic（and doubtless in Japanese，various Indian dialects，and other Oriental languages）are filled with second-order analyses by Arabs of “the Arab mind”、“Islam”，and other myths.（P322）
>
> 的确，有理由对下列事实敲响警钟，即东方主义的影响已经扩展

到“东方”自身：阿拉伯世界的书籍和报刊中（日本、各种印度方言及各种其他东方语言无疑也如此），处处充斥着有关“阿拉伯心性”、“伊斯兰”及其他神话的二手分析。

The predictable result of all this is that oriental students (and oriental professors) still want to come and sit at the feet of American orientalists, and later to repeat to their local audiences the cliches I have been characterizing as orientalist dogmas. Such a system of reproduction makes it inevitable that the oriental Scholar will use his American Training to feel superior to his own people because he is able to "manage" the Orientalist system. (P323)

所有这一切所导致的可预期的结果是，东方学生（及东方教授）仍然希望跑到美国东方学家的脚下学习，然后向他们本国的听众重复那些我称之为东方主义教条的陈词滥调。这种再生产的系统，不可避免地使东方学者还优越于他的国人，因为他接受了美国训练，能够“操纵”东方主义系统。

This have many consequences. There is a vast standardization of taste in the region, symbolized not only by transistors, blue jeans, and Coca-Cola but also by cultural images of the orient supplied by American mass media and consumed unthinkingly by the mass television audience. The paradox of an Arab regarding himself as an "Arab" of the sort put out by Hollywood is but the simplest result of what I am referring to. (P323)

这产生了很多后果。这一地区出现了大规模的趣味的标准化，它不但体现在晶体管飞机、蓝色牛仔衣及可口可乐上，更体现在美国大众媒体所提供的东方文化形象上，它们被本国大众电视观众不假思索地接受下来。阿拉伯人甚至按照好莱坞所创造出来的“阿拉伯形象”来看待自己，这一悖论是我所说的这一现象的最直接的后果。

在第一段中，萨义德谈东方主义已经扩展到东方本身，阿拉伯、日本、印度等东方国家的学者，处处都在依据西方生产的“阿拉伯心性”“伊斯兰”等东方主义概念对自身进行分析。第二段谈东方学生或教授热衷于去美国接受东方主义的陈词滥调，然后回到东方后进行知识“再生产”（reproduction）。第三段谈，好莱坞所创造的东方主义“阿拉伯形象”，已经被东方人接受下来，并且按照这一形象看待自己。这难道不都是在论述“东方主义话语所构造的阿拉伯人的刻板形象，甚至已经被阿拉伯本地人所接受和生产”？难道不是在谈论东方人自身参与了“东方主义的构建”？顾教授对此视而不见，不知何故？

事实上，在我看来，萨义德的问题，其实主要并不是没有谈及被殖民者，而是只谈到了被殖民者只有“自我殖民化”这一条路。在这一点上，很多后殖民理论家质疑萨义德，并探讨了被殖民者的表达问题。斯皮瓦克（Spivak, Gayatri Chakravorty）写于1985年的《庶民能说话吗?》一文，探讨了东方他者能否发声的问题，产生了很大的影响。有关庶民发声的问题，我们还可以提到斯皮瓦克参与其中的印度庶民研究小组（Subaltern Studies）。这个庶民研究小组是1982年由古哈创建的，其刊物是著名的《庶民研究》。古哈的思路是试图在历史中倾听庶民的声音，解放被压抑的庶民的历史，从而与殖民史学和民族主义史学构成的精英史学相对抗。最精彩的质疑来自霍米·巴巴（Homi K. Bhabha），在他看来，萨义德的主要问题是没有从殖民者/被殖民者、自我/他者关系的角度来论述殖民主义话语。他认为，萨义德站在西方单一主体和文化的角度进行论述，看不到作为文化或心理的本原身份的必要否定的“他者”作用，看不到作为一种语言、象征和历史的差异系统的殖民话语构成的复杂性，也看不到由此衍发的反殖民话语的可能性。他通过对于印度历史的分析，告诉我们，被殖民者即使模拟殖民话语，也会有变形和嘲弄，从而质疑了殖民者的权威。阿希克洛夫特等人的《逆写帝国》（Ashcroft, Bill, Gareth Griffith, and Helen Tiffin, eds., *The Empire Writes Back: Theory and Practice in Post-Colonial Literatures*, London: Routledge, 1989），正是运用了这样一种思路，认为后殖民文学虽然运用殖民者的语言，但经由挪用、变形、转换等方法，同样表现了被殖民者的抵抗。

在顾明栋的汉学主义构建中，中国人只是以自我殖民化的方式参与其中，他完全没有提到中国人挪用西方话语，发出自己的声音的情形。这就是说，他们看起来批判了萨义德，但事实上复制了萨义德，他对于斯皮瓦克、霍米·巴巴等有关被殖民者发声及东西方主体间性关系的探讨完全没有注意。

对于这一批评，顾明栋先生的回应是，“的确，拙作没有花很大篇幅去讨论斯皮瓦克和霍米·巴巴的理论，但有两点笔者在此要澄清。其一，汉学主义理论无论是早期的政治批判还是后期的反思批评，都是针对汉学研究、中国研究和国内学术研究的种种问题，中国人挪用西方话语，发出自己的声音反抗西方霸权，这并不是汉学主义理论探讨的话题；其二，这一批评事实上隐含了一个看法：复制萨义德没有创意，但复制斯皮瓦克、霍米·巴巴是高明的，有创新的”。这种回答看起来振振有词，事实上让人费解。我并不认为顾教授在构建汉学主义的时候，一定要提斯皮瓦克、霍米·巴巴，或者其他什么人。我的意思是，汉学主义是根据东方主义而来的，而萨义德自提出东方主义之后，受到了很多质疑，建构汉学主义必须正视和解决这些质疑，才能成立。东方主义最大的破绽既不是没有注意西方内部的反殖民传统，也不是对真正的东方人重视不够，而是单一主体，即以“我”/“他”、“主体”/“客观”二元对立的方式看待西方人和东方人，没有注意到西方东方两种主体之间你中有我、我中有你的复杂互动关系，这样也就看不到其中产生反抗的可能性。这一质疑主要由霍米·巴巴提出，所以笔者才提到他。事实上，汉学主义存在同样的问题，无论你是否提霍米·巴巴，都必须回答这一问题。

霍米·巴巴的说法有点抽象，这里不妨谈一下顾教授所提到的德里克，这样问题会变得比较清晰。德里克的“接触区”概念虽然来自 Mary Louis Pratt，但他的思路其实颇为接近他所批判的霍米·巴巴。在德里克看来，东方西方不是截然二分的，而是存在一个“接触区”，东方主义本身就是在西方人来东方，或者东方人去西方这样的区域里产生的，而接触交流、互相影响之后，东西方思想其实已经变得不像萨义德说的那么分明。西方在了解了东方的现实以后，虽不免对待东方有居高临下的态度，但他们可以从东方出发，批判西方社会。另外，德里克认为，“欧洲现代性既生产了作为他者进入现代性话语的另一种现代性，同时又受到后者的挑战”。[1]“又受到后者的挑战”是一个很重要的说法，它指在接触区内，被支配的东方文化其实也可以在不同程度上决定自己对于西方文化的吸

---

① Arif Dirlik, *Chinese History and the Questions of Orientalism*, *The Postcolonial Aura*, Westview Press, A Division of HarperCollins Publishers, Inc., 1997, p. 118.

取。即以20世纪中国对于西方现代文化的吸收而言，我们既应该看到它不自觉的自我东方化的一面，还应该看到它挪用转化西方现代性为我所用的一面。陈小眉的《西方主义》一书，顾教授应该是看过的，这本书讨论中国80年代的西学热。她认为，80年代以《河殇》等美化西方贬低中国的西方主义很容易被看作自我东方主义，但这种西方主义却为国内的知识者反对左倾思想提供了武器。

顾教授的汉学主义在中国人"自我东方化"这个方面，较萨义德有更多的论述，这是他的贡献。然而，汉学主义和东方主义有共同的问题，就是单一主体和二元对立，他们都只谈到了西方的东方主义话语及东方的自我东方化问题，没有注意霍米·巴巴和德里克所谈到的东西方主体互动的问题，因此既没有注意到西方汉学家可以客观地书写东方，甚至批判西方中心主义——例如德里克提到的柯文的"以中国为中心的历史"，还有笔者在文中提到的作为西方汉学一个部分的顾明栋教授可以反过来批判汉学主义，更没有注意到中国人可以策略性地转换西方知识，为我所用，而不是像顾教授那样一股脑儿地把中国人对于西方知识的接受视为汉学主义。这里的荒谬是非常明显的，难道"五四"对于西方民主科学的引进完全是东方主义？鲁迅接受了传教士史密斯《支那人气质》的话语，转而进行中国的国民性批判，也是东方主义？

顾教授一方面说，他不需要接受霍米·巴巴，另一方面在谈到德里克的时候，又自我辩解"确实探讨过这样的文化互渗现象，提到中国学者如何对汉学的发展进步作出了巨大的贡献"。顾教授没有注意到，有关于主体互动的思想，是霍米·巴巴首先提出来的，并且被知识界广泛使用。他也没注意到，霍米·巴巴的思想和德里克"接触区"论述之间一脉相承的关系。正因为如此，他虽然提到了"文化互渗"的情形，然而无力解释这一现象。在全书的结构中，他一边倒地论述西方的汉学主义及中国的自我汉学主义化，从而变得十分偏颇，这也是国内汉学家根本否定汉学主义的原因，因为研究汉学主义的专家深知他们所研究的汉学对象，很多都是博大精深之作，并非全部是汉学主义的产物。

最后，在谈到汉学主义的目标的时候，顾明栋认为，东方主义及后殖民主义都是政治导向的，他希望能够"在尽可能不受政治和意识形态干扰的情况下对有关中国知识生产等问题进行自觉的思考"。这个说法，连作者自己都不敢相信，书中的“结论”有云：“有人或许会说笔者对知识去政治化的想法是不切实际的。毕竟，特里·伊格尔顿、弗雷德里克·詹明信和其他很多理论家都令人信服地证明，一切批评都是政治批评，一切知识都有意识形态性。”① 关于知识的非中立性，已经成为当代学术探讨的一个基本前提，有关于此的说法，我们还可以加上一大串名字，如萨义德在《东方主义》一书中运用的福柯的知识/权力学说，葛兰西的“文化霸权”理论，即使老牌的马克思主义理论也强调知识的阶级性，顾明栋要寻找不受政治形态干扰的知识生产如何可能呢？汉学主义的这个目标，看起来也是跟随萨义德的东方主义而来的。萨义德在《东方主义》一书的最后一章，谈的正是这个问题：“东方主义”提出的目的是什么，是否只是破而不立？是否存在着非政治性和意识形态的知识？文化如何表述“他者”？知识分子的功能是否只是从属于他的国家和文化？等等，从萨义德的论述看，他也很不乐观。

对于这个问题，顾明栋先生认为笔者有误解，他解释说，他不是要寻找“不受政治形态干扰的知识生产”，而是提倡鼓励和促进相对中正客观的中国知识生产，尽可能远离任何形式的歧视、偏见、主观性和政治干扰。如果是这样的话，那么在此问题上，我和顾教授其实没有什么分歧。尽管寻找“不受政治形态干扰的知识生产”是不太可能的，但是如果把这一目标作为理想来追求，并且促进相对客观公正的知识生产，这当然是应该的。

（原载《福建论坛》2014 年第 3 期）

① Terry Eagleton, *Literary Theory: An Introduction*, Oxford: Blackwell, 1983, pp. 194 – 217; Fredric Jameson, *The Political Unconscious: Narrative as Socially Symbolic Act*, Ithaca and New York: Cornell University Press, 1981, pp. 17 – 23.

中西文论的普遍与特殊之辨

张 聪*

内容提要： 当前文学理论研究的中西之争，均着眼于中西文论的特殊性局限，却忽略二者所表现出的交互适用性。中西文学理论虽在知识结构与价值系统等方面存在诸多差异，却并不具有根本的对立冲突。文学理论的中西之争，在很大程度上是一场由主观焦虑引起的、论争目标发生偏移的误读性论战。因此，我们应采取多元分层的"对话主义"立场，摒弃文学理论普遍主义与特殊主义的偏执，在普遍性的基础上寻求特殊性的保全方案，使各方文论资源在多层视域有机结合，且保持彼此之间的张力关系，进而构建出可以与异域的"他者"、与历史的"自我"进行对话的中国当代文学理论。

关键词： 中国文论　西方文论　普遍主义　特殊主义

自19世纪鸦片战争中被西方列强的坚船利炮轰开国门以来，中国的思想界就一直在欧风美雨的推涌下，掀起狂波巨澜，在此后一个多世纪里一直绵绵不绝。一部中国的近现代文化史，就是一部西方文化对中国文化不断渗透并深刻影响的历史。从最初的"救亡图存"，到20世纪后半叶的文化自觉，再到新世纪对文化话语权利的极度渴望，中国人在古老的"华夷正朔"观念的影响下，在与外来文化的不断搏击中，走过了充满不

* 作者简介：张聪，文学博士，南开大学文学院博士后、助理研究员，主要研究方向为中西文学、文化理论。

安、焦虑和忧惧的一个多世纪。这期间，中西文化的比较研究成为20世纪以来中国人文学科研究的一大热点。作为中西文化比较的有机组成部分，文学理论的中西比较与论争，亦是近半个世纪以来我国文学理论研究领域的重要话题。

从19世纪末西方文学理论中关于小说、戏剧的诸种观念、技巧、手法及文学思潮对于中国文学研究的刺激开始，中国学界希望借助西方文学及其理论解决中国现实问题的呼声，一直不绝于耳。但是，由于国人的文化自卑以及图强思变的急切心理，在借助西方理论阐释中国问题的过程中不免存在“妄事糅合”的生涩之感。[①] 其间虽也有反思批评之声，却大多被淹没在“西学东渐”的狂热浪潮之中。

相对于20世纪初期对于中西文论关系的隐约担忧，在经历了近一个世纪的闭塞压抑以及随后的“开眼看世界”新高潮之后，20世纪末关于西方文论异质性和中国古代文论“失语症”的全面省思，在其思考的力度和影响的范围上，显示出了前所未有的深刻与全面。其间，西方文学理论对于中国文学创作和研究的负面影响虽然得到了较为全面的梳理，但从此后的发展来看，很多相关问题并没有得到妥善解决，尤其是针对中国文论的独立建构问题，一直未有清晰的研究与判断。

进入21世纪以来，在经济、政治、文化等多个方面来重新思考定位中西关系，成为当下中国学术界不得不面对的重要问题。而在这之中，重新“辨别”中西文化及文学的差异，借助现有的文化、文论资源来重拾中华民族的文化自信，将本土的文学理论从西方文学理论的压迫下解放出来，将其“出乎其类、拔乎其萃”的特殊性与西方文学理论中相对有效的普遍性相区别，建构中国当下的文化、文学理论，就成为当前全球化和现代化语境下“夷夏之辨”的题中应有之新义。

---

① 有学者针对当时简单运用西方理论框架生硬裁剪中国传统文学可能带来的问题提出了批评：“与别国的学说互相析辨，不惟不当妄事糅合，而且不当以别国的学说为裁判官，以中国的学说为阶下囚。糅合势必流于附会，只足以混乱学术，不足以清理学术。”详情请参见罗根泽《中国文学批评史》，上海书店出版社2003年版，第30页。

一

20 世纪 90 年代开始的中国文论话语之争，聚焦于如何构建中国当代文论，衍生出本土化和西方化两种不同的思考方式。前者主张借古代文论的现代转换来重建中国文论话语；后者力图通过学习和借鉴当代西方文论思想，使中国当代文论与国际接轨。中国古代文论与当代西方文论根植于不同的文化土壤，二者在基本的文化机制、知识体系、话语方式等方面存在诸多差异，在文化价值日益多元化的当代社会，日渐呈现出“乱花迷人眼”的复杂态势。选择一种什么样的视角来将这些差异统筹起来，从宏观上以一种“提纲挈领”的方法来处理中西方文学理论的不同，从而避免相对主义误区，是有效突破文学理论中西之争的首要问题。

如果仔细审视当下有关中西文论的各种论争，我们会发现，在“众声喧哗”中的论辩各方，大多只是从各自的价值主张出发，分别着眼于中西文论在空间和时间两个不同维度中的特殊性局限，而往往忽略二者跨越时间空间局限所表现出的具有普遍意义的交互适用性。围绕中西文论的种种争论，最终都指向了一个不容回避的矛盾焦点：普遍主义与特殊主义之争。因此，我们可以尝试从普遍主义与特殊主义的张力关系入手，来对文学理论的中西之争进行思考。

作为一种思维或精神视角，普遍主义（universalism）一直在人类思想发展的历史上占有一席之地。尤其是在前资本主义的时代，人类的思维都在一定程度上具有普遍主义的性质。对普遍主义的界定，我们可以参照英国人约翰·格雷的观点，将之定义为“用基础主义的方法把自己认定的原则、价值或生活方式论证成为普遍的和唯一的东西”[①]。具体来说，普遍主义是一种宗教的、神学的和普遍适用性的哲学概念。

首先是宗教意义上的普遍意义。作为存在于基督教教义内部的一种观点，普遍主义是指，因为神的慈爱和怜悯，每个人类的灵魂个体，即使是罪恶的、被异化的，最终都会与上帝达成和解，从而得到救赎。这种普遍主义的思维是历史上许多冲突，特别是宗教冲突的一个主要根源。其次是

① ［英］格雷：《伯林》，马俊峰等译，昆仑出版社 1999 年版，第 155 页。

哲学意义上的普遍主义。遵照一般理解，所谓某某主义，多数是认为“某某”理论在某些领域和方面具有绝对的优越性。因此，普遍主义常常被用来表达不同哲学领域——如逻辑学、认识论、伦理学、道德哲学、文化哲学等——有关“普遍适用原则”的哲学立场。最后是一般意义上的普遍主义，一般是指一种观念的有效性，即其作为观念的可接受的广泛性，是“一种相信某些知识、世界观和价值观具有普适性的立场”[①]；有时则是强调某种观念的外延，即用以指说这一观念所包含的内容的广泛性，将追求外延无所不包的概念当作思想的最高目标。本文对“普遍主义”一词的梳理理解是为了考察中西文化观念主张的有效性和可被接受的广泛性，因此主要针对前一种意义。

相对于“普遍主义”，“特殊主义”（particularism）的概念似乎并没有前者那么清晰。首先，在神学的解释中，特殊主义是指神特别从世界中挑选一些人得蒙永远救赎而放弃其余者，亦称“特别的救赎”。其次，在人类学的理论中，所谓的特殊主义多是指党派中心主义，即完全忠于某个党（或某宗派、某种制度等），也常常被翻译为“排他主义”或“历史排他主义”，由德裔美国人类学家弗朗茨·博厄斯（Franz Boas）和他的学生所创导。最后，在文化价值领域中，特殊主义以人的个性、认识的主体性和价值的特殊性为基础，强调事物的特殊性，即使是普遍的事物，也可以在某些方面做出特殊性的合理解释。

作为最为古老的哲学命题之一，普遍和特殊、一般和个别的关系问题，早在柏拉图和亚里士多德时就已经有过讨论。当今时代，由于后现代主义思潮的兴起，差异、多元、偶然性等与普遍性相对应的元素虽然得到了前所未有的强调，但这并不妨碍人们心中长久以来的对于某种最高同一性的追求。于是，古老的普遍主义和特殊主义之争也就演变成为围绕价值问题的论争。持普遍主义立场的人们往往怀抱着一种朴素的（也或者经过了精心设计而建构起来的）价值观，认为随着全球化程度越来越深，不同个体间的同质化现象也将日益凸显。因此，他们笃信人类生活中存有某种绝对合理且普遍适用的终极价值标准及体系。以此价值标准及体系作

---

① 赵敦华：《为普遍主义辩护——兼评中国文化特殊主义思潮》，《学术月刊》2007 年第 5 期。

为人的行为的基本准则，便可以解决世上一切纷争。与之相反，持特殊主义立场者则认为，任何个体都有其不可通约的特殊价值，因而并不存在所谓的一元化的终极价值标准及体系。解决人类社会一切与价值意义有关的冲突和问题，必须着眼于不同个体间的差异和特殊，而不是妄图以一种终极的价值来对它们进行同化。

如果我们尝试跳出双方的论争的具体问题域，我们会发现这场争论存在一个很大的理论缺陷。那就是争辩双方各执一词，互不相让。说其各执一词，是指双方在一味强调自己的合理性的同时，都对对方观点中的合理性因素采取了视而不见、听而不闻的态度，或者说，论争的双方都误置了对方的理论阐发言说对象，互相虚化、回避了对方的关键理论。从政治哲学与法哲学的角度看，普遍主义始终强调最高法则（law）的普遍有效性，特殊主义则着重强调全球化时代里的某种规范准则（norms）在一定边界范围内的适用性。但是，本体论意义上最高法则的普遍有效性与世俗生活中的规范准则的特殊适用性，二者之间并不具有根本意义上的冲突。

例如，在当今时代，世界上多数国家在诸如环境保护、人权保护、打击恐怖主义等问题上都持有相同或相似的立场，都同意接受并且遵守相关的国际公约。但在具体的实施过程中，特别是就如何对这些公约的意义进行解释时，各个国家都不可避免且理所当然地从本民族本国家的特殊文化观念出发，制定具体可行的行为规范。上述被普遍接受和遵守的国际公约可以被看作具有普遍有效性的最高法则，而各国制定的在本国范围内切实有效的行为规则可以认作具有特定适用性的规范准则，二者之间并不具有不可调和的根本冲突。

于是，我们是否可以这样认为，传统的有关普遍主义和特殊主义的论争，是一场各自的论辩批判目标发生了偏移的“关公战秦琼”的理论误导。所谓目标偏移，是指参与论争的双方所分别着重强调的各自的特质之间并不存在冲突关系，或根本就不具有被放置进同一个问题进行讨论、比较的可行性。或者，我们可以通俗地讲，普遍主义和特殊主义喧嚣吵闹了许久，“公说公有理，婆说婆有理”，但双方的“理”在本质上，却并不是同一个理，或者说至少不是同一个层面的理。

二

中国当代文学理论建构中的中西文论之争，实质上是一种全球化语境中的特殊主义与普遍主义的争论。这场争论，因为当今全球化的时代背景，被赋予了空间和时间的双重含义。

首先，在空间的维度上，中西文论之争主要表现为以西方文论为中心来理解中国文学现象，或者以西方文论来框范、改造中国文学理论。将西方文论与中国文论人为地设定为一种“主体”与“他者”的关系，并将二者绝对对立起来。其中，由于不同学者所持的立场不同，对于“主体”和“他者”的强调也不相同。持普遍主义立场的研究者，往往从西方政治经济在全世界范围内的相对优越地位出发，想当然地推导出西方文化，也具有天然的优越性和普遍性。这种文化的普遍主义观点表现在文学领域，即认为西方的文学以及文学理论，具有普遍的价值意义，可以指导并适用于世界上一切的文学活动，其中也包括中国当下的文学实践。因此，这些研究者或是出于对于西方文学理论的由衷地热爱，或是出于对本民族文学理论的难以认同，他们选择用西方文学理论的视角和评判标准来对待中国的文学现象，在无形中不自觉地贬低或排斥中国本土的文学理论资源，更有甚者选择刻意去迎合西方的意识形态和价值观念。在这种理论思维中，西方文论被认定为文学理论全球化进程中的绝对主体，而一切非西方的文学理论因为自身的异质性而被赋予“他者”的地位。这样的“主体”与“他者”关系，在某种程度上可以被看成一种全球化进程中的“帝国主义”“霸权主义”“殖民主义”思维在文学理论这一问题层面的具体表现。

既然是“主体”在“帝国主义”“霸权主义”“殖民主义”进程中的全面扩张，那么作为被时代洪流裹挟进全球化进程中的“他者”，中国文论的研究者们也必然会做出相应的反应。前述持“西方中心主义”观点、认为西方文论资源具有普遍适用性的学者们倾向于认为，面对全球化进程的不断铺展，中国文学理论只有摒弃自身与西方文学理论的异质性和差异性，跟随后者的要求依据时代的特点对自己进行全面系统的裁剪与整合，才能跟上西方的脚步，加入世界的队伍，不被时代所抛弃。

21世纪以后，我们对于中国文论自身的特殊性的强调，较之以前显得防御性十足。当人们在大谈特谈西方文论具有放之四海而皆准的普遍意义的时候，却很少考虑到中国文学实践以及文学理论本身的特质。因此，所谓的西方文论的普遍性价值就需要被进一步深思推敲。于是，中国的文论工作者们呼吁要立足于我们中国自身的文化传统，从中国文学理论与西方文论的差异性出发，构建一种新的、具有普遍价值的具有中国特色的文学理论。

这种观念，较之前一种“以西化中”的观念，在气势上明显地胜出一筹。究其原因，是因为当下的中国国际地位大幅提高，经济得到迅猛发展，故而该是“三十年河东变河西”，应轮到我们来掌握世界文学理论的话语权了。这种理论主张乍一听很令人振奋，但稍作冷静之后便“细思极恐”，因为无论是普遍主义理论下的“以西化中”，还是特殊主义支撑着的中国特殊，在根本上都是一种基于中西二元对立模式的相互缠结，都是一种典型意义上的“后殖民主义”情结。“中国有一种后殖民主义情结。外国文学研究界和比较文学界早就在谈论后殖民主义，出了很多读本和专论，后殖民主义一直被他们视作一种知识，与我们中国人的经验和生活没有丝毫关系的纯粹的知识。我一开始也是这样认为的，但是后来我发现，事实上中国有严重的后殖民主义情结，用概括的话来说，就是坚信一种中西方的二元对立。”① 用这种主张来构建新的以中国文论为基点的文论主体的学者，潜意识里其实仍旧留存着文化帝国主义的殖民阴影，他们寄希望于通过彰显中国传统文论中坚不可摧的特殊性和地方性，来对西方文化帝国主义进行回击。殊不知，这种将自己的特殊性和地方性永恒化、继而主观放大推而广之化的做法，可能会催生一种新的普遍主义的观念，即中国文学理论的普遍主义观念，与我们极力想排斥西方文论普遍化在根本上并无二致。

其次，在时间的维度上，中西文论之争主要表现为中国文论对古典文论传统的拒绝和否认，即中国文论与自身的传统的现代性断裂。这种中国文化历史传统里的文学理论的古今断裂，同样可运用普遍主义与特殊主义的二元争辩的思路来分析，只不过这次论争的话语主体是中国古典文论资

① 金惠敏：《不要过分地强调自己的文化特殊性》，《社会科学报》2015年1月8日第5版。

源。自近代以来，中国的社会现实出现了根本性的变化。在民族精神上，民主与科学逐步取代“气”与“道”，沉淀为中国人生活的基本理念和集体无意识；在文学形式上，以现代小说为主要形式的叙事文学逐渐代替以诗词歌赋为主要形式的抒情文学，实现了对文学的“一统江湖”，“诗变成叙事的调料，建基于诗之上的中国古代文艺学无法继续阐明现代叙述的审美奥秘”①。这种文学实践的新旧更替在当下市场经济的大背景下更是发展到了一个前所未有的新阶段。信息化、网络化、多媒体化催生出了更加异彩纷呈的文学现象，网络速食文学、玄幻穿越小说，甚至连诗歌创作都出现了既定的信息化程序，只需要敲入关键词电脑就会像生成软件程序一样自动创造出诗歌作品……种种朝生暮死的现代文学样态似乎一下子斩断了我们妄图向历史深处寻找对其进行分析与阐释的理论依据的道路。而即便是回到抒情言志的古典文学的《诗》骚传统，也由于时过境迁、世殊时异，古典诗词依旧是那些古典诗词，桃花依旧是当日在春风中展吐笑靥的桃花，只是读诗的人已完全不复当初的心境，赏花之人早已失却了与“名花倾国”两相欢喜的外在与内在条件，古典文论所倡导的那些审美旨趣自然也就大多无处可寻了。因此，面对不能同日而语的纷繁的文学现实，中国传统的古典文论资源在现代历史转型中渐渐显得步履蹒跚、力不从心。

在持普遍主义观点的学者们看来，中国古典文论根植于中国传统文化之中。虽然历经数千年的发展，现代中国人已与古人千差万别，但深藏在中华民族血液深处的民族精神以及文化传统却一直绵延不断。作为直接指涉社会道德、人格理想，体现玄妙之思以及经验观照的话语体系，中国古典文学理论天然地具有续接民族文化传统精神命脉的普遍有效性。它所包含的广博而丰富的概念术语、逻辑范畴、思维方式、话语系统、价值取向、审美趣味、艺术尺度，因为很好地反映了中华民族的文化精髓，故而穿越千年的历史，在当代仍旧具有焕发生机的潜能和对文学现实进行阐释的功效。例如，有学者认为，基于中国抒情诗的诗学理论总结出来的意象和意境的范畴，不仅在批评中国的古典诗歌时是恰切有效的，而且在评论

① 金惠敏：《全球化与中国当代文艺学的极境——一个哲学性的思考》，《湛江师范学院学报》2002 年第 5 期。

现代语境中的诗歌或是戏剧、小说等叙事作品时，也可以通过具体的、可感的、清晰的图像效果的呈现，游刃有余地显示出其作为基础诗学的价值和生命力。①

在持特殊主义主张的学者看来，中国的文学批评历史上并不存在所谓的真正的“中国古代文论”。中国古典诗文批评从来都是批评者通过体认、涵泳的方式表达自己的切身体会，是一种直观且朴素的感受和体验。当今学界所谈论的“中国古代文论”，其实是自20世纪20年代基于现代西方文学观念所建立起来的一门以概念、逻辑为基本思维模式的现代学科，其目标是在五四时期蓬勃发展的新文学现象中对古代资源进行有效整理，与中国古代的诗文评传统有着根本差异。② 因此，这种化用西方文论的现代思维和言说方式来对中国古代文论进行研究的方法，不可避免地会对古人进行现代意义上的重构，对古代的文学作品进行“过度阐释”。而旨在保持与恢复古代文学与古代文论原貌而进行的研究，则要求只能运用古人的思维与言说方式，即“以古释古”。反之，任何在研究方法上的改造都是对古代文化、古代文学真实样貌的扭曲与遮蔽。换种说法，当下中国学界所认为的那种以诗文评为显著特征的古典文学批评，只能存活在其生成的特殊语境之中，一旦脱离该语境，便会丧失其对文学现象进行阐释的有效性。因此，根植于古典文化文学语境中的古典文论资源，因其自身的特殊性而立足于历史文化传统的长河，其对于产生于现代文化语境中的文学现象并不具有阐释的功效，也即，在时间维度上不具有普遍有效性。中国古代文论无须也无法求之于外，更不能与现代的科学观念进行对接，现代人所期望的“中国古典文论的现代转换”，从根本上来说是不可能成立的。

可见，在这场纷繁复杂的中西文论的恩怨情仇中，无论是基于哪一维度的论争，不管是持怎样的观点，参与论争的主体所重点阐扬的，都是自己所认同的文学理论的特殊或普遍价值。而这种阐扬，并没有对另一方的

---

① 参见曹顺庆、付飞亮《论中国古代文论的当代有效性——对“古代文论的现代转化”的反思》，《甘肃社会科学》2013年第1期，第117页。

② 参见李春青《在现代与传统之间——对20世纪中国古代文论研究若干问题的反思》，《清华大学学报》（哲学社会科学版）2008年第2期，第53—54页。

观点产生实质意义上的否定影响。因此，我们又可以转回到本文之前有关普遍主义与特殊主义的论争，实质上是一场目标偏移的误读性论争。无论是当代西方文论，还是中国古代文论，它们各自都具有相对意义上的普遍性和特殊性，双方在现代性语境下确实存在差异，却并不形成真正意义上的冲突。众声喧哗里的中西文论之争，并非文学理论来源上的水火不容。这种所谓的对立冲突，更多时候是一种主观的理论焦虑和自我限定，多数源自当下中国学者在转换使用这些资源时的不当做法。

三

中国的古代先贤在谈到君子如何自立于复杂多变的客观世界的时候，曾智慧地说过："观水有术，必观其澜。日月有明，容光必照焉。"（《孟子·尽心章句上》）光有本，水有源，志存高远、胸襟开阔的君子在观看大海的时候，一定会观看它壮阔的波澜。如果我们把当前涌动在中国文学理论界的这些众多的理论流派、价值主张、原则方法看作大海里的层层波涛，那么按照中华先贤的智慧，这些波涛相互碰撞而产生的波澜才是我们应当聚焦关注并且认真分析研究的重中之重。因为只有了解了不同理论主张之间得以生发联系的细微关键点，我们才能步步为营地继续谈论宏观上的建构问题。毕竟"流水之为物也，不盈科不行；君子之志于道也，不成章不达"（《孟子·尽心章句上》）。

如前节所述，纵观发生在当下中国文学领域上的日新月异的全球化的征候，无论是坚持普遍意义观点的"言必称西方"的西学倡导者，还是坚持特殊主义观点的"中国古代文论现代转换"的传统论者，都应该适时地摒弃固有的执见，以审慎的、开放的态度来思考各方理论的合理性元素，超越"一元论"的非此即彼和"二元对立"的水火不容，在全球化进程中尝试用一种"对话主义"的视角来审视中西文论资源，充分发声并认真倾听，承认各方在空间和时间意义上有双重的特殊性，寻求当代中国文论建构反思和重建的和谐与均衡。但是，这种鲸吞一切、海纳百川的价值理想，在具体操作实施的时候必然会遇到各种实际的障碍。首当其冲的便是，根植并生发于不同历史文化土壤之中的中西方文学理论资源，何以能构成一种平等的对话关系，而这种对话的具体切入点又是什么。在此，我们将从中西思想传统中对于人对世界的不同层次的认知及活动关系的相关理论分析出发，探讨中西文学理论资源对话的可能性和有效性。

一般的观念都认为，西方式的思维以严密思辨见长，东方式的思维多以直观感悟为主。因此，中华文化与西方文化相比，具有更大的圆融性和柔韧性。我们更习惯于以一种“天人合一”的视角来对外部世界进行宏观的观照，习惯于对一个问题从整体上予以判断和分析，无形之中却忽略在一个整体性的问题结构之中，还存有极为复杂的层级关系，每一层和层层之间都需要具体分析，慎重甄别。而这种具体的分析与甄别所需要的就是一种多元论的、多因论的思维方法，也即要善于将具体问题作分层处理。分层不是为了在问题的结构细节上纠结，而是为了超越结构的分层，更好地回到宏观上进行建构。无论在以学理思辨见长的西方学界，还是在以生命感观为主旨的中国思想传统中，都共同存在一种将具体问题放置于多重的理论结构视域中进行相关阐释和讨论的思维方式，而这种将本体论与多元论并重分层的思维方式，为我们在全球化语境下尝试对中西文论资源进行融合、有效建构中国当代文学理论，提供了极具启发意义的理论思维突破点。

作为中西文明交流中的重要一环，中国古代文论与当代西方文论，穿越古今，横跨中西，虽存在源于不同文明的异质性差异，但这些差异并不是铁板一块的绝对壁垒，我们的研究者完全可以本着平等的、探索的精神，来进行多视角、多层次的反复对话。我们之所以这样肯定，是基于以下的几点考虑：

首先，从这两种文论资源之间的现有联系影响来看，二者存在对话的必然性。虽然近半个世纪以来，中国古代文论一直被当作西方文论阐释、改造的对象，但随着中西文化交往越来越密集，中国古代文论在一定程度上也或隐或显地对当代西方文论产生了影响，二者之间逐步形成一种互释互证的复杂关系。例如，据统计显示，截至 20 世纪 80 年代，《老子》西文译本就已涉及 17 种语言近 300 种版本，已经成为 20 世纪西方文论生成和进一步发展的重要学术资源，对现象学、存在主义、解构主义、东方学等文论流派理论的型构都产生了一定的催化和促进作用。因此，在中西交流日益频繁的当今之世，中国古代文论与当代西方交流与对话的可能性也越来越明显。

其次，从二者的学科的同源性上来看，二者存在对话的可行性。无论是对西方文学进行批评研究的当代西方文论，还是对中国古典文学进行品评体悟的中国古代文论，作为文学理论这门学科的不同分支，它们的研究对象在本源上是一致的，即它们都肩负着对人类的生活生存状况进行评估与反思、对作家作品的价值意义进行批评与鉴赏的任务。当代西方文论流派纷呈，百家争鸣，但如果我们对这些不同流派的理论进行宏观的辨析，就会发现这些令人目不暇接的理论终归脱离不了两种最基本的研究模式——对文学作品的形式进行内部研究或文学作品的意义进行外部观照。对于中国古代文论来说，既存在对作品外在形式进行探究的诗格、诗式、诗律等理论，也不乏经由儒释道经典的诠释以达成体悟文心、洞明世事的审美鉴赏。中西文论的这种研究模式上的平行关系，既为它们之间的对话提供了讨论的对象，也为它们的沟通搭建了平台。

诚如刘若愚在20世纪70年代所指出的那样，“正如所有的文学和艺术企图表现那不可表现的东西一样，所有的文学和艺术的理论也都企图解释那不可解释的东西，如果我们愿意承认这种矛盾，而继续朝向一个被认为是不可能达到的世界性的文学理论的目标努力，那我们就应该尽可能地考虑到许多渊源各异的文学传统的理论”①。任何对中国文学现象的研究，都是对研究者关于中国本土文学认知程度的考察。但是，无论我们是否心甘情愿，事实上我们在经济、文化、制度等各个方面已经被时代洪流纳入全球化的宏大进程中，今天被用来作为研究目标的中国文学现象与历史烟尘中的诗歌文赋早就不能同日而语。因此，一个现代的文学理论家若要以一种世界性的眼光研究中国文学，单方面采用任何一种中国传统的文学理论作为其必要或充分的批评基础，或许都不会完全满意。这时，突破中西文论资源各守一隅不可通约的思维局限，谋求本体法则相一致基础上的中西文学理论的概念、方法和标准等具体规范的融合便显得极为关键和必要。

当我们知道源自不同文化土壤中的文学理论彼此之间存在对话的可能，并在此处兴趣盎然地大谈西方或中方的“对话主义”理论时，我们必须同时保持清醒的头脑——我们必须思考，中国当下的文论工作者，应

---

① 刘若愚：《中国的文学理论》，中州古籍出版社1986年版，第5页。

该通过什么样的方式与他者的理论、与自己的传统理论对话。只有既关注不同理论之间对话的内容，又关注它们对话的方式，同时也关注对话的效果，才能使中西文论摆脱当前等待挖掘利用的被动的存在方式，成为可以参与中国当代文学理论构造和建设的积极力量。

我们在此处所倡导的这种秉持中西互照互识互证的学术立场，以及在多重理论视域中进行文学理论问题的阐释讨论的视角，早在近半个世纪以前，就曾被刘若愚在《中国的文学理论》（*Chinese Theories of Literature*, 1975）一书中先行尝试过。虽然此书一经问世便招致国内文学理论界的各种批评，被认为是拿西方文论体系对中国传统文论资源进行生硬框范的削足适履①，但书中所用以研究的思路方法，即便是放置在今天中西关联的语境下，依然有着宝贵的借鉴意义。

刘若愚《中国的文学理论》一书的宗旨在于要寻求一种“文学的普遍理论”，即跨越历史、跨越文化，探求超越历史与文化差异的“世界文学理论”。他首先将有关文学理论作出“文学的理论”（theories of literature）和“文学性理论”（literary theories）的区分。“前者是研究文学的基本性质和基本功能，后者则是研究文学的外观，诸如形式、流派、风格和技巧等等。这两种不同类型的理论，是在两种不同的层次上对待文学，一种是本体上的，而另一种则是现象上的或方法上的。两者又是相互关联的。”② 在本体的维度，刘若愚将文学定义为“艺术功用与语言结构的交搭”，思考并解答了文学的基本问题。同时，他以艾布拉姆斯的文学活动四要素理论为基础，并对该理论进行改造，运用西方文学理论的概念结构和理论框架，从形而上的、决定的、表现的、技巧的、审美的与实用的六个方面着手建构中国的文学理论，并对上述六种理论之间的相互作用进行综合考察。作者用现代的、理性的眼光，清理并解释了中国传统的具有感性直觉特点的文论，又反过来用中国传统文论丰富并充实了世界文学的理论。

这里，刘若愚的建构试验表现了一个华裔学者试图在西方学术语境包

① 对于刘若愚《中国的文学理论》的相关批评，可参见车文丽、卢迎伏、韩军等人的文章，此处不再展开。

② 刘若愚：《中国的文学理论》，中州古籍出版社1986年版，第1页。

裹下的艰难突围。他以西方文学理论的结构和体系为基础，对中国古代文论进行系统化、体系化的梳理和整合，从而将中西文论在某种层面上加以融会贯通。更加难能可贵的是，刘的研究体现出了我们在前文中所说到的分层研究的方法思路。文学在最高法则的意义上是一种“艺术功用与语言结构的交搭”，这一界定在古今中外的文学活动中都具有普遍的有效性，即中国文学理论对于中国本土文学的阐释功能，与西方文学理论对西方文学文本的阐释功能，这二者在根本上是相同的，也即文学理论在关于文学的本性以及与文学实践的关联方面，在根本上是具有普遍适用性的。其次是针对不同文论自身区别于其他文论的特殊规范层面，刘将自己对中国文学批评的各种考察与西方的理论进行了精准的对接，在进行中国文学理论的建构时，他始终将中西文论平等对待，进而探究中西文论的异同，谋求二者之间的对话与交流。这种对话，“是一种从特殊（诗、词及中西诗学比较、翻译）到普遍（文学），从实践（批评标准和方法的具体落实）到理论（基本理论问题的发微、阐述）的逻辑关系，即从诗歌、词的批评实践提出了诗、词、文学的定义及批评的标准、立场和方法，并在‘综合文学理论’的指导思想下，对比较诗学的主要问题作了系统阐发，进而讨论了跨文化比较中无法回避的翻译问题；既有理论的提升，亦在批评中实践他的理论”①，既有助于凸显中华民族诗性智慧的特质，又证明了西方诗学关注的焦点在中国诗学中也可以得到同样的关注。

基于上述分析，我们可以看到，中西文学理论之间虽在基本的文化机制、知识体系、话语方式等方面存有诸多差异，但这些差异并不构成本质上的对立与冲突。然而正是由于这些差异的客观存在，才使得中国古代文论与当代西方文论之间具备了对话的可能性。关于两种不同的文学理论的对话，笔者认为，应该注意以下三个方面的问题。

首先，中国古代文学理论与当代西方文论根植于不同的历史文化传统，且中西方的哲学和文化间存在诸多无法完全通约的差异。但是，从根本上说，文学理论是以文学为研究对象的理论，并非哲学、社会学或人类学等其他人文学科的简单附庸。文学理论作为一种话语系统，它一方面从

---

① 朱巧云:《刘若愚：在多重理论视域中做学问》，《中国社会科学报》2015 年 1 月 26 日第 5 版。

哲学、社会学、心理学等诸多社会学科中获取启发，另一方面将社会学科的思想引入文学实践，以期对文学经验进行理论阐释。从这种勾连于两端的居间性、开放性来讲，中西方的文学理论在有关文学的基本性质和基本功能等方面，存在一定的通约性。例如，在关于文学本质的讨论中，中国古代文论中关于文学具体的情感性、言语性等无法进行明确判断的感悟式论断，就可以与西方文学理论中的神秘的、感性的“秘索斯”（mythos）理论相呼应。而对于文学中的“志”“道”“义理”等抽象的哲学本质的讨论，则可以与逻辑的、理性的“逻格斯”（logos）追求相对照。

其次，就文学的内部规律研究来说，中西文论在有关文学的表现性、技巧性等风格特点方面的研究，则具有更为广阔的对话空间。例如，西方文论中的象征主义主张用象征性的语言去描写具体事物，通过对读者感官及心灵的刺激，以引起读者的想象，从而形成荒诞的“意象”并借以传达微妙的内心世界。这种关于现代派文学创作与接受过程中的哲理性、象征性、荒诞性的主张，与中国古老的“意象”理论就存在诸多一致性。中西文论跨越时间、地理的限制，类似这样可以“互照互释”的对话切入点不可胜数。但是，如果缺乏必要的原则性的通约，这些有关内部研究的具体对话，就容易流变成为“你有我也有”的相对主义论断。因此，有关文学理论内部具体规律的对话研究，应在有关文学理论外部规律对话研究的前提之下进行。如此，才符合本文所认同的中西互照互识互证的对话主义原则。

最后，无论是我们所讨论的多重理论视域中的对话主义原则，还是有关文学理论外部规律与内部规律研究的多元对话，从根本上，都可以还原成为有关文学理论的普遍性和特殊性研究。所谓中西文论的对话，即是在保证文学本质普遍性的基础上，使中西方文学理论各自的特殊性得到尽可能的保护与阐扬，使各方文论资源在多层视域有机结合，保持彼此之间的张力关系。而在对于各种具体的文学经验的阐释与研究中，怎样对其进行认定、阐释，应该采取什么样的标准、价值和思维方式对不同的理论进行统筹，则又会触及另外一个层级的中西之争、普遍与特殊之辨。

（原载《天津社会科学》2018 年第 1 期）

文化算不了什么

刘　宝[*]

内容提要：“文化”的概念林林总总，文化的表征不一而足，在全球对话主义的视野下，如何正确看待文化？如何看待文化的普遍性与特殊性？文化的重要意义到底何在？本文通过对文化普遍性与特殊性的比较，引入“文化时间”的概念对特殊性的变化进行探讨、对物质生产实践和人的需求重要性进行分析，来寻求文化的重要意义及归宿。在当今时代背景下，文化的最终归宿是走向“文化星丛”，而脱离星丛的孤立文化终将失去其存在的意义和价值。

关键词：文化　特殊性　文化时间　物质生产　人的需求　价值星丛

“文化”一词的出现，迄今已逾两千年之久。在两千年的时光里，尤其是18世纪以来，“文化”不断被定义与再定义，古今中外，各种文化定义林林总总，据传已达数百种之多，而仍被文化学者们津津乐道。由此可见，“文化”是一个复杂的、动态的、变化的概念，从发展的眼光来看，它永远无法被确定，永远都会生发新的内容。

文化的定义如此复杂多变，为何“中西文化二元对立”思想却能如此明确地长期盘踞人们的精神和话语世界？实际上，从普遍性与特殊性的

* 作者简介：刘宝，中国社会科学院研究生院文学博士，中国矿业大学徐海学院外语系讲师，研究方向为西方文学理论与文化理论。

角度来说，“二元对立”的文化思想本就是无本之木，并不存在对立的基础和根据；而“文化”，如人们所常说，包括了人类创造的物质财富的总和，特别指脱离物质之外、泛而言之为“精神的世界”。按照马克思政治经济学的理论，经济基础决定上层建筑，物质财富通过物质生产实践实现，那么物质生产实践才是第一位，先于并引领“文化”的第一存在。从这种意义上说，“文化”并非如此重要。

一 “文化”是不断变化的特殊性

黑格尔说：“从世界历史的观察，我们知道世界历史的进展是一种合理的过程；知道这一种历史已经形成了‘世界精神’的合理的必然的路线——这个‘世界精神’的本性永远是同一的，而且它在世界存在的各种现象中，显示了它这种单一和同一的本性。”① 此处黑格尔所言“世界精神”被认为是我们平常所说的人类本性，而“世界存在的各种现象”就是世界上各种不同文化的表征，这段话实际上是说人类本性的一致性决定世界上各民族文化的普遍性。②

对普遍性的追求是人类的本性，人类总是在不断追求普遍性，然后再努力超越，进入一个又一个循环，这种循环引领了几千年来人类的精神走向。然而对于文化来说，黑格尔所说的“同一性”即普遍性是否确实存在？又如何得以存在？与“单一性”即特殊性相比，文化的“同一性”有多大的可能性呢？

对于文化普遍性的追求，人类或许是失败的。

任何事物都是普遍性与特殊性的统一体，这说明了文化普遍性的必然存在。但这种存在以局限的根源与面貌得以实现——人与动物的本质区别，使得文化普遍性表现为“人类生存的一些基本习俗和制度遵照普遍的规律发展，并且依此经历着共同的发展形态”③。从人类历史的角度来

① ［德］黑格尔：《历史哲学》，三联书店1956年版，第48页；顾乃忠：《论文化的普遍性和特殊性》，《浙江社会科学》2002年第5期，第124页。

② 参见顾乃忠《论文化的普遍性和特殊性》，《浙江社会科学》2002年第5期。

③ 同上。

看，每个社会或民族都在或快或慢经历从低向高发展的过程，或许，黑格尔所追求的文化“同一性”也就仅此而已。

朱汉民先生在《特殊性与普遍性的融合——湖湘文化精神特质的建构》一文中提到，中国在2500年前便建立起具有普遍性意义的文化精神，“当孔子说‘天下有道’时，所表达的正是中华文化普遍性精神的成熟”[①]。“道”所体现的文化理念被放到“天下”的视域中，是否就意味着“文化普遍性精神的成熟”？我个人觉得还是有值得商榷之处。孔子口中“天下”的空间概念在其后每一个时间点上可能都不再雷同，这个“天下”的“道”又何以成为文化普遍性精神的成熟？

应该说，文化的特殊性是远大于其普遍性的。文化的生长主要有进化与传播两说。进化论体现了文化在不同发展阶段上在与自我对比的过程中产生的特殊性；传播论是多个不同发展阶段的文化之间，自我与他者对比过程中产生的特殊性。进化论是历时性的隐喻，伴随了时间的流动，传播论是共时性的彰显，体现了地域间的差异。但换个角度来看，传播论反映的不仅是地域间的辐射，不仅是地理环境与交通方式的差异，还体现了时间流动速度快慢的区别。地域间不同文化发展不均衡，应该有个“文化时间”的因素存在。不论是远古社会使用铜器的部落与使用石器的部落相比，还是现代发达的工业文明与非洲雨林的渔猎刀耕的民族相比，表面上是地域的差异，实际上却是“文化时间”流动快慢的区别，正如石器部落最终走向了铜器时代一样，非洲雨林的民族总有一天也会主动走向更为现代的文化或文明，中间的差距就是时间问题。所以，孔子的“天下”，就如同中华大地上星罗棋布的遗迹遗址、古墓陵冢一样，是历史链条上的一个环扣，是“文化时间”节点上的静态概念，是被时间湮没的特殊性。

历史学家许倬云先生从“中国历史上的内外分际”角度，对“我者与他者”的互动关系进行了从史前到近代的长时段考察，演绎了中国文化的流动性和开放性：

---

① 朱汉民：《特殊性与普遍性的融合——湖湘文化精神特质的建构》，《湖南大学学报》2014 年第 6 期。

> 中国的历史，不是一个主权国家的历史而已；中国文化系统也不是单一文化系统的观念足以涵盖。不论作为政治性的共同体，抑或文化性的综合体，“中国”是不断变化的系统，不断发展的秩序。这一个出现于东亚的“中国”，有其自己发展与舒卷的过程，也因此不断有不同的“他者”界定其自身。[①]

所谓“发展与舒卷的过程”，就是现实文化在时间中不断展开、不断更新的流动性，每一个时间点上的文化都是当时的“现实文化”，但随着时间又不断向前流动发生变化。而“不断有不同的‘他者’界定其自身”，喻示的恰恰是文化的开放性，没有任何一种文化能拒绝“他者”的评价与冲击而保持自己的纯粹不变。

至此，我们已然明确，因“土壤”的不同，每一个文化——不管是从历史角度的传统与现代，还是从地域角度的东方和西方——都必然有其特殊性的存在，从而产生文化间的千差万别；但是，文化从不是一潭潭死水，它在时间和空间上开放与流动（当然，归根到底，主要还是“文化时间”的流动，空间的辐射和传播只是由于时间的流动速度不同），从而不断交织勾连，不断融合溶解。若如此，任何一个国家或民族的文化，不论发达与蛮荒，任何一个历史时期的文化，不论古老与现代，都不值得人们去死守与捍卫。时间的流动性带来了文化的流动性，时间就像一根线，每一种文化都是这条线上已经穿起的珠子，有自己的特殊性，但这个作为话语存在的抽象特殊性随着“文化时间”的流动不断成为过去，不断变化甚至被削弱被覆盖，因此坚守某个单一文化便没有了意义。

然而，文化何以体现出如此明确的流动性和开放性呢？

二　“文化”是物质生产和人的需求的产物

文化（或文明）具有流动性和开放性，当然与时代的召唤有关，与不同文化间的相互交流学习有关，即习近平总书记所说“文明因交流而

---

① 许倬云：《我者与他者：中国历史上的内外分际》，三联书店2016年版，第2页。

多彩，文明因互鉴而丰富”，而同时，这种流动性和开放性更与“交流”与“互鉴”背后的物质性力量或物质生产实践相关，或许可以进一步说，物质生产实践及人的需求是导致文化具有流动性和开放性表象的根本原因或前提。

早在19世纪40年代，马克思和恩格斯在《德意志意识形态》一书中就提出文化起源于人类物质生产活动的思想，1876年，恩格斯在《劳动在从猿到人转变过程中的作用》中也指出，文化作为意识形态，是人类特有的现象和符号系统，起源于劳动。或者再早一点，从文化（culture）一词的拉丁语词源来看，cultura和colere意为“翻动土地”“耕作”“栽培”，说明“文化”从本源上便喻示着物质生产实践。文化发展的历史，就是社会物质生产发展的见证。

随着泛文化主义的流行，各种“文化”后缀于当今社会层出不穷，如影视文化、餐饮文化、旅游文化以及酒文化、茶文化，甚至有茶叶蛋文化，等等。“文化”后缀确实增加了某个事物或行为的厚度，但其背后却更多与物质生产实践有关。在电影没有制作完成之前，是谈不上影视文化的，在茶叶采收加工完成之前，也绝不会先产生“茶文化”的表达。由此便显而易见，“文化”从物质生产劳动的实践中衍生出来，受物质生产引领，为物质生产服务。卢梭在《社会契约论》中指出文化是慢慢诞生的，它每天都能获得新生力量并逐渐取代过去的力量。这种“新生力量”的获得只能从实践中来，而“过去的力量”便是旧的文化状态。我们可以说，每当物质生产实践衍生出某种文化，引领其融入更为复杂的文化空间的时候，也瞬间将其抛弃在历史的时间轴上，使其越来越趋近于传统，等待更新的现实对其筛选、修剪甚至覆盖。

因此，物质生产实践是前提、是第一位，文化只能追随其后，被产生、被左右、被修改。

谈到物质生产实践，又无法避开“人”的维度。

马克思认为，人的社会生活本质上是实践的，实践是文化产生的动力和源泉。人是实践的主体，文化的本质就是人化。文化与实践都具有理性和非理性两个方面的特征，就其非理性而言，即雷蒙·威廉斯作为文化定义的“日常生活”。而对于人类而言，如克鲁克洪所说，“也像其他动物有本能一样，也存在着许多不能自主的东西”①，因此人的行为也具有非理性或自发性，这种非理性表现为人的需求、生存或欲望等等。人的需求以及对需求的认可与实现，就表征为“文化”。

布克哈特曾这样谈论文化：

> （文化的）成长和衰落都受到一个高级的、神秘莫测的生命法则的主宰。……文化是为了促进物质生活而自然而然地形成的东西的总和，是一种精神和道德生活——所有的社会交往、技术、艺术、文学和科学——的表达方式。它是一个变化无常的、自由的、而不是必然具有普遍性的王国，所有文化都不能诉诸具有强迫性的权威。

文化“不能诉诸具有强迫性的权威”，这个“权威”不包括人类非理性或自发性的需求。文化不会向强迫性的权威所臣服，但其外化在日常生活方式上的各种变化却根本上来自生命本身的逼迫和驱使。正因为人类非理性或自发性的鼓噪，文化才有了色彩斑斓的不同表征，或者进一步说，文化表现的最深层力量来自人的内心需求和非理性。

物质生产实践是文化产生的前提，而人的需求决定了文化的外在表现，文化从这个意义上来说似乎被削减了很多力量。确实，文化木身没有自身的发展规律，它的发展随着物质生产实践和人的需求的变化而改变，文化并不知道自己该走向哪里，能走到哪里，这一切都是物质生活的权力范围，文化的发展由物质现实和人的需求来裁决。

三　结论：文化星丛

英国功能主义学派更强调文化的整体性，代表人物有拉德克利夫·布朗和马林诺夫斯基。前者曾强调说：共时性的研究是不考虑文化的历史和起源，而是将文化看成一个整合的系统，在这个系统中，文化的每一个因素都扮演一特定的角色，都具有一种功能。因此，研究文化就是研究一种文化中各要素之间的关系、这种文化的整体结构、各文化要素在这个整体

① ［美］克莱德·克鲁克洪：《文化与个人》，浙江人民出版社1986年版，第104页。

系统中对于外界调适和内部整合两方面所具有的功能，以及比较不同文化系统之间的异同点。[①] 马林诺夫斯基也主张文化是一个整体，任何文化现象都应该置于文化整体中去考察。他谈到文化功能主义观点所设定的原则：在每种文明中，一切习惯、物质对象、思维和信仰，都起着某种关键作用，有着某些任务要完成，代表着构成运转着的整体的不可分割的部分。比如一根木棍可以做手杖，也可以当篙杆，还可以当锄柄或者武器，它在不同的用处中，都进入了不同的文化布局，或者讲，它不同的功能都包含着不同的环境，都具有不同的文化价值或文化整体背景。[②]

这种对文化整体性的观照已具有较为开阔的视域，但其整体性依然会囿于一个整体内部，未挣脱文化空间局限性的藩篱。与之相较，中国社会科学院文学研究所研究员金惠敏先生在谈到民族主义与世界主义关系的时候，借用阿多诺等人的“星丛”（konstellation）比喻提出了“价值星丛”的概念，为我们提供了一种新的思考，让我们可以将对文化的理解植入一个大开大合、游刃有余的更为广阔的“星际”空间。

阿多诺这样说：

> 不经过否定之否定，但也无需托身于作为最高原则的抽象，统一的时刻便可存活下来。其原因在于，不存在由诸多概念逐级攀升到一个综合的高等概念的过程，相反，这些概念进入了一个星丛。此星丛照亮的对象的特殊性，而对于分类程序而言，特殊性既可以忽略不计，也可以是一件重负。[③]

金惠敏先生如此解读阿多诺这段话：

> 阿多诺不否认价值符号之间的“统一的时刻”，但这种统一不是一种价值符号凌驾于其他价值符号之上，而是各种价值符号共同进入

---

① 参见夏建中《文化人类学理论学派》，中国人民大学出版社 1997 年版，第 121 页。

② 同上书，第 130、156 页。

③ Theodor W. Adorno, *Negative Dialektik*, in ders. *Gesammelte Schriften* 6, Frankfurt am Main: Suhrkamp, 1996, p. 164.

一个星丛，在其中各种价值符号相互作用、相互界定。阿多诺坚持没有涵括一切的概念，这于世界主义也就是说，没有涵括一切民族价值的超级价值，世界主义只是意味着一种“价值星丛”，在此星丛之中，民族主义价值不是要臣服于一个“最高原则”的宰制，而是进入与其他价值的一种对话性关系。①

这段解读让我们眼前一亮，在全球化的今天，在对于“二元对立”争执不休的情况下，“价值星丛”让文化多样性面临的困顿消弭于无形。我们只需将金惠敏先生“价值星丛”的概念转化成“文化星丛”，所有问题便可迎刃而解。

我们可以说，文化的归宿，便是“文化星丛”，在这个星丛里，每一个历史时期、每一个国家民族的单一文化也不需臣服于什么“最高原则”的宰制，它只是进入与其他文化的一种对话性关系。“星丛照亮了对象的特殊性”，喻示了不同文化的特殊性将被文化之间的关联和互动所彰显与伸张。文化星丛不会取代任何单一文化，也不会无视文化利益，它只是揭示这种文化间的相关性，并使得利益由此得以表现和实现。

回到我们最初的话题，在世界走向全球对话主义的今天，各种文化不断碰撞与融合的今天，各种区域与历史文化的归宿都在文化星丛之内，它们在星丛内通过对话关系而存在。那么，若我们还是陷入某一种文化不能自拔，那就真的流于只见一星、不见星丛的狭隘了。众星会聚，文化星丛才更闪亮，脱离星丛，任何一颗文化之星都必将黯淡无光。

20 世纪 20 年代歌德提出“世界文学”的概念，他说“民族文学在现代算不了很大的一回事，世界文学的时代已快来临了”。套用一下，文化星丛已经汇聚，单一的历史和地域文化也算不得什么了。

（原载《中国图书评论》2017 年第 7 期）

① 金惠敏：《价值星丛：超越中西二元对立思维的一种理论出路》，《探索与争鸣》2015 年第 7 期。

“神学”视角：作为中西文化对话的一种基础

丛新强*

内容提要： 中西对话关系构成现代中国文化发展的显著特征，“中西之争”问题和“后现代主义”形态又是其中的关键命题。“神学”的“普世观”为全球化语境中的“中西之争”提供了超越性视角；“神学”对“后现代主义”的回应提供了思考“后现代主义”建设性价值的参照性视角；作为有效的“他者”，“神学”视角为中西文化对话提供了反思性基础。全球对话主义语境中，理解基督教文化的“神学”视角，最终是要重新理解汉语思想。

关键词： 神学　中西文化　对话

中西对话构成20世纪文化中国存在和发展的显著特征，其间的“中西之争”问题和“后现代主义”文化表现最为明显，伴随而来的，又往往是“全盘西化”与“全盘本土”的交替或者并行。钟情于中国传统文化体系者主张“中体西用”“中国文化拯救人类”，强调文化的内涵式演进；而质疑中国传统文化者则着眼于西方价值体系，主张“西化”，强调文化的外延式发展。至今，这两种模式的分离都未能取得实质性进展，非但无益于达成文化“现代性”，而且加剧文化发展的困境。如何超越“中

* 作者简介：丛新强，山东大学文学院教授，主要研究方向为中国当代文学。

西之争”，如何面对文化“现代性”和“后现代主义”，或者说，如何重建现代中国文化以及中国文化与世界文化的关系，仍然是文化中国的关键命题。在全球化语境中，基督教文化的“神学”视角不仅有所回应，而且提供了解决问题的有效性思路，可以作为中西文化对话的一种基础资源和价值依据。

一 “神学”视角：超越“中西之争”

近代以来，放眼世界、走出国门的中国知识分子不在少数，但大多转向了西方的科技、财贸、政治乃至军事，致力于文化哲学者相对来说非常之少，而倾向于西方神学者近于绝迹。“向西方学习”的口号已有百年之久，但学界仍然习惯于将西方文化精神传统归结为“理性的分析、自然界的逻辑化以及对精确科学及其方法的追求”。殊不知，“科学理性精神固然是西方文化的一个重要向度，但它显然不足以全面地概括西方文化的素质。……更重要的是，在西方文化的历史发展中，除科学的理性精神外，还有由希腊逻各斯主义与希伯莱精神结合而确立起来的基督教文化精神传统。理性与宗教始终是西方文化精神发展所依赖的两个转轮”①。然而，宗教文化精神这一“转轮”在中国语境中确实异常薄弱。由此，这就使得所谓的“中西之争”的准确性与有效性让人产生怀疑。因为我们“拿来”的其实一直是一种片面性的西方文化。明确认识到这一点，将有助于转换思路，摒弃长期建立在片面理解基础上的无效争论，从而为全面把握中西文化传统，进而为消弭对立、实现融合准备必要的条件和基础。

从历史发展视野中来看，基督教文化正是逐步克服犹太教文化的民族性之后才得以真正独立、广泛传播，并且具有了世界性。而且，20 世纪不断兴起的基督教普世化运动，更加强化了其世界性特征。它主张基督真理具有普世性效用，强调其价值体系具有与各种文化有机共存的普遍性。“‘普世教会运动’使基督宗教各个教派在相互关系和彼此理解上获得了明显改善，可以说，20 世纪的教会发展大体表现出从相互诅咒、相互指

① 刘小枫：《拯救与逍遥》，上海人民出版社 1988 年版，第 2 页。

责到相互对话、相互理解，进而又共同参与、发展合作的进程。‘对话’在这一进程中起了极为关键的作用。”并且，“在‘全球化’浪潮的冲击下，普世主义的对话亦发展出了强烈的全球意识”。[①] 如此看来，中西文化间同样要展开具有实质性意义的相互“对话”，从而走向“全球化”意识。不管是“中国化”还是所谓的“西化”，实则都没有摆脱以局部代替整体、以个别代替普遍的传统认知思维模式。“而基督教的普世性及其强调的上帝拯救之普遍存在，则给人们提供了新的思路和选择。”“普世观所揭示的人世存在的相对性和有限性，以及人们寻找、体悟真理之相似、相通和协调一致，乃为各种文化的定位提供了标准和基调。”[②] 由此而言，无论“西方中心论”还是“东方中心论”，不仅不现实不可能，而且只能带来对世界文化多元化的隔离。现代世界中的文化形态都具有相对的独立性和开放性，理应既要继承、弘扬自身传统，又要面向世界、吸收外来文化。中国文化同样应如此，应当与世界文化实现融会，自身生命力才能得以久远。这就需要中国文化走出“中西对立”的思维模式，实现二者的有效会通。也只有具备这一基础，全球化语境中的“中西之争”才能获得超越，中国文化也就有了真正走向现代性的可能。

在这样的转换过程中，基督教文化的“神学”视角能够为中西文化的有效沟通和持续对话提供一种可取的思路。在这样的文化视角中，汉语思想则需要超越“中西之争”而回归历史语境中的人与真实的相遇。尤其是在全球化进程中，所谓的“中国问题”其实都是“全球问题”，正如金惠敏所提出的，“中国作为全球性大国，应当为‘全球意识形态’、‘全球知识’作出贡献，而不是仅仅以守持‘中国特色’为满足”[③]。“世界”不外于“我们”，“我们”就在“世界”之中。中西二元对立的思维模式，足以让我们再次警醒。

---

① 卓新平：《当代西方基督宗教思想研究》，《国外社会科学》（京）2002 年第 1 期。

② 卓新平：《基督宗教论》，社会科学文献出版社 2000 年版，第 217 页。

③ 金惠敏：《全球对话主义：21 世纪的文化政治学》，新星出版社 2013 年版，第 3 页。

二 "神学"视角:"后现代主义"的建设性

作为中西文化对话和文化"现代性"的重要组成部分,"后现代主义"的发生是当代中国文化历程中颇为引人注目的现象。其最大的特点就是以所谓"非理性"的形式指向了对于旧有文化传统的颠覆与瓦解。而且因为不同于传统文化的思维逻辑、表达方式、寓意系统和审美习惯,也同步带来理解与传播的难以沟通。

在曾经的轰动效应逐步冷却之后,"后现代主义"自身的问题也日益显现。企图利用表现形式的突破来传达根本精神的反叛,只能不断地花样翻新,于是西方文化的漫长演变,在本土语境中便迅速地被演练,新的模式与束缚又在所难免。虽然在重新得到陈述的历史中显示出更多的偶然性和悲剧意味,但又在对自我身体的刻意发现中展示出更多的世俗化诉求。"后现代主义"文化思潮的确揭示出现代文明发展中潜存的危机,但其价值内核却明显充满"虚无主义",也就难以获得价值信念上的根本转变。"一个内心中一无所信的人竟能给世界带来光亮,显然是不可思议的事。我们有理由首先要求诗人进入一个意义世界,否则他不可能展示一个意义世界。"① 而且,"把创作方法作为考察诗人活动的坐标点,使得我们的诗学长期纠缠于一系列假问题。……没有价值信念上的转变,所有创作方式上的变更都不过是附庸风雅,最终落到荒唐可笑的境地"②。显而易见,"后现代主义"在质疑已有的文化世界中显示出应有的力量,但其虚无主义的非理性否定方式却又难以提供重建新的文化世界的动力。然而,问题的关键又在于文化的重建意识。那么,"后现代主义"是否存在建设性向度?是否能够提供有意义的文化建构思路?其实,基督教神学家已经较早提出了这样一种"建设性后现代主义"的文化立场。

在美国神学及宗教哲学教授大卫·格里芬主编的《后现代科学——科学魅力的再现》一书中,倡导"建设性后现代主义"的伯姆曾说:"在整个世界秩序四分五裂的状况下,如果我们想通过一种有意义的方式得到

---

① 刘小枫:《拯救与逍遥》,上海人民出版社 1988 年版,第 58 页。

② 同上书,第 86 页。

拯救的话，就必须进行一场真正有创造力的全新的运动，一种最终在整个社会和全体个人意识中建立一种新秩序的运动。这种秩序将与现代秩序有天壤之别，就如同现代秩序与中世纪秩序有天壤之别一样。我们不可能退回到前现代秩序中去，我们必须在现代世界彻底自我毁灭和人们无能为力之前建立起一个后现代世界。"① 对此，天主教神学家汉斯·昆认为，"后现代"表明了一种探索，是用来说明一个"新时代"的"探索概念"②。从对"后现代"的乐观态度和积极评价角度而言，神学的"后现代"之探，正显示了神学的"觉醒"。它强调"对现代的内在批判"和"对启蒙的启蒙"，追求的是克服危机、面向未来和步入"新时代"。它以其"开放""探索"等特征而说明本身正在"寻求方向，制订纲领"。汉斯·昆认为，在后现代，被压抑的、萎顿的方面都将获得一种崭新的、令人满足的、丰富的功能。③"后现代"社会的精神状况使得宗教的作用得以突出，因为人们不仅意识到"存在的危机"，同时感到对"上帝的忘却"使人缺乏面对危机、克服危机所必需的安慰、温情和关切。他借用法兰克福学派批判理论的代表人物霍克海默的信念表达了宗教在"后现代"的意义："没有'完全的他者'，没有'神学'，没有对上帝的信仰，生活中就没有超越纯粹自我持存的精神；没有宗教，在真与伪、爱与恨、助人和唯利是图、道德和非道德之间就不可能有确有依据的区别；没有'完全的他者'，对完满的正义的追求就不可能实现，对无辜者的屠杀就必定得逞；没有我们称之为上帝的最终的、原初的、最实在的现世——我们'对安慰的渴求'就依然不能得到满足——在时间和永恒方面。"④ 显然，这与汉斯·昆的主张是一致的。"不是先有上帝之理性证明再有信赖，进而有一种依靠和保障感，而是在敢于信赖之中完成理性，在面对一切怀疑的否弃时经验到自己的信赖的理性，而不是遁入非理性中去。"⑤ 至此可以认

① ［美］大卫·格里芬：《后现代科学——科学魅力的再现》，中央编译出版社 1995 年版，第 75 页。

② ［瑞士］汉斯·昆：《神学的方向：走上通往"后现代"之路》，载刘小枫主编《基督教文化评论》第 1 辑，贵州人民出版社 1990 年版。

③ 同上。

④ 同上。

⑤ 参见刘小枫《走向十字架上的真》，三联书店 1995 年版，第 351 页。

为，激进的、否定性的“后现代主义”仅仅是一个过渡时代，并且在“辞旧迎新”的转型过程中起着催化与促进作用。而且，正是在这样的时代，倡导“希望神学”的当代基督教神学家莫尔特曼站出来为希望、未来、理想和解放正名。他宣称，在基督神学中只有一个真正的问题：未来的问题，希望而非绝望——绝望即罪——才是属人的美德。① 这也就是刘小枫所谓的“十字架上的未来是大地的希望”。美国芝加哥大学神学院教授特雷西亦指出：“宗教的最佳形式乃在其作为一种抗争的力量”，正是基于此种抗争精神，才可指说真正的“希望”②。

有学者已经指出，“后现代表达的失败主义和虚无主义情绪对当代基督宗教思想发展并非是完全消极的。他们认为，这种悲观绝望的精神氛围实际上已给当代神学发生变革、使之重新成为社会倾听的话语提供了一个极好机会”。而且，当代神学也并不完全认同或跟随后现代的悲观、破坏、解构之路。“与之相对照，应运而生的后现代神学亦旨在改变后现代的纯批判和否定性质，这种变化即从破坏性到建设性，从否定性到肯定性，从悲观性到乐观性的根本过渡。……在重构后现代有机论和整体论的基础上，这种后现代神学形成了其独特的整体有机论体系及方法，它坚持在否定与摧毁的同时亦力争保留和建设，主张消除人与世界、人与自然、思维与存在之间的对立及分离。它否定现代发展所导致的世界和自然之‘祛魅’，希望为世界和人类获得神性‘拯救’而再现神秘，重建神圣。所以，后现代神学力图在现代主义对宗教的批判和后现代主义对一切价值及传统的破坏这两难处境中寻求重立其信仰价值和真理之途，旨在以基督宗教之‘立’来回应后现代思潮之‘破’，并以其‘建设性’来弥补后现代主义‘解构性’的不足，由此超越现代与后现代。”③ 面对“后现代主义”的文化状态，其真正使命与建设功能得以更加突出。它使我们不仅意识到存在的危机，而且更加意识到面对危机、解决危机所必需的安慰、温情、关切、爱与希望。它同时使我们意识到，在面对怀疑时经验到

---

① 参见刘小枫《走向十字架上的真》，三联书店 1995 年版，第 414 页。

② ［美］特雷西：《诠释学·宗教·希望——多元性与含混性》，三联书店 1998 年版，“中译本导言”第 12 页。

③ 卓新平：《当代西方基督宗教思想研究》，《国外社会科学》（京）2002 年第 1 期。

自己信赖的理性的重要性，而绝不是一味逃遁到非理性中去。可以说，“神学”对“后现代主义”的积极回应为我们思考“后现代主义”的建设性向度提供了有意义的参照。也可以认为，“后现代主义”正是对现代文化的辞旧迎新和实现根本超越起着转型性作用，这理应构成“后现代主义”的建设价值。

三 “神学”视角：作为有效的“他者”

俄罗斯宗教思想家别尔嘉耶夫认为，“人是宗教的生物，当他否定真正的唯一的上帝时，他便创造了自己恶的上帝、偶像和异教神祇，并崇拜它们”。① 瑞士神学家卡尔·巴特也一再告诫：世界就是世界。上帝就是上帝。把世俗的作为、世俗的权威、世俗的运动神圣化，恰恰是人世灾难的根源。人永远不会成为上帝，人言永远不会成为圣言。必须把上述二者严加区分，否则后果将是灾难性的。而且，20 世纪的集中营已经给东西方人都上了惨痛的一课，“其教训不妨说有两个方面：其一，许多惨绝人寰的残暴都是以‘神圣’事业的名义干出来的；其二，许许多多热情真诚的人听信所谓‘神圣’的号召，主动热情地献身，结果成了恶魔利用的工具”②。显然，这样的既存事实足以令人不断震惊并需要持续而深入的反思。

当代中国文化一直在经历“价值循环”的形态，就是不断地从“神”到“人”，再从“人”到“神”。“神而人”被颠倒为“人而神”，人间伪神也就不断出现。③ 正是基于对“伪神”的怀疑、幻灭与颠覆，进而兴起“人文主义”大潮。然而，“人文主义”尚未获得充分展开之时，“后现代主义”文化的突起又强调“人”的世俗平面甚至无意义状态。有鉴于此，中国文化的价值重建也就势在必行。而在这个建构过程中，基督教文化的“神学”视角能够提供一个有效的“他者”眼光。“中国文化传统中始终

---

① ［俄］别尔嘉耶夫：《俄罗斯思想的宗教阐释》，东方出版社 1998 年版，第 158 页。

② 刘小枫：《走向十字架上的真》，三联书店 1995 年版，第 49—50 页。

③ 即使不信上帝，也不可信赖种种伪神。瑞士神学家汉斯·昆区分宗教与伪宗教的标准是：宗教不把相对的、有条件的存在或人视为绝对权威，而只把唯一的神视为绝对权威，对这位绝对神的信仰才是真正的信仰。参见刘小枫《走向十字架上的真》，第 357 页。

潜在着一种动力，即世俗与神圣的合一、理性与信仰的合一、王权与神权的合一、行为规范与精神价值的合一。……而在伦理问题上，也许恰恰需要这几组因素的分离。否则，道德与否的最终判定必然受到现实利益的制约。”① 由此观之，重新理解当代中国的文化发展问题与全球化语境，神学伦理学的视角同样能够延伸我们的思考向度。恰如有学者所言：“在苦难中遭到动摇的伦理准则，必须回溯到一个稳定的支点；由此开始的不仅是现世道德秩序的重建，更是一种终极价值的依据。这一点，应当是全部人文学探索的进深之路。”②

如果扩而大之，意义同样深远。就20世纪整体来看，基督教之于世俗生活的地位确实表现出一定程度的边缘化。“但是在有关‘价值’的各种人文学思考中，神学的视角越来越显示出无可替代的意义；因为在世俗的领域里追索价值，我们最终只能发现一切‘价值’都充满了相对性。③通过后现代主义批评对于‘辉煌叙事’（grand narrative，或译‘宏大叙事’）的解构，基督教神学实际上得到了更大的空间。在一定意义上说，这种空间显示了人文学与神学的深层同构。”而且，就神学解释学的人文学价值而言，“神学本身的诠释学性质及其诠释对象，决定了它必须持守‘真理’与‘方法’之间的张力，必须处理变化的语境对确定性意义的切近，必须找到理解的支点而无法逃向‘空白’，必须在确认人的有限性、语言的有限性和诠释本身的有限性的同时，确认‘奥秘’的真实性。这，应当也是人文学的品格”。④

对于全球化语境中的中国文化而言，上述意义同样重要且适合。百年中国的基本问题，大都是与西方思想发生关系后引出来的。对于这种历史性的“发生关系”的认识，主流态度大都站在民族主义的立场。而今，是走出这一立场和模式的时候了。理解基督教文化的“神学”视角，最

① 杨慧林：《基督教的底色与文化延伸》，黑龙江人民出版社2002年版，第76页。

② 同上书，第77页。

③ 这样看来，“人文精神讨论”也就失去了应有的根基。参见王晓明编《人文精神寻思录》，文汇出版社1996年版。《林语堂自传》中也有这样的话：“深信人文主义是不够的。人类为着自身的生存，需与一种外在的、比人本身伟大的力量相联系。这就是我归回基督教的理由。我愿意回到那由耶稣以简明方法传播出来的上帝之爱和对它的认识中去。”

④ 杨慧林：《圣言·人言：神学诠释学》，上海译文出版社2002年版，第240页。

终是要重新理解汉语思想。而且，还应当早就自觉意识到的是，“问题并不在于外来文化的涉入是否合理或可能，而是在于涉入的外来文化是否真的有价值。人类文化的不连续性往往是由于被中断的文化本身的某种欠缺造成的，它更多地表达了被中断的文化本身的内在要求”①。由于历史的、现实的诸多因素，作为“他者”立场的“神学”视角难以成为文化转型的主导选择，但其对于文化更新的价值建构却能提供有效的思想资源。其重要意义，就在于能够为人类文化的存在形态和发展进程提供一种超越性的主体参照。

（原载《极光文艺》2016 年第 4 期）

① 刘小枫：《拯救与逍遥》，上海人民出版社 1988 年版，第 29 页。

新时代中国自信视野中的世界文学

刘志兵*

内容提要：本文在国内学界已有研究成果的基础上，将当下对世界文学含义的常见解释概括为“全集型”“选集型”和“交集型”三种，指出在全球化时代，世界文学问题说到底是不同民族及其文学之间的关系问题，也就是文学的民族性与世界性问题。本文认为，世界文学必须在新时代中国—世界发展的视野中建构和审视。新时代的中国文化自信必须同道路、理论、制度自信相结合，统一于中国特色社会主义实践的当下现实。新时代要求我们从思想深处驱除二元对立的思维模式，正视和尊重世界各民族文学之间的差异，坚持平等对话与交往，守住当代中国的立场和价值观这条底线和生命线。

关键词：世界文学　新时代　中国自信　差异　对话与交往　中国立场

在经济全球化、政治多极化、文化多元化的时代语境下，世界文学①作为问题提出来，有其必然性和必要性。说其必然，是因为世界文学确实存在，而且随着新时代的到来，中国越发紧迫地面对世界文学问题；说其必要，是因为世界文学不仅关涉文学学科的理论与问题，而且涉及对新时

---

* 中国社会科学院研究生院 2017 级博士生，中国社会科学出版社编辑。

① 我们所谈论的文学，指的是动态的文学活动，涵盖了文学文本创作—传播—接受（批评）、生产—营销—消费的整个过程。

代的中国—世界发展、中国自信、中国立场等更具普遍性问题的理解和解释。让我们从当下国内学界对世界文学的若干理解说起。

一 当下对世界文学的若干理解

关于世界文学的含义，曹顺庆、齐思原总结了当下几种常见的理解：

> 总体上看，“世界文学”有如下几种含义：第一，各民族和国家文学一般意义上的总和；第二，各民族和国家文学的经典杰作，历经时间淘洗而为不同时代和民族的读者所喜爱；第三，一种体现了世界意识或跨文明交流的特殊形式的文学或者研究方法。①

我们看到，随着讨论的展开和认识的深化，世界文学曾被赋予不同的含义，表达了学界对此问题的不同理解和解释。

第一种含义可以称作“全集型的世界文学”，囊括了各民族②所有时段的文学，可以等同于“世界的文学”（literatures of the world）。这种定义强调世界文学的多样性，以防落入一体化或者单一性的陷阱，但也有因过于理想化而难以付诸实践之弊端。

第二种含义可以称作“选集型的世界文学”，突出了世界文学的经典特征，强调各民族所有时段的文学必须经过筛选、评定，才能列入或者代表世界文学。这种含义的世界文学着眼于历史影响力，是民族文学史撰述通常采用的方法。但问题是，如果说民族文学经典可以由这个民族的人们来评定，那么，作为跨越民族、语言、文化界限的世界文学经典由谁来评定呢？评价的标准如何制定呢？一个民族认作经典的文学作品，未必在其他民族那里引起期待的效应。《红楼梦》在国外的传播与接受情况就是一

---

① 曹顺庆、齐思原：《争议中的“世界文学”——对“世界文学”概念的反思》，《文艺争鸣》2017年第6期。

② 本文所讲的民族，兼指国家或者地区，相应地，说到民族文学时，亦指国别文学或者地区文学。

例。[1] 而在国外备受青睐的作家及其作品，在本国未必享有同等待遇。拜伦在非英语世界和英语世界的接受情况就是一例。[2]

第三种含义可以称作“交集型的世界文学”，说的是跨文化交流过程中产生的具有世界意识的文学。这种含义的世界文学兼指本体与方法，某种程度上具有比较文学的视域，注意到全球化语境中跨文化交流的现实，但是同比较文学、外国文学、民族文学之间的关系有待明确。

二 世界文学问题辨析

综观上述三种界定，尽管都存在尚未解决的问题，但也有其合理性，反映了对世界文学的不同诉求以及认识上的深化。我们认为，世界文学作为一个问题，说到底是全球化时代不同民族及其文学之间的关系问题，也就是文学的民族性与世界性问题。

“全集型的世界文学”界定最为稳妥，包罗万象、不偏不倚，但是对于某一个体的人或者民族来说，限于语言、文化、视野以及交往的条件，掌握这样一种大全式的世界文学，虽然可以确立为一个美好的目标，但实属艰难。我们所谓的世界文学一定是有民族立场、有价值取向、有期待视野，也就是有所选择的世界文学。

接下来的问题便是，由谁来选、选什么、怎样选？当下学界很自觉地对欧洲中心主义或者西方中心主义抱以警惕和拒绝的态度：

> 至于谁主世界潮流，文学界也许不大关心，因为长久以来我们被一些伪命题欺骗了。然而，世界是谁？它常常不是全人类的总和。往大处说，世界常常是少数所谓的主流大国和强国；往小处说，“世界文学”也主要是少数西方大国和综合国力强盛国家的文学。这在几乎所有世界文学史的写作中都或多或少有所体现。因此，世界等于民

---

① 参见陈众议、高照成《消费主义与“世界文学”》，《吉首大学学报（社会科学版）》第39卷第1期，2018年1月。

② 参见高旭东《谁是世界文学：英语世界还是非英语世界？——以拜伦在英语与非英语世界的评价反差为中心》，《外国文学研究》2017年第6期。

族这个反向结果其实是一直存在的，只不过它从来没有像今天这样表现得清晰明了和毋庸置疑。盖因在跨国资本的全球化进程中，利益高于一切。换句话说，资本之外，一切皆无。而全球资本的主要支配者所追求的利润、所奉行的逻辑、所遵从的价值、所代表的集团和它们针对弱国或发展中国家的去民族化、去本土化意识形态，显然与各民族的传统文化和信仰不可调和地构成了一对矛盾。①

这种现象在近现代中国也存在过。基于近代中国半殖民地半封建社会的历史事实，西方中心主义大行其道，中国大力引进、吸收西方的技术、制度与文化，以致在思想观念领域，极力讨伐西方文化这个祸根乃至主张根除一切西方因素者有之，极力颂扬西方文化这颗灵丹乃至主张全盘西化者有之。我们应该看到，近现代的中国之所以对西方文化如此关切，热衷也好、痛恨也罢，其根源在于近现代中国落后衰弱的历史事实，其立意在于如何让我们的民族由弱变强，不再受人欺凌与侮辱，其面对的都是如何看待和处理强势的西方文化与弱势的中国文化之间的关系问题。

不管历史上曾经如何，当今的世界文学或者文化再也不能是以西方欧美国家为中心和主导的一体化的世界文学或者文化了。我们必须在意识上彻底清算西方中心主义的惯性思维，尽管破除植根于西方资本主义的强势文化传统是一个步履维艰的过程。在建构世界文学的过程中，当不同民族的价值观发生冲突的时候，应该如何抉择呢？如果一味强调本民族的利益、立场和标准，就容易自我封闭、坐井观天，而否定了文学的世界性；相反，如果一味跟着别人的尺子和指挥棒跑来跑去，就容易失去自我、萍飘蓬转，而否定了文学的民族性。

三 新时代的中国自信与世界文学

（一）新时代的中国自信

党的十九大报告指出，近代以来久经磨难的中华民族迎来了从站起

---

① 陈众议、高照成：《消费主义与“世界文学”》，《吉首大学学报（社会科学版）》第39卷第1期，2018年1月。

来、富起来到强起来的伟大飞跃。中国特色社会主义道路、理论、制度、文化，给世界上那些既希望加快发展又希望保持自身独立性的国家和民族提供了全新的选择。这个新时代，不仅是当代中国继续夺取中国特色社会主义伟大胜利，奋力实现中华民族伟大复兴中国梦的时代，而且是当代中国日益走近世界舞台中央，不断为解决人类问题贡献更多的中国智慧和中国方案的时代。[①] 在新的时代，中国不仅立足于自身的发展，而且兼顾世界的发展，中华民族同世界其他民族的发展是绑定在一起的。

我们认为，世界不能仅仅当作“周遭世界”来看。世界是民族共同体，每一个民族都是不可替代的，各民族的存在与发展互为前提，这就是世界民族的社会性。这就要求我们：不能走消极的封闭守旧之路、被动的刺激反应之路，而是走积极的开放革新之路、主动的开拓共享之路；既要坚持和维护本民族的发展与利益，又要尊重和维护其他民族的发展与利益；既要为世界的发展贡献中国智慧、方案与力量，又不能因此而左右、忽视，甚至剥夺、代替其他民族的根本利益诉求；既要警惕置世界民族间联系日益密切的时代潮流于不顾，视本民族利益唯一、独大的民族主义倾向，也要防范以跨国资本的运行为依托、以意识形态的渗透为隐蔽手段、以各种形式的霸权统治为最终目标的世界主义倾向。

在这样的视野中，我们的自信要根植于当代中国—世界辩证发展的历史事实、现实情势与未来愿景。当前讲中国文化自信的言论颇多，这是现实的要求，理所应当。不过，我们要特别注意的是：第一，文化自信必须同道路、理论、制度自信相结合，统一于中国特色社会主义的实践，统一于当代中国的社会现实。否则，文化及其自信就是没有立场、失去方向、毫无保障的无根之物了。相应地，对于其他民族的文化，我们要敢于拿来、为我所用，但也要仔细辨别，审辨其蕴含的立场、价值观和适用性等问题，实现创造性转化。第二，文化自信不单单是对中华民族优秀传统文化的肯定和颂扬。传统文化是中华文化的根源，但并非其全部。对于中华优秀传统文化，既要继承又要发扬，但绝不是一味固守和盲目崇拜。不讲中国共产党领导人民所创造的革命文化、社会主义先进文化，而一味强调

---

① 参见习近平《决胜全面建成小康社会　夺取新时代中国特色社会主义伟大胜利》，人民出版社 2017 年版，第 10—11 页。

和依赖传统文化，是不敢正视现实的表现，在看似“自信”之中隐含着自卑情结，说到底还是不自信。不管怎样，中华民族的伟大复兴必须通过中华民族的努力奋斗和实践来实现，而不能依靠对传统和历史的依恋与想象来完成，传统的、历史的文化因子都必须凝结在当下现实这个肯綮上。

（二）新时代的世界文学

在新的时代，我们要确立与时俱进的世界文学观，单单警惕和拒绝西方中心主义的惯性思维模式，恐怕是不够的。

首先，我们要进一步从思想深处驱除二元对立的思维模式。也就是说，我们不能把西方和中国、西方和东方，或者无论哪两方看作截然对立的、弱肉强食的，甚至是你死我亡的。不仅西方不能成为世界的中心和主宰，而且东方或者中国同样不应该是这个中心或者主宰。世界文学的确立必须以各民族及其文学的存在为根基。每一民族文学的存在都不容剥夺，不容忽视，不容代表。无论是否被其他民族认可，每一民族历经时代检验而确认的文学经典，是世界文学的基本组成部分；每一民族文学在域外的接受和传播，是世界文学的重要组成部分；跨越民族、语言、文化界限的文学，是世界文学的特色组成部分。

在构建世界文学的过程中，我们要特别正视和尊重各民族文学间的差异。世界文学绝不是文学的一体化①，而是星丛化。正如金惠敏基于差异理论而指出的，与那些保守主义和民粹主义不同，中国建构的是以和而不同为志趣的人类命运共同体：

> ……我们的目标是顺应全球化的客观大势，做全球化的捍卫者和引领者，积极构建人类命运共同体，但它不是传统意义上的共同体，而是一个被重新界定了的共同体，即一个被星丛化了的共同体。在其中，我们敬重差异，敬畏差异，与差异始终保持不即不离的间距，坚信：第一，差异是世界的本来面貌和本体论特征；第二，差异是人类进步或文明发展的源泉和动力；第三，差异使世界丰富多彩，使世界

---

① 参见蒋承勇《“世界文学”不是文学的“世界主义”》，《文学评论》2018 年第 3 期。

充满了意趣和意义。……①

差异可以看作世界文学的本体特征之一，也是其生命力的重要标识。

继而，世界文学的建构必须通过各民族间平等的对话与交往来实现。我们不仅要一如既往地同英美文学、同西欧文学保持对话与交往，更要同等重视同巴基斯坦文学、越南文学等等的对话与交往。在这里，我们不得不反思一下自己的过去：对于那些久处世界“边缘”的民族文学，我们是不是发自内心给予了同西欧北美文学一样的关注、译介、阅读和研究？即使就中国文学或者中华文学史来说，我们所编写的教材、所讲授的课程，有多少写成了、讲成了汉语言文学史？少数民族文学有一席之地吗？如果有，有多大空间呢？

所谓平等对话与交往，强调对话与交往的动机、过程和结果是经过主动认可和选择了的。如果这种对话与交往是自主的、平等的，那么世界文学的生态就是健康的；反之，则是恶化的。我们不能因为自己接受了其他民族的某些文学作品或者某种文化，就强行要求这些民族必须数量均等地接受我们的文学作品或者文化。民族文学的世界性要符合对话的问答逻辑，也要符合交往的互动原则。正如国内有学者所反思到的：

> ……我们可以看到一些跨语言、超国界的文学走向，全球化过程中的世界认同、文学运行和经典化的生成条件，以及还未完成的概念化过程。在这一世界背景下，当代“中国文学走出去”的口号和实践，显得有些不合时宜；我不愿用不少人眼中的“民族主义焦虑”形容之，但要指出，它违背文学之国际传播的一般规律。文学接受基本上是“拿来”，“接受”往往是主动行为，全世界都是如此。“输出”之一厢情愿，欲速则不达，本在意料之中。……②

走出去，既是主动推介、寻求对话的过程，也是主动接受、做出应答的过程。当然，这并是说民族文学就可以碌碌无为、听之任之，只是在推

① 金惠敏：《文化自信与星丛共同体》，《哲学研究》2017 年第 4 期。

② 方维规：《何谓世界文学?》，《文艺研究》2017 年第 1 期。

介自己的同时，不能操之过急，要做到有内涵、有实效才行。

最后，我们要守住当代中国的立场和价值观这条底线和生命线。早在《共产党宣言》中，马克思、恩格斯就曾指出，现代社会资本私有虽然起过非常革命的作用，但不能掩盖其剥削压迫的实质，进而批判了资本私有造成的社会的异化——人们成为雇佣劳动者，成为资本增殖的工具和手段。站在人民的立场上，马克思、恩格斯深刻地指出，现代资产阶级通过开拓世界市场，打破了地方和民族的自给自足和闭关自守状态，代之以各民族的互相往来和互相依赖。随之而来的是，各民族的精神产品成为公共的财产，形成了具有世界性的文学或者文化。现代社会资本运行的世界化虽然在客观上促进了各民族间的交往，但是也存在抹平民族间差异，造成经济上一体化模式、政治上主从二元结构之结果。① 可见，马克思、恩格斯所论世界文学，主要是着眼于对现代资本主义的批判。170 年过去了，我们要建构的世界文学已不是《共产党宣言》中所谓的世界文学。但是，马克思、恩格斯的批判仍然具有现实性，因为资本私有的实质及其异化效应没有发生根本改变，消灭资产阶级私有制的使命仍然正义而艰巨。因此，我们要坚定当代中国的文化自信，也就必须坚定中国特色社会主义道路、理论、制度的自信。

正如在前面的引文中陈众议、高照成所论及的，国内学界对全球资本的运行逻辑及其后果已有清醒的关注。我们要自觉抵制那种“资本之外无一物”的做法，就像不能认可“文本之外无一物”的说法一样，因为无论文学还是文化，都是指向现实的，都是言之有物的，而不仅仅是资本、文字那点儿事。文学有审美的、个人的一面，也有意识形态的、社会的一面。文学通过形象意境的塑造，最终是要表达态度和立场的。我们要提防资本主义或者帝国主义利用文学活动，渗透其意识形态观念、传播西方普世价值论。不管审美内容及其形式如何，代表中国特色社会主义文学者，应该是那些站在当代中国最广大人民的立场上，来表达态度、说话写作的文学。这样的文学，无论其国外或者国际的影响力如何，不管是否获得什么奖项，都是我们民族文学的基体。

---

① 参见［德］马克思、恩格斯《共产党宣言》，《马克思恩格斯选集》第 1 卷，中共中央马克思恩格斯列宁斯大林著作编译局编译，人民出版社 2012 年第 3 版，第 402—405 页。

关于世界文学的学科问题，我们认为，在新的时代，要想各个学科，特别是关系密切的学科之间在研究对象上完全不重合，已是不可能的事情。更何况，学科的确立相对于本体的存在、问题的出现、意识的形成已属后话了。现实生活本来融为一体，我们对于现实的认识怎么能一味地固守界限呢？

四 结语

在全球化时代，在坚定中国自信的新时代，世界文学为我们提出了新问题。世界文学不仅可以看作某种意识、视域或者方法，它更是实实在在的本体。只要我们正视全球化的时代情势，只要我们正视各民族间联系日益密切的现实，只要我们持有开放包容的视野或者人类命运共同体意识，我们就不能否认世界文学的存在及其认识价值。

无论是“全集型”“选集型”还是“交集型”的界定，都为我们进一步思考世界文学问题呈现了可供参考的视角、亟待探索的方面。实际上，如何理解和解释世界文学，取决于如何理解和解释世界——亦即民族共同体及其关系。世界文学问题说到底是不同民族及其文学之间的关系问题，也就是文学的民族性与世界性问题。

在新的时代，世界文学必须在中国—世界发展的视野中建构和审视。新时代的中国文化自信必须同道路、理论、制度自信相结合，统一于中国特色社会主义实践的当下现实。我们不应该因为通晓外来文化而自责，一个没有开阔视野、包容意识和宽广胸怀的民族何以创造出世界文化？但也要仔细辨别其蕴含的立场、价值观和适用性等问题。同时，我们也不能躲在传统文化的阴影之中，文化自信并不是对优秀传统文化的一味固守和盲目崇拜。

新时代要求我们：第一，从思想深处驱除二元对立的思维模式，坚信世界文学的确立必须以世界各民族及其文学的存在为根基。每一民族历经时代检验而确认的文学经典，是世界文学的基本组成部分；每一民族文学在域外的接受和传播，是世界文学的重要组成部分；跨越民族、语言、文化界限的文学，是世界文学的特色组成部分。要正视和尊重各民族文学间的差异，认识到差异是世界文学的本体特征之一，也是其生命力的重要标识。第二，坚持平等对话与交往。对于那些久处世界“边缘”的民族文学，对于中国的少数民族文学，要同等关注、阅读、研究和推介。第三，守住当代中国的立场和价值观这条底线和生命线。中国特色社会主义文学文化，以马克思主义理论为指导，站在人民的立场上，自觉抵制资本主义的非正义逻辑，肩负着世界及其文学文化健康发展的重要使命。

对话而非对抗：斯皮瓦克的全球观及其理论特征分析

高丽萍*

内容提要：斯皮瓦克认为在当前的全球化进程中，“帝国主义公理”仍以隐秘的形式存在，更深重地掩盖和剥削非西方。但斯皮瓦克并不反对全球化进程，而是提出“新区域主义”策略和“星球性”设想，力图通过恢复非西方文化的主体性，实现西方和非西方之间的对话。其理论一方面强调差异，反对普遍性和总体性，另一方面又保留暂时的普遍性、连续性和有限主体，这种兼具非本质性和本质性思维的理论特征，使其在拆解西方中心主义的同时避免倒置的霸权，为对话提供了认识论基础，从而为实现共荣共存提供了新的理论路径。

关键词：全球化　斯皮瓦克　对话

面对全球化进程，斯皮瓦克认为那些仍沉溺于控诉旧式帝国主义的人和热衷于支持全球化的理论家一样，都忽视了当前世界中当地发展商权力阵线与全球资本力量对民族的共谋式侵害①，在这样的历史语境和话语环境中，后殖民理论应该取代旧有的后殖民主义模式，以分析和批判全球化进程中的新型不公为时代使命，用不同的模式处理异质问题，讨论帝国主

* 作者简介：高丽萍，济南大学外国语学院副教授，研究方向为文学理论与当代文化理论。

① 详见［印度］佳亚特里·斯皮瓦克《后殖民理性批判：正在消失的当下历史》，严蓓雯译，译林出版社 2014 年版，第 394 页。

义问题。[1] 以此为出发点，她将解构思想与暂时的稳定性和有限主体性相结合，在恢复非西方主体性的同时拒绝追求本原，在坚持认知过程中暂时稳定性的同时拆解“集体”突出存在的特异性，拒绝基于本质思想的二元对抗，期望实现西方与非西方之间的“对话”。

一 全球化中潜在的“帝国主义公理”

在1988年的《底层人能说话吗?》一文中，斯皮瓦克讲了巴内斯瓦尔·巴杜里的故事[2]，而在1999年的《后殖民理性批判：正在消失的当下历史》一书中，她提到另一件事：巴内斯瓦尔姐姐的长女的长女，作为美国新一代移民，晋升为美国跨国公司的执行官。巴内斯瓦尔的故事使斯皮瓦克痛心于殖民主义时期女性遭受父权和殖民者的双重遮蔽，只能将自己的身体变成女性/书写的文本来发声，而且在不到五十年的时间里就被自己的家人和女性成员遗忘了。而巴内斯瓦尔孙女辈的故事，则使她感叹上一代人以生命为代价争取民族解放，而新的一代却在积极为新帝国服务，而且“她更为解放的孙女辈对她的沉默”已经成为一种新的主流。[3] 这让斯皮瓦克认识到一个新的问题：殖民时期庶民的声音被遮蔽，而全球化时期非西方文化同样被历史禁声。

这种赋予流散者重要地位的做法，在斯皮瓦克看来会带来两个问题：

> 第一个是让我们忘记后民族主义者（非政府组织）的言论是为了掩盖政府的重新分配、重新调整这种杀人行径的工具。让我们从思想上接受跨国环境只是劳工迁移，而不是后现代资本出现的新方式之一。这就是为全球金融化思想和利益服务的，尽管这看上去有些互不相干。第二个问题是其杂糅性所导致的，忘记那个不太可能存在的另

① 参见 Gayatri Chakravorty Spivak, *Death of a Discipline*, New York: Colunbia Universtiy Press, 2003, p. 85。

② 印度民族解放战争期间，17岁女孩巴内斯瓦尔·巴杜里因为无法完成印度独立武装组织指派的政治暗杀任务而自杀，由于担心别人怀疑她因私情怀孕而畏罪自杀，所以特意选择在生理期自杀。

③ 参见［印度］佳亚特里·斯皮瓦克《后殖民理性批判：正在消失的当下历史》，严蓓雯译，译林出版社2014年版，第322页。

一种状态（只是也许，但不是“纯正”的）文明，已从根本上“失去的语言”。①

使流散者获得帝国公民身份和投票权甚至重要地位的做法，同“自由多元主义”主张一样，实际上“象征了动员属下进入霸权这一路线”②，已经成为一种惯常做法，掩盖其中的操纵权。其实质是要将世界的他者转变为认同主义者、种族主义者或者使其隶属某个阶级，在反歧视的同时，固化了边界，也固化了其中的等级区分。“这是一种重要的公关举动，显然要赢得全球金融化主导计划中的发展中国家的赞同”③，由当代跨国资本主义的需求决定，其实质是西方中心的一种体现而不是否定。其中包含的“多元化主体效应”虽然给人一种破坏主体主权的幻觉，但往往为这种知识主体提供一种掩盖，因为“对主权主体的大多数公开批判实际上创立了一个主体”④，所谓合作“却根本不会去触及非霸权语言的习语特征”⑤ 的事实，使那些看似平等的主张，仍然保留着西方主体或者与把西方作为主体有利害关系，更深地掩盖了非西方文化的声音。

全球化时代国际银行等国际经济组织主宰着全球经济体系，以美国为首的新帝国主义“自背后捅穷国一刀，然后向它们提供帮助，一边照相留下帮助的那一刻。用这种可怕的方式使殖民主义成为替罪羊，保护了将剥削作为发展的新帝国主义”⑥。换言之，世界银行、关贸总协定和美洲自由贸易协定等国际协约组织在施以援助时附加苛刻条件，将美国种族主义乔装成了全球主义，以援助之名掩盖隐秘的剥削，以“好心”之名施行着一

---

① ［印度］佳亚特里·斯皮瓦克：《流散之新与旧：跨国世界中的妇女》，收入陈永国、赖立里、郭英剑编选《从解构到全球化批判：斯皮瓦克读本》，北京大学出版社 2007 年版，第 297 页。

② ［印度］佳亚特里·斯皮瓦克：《后殖民理性批判：正在消失的当下历史》，严蓓雯译，译林出版社 2014 年版，第 322 页。

③ 同上书，第 411 页。

④ ［印度］佳亚特里·斯皮瓦克：《底层人能说话吗?》，收入陈永国、赖立里、郭英剑编选《从解构到全球化批评：斯皮瓦克读本》，北京大学出版社 2007 年版，第 90 页。

⑤ Gayatri Chakravorty Spivak, *Death of a Discipline*, New York: Colunbia Universtiy Press, 2003, p. 10.

⑥ ［印度］佳亚特里·斯皮瓦克：《后殖民理性批判：正在消失的当下历史》，严蓓雯译，译林出版社 2014 年版，第 385 页。

种“授权的侵犯”。同时，他们在世界范围内投资并规定和协调关于发展的宏大叙事，鼓吹“可持续发展”，用“发展”之名掩盖它们把世界分为南方和北方，并按照其“草拟的这些地图以发展之名对第四世界生态系统进行侵占”[①] 的事实。这种统一北方/南方世界主体的做法使“脆弱的民族经济与国际资本之间的界限正被去除，在所谓发展中国家内，社会重新分配的可能性（它顶多是不确定的）正进一步消失”[②]，发展中国家建立“有效公民社会”的可能性也从根本上被削弱，看似平等的“跨国劳动分工”和国际资金流动，根本不可能在所有的国家建立起相同的和平等的交换体系。

电子技术突飞猛进的发展赋予“西方”抢占“信息社会”支配性话语权和独有的意识形态高地的特权，因为他们在这方面具有绝对优势。“在网络和资讯的虚拟现实中，主张全球化的精英人士彼此都心知肚明，这里面可能隐含着一段历史”[③]，仍然延续着殖民主义的压迫和不平等。“信息技术现状促进后现代资本主义与全球电子通信合法化”[④]，技术上的优势通过一个隐蔽的过程，转变为伦理和政治上的优势，以本土知识的名义，“直接干涉本土提供信息者，对他们进行基因剽窃”[⑤]。正如她在另一处提到的：新帝国主义通过文化干预，从思想上操控相对穷弱的国家，进行意识形态操控，不仅带来新的流散者的产生，而且使发展中国家建立公民社会的失败成为必然[⑥]，那些追求自由主义和多元文化的城市学术界实质上在加强着对这种压迫的掩盖。

全球化中“帝国主义公理”仍然存在，只是改变了形式，以更加隐秘的方式继续发挥作用。“帝国主义公理”作为帝国主义在社会话语场中

---

① ［印度］佳亚特里·斯皮瓦克：《后殖民理性批判：正在消失的当下历史》，严蓓雯译，译林出版社 2014 年版，第 394 页。

② 同上。

③ Gayatri Chakravorty Spivak, *Death of a Discipline*, New York: Colunbia Universtiy Press, 2003, p. 18.

④ ［印度］佳亚特里·斯皮瓦克：《后殖民理性批判：正在消失的当下历史》，严蓓雯译，译林出版社 2014 年版，第 379 页。

⑤ 同上书，前言第 1 页。

⑥ 详见［印度］佳亚特里·斯皮瓦克《流散之新与旧：跨国世界中的妇女》，收入陈永国、赖立里、郭英剑编选《从解构到全球化批评：斯皮瓦克读本》，北京大学出版社 2007 年版，第 282—305 页。

设立的符号系统，不仅体现在经济剥削、文化渗透和政治压制中，而且植根于其哲学假设和文学解读之中。比如康德在《判断力批判》中，提出理性将人概念化为主体，人如他的主体本身一样是本体，人是被作为本体和哲学主体来思考的，原始人（或者斯皮瓦克所称的“本土提供信息者”），虽然生理上属于人类，但是却绝不具备理性，所以根本没有成为主体的资格，他们只有学会阅读和思考，才能拥有主体，成为哲学的人。“本土提供信息者”不可能成为“三大批判”的主角，根本不可能进入哲学和文化领域。黑格尔在解读《圣典薄伽梵歌》时，将可见或书写凌驾于纯粹只是“活过的生命”之上，保证了意义在传达者缺席的情况下得以被传递，但却完全忽视了“活过的生命”，使原始的“本土信息提供者”完全被遮蔽。“在帝国主义公理或欧洲话语生产中，真实携带着被逐的标记，‘本土提供信息者’标记着从人之名中被逐出，这个标记否定种族关联的不可能性，用同一掩盖异质，使自身显得是唯一可协商方式。”① 从这种逻辑出发，帝国主义和殖民主义将自己设定为“世界的创造者和统治者，同时也是道德法则的制定者”②，将“本土提供信息者”或原始人排除在外，将哲学局限在一个排他领域的思维框架，将其他文化他者化，并放在偏差的标准模式之中，在澄清话语主流的同时，赋予欧美以权威和特权。

这种“公理”具有强大的统摄力，如果不具备超越历史的洞察力，人们往往会陷入这样的话语场，在其框架内考察和把握世界，即使马克思也深陷于这种集体无意识之中，他在讨论了差异之后，并未将其当成一种认识论和方法论而是将其再次排除于哲学体系之外。很多人根本没有认识到“民主”是一个压迫性概念，作为一种日常生活中最常见的“想象性”的制度性集体，“民主”以逻各斯父权中心观念集体为前提，从欧美中心推衍到殖民地或世界其他地区，无视甚至抹杀当地的历史和文化差异。像《地球村》或《后现代状况》这样的著作，“以及我们常常听到的对斥责全球电子未来的好心斥责，为证明发展（全球化）——民主化（美国使

① ［印度］佳亚特里·斯皮瓦克：《后殖民理性批判：正在消失的当下历史》，严蓓雯译，译林出版社 2014 年版，第 1 页。黑体为原文所加。

② 同上书，第 38 页。

命）的叙事无罪，提供了辩词”①。多元主义者和西方女性主义者们将自己置身于历史条件之外，无条件地强调“第三世界”“女性主义”或“多元主义”，将“第三世界”“女性”“民族”和“种族”等“集体”视为同质的、非理性的和自给自足的，试图恢复这些他者失去的声音时，没有认识到他们这些做法因为沿用了西方中心主义和普遍主义，是强盗式的和家长式的。印度庶民研究小组试图在历史的缝隙中发掘被迫沉默的庶民真实声音的努力只能是枉费心机，因为他们所试图恢复的主体仍是在发展主义和整体主义历史观等西方思想框架内建构的，在这种情况下生产一种简单的本土回应文本并不能真正摆脱帝国主义。这种为了对抗而努力构建的自我，只能是由自我出发想象他者的帝国主义特征的自恋欲望的延伸，反帝国主义思想在将他者转换成自我的努力中，不自觉地与帝国主义形成共谋，将“绝对的‘他者’折射进了巩固帝国主义自身的驯服的‘他者’”，“把对人民的定义置于主奴的辩证关系当中，人民或底层阶级本身就被限定为不同于精英的一种差异”②。换言之，这种抵抗未能重置认识论模式，仍局限在本质主义二元对立的框架之内，固化了边界，遵从帝国主义的压迫，实质上，“作为一种知识体，自身仍然共谋于甚至扩展了它所反对的系统”③。

自由主义者强调全球化中的经济发展，以经济统计数字缓解和消除殖民者与被殖民者，西方中心与边缘国家之间的巨大差异和对立关系的做法，有意无意地掩盖全球发展背后持续的“种族主义家长式统治（以及，唉，越来越多的姐妹情谊）；它的一般经济学就是资本密集型投资；它的主要政治学就是压制抵抗和庶民的声音，一直收编他们反抗的修辞”④。他们似乎从未认识到美国在这种新的世界格局中占有霸主地位，错误地将美国视为世界其他地区的避难所和文化权力平等和公正

---

① ［印度］佳亚特里·斯皮瓦克：《后殖民理性批判：正在消失的当下历史》，严蓓雯译，译林出版社 2014 年版，第 384 页。

② ［印度］佳亚特里·斯皮瓦克：《底层人能说话吗?》，收入陈永国、赖立里、郭英剑编选《从解构到全球化批评：斯皮瓦克读本》，北京大学出版社 2007 年版，第 104 页。

③ ［英］罗伯特·杨：《白色神话》，赵稀方译，北京大学出版社 2014 年版，第 4 页。

④ ［印度］佳亚特里·斯皮瓦克：《后殖民理性批判：正在消失的当下历史》，严蓓雯译，译林出版社 2014 年版，第 386 页。

的最后一块圣地。[①] 不仅将其排除在帝国主义之外，而且将美国模式作为欧洲前殖民地实现非殖民化后需要倚仗的政治解决方式。斯皮瓦克指出，全球化“是一个许诺社会主义的虚假诺言”，是“资本主义在假装成社会主义”[②]，美国作为主导者利用各种隐秘的方式继续着“帝国主义公理”的逻辑，进行着剥削、支配和压迫。

二 “新区域研究”与“星球性”计划

全球化中存在殖民主义遗产和新型不公，但斯皮瓦克并不主张“放弃全球性博弈”，而是促使人们进行“愿望重排”，“不断地培养人们去打断这种全球性博弈”[③]。在她看来，那些做作地或者博爱地全盘否定全球主义的做法，不管是什么形式——西雅图、热那亚——都不能保证公平的再分配。[④] 巴内斯瓦尔·巴杜里式的反抗不可取，因为这种抵抗没有基础结构，注定徒劳。[⑤] 民族主义也不可取[⑥]，因为其未能将“无缝的同一视为对手强加的东西”[⑦]，仍局限在本质主义整体性框架之内。同样，“拯救世界”这个词或者这个想法也没有任何意义。[⑧] 国际共产主义之所以失败是因为它强调社会变动（mobilization）却忽视了认识论的改变[⑨]，不仅没

---

① 参见 Gayatri Chakravorty Spivak, *Death of a Discipline*, New York: Colunbia Universtiy Press, 2003, p. 82。

② ［印度］佳亚特里·斯皮瓦克：《不带身份认同的立足点—— 斯皮瓦克、严海蓉访谈》，李应志译，《国外理论动态》2007 年第 2 期。

③ 同上。

④ 参见 Gayatri Chakraborty Spivak, *Nationalism and the Imagination*, London, New York & Calcutta: Seagull Books, 2010, p. 53。

⑤ 参见 Swapan Chakravorty, Susan Milevska & Tani E. Barlow, *Conversations with Gayatri Chakaravorty Spivak*, Calcutta: Seagull Books, 2006, p. 62。

⑥ 参见 Gayatri Chakraborty Spivak, *Nationalism and the Imagination*, London, New York & Calcutta: Seagull Books, 2010, p. 72。

⑦ Ibid., p. 53.

⑧ Ibid., p. 51.

⑨ 参见 Swapan Chakravorty, Susan Milevska & Tani E. Barlow, *Conversations with Gayatri Chakaravorty Spivak*, Calcutta: Seagull Books, 2006, p. 114。

有与庶民的主体性建立联系，而且对教育的兴趣从哲学上讲也是很肤浅的。[①] 摆脱全球化中的不公，需要重置认识论和方法论，从内部打乱西方中心主义的认识结构，在历史和语言基础上接近他者，用他者的眼光构建非西方的自我，实现西方与非西方文化间的平等对话。

在《一门学科之死》（1998）和《其他的亚洲》（2008）中，斯皮瓦克提出了“新地区研究”的概念，这是一种全新的替代性认识论和方法论，目的是摆脱“根据美国外交政策进行选择的研究”[②]，拒绝任何单纯的同一主义及自然的单一身份[③]，发掘并呈现亚洲内部和世界中的差异。“新地区研究”通过关注当地“活生生”的生活，聆听“本地提供信息者的”声音，呈现一个不同于美国或西方所规定的，承载着独特历史和文化政治多样性的复数的亚洲和非西方世界。这是一种处理异质性问题的完全不同的模式，也是一种讨论和干预帝国主义的具体方式，以庶民研究为其具体出发点，通过“研究庶民”不仅检验“总体化”，寻求一种新的叙述，揭示现实的“第三世界”如何被创造为一种表现或一系列表现，以及在此过程中“一种疏离的‘真实’历史主体在本土空间”如何突然出现[④]，揭露管理者的同质化立场和整体化知识暴力。

“新区域研究”考察地方的历史，摆脱文化研究中的既有观念，处理复杂、广泛而且十分精细的数据，超越认同与抗争的局限。这避免了人类学研究模式，因为这种模式以西方为中心，赋予占统治地位的意识形态以“经验的权威”，并以权威视角对作为他者的社团进行研究，在最初寻找研究社团时，就已经将其规定为他者，并以自我设立的标准和模式去规定或胁迫他人。“新地区研究”也与美国的区域研究存在巨大不同，美国的区域研究是冷战的产物，在区域间划定严格的界限，将非西方语言作为静止的研究对象，将学术做政治化处理，根据一些既有认识框架，“生产那种把那

---

① 参见 Swapan Chakravorty, Susan Milevska & Tani E. Barlow, *Conversations with Gayatri Chakaravorty Spivak*, Calcutta: Seagull Books, 2006, p. 115。

② 参见 Gayatri Chakravorty Spivak, *Other Asias*, Malden: Blackwell Publishing, 2008, p. 2。

③ Ibid, p. 9.

④ 参见 Gayatri Chakravorty Spivak, “The Rani of Simur”, in *Erope and Its Others*, 2 vols, ed. Francis Barker et al., Colchester: Universtiy of Essex, 1985, I, p. 144。

些经历写得很漂亮的文本"[①]，得出一些明显的先决性结论。正如萨义德在《东方主义》中所认为的那样，区域研究是殖民主义话语的延续，奉行的是帝国主义，其目的在于与种族/文化研究中形式多样的民族主义相抗衡。

在发掘庶民历史的过程中，"新区域研究"竭力远离葡萄牙语、英语、日耳曼语以及法语等宗主国语言，通过"田野工作""向下学习"，掌握当地语言，将其当作交流工具，进行不带任何传输目标的耐心努力，确立"本土提供信息者"的身份，真正把南半球的语言看作活跃的文化媒介，通过"历史地接近文化多样性的伦理体系，既穿梭于多元文化帝国的历史之中，又不给出先决性结论"[②]，"用来改变形式多样的全球想象中的暴力"[③]。因为斯皮瓦克认为"没有对本地语言的基本感觉，是不能进行后殖民研究的"[④]，借用西方语言的结果只能是消灭这些地方的差异，使世界平面化或者美国化。只有掌握本地语言，仔细阅读"第三世界"生产的文学，留意它们的语言和习语，了解它们的差异，给予它们必要的理解和尊重，赋予它们发声权和主体性，才能使他们得以用不同的方式把握传统与现代性、集体与个人主义的各种主题，与世界对话，从而真正带来和平、公正和人类权利。

"新区域研究"在揭示国际文化差异的同时力图呈现这些民族内部的文化差异，鼓励各种"不像美国"的思想继续下去。斯皮瓦克认为各种非西方文化具有其灵活的存在方式和完全的不可化约性。殖民时期"殖民者"将自己设立为主宰者，将自己的法律和教育系统强加于其他民族国家，并且为了自己的经济利益而重排生产模式，将其硬套在大批的政治和地理实体上，刻意压缩各种异质因素以适应一些基本要素，但他们往往"遭遇不可把握的巨大的异质性"。[⑤] 而且这种一国模式的控制力随着与中心距离的加大而减弱，尤其在东部边缘，对这种一国模式的偏离更加明

---

① ［印度］佳亚特里·斯皮瓦克：《斯皮瓦克访谈：政治与想象》，收入陈永国、赖立里、郭英剑编选《从解构到全球化批评：斯皮瓦克读本》，北京大学出版社2007年版，第406页。

② Gayatri Chakravorty Spivak, *Death of a Discipline*, New York: Colunbia Universtiy Press, 2003, pp. 12 – 13.

③ Ibid., p. 13.

④ Gayatri Chakravorty Spivak, *Other Asias*, Malden: Blackwell Publishing, 2008, p. 5.

⑤ Ibid., p. 6.

显。同时，虽然这些一国模式以明确的或隐晦的方式执行“教化使命”，但他们没有直接规定殖民地的政治和经济结构，所以殖民地的政治经济形式仍然保存着丰富的多样性和异质性。

虽然并不盲目乐观地相信人文学科能够改写历史现状，但是斯皮瓦克相信“新地区研究”这种新的思维方式能够促使大多数选民得到必要的民主习惯和民主程序培训，帮助实现伦理政治中的欲望重排，重塑他者的主体性，从而促进世界民主进程，成为创造另一种全球性的方法。她认为虽然广义上的机构性改变会带来思想的改变即认识的变化，但是只有在机构变化对思想的影响呈现为一种临界的心理观念，而且这些呈现开始大规模地影响到政策时，对他者的研究才起到该起的作用，所以为了促进民主的出现，在促使机构性变化的同时要辅以人的思想培训，培养大多数选民对公共领域的直觉和合宪性，从而保证持久性社会改变的出现。现在人文学者对明显的认识改变的跟踪和记录，会成为一种“前设”，为未来不受现在时事影响的读者吸收这些改变并力行之提供条件。[①] 换种说法，“新区域研究”希望训练这些所谓他者，使他们在受到动员时能够具有批判性，不是被领导或者被动强加，而是能够进行选择[②]，“我真正想讲的是主体构建（subject formation）为有自我意识的社会代理（agency）带来反思（reflexive）的基础”[③]，通过对主体结构产生影响，使那些代理行为得到自觉的执行[④]，从而发挥机构改革和智识再概念化在重新思考社会运动中存在潜在作用。[⑤] 概括而言，“新地区研究”从底层开始，通过历史性的和过程性的努力，培养新的思考习惯，通过“从下到上”的过程为我们希望的政治变化打好基础[⑥]，通过教育使认识模式发生改变。[⑦] 这是一种含蓄的政治策略，目的是通过“进入低等语言的语言记忆”想象一个

---

① 参见 Gayatri Chakravorty Spivak，*Other Asias*，Malden：Blackwell Publishing，2008，p. 4。

② 参见 Swapan Chakravorty，Susan Milevska & Tani E. Barlow，*Conversations with Gayatri Chakaravorty Spivak*，Calcutta：Seagull Books，2006，p. 114。

③ Ibid.，p. 116.

④ Ibid.，p. 113.

⑤ Ibid.，p. 129.

⑥ Ibid.，p. 25.

⑦ 参见 Gayatri Chakravorty Spivak，*Death of a Discipline*，New York：Colunbia Universtiy Press，2003，p. 72。

公平的世界[①]，实现一种在国家边境之外的领域内重新编码的地区主义，通过比较获得一种有异于现有以国家为中心的全球性[②]，即“星球性”。

现有“全球化”中，电子资本在这个地球上人为地画出经纬线、赤道和热带等，将抽象超验的相同交流系统强加在所有的地方[③]，这是一种超验的本质主义设想，包含目的论和决定论，西方将自我设定为中心并借普遍主义将中心自我推衍到其他文化和地方，其中包含着主体的制约性存在，将自己设定为中心和起源的同时，将无法掌控的文化和存在想象成他们定义的形象，抽象为超验存在。“星球性”则将地球视为一个“未经分割的‘自然’空间，而非一个区分了的政治空间”[④]，一个不受所谓主体制约的存在。人类只是星球上的生物，而不是地球的代理人，借住在这个星球之上，不能在地球表面作出划分，也不能规定其他的存在者，承认“他者不是起源于我们，也不会是我们的辩证否定，它包含着我们同时又摒弃我们”。[⑤] 人类也不能将人划分为“本族人”或划入一个集体，而是进入他者的空间，存在于他者的空间里。“星球性”通过“弃却”（un-learn）被灌输的、机构化的各类种族、阶级、性别偏见、知识和价值观念，并进一步通过对在场的分析发掘出被遮蔽了的缺席，重新定位他们的主体位置，使他者成为与殖民主体相同的主体，被承认为变化的起事者和原动力。

“星球性”尊重“源始”，认为“源始”（originary curvature）“存在于与他者的关系之中，即存在于一切有机的社会交往、一切政治形势、一切确定的‘政府形式’，以及所有的‘法律’之前”，我们不能决定它，相反它具有决定性，是一种不可规约的独特性或差异[⑥]，任何普遍性的集体都不能为其代言或者将其掩盖。这种特异性使集体成为主体的虚构，虽

---

① 参见 Cayatri Chakraborty Spivak, *Nationalism and the Imagination*, London, New York & Calcutta: Seagull Books, 2010, p. 78。

② Ibid., p. 73.

③ 参见 Gayatri Chakravorty Spivak, *Death of a Discipline*, New York: Colunbia Universtiy Press, 2003, p. 85。

④ Ibid., p. 30.

⑤ Ibid., p. 73.

⑥ Ibid., p. 29.

然能够很快建成但不会长久[①]，使得用一种集体掩盖和抹平差异的举动不仅不合法甚至显得疯狂，比如现有全球化中按照欧美意愿重绘世界地图的做法[②]。“星球性”呈现一种拒绝普遍性和总体性的演现性冲突（the performative contradiction），没有中心，也没有与之对立的客体他者，不仅突出实践的历史性、不连续性和平面性，而且重新定位他者的历史，以使我们认识到阶级、性别、种族和南方国家等因素创造了一种异质的领域，使原来无差别的殖民主义或他者都包含了差异性，从而“唤起回应”[③]，进行对话。

“星球性”是一种“远距离的想象构成”，而非二元思维下对“全球化”合法性的逆转。不会使同一性掩盖差异，而是一种由他异性决定的经验，不具延续性，既不遵循既有计划，又不奔向什么目的，不体现什么本原，又不参照任何中心，不仅跨越了边界，也动摇归属性诉求，能够逆转想象的价值，从而消解想象性的集体或群体。各种个体与星球性之间的关系类似星星与星丛之间的关系，在此星丛之中，文化价值不是要臣服于一个“最高原则”的宰制，而是“进入与其他价值的一种对话性关系”[④]。

“星球性”并不否认全球化的进程[⑤]，而是消解老一套的性别、民族和种族预设，使其从普遍的集体认同中疏离出来，消除男/女，西/东，白/黑等对立的格局，承认并尊重各种“源始”性差异的存在，消除女权主义、比较文学、民族和种族中的压迫性同一结构。斯皮瓦克希望星球性计划既能替代胆怯的、怀柔的姿态，又能替代制图式解读而表现出的傲慢。[⑥] 虽然未能提供接近“星球性”的程序般的方案，而且她也认为没有人能做到这一点，但是她认为“一旦学会了向下层去学习，也许就已向

---

① 参见 Swapan Chakravorty，Susan Milevska & Tani E. Barlow，*Conversations with Gayatri Chakaravorty Spivak*，Calcutta：Seagull Books，2006，p. 114。

② 参见 Gayatri Chakravorty Spivak，*Death of a Discipline*，New York：Colunbia Universtiy Press，2003，p. 28。

③ Ibid.，p. 13。

④ 金惠敏：《价值星丛——超越中西二元对立思维的一种理论出路》，《探索与争鸣》2015年第71期。

⑤ Ibid.，p. 92.

⑥ Ibid.，p. 72.

想象中的星球性迈进了一步”[1]。她坚信这种乌托邦的想法是一种任务，是思考的场所[2]，必须培养这样的思维模式，并且要持之以恒地使之逆转并置换现有的全球化进程[3]。

三 本质性与非本质性并存的理论特征

作为德里达《论文字学》的英译者和权威阐释者，斯皮瓦克的全球观中蕴含着解构思想对“构成西方思想基础的传统视野、规范和假想”的“激进重构”[4]。根据解构思想，认知是一个能指不断“延异”的过程，所指被“播撒”而不能回归原地，中心被搁置，意义被一再推迟，起源只剩痕迹。能指和所指在延异过程中可以互换，“重复”带来的是“模拟”，并不是“同一性”，意义和价值不能由某个本质中心决定，而是存在于词语意思与其他意思不可分割的联系之中，亦即取决于语境。语境相对稳定，但不完全封闭，异质因素通过语境中的空隙，破坏了同质性。不断延异的所指链条不但解构了中心也解构了本质主义和普遍主义，使人们只能通过差异认识事物，从内部打断了“中心”或“在场”的形而上学思想。形而上学将世界二分为“本质”和“现象”：“本质”是超验的和完满的，是世界的本原和中心，是世界存在的依据和最终奔向的目标，“现象”则作为具体存在形式，由中心衍生而来，居于次等地位。从这种思维模式出发，具体存在的意义和价值由“中心”决定，而且世界努力在“本质”的规定下发展，尽量向其靠近，最终达到“本质”，价值和意义的大小由与中心距离的远近决定。西方国家因为政治经济和文化优势，认为自己的生产生活方式甚至伦理价值优于非西方国家，将自己设立为中心，批评、占有甚至规划非西方国家的政治、经济甚至文化发展，形成“帝国主义公理”。“新地区研究”和“星球性”计划强调“田野工作”，突出文化的历史性和实践性，尤其是语言的特异性，用活生生的“差异

---

① 参见 Gayatri Chakravorty Spivak, *Death of a Discipline*, New York: Colunbia Universtiy Press, 2003, p. 100.

② Ibid., p. 81.

③ Ibid., p. 97.

④ ［英］罗伯特·杨：《白色神话》，赵稀方译，北京大学出版社2014年版，第243页。

性”存在颠覆任何单纯性、同一性、相似性或是持续性，突出在场的缺席和“思维与经验状态起源的缺乏”①，揭示一种自我呈现的差别的繁殖而不是被再现的受到确切支配的多义性，体现的正是解构主义的非本质主义思想。

西方国家基于自我中心式主体的知识结构，将自己设立为中心，“以主体的自我在场为基础赋予言辞以特权”，“授予主体理论霸权”，“自我声称它拥有主体本身的价值”②，压制和掩盖所谓“他者”，并准备接替“他者”，包含“压迫”与“服从”。“新地区研究”和“星球性”“不断对充分意图主体进行自以为正义的羞辱，通过反生产的方式解构这种主体”③，将主体视为一种暂时结构，只能通过“书写”在历史上得以确定，没有源头，只是在发送者缺席的情况下运作。这种主体不具备完满性，没有自明特权，处于不断的延异过程之中，不能位于免于延异链条的批评空间。人要质疑作为认识过程的一部分的自己，“去质疑研究主体的权威性”④，承认“判断真理的根据就是它所表明的，它无法以其他任何手段自我建立”⑤。这不仅否定了西方的认知和话语特权，也消解了非西方国家民族主义的基础。

在其对本土提供信息者（土著/庶民）潜在的和不连续的存在的勾勒中，斯皮瓦克始终避免自我中心的宏大叙事，拒绝构筑一个系统，只是描述一系列事件，“精神错乱地表现那种内在声音，即在我们内部的他者的声音”⑥；面对伦理和政治议题，她声称“两极对立是本身通过颠倒而合

---

① ［印度］佳亚特里·斯皮瓦克：《德里达〈论文字学〉译者前言》，严蓓雯译，译林出版社 2014 年版，第 11 页。

② ［印度］佳亚特里·斯皮瓦克：《后殖民理性批判：正在消失的当下历史》，严蓓雯译，译林出版社 2014 年版，第 332 页。

③ 同上书，第 1 页。

④ Gayatri Chakravorty Spivak, *In Other World: Essays in Cultural Politics*, New York: Methuen, 1987, p. 201.

⑤ ［印度］佳亚特里·斯皮瓦克：《德里达〈论文字学〉译者前言》，严蓓雯译，译林出版社 2014 年版，第 57 页。

⑥ ［印度］佳亚特里·斯皮瓦克：《底层人能说话吗?》，收入陈永国、赖立里、郭英剑编选《从解构到全球化批判：斯皮瓦克读本》，北京大学出版社 2007 年版，第 128 页。

法化的殖民立场"①，不能立足某一立场去反对另一立场，应该以理论方式质疑和修订西方主导的叙事模式，"在叙事性的注脚中宣布自身的存在"②。总之，她试图基于非本质主义思想颠覆主导知识结构，而不是简单地再生产它们，在此过程中指出"确定的事物是不存在的，其过程是开放的"③，意义并不稳定，自我意义也受到他者的质疑。

很多批评家认为这样一种后现代性的增补策略，"常常给我们留下不确定的无法达到的讽刺意味"④。斯皮瓦克本人也认识到了解构理论的限度问题，她认为德里达在运用解构理论时，"还是被这种藩篱（形而上学）困住了手脚，因而他就对他反复描述过的解读提供了他的文本，和其他所有的文本一样……他并未能完美地运用自己的理论，因为成功的运用应当永远是推衍的"⑤。斯皮瓦克认识到深层次的解构主义会解构解构主义本身，因为解构永远都只是充满延异的自我解构运动，同时她也认识到没有"文本"的权威性、个体的控制以及意义第一性作为保证，编码和批评将无法进行。

针对解构思想的局限性，斯皮瓦克提出"批评家为了使自己的批评得以进行，不得不暂时地召集形而上学的批评理论，扮演着自称是解构的一种（单一，unitary）行为的角色……这种关系包括了主体和分析者"⑥。也就是说，在认知过程中，个体必须暂时忘记自己的"文本"或"叙事"是需要自我解构的，忘记他自己也是延异链条上的一环。这是斯皮瓦克"策略本质主义"⑦ 的一部分，即认知过程中策略性地使用本质主义思维，承认一种暂时的稳定性，而且为了让"书写"或"认知"继续延异，个体应该偶尔让自己处于"中心"，只是不是从自我出发的中心，而是一种

① ［印度］佳亚特里·斯皮瓦克：《后殖民理性批判：正在消失的当下历史》，严蓓雯译，译林出版社 2014 年版，第 41 页。

② 同上书，前言第 2 页。

③ Gayatri Chakravorty Spivak, *Death of a Discipline*, New York: Colunbia Universtiy Press, 2003, p. 26.

④ ［英］罗伯特·杨：《白色神话》，赵稀方译，北京大学出版社 2014 年版，第 244 页。

⑤ ［印度］佳亚特里·斯皮瓦克：《德里达〈论文字学〉译者前言》，严蓓雯译，译林出版社 2014 年版，第 39 页。

⑥ 同上书，第 71 页。

⑦ 在 2006 年的一次访谈中，斯皮瓦克表示她现在不太使用"策略本质主义"这一概念，但是沿用了其基本思路。参见 Swapan Chakravorty, Susan Milevska & Tani E. Barlow, *Conversations with Gayatri Chakaravorty Spivak*, 2006。

"效果结构"，是为了论述的必要才被解读为决定性的一种模糊的分界。这种暂时的结构是"认知"的一部分，没有源头，也没有发送者，保留这一结构唯一的目的是保证编码和解码的运作。正是基于这种思维，在对全球化的分析中斯皮瓦克既承认叙事也信任反叙事，并认为只有这样分析才可能完成。[①] 在斯皮瓦克看来，解构并不可以逃离形而上学局限（metaphysical enclosures），解构是"对人们不能不要的东西的不懈批判"[②]，"我们站在哪里，就应该从哪里开始"[③]。

另外，斯皮瓦克还指出自20世纪70年代起，解构思想其实进入第二阶段。在第一阶段，解构主义强调延异，"使得任何关于起源问题的答案都变得模棱两可"[④]，到了第二阶段，解构主义承认诸如"正义"和"道德"等"无法估量的事物"是不可解构的，是"中途歇脚之地"[⑤]，具有暂时的稳定性，因为，如果将它们向解构开放，就意味着要将它们向延异的法则开放，如果承认其延异性，那就意味着还有不是那起源的东西存在，这会为"非正义"和"非道德"等的存在合法性敞开可能。

上文中，我们提到斯皮瓦克反对普遍性，但是在"星球"和"新区域主义"等概念中，我们仍能发现普遍性的影子。对于这一问题斯皮瓦克通过将普遍性分成两种类型加以解决。她认为"星球""庶民"和"新区域"等是一种想象构成的普遍性，是德里达意义上的"遥远的想象构成"（teleopoisis），具有不可证实性，并且不能先于某一单个的"事实"而存在[⑥]，同时它能够超越边界，使个体摆脱想象性的集体直接与不局限于某一单个事实的这些遥远想象产生关联，从而使得个体都有平等的发声权利，不会被遮蔽。而且这个群体仅能短暂存在，转瞬即逝，只是创造了一个对话的场域。这是为了对话需要而设立的一种暂时结构，我们不能拒

---

① 详见［印度］佳亚特里·斯皮瓦克《后殖民理性批判：正在消失的当下历史》，严蓓雯译，译林出版社2014年版，第7页。

② 《在差异中结合——斯皮瓦克访谈录》，郝田虎译，《国外文学》1999年第3期。

③ ［印度］佳亚特里·斯皮瓦克：《德里达〈论文字学〉译者前言》，严蓓雯译，译林出版社2014年版，第68页。

④ ［印度］佳亚特里·斯皮瓦克：《后殖民理性批判：正在消失的当下历史》，严蓓雯译，译林出版社2014年版，第441页。

⑤ 同上书，第442页。

⑥ 同上书，第44页。

绝这种普遍性。她所拒绝的普遍性是本质主义的普遍性，那种通过抑制具体个体而建构一个“事实”，用一个普遍的名称压迫异质性个体的普遍性，比如“第三世界”或“女性”等。

斯皮瓦克在批判本质主义主体的同时，保留了“主体性幻象”。她认为解构哲学在提醒注意自身开放性和不可逆性的同时，不能回避“可理解性、可回复性和责任”①。如她在一次访谈中所言：“解构没有说不存在主体，不存在真理，不存在历史。解构只是质疑认同的特权化，以至于有的人被认为掌握了真理。解构并非揭露错误；而是持续一贯地探讨真理是如何生产的。”②斯皮瓦克所保留的主体痕迹包含构成性矛盾，区别于利益和欲望相互交合的未分化的主体，后者将权力和欲望总体化，为了让自己说话而反对一种同样统一的“统一体制”，逆转一种压迫，正如她在“文化主流”理论中所发现的：“对文化主流的权力分析，注定会让对新兴一直的压制清晰可见；而除非非常小心，这种分析本身可能通过不让新兴异质拥有文化描述习语的地位，从而参与那一压制”③，否定“未命名的主体”的权力和欲望。斯皮瓦克保留的主体是不连续性的“分化的和错置的主体模式，这个主体的各个组成部分并不是相互连续或连贯的”④。保留这种主体痕迹的目的是追溯帝国主义殖民主体的构成，重新恢复被殖民者或他者的活生生的存在，抵制西方主体对主体性已经岌岌可危的他者的踪迹的不对称涂抹，强调“被殖民化了的底层主体是无法改变的异质主体”⑤，揭示对于“真正的”底层阶级来说，其同一性就是差异，“防止种族中心主义的主体通过选择性地限定一个他者而确立自身”⑥。

---

① 详见［印度］佳亚特里·斯皮瓦克《责任》，收入陈永国、赖立里、郭英剑编选《从解构到全球化批评．斯皮瓦克读本》，北京大学出版社 2007 年版，第 248 页。

② 《在差异中结合——斯皮瓦克访谈录》，郝田虎译，《国外文学》1999 年第 3 期。

③ ［印度］佳亚特里·斯皮瓦克：《后殖民理性批判：正在消失的当下历史》，严蓓雯译，译林出版社 2014 年版，第 325 页。

④ ［印度］佳亚特里·斯皮瓦克：《底层人能说话吗?》，收入陈永国、赖立里、郭英剑编选《从解构到全球化批判：斯皮瓦克读本》，北京大学出版社 2007 年版，第 95 页。

⑤ 同上书，第 90 页。

⑥ 同上书，第 111 页。

四 结语

斯皮瓦克兼具本质性和非本质性特征的理论，招致很多批评。比如杨在《白色神话》中认为斯皮瓦克政治立场太明确，有时甚至偏离了她所坚持的内部批判立场，“虽然耐心地建立了解构立场的复杂性，斯皮瓦克却常常不自觉地回到个人主义，或者马克思主义叙述的连续性（不是常被称为“德里达之后的马克思”的够格的“辩证法”）”[①]，而且尽管她声称自己作为研究者的立场，取消“第三世界妇女”这一能指的同质性，但她也无可避免地带有将自己作为“第三世界妇女”代表的倾向。贝尼塔·帕里也认为斯皮瓦克“一方面抗议殖民地人民的主体立场在帝国主义文本中的涂抹，另一方面，在她的文章中未给被殖民者任何说话的余地”[②]，甚至“对本来能听到的被殖民声音的装聋作哑与她对西方女权主义批评模式中尚未表达的东西的敏锐听觉是不相一致的，这些批评模式在破坏男性结构的同时，再造和取消了殖民主义结构和帝国主义原理”[③]。

但是如果我们超越现代性和后现代性的决然对立，综合考察其理论，不难发现斯皮瓦克精心构建差异世界，拒绝连续性和整体性，既反对西方中心主义又否定非西方国家或者弱势民族的防卫式民族主义和爱国主义，这种现代性与后现代性并存的特征使她能够在抵制西方中心主义的过程中避免简单地将中心倒置，杜绝在颠覆西方中心主义统治的同时，将另一主体设立为中心。她所保留的暂时普遍性、连续性和非完满主体只是作为一个综合框架而发挥作用，保证了对不公的抵制和对话的进行。在她所谋划的对话关系中，双方都不追求稳定和本原，而是承认一个无法表述的本己，“不断”超越和“不断”否定自我，进行不断“重构”，“无论经过多少轮的对话，一方对话者都不可能变成另一对话者”[④]，即无论西方还

① ［英］罗伯特·杨：《白色神话》，赵稀方译，北京大学出版社 2014 年版，第 243 页。

② ［英］贝尼塔·帕里：《当前殖民话语理论的若干问题》，收入罗钢、刘象愚编选《后殖民主义文化理论》，中国社会科学出版社 1999 年版，第 228 页。

③ 同上书，第 223 页。

④ 金惠敏：《走向全球对话主义：21 世纪的文化政治学》，新星出版社 2013 年版，第 20 页。

是非西方国家都不具备自明的合法性和权威性，也不会被简单化、客体化和劣等化，从而从根本上杜绝强权、压迫和剥削，为建立公平合理的新型世界格局、消灭霸权、杜绝冲突提供了全新认识论基础。

全球"对话主义"中的文化生产与输出

——以国产剧《琅琊榜》为例

闫寒英*

内容提要：文化软实力关乎一个国家的综合国力，中国虽已发展为世界上第二大经济体，但中华文化的国际影响力并不大，在与西方发达国家甚至是与东亚现代化国家的文化贸易中仍处于劣势。如何促成我国优质文化产品的生产与海外输出是个重要课题。文章以具体的国产剧为例，说明在全球化时代，成功的文化生产与输出应遵循传统与现代文明对话，本土与异质文明对话，以良好的国家形象与世界对话这三大"对话主义"原则。

关键词：文化生产与输出　对话主义　中国

近年来，中国越来越重视文化产业，文化产业从理论界的边缘化属性逐步上升为国家发展规划的重要概念。党的十八大更是强调今后文化产业要成为我国国民经济支柱性产业，中华文化走出去要迈出更大步伐。2004年4月，中国国家统计局、文化部、广电总局等九部委联合下发《文化及相关产业分类标准》，将文化产业定义为"为社会公众提供文化、娱乐产品和服务的相关活动，以及这些活动有关联的活动的集合"。在文化产业的各个类别中，影视业成为"急先锋"，中国的影视业近年来发展迅

---

* 作者简介：闫寒英，南华大学马克思主义学院副教授，研究方向为文艺学。

速，但在票房总收入中，海外票房收入所占比率低，无论是电影还是电视连续剧产品，“走出去”的步伐缓慢，如何有效推动中国的影视业向海外进军，在收获广阔市场带来的经济效益的同时，传播中华民族特有的文化精髓，塑造美好的文明大国形象是中国“文化强国”战略中的一个重要议题。本文拟以2015年国产人气电视连续剧《琅琊榜》为例，探讨全球化时代文化生产与海外输出应遵循的原则与策略。

一　《琅琊榜》代表国产电视剧“走出去”的希望

2015年一部古装电视连续剧《琅琊榜》在国内市场俘获了大批粉丝。相比之前的《盗墓笔记》《花千骨》等热播剧被观众“吐槽”，《琅琊榜》几乎获得了空前一致的好评，成为当下中国电视业最不可忽视的一支“奇兵”。《琅琊榜》以数年前一起赤焰军冤案及宫中两王夺嫡之争为主线，展示了朝堂争斗与江湖风云，歌颂了主人公对真相的坚持及对正义的追求，是一部改编自网络作品的成功之作，其大获成功在于它的“美”。这种征服观众的“美”体现在以下四个方面。

（一）尊重历史细节的“形式美”

作为山东影视传媒集团回归古装题材的诚意之作，《琅琊榜》具备鲜明的人物形象、高密度的故事情节、步步推进的布局、唯美的画面、典丽机辩的对话，还特别重视尊重历史细节的“形式美”。电视剧的情节被大致框定在公元2世纪至5世纪的魏晋南北朝时期，剧中出现许多传统中国物质符号——飘逸的宽袍大袖，麻布素袍，线装书与竹简，写满书法的纱帘，草席，原色木做成的廊柱，江苏移植来的竹子，真正的石材……传神地体现了当时的“魏晋风度”。值得一提的是，剧组邀请了研究古代礼仪的团队担任礼仪指导，其中服饰、道具都经过了较严格的历史考证。如剧中人物宽衣博带、束发右衽，再现了魏晋士族衣冠风貌，角色还根据不同场合着官服、正服、家居服等不同服饰，且服饰的色调也与人物的性格、身份地位相匹配。如梅长苏体弱多病、喜静怕冷，其服饰的材料以棉麻为主，颜色以白、青、灰为主；随着靖王与静妃在剧中地位的提升，其服饰也越发华贵出彩——充分展现了中国传统服饰文化之美。

剧中布景也体现着具有中国气韵的形式美。如多次出现的长亭送别画面，长亭中，主客跪坐，相对揖别，清风习习，松枝拂动，好一番古意盎然的动人画卷。长亭送别原本就是中国传统文化中的一个象征性符号，寓意深厚，使人想起弘一法师"长亭外，古道边，芳草碧连天"的美文，想起《西厢记·长亭送别》中的场景，想起李白《菩萨蛮》中的"何处是归程，长亭更短亭"中的愁绪。再如，剧中多次出现主客室内对坐场景，而门窗外的远山、近竹被交织入画，成为绝佳背景。这是借用了中国古典园林讲求对称与借景的构图手段，使许多场景成为空灵的山水画。

《琅琊榜》的导演曾表示希望用画面而不仅仅是台词讲故事。果然，这些尊重历史细节、遵循中国传统"形式美"的故事讲得很"美"，满溢着古典的审美趣味，具有浓浓中国味道。

（二）弘扬中国传统文化的"内容美"

《琅琊榜》对中国传统文化的弘扬体现在：其一，唤起了逐渐被现代人遗忘的礼仪传统，展现了尊崇敬意的礼仪之美。《礼记·玉藻》中载有君子"九容"，即"足容重、手容恭、目容端、口容止、声容静、头容直、气容肃、立容德、色容庄"。这"九容"在剧中人物举手投足间被充分体现。当霓凰得知梅长苏是自己的未婚夫后，以小女子的姿态向恋人致以万福，而不再像男子那样抱拳行礼；知书达礼的静嫔首次出场时，对地位不同的四人行了四种不同的礼：见太皇太后行的是稽首礼，向皇后行的是顿首礼，给妃子行的是空手礼，给长公主行的则是一个万福。但长公主随后托住她，给她同样一个万福，这是还礼。这套礼仪源自"九拜"，是中国古代特有的跪拜礼。其二，借鉴了中国古典名著《三国演义》，展现了中国经典名著作为文化母题之美。主角梅长苏身上有诸葛亮的影子，"琅琊"二字直指诸葛亮的出生地琅琊郡。那句"麒麟才子，得之可得天下"，与"卧龙、凤雏，二者得一，可安天下"何其相似。梅长苏最后于危难之际，以重病之躯退敌病逝沙场的结局也与诸葛亮的结局类似。将"情义"诉诸历史征伐并赋予悲剧色彩，是中国文学史上的传统，是经典母题。梅长苏苦心谋划十三年，推靖王上位，一方面是为了平反冤死的忠魂，更大诉求却在于拥立明主，开创政治清明的中兴盛世，在貌似阴诡的谋略背后是治国平天下的抱负与大义。这正是中国传统士大夫的道德品格、政治理想与家国情怀。忠孝仁义，为国家鞠躬尽瘁、死而后已的家国情怀，使梅长苏这个人物形象感人至深，凸显了中国传统文化中的"士大夫"形象之美。国人在被感动的同时，也印证了中国传统文化、传统道德的魅力。其三，"重情重义"的剧情展现了中国传统价值观之美。靖王对祁王的追随，对祁王遗孤的保护与照顾体现了手足情深；靖王对好友林殊并未谋逆的坚信，并誓为其洗刷冤屈的行为体现了"刎颈之交"的情谊；霓凰、夏冬对未婚夫与夫君矢志不渝的信任与等待诠释了真挚坚忍的爱情；还有感人至深的人伦之情，人伦之情包括父母对孩子的爱，如莅阳长公主竭尽所能保护长子，静嫔每逢儿子进宫拜见时都亲自准备美食，更包括孩子对父母的孝顺，如夏江的前妻放下嫌隙带儿子见其最后一面，谢弼千里奔丧，梅长苏不顾病体坚持为外祖母守灵等，浓墨重彩地强调了中国传统的"孝道"之美。又如"信义"与"正义"之美。大儒周玄清隐居多年，只因见到老友的玉蝉遗物，便冒着大雪赴朝堂论理；言候本预备炸死皇上，听梅长苏的劝告后放下私怨，以国家利益为重；梅长苏虽身为玩弄权术的谋士，但却有明确的是非观念且懂得自省，他说自己"身为阴诡之士，行阴诡之术，虽是夺权利器，却终非正途"。其四，抒发了中国式的古典情怀。《琅琊榜》中也有对爱情的描绘，如梅长苏与霓凰郡主之间，夏冬与聂将军之间的爱情，但这两段爱情都表达得非常内敛、含蓄，剧中的情侣没有任何企图让观众血脉贲张的激情戏，仅止于几次情到深处难以自抑的拥抱，是典型的中国传统爱情"发乎情，止乎礼"，这与《来自星星的你》中对爱情的处理是一致的。而这种隐忍于内心的爱与澎湃的激情一样，在观众心中激起了共鸣，展示了中国古典审美意境。正是在对这种古典审美意境的品味中，唤起了我们对传统文化的回首与眷顾。

（三）用现代文明对传统文化进行观照

《琅琊榜》弘扬了中国传统文化之美，但它也并非一味古典，而是用现代文明照亮古典文化，显示出既传统又现代的"精神气质"：坚强的人物，荡气回肠的主题，青春热血的故事，超越个人爱恨情仇的格局使这部剧很"明亮"，映射出现代社会的文明理念。《琅琊榜》从现代文明视角诠释了执政理国、传统的人间正义和人生哲理。如梅长苏叮嘱靖王日后要做一个公允无私的君主，“要把天下人的看法放在心里，懂得自省和约束”，这与当下以人为本、以民为本、依法治国、严于律己的执政理念是一致的。梅长苏身染火寒毒，以他的名望与地位，完全可以使用人血排毒，但他坚决拒绝道：“世间之大，生死是天大的事，众生的公平不是由活多长来决定的。”这种对生死的哲理考量展示了人性的光辉。《琅琊榜》中还体现出强烈的契约精神，剧中梅长苏支持靖王夺嫡，靖王强调夺嫡不能不择手段，不能利用忠良之士，而梅长苏也允诺尽自己所能不伤害善良的人，事实上他也恪守着自己的承诺，一直遵守着道德底线。契约精神正是现代社会应有之义，它保障整体利益与文明秩序。个体违背契约，可能获得暂时的个人利益，长远看必将导致秩序混乱与群体道德危机。纵观人类社会发展史，但凡在科技文化发展繁荣的阶段都是信奉契约精神的时代；而无视契约、阴谋盛行的时期多半经济疲软文化低迷。契约精神用当下的话语来诠释实际上就是社会主义核心价值观个人层面中“诚信”。《琅琊榜》以古代人物形象鲜明地传达了现代“诚信”价值观。当前我国正处于社会转型期，经济市场化伴随文化多元化，尤其需要正面价值观引导大众。艺术作品的生命力与魅力固然与叙事的巧妙有关，更多却在于正能量的彰显，正能量给观众带来持久的审美激情。

（四）正面塑造国家形象之美

我国电视剧题材多样，家庭伦理、职场励志、仙侠奇幻……但论及人气，古装权谋类一直是收视热点。如《康熙大帝》《大汉天子》等基于史实的严肃正剧；《甄嬛传》等讲述后宫嫔妃的半虚半实的女性题材；《步步惊心》等借助历史剧的躯壳讲故事的穿越剧。这些历史剧之所以受观众欢迎，与家国情怀、权力追逐、朝野之争尤其是谋略博弈等元素分不开。《琅琊榜》也充分运用了这些元素。所不同的是它虽以权谋为主题，以复仇为主线，却洋溢着浪漫主义情怀与英雄主义色彩，具有“悲剧美”震撼人心的力量。

在《琅琊榜》之前，也有部分中国电视剧进军国际市场，如《还珠格格》《甄嬛传》，一定程度上实现了产业效益。但令人遗憾的是，这些文化产品并不能借机向世界展示一个美好中国形象，意味着在社会效益的实现层面非常欠缺。无论是《还珠格格》还是《甄嬛传》，都未塑造一个积极昂扬的国家形象，未展示中华文化独特之“美”，如悠久的审美文化，唯美的人文情怀等，只是传达了泛文化意义上的“正与邪”及爱恨情仇，没有凸显中华民族特有的精神内核与正能量。这只是在商业层面实现了国际盈利，并没有在文化层面获益，不算真正“走出去”。事实上，国内的一些文化产业在出口的过程中甚至步入“审丑”的误区，以为把中国文化当中封建的、腐朽的、落后的、变态的文化向西方人呈现出来，就能吸引他们的眼球。如张艺谋导演的影片就是走这一路线，邪恶的人性，传统的封建伦理思想，奇怪而丑陋的风俗，阴暗的画面与扭曲的激情……形成所谓的“中国特色”。诚然，向国际市场进军了，获得了票房成功，被西方接受了，迎合了消费文化的需要。但仔细分析一下，西方接受的是什么呢？是一个古老的、压抑的、疯狂的、变态的中国形象。中国在他们眼里成了一个“奇观”，许多西方人以进入电影院一睹“奇观”为快，抱着玩味诧异甚至震惊的心态，其间很难对中国产生“尊重”的感情，更遑论在心中建构出一个美好的中国形象了。

对比《甄嬛传》（讲述一个原本天真善良的女孩在残酷的宫廷斗争中逐渐变得工于心计不择手段，最终成功复仇）可以清晰地感受到《琅琊榜》对宫闱剧阴暗格调的突破。《琅琊榜》不渲染阴暗心机，未走入宫斗剧的窠臼，也未陷入个人与家族复仇的狭隘旋涡。相反抒写了一曲锄奸去恶、为忠烈鸣冤昭雪、为国尽忠的慷慨之歌，洋溢着家国天下的悲壮情怀。因而它是大格局、大境界的，树立的是一个有文化底蕴、正面积极的中华文明大国的国家形象。而今，《琅琊榜》在韩国电视台播放并获得好评。台湾地区中天电视台也引进，香港地区 TVB 已购买该剧播出权。该剧还将在新加坡、马来西亚等国播出，甚至有望进军北美市场。我们有理由期待，《琅琊榜》在创造国际商业效益的同时，也为提升民族形象、提升中国在世界上的文化软实力做出贡献。

二　文化生产与输出应遵循全球“对话主义”原则

国产电视连续剧《琅琊榜》在国内外掀起“火热”反响，创造了巨大的经济与社会效益，属于文化产品“走出去”的成功案例。由前文分析可知，这部作品具有如下特质：制作精良、重视传统文化、具有现代眼光、精心塑造美好国家形象。即：在立足本民族优秀传统文化的同时，积极与世界和现代社会的文明进行对话。由此，可以得到启迪，在全球化时代，中国的文化生产与海外输出应遵循“对话主义”原则，这一原则可从以下三个层面进行诠释。

（一）传统与现代文明之间的对话

中国是一个有着悠久文化传统的国家。国学大师张岱年将中国几千年来文化传统的基本精神概括为四个基本观念：天人合一、以人为本、刚健有为、以和为贵。天人合一思想在春秋时即已有之，以人为本的思想由后汉思想家明确表述，刚健自强是先秦儒家提出的人生准则，以和为贵则是中国古代最高价值观。这些基本精神，是中华民族的宝贵财富，为我们的文化生产与创造提供了源源不断的资源、灵感与创意。立足于传统文化的文化产业必定是生机勃勃、根深叶茂的，这就不难理解，以文化产业为国民经济支柱的现代化韩国为何那么积极地申遗，那么小心翼翼地保护自己的民族文化。但中国传统文化也有缺陷，如等级观念、家族本位等陈陋传统，需要反思与革新。然而无论是继承还是革新，都必须促成传统与现代文明的对话。这种对话一方面有助于对传统文化更深更自觉的传承，如之前提到的中国传统文化的基本精神之“刚健自强”，其实就是现代人的主观能动性；而“以和为贵”与现代社会和平发展的国际理念是一致的。另一方面有助于传统文化与时俱进。中国是走在现代化途中的国家，随着社会主义市场经济体制的发展，一些由市场经济派生出的竞争、法制、效率价值观与思维方式也逐步确立，这些现代观念强调了现代文明的某些基本准则，是中国与世界其他现代化国家交流与对话的思想平台。如果文化产品中缺乏现代意识，那么它就无法与世界其他文化进行对话，无法走进其他文化的世界，更遑论影响与引领世界文化潮流。习近平总书记指出，立足中华优秀传统文化，对历史文化特别是先人传承下来的价值理念和道德规范，坚持古为今用，推陈出新，有鉴别地加以对待，有扬弃地予以继承，深入挖掘和阐发中华传统文化讲仁爱、重民本、守诚信、崇正义、尚和合、求大同的时代价值，使中华优秀传统文化成为涵养社会主义核心价值观的重要源泉。[①] 所以在进行文化产品创造与输出时，要善于寻找中华文化传统和现代意识的结合点。一方面，精准保留民族和国家文化上一系列优秀的文化特质，如仁、义、礼、智、信；另一方面，要将一些新的现代文化特质融入国家文化中，如依法治国、积极进取、全球合作等。

（二）本土与异质文化之间的对话

中国文化产品如何走向世界，在走向世界的过程中如何应对全球化挑战？答案是要积极寻求本土与异质文化之间的对话。对话的前提是要有本土文化的深厚根基，对话的目的是完善与传播中华文明。20 世纪 20 年代，印度国父甘地说了一句意味深长的话：“我希望各地的文化之风都尽情地吹到我的家园，但是我不能让它把我连根带走。”联合国环境计划署的布拉尼斯拉夫·高索维奇也指出：“发展中国家不能满足于被动地、幼稚无知地充当北方经过精心包装的思想产品的消费者。它们必须武装起来，在全球舞台上（包括市场领域）变成老练的对话者和谈判人。”[②] 的确，中国不仅应作为 GDP 快速发展的经济实体向世界展示自己物质文明的力量，同时也应作为东方文明古国与大国，向世界展示自己精神文明的力量，让世界领略与折服中华文化的魅力。

文化作为整体性概念，具有深层与表层结构。“构成文化核心的深层结构是那些将不同民族文化加以区别的文化的根本性特质，它包括价值观念与取向、思维与行为模式、宗教信仰、审美情趣等，具有很强的稳定性。”[③] 而文化的浅层结构则与大众文化相似，以消费为中心。此外，“各民族文化虽然在浅层次上表现出了一体化，但作为文化深层次内容的文化观念和文化价值却较为封闭与狭隘，它们只会吸收外来文化中强化自己民族性的一面，而这些正是一个民族文化的根本所在，决定着一个民族文化

① 习近平 2014 年 2 月 24 日在政治局第十三次集体学习时的讲话。

② ［俄］布拉尼斯拉夫·高索维奇：《全球知识霸权与国际发展议题》，《国际社会科学杂志》2001 年第 4 期。

③ 孙景峰：《经济全球化对全球文化的影响——兼论中国文化发展战略》，《思想战线》2002 年第 3 期。

的性质”①。可见，传统文化是一个民族的根基，继承与发扬传统文化才能保持自身的独特性与个性；同时只有传承民族文化才能顺利地融入全球文化浪潮。根基巩固，方能立足于大地之上，多方汲取不同养分，使自己更强大；反之，要使自身强大，必须对外开放，多方吸纳不同营养。也即积极推动本土与异质文化的对话。罗素指出，“不同文化之间的交流过去已经多次证明是人类文明发展的里程碑。希腊学习埃及，罗马借鉴希腊，阿拉伯参照罗马帝国，中世纪的欧洲又模仿阿拉伯。而文艺复兴时期的欧洲则仿效拜占庭帝国”②。一个国家应该在注重文化安全的基础上以开放的心态与世界文化对话，吸收各国文化之长，并将其融入自己的传统文化中。中国有着丰富的文化传统，应该为建立公正合理的国际文化新秩序做出自己的贡献。相应地，中国文化产品的生产与输出要具有这样的文化自觉性与文化使命感，在与异质文化的对话中实现本土文化的全球化。

（三）塑造美好国家形象与世界对话

文化不仅是商品，其本身就是国家竞争力，对国家形象的形成具有重要意义。目前国际社会越来越重视文化外交在提升本国国家形象中的重要作用。文化外交指运用艺术、哲学、信息等文化手段增进与他国相互理解的外交活动，是一种提高他国民众对本国的亲密感、在对方国家提高本国国家品牌影响力的外交活动。在文化产品的输出过程中，“国家形象”相当于品牌效应。与大众对名牌物质产品的追随相似，大众也追求高档时尚的精神产品。例如许多消费者是在一定的心理定式下对美国好莱坞大片、日本动漫、韩国偶像剧进行文化消费，这种心理定式就是对品牌的推崇、信赖。而几乎所有的文化产品在打造自己的品牌形象时都必须借助与倚重本国的国家形象。好莱坞影片的背后有一个正义、平等、自由、冒险、创造的“大美国”形象，日本动漫背后有一个努力拼搏、不服输亦不气馁的“争强好胜”的“大和民族”形象；韩国偶像剧背后有一个古典而又

① 孙景峰：《经济全球化对全球文化的影响——兼论中国文化发展战略》，《思想战线》2002 年第 3 期。

② ［法］罗素：《一个自由人的崇拜》，时代文艺出版社 1988 年版，第 8 页。

现代、优雅而又激情的"大韩民国"形象。国家形象与本国文化产业之间的关系是相辅相成的：良好的国家形象引发他者的尊崇与敬慕，使其自愿引进、欣赏和学习心仪国的文化，由此也就追捧该国的文化产品；而一个国家带有民族文化内核与现代理念的优质文化产品行销甚至流行于海外，将极大地提升本国良好的国家形象。由此美好国家形象的塑造与文化产业的海外发展形成良性循环。

那么我国的文化产品应注重向世界展示一个怎样的中国形象呢？应该是"美丽中国"的正面形象。过去我们的文化产品更多的是把中国社会体制和国民性中的负面因素展示在海外屏幕或文本中，虽然不少文化产品的初衷是揭露与批判，我们也的确需要某些深刻的揭露与有力的批判来推动社会进步。但文化产品在出口海外时，还是要考虑客观效应。西方不少发达国家一直对有着漫长封建历史的中国持偏见，一直戴着有色眼镜看中国，依然把中国跟"落后、愚昧"等贬义词联系在一起，他们并不真正理解中国古典文化的精髓以及中国现在的变化与发展。我们应借助文化输出与传播的力量帮助他们认识与理解，而不是用过多展示"丑陋中国人"的文化产品加深他们对中国的偏见，这是一个文化输出的策略问题。我们要向美国、韩国学习，他们的文化输出策略非常成功，在获得巨大经济利益的同时，也在国际上塑造了良好的国家形象，轻而易举地向世界传播了自己的价值观。

"美丽中国"的正面形象既包括强调中国拥有悠久的文化底蕴，中国的传统文化承载了中国人爱国、自强、诚信、和谐等独特高尚的精神世界；也包括向世界展示中国开放、法治、民主、追求和平与发展的现代身份。这一正面形象贯穿着社会主义核心价值观。"核心价值观，承载着一个民族、一个国家的精神追求，体现着一个社会评判是非曲直的价值标准。"[①] 因此，对于文化生产而言，无论是个人创作，还是集团制作，都要自觉以社会主义核心价值观为导向，都要有社会责任感；而对于文化产品输出而言，一定要有海外文化战略意识及国家意识。习近平总书记在其重要讲话中强调要"增强对外话语的创造力、感召力、公信力，讲好中

① 习近平：《青年要自觉践行社会主义核心价值观——在北京大学师生座谈会上的讲话》（2014 年 5 月 4 日），《人民日报》2014 年 5 月 5 日。

国故事，传播好中国声音，阐释好中国特色”①。

总而言之，文化是一个国家综合国力的重要构成要素，文化实力和竞争力是国家富强、民族振兴的重要标志。如今，韩流与欧美之风都在中国劲吹，中国在世界却仅掀起汉字热，没有刮起应有的“汉旋风”。在全球化时代，中国亟须改变这种不平衡不对称的文化交流现状，以“对话主义”策略来推动本国优质文化产品的强劲出口，打造中华文化国际影响力不断增强的新局面。

① 习近平：《习近平总书记系列重要讲话读本》，人民出版社2014年版，第105页。

从二元对立到多元融合：中国戏曲理论中西之争的演进与出路

刘玲华*

内容提要：探讨20世纪以来的中国戏曲理论发展史，往往会遇到这样一个问题：如何看待和理解西方理论思潮及观念对于中国戏曲创作及研究的影响？梳理百年来它的发展历程，不难勾勒出一条建立并试图突破中西二元对立思维方式的复杂轨迹：从戏曲改良运动主张“全盘西化”走向全球化浪潮下倡导中西文化的多元融合。事实上，文化差异之间的论争是一种现象辨析而非思维对立的表现。要跨越二元对立的僵化模式，唯有不再将“中西”作为一个对立谱系，才能使得研究者不再受限于“身份建构”的藩篱，从而实现真正无蓝黄之分、无中西之别的中国戏曲理论的多元发展。

关键词：中国戏曲理论　中西之争　二元对立　超越

在文化传统、思维模式、语言表达等方面，尽管东西文化之间存在差别，但关注西方似乎成为20世纪以来中国文化无法避免的宿命。中国戏曲理论也并不例外。鸦片战争后，自王国维始，中国戏曲一直无法避免西方理论思潮带来的冲击和影响。在经历五四戏曲新改良运动的洗礼后，“以西方的关注来确认自己”的怪常逻辑便一直在戏曲理论领域运行。这

---

* 作者简介：刘玲华，中国社会科学院文学所助理研究员，研究方向为文化研究及文化理论。

也意味着，在汲取西学思潮理论营养的背后，中国戏曲理论的发展隐含着被建构起来的中西体系对立模式，以及试图建构起一种以西方逻辑来确认自己身份的思维方式。可以说，20 世纪以来的中国戏曲理论发展史，也即中国戏曲理论发展的现代化进程，无法绕道西方理论思潮的影响而前行。

一

梳理从晚清"戏剧"改良运动以来的戏曲理论发展历程，剥离一层层雾里看花的语言镜像，透过各种从技巧运用、形式借鉴发展到认识深化和观念自觉之屏障，将会看到中国戏曲理论发展与西方理论思潮之间复杂关系的整体脉络。

鸦片战争后，闭关锁国的大清王朝被西方大炮打开了国门，西方的各种思想观念也随之源源不断涌入进来。随着洋务运动的推进，一些有识之士在"亡国灭种"的忧虑之下，积极向西方先进思潮学习，一时竟致"大江南北，莫不以洋为尚"（陈作霖《炳烛里谈》）。这样一场前所未有的从器物到制度、从习俗到思想的"西化"运动，不仅引发了科学技术领域的大变动，就连文学，包括通俗文学例如小说、戏曲在内的地位也获得了前所未有的提升。王国维是在新西学视野下，于戏曲领域引入西学思潮的中国第一人，开启了具有现代意义即东西文化密切接触背景下的戏曲研究。[①] 在风云变幻的时代变革中，与王国维一样重新看世界的先行者，将陌生新奇的话语与思潮引入国人视野，并在中西不同文化思维的激烈碰撞中，将新旧文化之间的讨论酝酿成了一阵阵争鸣风暴。

围绕着"中国戏曲向何处去"的主题，20 世纪初最先卷入戏曲理论中西之争大旋涡的，主要是新旧、古今、雅俗等几大内容的二元分辨。

在中国戏曲界，1914 年首次发生了关于新旧戏剧的论争，拉开了新的、进步的与旧的、传统的等二元对立思维针锋相对的序幕。所谓"新"

① 这一点汉学家有不同看法。伊维德就认为，20 世纪 50 年代在欧美掀起的白话文学研究（中国俗文学研究）恰恰是深受五四以来胡适等学者提升俗文学地位的影响。参见孙玫《简论戏曲研究之中西互动》，《中国戏曲学院学报》2007 年第 4 期。

即是引进西洋戏剧。大批时人在中西文化冲突的强烈刺激下，认为传统旧戏在新的社会背景下已经无法承担起社会启蒙和政治改良的重任，唯有借鉴西洋戏剧，才可宣传新思想，反映新文明，应对新的社会现实。以文明—野蛮为认识前提，争辩中西物质文明与精神文明之间孰优孰劣，是守旧派与维新派关注戏曲革新的重要主题。

如果说晚清至近代，在西方思潮的影响下，中国戏曲的革新体现出一种“师夷长技以制夷”之“引路者和对立方”的思维方式，那么新文化运动之后，话剧的引入开始彰显出中国旧戏全盘西化的大势所趋。20世纪初，面临新剧难以符合中国民众的审美兴趣，旧戏又无法适应新的社会变革的尴尬状态，“莫不以戏剧改良为急务”（汪笑侬）之运动应时兴起，涌现出大批提倡以编演配合政治来反映重大社会现实题材的新戏。这些创作看似热闹非凡，实际上却鲜有佳作。“戏曲该向何处去”？一场新、旧剧的优劣之辩行将开场。论争在以陈独秀、胡适为主的话剧推崇派和以张厚载为代表的旧戏保存派之间展开。① 在极端化的论争中，也间杂有相对中立的主张。② 不可否认，此次融合了多方主张的论争虽然有失片面，但却是激烈且具备启发意义的。20世纪以来中西文化在内容、形式、语言、审美等主题方面的比较与辨别，在此次论争中均有所涉及。从新旧文明的比较发端，论争话题从新旧剧之争又发展变形为古今、雅俗之争。笼统而言，古今之争指向戏曲变革面临传统与现代更替时的发展方向，雅俗之争则将焦点指向白话文运动这一重大变革的时代意义。更为重要的是，此次论争也是西方话剧与中国戏曲初遇后在戏曲主张上的首次正面碰撞，反映

---

① 1917年2月陈独秀发表《文学革命论》一文，将戏曲全盘归于旧文化之列，在总体上进行否定。钱玄同、刘半农等人也竞相抨击古典戏曲的毛病，称其“理想既无”“恶腔死套”。与此针锋相对，张厚载却认为中国古典戏曲自有其美学规律，应该保存下来，不但不可进行改良，而且将主张改良旧戏的人称为“过激派”。1918年10月，《新青年》第五卷第四号开辟“戏剧改良”专号，首发胡适《文学进化观念与戏剧改良》一文，将论争进一步推向白热化状态。从文学进化论观点出发，胡适认为戏曲完全是旧时代的“遗形物”，唯“采用西洋最近百年来继续发达的新观念、新方法、新形式，如此方才可使中国戏剧有改良进步的希望”，才能让戏剧进化得以推进。傅斯年也撰文《戏剧改良各面观》和《再论戏剧改良》，同样主张彻底废除旧戏，全盘接受西洋戏剧。

② 例如欧阳予倩、齐如山、宋春舫等人认为，中西戏曲属于两大不同体系，有着各自独特的审美功能，因而建议提倡新剧，革新而不是全盘否定旧戏。但在学界名人大肆倡导西学的时代洪流中，这部分小声音最终湮没在了极端式的争论喧哗中。

出戏剧界开始真正思考中国戏曲的发展方向问题。

五四以后，西方话剧已然在中国占据了强势地位，经过改革后的戏曲成为新文化运动的一部分，却也站在了新的观念突围之处。接踵而来的社会剧变，将为中国戏曲的发展铺设一条怎样的道路？20年代以后，一方面，戏曲改革运动仍在积极展开，在诸多方面均出现了新的突破。例如反映社会现实的时代色彩日益浓厚，技巧与新形式的借鉴增多，等等。另一方面，中国古典戏曲的艺术方式进一步遭到瓦解，“话剧加唱”的艺术表现方式开始形成，并成为很长一段时期内戏曲变身后的主要表现。进入三四十年代，随着抗日战争的爆发与进行，无产阶级戏剧运动开始兴起，中国戏剧已然摒弃五四时期的繁华张扬，进入低回发展期。在此时期，从形式上模仿西方戏剧的模式几乎已经销声匿迹，中国戏曲的本土发展开始走向成熟。“这种成熟主要体现在两个方面：第一，在接受西方现代主义影响的时候表现出了强烈的主体性、选择性和目的性；第二，形成了积极反映生活、赋予民族特色的个性气质。”① 在国剧运动思潮②倡导以“写意说”对立西方戏剧“写实说”，以及“战国策派”③ 提出文化形态之间只有性格殊异而没有品质优劣之别的理论主张里，交织着对全盘接受西化运动的反思，以及对个性的、现实的和民族特色的戏曲形态的追求，意味着此一时期的中国戏曲走出了一条试图在学“西”中确立“中”之特色的道路。

20世纪末的最后20年，围绕现代派问题而起的是非争执，再一次拷问了中国戏曲发展的合理方向。“所谓‘现代’，是指地道的中国的现代派，而不是全盘西化、毫无自己创见的现代派。”④ 以“戏剧观”争鸣的形态出现，戏剧界的现代派论争并不过多纠缠意识形态问题，而是在分析中外戏剧观念的基础上，直接来探讨中国话剧艺术的出路。在比较学视野

---

① 牛鸿英：《20世纪中国现代主义戏剧史》，中国社会科学出版社2016年版，第116页。

② 参看陈维昭《中国戏曲演剧形态与20世纪中西方戏剧转型》，《学术研究》2002年第8期；田本相《中国近现代戏剧史》（第八章“国剧运动”），江苏教育出版社2008年版，第145—153页。

③ 1940年4月1日，《战国策》综合理论杂志在昆明创刊，标志着“战国策派”的诞生。这是一个由知识分子组成的松散的学术团体，以林同济、雷海宗、陈诠、何永佶、贺麟五人为核心成员，倡导民族主义文学运动的文学理论。

④ 冯骥才：《中国文学需要“现代派”——给李陀的信》，《上海文学》1982年第8期。

里，此一时期的论争开始关注多元戏剧形态的融合与创造，以及戏剧理论体系的整体建构等理论话题。[①] 整体来看，无论是探索戏剧、实验戏剧还是先锋戏剧，尽管有赵毅衡、高行健、孟京辉等人在戏剧形态上进行了新的探索，但无论在技术手法还是戏剧观念上，仍然存留着明显的借鉴西方戏剧的痕迹。但必须承认的是，此次贯穿整个八九十年代的论争，导致了不同戏剧观从壁垒分明走向多元综合，体现出了戏剧观从单一化转向多样化的必然发展趋向。

当时代跨越一个新的千年，发展、突破、创新的浪潮在21世纪一浪高过一浪，中国戏曲的发展也在追赶时代革新的背景中迈出了新的步伐，其中既有新的发展机遇，也遭遇了发展中的挑战与困境。自20世纪90年代始，一个长久不衰的话题不断在讨论延伸：面对西方强势话语的连续冲击，中国文论陷入一种集体“失语”（曹顺庆）的尴尬状态，何以应对？在戏曲理论探讨领域，跳脱中西二元景观支配的窠臼和寻求中国戏曲的民族特点，构成了戏曲研究者面对新时代背景所探讨的主题。在辨别传统与现代、旧与新、中与西的矛盾重重之中，新千年的中国戏曲理论发展，延续了一条“旧瓶装新酒”、思危与思变，以及在全球化大潮浸润下，强调中西戏曲文化之间的交流、交融、吸收和互补，既不一味向“西”倒也不总是故步自封的具有明确方向性的道路。

综观一个多世纪以来中国戏曲（剧）理论发展的轨迹，可以发现，它是在西方理论的冲击和影响之下踽踽前行的。没有西方文明的冲击，没有学习和借鉴西方戏剧理论的经验，中国戏曲理论也就无法匹配20世纪的现代化主流进程，难以探寻一条属于自身的发展道路。

二

在梳理上述百余年来几次大的论争过程之后，疑问也与之相伴而生。

---

① 体现这一转向的学术论文有：杜清源《戏剧思维辨识》（《戏剧艺术》1985年第4期）、胡伟民《开放的戏剧》（《文艺研究》1985年第2期）、高鉴《戏剧文化的整体生存模式》（《戏剧》1986年第1期）、童道明《我主张戏剧观念的多样化》（《戏剧报》1986年第3期），等等。参见牛鸿英《20世纪中国现代主义戏剧史》，中国社会科学出版社2016年版，第136页。

首先，众所周知，中国戏曲有着漫长悠久的发展历史，且形成了特有的美学传统、理论思维和演剧体系，但为何在西风欧雨“扫荡”中国大地之后，却开始了大规模地吸收和借鉴从西方经验中提炼出的观念、理论，拉开了向西方学习的帷幕？

究其原因，其一，与近代中国转型时期的时代背景密不可分；其二，与中、西戏曲理论的本身特点和本民族的文化心理结构有关。

中国文学史上的近代，肇始于1848年鸦片战争，终止于1919年五四运动，论其特点，唯有“西学渐盛”“流派纷呈”所能形容。封建的国门被打开后，人文思潮之“西风东渐”深刻影响了一批知识学人。在此之前，有传教士利玛窦等人来华，将欧洲的科学技术、思想文化观念等带入古老中国，开始了东西方文化之间的会通和交流。甲午中日战争爆发后，中方以惨败收场，国人不得不主动接受西方科技领先于我们的事实，“向西方国家寻找真理”的学“西”热潮因而在国内迅速壮大。短短几十年间，中国社会便发生了由被动接受传教士的影响到主动接受西方先进文化、科技等的观念巨变。在文化方面，国人因此开始了对写实主义、实证主义等现代理论思潮的狂热追逐。戏曲因喜闻乐见，更易被国人所接受，因而在推崇西学运动中受到了特别重视。“戏曲救国论”的提出，见证了文化思想的革新。改良者主张利用戏曲开启民智，从时事中取材，或借古讽今，或以洋喻中，达到最终改造社会之意图。

近代是新旧文化交替的时代，中国戏曲同样处于形态和观念上的新旧交替之际。一方面，它要回应西方文化思潮冲进国门的挑战；另一方面，它也要在新的文化现实面前克服中西文化碰撞中的自我缺陷。与西方“舶来品”话剧有异，中国戏曲直至明代才开始理论萌芽，至清才缓慢走向成熟。元代虽然是戏曲创作的鼎盛时代，却并不是戏曲理论构建的黄金时期。虽不乏有零星理论火花，但大多隐藏于日记尺牍、书信诗话、曲话、评点、序跋的片言只语中。直至明代王骥德《曲律》问世后，关于戏曲创作、表演的理论才开始进入文人学者的关注视野。至晚清，由于自身程式的固化，在历经时间的大浪淘沙后，中国古典戏曲由盛转衰，已经走到了凋谢的边缘。不少戏曲作品因过于雅化写“意”而脱离观众和舞台，沦为案头剧，从而失去了戏曲本身所应具备的活力和生机。西方话剧的传入，给传统戏曲带来了新的观念和契机。在西方写“实”思潮例如

“三一律”“重视戏剧冲突”等的强烈冲击下，古老的中国戏曲打破了唯“意”而论、轻方法而重灵感的藩篱，主动汲取西方新思潮营养，走向生活和民众，有如老树发新芽，重新从文学的边缘向中心转移。以京剧为例，齐如山“以西洋戏剧之长攻中国戏曲之短”的实践主张，与梅兰芳的践行相得益彰，直接促成了京剧艺术的繁荣。

其次，在中西文化的交汇和碰撞中，如何看待中国戏曲理论在体系构建上由中西对立转向相互交融的趋势？

如果我们仔细审视整个百年论争历史，可以发现，它不仅是一部中国戏曲发展史的表象见证，也是中国戏曲在被卷入现代化进程时所历经输入和抵制、吸收和排斥、依附和混合、误解和消化、模仿和创造、批判和借鉴等复杂迂回之路的过程写照。或者说，它勾描的是一条百年来中国戏曲理论体系建构的轮廓轨迹。

现代化是20世纪一股不可抗拒的世界潮流。在农业社会向工业社会的现代化转型中，发端于西方的先进科技、思想等也不断向异质文化进行传播与扩散。20世纪初弥漫于近代中国戏曲界新旧剧之争的硝烟，从辨认异质文化即中西文化之间的对立差异开始。在民族危机的疮痍现实之前，只有认识和强调差异性才能拥有批判现实的武器。差异论争的理论基础建立在两个方面：一是国力的强弱，一是文化的优劣。论争焦点则集中在面对西方科技和思想的先进事实，中国戏曲是否需要进行彻底全面革新的问题上。当中国的社会现实不断发生巨变，随着现代化进程的步步推进，重新审视中西文化差异在戏曲理论领域的表现，自然又成为戏曲研究者不得不面对的理论问题。以认识模式而论，可以归纳为两种：其一是在共时性上比较中国本土文化与外来文化，效法西方戏剧的表现形式。例如在布景、化妆、表情、说白等“西法”采用形式上进行更新。其二是在历史性上比较传统与当下，衡量文化变迁，从而继承优秀文化传统，摈弃文化糟粕。例如，中国戏曲程式化的动作因能够得到观众的肯定与认同而代代相传。随着学界对西方现代理论思潮理性认识的深入，以此认识模式为基准，在戏曲理论领域，认识中西文化差异之思维，逐渐从非此即彼的二元对立法中解脱出来，呈现出更为复杂缜密的特征。尽管中国戏曲理论在西方文化思潮的冲击下，有关出路的思考总是在传统与现代、东方与西方对峙的框架中进行的，但与变化了的社会背景相联系，已然呈现出更为成熟的认识状态。1984 年于上海举办的“中国戏曲现代戏第四届年会”引发了声势浩大的理论争鸣，大会最后提出了打破“戏曲化束缚，大胆横向借鉴”的主张。此次会议表明，面对各种纷至沓来的西学思潮，中国戏曲理论者走出了 20 世纪前 20 年的学西狂热状态，在长达半个世纪的借鉴、摸索、反思中，于后 20 年迸发出焕然一新之貌。延续 80 年代以来的论争余音，以学习和借鉴西方理论思潮为起点，进一步探讨西方戏剧理论思潮和创作的影响，研究在西方思潮影响下中国戏曲理论的呈现形态和转换方式，追问形成这种状态的原因和条件，辨明它们在比较文学与接受美学研究之间的相互重叠之处，以及思索当下戏曲理论如何批判性地借鉴西方理论并进行创造性的转化，等等，成为中国戏曲理论在全球化浪潮席卷下试图进一步解答的问题。

文化差异是双面镜。现代化亦是双刃剑。中西文化差异确实存在，承认和明白差异是必要的。差异如果不建立在区别对立的基础上，就无法辨认出中西戏曲文化之间的蓝、黄特色。探寻差异而非同质化，一直是百年中国戏曲理论不断遭受挑战的核心问题。然而，只注重差异却并不能指明中国戏曲向何处去的出路。竭力追逐西方理论的构建框架，以西方模式、西方话语来表述本土经验，势必造成一系列问题。例如，它导致西方文论话语在中国本土获得了权威地位，削弱的却是中国文学在世界文学对话中的声音；又例如，中国戏曲本土文化身份的确立，并非通过理论间的阐释和传播便能达成；还例如，通过内容、形式、审美等关键词去分析“差异”，都无法让中国戏曲理论搭建一个跟西方戏剧理论同样的理论体系。一方面，“差异”促成传统中国戏曲理论迈开了现代转型的脚步；另一方面，却也造成了转型时期学术研究的缺陷。在众多视野纷杂的比较研究中，对中国本土戏曲经验包括创作、演出在内的严重忽视是其中较为明显的问题。同时，还由此引发出更深层次的诘问和思考，例如，戏曲理论的中西之争轰轰烈烈历经了漫长过程，但是否能在自己所属传统的理论框架里重构另一个传统？假定不同的中西文化能够提出同样的问题，又是否能够用此方传统的理论来解释彼方传统中的概念？更进一步，在中国戏曲理论发展的现代化进程中，面对现代化所滋生的文化困境，例如物欲的高涨、人文精神的丧失、价值关怀的缺席等对戏曲创作和演出所造成的一系列问题，如何进行应对和发声？这些问题正是致力于建构中国戏曲理论体系的当下研究者必须去面对且尝试厘清的。

三

中国戏曲理论中西之争的焦点，看似集中于“中国戏曲理论是向西走还是向东走”这一表象问题之上，实则关注的本质问题却是中国戏曲理论百余年来不断确立自身文化身份，追寻主体性建构的理论问题。不论是源于受到西方理论思潮的冲击而试图反思自身的出路，还是在全球化浪潮席卷下于多元文化中界定自身位置，中国戏曲理论体系的建构进程始终未对此停止思考。

在现代主义思潮的影响下，20 世纪的西方文学对包括中国在内的东方带有显而易见的“想象他者”思维。作为一个与己相异的对象，中国戏曲就是西方对立意义上的“他者”，处于西方价值范围之外的另一个不同世界。早在 18 世纪，中国戏曲就已经进入西方学者的研究视野。传教士马若瑟将元杂剧《赵氏孤儿》译成法文传入法国，并在法国掀起了一股“孤儿”改编热。中国“孤儿”故事尽管受到关注，但却显然进行了“他者建构”：在重组叙事情节的基础上，重构了一种西方价值观所普遍承认的“叙事认同”。[①] 另一个值得引发深思的现象是，在中国本土同样存在“他者”思维——将自己视作为西方对立面的“他者”。研究者始终在追寻一种称之为“中国化”的“他者”身份。虽然经历了漫长持久的探讨研究：从呼吁学习、接受西方，到不跟风西方，再到现阶段探寻我们要为中国戏曲理论的出路做一点什么，却始终未失追寻的“初衷”：中国戏曲理论的主体性何在？这就导致很多讨论陷入一种怪圈：一方面我们不断在寻求主体性的独立，一方面却因为西方对立体系的强大而不得不调整自身的追寻过程。这也就使得关于中国戏曲理论主体性建构的讨论，出现了一种试图谈论、不停争鸣却又无法得到确定答案的研究现象，并由此导致中国戏曲理论在试图弥补“失语”状态和回应“身份焦虑”的双重矛盾中无所适从。

---

① 例如伏尔泰在改编《赵氏孤儿》时，将“复仇”主题改为更适合西方审美情趣的“谅解”“宽容”和“尊重”主题。

如何能够在寻求主体性建构的道路上求得突破，摆脱长期以来困扰中国戏曲理论的“身份焦虑”难题？20世纪80年代以来，在戏曲理论研究领域，研究者就此难题进行了大量探讨和发声。综述而言，大致是在强调“中国化”和倡导“去中国化”即去语境化和再语境化的双重观念间不断转换。

近30年来，辨析“中国化”“中国性”等概念，成为“中国”身份的一种集体审美认同，并继而形成一种独特的文化氛围。进行理论话语的“现代转换”，建设有中国特色的现代戏曲理论阶段①，此类主张频繁出现于戏曲理论研究的各种探讨场合。不可否认，西方戏剧对中国戏剧首先是一种辐射，不仅表现在剧本创作和舞台表演上，更重要的是戏剧理论所带来的强大辐射力。其次，它也是一种借鉴，“文明因互鉴而丰富”。② 辐射和借鉴之意表明，中国戏曲理论的现代转换不是对西方戏剧理论的照搬照抄，而是要在学习借鉴外来理论长处的基础上，结合本民族的文化特点和实践经验，从中找出具有鲜明民族特点的规律性的东西。它包括了对古今、中外戏曲理论的融合，以及在继续深入比较中西戏曲理论的基础上，将“弘扬传统文化和发展现实文化有机统一起来”③，研究古代戏曲理论在现代仍然保有的民族价值等内容。或者说，倡导强调“中国化”戏曲理论创新的主体身份认同，实则倡导的是戏曲理论建设领域的“文化自信”。借鉴和吸收西方理论的优秀成果，兼收并蓄，可以丰富和发展具有中国特色的中国现代戏曲理论。

不可忽视的是，在全球化背景下，过分强调“中国化”概念实则走向了一种悖论：过分强调特殊性势必影响中国戏曲理论的多元吸收，而过分忽视特殊性又必然挤压中国戏曲理论的独立性。这就导致“中国化”的身份认同走向了支持和拥护全球化进程的反面，成为全球化时代需要被审视和质疑的对象。事实上，“中国要成为一个全球性的大国，不要过分强调自己文化的特殊性，而是要强调我们特殊的文化对世界的普遍性文化

① 参看安葵《建设更具中国特色的现代戏曲理论体系——在中国戏曲学院研究生班的演讲》，《四川戏剧》2013年第4期。

② 习近平：《在纪念孔子诞辰2565周年国际学术研讨会暨国际儒学联合会第五届会员大会开幕会上的讲话》，《人民日报》2014年9月25日第2版。

③ 同上。

能够做出哪些贡献”。[①] 因为“价值星丛不会取代民族价值，它取代的是民族‘主义’价值，是中西二元对立桎梏中的价值观”。[②] 所以说，“中国化”的戏曲理论要融入全球化大潮，成为全球化的组成部分，除了贡献自己的文化价值，并无其他有效途径。

故而，超越“中西二元对立”思维，又意味着要进一步再语境化——破除“中心论”和“去中国化”。亨廷顿（Huntington）曾非常敏锐地寻求“差异”和“文化身份”之间的逻辑关系，在《文明的冲突与世界秩序的重构》一书中，他指出：“后冷战时代世界政治的一个主轴是西方的力量和文化与非西方的力量和文化的相互作用。”[③] 精辟地说，立足于各种“中心论”解体的理论基础，也即建立本民族的“文化自信”，既要反对“西方中心论”，也要反对“中国中心论”，既要反对文化独尊，又要反对文化自卑。近代以来，跨越了“二元对立”思维模式的文化主张，都旨在反对“中心论”。文化大师季羡林就曾明确倡导“反欧洲中心主义”，他说：“我是不薄西方爱东方。就让这两种话语并驾齐驱，共同发展下去吧。……抑一个，扬一个，甚至想消灭一个，都是不妥当的。”[④] 中国戏曲理论自然属于此列，在破除“中心论”的全球化当下，必得打破非左即右、抱残守缺的局面，才能步入兼收并蓄、多元开放的未来。

20 世纪 90 年代以来，当全球化成为我们必须面对的文化新语境，中西之界限区分就越来越模糊，无论是以时间还是以地域标准而论。“中西”“古今”“传统与当下”概念不再处于一个封闭无循环的体系之中，而是成为当下语境中研究材料、研究方式等在内容上具有丰富经验的多元“资源化”选择。换而言之，中国戏曲理论研究所要面对的对象仅仅是中国戏曲本身，而并非附加于中国戏曲概念之上的各种时间限定、观念对比等预设条件。因而，要消除各种如地域、国界、时间、文化差异等人为设置的范畴，跨越中国戏曲理论主体建构的焦虑，答案只能是突破中西二元

① 金惠敏：《不要过分强调自己的文化特殊性》，《社会科学报》2015 年 1 月 8 日。

② 金惠敏：《价值星丛——超越中西二元对立思维的一种理论出路》，《探索与争鸣》2015 年第 7 期。

③ ［美］塞缪尔·亨廷顿：《文明的冲突与世界秩序的重建》，周琪、刘绯、张立平、王圆译，新华出版社 1998 年版，第 8 页。

④ 季羡林：《门外中外文论絮语》，《文学评论》1996 年第 6 期。

对立的思维模式，站在“无中无西”的全球化视角，摆脱饱受束缚的各种“身份纠结”，实现中国戏曲理论在全球化语境中的真正绽放。

综上所述，百余年来中国戏曲理论的中西之争，在焦点上不约而同地选择了解决因文化差异在戏曲艺术形式选择和意义理解上造成的隔阂、偏颇和误读，并在时代语境的范围内选择回答中国戏曲何处去的难题。因此可以说，文化差异之间的论争和跨越是一种现象辨析而非思维对立的表现，其本质是对“既定”认知模式的质疑和审视。自从文化之间架构起沟通与交流的桥梁，碰撞出争鸣与释惑的思想火花，中西双向文化的争鸣、辨析、建设和发展，便在比较与论争的现实土壤中，呈现出一种阐释与理解、争辩与厘清、还原与交叉的研究局面和态势。因而，探寻中西文化差异，更多的是为中国戏曲理论的当下研究提供一种研究视角而非达成一种研究目的。唯有不再将“中西”作为一个对立谱系，才能使得研究者不再受限于“身份建构”的藩篱，从而实现真正无蓝黄之分、无中西之别的中国戏曲理论的多元发展。

（原载《陕西师范大学学报》2018 年第 5 期）

第二编

日常生活研究

论民间文学的时间存在形式

户晓辉*

内容提要：民间文学的时间存在形式并非外在的物理学时间，而是一种内在的时间，二者的区别在于：首先，物理学时间可以分割，而内在的时间或时间性可以区分但不可分割；其次，物理学时间是从过去到现在再到将来的直线时间，内在的时间则是由将来到过去再到现在，或者说，内在的时间是过去、现在和将来的“视域融合”。民间文学的讲述不仅是听众与讲述人的共同在场，也是过去、现在和未来的共同到时。民间文学不是现成物，因为它一直处于完成的过程中而又始终不能被完成或终结，因而它永远向未来开放自身。

关键词：民间文学　时间　讲述　未来

民间文学的叙事所展开的世界总是一个时间的世界，因为一方面，它讲述的往往是已经发生或人们记忆之中的事情，另一方面，叙事本身也是一种在时间中进行的讲述事件。因此，民间文学可以在双重意义上与时间发生关联：一个是民间文学所讲述的时间或作为叙事内容的时间，另一个是民间文学发生和存在的时间，即民间文学讲述现场的时间体验。本文要讨论的不是前者而是后者，也就是民间文学语境的时间，即民间文学的时间存在形式。

---

* 作者简介：户晓辉，中国社会科学院文学研究所研究员，博士生导师。

一 民间文学的内在时间

人们通常认为，民间文学总是在某个特定季节（无论春夏秋冬）的某个时候（无论白天还是晚上）被讲述，它总有某个具体的讲述时间和讲述地点。我们可以把这种对象化的时间称为外在的物理学时间，这种可以用各种物化形式量度的时间也是现代的钟表时间，这种时间常常被想象为一种圆形或者一条直线。[①] 但是，故事现象学家威廉·沙普提示我们，在研究故事时，要谨防以自然科学的时间为出发点，因为故事有另一种时间节律。[②] 这就意味着，以故事为代表的民间文学拥有另一种时间，这种时间必须在现象学"内在的"（inneres）意义上来理解。[③] 事实上，内在的时间是本真的时间，外在的物理学时间或线性时间只是本真的内在时间的一种派生形式。[④] 民间文学的内在时间决定着叙事的内在形式。[⑤] 也就是说，内在的时间形式在很大程度上决定了民间文学本身的存在形式。无论是故事中的时间还是故事外的时间，这种时间都已经不是外在的物理学时间，或者说本来就与讲故事时的外在物理学时间（比如讲故事的具体

---

① 参见户晓辉《中国传统节日与现代性的时间观》，《安徽大学学报》2010 年第 3 期。

② 参见 Wilhelm Schapp, *In Geschichten Verstrickt. Zum Sein von Mensch und Ding*, Richard Meiner Verlag, 1953, S. 140 – 142。

③ 保罗·利科认为，整个时间意识现象学的发现和难题都被连接在这个形容词之中。参见 Paul Ricoeur, *Time and Narrative*, Volume 3, translated by Kathleen Blamey and David Pellauer, The University of Chicago Press, 1988, p. 23。张庆熊也指出："现象学要以意识现象为基础说明一切存有（存在）者是如何被构成的，而区分意识现象与实在的事物之间的一个标准就是'内在的时间'。"（《胡塞尔论内在时间意识》，载《中国现象学与哲学评论》第 1 辑，上海译文出版社 1995 版，第 36 页。）

④ 关于这种观点的详细论证，参见黄裕生《时间与永恒：论海德格尔哲学中的时间问题》，第四章第二节"物理学时间的时间性解释"，社会科学文献出版社 2002 年版；正如黑尔德所指出："胡塞尔与海德格尔在实事（Sache）上一致的命题在于，从本真的时间来看，我们所熟悉的那种把时间视为现在次序的时间观应当可以被解释为一种派生的理解"（克劳德·黑尔德《胡塞尔与海德格尔的"本真"时间现象学》，倪梁康译，载《中国现象学与哲学评论》第 6 辑，第 98—99 页，上海译文出版社 2004 年版）；海德格尔研究专家京特·菲加尔也认为，海德格尔对亚里士多德时间学说的阐释整体上也是试图表明，流俗的时间理解只是世界时间的显象（die Erscheinung der Weltzeit），参见 Günther Figal, *Martin Heidegger: Phänomenologie der Freiheit*, Athenäum Verlag GmbH, 1988, S. 307。

⑤ 参见吕微《神话的时间立义形式》，未刊稿。

时令以及具体的时辰等）无关。换言之，外在的物理学时间不能决定民间文学的讲述形式及其本质。尽管有些民间文学体裁好像是受特定季节或时令的限制，但这些限制只能决定是否讲述以及讲述的变异，并不能决定讲述的形式和讲述的本质。

所谓“传统”，首先指传的活动和过程，其次才指所传的东西。传统的时间维度表现在，它用共同体的过去塑造个人对未来的开放性，也就是说，当下的体验处于传统构成的视域之中，这种视域又为我们打开了未来的经验并且让我们对未来的经验有所准备。[①] 民间文学的传统尤其是如此，正如巴莫曲布嫫所指出，倘若史诗讲述传统在本土的民俗生活中已经成为过去，我们也就无从展开以表演观察为重点的田野研究。实际上，每一次史诗讲述都作为悠久传统的“瞬间”再现，参与了传统的维系、承续与发展。[②] 因此，民间文学传统的传承本质上是一个时间过程，更确切地说，传承是以时间的方式来完成的。

二 过去的并没有过去

通常，我们容易想当然地以为，过去的已然过去，所以才会有故事，因为故事总是“故”事。除了少数涉及未来[③]之外，民间文学似乎基本上都是关于过去的叙事。民间文学的讲述好像只是在现在讲过去的“故”事。但是，威廉·沙普已经慧眼独具地提示我们，从严格意义上说，根本不存在过去的故事，因为故事只能被植入现有的视界。[④] 过去的“故”事

---

① 参见 John J. Drummond，“Time，History，and Tradition”，in *The Many Faces of Time*，edited by John B. Brough and Lester Embree，Kluwer Academic Publishers，2000，pp. 137－139。

② 参见廖明君、巴莫曲布嫫《田野研究的“五个在场”——巴莫曲布嫫访谈录》，《民族艺术》2004 年第 3 期。

③ 例如，“南方民族神话与故事长诗中，还有一种相似于预述却又有别于严格意义的预述的叙述，那就是预言。预言似乎带一点命运安排的意味，很能引起听众的兴趣。听众很可能听了预言以后，注意力就被吸引到故事朝最后结局发展的过程中，等待着已经被预言的事情的发生”（刘亚虎：《神话与诗的“讲述”——南方民族叙事艺术》，北京大学出版社 2006 年版，第 275 页）。但是，严格说来，这些有关未来的叙事并非关于“未”来的叙事。

④ 参见 Wilhelm Schapp，*In Geschichten Verstrickt. Zum Sein von Mensch und Ding*，Richard Meiner Verlag，1953，S. 119。

一旦在现在被讲述，它就不是与现在无关，而是必须与现在发生关联或纠缠，就必须进入现在。因此，故事重述过去并将之带入现在。[①] 正如弗朗茨·罗森茨威格所指出的，讲述人和听众都逗留在他们的现实时间和当下之中。被讲述的内容并非过去的事情，而是对这个当下而且仅仅对这个当下而言还在继续进行的事情，讲述活动是水闸，他们的生命之舟必须穿过这道闸门才能继续航行。讲述人通过讲述活动与听众进入真正的、也完全是当下的对话之中。实际上，讲述人并没有把被讲述的内容当前化，而是使听众回到过去，讲的就是刚刚过去的事情。听众则必须专心致志地听，好像所讲的并非过去之事，而是恰恰与他的当下有关的事情。[②]

过去似乎存在于我们的回忆之中。在我们的回忆中，过去是有内容的，因为其中有“事”，这种被意识到其内容的时间只能是过去[③]，因而我们才有历史和“故”事。现在是活生生的并且处于变动之中，因而我们可以体会到它的张力。将来是即将到来，是还没来，因而是“未”来，它还没有内容，因而是“空”的。从本源的内在时间来看，当时间 A 流逝时就已经设定了 B，而当 B 被设定时也就必然把 C 设定为未来。[④] 因此，现在处于过去和未来之间。如果说，过去是现实性，而未来是可能性，那么，在过去与未来之间的现在又是什么呢？现在既不是现实性也不是可能性，或者说，现在既是现实性又是可能性。换言之，现在与过去、未来都有关系，过去、未来在现在中发生关联并由此使过去、现在和未来联系在一起。所以，威廉·沙普认为，过去和未来在此时此刻就是当前的或当下的。[⑤] 在故事中，过去和未来均成为现在，过去和未来交织在故事

① 参见 Gerd Brand，“Welt，Geschichte，Mythos”，in Hans Poser（Hrsg.），*Philosophie und Mythos：Ein Kolloquium*，Walter de Gruyter，1979，S. 102。

② 参见 Franz Rosenzweig，*Zweistromland. Kleinere Schriften zu Glauben und Denken*，Martinus Nijhoff Publishers，1984，S. 819－820。

③ 参见 Friedrich Kümmel，*Über den Begriff der Zeit*，Max Niemeyer Verlag，Tübingen，1962，S. 136。

④ Friedrich Wilhelm Joseph Schelling，*Philosophie der Mythologie. Nachschrift der letzten Münchener Vorlesungen*，1841，Friedrich Frommann Verlag，1996，S. 183.

⑤ 参见 Wilhelm Schapp，*Philosophie der Geschichten*，Vittorio Klostermann GmbH，1981，S. 3。

中。[①] 尽管过去、现在和未来的分界点并不是明确的、固定不变的点，也就是说，我们可以在任何一个现在的点上区分过去、现在和未来，但是，无论我们把这个点放在哪里，当我们做出这种时间的“定位”时，时间就已经有所区分，但仍然是连续的和相继的。换言之，正如谢林所说，过去是时间中的空间，而未来则是时间中的时间。[②] 具体而言，真正的开端就在那个时间被设定为过去之时。[③] “当前的时间设定了一个先后相继的时间，但是在每一个特定的时间中总是有完整的时间；我说完整的时间，因为在某个时间中还没有达到的东西，它就把这种东西当做未来而包含在自身之中。这些先后相继的时间只有通过自身中已经成为过去的东西而彼此有所区别。”[④] 也就是说，必须首先把过去设定或者“隔离”出来，才能区分过去、现在和将来。因为过去是有内容的，所以也相对容易被“看见”并且被设定或“隔离”，关于过去，我们总是容易有话要说也有话可说。

但是，首先，设定或“隔离”过去意味着过去的独立性。拥有过去就是自己与自己分离，摆脱所有在自己身上形成的、积极地与自己对立的东西，否则就没有过去或者永远都活在过去。人只有意识到已经把某些东西抛在身后，把它们设定为过去，才能有属于自己的未来，才能把某些东西放在前方。[⑤] 没有独立的过去就没有真正的未来。

其次，设定或“隔离”过去还意味着，不是把过去仅仅看作现在的初级历史，而是看作有它自己的过去和将来的过去的现在。我们应当区分过去的现在的未来和从中产生出来的现在。现在的现在有自己的前提，这不仅是已经过去的现在，而且是已经过去的现在的未来。现在是从过去的

---

① 参见 Wilhelm Schapp，*In Geschichten Verstrickt. Zum Sein von Mensch und Ding*，Richard Meiner Verlag，1953，S. 160 – 162。

② 参见 Friedrich Kümmel，*Über den Begriff der Zeit*，Max Niemeyer Verlag，Tübingen，1962，S. 53 – 54。

③ Friedrich Wilhelm Joseph Schelling，*System der Weltalter. Münchener Vorlesung* 1827/28 *in einer Nachschrift von Ernst von Lasaulx*，Vittorio Klostermann GmbH，1998，S. 209.

④ Ibid.

⑤ 参见先刚《永恒与时间——谢林哲学研究》，商务印书馆 2008 年版，第 193 页。

现在的希望和各种可能性中产生出来的。[①] 换言之，既有来自过去的现在（过去是已经过去的现在），也有来自未来的现在（现在是未来的过去），或者说，现在既是过去的现在又是未来的现在。我们在设定过去时实际上同时设定的是过去、现在和未来之间的辩证关系，而不是它们之间简单的连续关系。过去、现在和未来之间不是从过去到现在再到未来的单向的直线联系，而是立体的交叉和融合关系。我们固然通过设定过去而分出了过去、现在和将来，但这种设定不是隔离或隔绝，而只是单纯的区分，因为过去与将来又在现在中纠缠在一起。换言之，如果把过去、现在和未来之间的区分理解为"分隔点"，就把时间物化或外在化了。实际上，内在的时间根本没有分隔点，所谓的设定是纯粹的设定，即把过去设定为现在的过去，把现在设定为将来的过去或曾在着的将来，"曾在着的将来从自身放出当前"[②]，即现在。由此看来，过去、现在和未来是纯粹的"关系"。现在，既来自过去也来自未来。因此，过去、未来同时与现在相关。每个在当下中发生的生成与消亡都有各种时间规定作为必然的结果与之相联结。一切在者（was ist），都会由于它在（daß es ist）而成为曾在的（gewesen sein），而且都会由于它在而成为一个将来的曾在者（zukünfitig[③] Gewesenes）。[④] 也就是说，一切在者都会在它在之后而成为曾在，都会在它在之后而成为一个将来的曾在者。一切在者都是后面有曾在而前面有将来的曾在，都在不断地变成"已然的曾在"即过去和"未然的曾在"即将来。过去和未来在现在中碰面。因此，现在或当下本身不是转瞬即逝的时间点，而是一种持存，因为在这种持存中，过去的已经存在、现在的正在存在和未来的即将存在一起到时。尽管过去、现在和未来也可以分别到时从而显现为三种时间样态即过去、现在和未来，但它们三者实际上是不可分割的整体，这个不可分割的整体就是时间性，也是某种意义上的当下

---

① 参见［德］莫尔特曼《创造中的上帝：生态的创造论》，隗仁莲、苏贤贵、宋炳延译，三联书店2002年版，第178页。

② 王恒：《时间性：自身与他者——从胡塞尔、海德格尔到列维纳斯》，江苏人民出版社2008年版，第95页。

③ 原书拼写有误，应为zukünftig。——引注

④ 参见［德］埃德蒙德·胡塞尔《内时间意识现象学》，倪梁康译，商务印书馆2009年版，第45页。

性。不同的时间样态只是从这个整体的时间性中绽放出来的时间。

还是让我们先看过去与现在的关系。正如谢林在《神话哲学》中所说："谁为自己和他人带来某个神灵，那么，他至少要使这个神灵如在目前，而不是像自然那样把某个东西设定为过去。我感知为过去的东西，必定首先已经被感知为当前的了。"[①] 民间文学的讲述，就是把过去的事情当前化的行为。尽管讲述人的讲述中肯定会出现名词，但他的兴趣不在名词而在动词上。也就是说，时间对他来说完全是实实在在的。不是在时间中发生了事情，而是时间本身在发生。[②] 这就意味着，民间文学的讲述活动本身就是一种时间魔术，不是人在玩魔术，而是时间本身在玩魔术，更确切地说，玩魔术的不是所谓外在的物理学时间或自然时间，而是内在的时间。简而言之，物理学时间与内在时间的区别在于，首先，物理学时间可以分割，而内在的时间或时间性可以区分但不可分割；其次，物理学时间是从过去到现在再到将来的直线时间，内在的时间则是由将来到过去再到现在，或者说，内在的时间是过去、现在和将来的"视域融合"。

讲述也是在回忆或追忆，而回忆或追忆具有双重功能，即把某事设定为过去，同时又把它拉进当前。[③] 德语 Erinnerung（回忆或追忆），即Er + innerung（把……内在化），因此，回忆或追忆实际上也是把事情内在化的过程。本来，事情可能是"外在的"，可能与我无关，但通过我的回忆或追忆，事情就被转化为与我有关的内在事件，就被纳入或"赋予"了内在的时间。一旦进入内在的时间，它就不仅是过去的，而且是现在的和将来的，"通过朝向过去的回溯而印证现在"[④]。京特·缪勒（Günther Müller）在《讲述艺术中的时间含义》中认为，"讲述就是对听众靠感官感觉不到的事件的当前化（Vergegenwärtigen）"，"讲述"和"被讲述"的事正是在当前化行为中被区分开的。这种区分的现象学意义在于：被讲

---

① Friedrich Wilhelm Joseph Schelling, *Philosophie der Mythologie. Nachschrift der letzten Münchener Vorlesungen 1841*, Friedrich Frommann Verlag, 1996, S. 99.

② 参见 Franz Rosenzweig, *Zweistromland. Kleinere Schriften zu Glauben und Denken*, Martinus Nijhoff Publishers, 1984, S. 148。

③ 参见 Friedrich Kümmel, *Über den Begriff der Zeit*, Max Niemeyer Verlag, Tübingen, 1962, S. 155。

④ 吕微：《神话的时间立义形式》，未刊稿。

述的事（erzählen von）并不是叙事。[1] 只有当前化行为才是叙事。决定民间文学存在形式的不是被讲述的事及其时间，而是当前化的叙事时间。从构词方面来看，Vergegenwärtigen 就是 Ver + gegenwärtigen（“使……当前化”“把……唤到当前”），它的本源含义是让……存在，“作为让……存在的当前，也就是作为本源意义上的当前化的当前，就是本真的当前，海德格尔称为当下（Augenblick）。换句话说，当前这种时间样式的本真到时方式就是当下”。[2] 当下就是直接在当前，这个当下对民间文学来说意义非同小可，因为民间文学的存在就栖身于这种当下性之中。所谓的口头性也可以看作这种当下性的一部分，或者说，口头性仅仅是民间文学当下性的一部分表现形式。

三 叙事的当前化与当下性

叙事或讲述不是名词而是动词。不是说讲述人关注动词甚于名词，而是说讲述本身就是动词，讲述不是名词 Zeit（时间）而是动词 zeitigen（到时、造成、产生），即时间本身造成或产生了某些结果。正如朝戈金所指出，在民间文学的讲述场域，听众与艺人的互动作用是在共时态里发生的。[3] 这种持存着的“共时态”不仅是听众与讲述人的共同在场，也是过去、现在和未来的共同到时，“即过去和未来以回忆和期待的方式被当下化”[4]，例如，故事使过去成为现在，以便宣布未来。它唤起记忆以便证明希望。[5] 共同在场的到时必须借助当前化这种叙事时间魔法才能“成”事。例如，山西洪洞县侯村的申国强讲的神话故事“爷爷庙的来

---

① 参见［法］保尔·利科《虚构叙事中时间的塑形：时间与叙事卷二》，王文融译，三联书店 2003 年版，第 132 页。译法有改动。

② 黄裕生：《时间与永恒：论海德格尔哲学中的时间问题》，社会科学文献出版社 2002 年版，第 97—98 页。

③ 参见朝戈金《口传史诗诗学：冉皮勒〈江格尔〉程式句法研究》，广西人民出版社 2000 年版，第 238 页。

④ 王恒：《时间性：自身与他者——从胡塞尔、海德格尔到列维纳斯》，江苏人民出版社 2008 年版，第 34 页。

⑤ 参见［德］莫尔特曼《创造中的上帝：生态的创造论》，隗仁莲、苏贤贵、宋炳延译，三联书店 2002 年版，第 167 页。

历”：“咱们这有个娲皇圣母庙，也叫娘娘庙，还有个爷爷庙，爷爷庙离这儿是十来里地。原来总说，在母系社会，女的掌权。有一次，爷爷给娘娘梳头，梳得疼了怎么了，娘娘就踢了一脚。娘娘就把爷爷踢到了伏牛村，那有个庙，就叫爷爷庙。我们小时候去的时候，还看见爷爷像后边有个女人的脚印，就是娘娘踢的一脚，一脚踢了九里十三步。那个爷爷庙现在没有了。”调查者评论说：“在侯村的庙宇修复和民间信仰的重建过程中，有了这种文化学的解释，听众会产生一种真实感，认为这个神话故事就是在这里发生的。这种解释由于追溯到远古时代的始祖母——女娲最初的奠定性行为而获得了肯定。而那些与远古女娲发生联系的现实生活中的行为，也因此在人们中间形成认可。”[1] 命名行为发生在过去，但叙事的讲述把过去的命名行为唤回到现在并且指向未来，尽管“那个爷爷庙现在没有了”，但“娘娘庙”还在，命名行为还会从未来返回现在和过去，并且对现在和未来发生影响。2012 年 11 月 20 日晚，我在富春江的游船上听浙江省桐庐县窄溪小学语文教师（故事员）应丽丹讲“桐君老人的传说”。这则故事的作者是“江南故事大王”吴文昶：

> “桐庐是个好地方，山清水秀好风光。”可听老辈人说啊，很久很久以前，桐庐很糟糕，两条江水经常泛滥，蜡黄蜡黄，十年总有九年荒。洪灾后，瘟疫发作，人畜大批死亡，人们只得挑起箩担逃亡他乡。
>
> 有一年，一场洪水过后，田荒地白，接着又发生了瘟疫，到处是死人，遍地见哭声，就在这人心惶惶的时候，来了位满头白发、银须飘胸的老人。他在桐君山上一棵梧桐树下搭了个茅庐住了下来。白天上山采药，晚上生起火来熬药，熬好药为人治病。老人对病人先搭脉，再看舌苔，然后从葫芦里倒出药给病人喝，药很灵，可说是药到病除。因此，叫他看病的人越来越多。
>
> 有天夜里，老人熬完药，正要睡觉，来了个人求他看病。他拉过那人的手一搭脉，觉得奇怪，脉搏一下有，一下没有，又看了看那人

---

① 杨利慧、张霞、徐芳等：《现代口承神话的民族志研究——以四个汉族社区为个案》，陕西师范大学出版社 2011 年版，第 215 页。

的舌苔，哇！黑乎乎的就像块铁。老人知道此人有来头，忙护着腰间的葫芦。那人狠命夺过葫芦，恶狠狠地说："老头，实话对你说，我就是瘟神，我们前世无仇，今世无冤，你为什么要跟我作对？今天明话明说，明锣明鼓，我们桥归桥，路归路，各走各的道，从今往后要是你再和我作对，我叫你不得好死！"白胡子老头见葫芦被抢，急忙上去一把抱住瘟神，要夺葫芦，两人扭打在一起，滚倒在地，一滚两滚滚进了山脚的深潭里，老人紧紧抱着瘟神。

药葫芦在他们滚下山的时候，被石头撞开一条裂缝，这药味就从裂缝里慢慢地流出来。这江里的水碰上这药味，顿时变得碧绿清。

为了纪念那白发老人，大家决定给他立碑，但不知他姓什么。后来想到他一直住在梧桐树下的茅庐了，就叫他"桐君"。把那座山叫作桐君山，把这地方叫为桐庐。

据说，桐君老人和瘟神在桐君山脚的深潭里都还没死，仍紧紧抱在一起，谁也不肯松手。有时瘟神要挣扎，这时候，桐君老人就要跟他进行一场搏斗，所以每年春夏之际，桐君山脚的深潭处会出现一边水清一边水浑的景象，那就是桐君老人和瘟神在搏斗呢。[①]

应丽丹当晚的讲述自然与上述文字略有出入，但大同小异。她以当前化的讲述把"仍然活着"的过去之事之人唤入现在甚至将来的生活。同样是命名行为，依据的并非过去的事件，而是现在仍在继续而且会持续到将来的"一场搏斗"，这场搏斗既来自过去也来自未来，并且持续地影响现在，甚至决定着桐君山潭水的清浊。她的讲述不仅使"往事"栩栩如生、如在目前，而且让这种"往事"持续到当前和未来，也就是让这场搏斗不断从未来经过现在返回过去。

故事家刘德培曾说："讲的人要察言观色的哩！随便哪个经文，人家讲时没有取到彩，或是自己讲的时候没有取到彩，我下来就在心里改动一下，改哒再讲。改哒还是不行的，就弃了不讲哒。"[②] 正如弗郎茨·罗森

① 桐庐县人民政府：《"中国故事之乡"申报材料》，2012 年 8 月，第 68—69 页。

② 林继富：《民间叙事传统与故事传承：以湖北长阳都镇湾土家族故事传承人为例》，中国社会科学出版社 2007 年版，第 25 页。

茨威格所指出，交谈中出现的讲述不是外面的消息或所遭遇的运气，而是在交谈过程中出现的问题，是对问话的回答，对用语的反驳，对语句的补充。交谈本身给了讲述以诱因和提示。讲述在交谈中的当前性表现在，讲述人只有通过从别人那里得到的提示才能获得激励去讲述。在此之前，讲述只是在他的记忆里，并没有进入他的意识。① 被讲述的内容在记忆里只是名词，只有讲述的当前化能够把它激活或者唤醒并且让它转化为动词。在这个意义上说，记忆不同于回忆或追忆，因为记忆是名词性的，而回忆或追忆则是动词性的。

事实上，讲述现场的共同到时并非理论虚构，因为民间文学的讲述遵循的并非外在的物理学时间或自然时间，而是内在的时间在支配着讲述的过程。正如老人的喋喋不休恰恰是通过重复往事把过去唤回当前一样，民间文学的叙事也把过去唤回当前，因而在讲述现场经常会发生物理学时间意义上的“时空错乱”。例如，在新疆的《江格尔》讲述现场，研究者发现：

> 和布克赛尔的江格尔齐不仅在本县说唱《江格尔》，还到外地说唱、取得奖赏。道诺洛布才登时代，即十九世纪末二十世纪初，塔城的西·克甫都统（满族，懂蒙语）曾让人把西西那·布拉尔请去说唱《江格尔》。布拉尔连着说了几个小时，克甫就打断他问：“江格尔这伙人打了这么多天仗，难道不吃饭吗?”布拉尔说了声：“他们吃饭的时间还没到。”就又接着说了下去，又说了一阵，他插进了这样几句：“多多地煮上鹿肉，白面和得堆成山，做好长长的拉面，现在江格尔一伙要进餐。”西·克甫都统拍着大腿叫好说：“对呀，这些勇士们该吃这样的饭。”最后，他给布拉尔奖了金银、花绸等物品。②

---

① 参见 Franz Rosenzweig, *Zweistromland. Kleinere Schriften zu Glauben und Denken*, Martinus Nijhoff Publishers, 1984, S. 820 – 821。

② 加·巴图那生：《〈江格尔〉在和布克赛尔流传情况调查》，载中国民间文艺家协会新疆维吾尔自治区分会编《〈江格尔〉论文集》，新疆人民出版社 1988 年版，第 59 页。

这种情况在物理学时间的意义上是“时空错乱”，但在内在时间的意义上恰恰不是错乱，而是民间文学本源时间的再现。这恰恰说明民间文学本源的时间不是单线的、不可逆的物理学时间，而是可逆的、彼此交融和相互并置的内在时间。正因如此，在有些民间文学体裁的讲述过程中，过去、现在和未来的交织甚至使讲述人的身份发生了时间上的“穿越”。让-弗朗索瓦·利奥塔尔曾指出，一个把叙事作为关键能力形式的集体不需要回忆自己的过去。因为叙事的内容似乎属于过去但事实上又和这个行为永远是同时的。正是现在的行为一次次地展开这种在“我曾听过”和“你将听到”之间延伸的短暂的时间性；民众既在讲述叙事，也在倾听叙事，同时也使自己被叙事讲述，也就是说，既让自己处在受述者和故事的位置上，也让自己处在叙述者的位置上。[①] 从某种意义上说，后现代从“前现代”的民间叙事中重新发现了自己的或者属于后现代的时间。其实，民间文学的时间本来就不是“前现代”线性的物理学时间，而是“后现代的”内在时间。因此，刘亚虎在研究中国南方民族的民间文学时也发现，在演唱过程中，南方民族歌手很注重演唱技巧，常常观察听众的情绪，揣摩听众的心理，恰到好处地把长诗故事情节断开转抑，制造悬念，以增强作品的艺术感染力；有时他们还在事件发展的关键时刻“站出来说话”，使听众的情绪稍稍得到缓解，而为下一个情境进行必要的铺垫。掌握事件流动与掌握情绪流动两者相结合，就构成他们进行口头演唱的重要技巧。[②] 民间文学的讲述场域不仅有这种身份的“混同”，甚至可能有直接的认同，正如杨恩洪在研究西藏史诗艺人时所指出，“难怪才让旺堆在说唱时处于激动的状态。他说唱时，耳中仿佛听得到格萨尔当年在战场上的怒吼，眼前展开的是一幕幕动人的画面，心中则不断涌现出史诗活生生的情节，嘴里自然流淌出了史诗的旋律。每一次说唱，他都完全置身于史诗的活的场景之中，达到了忘我、无我、将我融化于史诗之中的境地”[③]。这时候的艺人完全与被讲述的时间融为一体或者处于同一个时间

① 参见［法］让-弗朗索瓦·利奥塔尔《后现代状态：关于知识的报告》，车槿山译，三联书店1997年版，第46—47页。

② 参见刘亚虎《神话与诗的“讲述”——南方民族叙事艺术》，北京大学出版社2006年版，第294页。

③ 杨恩洪：《民间诗神——格萨尔艺人研究》，中国藏学出版社1995年版，第200页。

维度上。[1] 西藏史诗讲述的这种时间“穿越”还表现在，史诗的说唱不仅能够取悦神祇或英雄，而且能够招致神祇或者是被认为是神祇的英雄人物的真正出现，让他们肉身化现。[2] 这就再次证明，史诗不仅是对若干人物故事的叙述，同时也是有关其听众的故事叙述。[3] 这种身份的交叉源于民间文学讲述现场的本源时间的交错，过去通过讲述的当前化与现在发生了关联。其实，在民间文学的讲述过程的现在或当下，过去和未来都一起参与并且共同到时。

应该指出的是，本来民间文学的本真时间应该是未来、过去、现在同时到时，但非本真的时间——线性时间或物理学意义上的时间——也经常出现。当这种非本真的时间出现时，民间文学就出现了“变质”或“失守”的可能性，也就是说，这时的民间文学可能名不副实甚至徒有虚名。民间文学不会一直由这种非本真时间摆布，它常常要自动恢复自己的本真时间，让未来、过去和现在一起到时。

如果把民间文学讲述场域的当下性“剖开”来看，我们会赞同结构主义的观点，即民间叙事不仅是历时性的，也是共时性的。民间文学叙事的重复律在时间上表现为在历时性叙事中的共时性聚合，在横向性链条中的纵向性延伸。[4] 当下性是一个过去、现在和未来的复合的立体结构，正因如此，我们才能说，“口头传统在讲述中获得生命活力，每一次新讲述的此时此刻[5]（the here-and-now）都为创新构成一次机会，而不论这样的创新是否在传统中得到了明确的公认”。[6] 当然，要明白此时此地的当下性为什么是民间文学创新的契机，我们不仅要了解当下性中的过去，还要

---

① 埃里克·哈夫洛克指出，讲述造成的“好像”效果被柏拉图斥为意见，因此，古希腊语的名词 δξα（意见、见解）源于动词 δοκω（看来是，仿佛是，像样），这实际上是诗性讲述中发生的主客交融状态，也是由这种讲述创造的精神存在状态，参见 Eric A. Havelock，*Preface to Plato*，The Belknap Press of Harvard University Press，1963，pp. 250 – 251。

② 参见［法］石泰安《西藏史诗和说唱艺人》，耿昇译，中国藏学出版社 2005 年版，第 353—354 页。

③ 参见［匈］格雷戈里·纳吉《荷马诸问题》，巴莫曲布嫫译，广西师范大学出版社 2008 年版，第 78 页。

④ 参见祝秀丽《重释民间故事的重复律》，《民俗研究》2005 年第 3 期。

⑤ 译为“此时此地”更准确。——引注

⑥ ［匈］格雷戈里·纳吉：《荷马诸问题》，巴莫曲布嫫译，广西师范大学出版社 2008 年版，第 25 页。

理解当下性中的未来。

四 什么是当下性中的“未来”？

要理解当下性中的未来，必须首先清除关于未来的俗见和成见。

如上所述，过去、现在和未来不是外在的物理学时间概念，也不是被简化为一条直线的那种属于无机物世界的时间，这种时间并不知道将来时，只知道完成时与未完成时，只有已结束的过程或在任何一个给定时刻尚在进行的过程。[①] 未来作为一种内在的时间需要人的觉识，它不是现在的自然延续，尽管现在一直在通向未来，但现在走多远，未来就退多远。在我们的一般感觉中，未来似乎从不现身，因为能够让我们看见的实际上并非未来。我们可以想象未来、展望未来、憧憬未来、规划未来，但在我们的想象、展望、憧憬和规划中现身的未来并非真正的未来。因为被提前支取、被纳入计划的未来属于“它”的领域，是客观化经验的手段，这种未来无异于过去的延长。[②] 但是，未来不是过去和现在的延伸或推断，未来不像种地的农民所设想的那种可观的收成。根据过去和现在推断未来只能把未来变为现在的延伸，不仅不能创造真正的未来，反而会压制未来的其他可能性，因为这种推断不会把未来当作可能事物的开放领域。[③]

这就是说，未来在人的认知、感受及行动之外，它既不是物理学的自然事实，也不是生存的经验事实，而是存在论意义上的超验事实。用莫尔特曼的话来说，未来具有弥赛亚式的特征，它不是从当前产生出来的某物。未来不是认知的对象，而只能是相信或信仰的对象。过去和现在已经是实际存在的事实，而未来的存在只是一种相信，是关于未来存在的信心与信念，而不是已经实际存在的事实。既然人不能由现在走进未来，便只有让未来走进现在，让未来的存在成为现实的存在。这与我们的时间经验

---

① 参见［美］罗森斯托克－胡絮《越界的现代精神》，徐卫翔译，华东师范大学出版社2008年版，第221页。

② 参见 Michael Theunissen, *Der Andere. Studien zur Sozialontologie der Gegenwart*, Zweite, um eine Vorrede vermehrte Auflage, Walter de Gruyter, 1977, S. 296。

③ 参见［德］莫尔特曼《创造中的上帝：生态的创造论》，隗仁莲、苏贤贵、宋炳延译，三联书店2002年版，第187页。

刚好吻合：每时每刻，时间都由未来一点一点地走进现在，而现在则走进过去（名词），然后，现在便过去（动词）了。[①] 因此，未来意味着新颖、惊奇，意味着往昔习性和成就的生长。如果某个事情仅仅沿袭成规、单调重复，我们就说"它没有未来了"[②]。没有了未来，也就没有了时间；没有了时间，也就不再存在，也就真正"完了"[③]。

如上所述，现在既来自过去也来自未来。往事不可追，来事尤可待。未来之事因为还"未"来，所以，对我们来说，未来不可知却可迎可待。正如弗里德里希·屈梅尔所指出，对未来的自由目光取决于对过去的自由目光的赢得。真正的自由问题不在于未来性，而在于未来与过去在现在中的自由关系。[④] 换言之，如果我们把未来完全看作过去的延续，那就等于没有未来，也就没有自由。未来作为可能性而存在，未来是将来，是即将来临的可能性。可能性等于时间性，只要有未来或将来不断进入现在，我们就有时间，因而就有可能性。[⑤]

五 民间文学向"未"来开放

但是，可能性不等于现实性，也不是现实性。要把未来的可能性变成

---

① 参见刘光耀《诗学与时间》，上海三联书店2005年版，第237、218、234、216页。

② ［美］罗森斯托克－胡絮：《越界的现代精神》，徐卫翔译，华东师范大学出版社2008年版，第117页。

③ 只有摆脱物理学时间而恢复本源的内在时间，我们才能重新清理出民间文学或民俗的时间存在方式，在这方面，所谓的后现代思想在某些方面只是向"前现代"的回复和重新出发，正如高丙中所指出，"在后现代理论的帮助下，我们才有一个新的视角看待民俗，于是我们发现，民俗学所研究的遗留物改变了'注定死亡（灭绝）的命运'，改变了与时间的关系的方向。时间不再是使遗留物衰老的因素，而是使遗留物增加活力的因素"（高丙中：《日常生活的现代与后现代遭遇：中国民俗学发展的机遇与路向》，《民间文化论坛》2006年第3期；《民间文化与公民社会：中国现代历程的文化研究》，北京大学出版社2008年版，第39页）。

④ 参见 Friedrich Kümmel, *Über den Begriff der Zeit*, Max Niemeyer Verlag, Tübingen, 1962, S. 134。

⑤ 在这个意义上，理性也是一种可能性。正如谢林所说，那种正当的和受到校正的理性只有在同时是一种非理性时才是真正合乎理性的，所以，理性本来就被视为潜在的理性，因为它还包含着成为理性和非理性的可能性。参见 Friedrich Wilhelm Joseph Schelling, *System der Weltalter. Münchener Vorlesung 1827/28 in einer Nachschrift von Ernst von Lasaulx*, Vittorio Klostermann GmbH, 1998, S. 200。理性是可能性，因为它有未来。

现实性还需要对可能性做出限制或限定。这种限制或限定来自过去的曾在或曾是，未来提供的可能性通过过去的曾在或曾是的限制就具有了规定性，这样可以保障未来提供的可能性在使 A 变化的同时让 A 仍然是 A。换言之，民间文学的未来不断走向民间文学的曾在或曾是，从而提供了种种新的可能性。如果这种可能性不返回民间文学的曾在或曾是，那么，民间文学的曾在或曾是就失去了未来，因而也就不再存在。相反，如果这种可能性返回民间文学的曾在或曾是，民间文学就有未来，而且这种未来的可能性就是属于民间文学的曾在或曾是的可能性，也就是说，这种可能性也是得到具体规定的可能性，而不是空洞的可能性。空洞的可能性还不是现实的可能性，或者说，它是尚未实现的可能性，而且只能是亚里士多德意义上的潜能（δΰναμις）而不是实现（ἐνέργεια）。①

民间文学不是现成物。因为严格说来，现成物没有时间，不是没有外在的物理学时间，而是没有了本源的内在时间。现成物已经封闭了自己，它已经完成（结）而没有了未来（尚未到来）。但民间文学永远没有完成，它一直处于完成的过程中而又始终不能被完成或终结，因而它永远向未来开放自身。民间文学有过去或曾是，所以它才能持守自身，才能作为民间文学从将来回到自己的曾在或曾是（过去），这个不断返回的过程就是持存着的现在。如果做一个对比，我们就可以看到，现成物没有未来，因此它已经不能从未来返回自身而且也不再需要返回自身，但民间文学因为有未来因而需要也可以从将来返回自己的曾在或曾是（过去），这种不断返回的旅程就是民间文学的自由之旅，也就是说，民间文学活在这个持存的当下。民间文学的所谓传统根本不是什么过去而是活生生的当下，而且一切传统的本源意义也莫不如此、概莫能外。我们活在传统中，并不是活在过去，而是活在当下。我们被卷入民间文学的传统意味着我们把这种不断从未来返回自己的曾在或曾是（过去）的当下理解为民间文学的特殊存在方式或特有优势，也理解为我们自己的一种天命和自由。因为我们只能在这种天命中来理解我们的自由，也只能在这种天命中来发现我们的自由。民间文学的传承性和变异性也只能在这种充满张力的当下状态中才

---

① 参见户晓辉《亚里士多德模仿说的目的论》，载《中国社会科学院文学研究所学刊》(2011)，中国社会科学出版社 2012 年版。

能获得本源的揭示。民间文学的母题和类型的开放性也表现在，它们源源不断地从未来返回过去，从而构成了持存的当下或现在。民间文学的存在就是要留住当下、持守当下，因为当未来已经返回过去时，当未来已经完成了向过去的返回时，未来就真的“过去”（动词）了，也就是没有了现在或当下，未来、过去和现在好像已经分开到时，这时候，已经过去的东西就变成现成物或对象，也就不再是民间文学。因此，没有了现在，也就没有了民间文学。可是，要有现在，就必须有未来和过去。看来，民间文学的当下或现在的确需要过去、现在和未来同时到时。正因如此，民间文学的当下或现在才对民间文学的存在至关重要，可谓生死攸关。民间文学就存身于从未来不断返回过去的持存的现在或当下之中。一旦这种同时蕴含着过去、现在和未来的当下“失守”，民间文学就不再存在，也就是说，民间文学就不再作为民间文学来存在，民间文学就不再是民间文学。民间文学的未来或者未来的民间文学一定是打破以往民间文学现成界限和人为割裂局面的民间文学，也不是仅仅属于过去而是同时属于过去、现在和未来，或者说，民间文学同时拥有过去、现在和未来。民间文学的说与听或者讲述一直保持在共时态的当下，就是一个不断与当下随时可能的“失守”拼抢的过程。如果说日常生活中有许多非本真的时间状态，这时人们并不讲述民间文学，那么，每当民间文学被讲述时，都是重新恢复或者重新连接本真时间的时刻，正是在这个意义上，我们可以说，每次讲述都是新的时间开端，都会在从未来返回过去时产生变异的现在或当下，只是由于有过去的曾在或曾是，我们仍然能够辨认出这些变异仍然是民间文学的曾在或曾是的变异。在民间文学口头讲述的现场，我们感受到的是一直在变化的持存的现在或当下，因为未来在源源不断地返回过去并由此形成一个活生生的当下。

民间文学一直有“未”来，因为它并不终结自己，而是向未来开放，永远迎接未来，因而它永远有“未知数”，有不可知的“变数”和可能性。1964 年，《玛纳斯》的演唱大师居素甫·玛玛依唱道：

> 这些故事一半是假的，一半是真的，
> 因为我不是他们时代的人。
> 谁也未曾呆在他们身边，

为了满足朋友们的心愿，
真假又有何相干？

许多是真的，许多是假的，
我未曾目睹，
别人也没有亲眼看见，
为了满足众人的心愿，
增添一些内容又有什么关系？

只要我琅琅唱起英雄的业绩，
大家就会感到欢畅满意！①

史诗演唱不在于内容的真假，而在于满足听众朋友们的心愿。在形式稳定的前提下，内容可以增减。2012 年 11 月 20 日晚，浙江省桐庐县第三代故事传承人潘晓炜告诉我：桐庐老一代故事家吴文昶在讲故事时能把同一个故事讲 10 分钟，也能讲 50 分钟，而且加入许多内容，让周围的听众都进入故事。只要被传承或者被重新讲述，民间文学就有未来，因此它既要面对过去，也要面对现在和未来②，正如民俗学既崇古又崇今和未来③一样。这也就意味着，口头、书面或电子载体这些外在形式的此消彼长并不能决定民间文学的存亡。

既然未来只能被我们信仰，那么，在这个意义上说，民间文学也存在于我们对未来的信仰情感之中，因为是未来“让”民间文学存在。

（原载《阅江学刊》2015 年第 5 期）

① 赵潜德、帕兹力的译文，引自郎樱《中国少数民族英雄史诗〈玛纳斯〉》，浙江教育出版社 1995 年版，第 57 页。

② 参见廖明君、巴莫曲布嫫《田野研究的“五个在场”——巴莫曲布嫫访谈录》，《民族艺术》2004 年第 3 期。

③ 参见陈勤建《文艺民俗学》，上海文化出版社 2009 年版，第 1 页。

“日常生活审美化”与“批判主义”迷误

罗如春*

内容提要：近几年，“日常生活审美化”问题成为中国文艺学界论争的热点。这场论争进一步将文艺学边界扩展之争引向深入，它对于文艺学学科建设与范式革新无疑有着重大价值与意义。但同时也暴露出一些问题，诸如“日常生活审美化”论者将“文艺学扩张”与“美学扩展”混淆化，论争双方在方法论上的“唯批判主义”倾向等。文章最后还对“文艺学扩界”走向问题进行了考辨梳理，提出了自己独特的主张。

关键词：日常生活审美化　唯批判主义　文艺学扩界

世纪初年，陶东风教授提出“日常生活审美化”论题①，近两年此论题引起了学界的广泛瞩目，赞成者有之，反对者也不少，论争异常激烈②。至今论争已告一段落，本文无意对这次论争作全面的梳理评述，只

---

* 作者简介：罗如春，湖南湘潭大学文学与新闻学院教授，博士生导师。

① “日常生活审美化”这个话题是陶东风2000年在扬州一次会议上首先提出的。不久，他就把这个会议上的发言整理成题为“日常生活的审美化与文化研究的兴起——兼论文艺学的学科反思”的文章，发表在《浙江社会科学》2002年第1期。

② 可参见苏奎《关于日常生活审美化与文艺学走向的思考》，《文艺争鸣》2004年第6期；王德胜、杨光《现象与论争——关于2005年美学和文艺学研究的热点话题》，《文艺争鸣》2006年第3期。

是就这次论争中呈现的一些重要问题作出笔者自己的粗浅理解，以就教于学者方家。

一 文艺学的扩张还是美学（文艺美学）的扩张？

“日常生活审美化”论者认为由于社会大转型导致消费主义盛行，当今中国（特别是大城市）的日常生活出现了大规模的“感性化”“虚拟化”“符号化”即“审美化”现象，基于这样一个事实判断，他们主张文艺学应该关注这一时代症候，将文艺学的研究对象与边界扩展到已然审美化的日常生活之中。

在文艺学的研究对象上，反对者眼中的“日常生活审美化”论者对于“文艺学的越界与扩容，就是要把所谓‘日常生活审美化’所包含的种种文化生活现象甚至包括物质文化的设施，都扩入文艺学的研究”①。而且斩钉截铁地主张“文艺学作为一个学科的主要研究对象应该是文学事实、文学经验和文学问题，而不是什么城市规划、购物中心、街心花园、超级市场、流行歌曲、广告、时装、环境设计、居室装修、健身房、咖啡厅”②，他们都明确反对将文艺学的范围扩张到所谓“日常生活审美化”的地盘上，否则，极易导致文艺学学科的泛化与自我消解。在他们的理解中，文艺学显然指的是文学学，它所研究的对象应该是“文学事实、文学经验和文学问题”即文学性，而不是审美性扩张后的日常生活。他们的理解有一些误读的成分，“日常生活审美化”论者认为日常生活审美化是文艺学与美学共同扩界的对象，并不仅仅是针对文艺学一家。但他们的误读也不是、全无根由的。“日常生活审美化”论者经常在文章的标题上将“日常生活审美化”与“文艺学扩界”对举。③ 尽管两个并置的

① 钱中文：《文学理论反思与“前苏联体系”问题》，《文学评论》2005 年第 1 期。

② 童庆炳：《文艺学边界三题》，《文学评论》2004 年第 6 期。

③ 如陶东风《日常生活的审美化与文化研究的兴起——兼论文艺学的学科反思》，《浙江社会科学》2002 年第 1 期；《日常生活的审美化：一个讨论——兼及当前文艺学的变革与出路》，《文艺争鸣》2003 年第 6 期；《日常生活的审美化与文艺社会学的重建》，《文艺研究》2004 年第 1 期；《日常生活的审美化与文艺学的学科反思》，《天津社会科学》2004 年第 4 期。

概念并不表明它们之间一定具有必然对等的逻辑关联，但还是给人留下了将“日常生活审美化”与“文艺学”画上等号的印象。论者也常常将美学、文艺学相提并论，在提文艺学扩界的同时也将美学的扩界捎带上或者有意无意地混淆美学与文艺学的概念，模糊二者的区别，这也是反对者产生误解的一个原因。更何况，有时“日常生活审美化”论者确实就明白宣称“日常生活审美化”就是“文艺学”扩界的对象，这就更不能说反对者的理解与“日常生活审美化”论者的原意不符合了。比如陶东风就说过：“当代的消费社会及其文化与艺术活动的新变化、生活的审美化与审美的生活化等，已经迫切地要求我们修正、扩展关于‘审美’、‘文学’、‘艺术’的观念，大胆地把街心花园、城市广场、购物中心、商品交易会、美容美发中心、健身中心、流行歌曲、广告、时装等新兴的场所与现象（它们常常是日常生活与审美活动交叉的地方）吸纳到自己的研究中（至于它们是否属于文学艺术则大可不必急于下结论，许多在当时不被视作‘文学’的文本在日后获得认可的事例比比皆是）。”① 陶东风所说的像“街心花园”“城市广场”“购物中心”这些“日常生活与审美活动交叉的地方”确实可以认为是艺术审美性的当代最新扩张的表现，但他跟着又表明相信这些“地方”可能在“日后”被认可为“文学”文本，从而要求“我们”（文艺学者）将其纳入自己的研究领域。

“日常生活审美化”论者大多出身于文学理论界，而不是美学界，他们也当然注意到了侧重于艺术理论与旧式生活美学的传统美学在现代消费社会中的扩界，“审美性”的扩张与“日常生活审美化”都是不争的事实，对于这一点没有多少可以争论的（反对者如鲁枢元、朱国华、赵勇的质疑更多是针对“日常生活审美化”价值选择层面的，而不是就“审美性扩张”的事实判定层面），而“日常生活审美化”论者的真正目的是以审美性的扩张为中介联系上他们所关心的文艺学，借以反思文艺学的学科理论及其建制，其落脚点并不在美学的扩界上。②

其实，正如前述反对者所认为的那样，在中国语境下一谈到文艺学，

---

① 陶东风：《日常生活的审美化与文艺学的学科反思》，《天津社会科学》2004 年第 4 期。

② 对于“美学泛化”与“日常生活审美化”的区别可参见黄应全《日常生活审美化与中西不同的“美学泛化”》，《文艺争鸣》2003 年第 6 期。

实质上指的是文学学，而不是指艺术学、艺术理论、美学甚至文艺美学什么的[①]，只不过文学学听起来有点拗口，不大符合汉语语言习惯，所以还是习惯称为文艺学，它虽与文艺美学只有一字之差，但其内涵之别却不可以道里计。限于篇幅，这里不可能全面探讨二者的复杂关系。但有一点很明确：文艺学的研究对象主要是文学现象，而文艺美学的研究对象则比文艺学要宽泛得多，它包括文学在内的一切艺术现象。如果说文艺学的研究核心是文学性，那么文艺美学的关键词则是审美性。当然，审美属性也是文艺学研究的一个重要内容，但并不是后者成其为自身的本质（不是本质主义的，而是一定历史语境生成下的本质）规定与根本特性。因此既然说到文艺学的扩张，准确地说就应该是指文学性的扩张，最好不要将只属于审美性而不具有文学性扩张的内容也一并打包纳入文学性扩张的内涵（详见后文）。因为“文学性”可以看成是一个“家族相似”的概念，它最为核心的本质（也可以说是前提条件）应该是传播媒介上的语言文字符号特征，其次才是作为一种艺术所具有的审美性，当然它还可以有其他一些并非不重要的特征如虚构性（想象性）、形象性等。说文学具有某一本质特性可以，但不能颠倒过来说具有某一本质特性（如审美性、符号性）的事物就是文学。纯粹的文字文本如产品说明书、科学论文就很难说有什么文学性，因为它们缺乏审美属性。而具有审美性却不含有语言文字符号为载体的文本，也很难说有什么文学性，比如美容美发中心、街心花园、城市广场、购物中心、健身房、咖啡厅、超级市场、时装、城市规划、环境设计、居室装修等就是如此，因此说审美性的扩张可以说是艺术的扩张但并不一定就是文学性的扩张，从而将一切属于审美性扩张的事物纳入文学研究的对象就有失偏颇（它们应该是转型后的美学乃至文艺美学的研究对象）。只有同时包含有文字符号与审美性特征（先且不论这两个特征的强弱浓淡）的文本才有资格被讨论是否具有文学性。职是之故，我也不同意这样一种观点：“审美的泛化应该成为审美科学关注的对象，但却不能使文艺学将其纳为研究对象变得合理。”[②] 审美性的扩展固然不

---

① 参见杜书瀛《文艺学向何处去》（《文艺争鸣》2004 年第 6 期）中的“‘文艺学’题解”一节。

② 郑慧生：《论文艺学的越界》，《新疆大学学报》（社会科学版）2003 年第 1 期。

是文艺学扩界的充分条件，但鉴于它同文学性千丝万缕的联系，它也理所当然地为后者提供了必要的准备条件，并不能与文艺学一刀两断了无关系。当然，个别论者还是注意到了文学与艺术的扩界的不同，将审美性与文学性适当加以区分，这就避免了将文学、艺术、美以及文学活动、艺术审美活动作不必要的混淆。①

“日常生活审美化”论者还有一种观点认为“由于我国的美学一直受黑格尔美学影响较深，所以一直十分注重美学与文艺理论的密切联系，加上文艺活动的核心就是审美性，因此在我国学者的学术实践中，美学和文学理论常常混为一谈，审美对象与文艺研究对象更是相通甚至相同的”。并从而认定“审美泛化不该是文艺学研究对象范围的断言未免轻率，过分注重学科的‘规范性’、‘确定性’会加剧人文学科细化的过程，是一种强调理性分割、忽视感性经验的科学主义倾向”。② 这种说法看到了文艺学与文艺美学、美学相通的一面，但论者却由此不恰当地取消了它们的根本差别，造成概念的挪移混淆，并以转换后的概念对先前的论题进行合法化论证，因而造成逻辑上的混乱。另外，从作者文章的标题采用“日常生活的文艺化”而不是习用的“日常生活的审美化”提法上可以看出，作者也许是看到将“日常生活的审美化”作为文艺学扩界的理论基础有欠严密，因而想拉近“日常生活”与文艺学的距离以补救论题的不足，以“文艺化”与“文艺学”在字面上的接近暗示内容上的贯通，孰料，文艺学的研究内容并非顾名思义就是“文艺”，因此证明的结果与其是让我们相信是文艺学的扩界，倒不如说是文艺美学、美学的扩界更为准确。

由此，“日常生活审美化”论者在到底是“文艺学的扩界”还是“美学（文艺美学）的扩界”的分辨上确实存在模糊不清的地方，“日常生活审美化”与“文艺学扩界”之间的逻辑链条还过于松散，从而也为论敌提供了攻击的口实。并引起同道者的隐忧：“经历过文化研究的洗礼，当代文艺学又重新踌躇满志，从历史与现实多方面切进各种现象，既显出包

① 参见金元浦《别了，蛋糕上的酥皮——寻找当下审美性、文学性变革问题的答案》，《文艺争鸣》2003 年第 6 期；《当代文学艺术的边界的移动》，《河北学刊》2004 年第 4 期。

② 阎景娟：《论日常生活的文艺化到文化研究——论文艺学的“划界”、“扩界”与“越界”》，《文艺争鸣》2003 年第 6 期。

罗万象的气魄，又不乏游刃有余的自得。但文学性的缺失总是一件不够理直气壮的事，这使得当代文艺学还是有难言之隐，也有点美中不足。”①

因此，日常生活审美化论者需要调整过于激进的论述策略，夯实既有的理论基础。既要尊重现有文艺学学科建制的历史合理性，又要稳步推进对于文学性的蔓延扩张现象的研究，探索当代文艺学更具有自身特质的理论起点，明确未来文艺学的学科建制与长远方向。其中的关键是要找准“文学性”的扩展对象，要对文艺学扩界后的“文学性”的存在与演化状况进行严谨细致的深入分析，要区别文学性的强弱浓淡，切实弄明白哪些是文学性因素较多的，哪些是文学性含量较少的，也就是要弄清文艺学研究对象——文学或文学性的大致边界，尽管这个边界是模糊的移动的。②要深入探悉文学性存在的中心地带、次中心、次边缘、边缘等多种状态，区分“强文学性”与“弱文学性”的不同层次，稳步推进文艺学的边界扩展，而不能像许多论者那样将审美化的日常生活一锅煮地全视作文艺学的研究对象。因此，一些具有“强文学性”的审美化日常生活现象如电影、电视、广告、流行歌曲与通俗小说等确实应该成为文艺学的研究对象，而另外一些文学性较弱的事物如妇女刊物（如《家庭》《知音》《女友》）、时尚杂志（如《世界服装之苑》《瑞丽》《时尚》《精品购物指南》），乃至一些精美报纸（如《信报》）（尽管这些内容被偏重于视觉化、图像化的日常生活审美化论者所忽略）似乎也比城市规划、居室装修、街心花园之类更值得作为文艺学的研究对象。而将那些文学性稀薄甚至与文学无关的内容比如花园、夜总会都纳入文艺学的范围，的确让人匪夷所思。即使真像陶东风先生所言，今后可能有人会承认这是文学研究，那等到将来文艺学学术共同体的追认也不迟，现在大可不必强行给这些研究盖上文艺学的印戳，因为它现在就有着自己的名字——文化研究或美学研究。退一步说，即使将这些纯属文化、审美研究的内容纳入文艺学范畴，也不过是权宜之计。“虽然文艺学可以短期内忽略文学，可以在文化现象中演练批评方法，这无疑是文艺学研究的一个有意义的突破，但是，当这一倾向逐步构成文艺学的主导方向，这无疑是值得重新审视的一条道

① 陈晓明：《历史断裂与接轨之后：对当代文艺学的反思》，《文艺研究》2004 年第 1 期。

② 金元浦：《当代文学艺术的边界的移动》，《河北学刊》2004 年第 4 期。

路。无论如何，远离文学的不归路，不可能预示着文艺学的远大前程。”①如果文艺学扩界过多，变成无所不包的东西，那也就意味着文艺学自身特性的消失和文艺学学科的内爆及死亡（文艺学的边界扩展问题后文还有更详细的分析）。

二 “批判主义”的迷误

在方法论和价值判断上，“日常生活审美化”的论争者中普遍存在“批判主义”的迷误。我这里说的“批判主义”，是指那种批判至上的口号式批判、绝对主义的批判、抽象的伦理审美批判。这种批判主义的批判往往将否定式的“批判”绝对化、意识形态化，罔顾被批判对象的复杂性，预先设定某一先验的价值原则，并以此作为出发点，运用二元对立的思维方式，并常常伴随着浓厚的道德主义激情，将复杂的事物作简单化的事实裁减和非此即彼的价值判断，从而带上了浓厚的非历史主义、精英主义特征，以致“信念伦理”压倒“责任伦理”（韦伯语）。

中国文化深厚的道德理想主义传统、百余年沧桑的近代历史、“五四”以来形成的以思想文化解决社会问题的意识传统②以及西方左派理论思潮的影响，使得这种批判主义在中国人文学界和素以批判为天职的知识分子身上表现得尤为浓烈，在文化研究界则更是如此。远的不说，20世纪90年代初期的“人文精神大讨论”就具有极为强烈的批判主义特征，“人文精神”的提倡者以剔除了在欧洲文艺复兴时期本应该包含“世俗化”内涵的“人文精神”为武器，针对当时的市场化、世俗化的社会现实，诉诸宗教精神与终极关怀，施行了过于激烈的道德、审美批判。正如有论者指出的那样：“精英主义、道德理想主义与审美主义的批判取向一直是中国大陆大众文化批判的主流。”③ 在“日常生活审美化”的反对者

---

① 陈晓明：《历史断裂与接轨之后：对当代文艺学的反思》，《文艺研究》2004年第1期。

② 参见林毓生《中国传统的创造性转化》，三联书店1988年版。林毓生将此称为“思想决定的一元论”。

③ 陶东风：《研究大众文化与消费主义的三种范式及其西方资源——兼答鲁枢元教授》，《文艺争鸣》2004年第5期。

那里，这种批判主义也有着相当强劲的表现。一些代表性的质疑文章[①]都热衷于用精英化的传统美学原则批判“日常生活审美化”，认为后者在审美理念上是功利化、技术化、实用的、市场化、低层次的，在价值选择上则是低俗的、浅薄的、堕落的、缺乏批判性的。有人甚至还用阶级斗争似的话语将“日常生活审美化”称为“食利者的美学”[②]。关于这一点，双方的论争文章多有论析[③]，而且批判主义简单化思维方式不仅表现在反对者一边，在“日常生活审美化”论者这边也不鲜见，它主要体现在一些文章对“日常生活审美化”的缺陷与不足重视不够，对这一“新的美学原则”过于迁就等，限于篇幅，此不赘述。在这里，我仅以陶东风、赵勇之争为例简要说明绝对否定性的批判主义在其中所显露出来的一些面相。

陶东风、赵勇之争的一个关键是如何措置人文学者（知识分子）的批判立场问题。由于前述的多种原因，“批判主义”的情怀与冲动已经成为中国知识分子根深蒂固的集体无意识。本来，知识分子有多种类型，比如有葛兰西所说的“有机知识分子”，曼海姆所讲的“飘移的知识分子”，鲍曼提到的“立法型知识分子”“阐释型知识分子”，福柯所谓的“普遍

---

① 鲁枢元：《评所谓“新的美学原则”的崛起——“审美日常生活化”的价值取向析疑》，《文艺争鸣》2004 年第 3 期；《价值选择与审美理念——关于“日常生活审美论”的再思考》，《文艺争鸣》2004 年第 6 期。赵勇：《谁的“日常生活审美化”？怎样做“文化研究”？——与陶东风教授商榷》，《河北学刊》2004 年第 5 期；《再谈“日常生活审美化”——对陶东风先生一文的简短回应》，《文艺争鸣》2004 年第 6 期；《关于文化研究的历史考察及其反思》，《中国社会科学》2005 年第 2 期；《批判精神的沉沦——中国当代文化批评病因之我见》，《文艺研究》2005 年第 12 期；《学者的中产阶级化与中产阶级美学的兴起》，《南方文坛》2006 年第 2 期；《价值批评，何错之有？——对“日常生活审美化”的再思考》，《文艺争鸣》2006 年第 5 期。朱国华：《中国人也在诗意地栖居吗？——略论日常生活审美化的语境条件》，《文艺争鸣》2003 年第 6 期。

② 童庆炳：《“日常生活审美化”与文艺学》，《中华读书报》2005 年 1 月 26 日第 12 版。此语许是源于对俄国尼·布哈林《食利者政治经济学：奥地利学派的价值和利润理论》（郭连成译，商务印书馆 2002 年版）的借用。

③ 王德胜：《视像与快感——我们时代日常生活的美学现实》，《文艺争鸣》2003 年第 6 期；《为“新的美学原则”辩护——答鲁枢元教授》，《文艺争鸣》2004 年第 5 期。陶东风：《研究大众文化与消费主义的三种范式及其西方资源——兼答鲁枢元教授》，《文艺争鸣》2004 年第 5 期；《研究大众文化与消费主义的三种范式及其西方资源——兼谈“日常生活的审美化”并答赵勇博士》，《河北学刊》2004 年第 5 期；《也谈日常生活的审美化与文艺学》，《中华读书报》2005 年 2 月 16 日第 12 版。

知识分子”“专门知识分子”等，当然也有批判型的知识分子。各种知识分子各司其职，承担不同的社会角色，肩负不同的社会责任，原也没有绝对的高下贵贱之分的。但在中国，批判型知识分子地位远远凌驾于其他类型的知识分子之上。知识分子的根本特征就是批判性，敢于跟权力说“不”，与当局、市场不合作的观念和19世纪后期俄法知识分子道德形象一直极大地影响并激励着中国的知识分子，使得中国的知识分子一方面养成了强烈的关怀意识与可贵的道义情怀，另一方面形成了动辄轻言批判、总有一种无论面对什么对象都要挑出毛病并加以责难批评的否定潜意识，大有非如此不足以显示见识的明澈、思想的敏锐与人格的独立，没有批判就不足以证明自己是一个真正的知识分子似的，以致患上了严重的批判癖，堕入了一种批判主义的迷误。他们对自己常常喜欢标榜批判的姿态，对论敌则更是乐于把指责对方批判意识的缺乏作为自己的撒手锏，好像只要这样自己就取得了道德意识的制高点，从而获得了不战而胜的法宝。而被批评者不管是不是被批评的那个样子，都会急于辩诬表白说明自己的批判意识如何的充实富有云云。陶东风、赵勇之争，也不同程度地陷入这种批判拜物教的泥淖中。其实，赵勇与许多质疑者一样与“日常生活审美化”论者的最为根本的分歧在于价值观念立场上的不同。[①] 赵勇等质疑“日常生活审美化”论者没有看到日常生活审美化的庸俗化、低层次化，更没有与这种所谓审美化的日常生活拉开距离，行使作为知识分子的批判职能，而带有全面拥抱这种日常生活的犬儒主义倾向。应该说，这样的质疑不是全无道理，相当部分“日常生活审美化”论者确实对审美化日常生活的缺陷估计不足并缺乏对于研究对象的警惕感与批判意识。但是，质疑者大多仍然抱持着利维斯式的精英主义情怀，对于社会结构与文学艺术大变动了的现实缺乏应有的敏感，对于日常生活的审美化要么视而不见，要么否定拒绝，这都不是正确的历史主义态度。像赵勇先生的这样绝对化的单一判断就是其中的著例：“从价值判断的层面上看，日常生活审美化这个命题的深层含义其实就是对现实的粉饰和装饰。它隔断了人与真正的现实的联系，并让人沉浸在一种虚假而浮浅的审美幻觉当中，误以为他所

① 参见桑农《“日常生活审美化”论争中的价值问题——兼为“新的美学原则”辩护》，《文艺争鸣》2006年第3期。

接触的现实就是真正的现实。”“日常生活审美化既制造了现实的假象，又掩盖了商品原则的秘密，还最终剥夺了人的审美感知。如果在价值判断的层面上来思考，我们能够得到的只是这样一种结论。”① 在这样的语句中，无论在事实认定上还是价值判断上都充满了俯拾即是的独断和空泛抽象的道德审美激情。作者对他所引用的批判理论资源像法兰克福学派与鲍德里亚的观点恰恰缺乏应有的批判反省意识。何况，法兰克福学派内部对于大众文化的态度并不是铁板一块地批判；鲍德里亚也有着雅努斯（Janus）式的双重面相：除了批判后现代，是后现代的大撒旦，还是后现代的发言人与“大祭司”。赵勇在文中还以本雅明为例，说本雅明对发达资本主义的“巴黎拱廊街”的“梦象”世界进行了去梦幻的脱魅批判，这不假，但这只是问题的一方面，另一方面是本雅明并不就是那种只知道一味批判的单面思想家，他对巴黎拱廊街的感情复杂，可说是爱恨交织：在批判的同时也有着对于批判对象的深刻迷醉，这对“巴黎拱廊街”是如此，对古典的“灵韵”艺术也是如此，对现代的“机械复制时代的艺术”则更是如此。难怪有人要这样感叹：“他（本雅明）的心灵和感受力不可阻挡地把他拉向了这座城市的辉煌灯火、美丽的女人、奢侈、它的令人目眩的各种外表和辉煌灿烂的场景的闪烁；同时他的马克思主义良心又坚持要他摆脱这些诱惑，教导他，这整个灿烂辉煌的世界是堕落的、空洞的、邪恶的、精神空虚的、压迫无产阶级的，要受到历史的谴责。他重复地下着意识形态的决心，要不受巴黎的诱惑——并且要不使他的读者受到诱惑——但他最后还是忍不住要看一下林荫大道或拱廊下的景色；他想要得到拯救，但还没有得到拯救。这些内在的矛盾在文章中不时地流露出来，使得本雅明的工作具有一种光能和令人辛酸的魅力。”② 按作者的观点，本雅明应该是立场“暧昧”的典范了，但在很大程度上，本雅明正是因为他的“暧昧”才成其深刻与丰厚，他并不以某一个先验的批判立场“主题先行”，然后按图索骥地施行绝对批判，而是以复杂的眼光面对复

---

① 赵勇：《谁的“日常生活审美化”？怎样做“文化研究”？——与陶东风教授商榷》，《河北学刊》2004年第5期。

② ［美］马歇尔·伯曼：《一切坚固的东西都烟消云散了——现代性体验》，徐大建、张辑译，商务印书馆2002年版，第187页。

杂事物本身，从而才有可能进行有效的批判，取得知识思想上的真正创新性的成就，进而获得包括赵勇在内的后学者一再的阐释研读。另外，赵勇还说：“凯尔纳开出的药方是伯明翰学派应该与法兰克福学派尽释前嫌，相互对话。”意在引用凯尔纳为他的法兰克福学派的绝对批判立场张本，却不料，他自己说的这句话本身就构成了对他的绝对立场的解构：凯尔纳的意思明明是要求突破单一的研究立场，希望分别对大众文化持肯定与否定两种立场的“伯明翰学派”与“法兰克福学派”“尽释前嫌，相互对话”①。

而作为赵勇商榷对象的陶东风教授则代表了当代中国文化研究中的一种难得的理性而健康的批判立场。陶东风不是那种批判至上的唯批判主义者，总体上，他是根据当代中国具体的历史文化语境适时地调整他的批评策略，无论是对大众文化、自由主义还是消费主义、身体写作都有相当辩证而明澈的看法。他的文化研究既不存在“价值立场的暧昧”也不存在“批判精神的下滑”等问题，基本上，他超越了历史主义与道德主义的二元对立②，秉持一种中间自由派的立场，贯穿着反思的自由主义精神。当然，这并不意味着陶东风就对唯批判主义达到了完全免疫的程度。比如他在答赵勇的文章中曾如此自辩：“我……已经非常清楚地指出了日常生活的审美化中存在的权力与不平等问题。我的立场绝对不是站在那些中产阶级、白领或新贵阶层一边，而是站在真正的大众与弱势群体一边的。”陶东风在事实层面“指出了日常生活的审美化中存在的权力与不平等问题”固然是文化研究中的应有之义，而“站在真正的大众与弱势群体一边”的价值立场也颇值得人们尊敬，但由此又选定了一个“绝对”否定的价值立场：“绝对不是站在那些中产阶级、白领或新贵阶层一边”，就显得在论敌咄咄逼人的“批判主义”的攻击下反应峻急了些，这就多少与他反绝对主义的语境化批评策略不太符合了。因为我们知道，“中产阶级”在我国固然属于“新贵阶层”，但在今天的权力体制之下，相对于官僚阶层，他们何尝不是“真正”的“弱势群体”

① ［美］道格拉斯·凯尔纳：《法兰克福学派与英国文化研究的错位》，赵志义译，载余虹主编《问题》（2），中国人民大学出版社2003年版。

② 参见陶东风《超越历史主义与道德主义的二元对立》，《东方文化》1996年第3期。

（下文还有对于中国中产阶级的详细评析）？在他们的正当权益受到非法侵害时，知识分子是否也应该和他们站在一边？我想回答应该是肯定的，因为即使从功利主义的角度，关注任何阶层的正当权益也是对全社会的权益保护有益的。真正的知识分子不管有无“恒产”都应该有“恒心”，具有超越一定阶级的普遍关怀意识，而关怀的对象则随着历史语境的变化而改变，可以是工人、农民，也可以是中产阶级、白领，哪里有非正义，哪里就应有知识分子的身影，而大可不必先验地把自己预设到某一个特殊的偏狭立场上。

在我看来，陶东风先生之所以有如此偶然的失误，在于也许连他自己都没有意识到，这种批判主义的集体无意识在他的心中如此的根深蒂固竟然到了影响他作出本应该能够作出的正确判断。（或者意识到了，但还是忌惮于批判主义的道德威力?）正因如此，他在面对对手祭起的“批判”大旗时，不由自主地复制了论敌的思维逻辑——唯批判主义，忘掉了自己历史主义的致思路径，毅然否定了对方对自己“批判意识下滑”甚至缺场的指控，进而更以宣称“站在真正的大众与弱势群体一边”来加强自身的道德形象，不料这样一来，反而使得自己的立场捉襟见肘，矛盾立出了。

看来，“批判主义”所易导致的单面的思维模式和强大的道德裹挟力连陶东风这样有着清明理性的学者都难以避免。因此，我以为，人文学界最好少提慎提“批判”一词，因为它具有太过强烈的伦理意识形态色彩，容易导致简单化的否定与情绪化的批判，助长道德理想主义的虚骄之气与华而不实的空疏学风。当然，如果硬要使用“批判”概念，那应当是一种细腻的分析意识，一种平和明澈的反思理性，一种辩证的求实精神以及奠基于有效事实判断之上的通脱的价值情怀。这种批判就如霍克海默所说的哲学批判：“哲学批判是一种知识和实践的努力，它反对不加反思而纯粹习惯地接受主流观念、行为方式和社会关系。哲学批判作为一种努力，就是要让社会生活的各方面取得和谐，让社会生活与时代的一般观念和目标取得一致，把现象与本质区分开来，对事物的基础加以研究，一句话，真正对事物有所认识。”① 其实，在我们熟知的康德三大批判哲学那里，

① ［德］霍克海默：《批判理论》，重庆出版社 1989 年版，第 255—256 页，译文有改动。

批判也不是一味地驳斥与责难，不是抽象的道德批判和浮泛的审美批判，而是严谨求实的思想探索与学术清理，而明白这一点，对于已将“批判”一词严重口号化、意识形态化的今日中国人文学界不是毫无意义的。

另外，我还要特别提及包括陶东风、赵勇在内的论争双方的许多文章都注意到了但却仍然由于僵硬的批判主义立场而在深层次上忽略了的一个重要问题——中产阶级。虽然论争双方在很多观点上形成了尖锐的对立，但在对于中产阶级的认识与态度上则达成了惊人的一致：在事实判断上，双方在中产阶级作为日常生活审美化的主体这一点上达成了共识，而在对中产阶级的否定性评价上，也是出人意料的相似。[①] 在今天的中国人文知识界，一说到小资、中产阶级就像“文化大革命”时提到“黑五类”，言说者基本上都要非攻即骂，好像非如此不足以体现自己的政治正确与见识不凡。岂不知，对于中产阶级的负面评价自马克思以来就在世界范围内的知识左派中形成了一种根深蒂固的传统，正是这一多少显得有些绝对化的意识形态批判驱动着即使一些本身就是典型中产阶级做派的知识分子，面对“中产阶级”这样一个超级能指符号，也不由自主地焕发出了了无所指的抽象批判主义的道德激情。中产阶级虽然在出身和行止上多遭诟病[②]，并且在推动中国走向现代化的进程中的地位和作用屡屡受到质疑。但是平心而论，中国中产阶级所有的缺点与优点都是当代中国现实历史语境下的独特产物，它所有的优缺点都是中国特色的优点与缺点，中产阶级的缺点在现实中国的各个阶级中都或多或少地不同程度存在。如果我们意识到不能在当今中国凭空创造一个在能力与德性上都能与西方相比肩的中产阶级的话，那么我们只有正视现实，既看到它同统治秩序合谋、与官僚资本沆瀣一气、对主流意识形态献媚邀宠、用审美化的狂欢遮蔽粉饰不义现实的一面。另一方面也应该看到，现代化的全面实现才最符合中产阶级

① 也有极个别文章如金元浦《别了，蛋糕上的酥皮——寻找当下审美性、文学性变革问题的答案》（《文艺争鸣》2003 年第 6 期）、陶东风《日常生活审美化与新文化媒介人的兴起》（《文艺争鸣》2003 年第 6 期）则是其中的例外，它们注意到了作为中产阶级一部分的“新文化媒介人”兴起的历史事实，并实事求是地做了肯定性的评价。

② 王晓明在《半张脸的神话》中曾对中国中产阶级表里不一的两副面孔进行了意识形态的揭露与批判。

的长远理想与根本利益。一般而言，中产阶级所代表的思维习惯与生活方式往往正是现代化的题中之义，体现了人类某些共同的价值追求，只不过中国的中产阶级由于特殊的生存环境受到了相当程度的污染和扭曲而已，即使这样，中产阶级仍然是当今中国现代性蕴涵较为浓厚的一个阶级，仍不失为中国目前乃至今后相当长时间内具有极大标示意义的力量。

我们也不应该忘记，在“历史终结”（福山意义上的）之后，中产阶级作为一个成熟社会的主体性构成并扮演其重要稳定性力量的角色就成为历史的“存在天命”，而且与已经充分发展成熟的西方中产阶级不同，在“历史”远未终结的当今中国，中产阶级还相当弱小稚嫩（除了扭曲），我们对中产阶级所进行的任何有效的考察，都必须建立在这样的历史感上，特别是在引进西方批判思想的时候，要对其中国适用性予以反思性的审查，否则难免有理论运用上的“错置具体感的谬误”（怀特海语）。在这种情况下，有责任感历史感的知识分子就应该廓清迷雾，既看到中产阶级的不足，更看到其隐藏着的推动历史的巨大力量，不能胶柱鼓瑟地用简单的道德主义、意识形态的批判抹杀其在日常生活的审美化、历史维度的肯定性价值。我们当然应该对中国中产阶级进行包括政治经济学、阶级、道德、美学、意识形态在内的严肃认真的分析批判，以促使其走向良性发展的轨道，担当起它应该担当的历史使命。我们要对中产阶级进行包括其审美生活在内的全面的辩证的矛盾分析，切忌以偏概全、以点带面，泼脏水时连孩子也一起泼掉了。总之，对中国中产阶级这一异常复杂的历史现象，简单的吹捧与绝对的骂倒都是形而上的简单化思维，是不合适的。

三 文艺学“扩界”后的思考

对于中国文艺学的未来走向，既要警惕“日常生活审美化”派的“扩界”无度的无所不包的倾向，又要反省“质疑派”的故步自封和浓厚的精英批判主义情结。

“日常生活审美化”论者的最大贡献在于论证了：随着中国社会文化环境的转型导致的文艺审美活动的巨大变化，中国文艺学超越本质主义的思维方式、突破自律论的研究范式，并关注日常生活文艺现象的必要性和可能性。文艺学确实应该重建与现实生活、社会文化之间有机的、积极的联系，这个原则是毋庸置疑的。但文艺学到底该如何扩界？扩界后相对合理的边界应该确定在何处？虽然这些问题从根本上要通过理论各方的辩难博弈，经历一个长期的历史发展过程，最后才能得到“文艺学”学术共同体的普遍确认，不可能一蹴而就获得解答，但其中仍有些亟须现在澄清的问题，值得进一步的深入思考。

“扩界”后的文艺学的边界到底如何确定？首先应该明确不存在一个“文艺学”的永恒实在的绝对客体等待着我们去进行本质主义的发现与量度，我们可以参考维特根斯坦所说的“家族相似”的方法加以界划。在现代性学术规范体制下，文艺学学科（宽泛地说是“文学研究”学科，下文主要探讨作为文学研究的文艺学与非文学研究的边界问题）要能够独立存在，一般需要具备如下三个“家族相似”因子：文学现象作为研究对象与范围，独特的文学研究方法以及以揭示、评价文本的文学性、审美性为旨归的研究目的。如果一项研究内容完全符合上述三项条件，那么它不仅是严格的文学研究，而且属于文学研究的核心领域，是论争各方都能接受的。正是这些研究构成了文学研究这门学科同其他的一些专门学科如文化研究、社会学、政治学、哲学等的根本区别，从而获得其自身存在的独立性、自律性和合法性。在这三个“家族相似”因子中“文学现象作为研究对象与范围”应该是核心性、本体性的，就是说只要满足了这一项条件也就应该属于文学研究，而不管它是否用到了独特的文学研究方法和揭示了文学性的规律。所以，以文学现象作为研究对象的文化批评（是狭义的“文化研究”，还不是研究一切文化现象的广义的“文化研究”），即使在其研究旨趣、研究方法与价值立场上（社会政治旨趣、跨学科方法、实践性品格、边缘化立场与批判性精神）与审美批评或内部批评有着天壤之别，它也仍然是文学研究方法的一种，是用独特的视角与方法解读批评文学现象、进行文学的内部研究的，应该属于文学批评方法的范围。而且从历史上看，这种文化批评的方法与社会历史批评、道德伦理批评一道构成了文学研究的题中应有之义。① 当然，既以文学现象为起点又以文学性为归属的研究显然比那些仅以文学现象为突破口、却是以非文学性为旨趣的研究要更“似”于文学研究“家族”。譬如，对《红楼梦》的叙事特色的分析自然要比那些研究《红楼梦》大观园食谱和建筑以用作招牌菜、旅游开发来得更像文学研究些，前者无疑属于文学研究的核心，后者则属于边缘地带了，这种边缘地带常常成为学科新的生长点，处于一种跨学科的状态。而文学的文化研究转向则是当今文艺学最为兴盛的一种跨学科状态的文艺学：“文学理论或文学研究作为学科并没有在文化的转向中丧失自身，文学的跨学科努力，转向文化的开拓，都是基于文学本体的基点或立足点，没有了文学，没有了建基于文学的跨学科研究，也就没有了文学的文化研究”，“文艺学的文化研究仍然有其不同于社会学、人类学、哲学、政治学、传播学、心理学的学科视野和学术切入角度。文学将在变革、拓展和深入研究中逐步重建本学科的界域、学科特性或特殊性”②。无疑，这样的文化研究应该属于文艺学的扩展界域。

但是对于何为“文学现象”的看法，则可说是见仁见智。一个流行的观点是：“文学”在中外历史各个不同的阶段上有着很多不同的说法，它本身随着社会历史的变迁，在一定社会文化力量作用下的话语建构，并不具有一个超越历史的永恒的所谓“文学”及其本质，因而文艺学也应该与时俱进，并不具有古今一贯的本质内涵。这种说法自有其深刻性，它揭示了文学现象作为社会历史构成物的建构性、历史性、地方性特征，为当今时代社会文化大转型时期打破先验主义、本质主义的形而上学化文艺学学科建构，开拓新的文艺学研究疆域和促动新的研究范式的出场开辟了道路。但它秉持绝对的历史主义原则，过于强调文学、文艺学的人为建构性、历史变动性，而忽视了其作为人类审美形态、知识形式的客观性和稳定性，即是说，文学、文艺学的知识学科建制带有人为划分的因素，但更有其不可移易的内在构成的必然性与一定历史条件下的合理性，而且学科

---

① 参见陶东风《试论文化批评与文学批评的关系》，《南京大学学报》（哲学人文社科版）2004 年第 6 期。

② 金元浦：《文艺学的问题意识与文化转向》，《中国人民大学学报》2003 年第 6 期。

的划界并非随意人为的，它根本上还是要依赖于其内涵的自律性，正是后者构成了文学文艺学的相对独特而稳定的本质。不论我们把文学的本质看作什么（虚构性、语言符号性、审美性等）①，也不论它在历史上叫不叫作“文学”，只要那种今天我们称为“文学”的东西一旦在人类世界得以诞生，就有了今天我们称为“文艺学”的研究内容作为知识话语的出现（当然不一定是学科化的）。我们不能反过来按当前很多学者认为的那样，既然历史上叫作“文学”的东西千变万化，没有一个古今统一的说法，那么“文学”也就没有一贯的本质，随之“文艺学”也就没有相对固定的边界了。这种说法混淆了“文学”的名称与实质的区别，将文字称谓上的“文学”在内涵上的殊异说成“文学”本质的不存在。历史上名为“文学”的可能就只是典章制度、书诔奏议之类的别称，跟今天所谓的“文学”没有多大的关系，但也许历史上不称作“文学”的恰恰就属于我们今天所讲的“文学”。由是观之，在人类知识体系中，文学、文艺学有它们独特的本质内涵与存在价值，不管是“文学性”的扩张还是“文艺学”的越界，都必须葆有其内在构成和其他审美与知识形态的根本差异，不然，它无异于是丧失了自身的学科特性，取消了自身的合法存在，而不管它的名字还是不是叫作“文学”“文艺学”。

但文艺学的研究对象准确地说应该是“文学性”②，随着文学性的扩展与转移，文学现象即文学的存在形态与方式也就相应地发生了变化——从古典形态的小说、诗歌、戏剧和散文向电影、电视、通俗文学直至今天的广告、流行歌曲等渗透转移，包含有“文学性”的审美化的日常生活自然应该是文艺学研究的题中之义。但前文提到，“日常生活审美化”论者却又过犹不及地将所有“日常生活审美化”的内容纳入文艺学的扩界

① 对“文学性”内涵的认识确实是见仁见智，除了上述提及的形而上学与历史主义的两条致思路径外，笔者更倾向于超越二者的后形而上学的规范主义思路，这种思路摒弃本质化先验论的绝对主义和个体化历史化的相对主义立场，主张通过各种文论话语的自由交往与平等竞争后，逐步达致在一定的文化时空语境下“文学共同体”（包括文学学术与文学教育的共同体或“无形学院”）内部形成相对稳定（但保留了随历史而变迁）的关于“文学性”的规范性认可。限于篇幅，笔者将另文专论。

② 参见余虹《文学的终结与文学性的蔓延——兼谈后现代文学研究的任务》，《文艺研究》2002 年第 6 期；《白色的文学与文学性——再谈后现代文学研究的任务》，《中外文化与文论》第 10 辑，四川教育出版社 2003 年版。

范围之内。我的观点是，应该把含有“文学性”的审美化日常生活纳入文艺学的研究范围，把不含有“文学性”的审美化日常生活的研究称作艺术研究或美学研究。这里涉及了何为“文学性”的认定问题，一般而言，我们确实很难抽象地确定“文学性”的具体内涵，因为“文学性”所指太过纷繁复杂了。但就当前“日常生活审美化”论争语境来看，人们主要关心的是审美界域之内的“文学性”的扩张问题，因而就存在一个审美性与文学性的相互关系问题。通常情况下，文学性自然包括审美性的内容，文学与绘画、音乐、雕塑、建筑、舞蹈等其他艺术门类一样都具有审美性的特征，但就与审美性进一步区分的角度，文学性还具有审美性或其他艺术门类所不具有的语言符号特征。[①] 因此，如果把不含有“文学性”的审美化的日常生活全都纳入文学研究的范围，这就模糊了文学与其他艺术门类、文学性与审美性、文学研究与美学研究的必要区分，容易引起思想与认识上的混乱，并不利于文艺学学科的建设。

以上是就文艺学的研究对象角度来讨论其边界范围的。如果一项研究并不以所谓的“文学性”为对象，而只用到了文艺学的研究方法，那么这种研究算不算得上是文艺学的呢？换句话说，如果现有的文学理论及其研究方法不是针对文学性的对象，而是扩展到或被运用到其他一些场合（特别是文化研究领域），那么这样的研究还能算作文艺学的吗？对于这个问题，争论尤其激烈。反对者坚决反对这种文艺学的扩界说法，他们的理由很简单：既然连研究的对象都不再是文学性的了，那不管研究所采用的方法是否是文艺学的，都不再属于文艺学范围的。而肯定者则主张，随

---

① 在有些情况下，像俄国形式主义、英美新批评和结构主义文论中的“文学性”并没有审美的内涵，但不管怎样，文学性必须首先具有语言符号特征应该是确定无疑的，在这个意义上，我不完全同意金元浦教授的如下观点：图像时代的到来使得“视觉文化由边缘到中心并逐步建立其霸主地位的现实，瓦解了以纯粹的语言形式来界定文学的固有观念，它迫使文学研究承认世界不仅是文本，世界更是图像”（金元浦《文艺学的问题意识与文化转向》，《中国人民大学学报》2003年第6期）。金先生说“以纯粹的语言形式来界定文学的固有观念”已经“瓦解”确是事实，但他并不能就此断定以不纯粹的语言形式来界定文学的观念也已经过时，并（他的言下之意）可以完全的图像来作为新定义下的文学存在的形态。我认为文学存在的新形式可能并不在于以前的纯粹语言了，它也许混杂在声音、图像之中并与后者形成了有机的结合，即可以不再以纯粹的语言形式存在，但如果进一步将纯粹的图像界定为文学的存在形式，那就无法与绘画性、图像性区分开来，从而有可能导致文学性丧失自身特性。

着社会与理论自身的变革，文学理论的这种扩展也应当纳入文艺学的研究范围。他们认为学术界已谈得较多的是文学衰落、终结、边缘化之后的文学性的泛化、扩张与蔓延，从而宣扬要将文学的边界进行扩展或要对文学本身予以扩容，而对文学理论本身的泛化扩张则鲜少论及。在某种程度上，文学理论向文化研究领域的扩展与介入并不比文学性溢出传统文学领地的现象来得微弱，而后者尤其是文艺学不能忽视的。美国芝加哥大学《批评探索》杂志主编米切尔就曾分别在2004年6月中国人民大学和清华大学举办的国际研讨会上发表《理论死了之后》讲演和谈话，他明确指出，文学理论并不像有些人认为的那样已经死亡或者终结，事实是虽然文学受到媒体的冲击走向了边缘化，但是弗莱、米勒、詹姆逊等在结构主义和后结构主义方面所取得的研究成果、所总结出的经验教训已成为不可多得的遗产，它们已经从文学机构撒播到文化生活中的各个方面，它的触觉已经伸向了影视媒体、广告、私人生活领域、日常经验与大众文化等。同时，文学理论本身也向各个方面播撒开来。文学理论不再局限于研究文学本身，它还获得了新的话语形式与表现形态，拥有了新的研究对象，他提出要比较一组概念：理论的媒介（medium of theory）和媒介理论（media theory），认为后者众所周知是关于所有媒体的理论，而理论的媒介则指的是理论表达的方式与媒介，诸如演讲、写作、批评话语等。而且今天理论不一定以文字为话语载体，也可以由电影、电视等图像媒介形式来表现。而文学理论的研究内容也可以涵括很多问题，既可以包括传统文论，也可以研究较普遍的话题如计算机时代的新人文主义的状况等。而与此同时，他还认为，即使对文学自身的研究也不再局限于传统的文学理论，还运用了其他的图像理论、表征理论、相似性理论等。①

应该说，米切尔等人确实看到了一些经典的文学研究方法如形式主义、新批评、语言文本分析、结构主义、后结构主义、符号学、叙事学等大规模进入文化研究的事实，这些被当作传统的"文学的本体批评"的

---

① 参见［美］W. J. T. 米切尔《理论死了之后》，《文艺报》2004年7月15日第2版，又载人大复印报刊资料《文艺理论》2004年第9期；朱宁嘉《多元化时代理论的危机与出路——"多元对话语境中的文学理论建构"国际研讨会综述》，《社会科学》2004年第11期；清衣《探索新的理论批评形式——"批评探索：理论的终结？"国际研讨会综述》，《外国文学研究》2004年第4期。更多内容还可参见王晓群主编《理论的帝国》，中国社会科学出版社2004年版。

分析工具与方法被其他学科的研究所采用或挪移，文学研究方法超出了固有的学科边界走向了泛化，了解并认清这些发展趋向，对于文学理论自身的丰富与发展都是有益的。但在研究对象已被完全置换的情况下，纯粹作为一个学科理论方法的旅行与借用，是否还能视为对原有学科的深化与发展并算作原有学科的范围？我以为这种主张是有很大问题的，因为一般而言，即使是最富特色的学科方法也不能单独抽象地标识其学科属性，它只有在与一定的具体研究对象结合时才能显示其学科归属。即是说，方法论本身具有一定的抽象性，不管它最先产自哪个学科内，它都可以适用到许多不同的学科，只有当它与具体的语境相结合时，我们才能有效判定它到底属于哪个学科或哪几个学科（交叉学科）。比如调查统计方法，它诞生并广泛运用于社会学领域，并有着强烈的社会学方法论色彩，但我们面对一项运用调查统计方法的研究成果时，却不能简单地以“调查统计”的社会学方法论背景或借口说它是社会学方法论的泛化就断言这是社会学的或社会学扩界后的成果，因为它很可能却是属于文学研究（如《红楼梦》的接受状况调查）或政治学（大选统计）的范围。当然，形式主义、新批评等文学研究方法比调查统计之类的社会学方法的适用性要窄得多，但也不可否认它们也有超越于文学性之外的研究对象，它们既可以分析语言文本，也可以被用于非语言的图像、声音甚至具体事物等泛化的文本上，而在运用于后者时就很难被视为真正的文学研究。

从研究的目的与宗旨看，确实也可以把有些并不涉及文学对象也很难说得上是运用文学研究方法，但与文学研究关系较大并在很大程度上能为文学研究所用的学术成果算作文艺学的研究，比如有论者指出的，李欧梵的《上海摩登——一种新都市文化在中国》和戴锦华对“老照片”、怀旧、广场等文化现象的研究就为解读张爱玲、王安忆的小说提供了崭新的思路，应该可以纳入文艺学的范围。[①] 我以为，像这类研究可以属于比较边缘性的文学研究，但它更多地应属于广义的文化研究，因为它们离文学研究这个“家族”的核心“相似”因素——文学性、审美性研究距离毕竟还是太远了点，而且这类研究有着相对独立的内容，仅仅因为其功能可

① 阎景娟：《论日常生活的文艺化到文化研究——论文艺学的“划界”、“扩界”与“越界”》，《文艺争鸣》2003 年第 6 期。

用于文学研究就说它属于文学研究的范围还是牵强了些。

以上是笔者对文艺学“扩界”的挂一漏万的一点思考，其中不免有很多不成熟的地方。而且，文艺学边界的移动扩展并不只是一个单纯理论上的问题，更是与社会变革、文化转型紧密关联的学术实践活动。因此，面对这一动态发展的复杂问题，我们应该对任何单一化总体化的解决方案保持必要的警惕——当然包括笔者的思考在内。我们既要防止无视社会文化发展带来的对于文学研究的巨大挑战，而仍然抱持本质主义的思维方式，故步自封、抱残守缺，也不能盲目扩界，把以前文艺学学科的形成看作完全是人为的、体制性权力下的建构。我们也要看到其知识与学科构成的相对真理性与历史合理性，即是说，还应该看到现行文艺学科至少审慎地保持了其自律性、特殊性、存在的合法性从而为人类世界贡献了自己独特的知识，生产了特殊的价值与意义，且在现代性的学术分工与合作的体制中确实占据了自己的独特地位。我们对文艺学的反思与重建应该以此为起点，也应该以此为基础，重审在哪些方面需要继承，哪些方面需要突破，既要找到文艺学科的新的生长点，又不使其丧失自身的合法化根基，从而在变动中厘清真正的学科边界，确立自己在现代学科体制中无可替代的新的合法性。

（原载《文艺争鸣》2007 年第 3 期）

论日常生活哲学语境中的墨子思想

可晓锋*

内容提要：在日常生活哲学语境中，墨子思想是一个社会生活人道化的，即所谓“天下大治”的思想体系。对厚葬奢用、战争动乱这样的日常生活被极度异化的情形，对动荡混乱、生存窘困这样的极度非人道化生活局面，墨子用“非”进行否定，用“节”进行铲除；面对“天下”这一复杂的“社会生活”领域，墨子以“天志”“明鬼”与“非命”为思想武器，用天志、鬼神对日常生活进行组织和监控，以“非命”开展“人的解放”，借助尚贤、尚同的手段措施推进社会生活的人道化，最终在“天下”实现“兼爱”，把社会生活变成“为天下人而存在”的人道化的生活。

关键词：墨子十论　思想结构　赫勒　日常生活

当代中国，社会主义文化的建设一方面需要对民族文化传统辩证地继承与发扬，另一方面必须开放地吸收和融合适合国情实际的异质文化资源。文化发展的历史证明，民族文化传统与异质文化资源无论是主动地还是被动地碰撞交汇，都是我国文化建设无可回避的现实局面。实际上，任何一个国家的文化都是在对民族文化传统的不断扬弃和对异质文化的不断融会中现实地构建出自身的。除开不断涌现的社会生活需求经常地迫使人们在民族文化传统与现实问题之间相互呼应，使得传统文化思想在现实生

* 作者简介：可晓峰，中国社会科学院研究生院文学系博士生。

活中现出现代转换而“活”在当下，往往异质文化资源的成功汇入会催化民族文化传统生发出某些新质而“现代”化。我国传统文化的发展也正走在这条“现代”化的路上。先秦的诸子思想是我国民族文化传统重要的“轴心”力量，我国社会文化发展不断地以多样形式从中汲取着养料。在中国先秦诸子思想中，“墨子之道，比孔子之道更适合现代人的实际情况”①，这是20世纪末闻名于世的英国历史学家汤因比在《展望21世纪：汤因比与池田大作对话录》中作下的断语，对墨子思想在现代社会中的建构潜能推崇有加。事实上，墨子思想中最具生命力、最深入人心之处总是与社会安定、民生发展的问题关联在一起。如果“墨子之道”确实“更适合现代人的实际情况”的话，它就必然需要在当今的社会时代和生活语境中重新被认识。一方面，从历史发展看，中华人民共和国成立以后，改革开放以来，人民日常生活水平的提高一直是我国社会发展和文化建设的重要任务与衡量标尺；另一方面，从学术研究的语境看，在西方现代哲学思想中，无论是胡塞尔、维特根斯坦、列斐伏尔、海德格尔这条思想脉络，还是马克思主义、卢卡奇、赫勒这条，“日常生活”这一2500年未受重视的问题②已突入现代学术图景，尤其是列斐伏尔和赫勒，“日常生活”作为本体论存在被哲学地发掘出来，其理论后果不仅是“日常生活”在哲学园地中地位的提升，而且正在成为哲学、历史学、社会学等研究的一项热点理论资源。因此，“日常生活”理论范式将是今天发掘和阐释墨子思想以及其他传统思想新价值的一个可靠、可行的切口。本文主要以东欧马克思主义学者阿格妮丝·赫勒的日常生活理论为主要视角返观墨子思想，企图对墨子的“十论”思想进行现代的审视和阐发。

一　以“日常生活”结构“墨子十论”的依据

马克思和恩格斯指出：“我们首先应当确定一切人类生存的第一个前

---

① ［英］汤因比、［日］池田大作：《展望21世纪：汤因比与池田大作对话录》，荀春生等译，国际文化出版公司1997年版，第413页。

② 参见［匈］A. 赫勒《日常生活会受到危害吗?》，魏建平译，《国外社会科学》1990年第2期，第59页。

提也就是一切历史的第一个前提，这个前提就是：人们为了能够‘创造历史’，必须能够生活。但是为了生活，首先就需要衣、食、住以及其他东西。”① 墨子也有言：“食必常饱，然后求美；衣必常暖，然后求丽；居必常安，然后求乐。”② 可见，日常生活是人得以生存和社会得以存在的基本领域，人首先需要通过衣食住用这些日常生活维系和延续生命，保证生存、生活下去，才能展开其社会活动，即“生活着”才能劳动生产，才能创造历史。弗里德里希·詹姆逊认为：“日常生活只有开始遭到破坏时，它才会被从理论、哲学和社会学上来认识。”③ 梁启超是这样描述墨子那个时代的社会生活的：等级森严的古代封建社会；贵富两族极尽奢侈；社会“文胜”而虚伪；战国乱世，兵戎攻伐；精神思想纷乱不理，老学消极顺世，杨朱放恣可鄙，儒道礼繁、“伤生害事，靡财贫民”。④ 对于这样的“天下”，墨子留下了“十论”之思。2000 多年之后，即 20 世纪 60 年代对赫勒而言，同样不是生活平静的年代，她写出了《日常生活》一书。

赫勒日常生活理论构建于提出“马克思主义的复兴”口号的时代，其理论核心范畴“类本质”借用于《巴黎手稿》（即《1844 年经济学哲学手稿》），这是受益于马克思，尤其受益于卢卡奇的遗产，她结合黑格尔的自在、自为、为我们等概念，建立起她的日常生活哲学体系。赫勒日常生活哲学着眼个体和社会的复杂互动关系，她指出“……语言、言谈、交往、交互作用、工作、想象、意识、理解、解释等等……日常生活是所有这一切”⑤，把“日常生活”界定为“同时使社会再生产成为可能的个体再生产要素的集合”⑥，它是与社会中每个人的生存都息息相关的领域，关乎社会的正常运行。赫勒认为“日常生活包含着不变的和可变的部

---

① 《马克思恩格斯选集》第 1 卷，人民出版社 1972 年版，第 32 页。

② （西汉）刘向：《说苑·卷二十·反质》。

③ ［美］弗里德里希·詹姆逊：《全球化和政治策略》，载王逢振主编《现代性、后现代性和全球化》（《詹姆逊文集》第 4 卷），中国人民大学出版社 2004 年版，第 373 页。

④ 梁启超：《梁启超全集》第 11 卷《墨子学案》，北京出版社 1999 年版，第 3262—3263 页。

⑤ ［匈］A. 赫勒：《日常生活会受到危害吗?》，魏建平译，《国外社会科学》1990 年第 2 期。

⑥ ［匈］阿格妮丝·赫勒：《日常生活》，衣俊卿译，重庆出版社 2010 年版，第 3 页。

分”，赫勒把不变的部分称为“人类条件”，它包含了“构成人类生活的最低条件的一切东西”，“人类条件或其任一要素的消失，必将导致混沌状态、世界末日和人类生活的终结”①。在《日常生活》的英文版序言中，赫勒指明她日常生活哲学的宗旨是：“日常生活如何能在人道的、民主的和社会主义的方向上得以改变是本书的实际争端。该书提供的答案表达了这样的信念，即社会变革无法仅仅在宏观尺度上得以实现，进而，人的态度上的改变无论好坏都是所有变革的内在组成部分。”② 在赫勒这里社会变革从宏观转向微观，从激烈的社会运动走向个人态度的改变，以至最终可以拓宽到整个人类社会的变革，把日常生活变成“为我们存在”（being-for-us），实现日常生活人道化。在赫勒这里，社会变革的主要载体仍是社会生活中的“人”，只有人获得自由和勇于挑战的开放性，社会生活才可能人道化。赫勒强调，人们进入“日常生活人道化”的过程并非是完成态的或者一蹴而就的，人们需要明白“真正的历史充满着冲突和对自己给定状态的不断超越”③。

就人的发展和社会生活变革而言，古代的墨子与现代的赫勒具有人本主义的理论共性，都把“人的改造”视作社会变革的核心，都在一定程度上搁置了社会暴动等激进变革。墨子思想中“天下大治”这一局面就在于“古之圣王”的重现和“今之贤人”的举用；而赫勒日常生活人道化的核心就是使日常生活中的个人“小我”能够同“人的类本质”这一“大我”建立起自觉的联系，从而成为自由自觉的“自为存在”。赫勒的日常生活人道化及其“新生活主体”的培养指向无限的未来，墨子则是从历史中推崇圣王、从当下标榜贤人提出“天下大治”的去处——“尚同”“兼爱”。这其中浸出的乌托邦色彩至今都难以消退，而对于日常生活人道化的乌托邦性质赫勒却是直言不讳。但不论什么样的乌托邦，必定都是“人”建构的乌托邦。墨子和赫勒的“乌托邦”并非欲望化和情绪化的空想，而是通过“人的改造”推进社会生活变革的理性展望。显然，

---

① ［匈］A. 赫勒：《日常生活会受到危害吗?》，魏建平译，《国外社会科学》1990 年第 2 期，第 59 页。

② ［匈］阿格妮丝 · 赫勒：《日常生活》，衣俊卿译，重庆出版社 2010 年版，英文版序言，第 3 页。

③ 同上书，第 290 页。

墨子与赫勒都着意于通过“人的改变”这个微观尺度思考人类社会的变革，那么“人的生活世界”，无论日常的还是非日常的，就必然作为“问题域”纳入他们思想的版图。在墨子言论中，“天下”一词频繁出现而常被轻视，实际上必须把它看作理解墨子思想的一个重要锁孔，因为墨子总是把所论问题放置在“天下”这个“域”中，总是针对囊括从“王”至“贱人”的“天下人”，因此，墨子的这个“天下”就不仅仅是一个地理空间或者政治文化概念，应该把它理解为一个哲学概念，与日常生活哲学中“生活世界”这一概念同效。“天下”必然地聚合了“同时使社会再生产成为可能的个体再生产”的所有要素，涵盖人的日常生活和非日常生活。在赫勒的日常生活哲学中，日常生活不能单独构成社会生活，与非日常生活同样无法截然分开。从《贵义》篇中墨子游说楚国时与大夫穆贺的对话与《墨子佚文》中申徒狄的“贱人何可薄也”及《法仪》中“人无长幼贵贱”等例证看，“天下人”这一概念表明了墨子对“人的类本质”的萌识。因此，墨子十论思想就是构筑在这个未区分日常和非日常的“天下”之上而对“天下人”的思想。所以，“生活世界”与“天下”、“类本质”与“天下人”就是以“日常生活”结构墨子思想在哲学上的关节。

二 墨子十论思想的新结构及由此而来的意涵

自梁启超首开对墨子思想的义理研究以来，历经胡适、冯友兰到现代的杨义等学者，逐渐达成一个共识，即墨子十论是一个系统的思想体系。对墨子十论内部思想结构的研究则大体呈现为三种模式。一是从“十论”之中寻找一个核心，比如梁启超或以兼爱或以天志为内核，凝聚剩余各“论”，形成一个结构；二是用现代学科分科的方式，形成一个或可称为之“人文学科式”的结构，把墨子十论分散到不同学科，比如政治、伦理、宗教等；三是用天学、地学、人学把墨子十论建构成一个层次体系结构，比如杨义等。这些研究呼应各自不同的理论、时代、研究学科的需求，各抒己见，展示出墨子思想丰富的阐释可能性。那么如前所述，在当今时代环境和现代学术语境中，以日常生活哲学、前所未有地切入对墨子十论的思想结构阐释，将是一次将古代传统思想现代转换的有益尝试。

（一）日常生活的非人道化与墨子思想

赫勒的日常生活哲学把人类活动理解为“对象化活动”，据此整个人类生活世界划分为三个对象化领域，依次是基础领域即日常生活领域，赫勒称之为“自在的对象化领域”；中间领域即制度化领域，是社会—经济—政治诸制度的领域，赫勒称之为“自在自为的对象化领域”；最高领域是科学、艺术、哲学的领域，赫勒称之为“自为的对象化领域”。其中，日常生活领域是其他领域建立和发展的基础，没有这一领域，人类及其社会就不可能存在。赫勒的观点是：“像所有对象化过程一样，日常生活也是在双重意义上作为对象化的。一方面，它是主体持续的客观化过程。另一方面，它是个人借此被持续的再创造的过程。”[①] 这就是说，对个人而言，日常生活兼有过程和前提两种含义。所谓“前提”，就是除了具体的吃穿住用等日用行常之外，日常生活更是个人参与社会生活的规则系统。社会规则系统相对于个人，是一种先验存在，许茨指出：“日常生活的世界……它在我们出生很久以前就存在……它对于我们的经验和解释来说是给定的”[②]，赫勒认为日常生活“包含了所有活着的人所必须共享、所有死去的人所曾经共享以及所有未出生的人所必将共享的一切东西”[③]。所以“日常生活”对人而言是既成的存在，是纯粹的外在、自在的他者。赫勒认为，“在这一领域中，‘个人’为‘自在的’类本质对象化所引导，对这一对象化，他只能简单屈从”[④]。因此只有被动接纳日常生活，个人才能得以与社会生活建立联系，从而生活下去。人的生存虽然不能没有日常生活，但是人的自我实现的发展需求不一定能在其中得到满足，所以，赫勒认为日常生活是人的类本质被异化的领域，而当这一领域的具体存在与人的生存需要不相吻合时，日常生活就表现为非人道化。

墨子对于人类生活没有做出赫勒那般的精细演绎，任何人的思想都受到历史阶段某些制约，但不妨碍墨子对人类社会、对人类生活表达自己的

① ［匈］阿格妮丝·赫勒：《日常生活》，衣俊卿译，重庆出版社 2010 年版，第 49 页。

② ［德］许茨：《社会实在问题》，霍桂恒等译，华夏出版社 2001 年版，第 284 页。

③ ［匈］A. 赫勒：《日常生活会受到危害吗?》，魏建平译，《国外社会科学》1990 年第 2 期。

④ ［匈］阿格妮丝·赫勒：《日常生活》，衣俊卿译，重庆出版社 2010 年版，第 130 页。

思考。与赫勒不同，墨子的特点是从具体生活现象归纳出一般哲思。在当时社会中，“奢用”“厚葬”“泛乐”以及“不义”的战争，墨子切身经验到社会生活被极度异化，因而非人道化，人们生活窘困混乱，几近不能自存。墨子发出《节用》《节葬》《非乐》《非攻》四论，目的正是对当时社会生活的极度异化、非人道化批判与铲除。在《节用上》中对衣裘、宫室、甲兵、舟车“何以为”的回答和“倍人”论述里，人的生存和再生产以致整个社会再生产一直是问题的核心，而这就是赫勒所谓的日常生活领域。墨子“非乐”“节葬”的根本缘由也在于此。“非乐”并不只是针对音乐，而是广泛地包括服饰、雕刻、烹饪、建筑诸领域；“非乐”并非因为“乐”本身“不乐”，而是因为当时“乐制”活动造成“民之巨患”，即衣食之忧、生存之患，致使人们的生活正在丧失其物质基础。王公大人“造为乐器，以为事乎国家”，但事实上不仅没能“审乐以知政”，反而废王治、害劳时，使得社会出现了严重的异化，害得人们失去正常的生活。从日常生活哲学看，墨子“非乐”是因为“乐”造成的日常生活非人道化。同样，因为“厚葬”“靡财而贫民，（久）服伤生而害身”，所以墨子对于“厚葬”这一“事死如事生”的活动，对其造成生者生活窘困、人命不平与社会不公的异化现象和非人道化后果，是强烈批判的。因此，“节葬”的实质是促使王公大人能以早朝，五官六府能以辟草木实仓廪，农夫能以整日耕稼树艺，百工能以修舟车为器皿，妇女能以纺绩织纴①，使人们过上一种人人各展其长、各安其业的、人道化的日常生活。乱世纷争，国与国相攻，人与人相残，战争被墨子视为最大的“不义”。战争所至，日常生活面临摧毁，整个社会悉被破坏，这是最剧烈的异化和非人道化。墨子“非攻”，实为避免人类生活的崩溃。因此，在日常生活哲学语境中，作为哲学家的墨子，其思想的着眼点和出发点是“天下”这一生活世界的异化和非人道化，其思想的出路是通过对社会生活的异化与非人道化的批判与铲除（即“非”与“节”），进而推进日常生活人道化，即所谓“天下大治”。

① 参见杨义《墨子还原》，中华书局2011年版，第30页。

（二）墨子日常生活人道化的依靠与手段

那么墨子怎么推进日常生活人道化？“天志”“明鬼”“非命”是墨子进行日常生活人道化的思想武器，“尚贤”“尚同”是墨子培育日常生活新“主体”、推进日常生活人道化的措施手段。

“天志”“明鬼”作为墨子的宗教观念，许多论者认为它们与“非命”相互矛盾，从日常生活哲学理解墨子，或能为解开其中矛盾找到一条线路。不从唯心与唯物主义角度，而从日常生活哲学视角看，宗教被视作日常生活的组织者或主要组织者①，但是墨子的“天志”“明鬼”不仅承担组织和监控日常生活的功能，而且还是实现“天下大治”一大依靠。如前所述，在动荡乱世的现实面前，在生活世界被破坏的“天下”，墨子提出节用、节葬、非乐、非攻的倡议不一定是牢靠的。不同国家有着不同国情、民情、阶级、文化，虽然日常生活被破坏的现实摆在面前，可墨子的提议并没有得到一致的认同。这是“给定的”日常生活世界抵御改变的惰性或保守性，因此墨子需要为其倡议与行动寻求一个依靠，所以“天”“鬼”被墨子吸纳进来。在《日常生活》一书中，赫勒“把宗教定义为理想共同体”，认为“正是宗教塑造了为生存需要所支配的生活方式和生活节奏”②。墨子设天立鬼也正是利用其功能把纷乱的世道置于“天下”这个共同体之中，各国皆“天之邑”，各国的人皆“天之臣”，因此必须遵从“天志”，接受鬼神的监督和赏罚。“天意”要人们“兼相爱、交相利”，“鬼神”赏善罚恶，“天下”各国、各人的行为与价值观念被“天意”“鬼神”所指导，从而其生活世界皆被“天”“鬼”组织和控制起来。当然，“天”“鬼”并不是墨子突发奇想的自创物，事实上“天”“鬼”本身就是当时社会生活与思想观念构成部分，“天志”“鬼神”代表着人们长久以来遵从的社会风俗、习惯等规则系统，它属于赫勒所说日常生活领域基本不变部分，即人类条件之中“习惯世界”。赫勒认为人类条件的总体或某一要素消失会“导致混沌状态、世界末日和人类生活的

---

① 参见［匈］阿格妮丝·赫勒《日常生活》，衣俊卿译，重庆出版社2010年版，第100页。

② 同上书，第96页。

终结”[①]，而墨子同样认定“天鬼不说，此足以丧天下”。

“天志”“明鬼”与“非命”是否自相矛盾，不能庸俗化地从有神论与无神论角度，简单地认为前者是迷信的，事实是《非命》三篇与“天”“鬼”存在紧密联系，从文本中的论述看，所谓“非命”是“尊天事鬼”的一项举动。在墨子的论述中，“命”不是迷信的、有神论的“命数”的意思，而是与人的生命、性命有关的某种给定的必然性的“命运”。“命”的这两种情况在墨子生活的时代，无论在上层阶级还是下层民众当中，都是相当普遍的。[②] 墨子认为：“执有命者，此天下之厚害也”，是“暴人之道也”。原因在于，“认命”的“穷民”不能认识到自己的穷是因为“我罢不肖，从事不疾”，“认命”的“暴王”同样认识不到亡国是因为自己不肖，“从政不疾”造成的。结果是，当权者、富贵者一方面以此正当奢侈靡费，一方面以此为失政害民开脱；平民者、贱人者一方面以此陷于困苦而深受蒙昧，一方面以此无望进取而消极惫懒。墨子已经认识到“命”若存在，就“是覆天下之义”，“是灭天下之人”，“命”与“人的类本质”是相违背的。一方面，形而下地看，人以“命”“别”是个体的“排他主义”的存在状态，王公、百姓各据其“命”建立各自的生活，由于不能同类本质、类的发展和类的价值建立自觉的联系；形而上地看，“命”否定了“人的类本质”的存在，致使王公和百姓互相把对方当作“异类”而非同类；这必然导致互相排斥、抵牾甚至争斗等诸多非人道化生活状况的出现。另一方面，“命”的“注定性”否定了人类生活的丰富性和发展性，否定人的能动性，“命”的存在使人类生活不再有变化和发展，一切从一开始就已经“注定”，人们即使再努力，也是富贵者固富贵、穷贱者固穷贱。因此若“执有命者之言”，人的一切活动皆是徒劳，即使天下大乱、社会生活崩摧，人也不能改变，不能进行社会变革，不能使社会生活人道化，“命”的存在否定了一切人类有意义的活动。“命”的存在也使墨子一切倡议变成徒劳，由于人们没有共同的“类本质”，“尚贤”“尚同”“兼爱”根本就是无稽之谈；所以，墨子“非命”是“人的解放”，不仅摆脱了“有命论”的观念束缚，更是“启蒙”人们自

① ［匈］A. 赫勒：《日常生活会受到危害吗?》，魏建平译，《国外社会科学》1990 年第 2 期。

② 参见吾敬《中国人“命”即命运观念的形成》，《学术界》2009 年第 4 期。

觉地与人的类本质、(人)类的发展和(人)类的价值建立联系，成为自由的生活主体，把社会生活改造成公平、民主的人道化生活，所谓“天下大利”。

日常生活人道化的核心在于新生活主体的生成。假托古之圣王举贤，以此进行“人的改造”，这就是墨子变革“天下”的措施手段。墨子所谓的“圣(王)”“贤(良之士)”都是“厚乎德行，辩乎言谈，博乎道术者”，是“义人”，智人，能人，显现出“主张超越社会附属和等级的目的和热望”①，因此他们就是日常生活哲学中“人的自为存在”，代表着“天下人”的价值追求和需要。墨子推断“圣王”举贤的结果，是富贵人、亲者、近者、远者、远鄙郊外之臣、门庭庶子、国中之众、四鄙之萌人，即“天下人”“皆竞为义”，“义”的含义是爱人利人，是对“排他主义性”② 的“小我”的摆脱，是对人类“大我”的认同与肯定。可见“尚贤”的结果是更多的人成为“贤人”“义人”，更多的个体自觉地与人的类本质和类价值建立了联系。在日常生活哲学里，“天下”贤良之士越多，社会生活人道化的程度越高。与“尚贤”主要依靠榜样的柔性的影响力实行人的改造不同，“尚同”是利用强制性的力量来改造社会生活中的人。墨子指出社会生活中人的“排他主义性”③ 生存状态——“交相非”，人人为自己，自私狭隘，互相排斥，所以“天下之乱，若禽兽然”，这是非“人”道化的社会生活状态。墨子把“乱”的根源归因为“无政长”，设想的治乱之法是，“选择天下之贤可者”立为天子三公和国之“正长”，每个诸侯国的国君、乡长、里长都选择“仁人”担任，天子、国君发“善”政，下级向上级学习，保持同步，最终实现天子“能一同天下之义”而“天下治”。这个方法的关键仍在“人的问题”——贤人、仁人的标举与“天下人”的改变，不同于“尚贤”榜样感召的柔性手段，“尚同”采取的是强力监督和强制性的刑政赏罚，迫使百姓向“上级”学习善言善行，最后“皆同于天子”，也就是“同于”贤人，所以“尚同”

① [东德]凯特琳·勒德雷尔:《人的需要》，邵晓光等译，辽宁大学出版社1988年版，第242页。

② [匈]阿格妮丝·赫勒:《日常生活》，衣俊卿译，重庆出版社2010年版，中文第二版译序，第14页。

③ 同上。

实质上仍是“尚贤”。总之，墨子“尚贤”“尚同”，是通过刚柔并济的手段把“人”向“贤人”培育，而这恰恰就是日常生活人道化的目标和核心任务。

（三）墨子日常生活人道化的表征：“兼爱”

“兼爱”“不分民族、阶级、阶层、等级、亲疏、住地、人己、主仆等差别，包括过去、现在和未来的一切人，是最为普遍深刻的人文精神与人道主义”①。显然，实现了“兼爱”的社会生活体现出人道化特征。一方面，“兼爱”鲜明地体现了日常社会关系的平等（爱无差等）、自由和人道；另一方面，“兼爱”所蕴藏而未被发掘的作为“社会规则”的人道化，更全面、更深刻、更典型地汇聚了人们对社会生活人道化的需求。在日常社会交往关系上，赫勒认为，“在给定社会中，产生于自由的、无约束的平等基础上的个人关系（人际关系）的数目愈大，这一社会就愈人道”②。当然，日常生活人道化不仅仅是与人的类本质自觉建立联系的新主体的出现，而且是这些新主体把社会生活变成“为我们存在”（being-for-us）的有意义生活。

迄今为止，大量对“兼爱”的讨论都是集中在人际（伦理）关系上，虽然这无可非议地源自与《兼爱》文本表述的吻合，比如君臣、父子关系，兄弟、朋友关系，但是若仅仅把“爱”这个概念限定在这里，无疑容易忽略墨子“兼爱”的一些更重要、更博大的“人道化”意涵，比如社会政治治理的意涵。墨子的“兼爱”一直是在“圣人”“仁人”“治天下”的前提语境中被提出的，甚至是被看作通过“尚同”“尚贤”（上同于天子、贤人）才得以实现的一种结果，因此“（兼）爱”必然可以引申为国家内部和国际之间的处理政治关系的一种“人道化”规则——家国之间处以“兼爱”，“视人之国，若为其国”（《兼爱》中）、“为彼者犹为己也”（《兼爱》下），就不会有攻伐动乱。“兼爱”被视为“兴天下之利，除天下之害”、使“万民之大利”的“圣王之道”，就是因为“兼爱”的施展根本地改变了社会生活非人道化的境况；而不“兼爱”即

① 孙中原：《墨子解读》，中国人民大学出版社 2013 年版，第 273 页。

② ［匈］阿格妮丝·赫勒：《日常生活》，衣俊卿译，重庆出版社 2010 年版，第 236 页。

"不相爱""交相恶"则被视为"天下之害"（祸篡怨恨）这些社会生活非人道化现象的祸根。还值得注意的是，在"兼爱"相关论述中，潜藏着可被阐发却最容易被忽视的"人道化"意涵。《兼爱》列举禹汤文武先圣四王和假设的"兼君""兼士"，其言其行不能不让人们意识到"兼爱"也应该作为一种（语）言、行（交互行为）的规则。也就是说，"兼爱"不是仅仅作为"仁义"的"直愿"，而且是作为人道化的社会生活规则提出的，涉及语言言谈、人际关系、行为举动等各个方面。

我们可以这样演绎"兼爱"展开的逻辑过程。"视人之国，若视其国。视人之家，若视其家。视人之身，若视其身。"这就是"兼爱"（兼相爱，交相利）的逻辑开始。其中的关节是"视（人若己）"如何可能。如果把"视"理解为对"人的类本质"的认识，那么其中的逻辑就可以通畅起来。把"他人""视作""自己"，这在形而下的层面上是绝无可能的，只有在"类本质"的形而上层面上才行得通。因此"兼爱"首先显现的是对"人的类本质"平等共享。只有在此前提下，"兼爱"的施展以人的言行举止为中介，与"不相爱"的言行举止相反，遵循并显现"交相利"的要求，即既对他人有（用）利，转而也对自己有（用）利，因此"兼爱"为"他人"就是"为自己（我）"，"为他们"就是"为我们"。这样，"兼爱"由个人推及他人，由家国推及天下，最终消除社会生活中"祸篡怨恨"这个"天下大害"，迎来"万民之大利"的"为我们存在"（being-for-us）的理想生活。所以墨子"兼爱"就是赫勒所谓"日常生活人道化"。

"一般日常生活愈是异化，要创造一种'为我们存在'的生活就愈加困难；而如果我们真的获得成功，那么成就也就愈大。"[①] 从马克思到卢卡奇再到列斐伏尔、赫勒等，众多的马克思主义学者对现代资本主义社会非人道的异化生活进行了批判，他们的思想为我们思考社会生活的未来发展提供了借鉴。虽然墨子思想自提出之后其某些现实可行性就一直被质疑，但是时至和平与发展成为时代主题的今天，多少国内与国际事务的处理与解决的背后隐现着"节本强用""兼爱平等"的思想底色?！赫勒

① ［匈］阿格妮丝·赫勒：《日常生活》，衣俊卿译，重庆出版社 2010 年版，第 287 页。

“把马克思所设想的共产主义社会界定为这样的社会”[①] ——创造并建立了一种“为我们存在”（being-for-us）的社会生活。今天我们正为“共产主义社会”奋斗，这需要我们不断地从传统文化、从国外文化汲取科学的思想力量，需要我们不断把我国社会实际情况与马克思主义的新发展结合在一起。把国外马克思主义的日常生活哲学与墨子思想结合起来重新阐释，就是这样的一种尝试。

① ［匈］阿格妮丝·赫勒：《日常生活》，衣俊卿译，重庆出版社2010年版，第287页。

“刚性之美”与审美文化反思

杨 晶*

内容提要： 刚性之美是蒙古族审美观念的本根，是从特定的历史条件和文化传统中演进而出的审美观念、意识，经由人类学理论的观照和凝视，突出表现为狞厉、朴野、原力、劲健等外在形式。其作为审美文化范畴之一翼，对传统美学有积极的建构意义，在文化上具有强烈的反思性价值。然而在全球化语境下，蒙古族文学作品在形式和传播方面仍旧存在巨大的现实障碍，其作为审美文化的全球性价值处于失语的边缘地位，其研究的全球化或称之为全球化视域下的刚性之美研究可谓急迫且任重道远。

关键词： 刚性之美　审美文化　蒙古族　全球化　传播媒介

一　刚性之美：蒙古族审美观念的本根

何为刚性？有学者从“刚性与柔性原始主义”这一组概念的对比为论述背景，认为“从根本上讲，这是在现代文明背景下勃起的具有反驳意味的原始主义冲动。所谓‘阳刚之气’，乃是力量和勇气的指代，它是以原始生命力冲动为核心的人类占有欲、攻击欲和征服欲等本能”①。

---

* 作者简介：杨晶，北京青年政治学院青少所副研究员，主要研究方向为青年文化研究、全球化理论、文化人类学研究、旅游文化与传媒等。

① 方克强：《文学人类学批评》，上海社会科学院出版社 1992 年版，第 49 页。

何为刚性之美？对于蒙古族来说，即是适应于蒙古族原始初民的审美思维习惯，集中反映蒙古族人民崇尚刚性的审美理想，它贯穿古今，渗透于社会生活、风俗习惯和文化思想各个方面。

蒙古族原始初民的审美思维在萨满教精神中多有体现，表现了生命的野性、迷狂、拙稚，并借由萨满祭祀所演化而来的舞蹈表现得淋漓尽致，促进了蒙古族审美观念的形成。在《蒙古秘史》中最早记录了蒙古族舞蹈激烈豪放的气势："绕蓬松茂树而舞蹈，直踏出没胁之蹊、没膝之尘矣！"[①] 三部传唱至今的蒙古史诗中，英雄主人公的义、勇、力的和谐统一，征战型母题中英雄精神的体现，是萨满教英雄化保护神的彰显。

在漫长的历史发展过程中，蒙古族形成了独特的文化风格、民族风俗习惯和审美观念。这种从特定的历史条件下和文化传统中而来的审美观念、意识，突出表现为狞厉、朴野、原力、劲健等外在形式，总体而言可称之为刚性之美。[②]

这种审美意识，在蒙古族史诗中以各种不同形式得以表达和实现。蒙古史诗中意蕴的勇敢、力量和反抗邪恶势力的斗争精神，无疑构成了整个蒙古族的主旋律。史诗中提到兽性艺术类比、萨满祭祀的查玛面具的特征时，多次描述神秘怪异之美，这种由民间文化信仰而生的狞厉之美，与其他少数民族的神秘狰狞之美迥然有别，它突出表现在由某种功利带来的可怖、威严、畏惧的审美内涵，体现了重在内容而非形式的刚性之美。

史诗中表达了对于古朴尚"白"遗风的礼赞、对自然风光游牧方式的依恋，这种独特的民族心理结构从审美主体方面深刻地影响了文学朴野美的性质和内容。蒙古族对于女性的健硕之美的颂扬，最恰切地表达了游牧民族对女性"外柔内刚"的审美要求。马的劲健的形体与民众的生产、生活息息相关，是蒙古族民众恒定的心理积淀的体现，是蒙古族审美和思维的体现。从萨满祭祀演化而来的舞蹈（萨满仪式蒙古族的安代舞、东北的秧歌舞），向世人展示仍存活于当代日常生活中的蒙古族崇尚原始力量的审美观念的魅力，形象地体现出蒙古族来自民间原生态文化的审美

---

① 阿斯钢、特·官布扎布等译：《蒙古秘史》，新华出版社2006年版，第13页。

② 参见杨晶、戈双剑《蒙古族审美研究的历史、现状及发展趋势》，《民族文学研究》2009年第1期。

价值。

刚性之美不同于汉民族审美范畴的阳刚。汉族的阳刚与阴柔是两个相对而生的概念。起初是哲学范畴的概念，它原为阴与阳、柔与刚两对概念，刚性美与柔性美形成了对举统一的关系，这一点在为数众多的美学著作中较为常见。[①] 汉族的阳刚是由哲学范畴阴阳对立而创构的美学范畴，阳刚和阴柔的对举统一贯通始终，二者契合相生，共同成就了汉民族审美范式的延展。从渊流的追溯中可以看出，阳刚产生于宇宙阴阳对立统一的根本规律，而且与阴柔相生相存、融通和合。从深层上追溯，文艺的动力、根源是阴阳，体用、表现是阴柔。在比照蒙古族刚性之美的渊薮、拓展刚性深层意义时，我们更注重刚性生命精神的野性、朴拙、迷狂，这些由萨满原始宗教所突显的原始初民的审美思维习惯，以及与汉民族不同生存环境和生活方式，相应地带来文化传统、审美上的差异，迥然不同于汉民族的阳刚审美范畴。从审美表现形态上比附，蒙古族的犷厉、朴野、原力、劲健的审美表征涵盖了蒙古族生产生活方式、文化艺术各个领域。而阳刚阴柔之美作为汉民族的美学范式，蕴含了世间的文采形式美、文学艺术美。姚鼐将阳刚之美和阴柔之美的基本形态及其审美待征，形象、生动、准确地描述出来。如雷如电，比喻奇险；如长风之出谷，比喻劲健；如崇山峻崖，比喻峭拔；如决大川，比喻雄浑或者比喻悲壮；如奔驻骡，比喻裹放；如日如火如金镠铁，比喻壮丽。这些阳刚之美，给人以昂扬感、崇高感、壮烈感。[②] 在两种不同审美语境中比附、剖析、探求蒙古族刚性之美的特色，刚性之美有望突破传统美学视野的藩篱，彰显蒙古族审美观念的深层意义，承载传扬了蒙古族审美文化的精神。

刚性之美不同于西方美学的崇高。从审美对象上看，崇高的对象归类为晦暗、力量、庞大、无限性、空虚、沉寂、突然性等，这一切都与对象的可怖性或与人的敌对性有关。而刚性的对象源于蒙古族的生活生产方式、风俗习惯、原始信仰，具体到图腾、服饰、舞蹈、音乐、祭祀、岩画等，保留了大量原生态历史记忆的蒙古族史诗、宗教信仰成为研究蒙古族刚性

---

① 这一点可参见朱光潜著《文艺心理学》，蔡仪著《新美学》，王朝闻著《美学概论》，杨辛、甘霖著《美学原理》。

② 参见彭会资《中国古典美学辞典》，广西教育出版社 1991 年版，第 120 页。

之美的活化石。从审美特征上看，郎吉弩斯在描述崇高的审美风格时常使用遒劲、雄浑、有力这些概念，并认为这种风格在感性上具有伟大、无限、可怖这样一些因素。[①] 而刚性的审美表现为犷厉、朴野、原力、劲健等特征，并在风格上具有神秘、怪异等原始文化特性。同样作为审美风格，崇高与刚性在不同的主体那里呈现为不同性质的东西，从而唤起不同的审美感受。

在人类学视野中，蒙古族的刚性之美研究可从四个方面入手，即民间立场、原始刚性的研究、原型论述、跨文化和跨民族的比较研究，这些构成了对蒙古族刚性之美进行凝视和解析的主要手段。

所谓民间立场，即是从神话传说、蒙古史诗、祭词赞词、萨满信仰、舞蹈、音乐等各种文化事项中探讨蒙古族审美的理论范畴，并从民俗、英雄史诗、萨满教及万物有灵的图腾崇拜中——英雄崇拜、自然崇拜、动物崇拜、神鬼原型崇拜，规制出蒙古族审美范畴，即犷厉、朴野、劲健、原力四个艺术表征。由此看出，民间文化成为蒙古族文学审美文化的主要枝干，延承在蒙古族的日常生产生活中，造型艺术、纹饰、服饰、民俗风情等各个领域都有不同程度的体现。因此可以得出结论：蒙古族的审美观念是受民间民俗的影响，并在日常生产生活实践中表现出一种独特的审美观念和审美范畴，并且，这种审美范畴多与蒙古族史诗等口传文化相联系，深受蒙古族独特历史社会背景相影响。

原始性刚性研究即以蒙古史诗、民间叙事诗为基本研究素材，剖析来自民间文化原生态的审美价值。这些具有较强原始生态活力的口传文化、民间文学成为刚性之美不可或缺的材料和论证原点。同时，原始刚性包蕴着刚性之美的审美内涵，这也是蒙古族审美区别于其他少数民族审美的一个主要特征。对于原始性的探究成为文化人类学的重要视角。

原型积淀着大量的蒙古族民族的集体潜意识。在对原型的考析中，文学作为一个有机整体，植根于原始文化，最初的文学模式要追溯到远古的宗教仪式、神话和民间传说中去。在浩如烟海并世代相传的蒙古族口传文学和书面文学中，原型主要以意象的方式承载着蒙古先民的集体无意识，并在后世中继承、传播，在新的时代和环境中不断转换。蒙古族刚性之美的审美表征围绕四个原型展开，而从这四个原型中更能挖掘出大量存在于

① 参见李泽厚、汝信主编《美学百科全书》，社会科学文献出版社 1990 年版，第 67 页。

蒙古民族的集体潜意识和狞厉、朴野、劲健、原力的蒙古族审美观念，丰润着蒙古族刚性之美的审美范畴。

跨文化、跨民族的比较研究是人类学研究的方法之一。作为蒙古族人民美学精神之源的“刚”性之美附着其中并流传后世。元代各民族文化之间广泛交流融合，深受蒙古族刚性之美的影响，元代的文学审美风潮也一改前代的含蓄、文雅、简古的特色，逐渐形成疏狂、拙野、壮伟的特色。在当下语境，从人类学角度阐释蒙古族刚性之美的实践意义是一条可行性的途径。

同时，运用人类学视角研究蒙古族审美的意义深远。

首先，蒙古族刚性之美采用文学人类学视野和方法，注重活态审美文化资料的收集，这些建构了蒙古族刚性之美的深厚理论来源和丰实的现实基础。这些可纳入“小传统”范畴的丰富的民间文化艺术和审美现象，成为影响民众行为规范、道德观念、审美趣味、生活方式的主要因素。而刚性之美注重把哲学层面的美学研究向形而下具体层面靠拢，为丰厚少数民族美学史，为丰富人类学理论研究，开辟新的视角、提供新的思路。

其次，蒙古族的刚性之美还是更多地借鉴文化人类学等方法，探讨蒙古族审美艺术的发生机制和原始形态，印证艺术与审美经验与审美实践相结合的人类学精神。蒙古族至今还保留有许多带有原始意味的文化、风俗、习惯和艺术，它的价值正在于它的原始性。而这些具有原始色彩的歌舞及艺术形式与日常生活和日常情感有着更为密切的联系，更多地用于日常生活，体现日常审美情感。因而，对于蒙古族刚性之美的研究也为人类学理论精神的探讨提供了一条可行性路径。

最后，在社会发展过程中，每种文化模式都有自身的合理性和必然性。蒙古族文化艺术体现了该民族特有的思维方式、心理结构、价值观念、自然观以及处理人与自然关系的能力，是人类创造力、想象力、智慧和劳动的结晶。因此，从全球化的发展角度而言，蒙古族审美研究对于促进不同文化、不同文明在全球化语境中的共生和发展提供有力参照。

二　刚性之美对传统美学的建构

作为蒙古族审美观念渊薮的刚性之美，在中华民族一体多元化格局下产生并延承。自它产生以来，一直与汉民族审美视域的审美观念渗透、融合，并有所发展。

汉民族的审美精神一直在丰富着蒙古族的审美意蕴，这样使蒙古族的审美特征中凸显出以刚性为主的兼诗情、敦厚的一面。我们从尹湛纳希的《一层楼》《泣红亭》《青史演义》等作品中能捕捉到汉民族审美思想的精髓；萨都剌刚健清新的诗风中，难以掩抑其深受汉民族含蓄审美风格的影响。进一步爬梳近现代蒙古族文学史，我们探究到历史文化变迁对一个民族审美风潮的制约。在历史进程的变革中，蒙古族的刚性由五四时反帝反封建的武器，到新时期以来蒙古族民间文学对质朴、健朗民风的赞美，无不渗透着汉民族审美风格的因子。在民族交融、发展、变迁中，蒙古族文学的汉民族审美内涵更加底蕴丰厚。

反之亦然，蒙古族的刚性之美一直浸润着汉民族审美文化形态。北朝时期与汉民族融合的匈奴、氐、羌、乌桓、鲜卑等游牧民族，本身就具有勇猛果敢的习俗风尚，这些游牧民族与关中汉族融合后，具有塞北边疆和大漠气息的刚强、粗豪朴野、勇武雄壮的风格就一直成为那时代的主要精神气质，延承到唐代，猛武豪雄的诗风一时风行。元代时期，游牧民族以开阔的胸襟全力学习汉民族优秀文化，并洋溢着北亚游牧民族粗野刚毅气质的活泼精神，使元代审美风潮多具刚健硬朗的特色。

直至现代，我们看到蒙古族审美观念的研究依然是中华民族美学不可或缺的一部分。20 世纪 80 年代，《蒙古族文论选》（1981 年）、《蒙古文论精粹》（1985 年）悄然到来；90 年代，《草原文化与人类历史》以客观翔实的态度记录表达了草原蒙古族人民的原始、朴拙的审美风格。《蒙古族文化》在文化历史中彰显审美的影子。在满都夫《蒙古族美学史》中，我们见到蒙古族美学正在蹒跚起步，所有的研究对象和研究范式都在拓展和丰实着中华美学审美视域的宽度和厚度，为中华美学研究多元化格局带来可喜成就。

中华文明在其发展历程中，经过无数次多民族文化的文化整合和外来文化的刺激，本民族固有的传统被注入了新的血液。林语堂在《中国人》中谈道："新血统的注入在很大程度上可以用来解释中国人今天所具有的民族活力。从历史上讲，这种活力每隔八百年便出现一次。”① 陈寅恪在评价唐朝文化繁盛的原因时说：“李唐一族之所以崛兴，盖取塞外野蛮精悍之血，注入中原文化颓废之躯。旧染即除，新机重启，扩大恢张，遂能别创空前之世局。”② 李泽厚在《美的历程》中称之为的盛唐气象，主要表现在文学领域屡现巅峰之作上。陈子昂的《登幽州台歌》、张若虚的《春江花月夜》，恢宏的气象，磅礴的气度，无与比拟。唐太宗好胡舞，举朝上下，弦歌起舞，劲舞倾城，胡舞的劲健、刚烈、激越风靡一时。由此呈现的盛唐气象继往开来。三次民族大融合的变迁，也印证“刚”性之美的冲击共同成就了华夏民族刚柔相济的审美特色。

有元一代，蒙古族入主中原，这一历史时段的文化也在冲突、交流、融合中呈现出新的审美趋向，并且，蒙汉文化都受到双方不同程度的影响。作为统治阶级的蒙古族的审美趣味也得到不同程度的迎合和顺从，因而，此时的审美风潮一时充满了粗豪、旷达之气。

地理环境和游牧迁徙的生活方式，锻造了蒙古人的民族性格。长期迁徙的生存方式，造就了蒙古人的开放性、包容性，具有雄豪放浪的气质。长期的草原生活伴随着艰苦的军事征战生涯，他们的性格多为刚强、张扬、豪肆。再加上他们自然原始的生活观，具有种族血性的疏野和狂放，这些足以使他们在诗歌和元杂剧等文学层面上表现出与前朝后代迥然有异的特色。

蒙古族人民的生活主题多数是伴随着蒙古大军的一次次远征开始的。蒙古统一后，成吉思汗带领他的子孙进行着一次次的征伐。据记载：“蒙古大军以龙卷风般的威力席卷了整个欧亚大陆，先后有四十多个国家，七百多个民族都归顺于大蒙古帝国。”③ 元朝建立后，又多次征伐，导致成吉思汗时代全民皆兵的生活事实。据记载，“成吉思汗时代的蒙古全民皆兵。其兵制以十为单位，成百成千组成，无薪给。各部队军官只要有能力，升迁极快，不按年资。士兵极能吃苦耐劳，通常情形下蒙古部队无大

---

① 林语堂：《中国人》，郝志东、沈益洪译，浙江人民出版社 1988 年版，第 14 页。

② 陈寅恪：《李唐氏族之推测后记》，《金明馆丛稿二编》，上海古籍出版社 1980 年版，第 303 页。

③ ［法］德阿·托隆：《蒙古人远征记》，宝音布格历译，上海社会科学院出版社 2003 年版，第 13 页。

小行李，兵士只带皮囊盛水，也利用其为渡河的浮囊。他们能在马背上假眠，必要时昼夜行军，环境许可就换马继续前进”①。全民皆兵的制度使蒙古族人民崇尚射箭、习武、打猎、骑马。长期艰辛的军旅生活使蒙古族人养成刚毅、坚强、豪爽、乐观的气质。当军事生活成为全民性的主要生活，占据主流的审美趣味也更多地表现出尚武、效勇的豪肆味道。蒙古族生产生活方式锻造的民族性格的开放性和包容性，为有元一代的中国文化发展提供了良好的发展环境。诗歌中的阳刚和血性之气为历代少见，汉族诗人受蒙古族诗歌审美风格影响至深。蒙古族的民族性格影响着汉民族的审美风尚，从而整个朝代的审美风尚也多表现为崇尚豪爽、游侠之气。

文学是历史形象的再现。蒙元时期各民族文化之间的广泛融合，深受蒙古族刚性之美的影响，元代的文学审美风潮也一改前代的含蓄、文雅、简古的特色，逐渐形成疏狂、拙野、壮伟的特色。当然，在中华民族文化的背景下，各民族相互影响，蒙古族文学中有诸多的汉民族文化因子，这里无须赘言。这些充分印证，中华民族文化既具有多样性，又体现整体性和和谐性，这表现出中华民族审美经验模式的亲和力和认同感。

三 刚性之美的文化反思性价值

张扬刚性之美小说的兴起并引发热潮要求我们对当下审美范式和美学图式进行重新审视。我们或许可以由此提问：张扬刚性之美的小说是否为我们提出了文学审美和批评的另一种维度？我们是否可以借此探究美学研究的另一种范式？并由此进入民族审美领域的纵深，进行更富有想象力的开掘？

小说《狼图腾》一度掀起了读书热潮，一时洛阳纸贵。人们争相购买，趋之若鹜，创造了出版界的神话。《狼图腾》表现出一种边缘性或嫁接性。而“刚健、苍凉、硬朗的语句，逼真感和原声感……凸显出一种罕见的犷厉之美”②。除对狼的描述外，还用另一副雄浑而柔情的笔调，

---

① ［法］德阿·托隆：《蒙古人远征记》，宝音布格历译，上海社会科学院出版社 2003 年版，第 13 页。

② 雷达：《〈狼图腾〉的再评价与文化分析》，《光明日报》2005 年 8 月 12 日第 6 版。

状绘了荡人心魄的草原之美，那翡翠般的聚宝盆，那美丽的天鹅、野鸭、大雁，那色彩斑斓的大鸟小鸟，那娇艳欲滴的白芍药，那满地的无名野花，那清苦的草香，令人沉醉，让人心胸浩阔……[①]孟繁华对《狼图腾》这样评价：“在当代中国文学的整体格局中，是一个奇异而灿烂的存在……如果将它作为一部文化人类学著作来读，它充满了虚构和想象……它的具体描述和人类学知识相互渗透得如此出人意料、不可思议。”[②] 姜戎曾说：“我总算用游牧民族狼图腾这把梳子，把中国史家用儒家精神故意弄乱的历史重新梳通了。”[③] 我们姑且不论创作者的视角正确与否，但毫无疑问，我们从中看到足够丰富生动的关于草原及草原狼的故事，盛大的草原景观和传奇，以及由陌生感与距离感而带来的巨大审美魔力。狼强悍、凶猛、顽强的生命本能以及由此派生出来的机智、勇敢的精神成为《狼图腾》赞美的文化质素。

回溯并不久远的文学创作，这种刚性审美意蕴在现当代作家中积极地传袭着，并将其外化到极致。原始刚性文化的精神内核渗透进作家的血液中，渐行渐远，渐远渐深，并无时无刻不在以积极、进取、勇猛、无畏的激扬热情撞击、震撼着创作者个体。在端木蕻良的《科尔沁旗草原》中我们可以看到苍莽浩茫的大草原透射出北方氏族英雄自由无拘的神性光芒和张扬着的原始刚性审美意蕴，为中国文学史抹上了重重的一笔。阿成的短篇小说《蟒珠河》中对一位鄂伦春族老猎手和老萨满的倾情描述，透视出远古时期萨满教文化在人与自然之间建构的一种和谐的关系。小说中的萨满现象及其泛神论色彩所蕴含的素朴的人与自然和谐共存的思想，无疑与世界大文化背景下倡导的“回归自然”“天人对话”的主张在人类螺旋式上升的历史进程中达到了契合与共振。与此勾连的是张承志的《黑骏马》和《心灵史》，此二者渗透了刚性之美，表达了作家对自由畅达的游牧生产生活方式和精神的向往，体现出作家鲜明有力的个性和思想。这些表达刚性意蕴的文学创作为当时的文坛注入一股清新剂。与《科尔沁旗草原》《蟒珠河》《黑骏马》相似的作品曾引发读者热烈的探讨，而

---

① 参见雷达《〈狼图腾〉的再评价与文化分析》，《光明日报》2005 年 8 月 12 日第 6 版。

② 孟繁华：《狼图腾·序》，长江文艺出版社 2004 年版，第 1 页。

③ 姜戎：《狼图腾》，长江文艺出版社 2004 年版，第 396 页。

《狼图腾》文本的出版与媒体的宣传引起强烈关注，涉及面之广，速度之快，为近年所罕见。这使我们不由得反思：这一文学现象将引发什么样的社会现象，对审美理论会产生怎样的冲击?

对于受众来讲，《狼图腾》描述了草原民族生活，反映了民族化的、淳朴的、原始的审美特质，这无疑是充斥喧嚣繁华的当下文坛的一剂心灵清凉剂。那些诗意的、远朴的、具有生命活力的民族审美气质让后现代的人文景观寻找到生命的活力。这些源于民族日常生产生活方式的审美因子，将为现代人的精神寻觅提供导引。刚性小说在文坛上是受推崇的，受众的反应至少说明刚性小说的独特魅力和发展势头，它的衍生发展是有前景的。在受众的群体越来越多的境况下，刚性审美意蕴的探讨也越显必要。

刚性的原动力在于原始性，也可以说原力是刚性之美的内核，规制和衍生着其他三种审美表现形态，并且其他三种审美形态与原始性息息相关，密不可分。原始性氤氲着蒙古族审美的特殊表现形态，透显着蒙古族审美的文化渊源。张扬原始性主题的创作题材，不仅在蒙古族审美视域下展开，对中华美学视域下的审美也有较强冲击力。众多的题材来源于蒙古族生产生活，并张扬了原始性的主题，这些相对于汉民族审美而言处于边缘状态，以陌生化的题材，独特的魅力，甚至在时间和空间所处的“他者”的位置都吸引了读者的眼球，这是刚性小说颇受青睐的缘由之一。

人类学小说对“原始刚性”的张扬以及由此带来的衍生效应一直是我们思考的重大问题。

这一问题的发生域在当下文坛，我们只有面对实事，理性开掘才能廓清边界。现代社会打破自然的和谐追求最大利润，这导致了一系列现代文明的弊端。人类文明经过几千年的变迁，其间，伴随着人对自然的成功征服和改造，一系列问题接连不断地暴露出来，资源危机、环境污染、疾病瘟疫……人类不禁要反思：现代文明究竟给人类带来了什么?

事实上，19 世纪六七十年代以来西欧、北美等地掀起的一场反叛现代性的思想潮流，“它的前身是资本主义社会内部具有反文化性质的嬉皮士运动，如今成为对抗物质主义的超越种族和国界而复归东方思想和原始宗教的精神觉醒运动和泛生态运动。它以‘灵性’、‘治疗’、‘整合’等观念为依托，试图在传统基督教信仰之外重新找回人类与宇宙自然的精神和谐状态”[①]。这场思潮的意义在于思考了原始刚性等重大问题。当人类走过了茹毛饮血时代，走过了女神时代，走到了今天的现代文明社会，然而构建出来的文明社会越来越脆弱，越来越无能。面对科学技术、工具理性膨胀带来的恶果，人们希望铲除无根的焦虑感，恢复人与自然、宇宙的最初和谐，重新找回精神家园。而现代性这把双刃剑让人类再次陷入困境中，由此，探索原始刚性并借此反思现代社会的缺失将趋势在必行，批评家和理论家任重道远。

当然，现在要回答刚性之美的张扬是否能消解人类在现代化、全球化的时代精神空间和想象力迅速萎缩的疾病，还为时尚早。互联网和高科技让人类已经失去虚构想象的精神空间和土壤。如果向“他者”和边缘化的民族文化事象投以关注，将可以产生意想不到的活力与激情。把刚性审美意蕴置于当下语境下，我们会看到，萨满教、禅宗、瑜伽、巫术、太极拳等非基督教的身心修行方式重新得到推崇，民族化的人类学审美研究正在展示独特魅力，并引起学界的重视。从这个意义上看，人们对日常生活的真实认识才更为重要，原始刚性对图腾、仪式等的“还原性”书写无疑对现代人有精神治疗作用。

四　全球化视域中的刚性之美

无论我们情愿与否，在当下语境或称之为全球化语境下谈论民族审美都将面临一个不可回避的问题，那就是在文化全球化的趋势下，民族审美个性如何张扬？或换言之，民族审美个性如何避免被西方文化蚕食、分解、同化，从而葆有民族的个性？再或言民族审美的传播到底要走一条什么样的道路？对这些问题的思考或许有助于我们在纷繁复杂的全球化现象中厘清思路。

全球化理论历史已久，各家代表人物亦众说纷纭。早在1991年，英国学者莱斯利·斯克莱尔就曾指出，在社会学中，目前至少出现了三种竞相媲美的全球化理论研究模式，即世界体系模式、文化全球化模式、全球

---

① 叶舒宪：《西方文化寻根思潮的跨世纪演化——透视“新时代运动”》，《文史哲》2003年第1期。

体系模式。[①] 而对于民族文化的研究产生影响较大的则是文化全球化研究模式。但无论是罗兰·罗伯逊的“文化系统论”、伊曼纽尔·沃勒斯坦的文化转向，还是福山的“历史终结论”、塞缪尔·亨廷顿的“文明冲突论”，抑或是约翰·汤姆林森的“文化帝国主义、非领土扩张”论，都无法有效阐明非西方文化在全球化进程中的地位及作用，作为“他者”的中华文化在全球化过程如何发出自己的声音还要靠我们自身的努力，作为中华文化之一员的蒙古族审美个性，如何张扬更有其复杂性。在这里笔者认为民族审美个性的传播除了本土学者努力参与全球化讨论，发出本民族的声音外，更为重要的是重视、利用、构建相应的现代传播媒介和传播体系。

如前文所述，蒙古族审美的本根与核心是“刚性之美”，这一审美特点产生南向影响的媒介主要为教坊，戏曲、散曲、话本、诗歌等起到了重要作用，成为其南向影响形成并达到效果的重要载体。这一启示在今天看来，亦有重要意义。

文化、文明的传播要有一定的媒介，这是定论。而现在所谓的全球化在文化层面上即是西方文化对非西方文化的同化，表现为从语言到信息到观念的步步深化。[②] 这一过程中现代传播媒介起到了重要作用。西方后现代媒体理论家戴维·莫利在《认同的空间——全球媒介、电子世界景观与文化边界》一书中通过研究在后现代语境下运用有线和无线通读的传播环境中，欧洲人是如何重新塑造集体文化认同，如何解决传媒进步与文化发展的尖锐矛盾的问题得出结论，认为人们往往通过传播新技术、通过文化再生产机构、塑造了特定版本的“集体记忆”，进而塑造了特定的民族认同观。[③] 而蒙古族审美个性的发展必然以民族认同为前提，这样上述问题也就转换为由传播媒介到民族认同再到审美个性的认同。但毫无疑问，传播媒介是其他两个方面的前提。

新媒介的发展给社会带来的影响已为学界所认知，全球化语境下，莫

---

① 参见黄皖毅《国外文全球化研究述介》，《华东理工大学学报》（社会科学版）2005 年第 1 期。

② 参见何中华《关于全球化的文化反思》，《山东社会科学》2001 年第 1 期。

③ 参见曾耀农《莫利的媒介理论及在中国的传播》，《中国广告》2003 年第 12 期。

利等认为我们越来越需要根据传播和运输网络及语言文化这样的象征性分界——由卫星轨道或无线电信号决定的传输空间——来划定在这个时代里具有决定性意义、呈现渗透性的边界。而我们则正走向一个基本不受地域影响的世界新秩序，该秩序连接于少量集中的知识生产和信息存储中心以及图像信息发散中心，中枢集中于世界金融工业体系的控制系统网络和指挥控制总部。[①] 这一论断基本符合当下全球化文化传播及认同的现实情形。那么在这样的情形下，民族审美个性的传播必然受制于传播系统，由是，重视、利用、构建相应的现代传播媒介和传播体系就成为我们不得不面对的一个现实问题。

目前，蒙古族的审美个性研究及其传播在中国仍处于边缘和失语地位。从传播媒介之一——书籍来说，蒙古族文学作品的汉译版本较少，不能反映蒙古族审美的整体风貌[②]，现代电子传播媒介仍然规模较小。在西方文化来袭的大潮中，蒙古族审美文化已被压缩到边缘，本土化诉求如不能有效张扬，民族审美必将被同化。当然，客观地来看，全球化可能培养出一种全球视野和全球意识，或许人们可以超越地域、民族、国家、个人的利益，达成某种共识与合作，形成对话关系，以及所谓的普遍共识和价值观念。但这一乐观的估计是以各民族的文化、审美个性可能会被取代为前提的。鉴于此，笔者认为研究和传播民族审美个性的学者任重道远，在全球化视野中更应当保持对民族审美清醒的认知和谨慎的态度。

（原载《文艺理论研究》2011 年第 1 期）

① 参见［英］戴维·莫利、凯文·罗宾斯《认同的空间——全球媒介、电子世界景观与文化边界》，司艳译，南京大学出版社 2001 年版，第 122 页。

② 据笔者统计，现有汉译版本在种类上不足 20 种。

文学功用之从审美到娱乐再到“堕落”

——对文学“堕落”之维的个案研究及文化探源

闫　娜*

内容摘要：本文以美学中的“感性愉悦”为基点区分了文学功用中的审美、娱乐和“堕落”。学界有关“堕落”的批判大都是放在“娱乐”的名下进行的，但“娱乐”实则有“娱乐”的合理实存性，不能一概而论。在文化体系中存在的文学，其“堕落”主要有两种形态：一是这种意识形态稳固强大时，文学为了攀升自身在文化体系中的地位，自动割舍其心灵性和超越性的部分，转而利用自身的感性愉悦，强化其外在的媚悦功能，与此相应的有骚赋的创作；二是在意识形态松懈解体之时，文学走下神坛，或在自足自适、自我愉悦的心路上抛却社会责任慢慢走向“堕落”，或向俗文化和市场靠拢，放纵其功用中带给人感性愉悦和感官快适的部分，将文学由审美降格为娱乐，再由娱乐降格为“堕落”，与此相应的有性灵诗歌的创作。文化探源是从儒、道、墨三家的思想体系中探究制衡这种“堕落”的思想元素，通过溯源探讨，希望能以史为鉴，为当下的文艺环境提供借鉴和反思。

关键词：“堕落”　感性愉悦　骚赋　性灵　儒家　道家　墨家

---

* 作者简介：闫娜，文学博士，复旦大学中国语言文学在站国资博士后，现从事文学批评相关研究工作。

文学作为一种以文字为媒介的语言艺术，如若在一种纯粹而理想的状态下，它的功用本应是审美无疑。但事实上处在社会文化体系中的文学是无法以一种纯粹的状态存在的，现实中的文学多以“文以载道”“以文为娱”“教化认识”“宣情泄愤”等功用实存，这些功用凭借现实上位，在很多时候还压过了文学的审美功能。前有意识形态的钳制，后有商业消费的左右，中有人性的各种需求和欲望，当这些外界因素全都附着于文学时，它便很容易降格为娱乐，再降则为“堕落”了。文学功用从审美到娱乐已是一种降格形态了，不过很多有关文学功用的讨论中还是承认娱乐的[①]，虽然“寓教于乐”之“乐”也很难分清是审美之乐还是娱乐之乐。审美和娱乐的区分暂且置之不论，本文探究的是从中分化出来的文学的“堕落”之维。审美关乎文学的心灵性和超越性[②]，娱乐关乎文学的游戏性、感性之乐以及感官快适，而“堕落”则是无关超越无关心灵的欲望追寻了，“堕落”是对感性愉悦[③]的放纵，娱乐的感性愉悦尚且关乎精神只是深度不够，但“堕落”已是逃离精神的感性放纵了。学界很多有关

① 参见汪正章《论文学的娱乐性能》，《社会科学家》1989 年第 4 期；董学文《论文学的功能和功能系统》，《武陵学刊》2013 年第 6 期；王元骧《论文学的功能》，《文艺理论研究》1988 年第 5 期；原鹏《当下文学创作载道功能的认知偏至》，《中州大学学报》2014 年第 3 期；孟繁华《“消闲文学”及意识形态守护》，《文艺争鸣》1996 年第 2 期；黄孝阳《文学有什么用》，《社会科学论坛》2012 年第 3 期。

② 中国古代文学里的审美意象讲究形象和情趣的结合，其他审美命题如“风骨”“神思”“知音”“外师造化，中得心源”“思与境偕”，都是心灵性；黑格尔曾说：“在艺术里，感性的东西是经过心灵化了，而心灵的东西也借感性化而显现出来了。”（见黑格尔《美学》第 1 卷，商务印书馆 1979 年版，第 49 页）关于审美的超越性，《淮南子》之《泰族训》中有一段话形象深刻地说明美感虽然依赖感官发生，但得以实现最终还是靠对感官的超越：“凡人之所以生者，衣与食也。今囚之冥室之中，虽养之以刍豢，衣之以绮绣，不能乐也：以目之无见，耳之无闻。穿隙穴，见雨零，则快然而叹之，况开户发牖，从冥冥见炤炤乎？”

③ 感性与理性相对，一般被理解为凭借感官认识、形象、情感等方式对事物所作的判断和把握，感性也是美学从哲学中分化出来的根本，美学最初就是关于“感性学”的学科。“美学之父”鲍姆加登将美学定义为：“凡是对感官知觉或想象力，具有特征的也就是个性的表现力的东西，同时又经过同样的媒介，服从于一般的也就是抽象的表现力的东西就是美。”感性的东西省略了抽象的思考和理性的利害权衡，更易于给人带来愉悦。但这种愉悦在文艺的审美中尚有理念和心灵的支撑，比如黑格尔就认为“美是理念的感性显现”，这种依托在娱乐中降格为浅层次的，在“堕落”中则几近丧失。

文学“堕落”的批判是放在“娱乐”名下进行的①，但“娱乐”实则有“娱乐”的合理实存性，不能同一而论，所以本文将以“堕落”为名进行探讨研究，着意区分这一虽不荣光但却实存的文学功用，认清的目的在于戒备和远离，在于超越和提升，期冀在当下的文艺环境中，能以所思所述为文学正轨，为精神正名。

中国文学汪洋浩瀚难以一并而论，有关文学的“堕落”书写在汉赋的写作和阅读中已是端倪尽显，在宋代士人和歌伎舞女的诗词酬唱中也是淋漓尽致，在明清的色情欲望小说中更是不胜枚举，但因笔者学力积淀有限，只能以个案概览的方式回溯探源，希望能以史为鉴为当下文学的发展提供借鉴和反思。

一 现象列举：中国古代文学“堕落”书写之个例概览

文学的“堕落”之维是一个历史范畴，不是哪个朝代独具的。如将其看作一个失重的精神核心，那么在不同朝代它只是以不同的文体形态和发展样貌出现罢了。为了研究的方便，本文拟将以分层的方式研究文学的“堕落”之维。简单而言，就是将其放置在一个功能系统中去探讨，在这个功能系统中，审美是文学之为文学的核心功能，其余附带功能若置之古代文治政教文化系统中看，首先最被重视的功能是对圣人之言和道统价值的承载，即载道，其次是教化功能，再次还有游戏和娱乐，再往下就是本文讨论的“堕落”之用了。

一般情况下，古代文化语境中的文学存在状态并不纯粹，若如溯源，“文”比“文学”一词出现得早，在许慎的《说文解字》中“文”的释

① 参见周国平《把我们自己娱乐死?》，《北方音乐》2005年第6期；金惠敏《“图像—娱乐化”或“审美—娱乐化”——波兹曼社会“审美化”思想评论》，《外国文学》2010年第6期；陶东风《理解我们自己的“娱乐至死”——一种西方文化理论在中国的被绑架之旅》，《粤海风》2013年第5期；蔡毅《娱乐文化与文学的娱乐化》，《云南民族大学学报》2010年第1期；潘知常《娱乐性的美学意义》，《粤海风》1999年第2期；田亦洲《从国产大片看我国的娱乐文化》，《电影文学》2008年第4期。

义为：“文，错画也，象交文。”[①] 意为一种具有美感悦目功能的文饰物，后来“文章”一词取代了“文”，而“文学”是最后出现的。“文学”最初是指有关文章的学问，与同样以文章为载体的“经学”“玄学”“史学”并立，后经历了“文”“笔”之争，逐渐成为一种以文字符号为媒介的语言艺术。由此可见，文学一开始就具有的感性愉悦，后来在由“经学”“玄学”“史学”共同组成的文化系统中便被淡化了，成了一种围绕意识形态、不太纯粹的存在物。虽然它也具有审美娱乐的功用，也可以用于自我性情的抒发和宣泄，但却从来不是最被社会认可的功用。于是，就文学的功用而言，一面是审美，审美是文学之为文学的根本属性，另一面是载道，载道是文学在文化体系中存在的最重要的功用，在封建社会大一统的意识形态中，载道之功用俨然成了文学之为文学的根本，而“堕落”正产生于这种审美本质和实际功用在文化体系中的分裂和背离。因为文学总是依托文化体系而存在的，文学能否以纯粹的审美状态存在也受到这个文化体系的影响，当整个文化形态围绕某个特定阶级利益、某种特定意识形态设立时，文学作为一种最感性、最易通往心灵并产生广泛影响的文化存在，便被纳入这个结构形态中发光发热，因此纯粹审美的存在对文学来说也就成了一种奢望。被席卷进一个文化体系中的文学因其独具的感性愉悦性和对其自身审美特性的偏离和异化，要么走向“娱乐”，要么走向“堕落”。

具体而言，有两种“堕落”的形态：一是这种意识形态稳固强大时，文学为了攀升自身在文化体系中的地位，自动割舍其心灵性和超越性的部分，转而利用自身的感性愉悦，强化其外在的媚悦功能；二是在意识形态松懈解体之时，文学走下神坛，或在自足自适、自我愉悦的心路上抛却社会责任慢慢走向“堕落”，或向俗文化和市场靠拢，放纵其特性中带给人感性愉悦和感官快适的部分，将文学由审美降格为娱乐，再由娱乐降格为“堕落”。由此观之，身处一种政教文化体系中的文学，因为自身特有的感性愉悦而在文化形态中的左右摇摆、无所归依，“堕落”似乎成了一种不可避免的现象。文学最为认可的价值和意义都是这种文化体系所赋予的，然而这种文化形态自身并不完美，事实上也没有完美的文化形态，难

① （汉）许慎：《说文解字》，（清）段玉裁注，上海古籍出版社1981年版，第425页。

以纯粹的文学经常一不小心便仿佛脱了缰绳的马匹，很难再找到合适的跑道。

（一）意识形态稳固强大之时文学的“堕落”列举

与第一种“堕落”最相应的应该是骚赋的创作。战国时期，楚国宫廷里开始出现文学弄臣，其代表人物当数宋玉。《史记》上说：“屈原既死之后，楚有宋玉、唐勒、景差之徒者，皆好辞而以赋见称。”① 宋玉诸人，实际上不过是楚王的文学弄臣，但作为中国文学史上最早的一批“专职”文学工作者，他们也成为文学从一体化的文治政教文化中分立而出的一个历史性标志。所谓“赋”，已纯粹成为满足感性愉悦需要所进行的创作，其功用主要是为君王提供感官快适的满足。比如宋玉在其《高唐赋》的序中说，有一次他陪楚襄王“游于云梦之台，望高唐之观”，楚王问到高唐上空的云气，宋玉说，昔日楚怀王游高唐时，白天睡觉，梦见一个妇人投怀送抱，与他交合。这妇人自称巫山之女，“旦为朝云，暮为行雨，朝朝暮暮，阳台之下”②。这个故事其实是讲楚人云梦野合的习俗，楚襄王听了后很是兴奋，心向往之，便命令宋玉道：“试为寡人赋之！”于是宋玉便写下了这篇《高唐赋》。在某种意义上，这也可看作古代文学史上偏离审美滑向“堕落”的滥觞之作。

汉朝时期，除了以《毛诗序》为代表的正统政教文治叙事文学观之外，大体上是一种沿袭了楚宫文学弄臣意识的文学观，这种文学观一方面表现为统治者对待文学及文学弄臣的态度，如前引汉宣帝的话：“辞赋大者与诗同义，小者辞辩丽可喜。譬如女工有绮縠，音乐有郑卫，今世俗皆已此虞娱耳目。”③《汉书·王褒传》记载：“（宣帝）数从褒等放猎，所幸宫馆，辄为歌颂，第其高下，以差赐帛。”④《严助传》说汉武帝对东方朔、枚皋等人，“不根持论”，都以“俳优畜之”⑤。《枚皋传》说：“皋不

---

① （汉）司马迁：《史记·屈原贾生列传》，中华书局1959年版，第2490页。

② （梁）萧统选编：《文选·高唐赋》（日本足利学校藏宋刊明州本六臣注），人民文学出版社2014年版，第284页。

③ （汉）班固：《汉书》，中华书局1962年版，第2829页。

④ 同上书，第2829页。

⑤ 同上书，第2775页。

通经术，诙笑类俳倡，为赋颂，好嫚戏，以故得媟黩贵幸，比东方朔、郭舍人等，而不得比严助等得尊官。”[①] 这些记载都说明，汉赋的创作大多数时候是用来满足皇室贵族感官愉悦的玩乐之具。因此司马迁在《报任安书》中亦这样写道：“文史星历近乎卜祝之间，固主上所戏弄，倡优畜之，流俗之所轻也。”[②] 另一方面则表现为以司马相如为代表的文学弄臣们投君王之所好，以文谀上，供其玩乐的“堕落”创作。如相如见汉武帝好神仙，因写《大人赋》奉上。《汉书》上说：“相如既奏《大人赋》，天子大悦，飘飘有陵云气游天地之间意。”[③]（《司马相如传》）《汉书·扬雄传》记载扬雄曾说司马相如的赋“颇似俳优淳于髡、优孟之徒，非法度所存，贤人君子诗赋之正也”[④]。这些性同俳优的文学弄臣在创作时也喜欢采用一种铺张夸饰的手法，以华丽的辞藻达到哗众取宠的效果，给读者造成强烈的感官刺激。

其次由战国时期“新乐”的盛行也可窥知文艺的“堕落”因子。当时的统治者几乎无不好“新乐”而厌恶“古乐”，原因之一就在于“古乐”为庙堂音乐，是礼乐政治文化中规范人行为举止、平治人心情感的一种政治管控和社会治理方式，是一种典型的政教文化叙事。而新乐来自民间，充满了愉情悦性的感官刺激因素。晋平公好新乐，他的乐师师旷因此而警告他道：“公室其将卑乎！君之明兆于衰矣。”[⑤]（《国语·晋语八》）魏文侯对子夏说：“吾端冕而听古乐，则唯恐卧；听郑卫之音，则不知倦。”[⑥] 子夏说：“今乎新乐，进俯退俯，奸声以滥，溺而不止，及优侏儒，猱杂子女，不知父子。乐终不可以语，不可以道古。此新乐之发也。”并且说：“郑音好滥淫志，宋音燕女溺志，卫音趋数烦志，齐音敖辟乔志。此四者，皆淫于色而害于德，是以祭祀弗用也。”[⑦]（《礼记·乐记》）由此亦可见当时新乐的风行程度，以及其追求感性刺激的特点。孔

---

① （汉）班固：《汉书》，中华书局1962年版，第2366页。
② 同上书，第2732页。
③ 同上书，第2600页。
④ 同上书，第3575页。
⑤ （吴）韦昭注：《国语》，上海古籍出版社2008年版，第215页。
⑥ （汉）郑玄注：《礼记正义》，上海古籍出版社1990年版，第1118页。
⑦ 同上书，第1119页。

子说："郑声淫"，"放郑声"（《论语·卫灵公》）。这里的淫，指称的就是音乐感性刺激的强度。《乐记》中还说："桑间濮上之音，亡国之音也。"[①] 也是因为桑间濮上之音洋溢着男欢女爱之快乐，因此为"发乎情止乎礼义"的政教音乐理念所不容。

这种风气最盛之处，大概也是在楚国。《史记·楚世家》中说："庄王即位三年，不出号令，日夜为乐……伍举入谏。庄王左抱郑姬，右抱越女，坐钟鼓之间。……居数月，淫益盛。大夫苏从乃入谏。……于是乃罢淫乐。"[②] 周景王年间，楚灵王建造了一座章华台。楚王登台远眺时，对身边的大臣伍举说道："台美夫!"伍举说："臣闻国君服宠以为美，安民以为乐，听德以为聪，致远以为明。不闻其以土木之崇高、彤镂为美，而以金石匏竹之昌大、嚣庶为乐；不闻其以观大、视侈、淫色以为明，而以察清浊为聪。"[③] 这些材料里所反映出的享乐风习，就是建立在放纵欲望、满足欢娱之需的基础之上的。这样的风习和"审美"好尚，不光体现在音乐、舞蹈、建筑等上面，可说遍及所有的审美活动领域，其影响及于"文学"，尤其是可谓汉赋先声之一的策士之辞说，即韩非子所说的："盛容服而饰辩说。"[④]（《韩子·五蠹》）"今世之谈也，皆道辩说文辞之言，人主揽其文而忘有用。"[⑤]"不谋治强之功，而艳乎辩说文丽之声……为虚辞，其无用而胜……"[⑥]（《韩子·外储说左上》）诸如此类。

由此可见，无论是策士之辞，还是文学弄臣之赋，中国古代文学在其从文治政教文化中分化、分立出来之初，在审美追求上就具有某种以满足感官快适的堕落之维，缺乏应有的人文升华与人性追问的意义。这对于后世以文学为"爱玩"对象和"堕落"之具的文学意识的形成，都起到了某种"示范"作用。

---

① （汉）郑玄注：《礼记正义》，上海古籍出版社1990年版，第1080页。

② （汉）司马迁：《史记·屈原贾生列传》，中华书局1959年版，第1699页。

③ （宋）范晔：《后汉书》，中华书局1965年版，第984页。

④ （清）王先慎：《韩非子集解》，中华书局1998年版，第498页。

⑤ 同上书，第287页。

⑥ 同上书，第294页。

（二）意识形态涣散解体之时文学的“堕落”列举：

与第二种“堕落”比较相应的是晚明的文学创作，尤以性灵文人的创作最典型。时至晚明，由于专制政教内部的虚弱、商品经济的繁荣以及“心学”对传统意识形态的冲击等因素，晚明文学出现了种种的狂欢堕落的趋势，费振钟就曾将晚明称作是一个“堕落时代”[①]。开国君主朱元璋在国初设立的三令五申，如“神仙道扮、义夫节妇、孝子顺孙、劝人为善及欢乐太平者”，如若违令，则“一律拿送法司究治”[②]等，也早已在历史长河中随着政治经济的变迁而烟消云散了。文化的动荡一般会很快显现在文学领域，文学好比文化的风向标。以诗歌为例，有明一代，诗派众多，众声喧哗，相继出现了性理派、茶陵派、前七子、吴中派、唐宋派、后七子等诗派，至晚明时又有公安派、竟陵派等不同的诗学主张先后登场。诗歌作为一种正统文体在晚明雅俗交融、化雅入俗的时代精神浸润之下，也以一种反叛的姿态逐渐走向俗化和堕落，由此更可窥知整个文学的发展态势了。

晚明诗歌的俗化与“堕落”主要体现在以三袁为代表的公安派诗人的创作上。《明史·文苑传》中称：“至宏道，益矫以清新轻俊，学者多舍王、李而从之，日为公安体。然戏谑嘲笑，间杂俚语，空疏者变之。”[③]三袁诗歌创作的目的原本是想横扫当时的诗风之弊，呼唤真实、呼唤自然，以此对抗僵化而奴性的文坛。这在特定的时代自有其现实意义，然而却在争夺话语权的同时远离了诗歌作为艺术的本真，所以也是一种矫枉过正。沈德潜对此曾作如是评判：“公安兄弟意矫王、李之弊，而入于俳谐。又一变而之竟陵，诗道遂不复振。人但知竟陵之衰，而不知公安一派先之也。”[④]再加之晚明时处一种奢靡享乐、物欲横流的社会环境之中，三袁的创作也多成了他们纵欲行乐的思想及生活的记载。在三袁的创作中，真是真了，变是变了，然“性灵”不复再有情真精诚的通灵之美，

---

① 费振钟：《堕落时代》，上海书店出版社2007年版。

② 顾起元：《客座赘语》卷10《国初榜文》，中华书局1987年版，第35页。

③ 杨家骆主编：《中国学术类编》之《明史》第10册，鼎文书局印行，第7398页。

④ （清）沈德潜：《明诗别裁》，见（清）袁宏道著，钱伯城笺校《袁宏道集笺校》附录二《传记 评论 著录》，上海古籍出版社2008年版，第1675页。

“趣”也不再是带有超脱性的审美范畴，三袁的实际文学实践一并将“性灵”和“趣”拉向了俗化和堕落。他说自己是以“无品”的方式追求“趣”的境界：“愚不肖之近趣也，以无品也。品愈卑故所求愈下，或为酒肉，或为声伎，率心而行，无所忌惮，自以为绝望于世，故举世非笑之不顾也。”① “无品”就是丢掉传统意义上的人格追求，在具体行为上表现为放荡不羁，“或为酒肉，或为声伎，无所忌惮”，而这之后的深层心理动因则是“绝望于世”，故而可以“举世非笑之不顾也”。从袁宏道的阐释中不难发现“趣”这一原本具超越性的审美境界，因其以“无品”的方式去追求而走向形而下之境。酒肉声伎虽然可以获得身心俱畅的自由和享受，但以此种自由和率性介入文学创作必然不会走向真正的“趣”。三袁排斥以学问入诗，追求自然和情真，但其作品缺乏人文支撑的真实和自然又不免成为浅俗率性的堕落赏玩之作。事实上，在实际的文学实践中，三袁也是多以好玩和娱乐的态度进行诗歌创作的。

三袁的作品中都有不少以“戏”为题的诗作，如“戏作”“戏题”“戏嘲”“戏赠”“戏柬”等。如袁宏道写过《渐渐诗戏题壁上》：“明月渐渐高，青山渐渐卑。花枝渐渐红，春色渐渐亏。禄食渐渐多，牙齿渐渐稀。姬妾渐渐广，颜色渐渐衰。”② 这首“渐渐”诗从明月说到青山，从青山讲到姬妾，无论是内容还是形式均无美感可言。袁中道的《短歌戏赠飞霞山人，山人年七十新买妾》：“……昔见尊字想君貌，道是如花一年少。岂意崎崄绝可笑，酷似怪石点奇窍，又如老树雪干霜藤露孤峭。”③ 这首诗以年已七十的山人新买之妾入诗更是俗不可耐。像这类明确申明作者是以游戏、狎玩之态去写作的作品，在三袁的诗集中为数不少：如袁宗道的《有感戏作》《黄粱梦戏题二首》《夜展张嫔集，误泼酒其上戏作》；袁宏道的《戏题飞来峰二首》《戏题斋壁》《戏别唐客，客鄄城人二首》《戏题君山》《初度戏题》等。

以玩世不恭的态度对待文学，进行诗歌创作，自然是事事均可入诗

① （清）袁宏道著，钱伯城笺校：《袁宏道集笺校》卷10《叙陈正甫〈会心集〉》，上海古籍出版社2008年版，第463—464页。

② 同上书，第115页。

③ （清）袁中道：《珂雪斋集》卷2《短歌戏赠飞霞山人，山人年七十新买妾》，上海古籍出版社1989年版，第82页。

了。所以三袁诗歌中的吃喝拉撒、酒色财气之作也就不足为奇了。袁宗道写过一首描写自己饮酒食肉之瘾的诗：“三日不饮酒，无异蜗亡汁。一日不食肉，有似鱼离湿。”①

三袁诗中不乏此作，有对馋酒之瘾的形象描述：

……才闻酒香涎不禁。三杯好颜色，七碗生寒栗。清冷顷觉肝肠换，磊块都从毛孔出。

——袁宗道《寿亭舅赠我宜兴瓶茶具酒具……喜而作歌》

有对及时行乐的倡导：

男儿生世间，行乐苦不早。如何囚一官，万里枯怀抱。

——袁宏道《为官苦》

人生贵适意，胡乃自局促。欢娱极欢娱，声色穷情欲。

——袁中道《咏怀七首》其一

有的诗甚至已经玩世不恭到超出了基本的道德规范，在追求自我性灵的路上彻底滑向了一种极端的自私和反叛，不禁让人慨叹当创作者以完全丧失人文支撑的堕落之态进行创作时竟会写出如是之作：

剑泉上，山如黛。剑泉下，水如佩。一片青，阅人代。鬼窈窕，山叆叇。生公法，今何在。真娘墓，遥相对。一日计千舟，一舟计万钱。宁负公家税，莫负少年年。女可鬻，妻可徙，石上歌，应不止。

——袁宏道《剑泉上》

除此之外，三袁还将好色之情和裸露的情欲写入自己的诗中，诗歌退而抒发一己之情的情感自留地也随之被解构为玩世不恭：

① （清）袁宗道：《白苏斋类集》卷2，《东坡作戒杀诗遗陈季常，余和其韵》，上海古籍出版社2007年版，第14页。

深束腰肢浅蹙蛾，伴娘频促奈他何。白罗一尺宽如许，受得巫山雨几多。

——袁宏道《广陵曲，戏赠黄昭质，时昭质校士归》

三袁以一种堕落到底、极致求乐的姿态对待自己的人生兼及文学追求和文学创作，如袁宏道说："夫闻道而无益于死，则不若不闻道之直捷也，何也？死而等为灰尘，何若贪荣竞利，作世间酒色场中大快活人乎？"[①] 传统诗教观中载志和抒情已荡然无存，而传统士人一脉相承的家国情怀和人文追求也已全然为现实的物质享受和自身的快乐追求所替代。

二 思想探源：儒、道、墨思想观念中对于"堕落"的制衡和超越探析

以上的论述旨在说明当文化形态与文学审美的纯粹无法相融时所出现的两种"堕落"形态，在整个文化形态中对文学的审美冲击较大的是意识形态的力量，但古代文化的思想体系中也不乏提升审美、制衡堕落的优秀文化基因。这种优秀基因往源头上探究的话便可追溯至先秦儒、道、墨的文化思想了。中国古代文化体系的建立主要是依托先秦时"百家争鸣"的思想成果，这些思想代代累积，很多都以文化基因的形式在后世的思想体系中被承续并发展壮大。所以本文试图从三家思想有关感性感官之乐和美感体验的论述中，探究文化形态中对于文学的"堕落"起到制衡和超越作用的文化因子。

（一）先秦儒家以"中和"和"道德"制衡感官感性的"堕落"

凡"堕落"都发生于对感性之乐和感官快乐的不加限制，同时也失却了与外界联系中的向上、向善和向美的追求。一旦放纵追逐感性，沉湎情绪和欲望，人便很容易走向"堕落"。对于人的一般的感性情绪儒家一面肯定其存在合理性的，并赋予它们正常的宣泄渠道，认为"哀有哭泣，

① （清）袁宏道著，钱伯城笺校：《袁宏道集笺校》卷41《为寒灰书册寄郧阳陈玄朗》，上海古籍出版社2008年版，第1225页。

乐有歌舞，喜有施舍，怒有战斗”[①]，另一面持戒备谨慎的态度，努力将其控制在“中和”的范围内。对于感官之欲的追求和满足儒家也赋予了其合理性，如荀子所言：“刍豢稻粱，五味调香，所以养口也；椒兰芬苾，所以养鼻也；雕琢刻镂黼黻文章，所以养目也；钟鼓管磬琴瑟竽笙，所以养耳也；疏房檖貊越席床笫几筵，所以养体也。”[②] 荀子肯定了不同事物带给人的不同的感官享受，不仅赋予人追求快乐的天然合理性，同时也肯定了源自耳目口鼻的快感，这种将包括文学欣赏在内的审美活动的性质归结于五官感官享乐的观点，显然从理论上认可了文学养目之感官快乐的天然合理性，是当时感官化审美追求之风在主流意识形态上的一种表达。如若严格按美学上审美意义来划分，这种在文章中追求养目之乐的活动并不是真正的审美活动。但在古人最初的审美活动中，美感与快感本就是浑然一体的。因为在君主专制的奴隶制国家中，物的享受集中在少数统治者手里，审美欲求从属于物质欲求，口味之美与音乐纹饰并列，所以人们不可避免地将美感对象与快感对象连在一起。中国美学史上最早对快感和美感进行区分的是楚国的伍举，他明确给美下了定义：“夫美也者，上下、内外、大小、远近皆无害焉，故曰美。”[③] 之后美逐渐有了独立存在的形式和意义。虽然儒家肯定的只是人天性中的合理的感性之乐，但不难发现，这种感官审美追求也为文学的“堕落”埋下了伏笔。

而另一面儒家也一直对这种稍不制衡就滑向“堕落”的感性之乐倍加提防，如《尚书》中对人们的告诫：“不役耳目，百度惟贞，玩人丧德，玩物丧志。”[④]（《周书·旅獒》）警惕人们不要被感官享受所奴役。儒家奉行“中和”的审美观念，就是要求人们节制情感和情绪，追求审美愉悦也不能超过一定的限度，否则便会引致无穷后患：“夫乐不过以听耳，而美不过以观目。若听乐而震，观美而眩，患莫甚焉。”[⑤]（《周语下》）孔子曰：“益者三乐，损者三。乐节礼乐，乐道人之善，乐多贤友，

① （战国）左丘明著，（西晋）杜预集解：《左传》，上海古籍出版社2011年版，第877页。
② （清）王先谦：《荀子集解·礼论篇第二十》，中华书局2012年版，第337—338页。
③ （吴）韦昭注：《国语》，上海古籍出版社2008年版，第359页。
④ 陈经：《尚书详解》，中华书局1985年版，第327页。
⑤ （吴）韦昭注：《国语》，上海古籍出版社2008年版，第55页。

益矣。乐骄乐，乐佚游，乐宴乐，损矣。”①（《论语·季氏》）也是明确反对感官享乐的快乐追求。《荀子·乐论》中也说：“乐者，乐也。君子乐得其道，小人乐得其欲。以道制欲，则乐而不乱；以欲忘道，则惑而不乐。”② 这也是以音乐审美中的得道之乐，反对和否定感官享乐的欲望满足之乐，发展至后世也即宋明道学家们“存天理、灭人欲”的道德信条。

儒家为预防这种感性感官之乐走向“堕落”开出的良方是“道德”。儒家提倡凭借修身养性的道德实践去超越感官快适之乐。既然对于欲望满足的享受是人的天性，无法压制，那就只有疏导超越了。这种超越以内在的精神快乐为依托，在一种无欲无求的纯粹精神自适中抵制那些容易引人“堕落”的感性因素。在道德人格的塑造中所有的物质感官之乐都是外在的，快乐来自内在精神的自我满足，“饭疏食饮水，曲肱而枕之，乐亦在其中矣。不义而富且贵，于我如浮云”③。后世常提及的“孔颜之乐”就是指道德修养达到很高境界时的一种纯粹的精神快乐。在儒家的思想体系中，抵制“堕落”，并从娱乐到审美的超越借助的是主体人格凭借道德力量的提升，并在这种提升中使得主体摆脱了感官愉悦而进入一种超脱的审美之境。《周语》中说：“夫乐不过以听耳，而美不过以观目。若听乐而震，观美而眩，患莫甚焉。”④（《周语下》）要求以“听和”“视正”去规范耳目之乐：“夫耳目，心之枢机也，故必听和而视正。听和则聪，视正则明。聪则言听，明则德昭。听言昭德，则能思虑纯固。以言德于民，民歆而德之，则归心焉。”⑤（《周语下》）这样才能“上得民心，以殖义方，是以作无不济，求无不获，然则能乐”⑥（《周语下》）。这也是从秩序、教化以及伦理的角度去规正人的耳目之乐，以防其超出儒家的伦理之美和中庸之道。

儒家用道德情感对人的自然情感进行教化约束，以期望达到“从心所欲不逾矩”的“孔颜之乐”，从而走向一种道德情感的快乐体验。这与先秦时期人们的审美意识一直只是在文为道显、“六艺于治一也”与五官

---

① 杨伯峻译注：《论语》，中华书局1980年版，第176页。
② （清）王先谦：《荀子集解·乐论篇第二十》，中华书局2012年版，第371页。
③ 杨伯峻译注：《论语》，中华书局1980年版，第69页。
④ （吴）韦昭注：《国语》，上海古籍出版社2008年版，第55页。
⑤ 同上。
⑥ 同上。

“同美”（《孟子·告子章句上》）、身心享乐的两端之间摇摆有关。美，或者说审美对象，并没有获得高尚圣洁的足以自立的人文地位。因而要么服务于文治政教的需要，要么就只是在满足生理欲望的快乐性或享乐性追求。儒家肯定人之本性的先天合理性，但对基于人之本性的欲望却抱有高度的不信任感和警惕性。其对自然情感的压抑源于对放纵欲望的抵制，“养心莫善于寡欲”（《孟子·尽心下》），希望人们的初心不要被欲望控制，在清心寡欲中修身养性，以求放心，这样才是快乐的最高境界。这样的意识，虽则或隐或显，其实贯穿了儒学史的始终。如王弼所说的“圣人之情，应物而无累于物也”[①]，表现为一种超越性的本体体验；又如程颢说的“圣人之常，以其情顺万事而无情”[②]，可以消除私情，走向“万物一体之仁”的天人合一的快乐境界。

儒家思想最初是在春秋时期“百家争鸣”的思想背景下产生的，它本身对于感性和感官之乐的肯定及其“中和”的审美观都没有问题，但当儒家思想成为在封建专制体制中起支撑性作用的主流意识形态后，问题便出现了。原本支撑着人从快感升华到美感，从欲望到审美依托是道德修养，这在春秋乱世的自由讲学中有很大的实践空间，但当这种道德修养被纳入意识形态之后就变得不那么纯粹和容易了。

（二）先秦道家以“虚静”和“至乐”制衡感官感性的“堕落”

道家所追寻的心灵之乐更符合传统审美文化中的美感之乐，是在虚静中实现心灵的安寂和提升，在这种提升和超越中使心灵具有与“堕落”抗衡的力量。道家追寻精神的绝对自由，希望能在畅肆无阻的心灵遨游中摆脱俗世的利害和困扰，即“以虚静推于天地，通于万物，此之谓天乐”[③]。又说：“万物而不为戾，泽及万世而不为仁，长于上古而不为寿，覆载天地刻雕众形而不为巧，此之谓天乐。”[④]（《庄子·天道》）道家在虚静中追求的是一种与天地合一，润泽化物而无痕的“至乐”之“乐”：

① 《王弼传》，收于楼宇烈《王弼集校释》，中华书局1980年版。

② （宋）程颢：《定性书》，转引自温克敏《中国伦理思想简史》，社会科学文献出版社2013年版，第244页。

③ 陈鼓应注译：《庄子今注今译》，中华书局1983年版，第340页。

④ 同上。

“夫虚静恬淡寂漠无为者，天地之本而道德之至，故帝王圣人休焉。休则虚，虚则实，实则备矣。虚则静，静则动，动则得矣。静则无为，无为也则任事者责矣。无为则俞俞，俞俞者忧患不能处，年寿长矣。夫虚静恬淡寂漠无为者，万物之本也。”[①]（《庄子·外篇》）庄子所追求的审美快乐就是他心目中理想的生命境界。它不仅是一种心理的快乐，更是一种超越的本体状态，表现在文学意识上，也是“以谬悠之说，荒唐之言，无端崖之辞，时恣纵而不傥，不以觭见之也。以天下为沉浊，不可与庄语。以卮言为曼衍，以重言为真，以寓言为广。独与天地精神往来，而不敖倪于万物。不谴是非，以与世俗处。其书虽瑰玮，而连犿无伤也；其辞虽参差，而諔诡可观。彼其充实，不可以已”[②]（《庄子·天下》）。道家注重心灵的超脱，追求精神世界的逍遥无阻，在文字上更是显得恣肆不羁，以期以深厚超脱的精神追寻远离俗世的是是非非，在“出世”旷达的精神世界中超拔遗世，抵制“堕落”，坚守纯粹。

道家追求的心灵之乐是一种“忘情之适”。因为有情即有待，是非、荣辱、生死，有牵绊、有忌惮，在这样的状态下人不可能获得真正的快乐，所以要忘却，达到“丧我”的境界，“离形去道”，将所有的注意汇聚于“道”，才能达到“忘情”，忘情之后才会有真正的快乐。这也是庄子所追求的“游心”之乐，是忘情中的“同于大通”“与道合一”的精神体验。

“天乐”是一种远离“俗乐”的超越之“乐”，超越了物质表面的形式愉悦以及感官的快适和愉悦，在超越中断绝了人心从感性愉悦中走向“堕落”的可能。道家在否定美和艺术的前提下，结合出世与养生，以特殊的认识渠道将对美的认识引向体内，从而“于一种特殊的视听领域中，将人体生命和宇宙生命的自由无限结成一体，使自身获得一种‘至乐’、‘天乐’”[③]。于民曾指出，“在老庄看来，形色声名乃乐之末，所得之乐非乐，真正的乐不在有形之中，不在耳目的正常直接感受中获得，而在无形无声之中非直接非正常的感知中捕捉”[④]。也即老子所说的“大音希声，

---

① 陈鼓应注译：《庄子今注今译》，中华书局 1983 年版，第 337 页。
② 同上书，第 884 页。
③ 于民：《中国美学思想史》，复旦大学出版社 2010 年版，第 219 页。
④ 同上。

大象无形”[①]（《道德经·四十一章》）。因此，他们将真正的快乐与现实的欲望以及一切物质的、形式的美对立起来，极力否定和反对缺乏超越性的世俗感官快乐的合理性、正当性和有益性。老子认为：“五色令人目盲，五音令人耳聋，五味令人口爽；驰骋畋猎，令人心发狂；难得之货，令人行妨。”[②]（《道德经·十二章》）因此若要使天下之人真正能“含其明”，就要消灭华丽的文章、美丽的颜色这些具有华丽形式的外在存在。庄子说过：“夫天下之所尊者，富贵寿善也；所乐者，身安厚味美服好色音声也。所下者，贫贱夭恶也；所苦者，身不得安逸，口不得厚味，形不得美服，目不得好色，耳不得音声；若不得者，则大忧以惧。其为形也亦愚哉!”[③]（《庄子·至乐》）主张“擢乱六律，铄绝竽瑟，塞瞽旷之耳，而天下人含其聪矣；灭文章，散五采，胶离朱之目，而天下始人含其明矣；毁绝钩绳而弃规矩，攦工倕之指，而天下始人含其巧矣”[④]（《庄子·胠箧》）。

除了通达超越的“天乐”，“山水之乐”也是道家纯化精神世界抵抗“堕落”的精神资源。道家向往走向大自然，徜徉于湖山林野之间，在寄情山水、陶然忘归之中达到人与自然的和谐相融之乐。“山林与！皋壤与！使我欣欣而乐与!”[⑤]（《庄子·外篇》）“就薮泽，处闲旷，钓鱼闲处，为无而已矣。此江海之士，避世之人，闲暇者之所好也。”[⑥]（《庄子·外篇》）基于这样的避世意识与自然之趣，自古以来，山水之乐就被描述为历代文人回归自我、回归内心的心灵栖居地。外在的山水与内心的灵性结合，两者摩擦迸出火花，便也成为文人创作灵感的来源之一。这种创作理念似乎无关乎功利、超脱于世俗，是一种追求精神自由、纯净无为的审美观念。实际上也正是道家之“乐”为审美文化中的纯粹美感提供了精神依托和养分，使其从耳目口鼻的感官感性之乐中得以提升。不过很长时间以来，文学已很少从道家思想中汲取精神养分

---

① （魏）王弼注，楼宇烈校释：《老子道德经注校释》，中华书局2008年版，第113页。

② 同上书，第27—28页。

③ 陈鼓应注译：《庄子今注今译》，中华书局1983年版，第446页。

④ 同上书，第259页。

⑤ 同上书，第588页。

⑥ 同上书，第393页。

和精神资源了，这关乎新文化运动以来传统文化的传承和断裂问题。

（三）先秦墨家在“先质后文”中对文艺的“堕落”“娱乐”“审美”的一并否定

三家思想中墨子对文学艺术给人带来的感官愉悦性最为戒备，批判力度也最大。墨子在戒备这种感性愉悦时一并否定了文学艺术在社会文化体系中存在的必要。在《公孟》篇中墨子说过：“弦歌鼓舞，习为声乐，此足以丧天下。”①墨子将文艺的感性愉悦看成是祸国殃民的精神毒品，认为人要是沉溺在这种快乐之中就会影响正常的生产和发展。墨子直接越过了人性对于审美和娱乐的正当需求而将文艺直接等同于“堕落”了。《公孟》篇中还记载了墨子与公孟子的对话，公孟子认为在国家贫穷混乱时应该集中精力去治理，等到了“治且富”的时候，就可以兴“礼乐”了。墨子反驳道：如果在这个时候大兴礼乐，就是把之所以达到“治且富”的根本支撑抛弃了，那样离国家的乱亡就又不远了。在当时社会财富分配不均的历史条件下，墨子本着“兼爱”和“发展”的立场更多地强调感性愉悦给社会带来的危害和负面影响。“且夫锦绣绮纻，乱君之所造也。其本皆兴于齐景公，喜奢而忘俭，幸有晏子，以俭镌之，然犹几不能胜。夫奢安可穷哉？纣为鹿台糟丘，酒池肉林，宫墙文画，雕琢刻镂，金玉珍玮，妇女优倡，钟鼓管弦，流漫不禁，而天下愈竭。故卒身死国亡，为天下戮。非惟锦绣纻之用邪？”② 墨子将实际的生产生活之需摆在比求美、求乐更重要的位置上：“诚然，则恶在事夫奢也。长无用，好末淫，非圣人之所急也！故食必常饱，然后求美；衣必常暖，然后求丽；居必常安，然后求乐。为可长，行可久，先质而后文。此圣人之务。”③（《附录·墨子佚文》）

儒家是以修身养性、超脱利害的“道德”去制衡文艺的“堕落”，是士人的“道德”，而墨家对于“文艺”否定的出发点是最广大的底层群众，站在最广大人民的立场上，一个莺歌燕舞，一个饥肠辘辘，这样的文

① （清）孙诒让：《墨子闲诂》，中华书局2001年版，第459页。

② 同上书，第655页。

③ 同上书，第655—656页。

艺不管是否优美动人，从根本的存在意义上就被打上了“堕落”的标签。儒家抗衡的是文艺从“审美”到“堕落”的精神下滑，而墨家则过于执着对整个文艺存在的抗衡，即他的“非乐”思想。墨子是一位善良正直有大爱的思想家，他觉得这个社会很不公平，有人连饭都吃不饱，衣不蔽体、饥肠辘辘，而占有财富和权力的统治者却还在搜刮民脂民膏、奢侈淫逸，所以应当限制这些歌舞升平吹鸣刻镂之乐，这些行为是“仁者弗为”的，“且夫仁者之为天下度也，非为其目之所美，耳之所乐，口之所甘，身体之所安；以此亏夺民衣食之财，仁者弗为也。是故子墨子之所以非乐者，非以大钟、鸣鼓、琴瑟、竽笙之声，以为不乐也；非以刻镂华文章之色，以为不美也；非以刍豢煎炙之味，以为不甘也；非以高台、厚榭、邃野之居，以为不安也。虽身知其安也，口知其甘也，目知其美也，耳知其乐也；然上考之，不中帝王之事，下度之，不中万民之利。是故子墨子曰：为乐非也！”[①] 儒家是用文艺来深化礼乐，推行仁爱，而墨家是站在“仁爱”的立场上来否定文艺、抽离文艺在社会文化形态中存在的合理性。

也正是因为墨子对文艺釜底抽薪式的否定，对于文艺审美、娱乐、堕落之维的全面否定，所以这种矫枉过正对于抗衡“堕落”、真正提升文艺精神品质也就难以产生实际的功效。墨子虽然是个善良的思想家，正直有大爱，但他对于文艺的全面否定也表明他并不是真的了解人性和文化。一个真实圆润的人，一个有血有肉的人，他的需求是多样而多层的，绝不会止于吃饱穿暖和日复一日的劳作，人有情绪有情感，这些感性的东西都需要有个适当的宣泄口去排遣和安置，而文艺就充当了这样一个角色。文学中情感的无功利是将人剥离生存和世俗的一个自由维度，虽然我们不会时时触碰那个维度，但有了对那个维度的追寻和向往，生命才会更加完善和圆润。沉溺于快感是有害的，美感才是人类心灵的必需品，没有了美感，心灵更容易滑向“堕落”。所以对于文艺我们要戒备的是因其感性愉悦的特性而产生的“堕落”维度，但不能连同文艺一并禁绝，事实上，哪种文化形态也不可能将文艺置之门外，柏拉图欲将诗人逐出门外也只能是“理想国”里的理想了。

---

① （清）孙诒让：《墨子闲诂》，中华书局2001年版，第251页。

三 有关文学“堕落”之维的小结和反思

没有完美的文化形态，也没有纯粹的人性，所以依托于文化和人性的文学也经常滑向“堕落”之维。黑格尔认为“美是理念的感性显现”[①]，显然美归根到底是靠理念来支撑的，也就是说美虽然是以感性直观方式呈现的，但不能只停留在感性层面，必须有个精神性的支撑并且在心灵的超越中才能体验真正的美感。中国古代美学讲究“心斋”“坐忘”“外师造化，中得心源”，也都是将美之为美最终依托心灵、依托精神。这种审美追求也是文学作为一种艺术存在的根本追求，是文学之为文学的根本属性。但是当这种精神性支撑不那么超越的时候，文学的审美就降格为娱乐了，当这种精神性支撑几近丧失的时候，文学的“堕落”之维就出现了。“堕落”是文学的感性愉悦无精神底质的无限放大，也是感性愉悦对整个意识形态的妥协。所以对于“堕落”的抵制和抗衡主要在于文化形态中精神资源的丰富和充沛。不论是先秦儒家的“美善同一”的道德超越，还是先秦道家在“虚静”和“至乐”的心灵超越，抑或墨家因对感性愉悦的戒备而否定整个文艺存在的纯粹和偏颇，都不失为一种对精神的高扬。

当下文学所处的文化形态更为复杂，从体制到媒介都发生了翻天覆地的变化，但凭借精神或曰“理念”对抗“堕落”依然是文学之为文学题中之旨。在以商业和消费为中心的文化环境中，文学的感性愉悦很容易被资本席卷、夸大并背离精神，成为促进资本循环的一个因素。有的网络文学作者可以日产万字，背后的强大动因也正在于此。新媒介的兴起，微博、微信的使用广泛而深刻地改变了人们的生存空间和审美结构，有利有弊。其最大的弊端在于切断了人向纵深处回归精神的可能，碎片式的阅读，赚人眼球的噱头，海量的无价值信息，这一切使得人如同漂浮于海的一根孤木，在自我的世界里没有根底，危险地游荡。当下的文化形态里很难建立一个牢固的精神支柱，可以撑得住人心，安定不迷失。有的学者认为微时代的美学是“小的美学”“快的美学”和“即时的美学”，媒介已

---

① ［德］黑格尔：《美学》，朱光潜译，商务印书馆2006年版，第142页。

然强大到开启日常审美的“生活美学”时代，在这样的时代里，仿佛“人人都是艺术家”。但果真如此吗？没有一个坚固的精神根底，没有穿透心灵的自我沉淀，那个看似自我张扬的主体不过是被市场和资本以巧妙的手段和强势的媒介所洗脑、塑造的“伪个性主义”罢了。“若无笃实，则虚薄也”，这种审美的虚薄实则也是对感性愉悦无精神抵制的放大，是一种精神的“堕落”。文学创作如果偏离了纯粹的精神、纯粹的自我，所有的执着和追求也就成了一种迷失。儒、道、墨三种古老的文化形态虽已是明日黄花，但其中不乏优秀的精神元素依然值得今人借鉴。当然，当下的文化建设任重而道远，只从古代典籍中汲取养分是远不够的，笔者谨愿以此文奉上一己之思，尽一己之力。

个人故事，超个人意义

——《识字的用途》评介*

赵　冰**

内容摘要：《识字的用途》是英国文化研究奠基人理查德·霍加特的代表作。全书相对松散的结构服务了作者的写作目的。该书的出版一定程度上标志着英国文化研究与法兰克福学派文化批判传统的“决裂”。在书中，霍加特借助特殊的叙述风格，从内部视角描述并反思了工人阶级的文化，并通过“奖学金”男孩形象的塑造实现了该书非个人、超个人的文化意义。

关键词：决裂文化　半间接叙述风格　奖学金男孩

作为英国文化奠基人理查德·霍加特的代表作，《识字的用途》（以下简称《识字》）详细绘制了一幅英国工人阶级20世纪50年代生活文化图，捕捉到了第二次世界大战后广告、大众媒介和美国化对该阶级生活、文化和价值观的腐蚀，不仅在文化研究普及为国际化学科中有决定之功，而且对认识文化衰落有警世之用，被《卫报》誉为“稳居20世纪伟大书

* 本文受外交学院中央高校基本科研业务费专项资金资助（supported by “the Fundamental Research Funds for the Central Universities”），项目名称：“英国文化研究视角下英语研究的对象和范式转变”，项目编号：3162013ZYKD06。

** 作者简介：赵冰，文学博士，北京外交学院讲师。

目之列”①。

一 “不安的同伴”

《识字》出版于1957年，全书由两部分构成。第一部分以作者童年记忆为资源，描述了20世纪30年代工人阶级“充实丰富的生活”（full rich life），工人阶级酒吧、俱乐部、报纸和运动等公共文化与个体的日常生活如家庭角色、两性关系自成一体；第二部分则侧重于对50年代“棉花糖世界”（candy-floss world）流行出版物的文学分析，家庭杂志周刊、流行音乐、电唱机男孩及性—暴力小说等都被利维斯式的文本细读——“细察”。通过对比，霍加特不无伤感地回看了文化的衰落，体现了文明—文化批评传统的影响。

不少评论家认为，全书结构相对松散，霍加特本人也称，前后部分表现了两种不同的写作，乍看似“不安的同伴”（uneasy companions），不消说后半部分方法论的重大转变。然而，这恐怕是作者的自谦之词，紧接着，霍加特在“前言”中写道：“我希望读者发现，这两种方法是相互启发的，正如我所看到的一样。”②

霍加特所谓的“相互启发”与该书的写作过程及目的密切相关。虽然该书出版于1957年，然早在1946年，《识字》的一些元素已相继见诸报端，出版者正是时任工党左派报纸《论坛报》（*Tribune*）文学编辑的乔治·奥威尔——他对霍加特的影响不可小觑。霍加特将这些早期勾画描述为“大众文化的某种参考书或教科书，一系列大众文化的批判文章”，后来他逐渐“感觉到想要将这些与人们日复一日的经验联系起来”，以通过将流行文化置于读者的日常生活语境中而对利维斯夫人的《小说与阅读大众》进行纠正。③ 正是出于这样的双重目的，霍加特在写完对流行文化的理论分析（第二部分）之后又以自传的口吻回忆了童年生活，描述了

① http：//www. theguardian. com/books/2014/apr/10/richard – hoggart.

② Richard Hoggart，*Preface to The Uses of Literacy*：*Aspects of Working-Class Life*，London：Chatto and Windus，1957.

③ Richard Hoggart，*A Sort of Clowning*：*Life and Times 1940—1959*，Oxford：Oxford University Press，1990，p. 141.

自己熟知的工人阶级文化，亦即全书的第一部分。

那么，纠正什么呢？霍加特认为，利维斯夫人在谈论流行文化时总是离得远远的，她的描述与他所知的工人阶级相差甚远。如果说利维斯夫人的“大众”只存在于小说标题中，那么霍加特的工人阶级则孕育于一定的社会背景，他们不是沉迷于流行文化“靡靡之音”、认不清现实的“文化笨蛋”，而是具有判断和抵抗力的能动者。该能动性不仅将这位致力于为“普通读者”写作的文化研究奠基人与谈论通俗小说时鼻子上架着“撑碟杆”的利维斯夫妇区分开来，也使他与法兰克福学派相“决裂”。

二 “决裂”的文本

弗朗西斯·马尔赫恩在《文化/元文化》中提出，文化研究倾向于错误地认识自己：它在否定法兰克福文化批判（kulturkritik）社会价值的同时保留了其深层次形式，并以自己的战略想象形式不断重复这种形式。文化批判是“元文化”，不可避免地，文化研究即文化批判。然而，按照霍尔的观点，“谱系并非命运”，霍加特对“文化”的人类学定义标志着与以阿多诺为代表的文化批评传统的“决裂”；霍加特的文学—社会学方法为“认识论决裂”提供了例证；《识字》是一种“决裂的文本”，因此成为文化研究的开山之作。

该书中，文化的社会学和人类学定义取代了其美学定义，而“文化”定义的变化，“无疑是文化研究的根本推动力之一”①。霍加特的“文化”意指工人阶级的说话、思考方式，他们共用的语言，他们言语和行动中所体现的对生活的共同设想，体现在他们日常实践中的社会态度以及他们在判断自己、他人行为时所采取的道德范畴，当然还包括他们是如何把这一切和他们所读到的、看到的和歌唱的关联起来的。这样的“文化”不再是只归“少数派”保管的精英文化，而是为工人阶级共有的生活文化；不再是自由浮动的观念，而是植根于社会实践中。“文化”规定工人阶级的生活并赋予它秩序和意义，为他们的阅读、唱歌等日常活动提供了参考

---

① Colin Sparks, “The Abuses of Literacy”, in Ann Gray et al. (eds.), *CCCS Selected Working Papers*, Volume 2, London: Routledge, 2007, p. 113.

点。这个定义与人类学家格尔茨对文化的看法如出一辙，后者称文化为“一套行为控制机制——计划、处方、规则、指令”①；该文化尽管与威廉斯对文化的定义——“文化作为生活方式”——有所区别，但却是在“平行方向移动”，同样具有决定性意义的“决裂”，是文化研究的形成时刻。②

“文化”定义的改变，意味着要研究人类经验必须发展新理论、新方法论。迫于英国文化中整体性社会学的缺失，文学批评长期扮演着整体化的角色，成为分析社会现象的方法论大师。③ 霍加特从文学批评内部进行积极探索，将文学细读与社会学方法相融合，开创了“社会阐释学”。④在《识字》中，他被“阅读和理解根本称不上文本的‘文本’……的阐释学冲动”驱使，将文本细读的方法用于诸如流行文化、穿衣风格、语言习惯和举止仪态等表达现象，表现了与罗兰·巴特和本雅明等当代批评家在泛化文本方面的相似性和一致性。

来看霍加特对不太露骨的色情电影（soft pornography）的分析：

> 不可否认，Sanctuary 是早期的司炉（pot-boiler）；然而在作品里可以看到一个严肃认真、无关利害、富有创造力的作者的痕迹。一种颇具天赋、各种各样且极其复杂的理解力在起作用，它拾起各种风景、气味、噪声，在一复杂的场景中将它们编制在一起。⑤

再如他对50年代流行音乐的分析：

> 他在传递狂信之歌所必需的声乐传统中添加了一个音符：对女人

---

① Peter Berger and Thomas Luckmann, *The Social Construction of Reality*, Garden City, N. Y.: Doubleday, 1966, p. 65.

② Stuart Hall, “Richard Hoggart, The Uses of Literacy and The Cultural Turn”, in Sue Owen (ed.), *Richard Hoggart and Cultural Studies*, London: Palgrave Macmillan, 2008, p. 25.

③ See Perry Anderson, “The Components of National Culture”, in *New Left Review* 1, July-August, 1968, pp. 55–56.

④ 详见拙文《从文本到语境：读者的诞生》,《外国文学评论》2012年第4期。

⑤ Richard Hoggart, *The Uses of Literacy: Aspects of Working-Class Life*, London: Chatto and Windus, 1957, p. 219.

> 而言，这两种主风格看似“高尚的天神”（the elevated celestial）或“世界甜心”（Sweetheart of the Universe），暗示了一种天使般却极其女性的精神；而对于男人来说，这两种风格可称作“strangulato”，一种发自喉咙深处特别厚重的歌唱方式，表现了被几近神圣的情感牢牢掌控的肌肉僵硬或为激情约束的人。①

将文学细读用于大众文化并非霍加特首创——利维斯早在《文化与环境》中就对商业广告进行了“实际批评”——与利维斯不同的是，在霍加特的文本细读模式中，读者没有被文本“质询”为主体，而在具体的历史语境下消费文本时积极地生产自己的意义，与主导文化的主导意义谈判，挪用、改变甚至颠覆它。何以？在霍加特看来，读者的思维并非“白板”一块，而孕育于一种社会背景，该背景构成了出版物的接受语境，这便是他在《识字》的末尾所写的：“……（我的）意图是描述普通工人阶级的生活质量，以便将对出版物的细致分析放置到坚实的大地、岩石和水这一风景中”②，而这种背景为读者的判断和抵抗提供了自己的形式和过滤器：“一个人只有在对普通人如何使用那些对我们而言看似一文不值的垃圾材料有了更多的了解之后，才能够自信地评论它的效果。”③

霍加特对读者使用流行文化形式的研究超越了“效果”（effects）说的解释范围，他似乎在探索文本与读者之间某种更加微妙的关系。在讨论多愁善感的歌曲和它为何流行于工人阶级中时，他写道：

> 这些都是极其传统的歌曲；它们的目的是尽可能直接地向听者呈现一种已知的情感模式；与其说它们是凭自身能力创作的作品（creations in their own right），不如说是传统符号的结构，因为它们打开了情感领域（structures of conventional signs for the emotional field they open）。隐喻不是为了灌输复杂的暗示；它们是固定不变的目标货币

---

① Richard Hoggart, *The Uses of Literacy: Aspects of Working-Class Life*, London: Chatto and Windus, 1957, pp. 230 – 231.

② Ibid., p. 165.

③ Richard Hoggart, *A Sort of Clowning*, Oxford, 1991, p. 135.

的一部分；大面额纸币中的零钱，但在自己的领域清晰可辨。①

这里的关键是短语“structures of conventional signs for the emotional field they open”。它暗示了某种分裂——歌词及几乎已经沦为陈词滥调的旋律所表达的情感特质与它们所唤起的听众的感受之间的分裂。这种分裂说明，读者绝不是他们所读到的或听到的，而是与作者和文本进行沟通的谈判者、意义建构者和生产者。于此，我们似乎预见了霍尔的编码—解码理论——他本人承认，霍加特对读者的兴趣启发了该理论；也依稀瞥见了大卫·莫利《〈举国上下〉的观众》的身影：他在遇见读者反应理论时大有“相见恨晚”之感。

三 “你们看见了我”

文化研究学者特纳、安·格雷将《识字的用途》视作对两次世界大战期间英国北部工人阶级日常生活的民族志研究，但他或许可以更加严谨：该书是具有自传性质的民族志研究、文化变迁史。霍加特通过对童年记忆和工人阶级经历的描述记录了时代和社会的变迁，在不牺牲个体经验独特性的同时证明了经验更广泛的相关性和普遍性。

在霍尔看来，霍加特的工人阶级出身背景为他“从内部阅读文化”提供了先天优势，因为他能够从对生活事物的探究中看透其中的“心理态度”。确实，霍加特从他人之所不能，看出了工人阶级习语及仪式背后的情感压力，但这恐怕只是硬币的一面，“内部视角”的另一面是，它往往过度强调经验的真实性。由于特定的社会条件成为具体的生活条件，很难不优先考虑“真实的东西”——个人所见所闻的经验性证据，很难不允许这类证据压倒其他种类的证据。也许是基于这样的考虑，霍加特在注释部分援引了社会学数据以论证自己的观点。

---

① 原文是：These are strictly conventional songs; their aim is to present to the hearer as directly as possible a known emotional pattern; they are not so much creations in their own right as structures of conventional signs for the emotional field they open. The metaphors are not meant to be imbued with complex suggestion; they are part of a fixed and objective currency; very small change, in a few broad denominations, but recognisable in their own territory. (Hoggart, 1957, p. 161)

更深层次的问题是，经验实则是个悖论。一方面，这个概念对于理解作为生活经验的文化至关重要；另一方面，个体非借助语言无法理解经验，因此，作为具体类别的经验似乎注定消失于话语和语言中。人文主义者认为，经验是真实的来源，“经验”早已存在于某处，只是被遮蔽了，正安静温顺地等待研究者的描述和发现，从而成为“可见的”事物。然而，（后）结构再现理论宣称了“可见性”的虚幻：人不可能达到对世界和客体直接的、不经中介的通透理解；所谓的“真实”“真理”只是文化/话语建构的产物。套用福柯的“话语之外无事物”，可以说“话语之外无经验”。因此，必须对语言和经验的表达方式进行反思，对表意实践的过程本身进行反思。

霍加特对此必然是有所意识的：他在《识字》中践行了特殊的叙述手法，让·巴色洪称其为“半间接叙述风格”（semi-indirect style）或“自由间接叙述风格”。这种风格以第三人称叙事，同时具有第一人称直接引语的特点。与正常的直接引语相比，半间接叙述手法省略了“他说”“他认为”等介绍性短语。且看《识字的用途》中的例子：

> 整个社区可能都知道，某个工人阶级妇女在某个地方替别人照顾孩子，整天洗洗涮涮；但是如果晚上末了她被一个男人送回家，她很可能要求把自己放在几个街区之外。如果邻居看见她和一个男人一起回家，他们会说什么呢？①

在这段引言的最末，霍加特省略了“她想……”，于是带领读者直接进入人物的心理，而他本人似乎表现出福楼拜式的客观和无动于衷，仿佛只是“让研究对象自己说话”②。

这种风格的最终效果是，读者会产生这样的感觉：仿佛叙述者并非在对他们说话，而是在喃喃自语——读者反倒变成了屋檐下的偷听者。不妨来看第五章“奖学金男孩”一节：

---

① Richard Hoggart, *The Uses of Literacy*: *Aspects of Working-Class Life*, London: Chatto & Windus, 1957, p. 72.

② Jean-Claude Passeron, "Introduction to the French Edition of Uses of Literacy", in *CCCS Selected Working Papers*, Volume 2, Routledge, 2007, p. 28.

> 他回不去了；他的一部分自己不想回到那通常狭隘的寻常状态，而另一部分自己又渴望所失去的故乡身份，“他希冀某个无名的、之前从未在过的伊甸园”。这种怀旧情绪因为他真正地“追求那个逃匿的自己却又害怕找到它”而愈加强烈，无可名状。①

再如：

> 但他并非一个“富有创造性的天才”。他足够聪明使自己在智力上脱离他的阶级，但却没有准备好克服接踵而至的困难，无论是智力上还是情感上。②

类似的“喃喃自语”俯拾皆是。句子以第三人称写成，但读者仿佛“无意”中听到霍加特言说自己的经验和感受：他作为“奖学金男孩”既不属于自己所属的工人阶级，也不属于教育将他重置的新的阶级，甚至不属于“知识分子”这个群体；他是无根的焦虑一族。霍加特曾说，也许他多愁善感，倾向于将自己的背景浪漫化，但读者处于更有利的位置，就像康拉德《黑暗之心》中的听者：当然，在这里你们这些家伙看到的比我能看到的更多——你们看见了我。③

“半间接叙述风格”与霍加特十分推崇的“距离化”手法如出一辙。在《乔治·奥威尔和传记的艺术》一文中，他高度评价了伯纳德·克里克所著的奥威尔传记，并将其成功归因于他拒绝了英国传记体“向内和解释”（inward and interpretative）的传统，转而追求某种“外在性”（externality）④方法。这种方法的特点是，作者与研究对象总是保持适中的距离：克里克既不是奥威尔的疯狂粉丝，也不是居住在奥林匹亚高高在上的神；他既不会消失在对象中，将其浪漫化、神秘化，又不至于对其漠不关心；他不为

---

① Richard Hoggart, *The Uses of Literacy: Aspects of Working-Class Life*, London: Chatto & Windus, 1957, p. 246.

② Ibid., p. 248.

③ Ibid., p. 19.

④ Richard Hoggart, “George Orwell and the Art of Biography”, in *An English Temper*, London: Chatto& Windus, 1982, p. 112.

读者提供任何阐释的框架，不会成为作品与读者之间的绊脚石。

无论名称如何，这些叙述手法体现了霍加特“拉开距离，保持参与”的思维习惯。该习惯一来使他不至于迷失在经验与研究对象中，二来有效地罢黜了资产阶级或小资产阶级的民族中心主义。以工人阶级父母的育儿方式为例。根据霍加特的记录，他们非但从不或者很少要求自己的孩子在闲暇时间打工以补充家用，还会买异常昂贵的自行车或手推车作为圣诞礼物；母亲对女儿极其溺爱，却从不要求回报……这种方式在中产阶级或资产阶级知识分子看来是不合逻辑、不达标准的：工人阶级父母没有从小培养孩子的独立性，买昂贵礼物的钱本应用在教育上，而不是鼓励女儿的虚荣心及自私的性格……霍加特承认这种方式确实不符合“受过良好教育”阶级的育儿标准，然而在文章的结尾他揭示了这种行为背后的原因：“未来的生活还很长，而你改变不了什么；你得让他们还能玩的时候痛快玩；毕竟，你只年轻一次。”[①] 而对于女儿甚少回报父母的自私行为，霍加特做了最为真实、深沉的辩护：“如果这是盲目的自私，它是父母宽恕并鼓励的自私。”[②] 换言之，工人阶级父母的育儿方式是具体苛刻的物质和其他生活条件的结果，是基于工人阶级不能改变自己命运这样的认识而做出的选择，他们的文化形式与客观条件（经济的、物质的）具有统一性及同构性。

通过强调这种统一性及同构性，霍加特将工人阶级生活文化再现为一种真实的生活方式，赋予了其合法性。既然工人阶级的文化形式是客观条件造就的结果，那么中产阶级及小资产阶级知识分子基于自己不同的生存环境对工人阶级进行批判就丧失了中立性，沦为意识形态。当经济学家、规划师使用看似中立的语言进行学术写作时，他们实则暗藏在专家的意识形态屏风之后，大放厥词。反观霍加特，他通过特有的分析风格与资产阶级以自己的方式所宣扬的种族主义原则分道扬镳，逃脱了某些解释，而这些解释充其量只是将因受到良好保护而不那么露骨的阶级偏见提升到了智力研究水平。

---

① Richard Hoggart, *The Uses of Literacy*: *Aspects of Working-Class Life*, London: Chatto & Windus, 1957, p. 47.

② Ibid.

四 “受伤却敏感的社会触角”

如霍加特所言，“你们看到了我”：无根焦虑、自我意识强烈的奖学金男孩。这位霍加特的半自传性人物被赋予了丰富的文化含义。在《识字》中，霍加特描述并评价了三种不同的“身体”：象征大众文化、支离破碎的女性身体，象征拒绝变化、去性化了的工人阶级母亲身体及以“奖学金男孩”为代表的“有感觉的男性身体”（the feeling male body）。在多人被电视、封面女郎挂像和影院大银幕催眠、昏昏欲睡之时，奖学金男孩的感知能力和内心生活使他们具有了即使“母亲”也缺乏的文化重要性，他们是“尽管受伤却更加敏感的社会触角”[①]，而“有感觉的男性身体”既是社会瘀伤的症候，又凭借特有的感觉能力为治愈社会提供了药方。

该书中，大众文化对工人阶级的掠夺通过身体所受到的影响得以表现。这一影响首先表现为感官的钝化，即霍加特笔下的“麻醉”（anaesthesia）或死亡。他写道：“大部分大众娱乐终归是劳伦斯所说的‘反生活’（anti-life）的……这些产品属于二手的、观望者的世界；它们没有提供任何能够真正地抓住大脑或心灵的东西。”[②] 霍加特用被动性、中介性、观望者拒绝参与甚至“死亡”的躯体喻指大众文化。举例而言，在描述匪徒小说（gangster-fiction）时，霍加特用无生命的躯体意象比喻这种文学的劣质：“匪徒小说在很大程度上是死亡的，因为它只是‘在部分中展现生命’。”[③] 言下之意，真正的艺术是有益于生活（pro-life）的，它作用于读者或观众的五脏六腑，能够赋予身体以活力。霍加特以福克纳的小说《避难说》例证此类文学，并因它“探索了小说的本质”[④] 而对之大加赞赏。在这类真正的文学中，文本—身体、作者—身体与读者—身体三位一体：作者通过生动的语言于文本—身体中创造出鲜活的感官形象，唤起读者可能沉寂的身体性和活力。那么，如何判断一种文学更加“身

① Richard Hoggart, *The Uses of Literacy: Aspects of Working-Class Life*, London: Chatto & Windus, 1957, p. 258.

② Ibid., p. 340.

③ Ibid., p. 267.

④ Ibid., p. 268.

体”——霍加特将名词形容词化，称“福克纳的小说比匪徒小说拥有更多身体”？霍加特暗示，统一性是重要的评判标准，部分必须服务于整体，细节必须围绕着一个主题展开。否则，即使“部分”中展现了生命，整体依然可能是死亡的。

大众文化对身体的消极影响还表现在它迫使身体支离破碎。在霍加特所描述的新杂志上，“身体”（主要为女性身体）被表征为部分：“大腿的翻转或肩膀的弯曲”，“乳房之间的沟壑”，“不透明材质下乳头的凸起”等。而被表征的“部分”内容反映了表征方式的碎片化，用霍加特的话说，便是“东拼西凑的碎片到处撒野”（bittiness run riot）。[①] 这是新杂志等大众文化形式与优秀文学的区别所在，也是其失败之症结所在。需要指出的是，霍加特并不反对意象的身体性，他真正反对的是这些意象缺乏生命活力：“这种性—兴趣主要集中在头脑和眼睛里，是一种隔离的二手物。它自认为是聪明、精致的兴趣，实则毫无生气，被简化为范围狭窄的反应。”[②]

然而，“身体”并非完全被动，物质即是能量。在《识字的用途》中，霍加特讨论了工人阶级对大众文化之节奏和“甘言劝诱”的抵抗：“这不仅仅是消极的抵抗力量，而是积极的力量，尽管其发声仍含混不清。工人阶级拥有强大的适应变化的自然能力，他们改编或同化新事物中自己所需的元素，丢弃其他。”[③] 工人阶级母亲充满活力的“身体”及“奖学金男孩”受伤的“身体”象征了这种反抗，它们与大众文化“棉花糖世界”中毫无生气、支离破碎且被性化了的身体形成了鲜明的对比。

传统是抵抗的坚固堡垒，工人阶级“凭借直觉、习惯性地生活，利用神话、格言和仪式依靠语言生活”[④]。在霍加特对母亲的处理中，母亲象征了传统和延续性，她拥有所有传统的“质”：她的面孔印证了流转不辍的生活的痕迹——常年快速潦草地洗脸导致污垢沉淀，长年累月的精打细算留下了皱纹；习惯性的动作，如有节奏的抚手、嘴角的抽动或稳定的

---

① Richard Hoggart, *The Uses of Literacy: Aspects of Working-Class Life*, London: Chatto & Windus, 1957, p. 216.

② Ibid., p. 222.

③ Ibid., p. 32.

④ Ibid., p. 33.

摇摆都诉说着多年的生活。[①]与“空洞”和“亮闪闪”的大众文化相比,“污垢”和脸部的“鳞状质地”虽不美丽,却暗示了某种深度和坚实的可靠性。并且,与大众文化被性化了的、廉价而华丽的女性气质相比,母亲被去性化(desexualized)乃至无性化(asexualized)了:她们年过三十,就已经丧失了大部分性吸引力,不久的将来便“身材走样”;她们操持着家庭,这个家庭既不廉价,也不忸怩作态或反复无常。

霍加特从外形和无意识的习惯动作方面刻画了工人阶级母亲的形象,问题是,母亲的情感生活呢?母亲的“身体”象征着传统对大众文化的抵抗,但她并没有被赋予强烈的感知能力,也缺乏福克纳式丰富的内心生活,正如卡洛琳·斯蒂德曼所认为的,情感上的被动和工人阶级生活的千篇一律是霍加特笔下母亲的主要特征。[②] 幸运的是,这些缺失的元素在“奖学金男孩”身上得到了有益的补充。与仅从时光的流转和习惯性动作等物理层面塑造母亲的“身体”相比,霍加特对“奖学金男孩”的描述类似19世纪的相面术:“变皱的额头,紧皱的眉毛,阴暗的眼睛,最重要的是嘴巴,下嘴唇如果不是因为上嘴唇的紧绷就松懈了。而上嘴唇掩饰了更强烈的不满,暗示了为避免更大的损失而采取的类坚忍不拔(quasi-stoicism)。”[③] 这样的脸庞不仅记录了生活的艰辛历史,而且使人联想到持不同政见的拜伦式英雄,从文艺复兴到鲁滨孙、卢梭再到奖学金男孩,浪漫主义的个人主义形式不同却从未间断。他们富于想象耽于行动,愤世嫉俗自怨自艾,“坐在黑暗和死亡的阴影中……被悲惨和铁链牢牢束缚着”[④],却锲而不舍,苦苦问寻:

> 我们宁愿被毁灭也不愿被改变,
> 我们宁愿在恐惧中死去也不愿爬上眼下的十字架

---

① Richard Hoggart, *The Uses of Literacy*: *Aspects of Working-Class Life*, London: Chatto & Windus, 1957, p. 49.

② See Caroline Steedman, *Landscape for a Good Woman*, Rutgers University Press, 1987, p. 26.

③ Richard Hoggart, *The Uses of Literacy*: *Aspects of Working-Class Life*, London: Chatto & Windus, 1957, p. 315.

④ Ibid., p. 258.

看着幻想死去。①

在几乎整个社会都沦为大众文化顺从的接受者，其眼睛黏附于电视机、封面女郎挂像和影院大银幕时，奖学金男孩“众人皆醉我独醒”，他们的提问关乎个人的无意识之根，关乎日益趋于集中化的社会，关乎文化、智识发展与人之为人所依赖的信仰之间的关系。他们是“尽管受伤却更加敏感的社会触角”，时刻提醒着我们：亟须唤醒的人远远超过需要安慰的人。②

“该书试图从个人故事中生出超个人的意义。”霍加特在其自传开篇如此写道。自传如此，《识字的用途》又何尝不是呢？消除消费文化的恶果，唤醒社会中沉睡的大多数，就是它非个人、超个人的意义了吧！

（原载《中国图书评论》2015 年第 11 期）

① Richard Hoggart, *The Uses of Literacy*: *Aspects of Working-Class Life*, London: Chatto & Windus, 1957, p. 258.

② Ibid., p. 259.

第三编

媒介文化研究

文艺理论的“媒介”发现与艾布拉姆斯文学要素说的当代延展

李　勇*

内容提要：今天，文艺理论的许多话题都直接或间接与媒介问题相关，离开媒介，这些话题很多时候很难深入去谈。一定程度上，时下文论研究有一种运动趋势：其研究对象和研究领域正日渐向媒介倾斜，此即当下文论研究的媒介研究“转向”。当代文论的媒介研究“转向”有两层含义。其一是文艺理论内在机制的“转向”，即文艺学的研究重心从传统艾布拉姆斯经典的文学四要素延展和“转向”到被埋没了上千年的作为文学艺术基础环节的媒介（即作为文学制作、传输和表征呈现的媒介环节）；其二是外在研究视域的“转向”，即当代文论的研究视域“转向”具体的媒介文化案例（此时媒介作为外在文化的媒介）。当然，“转向”并非意味着完全改变既有“航向”，它主要是指一种新潮、倾向或趋势的生成。这一趋向具有较强的时代性与现实性，它呼唤学界投入足够的和应有的注意。

关键词：M. H. 艾布拉姆斯　媒介　文艺理论　媒介研究“转向”

今天，文艺理论的研究对象和研究领域发生了较大变化，以前他们注

* 作者简介：李勇，文学博士，河南大学文学院教授，博士生导师。

意力多集中在世界、作家、文本和接受等方面，现在开始关注文本生产、传输和呈现时所使用的媒介；以前多关注文论自身的现象规律，现在其目光开始投射到此范围之外的传媒文化。今天，越来越多的学者关注和转向媒介文化研究，从而促成当代文论研究在内在机制和研究视域上的延展与“转向”。

一

粗略梳理一下，这一转向的最初痕迹可追溯到20世纪30年代。当时，面对电影、摄影、广播等“新”媒介的兴起，法兰克福学派就有意识地把注意力转向这些“新”媒介，思考其对艺术和审美的深层影响。本雅明《机械复制时代的艺术作品》（1936）是这一时期的著名论作。与本雅明的乐观不同，阿多诺、霍克海默等人则阐释了与复制技术相关的“文化工业”理论及由此导生的“单面人”和启蒙的“辩证法”观点。他们更多地看到媒介的负面效应，认为“新”媒介的到来带来了文化与美学的巨大危机。

50年代，伴随法国经济的迅速回升，电视等大众文化也迅速崛起。这吸引了罗兰·巴特等符号学和结构主义文论家的注意。《神话学》（1957）即是这段时期巴特思考的重要成果。巴特在书中将电影、肥皂剧、电视广告等媒介文化作为符号，借用语言学、结构主义和符号学方法进行了细致解读。此时其理论视域开始由结构主义语言学过渡和转到结构主义符号学，由传统文艺学进入更为广阔的文化领域。

20世纪60年代起，英国学界开始重视媒介文化问题，先前这些大众文化地位低下，难登大雅之堂，到雷蒙德·威廉斯时获得了重视，“媒介文化”一词也正是在此时合法化、术语化。[①] 威廉斯本是戏剧学教授，但媒介等新文化现象吸引了他，使其注意力很早便转向于此，《文化与社会：1780—1950》《漫长的革命》《电视：科技与文化形式》等是其留下的印记。斯图尔特·霍尔，伯明翰学派的领军人物和文化研究的精神领

① “媒介文化”一词在今天已成为专有名词，一个特定的文化称谓，专指电子媒介文化，而以往的印刷媒介文化则需加限定词，本来共享的称谓被电子文化独占了。

袖，则把法国结构主义引入文化研究，整合了威廉斯以来文化研究的文化主义范式，实质性地将文化研究推向当代传媒和大众日常生活领域。霍尔的媒介理论主要围绕“意识形态”概念展开，认为媒介是意识形态的生产机制和操作平台，是意识形态的角斗场。他关于媒介文化三种解码方式（主控—霸权式、协商式或对抗式）理论即是对意识形态控制与争夺的形象化理论阐释。霍尔理论改变并实现了媒介文化研究从文本分析向文本—受众关系分析的转移，为戴维·莫利、约翰·菲斯克、米歇尔·德塞图等人的受众研究提供了理论前提。

与德、法、英等国研究理路不同，加拿大学者马歇尔·麦克卢汉则将目光锁定在媒介的技术形式方面。麦克卢汉本是文学爱好者，深受著名文学批评家 T. S. 艾略特诗论影响，后来他将注意力转向媒介。这一转向并非偶然，乃历史与时代的双重馈赠。受形式主义的影响，麦克卢汉认为媒介形式本身具有其内容无可比拟的革命性价值，此即其经典理论“媒介即讯息”之要义所在。在此基础上，麦氏用“媒介”代替了马克思理论的关键词“经济”，并建构了自己的媒介理论（有人称之为媒介本体论，或媒介决定论）。“媒介”一词正是在此时成为一个正式的、合法的学术语汇。

20 世纪七八十年代，随着媒介水平的深入发展，法国后结构主义理论家让·波德里亚将注意力集中到媒介文化等问题。他把媒介文化作为一种新的话语秩序和言语情境，从语言学能指与所指的关系对其作出深层判断。他认为，现代传媒建构起一个比真实还要真实的“超真实”（hyper-reality）的“拟像”（simulacrum）世界，从而构筑了一个“仿真”（simulations）的文化体系，我们的真实观可能因此受到损伤，美学也因此成为“超美学”（transaethetics）。[①]

进入 90 年代，随着互联网等数字媒介的迅猛普及，媒介水平获得了划时代发展，成为每个当代人（包括学者）无法绕越的经验与理论问题。对于文论美学工作者来说，无论媒介是洪水猛兽（终结者），抑或时代福音（接生者），它都将对文学、艺术，对审美的既有图式产生革命性影

---

① 波德里亚的这种说法集中体现在其于 1988 年 5 月美国首届波德里亚学术会议上的发言稿《超政治，超性别，超美学》（*Transpolitics*，*Transsexaulity*，*Transaethetics*）之中。

响。所以，（转向）对媒介的思考构成了文艺理论对自身前途困境的一种回应和思考。比如，后结构主义理论家马克·波斯特深入探讨了电子媒介如何促成了语言表征的崩溃，并导致笛卡儿理性自律主体瓦解的问题。① 雅克·德里达在《明信片》中联系自己的文学经验，表达出对电子文化的深切忧思。耶鲁学派著名文论家J. 希利斯·米勒也常常散布电子媒介对文学史无前例的终结和解构论调。美国著名学者杰姆逊对媒介也多有涉及，比如他关于后现代文化“拼贴”（pastiche）手法和“大杂烩”（collage）现象的论述。② 德国美学家沃尔夫冈·韦尔施对媒介文化也提出诸多精辟见解，这表现在他对审美泛化、传媒现实、虚拟现实等问题的分析。他的《重构美学》一书，针对当代美学阐释力失效的问题，重新设想和探索了一个发轫于当代传媒和大众文化语境中的美学新框架。在《数字美学》中，肖恩·库比特详谈了数字文化的伦理问题，他同时对数字文化的未来，以及数字文化合理性与合目的性之间的关系问题作了深入思考。此外，迈克·费瑟斯通的“日常生活的审美呈现”（the aestheticization of everyday life）、道格拉斯·凯尔纳的“媒介奇观”（media spectacle）等均可作为当代文论媒介转向的例证与注脚。

就中国而言，文论工作者最初谈到媒介的时间大约是电影在中国的落脚之日（20世纪初）。不过中国学者对于电影的研究，倾向于电影作为文学的研究，而较少电影作为媒介的研究，自然谈不上媒介“转向”。

这一局面一直到20世纪80年代末90年代初才有所改观。当然我们还得感谢媒介技术的发展和社会运作水平的提高为文论转向营造了一个良好的社会和文化语境。中国媒介发展的速度令人吃惊，目前，我国网络、电视、通信等大众传媒的用户数量和科技水平均达到世界领先水平。与西方当代情况类似，媒介问题已经成为每一个个体，包括学者无法绕过和躲避的经验与理论问题。于是，一时间文论工作者们纷纷“不务正业”起来，转向了“媒介”这个先前未曾涉足也未曾设想的新领域。

---

① 参见 Mark Poster, *The Mode of Information: Poststructuralism and Social Context*, Cambridge: Polity Press, 1990。

② 参见 Fredric Jameson, *Postmodernism, or, The Cultural Logic of Late Capitalism*, Durham: Duke University Press, 1991。

当然，诱发这一转向的重要契机乃米勒北京之行。2000 年，米勒先生带来了极具杀伤力的论调：“在特定的电信技术王国中（从这个意义上说，政治影响倒在其次），整个的所谓文学的时代（即使不是全部）将不复存在。哲学、精神分析学都在劫难逃，甚至连情书也不能幸免。”① 这就是其著名的“文学终结论”。媒介成为文学的“终结者”，所以文论研究转向对自身终结者话题的探讨也是情理中事。一时间，老一代文学理论家钱中文、童庆炳、杜书瀛、李衍柱，以及中青年学者金惠敏、高建平、王一川、彭亚非等纷纷撰文参与讨论。在这场论争的怂恿下，本土学界开始系统、深入地思考媒介之于文学艺术命运的关系，由此拓展了文论研究的阵地，并向此外的媒介话题蔓延转向。

文论研究的转向，一则表现为文论工作者对西方媒介理论的大量译介，这些译介常以丛书形式出现，比较著名的有周宪、张一兵、许钧、王逢振、高建平、金惠敏、张云鹏、李陀、刘东等人主编的译丛，用短短10 余年时间把欧美近 70 年来与传媒相关的理论著作引入国门。

转向的另一个重要表现为文论工作者联系本土现实所作的有意识的思考。从内容和视角上看，媒介转向又有以下几种情况：（1）转向媒介对文学的冲击与影响（也即媒介语境下文学的命运问题）研究，针对这一问题，文论界已组织相关学术研讨会② 20 余次，所谈及的论题有文学终结论、网络文学、电子书写等，主要论者论著有杜书瀛《文学会消亡

---

① 该文后来刊登在《文学评论》2001 年第 1 期，题目为“全球化时代文学研究还会继续存在吗?”，后被《文化研究访谈录》（王逢振、谢少波主编，中国社会科学出版社 2003 年版）和《土著与数码冲浪者——米勒中国演讲集》（希利斯·米勒著，易晓明编，吉林人民出版社 2004 年版）收录。

② 比如 2000 年秋在北京召开的“文学理论的未来：中国与世界”国际学术研讨会；2003 年 1 月在北京师范大学举办的主题为“媒介变化与审美文化创新”学术研讨会；10 月在湖北郧阳师专举办的“大众传媒与审美文化创新”全国学术研讨会；2004 年 5 月在复旦大学举办的“全球化：可见的与不可见的——中国首届视觉文化传播国际研讨会”；2005 年 8 月在河南大学举办的“中国—欧美文学理论国际论坛”，此次会议的预备会议“赛博空间对人性经验的可能重组”于 2004 年 5 月在中国人民大学召开；2006 年 9 月在京举办的“中国新世纪文学与影视创作高级研讨会”；2006 年 11 月由中国传媒大学、中华美学学会联合主办了“2006 审美文化高峰论坛”；2006 年 12 月在上海举办了中国文艺理论学会暨第八届年会“大众传媒时代的文学生产”学术研讨会。2007 年 8 月，北京吉利大学举办了“新世纪中国当代文学新的格局与走向”高级研讨会；2007 年 9 月“大众传播时代的文学经典”学术研讨会在贵阳市举行；2008 年 1 月在深圳举办的“媒介·图像·市场——‘第三届深圳美术馆论坛’暨‘首届雅昌艺术论坛’”……

吗——学术前沿沉思录》（中山大学出版社 2006 年版）、金惠敏《媒介的后果：文学终结点上的批判理论》（人民文学出版社 2005 年版）、黄鸣奋《超文本诗学》（厦门大学出版社 2002 年版）、南帆《隐蔽的成规》（福建教育出版社 1999 年版）、欧阳友权《数字化语境中的文艺学》（中国社会科学出版社 2005 年版）、张邦卫《媒介诗学》（社会科学文献出版社 2006 年版）等；（2）转向媒介对美学和审美意识的影响研究，主要论者论著有张江南和王惠《网络时代的美学》（上海三联书店 2006 年版）、贾秀清等《重构美学：数字媒体艺术本性》（中国广播影视出版社 2006 年版）、吴志翔《肆虐的狂欢：传媒美学谈》（武汉大学出版社 2006 年版）及周宪、王一川等人的著作；（3）以媒介作为视角，重新进入现代文学的一些论题，主要论者论著如陈平原和山口守主编《大众传媒与现代文学》（新世界出版社 2003 年版）、孟繁华《传媒与文化的领导权》（山东教育出版社 2003 年版）、马永强《文化传播与现代中国文学》（安徽大学出版社 2003 年版）、王一川《京味文学第三代：泛媒介场中的 20 世纪 90 年代北京文学》（北京大学出版社 2006 年版）、蒋晓丽《中国近代大众传媒与中国近代文学》（四川出版集团巴蜀书社 2005 年版）、周海波《传媒时代的文学》（人民文学出版社 2007 年版）等；（4）转向影视美学研究和媒体艺术研究，论者甚众，如金丹元《"后现代语境"与影视审美文化》（学林出版社 2003 年版）、彭吉象《影视美学》（北京大学出版社 2002 年版）、戴清《电视剧审美文化研究》（中国广播电视出版社 2004 年版）；（5）转向媒介文化的社会学、传播学研究，主要论者论著如蒋原伦《媒介文化与消费时代》（中央编译出版社 2004 年版）、赵勇《大众媒介与文化变迁：中国当代媒介文化的散点透视》（北京大学出版社 2010 年版）、潘知常《大众传媒与大众文化》（上海人民出版社 2002 年版）等。

21 世纪以来，国内高校相继成立了几十所新闻传播学系/院，这些学院的师资大多从文学院/中文系整合而来。所以，文论工作者进入传媒研究领域是一种极为普遍的现象（有些甚至转向专门的媒介研究）。当然，对于多数文论工作者而言，他们未必将研究重心转向（或完全转向）媒介，不过大多论者已开始意识到媒介之于文学的问题性和重要意义。

总之，从大的形势言，媒介已成为文学理论研究一个重要的话题和领域，中西文论界的研究现状和研究趋向表明今天文论研究的确有接近或走向媒介的趋势。在（文论研究的）媒介话题由无到有、由小到大这一角度上，我们认为（媒介）转向表明文艺学界对此话题的重视、肯定和“信任”。

二

媒介，就其本质言，是内在于文学艺术生产活动的一个基础环节。如文学创作离不开笔墨纸砚等表征媒介①，无之就无法生成具体的文本；文本从作者到读者手中又离不开出版社等传播媒介的帮忙；同样，没有作为界面的媒介，文本便无从呈现。所以，媒介之于文学艺术活动而言，是相当重要和根本的一个环节。艾布拉姆斯曾提出作者、文本、世界和读者构成文学活动的四要素说。其实，媒介比之四要素其重要性丝毫不差。巧妇难为无米之炊，且巧妇也需借助锅、勺等媒介的支持，无“媒”同样无炊。所以，作家仅有丰富的世界经验、高超的写作技艺是不行的，它需要借助媒介工具的帮忙。所以，从文学活动的各个环节——创作、传播、呈现等来考察，媒介是内嵌其中不可或缺的理应与艾布拉姆斯四要素平起平坐的基础性环节。

然而，走入历史，文艺理论的研究对象一直围绕艾氏四要素展开，而把“媒介”这样一个重要的内嵌性要素湮没与遮蔽了。可能的原因在于：（1）媒介技术发展缓慢，缺少对比，缺少变化，所以媒介的价值让论者在自己的时代语境中很难觉察，也很难重视，如中国古代的表征媒介数千年来都是毛笔，未有大的变化。（2）传统艺术观念重创作才艺轻媒介工具，因媒介毫无个性，对谁都一样，作品的风格价值与之无关，且媒介单凭自身不能生成艺术作品。所以，重要的不在媒介，而在于对它的使用（比如书法创作中最重要的不在笔，而在对笔的使用能力，绘画、雕刻等亦然），通常所谓的“化腐朽为神奇”“鬼斧神工”说的就是这个问题。（3）在漫长的文化历史中，表征媒介和传播媒介最大的变化在造纸术和印刷术，但这两次历史性机遇均未被理论逮获，媒介错失进入理论的机缘。以上这几方面原因经过数千年文化沉淀，逐渐自然化，媒介由是被文

① 所谓表征媒介，即表征制作时所使用的媒介工具。

化遗忘，并凝结为一种文化无意识。所以，“媒介”未能成为问题，其问题性未被理论觉察，属于媒介的季节一直未能来临。

今天，电子媒介的到来使得媒介终于迎来了自己的季节。由于文艺文本对自身批量复制、快速传播与多形态/媒体呈现的内在性需求，媒介以颇为无奈的姿态告别了之前的隐居生活，开始登上前台，享受学界霓虹灯光的殷勤注目。这些关注大致可从以下三个角度来考察。

从媒介制作角度言，媒介复制与艺术生产的关系问题遂成为突出话题。在这一问题上，本雅明的贡献毋庸置疑，在《机械复制时代的艺术作品》一书中，他率先提出复制之于艺术活动的深刻影响，认为机械复制时代的来临可能导致文学存在方式、美学效果及文学艺术概念等一系列问题的惊人变化。阿多诺的“文化工业”概念是媒介复制话题的延伸，复制技术促成了文化工业的产生，由此导致文化生产模式出现类型化、同质化及马尔库塞所谓的大众精神面貌的“单维化”趋向。总的来看，法兰克福学派所谈的机械复制与今天的电子复制有许多类似点，可视为电子复制的前身或雏形。20世纪90年代初，杰姆逊在《晚期资本主义的文化逻辑》一书中也谈到复制问题，他所说的复制是电子复制，他明确将复制视为“后现代主义中最基本的主题”①。杰姆逊还谈到以复制、剪切等为技术基础的“拼贴”法，并将之与现代主义时期“戏仿”（parody）进行比较，详细分析了“拼贴”对文本内在性质的美学影响。另外，波德里亚的理论其实也涉及电子复制的问题，其关键概念“拟像”的技术根源正是复制等电子制作技术所为，他所谈到文化表征逻辑的崩溃和仿真逻辑的兴起等问题追根溯源都与复制问题相关。

从媒介传输角度看，相关话题主要围绕全球化问题展开。这其中，麦克卢汉“内爆”②（implosion）理论居功至伟，影响深远。内爆即时间与空间的内向爆裂，由此导致距离被征服，地球越来越小，作为庞然大物的世界成为“村落”（village）。麦氏“地球村”理论可以说是媒介全球化

① ［美］杰姆逊：《后现代主义与文化理论》（精校本），唐小兵译，北京大学出版社1997年版，第218页。

② 参见M. Mcluhan, *Understanding Media: The Extensions of Man*, New York: McGraw-Hill, 1964。

理论思考的先驱。戴维·哈维重点阐释了全球化时代时空压缩现象引发文化性质变异和文化形态变迁的深层原因。波斯特则就媒介光速传播造成笛卡儿式社会主体的变异展开思考。梅洛维茨针对“地域感”的消失详说其对社会行为的影响。[①] 德里达的《明信片》、米勒的《全球化时代文学研究还会继续存在吗?》则直接就全球化时代文学的命运问题展开思考。2001 年，米勒文章一经《文学评论》发表，立刻在国内学界引起轩然大波，一时间，学者们纷纷进入这一话题，将文艺学媒介研究推向一个小高潮。在此之中，金惠敏等关于“趋零距离”的探讨从哲学角度阐释了时空压缩对文学命运轨迹的改编和影响。

从表征呈现角度看，今天，文艺活动的主要表征形式显而易见已由文字滑向图像，正是在这个意义上，一种“图像转向”（pictorial turn）的理论悄然兴起。这也是 W. J. T. 米歇尔较早谈及的问题。他重点阐释了“图像转向”的缘起及与图像理论相关的许多话题。利奥塔就文字与图像这对老冤家间的历史性关系及今天二者关系的逆转等问题，展开了富于浪漫主义气质的解读。尼古拉斯·米尔佐夫、马尔科姆·巴纳德、德波尔、波德里亚等人从学理上梳理了“视觉文化理论”“景观理论”“拟像理论”及其相关的研究方法。阿莱斯·艾尔雅维茨则更多联系艺术史案例，详细阐释了图像转向的深层美学寓意和文化内涵。中国学者金惠敏、彭亚非等也就图像增殖、影视改编等问题联系文学的命运走向展开细致的思考。与文学研究图像转向紧密相连的话题还有日常生活的审美化问题。这一话题近些年成为学界之炙手热点，吸引不少论者注目。

媒介之所以备受青睐，根本原因在于媒介实质性渗透和控制了文学活动从生产到传输再到呈现的各个环节，从根本上影响到文学活动从存在方式到美学效果再到内在属性的深刻异变。具体来说，从生产环节来看，新媒介的到来使得电子复制成为可能，复制带来的文化的和美学的后果主要在于：自动操作同时有可能会导致媒介代理；完美化制作同时可能引发超真实与非真实并存的表征悖论；普泛化及由此带来的审美解放同时又可能滋生解放的逆转。从传输环节来看，电子媒介的文化与美学效果主要通过

---

① 参见 Joshua Meyrowitz, *No Sense of Place: The Impact of Electronic Media on Social Behavior*, New York: Oxford University Press, 1985。

时空压缩文化现象产生，就其对时间的压缩效果而言，它营构了一个时间线性断裂的（即偏重当下性、即刻性、流动性的）、对过去—现在—未来没有真正感觉（即无历史感、当下感和未来感）的审美文化生产语境；空间压缩则营构了一个全球化与地方化、普遍化与个别化、同质化与差异化二律并存的审美文化语境，这些均与现代性审美文化语境存在巨大差异。[①] 从表征呈现环节来看，这自然把图像的问题引入话题之中。媒介即讯息，当传统以文字为主要表征样式的文本更易为以图像等为主导的表征样式时，文学，不仅内部发生了一场剧烈的审美重组，而且其外部条件如主体也受到根本性的质疑。就其内部而言，语言与形象的天平开始失衡，形象得以尽可能的彰显而语言被迫隐遁，最终走向图像增殖的“拟像”化阶段，话语“深度”惨遭摒弃。就其外部条件言之，饱受图像滋养的感受性、平面性和非理性主体得到极大张扬，理性主体却成为嘲弄对象，及至拟像主体阶段，主体不复再为主体，最终深陷于拟像的“超现实”和“泛美学”的海市蜃楼之中。[②]

媒介的凸显和转向使得艾布拉姆斯四要素说在今天显得有些尴尬。艾说是文论美学的经典法则，是教科书上的金科玉律，特别当此理论被后人经典化之后。[③] 艾布拉姆斯立足于文学史的宏观视野，总结出文学活动必不可少、最为基本的四个因素（世界、作家、文本、读者），但对媒介环节只字未提。可能的情况是，艾布拉姆斯没有意识到媒介的重要性，没有觉察到媒介在整个文学活动中的价值和作用，没有认识到媒介是文学整体活动中一个必不可少的环节。但我们不能因此而苛责艾布拉姆斯。毕竟《镜与灯》（这本书是对艾氏四要素说的系统论证和集中阐释）是一本关于浪漫主义文论的批评专著，其研究重心不在媒介。另则，此书出版于1953年，此时媒介问题只是刚刚显现，远未达到今天的规模。所以，一定程度上，艾布拉姆斯对媒介的忽略有其历史的和学理的语境。然而，就在这个时代，广播、电视已在许多国家普及，电影媒介文化已经成为大众

---

① 参见李勇《电子媒介·时空压缩·文化生产》，《北方论丛》2007年第4期。

② 参见金惠敏《图像增殖与文学的当前危机》，《中国社会科学》2004年第5期；《从形象到拟像》，《文学评论》2005年第2期。

③ 刘若愚先生曾联系中国文学批评发展史对此理论进行了创造性的阐释和介绍，对中国学界影响很大。

文化的主要样式，在理论上，法兰克福学派已有经典阐释，《机械复制时代的艺术作品》《启蒙辩证法》早已漂洋过海来到美国，而邻邦加拿大多伦多传播学派的先驱者伊尼斯也完成了自己的媒介理论建构（他卒于1952年），麦克卢汉也出版了自己论广告的专著《机器新娘——工业人的民俗》（1951）……所以将媒介摄入文学研究视野在理论上有一定可行性和可能性。正是在这一意义上，我们说，“媒介”修订了艾布拉姆斯的理论，艾布拉姆斯的文学四要素需要增加“媒介”这一要素。

媒介本来是文学艺术活动中一个基本的和必不可少的因素，媒介一直在场。没有媒介，文学艺术活动便不可能发生。所以，发生在今天的媒介转向不是凭空产生的，它是对历史的重新发现和审视，是文化大反省的结果，是文化自我清理和自我敞亮的必然归宿。它意味着一个被忽略、被埋没了数千年的文学艺术环节进入自己的正常运作轨道，意味着文学艺术活动真正认清了自己的团队成员。当然，更为重要的是，媒介话题又是“媒介化”现实的馈赠和要求。今天，媒介对文学艺术的冲击和影响要求文艺美学研究作出学理上的回应。所以，我们此处提出的“媒介转向”的命名是历史（媒介的本性被长期遮掩）与现实（媒介的现实冲击力）双重合力的结果。

媒介的到来对文艺理论的学科建设提出了新课题，它修订了艾布拉姆斯的学说，当然也丰富和延伸了他的学说，文艺理论研究的确正在酝酿和发生一场具有史学色彩的研究“转向”，其轮廓在今天逐渐清晰可见。

三

理解当代文论的媒介研究转向应该在两个层面展开，或者说文论“转向”媒介有两层原因。其一是上文我们所讲文论内在机制的转向，此时媒介作为文学艺术自身活动的制作、传输和表征呈现媒介，媒介转向即文论研究的重心从传统艾布拉姆斯的四要素逐渐“转向”被埋没了上千年的作为文学艺术基础环节的媒介。其二是当代文论转向于（外在于文学活动的作为大众文化的）具体媒介文化和媒介文化案例的研究。此时的媒介与上文我们所说的媒介已经不是一个概念（虽然都使用“媒介”一词）。上文“媒介”是作为内在环节的媒介，此处是作为外在文化的媒介。一个是文学的媒介，一个是文化的媒介（它更多是指媒介机构、媒介文本、媒介文化，我们或者统称之为媒体文化）。所以，一个转向于文学艺术内在的运作环节，一个转向于文学艺术外在的文化现象；一个是内在机制的转向，是研究范式的转向，一个是外在研究内容和研究视野的转向。若以艾氏理论作为参照，前者是今天理论语境下艾氏四要素需要延伸的环节，后者是因当代文化语境变迁而让艾氏始料未及的走向。这两个层面的转向紧密相连，具有统一性。

长期以来，在内容和研究视域上，文艺理论研究一直关注文学、美学自身的问题。今天，在现实具体问题的呼唤下，文艺理论越来越关注其范围之外的社会与文化层面的媒介问题。这是一种典型的研究越界。当下文艺理论的这一研究越界已成为普遍的理论事实，越来越多的媒介问题被关注，于是文艺理论研究“先斩后奏”，形成“转向”事实。

今天，文艺理论对于媒介文化和媒介社会学问题的研究转向已经蔚为规模。德国法兰克福学派不只关注（复制）技术对艺术品存在方式和美学效果的影响，更关心文化层面与社会生活层面媒介对大众的更深层的社会学影响。英国文化研究学派将关注的重心锁定在媒介的社会学与文化学问题，其重心在媒介机构（即媒体）和媒体文化。法国符号学与后结构主义论者如罗兰·巴特也对媒介文化具体案例表现出浓厚的兴趣，并作出了精彩细腻的解读。后结构主义者如波德里亚和加拿大多伦多学派学者麦克卢汉及其后继者尼克·波兹曼等从事的主要研究也都针对媒介的社会学问题……

具体来说，文艺理论研究的媒介文化转向体现为三方面。

其一，转向网络文学研究与媒介文化批评，也即转向对具体媒介文化问题和案例的评论分析，如对超女、百家讲坛、脱口秀、假新闻、手机文学及影视节目等具体文化现象的分析阐释。其间理论分析方法通常是美学的和文艺学的。

其二，转向对于媒介文化的社会语境及效果的分析，即对消费社会的分析。媒介文化与消费社会有诸多现实的和逻辑的内在联系，二者互为因果，所以虽然消费文化的外延可能大于媒介文化，但对于消费文化的分析往往会联系到或者需要联系到媒介文化，如对时尚、流行等问题的研究。

其三，转向对于媒介作为表征的研究，也就是不研究具体的媒介文化，而是把文化现象作为文化内在精神的表征，从外在之表探其内在精神的研究，目的在于分析人的存在状况，分析存在合理性与合目的性之间的关系，有助于对存在的未来作出正确的反思与合理的预测，如英国文化研究和巴特的文化符号学等即是这种理路。理查德·沃林在《文化批评的观念》中谈到的“文化批评家的角色”① 指的就是这种路子。

媒介文化，本来是一个社会学、传播学与经济学话题，之所以进入文艺学并成为一重要话题，原因在媒介文化与文学艺术二者在多方面相仿。(1) 媒介文化有一套类似于文学活动的环节：制作、文本、传输、效果，可以作为文本进行阅读。南帆说：“电子传播媒介的分析仍然是一种文本分析。两者之间并没有多少距离。”② 所以，文艺学的传统知识储备在此可以发挥作用，这为转向提供了可能性、可行性。(2) 研究媒介文化的目的与文学等一样，都是关注人的精神状态。今天，媒介文化对人精神生活的影响是基础性和本质性的，它影响并一定程度上重构了当代人的真实观、伦理观、审美观，进而深入当代人的信仰领域，影响当代人精神家园的建构。(3) 媒介文化的运作机理与文学等相仿，它们在本质上都是一种表征活动，都是进入现实的方式途径。在以前，文学是了解和进入现实的最佳方式，今天媒介文化取而代之，成为最佳方式。当代人对世界的了解基本上从媒介而来。所以，文艺学研究媒介文化也是情理之中的事。(4) 艺术是传统审美观念、审美意识的代表性体现样式，媒介则是今天审美观念和审美意识的代表性体现样式。作为审美观念的突出体现者，媒介文化进入文艺理论是一种必然。所以，媒介文化能够从社会学、传播学进入文艺学，并成为重要研究对象，进而促成其研究转向，其中有特定的文化精神和内在原因。

当然，更为主要的原因在于：我们当代人就生活在媒介文化的文化语境中，我们的审美观念因此语境的到来而发生根本性与基础性的变化。这些变化常常是复杂的、充满悖论的，因而其价值和走向也是难以估定的。

① 理查德·沃林说：“文化批评家的角色则在于精确地揭示‘现实性’和‘合理性’之间的差异，暴露事物实然存在和应然存在之间两相对立的隔阂。”参见［美］理查德·沃林《文化批评的观念——法兰克福学派、存在主义和后结构主义》，张国清译，商务印书馆 2001 年版，中文版序言，第 2 页。

② 南帆：《双重视域——当代电子文化分析》，江苏人民出版社 2001 年版，第 265 页。

首先，媒介文化对理性的反叛和对感性之张扬似乎重回审美感性之本义，但它只得其表，未得其里，这主要表现为审美文化内涵式精神指向的异变：仿真文化的生成和求真旨趣的丢失；文化的娱乐化、资本化取向和道德麻木感、颓废感的生成；形而上神性品质的丢失和无聊感的普泛化。其次，从表征形态而言，审美化表征外衣为媒介文化大量收购并广泛发挥，媒介文化越来越符合美的规范，并呈现为审美泛化趋势；但在表征形式的探索性上，媒介文化缺乏探索精神，往往借用既成的经典表征模式。综合审视，新媒介从内涵到外延多方面质疑并解构了现代性的审美观念和美学规定，导致审美的逻辑受驯于技术逻辑、仿真逻辑和消费逻辑，从而使审美逻辑失去自律性，最终造成现代性审美观念的危机。正是在这些层面上，审美的当代状况才被视为审美的“终结”。其实，站在宏观历史发展语境之中，审美非但没有终结，反而以终结方式开始着新生，只是它以一种新的异于传统和现代性标准的面目出现，且其本身的规定性尚未建成，故而朦朦胧胧，难以明言。这构成了媒介时代审美嬗变更大层面的悖论。以上这三层悖论，既包含对既有审美观念的解构，也包含重构/重组，都是根本性、历史性的，都涉及审美之命运，故在引起理论深思的同时，学界不自觉地把理论目光“转向”其“元凶”：媒介。

其实，客观来说，此时“转向”更恰当的表述似乎应该是文化研究转向。因为文艺理论在今天的研究内容不仅转向媒介文化问题，同时还转向于身体、都市、消费、商品、时尚、服务等现实中各色具体的文化问题。

今天，毫无疑问，媒介问题在所有文化问题中分量最重，表现最突出，作用最重要。它处于大众文化的核心，占据着经验性社会生活中最耀眼的位置，用波斯特的话说，马克思理论中“生产方式”所处的社会核心位置已经为“信息方式”（the mode of information）取代。[①] 同时，媒介还是进入现实、深入文化最有效和最重要的途径，这是因为媒介是文化表征活动中最重要、最集中、最突出的表征方式和表征形态，是当前文化精神和现实问题最集中的体现，是深入“技术”与“资本”当代社会这两

---

① 参见 Mark Poster, *The Mode of Information: Poststructuralism and Social Context*, Cambridge: Polity Press, 1990。

大关键词的特别通行证。再者，当下许多文化问题都不同程度地涉及媒介，离开媒介这些话题很难深入去谈，比如全球化、日常生活审美化、图像转向、消费文化、都市文化、身体文化、文艺学跨界、影视改编、网络文学、艺术生产、科技生态等都与此相关，媒介是深入分析这些问题的前提和基础。所以，使用“媒介转向”的表述非但不显偏激，相反却是一个较为合适的命名。

综合看来，当代文艺理论转向两层原因均指向媒介。一个是作为工具的媒介，一个是作为文化的媒介。一层含义涉及媒介的技术层，一层涉及媒介的文化层。一个内置，一个外显。文艺理论研究的运作趋向似经匠心安排，从内到外，从工具到文化，多层面、多维度地为我们展示出“媒介”这一语素来。当然，二者之中，前者系根本要素，在丰富艾布拉姆斯四要素说理论的同时，也为“媒介转向”命名提供了实质性、根本性和决定性的理论支持。这也是“媒介转向”优于“文化转向”等命名的深层原因（“媒介转向”从文论内部的具体环节和机制出发，抓住了文学活动的特点和内在机制，也即与其他表述相比，它抓住了问题的核心）。

文艺理论的研究“转向”云云，在历史上类似命名着实不少，比如作家转向、文本转向、语言学转向等。这里，“转向”并非意味着完全改变既有“航向”，比如作家转向并非意味着所有的研究全部转向对作家心理、生平等的探讨，事实上还有许多研究停留在“世界”等环节；文本转向也并非意味着所有的文学研究都完全转向文本、形式方面，而不再关注作家、世界。同样，接受美学转向和语言学转向亦然。这里，“转向”背后有一个不言自明的史学支持，它意味着一种新潮、倾向或趋势的出现。这是一种较为形象化的说法，对其理解不可过于坐实。我们可以认为这一“新潮”“趋势”有很强的时代性，需要理论投入足够的和应有的注意。

（原载《文艺理论研究》2011 年第 6 期）

数字文化的哲学

——《数字化时代的后现代性》述评

林　青[*]

内容提要： 数字化社会的发展深刻改变着人们的生活和思维方式，由此引发对人与社会的再思考。欧洲 17 世纪以来的理性至上思想已进入饱和状态，个人主义逐渐走向衰落，从 20 世纪中后期开始，科技迅猛发展，数字化社会逐渐形成，人类原始认知结构中的多元性和集体思想被唤醒，在网络社群中重新聚合，世界不再是“一神论”主宰的世界，而是对立耦合及多元文化相互包容、共存的世界。而网络“部落”的趣好分享、情感归属、多元理念、精神物化、非功利性欲望等现象则被马菲索利称为后现代特征，并逐渐游离出以一致性和二元对立为核心的理性观念。数字化世界不仅开创了大众媒介时代，也满足了网民多种非功利性的文化需求。而要使数字化社会稳健发展，在法制的前提下，顺其自然是一种智慧的策略。

关键词： 马菲索利　菲赛尔　数字化时代　“部落”

网络数字文化正在改变着人类的认知，改变着几个世纪以来形成的人的价值观，以及思维范式。由此产生大量新的现象值得关注。为此，2016

---

[*] 作者简介：林青，加拿大蒙特利尔大学哲学博士，现任中国数字图书馆有限责任公司副总裁。研究方向为当代文化、比较文学、数字化社会、后现代主义等。

年法国法郎索瓦·布兰出版社邀请了米歇尔·马菲索利（Michel Maffesoli）和爱尔威·菲赛尔（Hervé Fischer），以对话形式讨论数字化时代给人类带来的新变化。

马菲索利是巴黎笛卡儿—索尔邦大学的社会学教授，学问不拘一格，涉猎甚广，用他自己的话讲，史学、哲学、人类学和心理分析学都可以成为看问题的视角。也许将其理论框在文化学研究领域更适合。马菲索利是双科博士，一是社会学博士（1973），一是文学博士（1978）；后者是令人仰慕的国家博士。马菲索利的研究聚焦于这样一个问题：在理性和技术主导的社会中，人的本性，或者说人与生俱来的活力，是如何从理性束缚中释放出来的。围绕着这一命题，马菲索利归纳出多种“后现代性”特征。他的大部分著作都是围绕着后现代性这一主题展开的，由此导引出酒神精神、部落主义、游牧主义等后现代性概念。日常生活的种种现象始终是马菲索利研究关注的，为此他专门发起成立了“当今日常生活研究中心”实验室，聚焦于新的社会形态及相关衍生想象物的研究。马菲索利著作颇丰，专著和合集达三四十种之多①，虽在法国有不少争议，但海外影响很大，马菲索利获得多个大学名誉博士头衔，其著作被翻译成十多种文字。

菲赛尔早年生活在法国，曾在巴黎笛卡儿大学做讲师，后因受束而辞职，移民到加拿大魁北克，成为自由职业者。1970 年后菲赛尔主要从事两个方面的工作：一是艺术创作，一是社会哲学研究。进入数字化时代以来，菲赛尔利用数字化技术创作了不少美术作品，并在 1985 年与朋友一道创建了蒙特利尔新技术与艺术城，展出大量反映未来形象的数字作品，该城成为后来研究数字艺术历史的重要参考。菲赛尔强调数字化时代的意识多元性，以及由此导致的“增量意识”，传统线性思考模式无法处理大量交织复杂的信息，因此需要去伪存真，对其进行价值评判，由此建立一种新的伦理观是必要的。2000 年以后，菲赛尔的研究主要集中在数字化

① 《酒神的影子》（1982、1990、2010），《普通的知识》（1985），《部落时代——大众社会中个人主义的衰落》（1988、2000），《表面的深层含义——论美学伦理》（1990、2007），《论游牧主义：原发性的游魂》（1997、2006），《世界魅力重现——我们时代的伦理学》（2007、2009），《事物的秩序》（2014），《数字化时代的后现代性》（2016）等。

与艺术发展的关系上。[①]

马菲索利和菲赛尔的讨论共分三个部分：世界发展趋势、部落时代以及伦理和道德。前两个问题多集中于哲学层面，也是本文述评重点所在。

一 数字化时代个人主义的衰落：从一神论到多神论

数字化社会改变了社会和人的行为范式，传统信息传播的“古腾堡星系”[②] 已经失灵，马菲索利将这种本质性的颠覆称为“后现代性”。从社会发展角度看，“后现代性”是相对“现代性”而言的，而这种转变恰恰是由技术高度发展完成的。马菲索利是这样描述这一发展进程的：17 世纪到 20 世纪上半叶整个社会是以“愿望/权力”为本质特征的，人要控制一切（即笛卡儿的理论：人是自然的主宰和占有者）。这段跨越三个世纪的时期经历了 17 世纪笛卡儿“我思故我在”，18 世纪启蒙哲学，以及 19 世纪至 20 世纪上半叶各种社会建制形成的阶段。而 20 世纪下半叶后期，根植于互联网中的后现代性逐渐显现出来，以往那种要控制经济、社会和政治的观念达到了饱和状态。在网络时代“现代性”中最核心的个人主义价值观逐渐衰落，“部落”的意识形态、网络社区、论坛、社团式的网站悄无声息地推动着人们观念的改变。个体不再思想了，而是被思想，是人们在思想个人。这种从“我”到“我们”的转变是现代社会最本质的变化。而这种变化并不是文明的断裂，而是一种人类社会螺旋式的发展：因为太阳底下没什么新鲜事儿。在科技改变世界的同时，在纷纷攘攘的互联网信息中，总是离不开对哲学、宗教、情色的关注，而这些

① 《未来的神话分析》（2000），《虚拟世界的挑战》（丛书，2002），《数字浪漫主义》（2002），《虚拟的普罗米修斯——数字化时代的本能力量》（2003），《超级星球——从线性思维到阿拉伯图案式的思维》（2004），《好莱坞帝国的衰落》（2005），《我们是神》（2006），《沙发上的社会——神话分析元素》（2007），《艺术的未来》（2010），《未来的发散性》（2014），《网络的神奇思想》（2014）等。

② “古腾堡星系”泛指传统的信息传播方式，著名的文化学者玛沙尔·麦克卢汉曾以此作为他的重要著作的名称《古腾堡星系：印刷时代人的形成》（1962）。在此书中他分析了大众媒体，特别是印刷机对欧洲文化及人类意识的影响。他普及了地球村的概念，认为大众媒体可以将整个世界作为一个村子来看待，而古腾堡星系是指人类艺术和知识的积累及记录，特别是书籍。

"老话题"恰恰是我们这个社会最原初的、最基础的事情，这些议题本身就具有"完整的社团共性"。由于数字化技术的广泛应用，人们的交往形式变得更容易、更亲近了。马菲索利举了一个"当今日常生活研究中心"的研究案例，两个技术相同的电声乐队，正是靠着互联网得以认识，结下了类似于古代部落的友好关系，并且相互交换各种物件。这类原始的交换体验表现出人性中"根部的活力"。互联网正在重新建立社会联系，社会基质中的集体思想作为"基本关系模式"在数字化时代被激活了，以前对个人主义的崇尚被相互关系的思想取代了。因此，从社会发展角度看，后现代性可以定义为"古老事物与技术发展的协力体现"。①

数字化社会不仅激活了人本性中的集体意识，还深深影响着人类认知能力。马菲索利认为，数字化技术实际上将人们的"求知驱动力"和"情感驱动力"结合在一起，以往笛卡儿的思想是一维性的，是要统治世界，而当代思想则是出自整体全面的观念，是围绕着反馈和可逆性而生成的。当代数字技术应用本身就是要建立起一种互动机制，而在互动和反馈的过程中，集体的智慧和意识又重新聚合起来，由此人们重新找回了人类学最初原型的知识。

其实马菲索利并不是一味地排斥理性的知识，而是不喜欢理性之上的排他特性，不喜欢那种纵向直至演绎到上帝的思维方式。马菲索利借用了波德莱尔的一句话："上帝是最大的偏执狂。"理性的终极推导最终归结为一种神性，而在知识分子纯粹理性态度中就有这种偏执狂，他们扮演的角色就是这种神性的变体，似乎"小上帝"会告诉他们应当怎样想，应当怎样做，这就是所谓的"应当是这样的逻辑"，而这种统治在大学小圈子中的攻击性和令人生厌的东西只能产生这类偏执效果。其实世界是丰富的，不仅只有理性，还有很多衍生的思想。基于理性的偏执最终会导致海德格尔所说的"世界的浩劫"，而这正是多少年来进步神话逻辑推演的结果。在马菲索利看来，真正的"进步性"就是要说明理性和感性是如何共存不悖的，两者又是如何融为"感性化的理性"的。当代网络文化背景下，年轻人与这种偏执理性大相径庭，充满着富有生命力的朝气。

---

① ［法］米歇尔·马菲索利、爱尔威·菲赛尔：《数字化时代的后现代性》，巴黎：法郎索瓦·布兰出版社2016年版，第27页。

在讨论后现代性问题上，菲赛尔赞同马菲索利对以理性为中心的个人主义逐渐衰落的描述，也注意到以不同关联为主的多元化现象。菲赛尔认为，数字化时代是一个多种文化交织的时代，衍生出阿拉伯图案的思维方式，也就是多元的、异质事物并存的思维方式。它与西方传统的线性思维方式不同，不是遵照因果逻辑关系演绎的，不再具有那么强的证明的目的性。在互联网时代，重要的是浏览时在不同性质的信息中产生关联，而这种关联极具创造性，对出生在数字化时代的年轻人来说，他们更青睐于阿拉伯图案式的思维方式。

西方文明最显著的特征就是承认这样一个公理，即上帝是万源之本(因)，由此导出线性思维的因果论逻辑。而这种线性的理性思维逻辑，或言传统的思维范式在数字化社会中逐渐瓦解了：线性的一元文化让位于多元文化。

马菲索利引用库恩《科学革命的结构》（2008）的论述，来佐证一神论线性思维为何长期统治世界：欧洲 17 世纪以来知识的形成显示出明显的功效性，为了证“因”求“果”，不免抛弃一切无用的“累赘”，诸如梦幻、节庆狂欢、游戏等因素，只有直奔主题，才不会降低理性思维的效率，才不会阻碍科学的发展。而几个世纪以来科学和技术的发展正是理性思维的结果，现代社会也正是这种理性极盛的产物，由此形成了理性为主导的思维范式，这就是马菲索利所说的一神论，理性思维在科学技术发展中确实起到了主导作用，但社会不仅仅只有科学和技术，还有大量日常生活的知识和事物，也就是所谓“人类存在的基壤”。而进入以后现代性为特征的数字化社会，尽管理性仍然是科技发展的主导，但科技创造的互联网使人类生活逐渐摆脱了一神论的思维形态，摆脱了“一果一因”的思维模式，出现了“价值多元化”“一果多因”的现象，这种思考问题的相对性（相对主义）与互联网连接各种信息、多元文化和多元价值观有直接的关系。实际上数字化社会的出现正好唤醒了人类社会“多神论、多因论的古老范型”，这也就是我们正在经历思维模式变革的根源。数字化社会实际上是一个开放型的社会，是一个新旧交替充满变革的社会，一神论的文化形态已达到饱和状态，人们不必像以前那样要达成世界的某种目的。在一神论走向解体的同时，又孕生出另外一种或多种文化形态。按照马菲索利的观察，与犹太—基督教的思维方式相比，远东的非持久性和连续性的思想更贴近虚拟文化的特征：也许某种知识呈现的形式就是非持续性的，而对世界和科学的影响也同样有着非持续性的特征。互联网作为包容不同色彩的虚拟文化就是一种对立耦合，说到底，这种虚拟文化就是一种多神论的呈现，而这种多神论招致的最大问题就是相对主义，真理似乎处于相对的状态，此为“真”是相对于彼而言的，相对化的过程就是协调关系的过程。因此，“我们今天正在学习如何应对多元文化主义和多元因果主义”①。相对主义很容易使我们联想到无政府主义，而无政府主义按照马菲索利引用E. 瑞克鲁斯的说法，不就是没有国家、没有纵深诉求的秩序吗？马菲索利在此强调的不是有序无序的问题，而是用多元化的、相对主义眼光看待秩序的问题。在他看来，调整世间万物时不必总要究其成因，这才是构成他所说的“共生生存”的必要条件。

一神论与多神论之别反映在现实社会中则不可避免地涉及价值评判的问题。菲赛尔和马菲索利在此问题上分歧不小。菲赛尔一方面承认阿拉伯图案式的多维思维方式是数字化时代的特点，另一方面认为所有的价值观念，其中包括由上帝创造的真善美，都是虚构出来的理念和叙事，而对其解释则是依据文化的不同而有差异，其中包括对科学的实证主义的叙事。正是根据这种假设，菲赛尔提出了他的神话分析方法论并对科学、民主、数字化社会、进步等观念进行分析：将各种神话和想象放在关系的网络中，并加以比较，从中发现它们之间的隶属或矛盾的关系。在这种分析中，神话分析家不可能保持中立。“因为他要证明在这些虚构概念中哪些是对人类有毒的，哪些是有益的。”② 数字化时代造就了很多新人、超人，应当出现一种超人道主义，因为互联网使人们有了更多的联系，更多的超数字化联系，在这种情境下更应当建立一种新的价值规范。菲赛尔用一个比喻说明数字化时代人们所处的境况：我们在同一架飞机上，没有飞行员，没有导航员，也没有航行图。我们必须共同学会驾驶飞机，决定朝哪个方向飞，因此也就决定了我们的价值观念。作为知识分子应当像加缪、福柯和萨特那样关注人类的境遇并积极介入，而不是屈就于马菲索利所说

---

① ［法］米歇尔·马菲索利、爱尔威·菲赛尔：《数字化时代的后现代性》，巴黎：法郎索瓦·布兰出版社2016年版，第46页。

② 同上书，第51页。

的“事物的秩序”，即社会基质的物质性，因为这种观念里隐藏着一种古老的命定性。

在马菲索利看来，菲赛尔做价值判断的思想从根子上说来源于“进步”的概念。进步主义不过是救世主降临说的逻辑演绎，根子上源于这样一种思想：世界不好，必须寻找并期盼一个好世界。这就是19世纪发展起来的人类解放的理论基础。奥古斯丁所谓“上帝之城”的美好愿景实际上是虚幻的，人类要穿过“泪谷”达到天堂，这种愿景后来演变成通过人类解放的理论而达到地上天堂，即达到一种完美的社会，随之形成了“拯救经济”，而这又变成了名副其实的经济。这种追求社会进步的思想本质上可以追溯到一神教的意识形态。每一种宗教都有其理想社会的范型，都有其偏执和狂热的一面。之所以现在世界带有宗教色彩的战争不断，都与只承认一个神、一种理念、一种原因有关。历史上犹太人多次遭到屠杀（沙俄对犹太人的屠杀，第二次世界大战希特勒对犹太人的屠杀），现在圣战者对所谓异教徒的屠杀，本质上都可以追溯到排他性的一神论。价值评判和责任恰恰出自进步主义的观念，问题是以一种理念解释世界往往是行不通的，所以才有今天的相对主义和多元化思想的出现。因此一神论和多神论之争对认识当前世界是有启发的。而当今数字化时代多神论的思维范型也恰恰是后现代主义的特征。

而反映在现实社会中，多元化的思想正在潜移默化地改变社会意识和政治形态。菲赛尔用巴贝尔塔形容互联网给人类社会带来的影响，互联网宽容各种语言和文化的差异，同时数字化也给社会带来前所未有的透明，不论何种体制，数字化形成的民主成为一种制衡力量，政府的行为一定程度上受到制约，政治、腐败、社会、种族、生态等问题均可能在网络上披露出来。而在强势的“大众媒体”控制下，“自媒体”应起到一种舆论民主的作用，而不是滥用。

而马菲索利则从另一个角度透视数字化社会如何改变政治形态：以往是由社会精英或者智者引导幼稚的老百姓如何走向完美社会，这种寻根溯源的说教实际上就是现代的理性主义，而所谓理想的民主就是那些拥有知识和权力的先锋分子、职业革命家或精英对世界“应当变成”什么样发号施令。但当今的“虚拟文化”则深刻地改变着“纵向”的理性思维，而逐渐形成了越来越显示出价值的“横向”思维，当前很少有政治家意识到这种变革，因此与现实社会完全脱节，不接地气。社交网络、网络论坛、圈子以及大家公认的好东西又回到了最原初最本质的状态：所有人更紧密地共生共存。自然环境与社会环境从来没有如此紧密地结合在一起，正是通过互联网这种中介强化了各个层面上的联系。而这种沟通正是通过马菲索利 1988 年提出的“部落”的比喻实现的。“只要政治家不重视我称之为理想社团的形式，老百姓与精英之间的鸿沟就会继续加深。因为，数字化时代的知识已经不再将局限在教喻范畴，而呈现出来的多元性不得不使我们认真思考人类思维最初的横向特征。”①

笔者认为：从哲学层面上讲，有关社会多元性的讨论本身就是后现代性的重要话题，马菲索利批判理性至上及一神论的合法性方面与解构主义如出一辙，无非就是所用术语不同罢了。德里达、利奥塔和罗兰·巴特质疑的是理性根源（逻各斯，天父）的唯一合理性，而马菲索利则对一神论和支持个人主义的理性在当今的数字化时代的效能表示怀疑。

二 数字化时代的“部落”回归

“部落”概念是马菲索利提出来的，这个概念被马菲索利视为后现代性的重要特征。它与以土地和血缘为特征的传统人类学部落概念有本质的区别，后现代部落的比喻实际上关注这样一个判断：“一致性的社会、一体化不可分割的共和国以至著名的社会契约，这一切都达到饱和状态。”② 18 世纪以来，社会契约在欧洲特别是在法国长久以来一直是现代性创造的动力，而后，士兵的刺刀、商船和传教士将这个一体化社会和社会契约概念传播到全世界。但近几十年归属情感、集体情绪及其影响日益彰显，于是后现代部落出现了。后现代部落主义的基本特征就是“趣好分享”，不论这种趣好是性爱的、音乐的、宗教的、体育的还是消费者的。数字化社会对事物的判断很难再简单划一，而相反社会形态呈现出马赛克的形式。社交网络和社团类网站造就了古老的生活方式与现代技术结合形成的

① ［法］米歇尔·马菲索利、爱尔威·菲赛尔：《数字化时代的后现代性》，巴黎：法郎索瓦·布兰出版社 2016 年版，第 62 页。

② 同上书，第 65 页。

虚拟文化，并将部落趣好与人分享。享乐主义、部落主义和游牧主义通过网络又回到了现代生活。70%的互联网访问是在宗教、色情、哲学，或与个人发展相关的网站发生的。人们可以由一个团体“冲浪”到另一个团体，由一个部落转到另一个部落。现代社会的概念是建立在分割和二元对立的观念上的，《圣经》开宗明义：上帝将光明与黑暗区别开来，这正是文化与自然、身体与精神、物质与精神等一系列二元对立的根源。而后现代的数字化社会则漠视这种二元对立，倾向多元理念的融合，这种现象在年轻网民中尤为明显：他们崇尚神秘的躯体，精神普遍被物质化，对世界的认识往往也是矛盾的，这些现象都带有后现代部落的特征。

菲赛尔对部落概念是认同的。但同时指出，现代社会不是以阶级划分的，而是大众型社会。虽有部落，但实质上大众社会被碎片化了，以往梦想的社会化的团结已不复存在。公民变成了互不相干的分子，生活在孤立的境况中，即所谓消费和娱乐的社会中，完全受商业广告操控，在这种境况下过去熟知的利他主义难以为继。在这种碎片化的虚拟环境中，与他人分享互动的需求越来越旺盛，通过社区，人们重新找回了久违的人间温暖。人们可以借助网络逃避艰难的赎罪现实，而在数字世界中得到补偿，网络不仅是一个羊水世界，人们可以受到安全的抚慰，而且是一个可以拥有众多朋友，将自我变成一个得到认可的他人社会存在，使人毫不费力地获得欣悦感的数字化世界简直就是一个天堂。人们恍如进入微微的全身麻醉、飘飘欲仙的状态。相比这种想象中的避难之地，返回现实是令人沮丧而且恼怒的。一方面网络象征着孤独，另一方面它是一个社会组织的新现象。因此，有必要理解这种想象的世界，这种乌托邦的梦想。作为补偿，数字化世界使人们在现世基督救赎神话中看到了另一个完美的虚拟世界，柏拉图的理想神话重新启动。网络营造的世界不再是上帝之城，而是由谷歌、苹果和脸书操纵的虚拟世界。数字化的世界不仅提供了神奇的愉悦，创造了大量的新增加的意识，而且也提出了相对于现实世界的新的伦理责任。

而马菲索利在讨论后现代部落时，更看重人性中隐形的力量和由此形成的仪式。数字化社会中最大的变化就是个人主义的价值和内涵改变了，当谈到部落时，“我”已经远远超出了其本意，变成了“我们”。所谓的个人主义实际上是一种约定俗成但过时的概念。从历史上看，个人主义的发展经历了四个阶段。第一阶段是笛卡儿的“我思故我在”。第二阶段是新教改革，《圣经》被翻译成一般性的语言，印刷术的普及使得每个人都可以接触到上帝，不需要作为中介的牧师解释《圣经》文本。第三阶段是启蒙时代，最好的例子就是卢梭的《爱弥儿》，这部教喻小说传递这样一种思想：“教育能够成功地将一个动物，也就是那个野孩子驯化成人，文明化的野孩子变成了一个自主的个人。”① 自主意味着他本身遵循着属于他本人的法则。而在发现上述三个阶段的个人主义之后，欧洲社会进入现代阶段，“社会契约”代表着个人主义发展的第四阶段。社会契约的基本思想是：我个人有能力创造我的历史，我去和其他自主的个体订立契约，从而创造世界的历史。“这种个人主义构成了社会机体的骨架，基于此形成了由理性至上、‘社会契约’和进步思想铸成的社会结构。”② 这种个人主义的发展最终形成了著名的一切以经济为逻辑的“现实原则”：一个孩子想学艺术，大人就回答他：还是学法律或者医学。现实原则只关注能够带来实在薪水的正经工作。“由此，个人主义将现实生活只压缩到经济、政治或社会层面。而现实生活要丰富得多：它蕴含着幻想、诗歌、幻象、梦境……”③ 个人不再是我是这个或者那个，而是我是这个和那个。在互联网环境下个人终于找到了适合自己的表达，梦想、幻象和思想得以酣畅淋漓表露。马菲索利试图致力于说明，现实生活中有很多非经济性的行为，它比“现实原则”要丰富得多，它包含着人类原初行为的模型，并发明了与之相关的仪式。个人主义的概念实际上是一个讲究效率的概念，是以经济为逻辑的自我管理的概念，由此形成的神话和仪式更注重事实和数字。而除此之外，民间文化中还蕴藏着大量的消耗时间和生命的无为之为：为了挣生活而消耗生命，所以上班的路上停下来到酒馆喝杯白葡萄酒或咖啡，这种“小白葡萄酒”的仪式就是面对每日工作，光阴不再而采取顺其自然的态度。在互联网中，我们面对着大量的仪式，也有一瞬而过的仪式。仪式是针对人类存在整体而言的，而不单指向理性知识。很

---

① ［法］米歇尔·马菲索利、爱尔威·菲赛尔：《数字化时代的后现代性》，巴黎：法郎索瓦·布兰出版社2016年版，第77—78页。

② 同上书，第78页。

③ 同上。

多被功利性仪式排除在外的民间仪式又在互联网中出现了。仪式就是要把部落、团体和社区这类看不见的东西变成看得见的东西。“仪式代表的是一种随性而发的本能形式。它是通过感觉体验事物的。如果我们不遵循这些仪式，就会被排斥在社交网络中的部落和群体之外。”①

数字化世界的仪式在社会领域尤显重要，它使看不见的东西显现出来，在网络中不断地重复和烦琐的动作，却使网民感到了每天经历的永恒瞬间，这种永恒不是天上或人间的天堂，而是一种“巧遇”。由此，周而复始的仪式在网络社区中重新获得了一种不可否认的力量和生机。

三 关于中国网络生态的思考

根据中国互联网络信息中心（CNNIC）的报告，截至2016年6月，中国网民规模达7.10亿，上半年新增网民2132万人，增长率为3.1%。中国互联网普及率达到51.7%，与2015年底相比提高1.3个百分点，超过全球平均水平3.1个百分点，超过亚洲平均水平8.1个百分点。中国网民的规模已构成一种新的社会生存状态，其最显著的特点就是网民的群落化、社区化、参与性高，数以亿计的网民获得前所未有的社会发展的参与权，各类话题往往受到不同群体的关注，使得社会舆论趋于一种稳态的平衡。

两位学者描述的数字化时代的多元价值取向实际上是一种普遍现象，尽管中国的语境和意识形态不同，但是人们还是可以感受到网络中不同语境并存与多元化的价值取向。应当说，价值多元化的社会已经形成，尤其是在网络空间。网络中的互动与社群的常态化，使得老百姓获得了对社会生活的参与感。不同的情感归属，不同的价值取向，不同的思想碰撞在传统媒体时代也是有的，但那些媒体只是少数精英发声阵地，大众往往是被思想、被代表、被诉求，而在数字化时代情况则大大不同，数以亿计的普通百姓不同趣向的声音使社会回归到本来的面目，社会不仅有精英和主流意识形态，还有大量对各种社会问题和现象的不同理解、诠释和澄清。

事出有因，各有各因，探求绝对“真理”的做法已经过时，相对主

① ［法］米歇尔·马菲索利、爱尔威·菲赛尔：《数字化时代的后现代性》，巴黎：法郎索瓦·布兰出版社2016年版，第80—81页。

义和多元文化视角才应是今天看待世界的态度，包容共存已成为数字化时代新的行为规范。马菲索利的观点给我们的启迪和借鉴就在于，由于网络的出现，人性中原初认知结构的多元性诉求被重新唤醒，而这正是我们现在社会倡导的“和谐社会”“包容性发展”的理念所必需的。

而需要说明的是，马菲索利反复强调不对事物作价值判断，笔者理解这并不是针对事物本身，而是强调看待事物的方法，强调非排他性的多元和相对主义理念，针对同一事物，不同宗教文化背景的判断会有差异，甚至对立，但如果采取兼收并蓄、相互理解的态度，包容共存就不是不可能的事了。这就是中国人常说的“求同存异”，在马菲索利看来，宗教冲突和战争最根本的祸源就在于“一神论”，就在于冲突双方偏执性的排他性。不同文化、文明之间也存在同样的问题，有对立性，但也有趋同性，在全球化的大背景下，东西方文化之间，或不同文化之间的交流实际上更应采取包容的态度，也就是马菲索利所说的“对立耦合”的立场。互联网的数字化世界最大的好处就在于，“部落”之间、人与人之间形成了常态的联系纽带。在网络中生存首先要协调如何与他人相处，“部落”要学会在整个社会中如何平衡与其接壤的人、群、事的关系，要学会包容共存的处世之道，也就是马菲索利所说的“顺势而为”。数字化世界开创了一种多元化的时代，人们秉持这种心态和理念，长期并日复一日地在网络上交往，就会逐渐地形成开放、接纳、容忍、共存的意识。矛盾和对立是否能够真正消解并不重要，重要的是包容共存，在这个过程中，融合交替、相互改造也许会给我们带来一个新的愿景。马菲索利所提倡的包容共存有点“此处无声胜有声”的意味，也可算作一种价值判断。

另外，由于数字虚拟文化的迅速发展，网络再度凝聚人群，“部落”出乎意料地重现于现代社会。这不仅使网民更具存在感和舒缓感，还给文化产业带来前所未有的发展空间。趣好分享，情感归属，马赛克式的文化冲击着以理性为核心的价值观念，人类非功利性的狂欢本能得以释放。[①]人由此获得两种生存名分：一是现实中的人，需要面对现实的经济原则而生活下去；一是活在虚拟空间的人，要通过虚拟想象物来满足各种非功利

① 参见马菲索利的《酒神的影子》，在此书中，马菲索利强调人类与生俱来的纵情本能，并将此比喻成酒神迪奥尼索斯。此书的副标题是：专论酒神社会学。

性欲望。而马菲索利的“顺其自然”的观点则是数字化部落生存的核心。这个观点与中国道家“无为而治”颇有点相似。作为人，物理上讲是一个个体，但在屏幕后他却心甘情愿地被组织化了。有多少种情感和欲求就有多少种部落，从这些年中国数字文化现状看，微博、公众号以及趣好网站（政治、文化、财经、影视、艺术、体育、教育、娱乐、宗教等）数以千万计就能说明问题。其实，只要在法治化的管理下，充分保障个人隐私权和基本权利不受到损害，这种网络社群（部落）疯长并不是什么坏事。因为各种网络社团及应用形态可释放非功利性的文化需求，这既满足了人性的多样性的欲望，又为文化消费市场的发展提供了机遇。同时，我们还应当看到，人的各种欲望的合理释放本身就是社会稳定发展的根本。我们通常所说的民生，不仅包括物质生活，还有精神生活。而今天老百姓的精神生活更多的是通过数字化网络实现的，所以数字化的精神产品已经成为我们社会存在的基壤，一天无网的生活已变成不可想象和不能接受的假设。因此，重新审视数字化生活的形态，考察顺势而为的社群生存法则已成为一个重要的哲学思考问题。总之，虚拟部落构成的精神世界看似无序，但它却构成一种正在悄然而生的顺乎人性的新秩序。

（原载《江西社会科学》2017 年第 1 期）

康德启蒙的麦克卢汉延伸*

陈　海**

内容提要：康德启蒙的延宕不仅因为启蒙自身的复杂性，其根源在于作为印刷时代的意识形态，它具有视觉性局限、世俗性悖论和技术性困难。麦克卢汉所述电子时代文化的听觉性、神圣性和技艺性或可成为电子时代启蒙的希望。这样，媒介学家麦克卢汉将进入启蒙问题，实现对康德启蒙的麦克卢汉延伸。

关键词：康德　启蒙　麦克卢汉　视觉　世俗　技术

康德对启蒙的回答不仅是18世纪政治哲学的最强音，而且是西方现代思想史的宝贵精神财富。正如米歇尔·福柯在《什么是启蒙》一文中所言，康德于1784年发表的《答复这个问题："什么是启蒙运动?"》一文"或许是一个简短的文本。但它对我来说似乎标志着进入一个问题的思想史的合适路径，这个问题现代哲学一直无法回答，但也从未设法摆脱"①。他甚至认为，"现代哲学就是这样一种哲学，它一直在尽力试图回

* 本文系国家社科基金艺术学重点项目"网络文艺发展研究"（项目编号：16AA002）、国家社科基金一般项目"美国《文心雕龙》研究史料整理与翻译研究（1951—2010）"（项目编号：15BZW024）、中国文艺评论（西北大学）基地之阶段性成果。

** 作者简介：陈海，文学博士，西北大学文学院副教授，研究方向为媒介文化理论。

① ［法］福柯：《什么是启蒙》，载程正民、曹卫东主编《二十世纪外国文论经典》，汪辉译，北京师范大学出版社2004年版，第425页。

答两百年前非常贸然地提出来的那个问题：什么是启蒙”[①]。学术界对康德启蒙思想的研究一般基于哲学和政治学视角，本文则采用麦克卢汉的传播及美学理论对其进行观照，揭示出麦克卢汉理论对康德启蒙的价值。全文分为三部分进行论述。首先，康德启蒙的未完成状态不仅由于启蒙本身的复杂性，而且还应从康德启蒙理论自身寻找原因。其次，康德启蒙理论的自身问题在于它具有作为印刷时代意识形态特征的视觉性、世俗性和技术性，导致启蒙出现视觉性局限、世俗性悖论和技术性困难。最后，麦克卢汉所揭示的电子文化的听觉性、神圣性和技艺性将是挽救启蒙的希望，麦克卢汉将对康德启蒙进行电子时代的延伸。

一　康德启蒙的延宕

众所周知，康德认为启蒙是一个“从不成熟到成熟”的过程。他需要解决两个关键问题：第一，启蒙问题产生的原因，即大多数人何以“不成熟”；第二，启蒙问题如何解决，即如何让人“成熟”。康德在《答复这个问题：“什么是启蒙运动?”》一文中对这两个关键问题进行了详细论述，受到思想界的高度评价。然而遗憾的是，康德对启蒙问题如此精彩的论述，似乎并没有达到解决启蒙问题的预期效果，反而产生了理论和实践的双重延宕。从理论层面看，如何使大众“从不成熟到成熟”还是作为一个“问题”不断出现在康德之后。从实践来看情况更不容乐观。康德在文中认为他的时代是一个“正在启蒙的时代”，然而200多年过去了，我们的时代也还是一个“正在启蒙的时代”，而非“启蒙了的时代”。为何启蒙实践如此缓慢？对此康德的解释是：启蒙是一个较为漫长的过程。即他所说的“公众只能是很缓慢地获得启蒙。通过一场革命或许很可以实现推翻个人专制以及贪婪心和权势欲的压迫，但却绝不能实现思想方式的真正改革；而新的偏见也正如旧的一样，将会成为驾驭缺少思想的广大人群的圈套”[②]。安德里亚斯·里姆在其《论启蒙：它危害和能够危

---

① ［法］福柯：《什么是启蒙》，载程正民、曹卫东主编《二十世纪外国文论经典》，汪辉译，北京师范大学出版社2004年版，第425页。

② ［德］康德：《历史理性批判文集》，何兆武译，商务印书馆1996年版，第24页。

害国家和宗教吗？或者一般而论就具有危害性？君主、政治家和神职人员需要加以注意的一个词》一文中，也强调“如果启蒙在于按照纯粹真理的原则来辩护概念，那么，不论是谁，只要他对启蒙设定了限度，就是一个罪犯。启蒙将它的规则扩展得越远，它就使国家及其统治者越幸福”①。确实，思想方式的变革是一个缓慢的过程，没有思想方式的暴力革命并不足以解决人的自由问题，之后的法国大革命已经验证了这一点。然而除此之外，难道康德启蒙的自身逻辑就没有令其延宕的理由吗？我认为最重要的原因恰在康德启蒙自身。作为印刷时代的意识形态，康德启蒙呈现出麦克卢汉所谓视觉性、世俗性与技术性特征。这些启蒙意识形态所不能摆脱的文化特征导致启蒙的困境：视觉性导致了康德启蒙的局限、世俗性导致了康德启蒙的悖论、技术性导致了康德启蒙的困难。

二　康德启蒙的困境

（一）康德启蒙的视觉性局限

从词源来看，启蒙（Enlightenment）一词的词根为“light”，即名词的“光”和动词的“照亮”。词汇的生成已经展现了词汇创造者的一个共识，即启蒙是一个视觉性活动。对这一视觉活动存在一个根深蒂固的偏见：启蒙是用“理性之光”去照耀“黑暗的中世纪”。此偏见的问题有二。首先，“黑暗的中世纪”已经被学术界所否定。中世纪所进行的数学研究尤其是逻辑研究，被认为是近代科学不可或缺的基础。而中世纪在人文领域的成就则体现在9世纪出现的小文艺复兴运动。其次，“理性之光”也十分可疑。按照基督教的话语逻辑，“光”属于上帝，不属于凡人。“理性之光”的说法隐藏着启蒙时代凡人对于上帝力量的盗取。然而上帝因为无所不能，所以他的光才能普照而无遗漏。凡人有其自身的局限，所以凡人的光只能是有限的照射（康德自己就对人认识的局限性进行过详细的考察）。启蒙视觉性的局限性就在这里：因为是凡人的理性，是光的有限照射，所以不可能出现遍查不漏的情况。也就是说，“理性之

① ［美］詹姆斯·施密特编：《启蒙运动与现代性——18世纪与20世纪的对话》，徐向东、卢华萍译，上海人民出版社2005年版，第182页。

光”照耀的有限性不是理性本身完善与否或如何照射的问题，而是由“理性之光”的根本性质所决定的。

康德的启蒙理论同样具有视觉性。文章开头，他就开宗明义地指出启蒙的口号就是“要有勇气运用你自己的理智”。学界一般把阐释重点放在“勇气”。但我认为“勇气”正如同胡塞尔的先验意识一样只是内在的力量，要完成自身必须有所指向。这一指向就是康德所说的“运用”，即大众可以用自己的“理智之光”去“照射”。对大众“理智之光”的强调正是康德启蒙视觉性的证明。当然也如上文所说，这样的“理智之光”永远也不可能完善。如果说康德“启蒙了的”标志是大众能够使用理性遍查万物而无遗漏，那么只能发挥有限理性的大众永远不会达到康德所希望的“启蒙了的”状态。

（二）康德启蒙的世俗性悖论

启蒙运动本来就是一场世俗化运动。与世俗化相对的是宗教化，康德在文中反复强调了启蒙运动必然关涉的宗教问题。麦克卢汉对此也有精彩论述。他将神圣性和世俗性问题与“口头文学”和“书面文学”、“游牧”和“定居”相联系考察。神圣性与“口头文学”和“游牧”相联系，世俗性与“书面文学”和“定居”相联系。以此观之，启蒙是一个典型世俗运动。因为其一，它是“书面文学”的。当时一流的思想家如康德、门德尔松、哈曼、默森、赖因霍尔德、威兰、克莱因、巴尔特等都纷纷撰文讨论启蒙问题。其二，它是“定居”的。这体现在启蒙发生的政治背景上：德意志国家的形成。德国统一的呼声激发大众对于日常政治事务的关心，“要有勇气运用你自己的理性”这样的口号尤其流行。康德启蒙的世俗性则更为明显。他继承了经院哲学家将“理性”与“信仰”相统一的思路，认为大众可以运用理性去对宗教事务进行判断。他“把启蒙运动的重点，亦即人类摆脱他们所加之于其自身的不成熟状态，主要是放在宗教事务方面，因为我们的统治者在艺术和科学方面并没有向他们的臣民尽监护之责的兴趣；何况这一不成熟状态既是一切之中最有害的而又是最可耻的一种”①。康德认为宗教事务对大众而言最为重要。但是问

① ［德］康德：《历史理性批判文集》，何兆武译，商务印书馆 1996 年版，第 29—30 页。

题是，康德讨论的大众不是已经信仰的人。因为如果是信仰者就不需要重新使用理性进行判断。康德的启蒙其实正是对这些不信仰的人的理性召唤。其结局可能有两个：其一，不信仰者变为信仰者；其二，不信仰者仍为不信仰者。如果是前者，那么意味着大众运用理性能够理解信仰，会得到理性与信仰的统一；如果是后者，那么意味着大众运用理性的结果是与信仰相冲突，即今日所抨击的现代性缺陷。也就是说，启蒙的结果可能是指向信仰，也可能走向其反面。这就是康德启蒙的世俗性悖论。

（三）康德启蒙的技术性困难

所谓技术性问题是指解决问题的过程中所采用的手段和途径的可行性。康德对“不成熟”问题的解决以及对“公开运用自己的理性”的规划都具有明显的技术性困难。

1. 解决“不成熟”的技术困难

康德将大多数人的“不成熟”归因于“懒惰”与“怯懦”。

首先来看“懒惰”问题。康德在文中认为，大多数人“懒惰”是因为“处于不成熟状态是那么安逸。如果我有一部书能替我有理解，有一位牧师能替我有良心，有一位医生能替我规定食谱，等等，那么我自己就用不着操心了。只要能对我合算，我就无需去思想：自有别人会替我去做这类伤脑筋的事”①。大众真的是因为贪图“安逸”而“懒惰”吗？康德的逻辑事实上混淆了人的能力与意志。他认为人人都有理性，大多数人是因为“懒惰”和“怯懦”这样的意志问题而非判断的能力问题而处于“不成熟”状态。事实上，大众不能用自己取代那些“替我理解”“替我有良心”以及“替我规定食谱”的“别人”，不是因为懒惰。原因在于大众无法掌握判断所需要的技术性内容。一个令康德这样的乐观主义者沮丧的事实是：大众不是“懒惰”，而是“无能为力”，即对自己经验之外的事物无力进行判断。他们既不能判断真正的好，也不能判断真正的坏，只能根据自己的感觉决定面前的事务。

其次来看“怯懦”。康德认为绝大部分人认为“成熟”很危险。而“保护人”则火上浇油，既使大众愚蠢，又恐吓大众，夸大了自主运用理

① ［德］康德：《历史理性批判文集》，何兆武译，商务印书馆1996年版，第22—23页。

性所带来的危险。所以康德说“要有勇气运用你自己的理智！这就是启蒙运动的口号”[①]。然而事实上，大众不是不勇敢，不是自甘“怯懦”，而是自主运用理性确实是危险的。自主判断从来都不仅仅是一个有无“勇气”的问题，它更多依靠的是对判断所需信息的掌握。康德将其归于“勇气”，他鼓励大众“可是这种危险实际上并不那么大，因为他们跌过几跤之后就终于能学会走路的”[②]。这样把人进行自主判断与学走路相类比，貌似合理，其实正是康德问题之所在。因为学走路是人成长的一个阶段，排除病理原因，绝大多数人都能够学会走路。套用康德自己的话，会走路本来就已经在我们自身的先天结构之中了。当我们开始尝试走路时，就已经指向了会走路的结果，确实无论跌过几跤。然而进行自主判断的能力是在人的先天结构之中吗？康德在《纯粹理性批判》中明确指出，人人都有“先天知性范畴”。然而他自己也同意，“有理性”与“运用理性”是两回事。也就是说，人人都具有“先天知性范畴”并不意味着人人都能够在后天进行有效判断。康德用学走路的例子鼓励大众勇于运用自己的理智，结果大众并没有如同学走路那样迅速学会理性判断，反而增加了判断的混乱状态。

2. “公开运用自己的理性”的技术困难

康德指出，“启蒙运动除了自由而外并不需要任何别的东西，而且还确乎是一切可以称之为自由的东西之中最无害的东西，那就是在一切事情上都有公开运用自己理性的自由”[③]，这所谓的“公开运用自己理性的自由”即“言论自由”。康德将理性的运用分为“公开运用”和“私下运用”。前者指“任何人作为学者在全部听众面前所能做的那种运用”[④]，后者指“一个人在其所受任的一定公职岗位或者职务上所能运用的自己的理性”[⑤]。这一区分极有价值。卡尔·波普尔因此才将康德称为“启蒙运动最后一名伟大的倡导者”。

然而首先，大众对理性的“公开运用”不可能达成。20 世纪著名传

① ［德］康德：《历史理性批判文集》，何兆武译，商务印书馆 1996 年版，第 22 页。
② 同上书，第 23 页。
③ 同上书，第 24 页。
④ 同上书，第 24—25 页。
⑤ 同上书，第 25 页。

播学家李普曼在《幻影公众》一书中强调："个体公民并非对所有的公共事务都有自己的主张，他不知道怎么处理，不知道正在发生什么，为什么会发生，将要发生什么。我也无法想象，他怎么可能知道这些。没有任何理由能够支持神秘的民主主义者的想法，即无知个体的混合物能够给予公共事务持续的引导力量。"① 我对此深感认同。如李普曼在该书中揭示的那样，普通大众被自己日常琐事缠绕，没有精力和时间去对整个政治共同体所遇到的问题进行判断，甚至是局部的非常局限的事务也往往超出了他们的判断能力。所以，康德的期望不仅在传播能力欠缺的18世纪无法达成，甚至在知识的生产和传播能力远超18世纪、被称为"信息时代"的当代也无法达成。

其次，所谓"公开运用"和"私下运用"的界限也并非康德所说的那样明晰。在"公开运用"所要求的作为一个"学者"（a man of learning）和"私下运用"要求作为"一定公职岗位或者职务"（in a particular civil post or office with which he is entrusted）之间，大众如何去作区分？如何保证自己的意见是基于"学者"而非"职务"？以康德所举的纳税人为例。康德认为，纳税人对自己的税率有意见，作为该纳税的公民不能抗税，但有权作为一个"学者"进行税制讨论。问题在于，大众对税制进行"学者"式的讨论，永远不能摆脱他作为利益相关者的个人倾向。不存在一个生活在真空中的"学者"，而只存在纠缠在各种利益之中的个人。或许我们会假设，有一些人可以在某些事务上摆脱个体利益的纠葛，能客观地对这一事务进行判断。这样的个体确实存在，最典型的莫过于进行裁决的法官。但是悖论在于，只有与自己利益相关，才能真正明白自己的利益诉求，才能更确切有效地判断。比如民主协商，恰恰要求参与人代表相关利益，而非超然于相关利益之外。只有这样他才能更恰当地"代表"某一群体的利益，而从摆脱利益的"学者"角度反而不能得到有关事务的有效意见。

三 麦克卢汉的启蒙

启蒙因为张扬人的理性能力被批判。康德"终结"了这样的启蒙，

① ［美］沃尔特·李普曼：《幻影公众》，林牧茵译，复旦大学出版社2013年版，第23页。

代之对理性的限制。然而，他的启蒙也并没有实现。我们这个时代如同康德的时代一样，都是“监护人”进行大众事务的规划，大众只能埋头于自己非常狭隘的日常生活。无论哲学、美学如何对当代“日常生活”赋予意义，大众总是被“日常生活”所限制。

然而展望未来，希望却还存在。麦克卢汉指出，电子时代将是一个重回听觉性、神圣性和技艺性的时代。电子时代的启蒙需要通过听觉性挽救启蒙的视觉性局限、通过神圣性挽救启蒙的世俗性悖论、通过技艺性挽救启蒙的技术性困难。

（一）听觉性对启蒙视觉性局限的挽救

基于视觉性的“理性之光”是有限的，而听觉性则完全不同。首先，它不是“光”，当然也就不会有凡人的“理性之光”的局限性。其次，它不是“照耀”，所以也不会有照耀过程中出现的“光源”与“被照物”之间的等级关系。听觉是量子力学而非牛顿力学的，它具有整体性和共时性的特征。而这一整体，正如金惠敏研究员所指出的那样，是一个“感性整体”而非“反思整体”①。强调启蒙的听觉性，意味着启蒙应该是一个整体内平等主体之间通过相“对”而“话”来构建共同价值的过程。②这将完全抛弃作为霸权话语的视觉性启蒙的局限性。

（二）神圣性对启蒙世俗性悖论的挽救

困于世俗性的启蒙用“理性”横扫对象世界，试图构建一个理性王国。结果导致现代世界各种灾难性问题的产生。麦克卢汉继承伊利亚德的观点指出，神圣性的核心是建构对于世界的敬畏感。如果在启蒙思考中引入神圣性维度，将启蒙活动置于对整体世界的敬畏感之下（而非高于世界，即海德格尔所谓“世界之四重整体的形而上学”③），那么无论大众运用自己的理性对宗教事务的判断得到何种结果，他们都会基于神圣性体认

---

① 金惠敏：《感性整体与反思整体——麦克卢汉、海德格尔与维科的互文阐释》，《南华大学学报》2014 年第 6 期。

② 参见金惠敏《全球对话主义》，新星出版社 2013 年版，第 24 页。

③ 朱晓伟：《海德格尔形而上学之思及当代启示》，《南华大学学报》2012 年第 3 期。

而产生敬畏感，即便是非宗教的。这样就可以避免启蒙理性的为所欲为，即过于强调启蒙世俗性带来的悖论。其实康德提出的“物自体”概念就包含对启蒙世俗性的挽救，可惜在其《答复这个问题：什么是启蒙运动?》一文中并没有明确指出。

（三）电子技艺及产品对启蒙技术性困难的挽救

康德启蒙的技术性困难意味着其不可操作性，即大众日常感知生活与专业需求不能同时满足。故而我引入“电子技艺”概念来解决此问题。这里所说的“电子技艺”不是工业革命之前的作为技术母体的技艺，它基于电子技术又包含身体感受和参与性特征。只有电子技艺而非传统技艺才能一方面基于大众感受性，另一方面又能够提供大众专业技术能力。这是启蒙式的理性运用的理想结果。而更直接的是，作为“电子技艺”所创造的人工制品，各种电子技艺产品的出现将解决康德启蒙中的技术性困难。

第一，电子技艺产品可以化解理性与身体感知的矛盾。康德在医生的例子中向我们明确昭示：医生的食谱是基于理性判断，而大众的食谱只能基于身体感知。这里出现了理性和身体感知的矛盾。康德对此的回答一方面基于对理性的推崇，认为我们的食谱应该是基于医生的理性判断。另一方面，基于启蒙所谓“运用你自己的理智”的要求，大众应该自己（但往往只通过身体）对食谱进行判断。不仅是康德，启蒙者往往都纠结于这样的矛盾。他们一方面强调专业人士的理性能力，一方面肯定大众的身体感知力。这一困境在前印刷时代或印刷时代无法解决，因为我们无法找到一个媒介既立足身体感知性又极为显著地展现了人的理性判断。今天电子技艺产品的出现使我们可以解决这一问题。因为电子技艺产品既深刻嵌入身体感知，又是理性的结果。

以手机这一当下最具代表性的电子技艺产品为例。它一方面是电子技术的产物，另一方面此电子技术产品明确指向人身体感知的满足。首先，手机的外观要符合人的视觉审美，包括要有一定的大小、薄厚、形状和颜色搭配等。其次，手机的应用软件要合乎使用者的感性需求，尤其是可视化要求。不仅一些本身依赖视觉的地图类软件和美颜类软件，而且越来越多本来依赖其他感知功能的软件，也在不断视觉化。比如可视电话的软件开发。再次，手机的重量要符合人的触觉要求，应以成年人的手所能承受的舒适重量为标准，不能太重或太轻。最后我们还注意到，手机的材质不仅要符合视觉审美，而且要考虑材质带来的触感。通过审视手机这样的电子技艺产品，我们注意到当前数字化生产所呈现的技术和身体需求的结合。它可以提供康德启蒙中理性与身体感知这一矛盾的解决之道。

第二，电子技艺产品可以解决康德提出的大众“不成熟”的原因——“懒惰”和“怯懦”。我们不同意康德对大众“懒惰”的批评，如上文所述，不是大众“懒惰”，而是其“无能为力”，即对自己经验之外的事物无力进行判断。当代的电子技艺产品正是在这一点上改变了大众。它通过传播技术解决大众无法获得超出自身经验的信息的问题，赋予大众越来越多的判断可能。而电子技艺产品的匿名代理技术可以解决大众的“怯懦”问题。当然电子技艺产品的隐匿技术只是在虚拟世界给予了大众进行评判的权利。要使大众有勇气在现实世界中进行评判，还有诸多困难。但毕竟电子世界的虚拟评判正在不断磨炼大众的判断力，增强大众进行评判的勇气。正如康德所说的言论自由，它“一旦开始，就难停止”。康德启蒙的“勇气”在电子时代更加容易实现。

第三，电子技艺产品也可以解决“公开运用”理性的问题。虽然我们承认，即便今天大众通过各种电子技艺产品可以收到关于共同体事务的信息，也不足以支撑他们对涉及共同体利益的事务进行准确的判断，而且今日“公开运用”与“私下运用”的界限也依旧难以真正区分，然而电子技艺产品却有可能解决“公开运用”理性的问题。因为电子技艺产品与电子技术产品不同，前者依赖人的身体感受和身体的参与，后者仅仅给人提供对象的信息。当代启蒙的希望就在这里。电子技艺产品带给我的不是与我无关的信息，而是经过我的感受认同之后的信息；不是生硬地区分“公开运用”与“私下运用”，而是可以消除“公开运用”与“私下运用”的界限。这一界限的消除是指我作为“学者”运用理性和基于“职务”运用理性已经不需要区分，它们是同一的过程。那么如何可能同一？按照康德所说，基于“职务”使用理性是有功利性的，所以它“很狭隘”；而作为“学者”使用理性则必须无个人功利，但我们发现其不可能实现。康德的“公开运用”与“私下运用”看起来都是死胡同。然而，设想每个人都是学者，但却明确自身利益之所在，在运用理性的时候成为

"代表"自己利益的人，那么"公开运用"与"私下运用"就一致了。这一设想在电子技艺产品的应用中正在慢慢实现。

以微信为例。微信提供了一个运用理性进行判断的平台，那么使用者进行判断时到底是作为"学者"运用理性还是作为"职务"运用理性？我们发现，微信使用者的理性运用，既不是让使用者无功利地作为纯粹的"学者"进行问题的讨论，也不是让使用者作为一个纯粹的"职务"进行问题的讨论，而是二者的结合。这一结合的可能在于微信软件本身的功能特征。它所提供的不是如一般信息平台提供的当日全部信息，而是我的"朋友圈"的信息。这些信息不是一个客观于我的信息，而是在我的生活中与我相关的人所发布的信息。这正是问题的关键。为此，使用者在对这些信息进行判断的时候，我既不能作为"学者"进行，也不能单纯作为"职务"进行。我只能既是理性的无功利使用，又必须在运用中包含个人的感性参与性。这就是微信造就的"公开运用"与"私下运用"的统一了。

总之，麦克卢汉在半个世纪之前所指出的电子文化的听觉性、世俗性和技艺性正在逐步释放它的威力。康德启蒙思想的视觉性局限、世俗性悖论和技术性困难正有希望通过这些新的文化原则得以解决。其中，电子技艺产品尤其值得我们特别关注。因为与工业时代的"机器"不同，它们应被视为我们完成自身的"设备"，进而成为启蒙的新"插件"而彰显其存在价值。

四 结语

虽然康德启蒙思想规划出了西方启蒙的基本话语场，贡献巨大。然而印刷时代的启蒙必须面向电子时代。麦克卢汉所揭示的电子文化的听觉性、神圣性和技艺性特征可以成为思考启蒙的思想资源。当我们用听觉性挽救启蒙的视觉性局限，用神圣性挽救启蒙的世俗性悖论，用技艺性挽救启蒙的技术性困难，麦克卢汉将进入启蒙，启蒙也将进入电子时代。考虑到当代中国处于康德所说的"正在启蒙的时代"，而非"启蒙了的时代"，本文对康德启蒙的麦克卢汉延伸应是一件有价值的事。

（原载《西北大学学报》2015 年第 1 期）

大数据文化的“中国风格”与“中国气派”

——习近平《在哲学社会科学工作座谈会上的讲话》对于我国大数据文化建构的意义

李　璐*

内容提要： 随着互联网技术的飞速发展，大数据技术与应用成为构建国家软实力的重要元素，它开启了文化传播的新境界——大数据文化。要对大数据文化观念和治理模式做进一步的探讨，则需要在哲学社会学层面上形成关于大数据发展的基本判断。习近平总书记《在哲学社会科学工作座谈会上的讲话》从中国风格、中国气派与中国特色三个方面对哲学社会科学学科的发展提出了新的要求和新的思路，对于大数据文化的研究同样具有深远的实践意义。

关键词： 习近平　大数据文化　中国风格　中国气派　中国特色

大数据技术正改变着人类的生活方式和社会发展模式，对社会文化的发展、价值观念的生成、民族意识的变革发挥着巨大的促进作用。我国学术界对大数据的相关理论研究，始于从不同角度解析大数据、阐释大数据

---

* 作者简介：李璐，文学博士，西北政法大学文学院教授。

技术的价值和探索大数据技术触及社会文化的路径。近几年来，对大数据技术的功能阐释逐渐由一种信息符号称谓、信息技术体系或者信息技术的应用，提升到足以影响一定时空内各种社会活动主体思维、价值判断和行为选择的文化高度。认为大数据具有文化形态或者处于文化形成中的某一阶段已成为大数据研究中的重要共识。

弗里德里克·杰姆逊认为，文化有三层含义：一是个性的养成；二是人类对自然的改造活动；三是特指围绕文学艺术所开展的各种日常活动。一般来讲，第一层面的文化是人心理的投射；而第二种层面阐述的是社会性；第三种则是修饰性的。[①] 通常文化研究者所谈及之“文化”是按照第二层定义来厘定的：文化是文明化了的人认识世界、改造世界的产物，是人处理人与客观世界中的对象性关系以及人内心矛盾的一种方式。大数据技术的应用是以数据的收集者、分析者使用互联网为媒介，跨越时间、空间的限制，收集数据信息，并将分析结果提供给接受者，以期影响接受者行为的活动。大数据技术改造自然的社会实践活动与信息网络的影响和相互作用，形成了一种全新文化形态——大数据文化，它是文化与大数据技术联姻的结果，反映了大数据的传播者、传播网络和接受者之间的关系，是一种基于互联网数据收集、分析与传播过程的文化传播和扩散现象。

大数据文化是一种特殊的存在模式。它依附于互联网，由主体、客体、中介物及价值构成，按照其自身的特定逻辑运作。其中，数据收集者是主体，客体是网民在开展网上活动时产生的数据，中介是互联网，价值是人们在互联网活动中形成的新的、共同的价值观和生活方式。

大数据文化具有独特的价值形态。大数据技术通过统计网民互联网使用数据，在分析网民的互联网使用习惯的基础上，包容接受者个性化的选择倾向，开创了一种全新的理性形式——数据理性。数据理性是大数据文化以虚拟的方式拓展了现代理性精神的存在方式及其内涵，为其注入了主体性、公平、客观等理念。正是这种独特的文化精神和价值观赋予了大数据文化强大的生命力和影响力，具备强大的价值渗透功能。它给传统的主流文化带来诸多机遇的同时，也带来诸多挑战。在拓展了当代社会文化疆

① 参见［美］弗里德里克·杰姆逊《后现代主义与文化理论》，北京大学出版社 2005 年版，第 3 页。

域的深度和广度，塑造了全新的文化价值体系的同时，也引起传统文化价值体系的警醒与思考。

信息化的中国，以大数据文化为代表的国家软实力建设受到党和政府的高度重视。《促进大数据发展行动纲要》在2015年8月的国务院常务会议上通过。党的十八届五中全会上，党中央更是决定实施“国家大数据战略”。大数据文化管理问题，已提上党和国家的重要议事日程。

构建中国特色的大数据文化，保障互联网时代文化环境安全离不开一套成熟的哲学社会科学方法论理论的指导。2016年5月17日党中央在北京召开的哲学社会科学工作座谈会上，习近平总书记发表的重要讲话引发学术界、文化界乃至全社会的热议。文化的最高形态是哲学社会科学，而理论思想则是哲学社会科学的基本表现方式。习近平总书记讲话中谈及的建构一整套具有中国特色、中国风格、中国气派的哲学社会科学体系不仅是对我国哲学社会科学研究的指导，同时是探讨大数据文化规律的加速器和升华大数据文化理论的催化剂。

一 大数据文化的中国风格

风格是成熟的标志。拥有成熟体系的文化，就意味着形成了自己的文化风格。一个成熟风格的文化自它诞生伊始就拥有稳定的社会环境与历史沿革，并不断地与它所选择的外部文化进行有机融合。因而，所谓“中国风格”的大数据文化，实际上就是兼具中国文化传统，并选择性地吸收、融合了优秀国外文化的成熟的文化体系。这恰恰就是习近平总书记在“讲话”所言之继承性、民族性。

1856年4月14日，马克思在《人民报》创刊纪念会上的演讲中这样说：在我们这个时代，每一种事物好像都包含有自己的反面。现代工业和科学为一方与现代贫困和衰颓为另一方的这种对抗，我们时代的生产力与社会关系之间的这种对抗，是显而易见的、不可避免的和毋庸争辩的事实。大数据技术对人类文化的发展所带来的影响也验证了这种两面性：一方面，大数据技术快速发展为不同国家、民族的文化交流、对话与融合提供了极大的便利，并直接促使整个人类文化的共同发展；另一方面，在某种程度上也不可避免地带来了“文化危机”。“文化认同”危机即是大数据文化发展中出现“文化危机”的表现。

大数据文化引发的认同危机主要表现在“强势文化”对“弱势文化”的冲突和侵蚀。在互联网时代，大数据技术野蛮成长，其直接后果就是数据霸权的产生。大数据的收集、分析者利用其数据传播者地位将其价值观、思维习惯、意识形态等，使用隐蔽或公开的方式输入给接受者，消解和弱化着接受者的本民族文化传统。全球化的大数据文化渐渐呈现为大数据文化的西方化、同质化。这一切如同英国学者约翰·汤林森在《文化帝国主义》中指出的那样：“人们发现他们的生活、生计，愈来愈不受到其母国的机构制度之影响，他们发现经由这些机构制度而得到特定的‘政体’观不再可以依恃，于是，他们归属于安定安全的文化感觉也就一步一步被吞噬了。”①

当代中国风格的大数据文化体系的形成应该既是中国传统文化在互联网中的自然积淀的结果（即文化通过时间上的长期沉淀所产生的数据），又应该是吸收与融合外来文化的结果（即文化在不同空间传播所产生的数据）。大数据技术需要不断地收集与整理新的数据以求“发现”新的社会文化现象，也需要不断地整合数据，将外来的文化与传统的文化进行汇流以求引导新的社会文化趋势。因此，中国风格的大数据文化体系的构建，存在的首要问题是平衡中国传统文化的优秀成果的保存与国外文化（大部分是西方文化）的借鉴的问题。而这种保存与借鉴无一例外都是建立在对国内外文化成果的适应时代特征的重新阐释上。习近平总书记为我们指明了这样一条路径：“特别是要把握好三方面资源。一是马克思主义的资源，包括马克思主义基本原理，马克思主义中国化形成的成果及其文化形态，如党的理论和路线方针政策，中国特色社会主义道路、理论体系、制度，我国经济、政治、法律、文化、社会、生态、外交、国防、党建等领域形成的哲学社会科学思想和成果。这是中国特色哲学社会科学的主体内容，也是中国特色哲学社会科学发展的最大增量。二是中华优秀传统文化的资源，这是中国特色哲学社会科学发展十分宝贵、不可多得的资源。三是国外哲学社会科学的资源，包括世界所有国家哲学社会科学取得

① ［英］约翰·汤林森：《文化帝国主义》，冯建三译，上海人民出版社 1999 年版，第 331 页。

的积极成果，这可以成为中国特色哲学社会科学的有益滋养。要坚持古为今用、洋为中用，融通各种资源，不断推进知识创新、理论创新、方法创新。”①

其中，习近平总书记尤为强调：“要加强对中华优秀传统文化的挖掘和阐发，使中华民族最基本的文化基因与当代文化相适应、与现代社会相协调，把跨越时空、超越国界、富有永恒魅力、具有当代价值的文化精神弘扬起来。”② 具体而言之，当代中国大数据文化的基本要求就是继承传统、体现民族性。要标民族之新、立民族之异，创造中华民族文化独特的风格。

第一，中国大数据文化是发扬中华民族特点的文化。

所谓“民族化”，既要体现文化建设的民族特点、表现民族内容，展现民族风格，也要指明文化的前进方向和所要实现的目标，据此而言，民族化也是文化建设高度成熟的标志。

是否体现中华民族特点，是大数据文化是否实现民族化的重要标志。大数据技术能够精准地监测网络文化的传播，判断受众的需求。通过大数据技术传播，可以力促受众明确中华民族文化的特点，持续关注本民族在民族意识、民族习俗、民族性格、民族信仰、民族价值观念和价值追求等各方面的发展。重要的是这些内容可以通过数据可视化的形式呈现，给互联网受众带来更加真实、可靠的阅读体验。大数据技术可以通过分析以往信息来获取新信息，利用庞大的数据库能够准确了解受众的人生观、价值观和社会观，通过数据技术手段快速提升民族文化传播的效率。

第二，中国大数据文化是继承中华民族风格的文化。

文化中的民族风格，就是一个民族在长期的发展中形成本民族的特征，它是由一个民族的社会结构、经济生活、风俗习惯、艺术传统等因素构成的。民族文化是民族风格的基础，民族风格是民族文化的集中体现，是形成成熟、发达的民族文化的基本标志。大数据技术可以根据用户的个人特点与需求精准地关注到每一个用户，还会根据互联网中该用户与其他

① 习近平：《在哲学社会科学工作座谈会上的讲话》（2016 年 5 月 17 日），《人民日报》2016 年 5 月 19 日第 2 版。

② 同上。

群体的关联度，了解到用户在某一个圈子中与其他人的关系，并运用大数据的相关关系和分析方法来量身定制传播内容。我国的大数据文化以“注重伦理”“关注人情”的特征在内容上区别于西方数据文化，同时它的风格往往强调温雅而敦厚（更多的数据分析是从接受者的感受出发），朦胧而含蓄（多用约数，更多的是趋势分析而不是情景分析），显然也是跟西方数据文化（犀利而冷静）迥然有别的。

第三，中国大数据文化在“文化涵化”中弘扬民族文化自信。

“文化涵化”是文化交流中的一个非常普遍的现象，是指在特定区域中，内外两种文化在交流中逐渐“磨合”成为一种全新的文化形态的过程。正常的“文化涵化”应该强调对等和双向互动，事实上在文化传播实践中做到这点非常困难。强势文化经常利用其文化传播中的优势地位向弱势一方进行文化“倾销”。弱势文化在和强势文化交流中一旦失利，很容易滑向文化自卑，就会不设防似的把“拿来”“他者”的文化放在显耀位置，进而忽略了文化自信对本民族文化传统的继承和推广。我国大数据文化中已有这种文化自卑心理出现，直接体现在一部分“数据提供者”对西方文化的盲目认同和对其所谓的“普世价值”的全盘接受。值此关头，拒绝唯数据决定论，反对盲目崇拜外国的文化传统和价值观，摒弃“食洋不化”。变以往“文化涵化”中的被动接受和盲目吸收的定式，为主动出击，通过数据的收集、分析去寻找民族特征，基于“走出去”的战略考量，向世界人民传播本民族的文化精髓就势在必行，才有可能正确认识本民族的传统文化风格。忽视本民族文化的文化风格只能是畸形的文化体系。本民族的文化风格只有在对本民族文化充分地了解，进而自信的基础上才有可能形成。

二　大数据文化的中国气派

习近平总书记讲话中所言的“中国气派”，是指我国文化所应展示出的大国气势、包容气概、创新气魄，指明了我国建设文化强国的历史属性。中国是一个快速崛起的世界强国，中国对本国以及世界文化发展应承担与其国家地位相符的重要责任，而建立具有“中国气派”的社会主义文化体系，是承担此责任的根本保证。但应看到，大数据时代来临，我国现有文化软实力与我国日益提升的国际地位和丰富的文化传统还不相称，在这种情况下，提升文化软实力已成为涉及国家发展全局的重大、迫切的课题。在大数据时代，我们要获得国际文化竞争的领先地位，必须树立本国特色的文化体系，设计符合实际的文化发展道路，努力打造我们的文化高地。习近平总书记将这个过程总结为：原创性、时代性、系统性和专业性。

中国文化气派的形成来源于原创性，习近平总书记在讲话中谈道："我们的哲学社会科学有没有中国特色，归根到底要看有没有主体性、原创性……只有以我国实际为研究起点，提出具有主体性、原创性的理论观点，构建具有自身特质的学科体系、学术体系、话语体系，我国哲学社会科学才能形成自己的特色和优势。"① 原创性的实质是文化"创新"行为的成果。习近平总书记在讲话中明确指出："创新是哲学社会科学发展的永恒主题，也是社会发展、实践深化、历史前进对哲学社会科学的必然要求。"② 自人类进入互联网时代以来，"创新"已成为文化进步的基础。大数据文化的创新有三种方式：进化、发明、发现。"进化"是指大数据通过长时期的数据积累最终将人类固有的思想和行为模式转换成为本质上全新的东西；"发现"是指通过数据收集使某些已存在的、细微的、不为多数人所了解的事物或事实变得为人所知；"发明"是建立在数据收集整理的基础上，综合分析，得出原先并不存在的内容。

大数据文化的创新过程是一种典型的"文化时空叠加"现象。本文所谓"文化时空叠加"指的是：当一个全新的文化现象出现的时候，原有文化传统的主要内容经过筛选、转换与重新阐释以后，被整合在新文化现象之中，通过内容整合实现新旧文化形态之间的相互融合与包容。对于大数据文化而言，由于其内容主要是通过数据收集、整理途径而来的异地文化，通过数据整理者的选择和重新解读以后，被逐渐地融合在新文化形态之中。互联网时代，不同时间、不同空间发生的文化现象以数据形式被整合在同一种文化结构——大数据文化之中。更关键的是，这种文化时空的叠加，绝不会是单次的，而是持续、无限多次。前文化现象与后文化现

① 习近平：《在哲学社会科学工作座谈会上的讲话》（2016 年 5 月 17 日），《人民日报》2016 年 5 月 19 日第 2 版。

② 同上。

象叠加并整合以后，当再迟一些文化现象发生时，前面经过叠加整合后的文化再次重复叠加整合的过程形成新的文化现象；因此时间越长，文化现象越复杂，新的文化越是被赋予更多、更复杂的意义。这种大数据文化的多重时空的叠加，不仅是文化变迁的结果，也是文化变迁的过程。就这一点来看，大数据文化是不断变迁的文化，是传统文化、新文化以及外来文化三者整合之结果。习近平总书记强调哲学社会科学研究注重“时代性”，大数据文化的“时代性”也正是基于“思考和研究当时当地社会突出矛盾和问题的结果”①。

大数据文化的形成是“文化整合”的结果。鲁斯·本尼迪克特说过，“任何一种文化都是整合的，具有思想、行为的一致模式”②。正是通过这个过程，存在各种差异的文化可以一次次地被整合到现实的、全新的文化结构中来。同时，由于所有文化都有属于自己的特殊文化目的，“为了实现这个目的，人们从周围地区可能的特质中选择出可利用的东西，放弃不可用的东西。人们还把其他特质加以重新铸造，使它们符合自己的需求”③。可见，大数据文化的整合存在两个维度：其一是时间维度，大数据技术使用者将其时间轴上收集到的众多数据整合到当前文化状态中来，成为现实文化的一个组成部分；其二是空间维度，大数据技术使用者将周围区域的不同数据整合到当前文化中来，成为现实文化的构成部分。大数据文化从一开始就是在时、空两个维度上对与它同时异质文化（与它自身相异的其他地域的文化）以及对与它同质异时文化（与它现在相异的其他历史时期的文化）整合的结果。这里需要明确的是，大数据文化之所以能够成为一种普及的、系统的文化现象，简单化的文化整合是不行的。大数据即便可以通过电子计算机程序设立统一（但是机械的）数据筛选标准来建立一个数据的收集体系，也是不完整的、僵化的，缺乏应对复杂文化现象的能力。所以建立一个系统的、专业化的哲学社会科学体系来分析数据，就成为大数据文化形成的必然选择。

① 习近平：《在哲学社会科学工作座谈会上的讲话》（2016 年 5 月 17 日），《人民日报》2016 年 5 月 19 日第 2 版。

② ［美］鲁斯·本尼迪克特：《文化模式》王炜译，社会科学文献出版社 2009 年版，第 42—43 页。

③ 同上书，第 35—37 页。

三 大数据文化的中国特色

大数据的中国风格与中国气派最终汇成大数据文化的中国特色。习近平总书记在讲话中指出："坚持以马克思主义为指导，是当代中国哲学社会科学区别于其他哲学社会科学的根本标志，必须旗帜鲜明加以坚持。"①为当代中国哲学社会科学研究的中国特色做出了精确的定论：哲学社会科学研究的中国特色必须以马克思主义为指导，建立在马克思主义唯物史观和辩证法的基础上。大数据文化也不会例外。

从实践的过程看，大数据文化是我国传统文化在网络时代的继承与发展。大数据文化研究的最根本任务就是要充分把握大数据文化中意识形态形成与传播的特殊规律，牢牢掌握信息时代大数据文化的导向权；就是在文化主体受到互联网的冲击，在全球文化互相碰撞、交流、融合的过程中作出正确的价值判断与选择；通过鲜明的文化批判，保持正确的文化发展方向；在交流、冲突、比较中继承、发扬自己民族文化的精神的过程。早在2007年党中央就提出了"大力发展中国特色大数据文化"② 的重大战略思想，为我国大数据文化建设照亮了道路。概括地说，大数据文化的"中国特色"主要体现为彰显先进性、注重服务性和突出实用性。

第一，大数据文化的中国特色要彰显先进性。

习近平总书记在讲话中说："坚持以马克思主义为指导，首先要解决真懂真信的问题。哲学社会科学发展状况与其研究者坚持什么样的世界观、方法论紧密相关……马克思主义关于世界的物质性及其发展规律、人类社会及其发展规律、认识的本质及其发展规律等原理，为我们研究把握哲学社会科学各个学科各个领域提供了基本的世界观、方法论。只有真正弄懂了马克思主义，才能在揭示共产党执政规律、社会主义建设规律、人类社会发展规律上不断有所发现、有所创造，才能更好识别各种唯心主义

---

① 习近平：《在哲学社会科学工作座谈会上的讲话》（2016年5月17日），《人民日报》2016年5月19日第2版。

② 胡锦涛：《以创新的精神加强网络文化建设和管理 满足人民群众日益增长的精神文化需要》，《人民日报》2007年1月25日。

观点、更好抵御各种历史虚无主义谬论。”[①]

随着网络虚拟社会的成熟，全球一体化的进程加快，文化全球化凸显，人们对传统文化的认同缺失成为一个日渐突出的问题。一部分人在西方文化的影响下，迷失了自我，文化认同危机和焦虑屡见不鲜。更有甚者，有些人对马克思的文化观产生了怀疑与动摇。中国特色社会主义文化就是马克思主义与中国实际相结合的产物，产生了毛泽东思想以及中国特色社会主义理论体系，成为中国哲学社会科学研究的基础理论，成为中国先进文化发展及实现文化自觉的根本指针。作为中国特色社会主义文化的重要组成部分，我国大数据文化的先进性首先表现为指导思想的先进性。必然应当坚持以马克思主义为指导，坚持社会主义先进文化的前进方向，体现先进生产力发展要求和最广大人民根本利益，坚持为人民服务、为社会主义服务。

第二，大数据文化的中国特色要注重服务性。

习近平总书记在讲话中说：“坚持以马克思主义为指导，最终要落实到怎么用上来。”[②] 社会主义文化是“为人民服务”的“大众”文化。人民群众是大数据文化建设的主体力量，大数据文化发展成果理应由广大人民群众共享。能否满足人民群众的需要是判断文化是否具有先进性的唯一标准。

在信息时代，网络技术的普及促使人类精神文化活动向虚拟世界延伸，人们网上精神文化需求迅速增长。人们的网络活动越频繁，大数据技术收集信息的能力越强。中国特色大数据文化正是建立在关注人民群众的精神需求，积极引导，努力满足人民群众各种文化需求的基础上的。此外，大数据的重要特征在于能够为其接受者提供不仅是是什么、为什么，而且是如何对待、如何解决的全方位信息服务。因此，大数据文化还不能仅停留在对文化问题的解释说明上，不仅要说给人民群众“怎么看”，而且要教给人民群众“怎么办”，帮助人民群众确立正确的文化立场、观点和方法，为人民群众指明解决文化问题的方向和目标、途径和前景。只有

① 习近平：《在哲学社会科学工作座谈会上的讲话》（2016 年 5 月 17 日），《人民日报》2016 年 5 月 19 日第 2 版。

② 同上。

这样，大数据文化才能真正发挥提高人民群众的思想修养、文明素质和精神境界的根本功能。

第三，大数据文化的中国特色要突出实用性。

习近平总书记在讲话中指出："坚持问题导向是马克思主义的鲜明特点。……要坚持用联系的发展的眼光看问题，增强战略性、系统性思维，分清本质和现象、主流和支流，既看存在问题又看其发展趋势，既看局部又看全局，提出的观点、作出的结论要客观准确、经得起检验，在全面客观分析的基础上，努力揭示我国社会发展、人类社会发展的大逻辑大趋势。"[①] 目前"我国社会发展的大逻辑大趋势"莫过于党的十八大提出的文化强国战略。在网络社会背景下，大数据文化将凸显重要的现实意义。大数据技术作为开放式的信息传播工具，在人的思维、行动、社会生活等方面注入了新的内容及形式，对人类文化的发展、价值观念的变革、民族意识的觉醒起着积极的推进作用。大数据文化的自觉也随之登上历史舞台。

文化自觉是在文化发展中人的主体自觉性的体现，是国家、民族的文化觉悟和觉醒。文化自觉是一个历史范畴，随着时代的不断进步，文化自觉随之改变形态。笔者所谓大数据文化自觉包含三方面的含义，一是对大数据文化地位的深刻认识，二是对大数据文化发展规律的正确把握，三是对大数据文化历史使命的主动担当。

大数据文化自觉是文化软实力的一部分，文化软实力是国家综合实力的重要体现，是国家软实力的关键因素。文化软实力通过文化自觉产生和提升，是建设社会主义核心价值体系，只有符合社会主义建设发展的文化才能不断地得到巩固和发展。大数据的文化自觉通过文化创新来实现，即通过建立完整的大数据收集、整理和分析、传播渠道，传播新的文化形态，破除旧思想、旧观念、旧的行为模式来实现。实现大数据的文化创新的核心是对文化相关数据进行广泛而深刻的分析和审视。这种分析和审视需要以全民的道德基础作为核心标准。大数据文化通过建构与社会主义市场经济相契合、与社会主义道德规范相统一、与中华民族传统美德相承

---

① 习近平：《在哲学社会科学工作座谈会上的讲话》（2016 年 5 月 17 日），《人民日报》2016 年 5 月 19 日第 2 版。

接、与社会主义和谐社会要求相吻合的数据分析体系来实现文化自觉。

习近平总书记说：“观察当代中国哲学社会科学，需要有一个宽广的视角，需要放到世界和我国发展大历史中去看。人类社会每一次重大跃进，人类文明每一次重大发展，都离不开哲学社会科学的知识变革和思想先导。”① 大数据文化正是于这样一场“人类社会的重大跃进，人类文明的重大发展”中，生成独特的文化价值及精神。在大数据技术的应用过程中，我们应坚持“以我为主、为我所用”的“拿来主义”的前提，坚持继承性与民族性、原创性与时代性、系统性与专业性，从世界各民族借鉴吸收优秀的文化成果，将中国传统文化与世界文化有机结合，以先进的哲学社会科学作指导，把中国特色与时代精神结合起来，认真探索，使大数据文化真正成为具有中国风格、中国气派、中国特色的先进文化。

---

① 习近平：《在哲学社会科学工作座谈会上的讲话》（2016 年 5 月 17 日），《人民日报》2016 年 5 月 19 日第 2 版。

新关系与新观念

——网络对于中国当代文学的影响简论

王　莹*

内容提要：自20世纪末网络文学在中国初见雏形到今日的大行其道，网络对于阅读方式、受众心理、流行文化等多层面的影响日益凸显出来。它所带来的文学与大众、文学与社会等多元关系的变革，以及全新阅读观念和“娱乐至死”的文化精神，都给传统文学带来巨大的冲击力和颠覆力。新的崛起、新的关系、新的观念借助网络文学，在立足于信息科技的新平台、网络传播的新媒介的条件下，以其持续而海量的生产与传播，对当下的中国文坛产生了及时又广泛的辐射与影响，成为一个不可忽视的文学存在。网络文学的这种强劲崛起，消弭了文学雅俗分化的原有界限，扩大了文学的社会影响，带动了文学的产业发展，在拓展文学领地、重构文学格局上，有其一定的积极作用与重要意义。但其同时带来了新的问题，提出了新的挑战，面对这种已经成为文坛新常态的文学、文化现象，如何提出有效对策，积极应对挑战，成为摆在我们面前必须深度探索的命题。

关键词：网络文学　中国当代文学　崛起　关系　观念

---

* 作者简介：王莹，中国社会科学院文学研究所副研究员，硕士生导师。

一　新的崛起

20世纪后期世界著名的西班牙裔社会学学者曼纽尔·卡斯特《网络社会的崛起——信息时代三部曲：经济、社会与文化》（第一卷）一书的问世，昭示着信息技术尤其是网络技术的发展给人类社会带来的剧烈变化进入全球化的研究视野，从此揭示新技术与经济文明所产生的社会、文化与心理转化的研究开始大行其道，愈演愈烈。较之欧美，中国网络发展虽稍显滞后，然而近20年来却对中国产生了巨大影响，网络文学的兴起成为这种影响最突出的表征。

作为一种新兴传媒的网络，在中国初步形成还尚待发展的1998年成为文学的新载体，且以来自台湾的蔡智恒（笔名“痞子蔡”）的连载小说《第一次的亲密接触》为标志性事件，推出了属于自己的网络小说作品，使文学进入了全新的发表、宣传、推广模式。自此开始，网络小说这个概念连同它的文本样品，开始频繁地出现于公众的视野，网络文学由此正式拉开了它辉煌发展的帷幕。

网络介入文学之后，一直就呈现出在写作与传播两个方面齐头并进的态势。1997—1998年，中国大陆第一个文学网站——“榕树下”在上海建立。随着这个网站登台亮相的，还有早期的网络作家李寻欢、邢育森、宁财神、安妮宝贝等。之后的1999年，国内首家中文诗歌网站“界限”正式推出。此后，各种各样的文学网站，包括小说网站、诗歌网站、论坛、博客等，如雨后春笋般地创建起来。网络传媒以自己的方式，开始了网络文学的全新又艰难的创业阶段。

进入21世纪之后的2003年，起点中文网首先推出面向网络读者的wip计划，尝试以付费阅读方式建立商业模式，并吸引有实力的作者，影响更大量的读者。这种文学与商业密切勾连的方式，既吸引了大批有志于网络小说写作的写手加入进来，又使文学网站由一味的烧钱与赔钱，变为自负盈亏与开始盈利，从而得以更好地生存与发展。这种全新的“生产—消费”商业链条的建立与健全，极大地刺激了网络文学的高速发展，催生了一大批数十万年薪与百万年薪作家的诞生。而网络小说过去依附于纸质出版的状况，也由此发生了逆转。许多网络小说因被改编为收视率较高的影视作品，成为影视改编的主要来源；许多网络小说因为“线上”的追捧火爆异常，也成为纸质出版竞相争取的热门对象。

网络文学这种蓄势待发的状况，持续了一段时间之后，在 2008 年又以盛大文学公司的宣告成立，开启了全版权运营和多媒体运作的新阶段。盛大文学公司以起点中文网为支点，整合了红袖添香网、晋江原创网等知名文学网站和优质网络资源，实行在写作、传播、改编、出版等方面的多种经营，开辟了在网络文学上实现“链条化”的全版权经营，促动着网络文学进入一个全面崛起与全新发展的新阶段。除了全版权运营以外，网络文学近年呈现出的另一个重要特征，是“移动互联网”以及新媒体带来的变化。截至 2013 年底，手机端网络文学应用软件的使用率已达到 46.5%。全新的媒介和技术的不断开发，给网络文学带来新的变更。与此同时，微博和微信等新媒体的广泛运用，则在类型化的网络小说以外，开辟了全然不同的文学样式。网络文学，由原来的静态的样式，变成了动态的存在。而网络文学所创造的经济效益，也是急速攀升，逐年翻番。据《文学蓝皮书：中国文情报告（2013—2014 年）》提供的数据，在 2010 年移动互联网阅读平台建立之后，“网络文学的直接收入几乎每年翻一番，从不足 10 个亿快速跃升至 60 个亿”①。

从 1998 年到 2014 年，网络文学走过了 16 年的产生与发展历程。16 年来的网络文学，不仅书写了自己的发展历史，而且改写了整体文学的发展面貌。这一切，不仅超出了人们已有的经验，而且超出了人们原有的预料。正是由于这种在自立中繁衍、在繁衍中拓新的强劲发展，网络这个新异又博大的平台，不仅成了催生网络小说与文学的孵化器，而且成了撬动整个文坛与文学的大杠杆。

网络带给文学的，看起来只是依赖于网络平台的网络小说、博客写作，以及那些以网络文学为主业的众多的文学网站，实际上，网络带给文学的，还有新型的文学关系、新颖的文学观念，而它们在给整体文学添加新元、增加新活力的同时，也带来了新的冲击，构成了新的挑战。如果我们对此作一简要的梳理，就不难看出，网络带给文学的，几乎是一场掀天

---

① 白烨主编：《文学蓝皮书：中国文情报告（2013—2014 年）》，社会科学文献出版社 2014 年版，第 152 页。

揭地的巨大变革，或者说是带有革命性因素的深层剧变。

二 新的关系

文学是生活的随行物，是社会的感应器。因而，随着生活的演变、社会的嬗变，尤其是文化环境的深层异变，文学自新时期以来，就在其不同的阶段，与政治、经济等相互结缘，呈现出不同的发展趋向与时代特点。总体来看，网络介入文学之前，导引并影响文学的，主要是政治与经济两大浪潮。文学与政治，文学与经济，先后是20世纪八九十年代主导文学的两个基本关系。

在网络介入文学之后，文学与政治，文学与经济，两大基本关系依然存在，但毋庸置疑的是，主导网络文学和影响整体文学的主要关系与基本力量，是网络科技、网络传媒、网络生产，由此，也带来了一系列新的元素，产生了一系列新的关系。择其要而言之，可以说，在这些新型关系中，影响最大的，是文学与网媒，文学与产业。这样两大新型关系，构成了主导网络文学和影响整体文学的基本力量与主要动能。

文学与网络传媒的关系，本质上是文学与新型传播媒及其传播方式的关系。网络传播的自发性、即时性、广泛性、全天候性等，全然不同于传统型的文学依靠文学期刊和图书出版的旧式传播，传统文学那种传播的滞后性，读者的有限性，作者与读者的隔离性等，都被统统打破，从而使传播成为与写作同步、与读者互动的传真过程和共享过程，写作—传播—阅读，既三者同步，又三位一体。

就网络文学而言，作者与读者的一同在场，写作与阅读的密切互动，已成为其基本的活动形态与生存方式。作品受到欢迎的程度，作者影响的大小，也是经由这种马拉松式的写作与阅读的互动，逐步见出端倪，分出高下。在这里，读者不仅是接受者，而且是参与者，甚至是评判者。正是这种密切互动与深层介入，网络文学作者与读者在携手并进中彼此敬重，共同成长，其关系也逐步发展为“偶像”与“粉丝”，其中“粉丝”为数众多的“偶像”作者，便凸显为各个类型写作里的“大神”。而那些非“大神”级的作者，也在这一过程中，发展着自己的“粉丝”，构建着自己的人脉，实现着自己或大或小的文学理想。

网络文学经由网媒放大传播、招徕读者的全新方式，是依托网络传媒在科技上的创新和生活中的辐射来完成的。这给文化市场、文学生活拓辟出一个全新的空间，那就是“网上”的写作与“线上”的传播，日益成为更大众与更时尚的新兴传播，这使传统型的“网下”写作与“线下”传播，日益相形见绌。因此，着眼于“网上”与介入于“线上”，不仅成为文学与文化生产单位必欲达到的目标，而且也成为许多传统型文学写作者所开始看重的方面。由此，传统型文学在写作与传播等方面，在利用网络传统的同时，也使新兴的文学与网络传媒的关系，成为自己立足与发展的必要选项与动力之一。

文学与产业的关系，是文学与经济的关系进而演化的结果，这是网络带给文学的另一重要新型关系。与传统型文学在90年代面临经济大潮的迅猛冲击不同，网络与商业的关系一直难解难分，而以网络为平台的网络文学，正是凭借着网络科技和资本投入的两个轮子，迅猛而强势地发展起来的。

网络小说的兴盛，文学网站的盈利，都得益于2003年间开始实行的网上付费制度。虽然千字2—3分钱的费用并不起眼，但来自海量读者的阅读付费，却使网络小说作者获得了较为丰厚的稿酬收入，也使文学网站借由比例分成积累了不菲的资本。尝到甜头的网络文学运营者，由此看到了文学与商业联姻之后的光明前景，在2008年之后，秉持在并购整合中做强做大的理念，先是盛大游戏公司主持成立了盛大文学有限公司，打造了网络文学领域的“航空母舰”，后又有腾讯、百度等互联网巨头纷纷介入进来，相继成立各自旗下的创始文学网、多酷文学网、91熊猫看书等，使散兵游勇式的文学网站，整合为几个大的网络文学集团。与此同时，借助资源与平台的优势，他们纷纷开展全版权的网络文学运营，使网络文学形成了包括纸质版权、电子版权、无线版权，影视与游戏改编的全程化产业链与链条化生产线。网络文学与商业、产业，由相互发现到相互借力，实现了水乳交融的内在联姻。

网络文学与文化产业的新型关系，对于传统文学的最大影响，一是促进了传统的文学期刊向数字化的方向拓展，二是推动传统的文学出版走向产业化。过去的文学期刊，除去以纸质的形式订阅与零售之外，很少有别样的呈现形态；而现在的文学期刊，不仅纷纷开办电子版，有的还以微博和微信公众号的方式，面向更多的网络文学受众。而以纸质图书为主的传统的文学出版，逐步加大电子图书的出版品种与数量，使得数字化出版成为与纸质书并重的另一种方式，实现了“线下”发表与出版和“线上”发表与出版的良性互动、协调发展，在出版的产业发展上，攀升了新的台阶，赢得了新的空间。

三 新的观念

网络带给文学的，既有新的形态，又有新的关系，而在这背后，还有新的文学看法与观念。这种在网络文学活动中已习以为常并奉为圭臬的东西，是更深层次的，也是更为重要的。

经过多年的实验与实践，网络文学生产的一些基本方式与模式，已大致稳定下来，形成事实上的行规。在这种方式与模式的确立过程中，一些属于网络文学所特有的文学观念，也形成一定的范式，造成广泛的影响，从而给当代文学在带来新鲜养分的同时，也带来了新异的冲击。比如，文学写作上的娱乐第一的原则，文学传播上读者至上的观念，文学经营上利益为重的理念，等等。

网络文学与传统文学在写作上有很多的区别，但最大的区别，是其对于娱乐化的追求，远远高过对于审美性的追求。因为追求作品的可读性，读者的最大化，更适合于大众读者口味的“小白文”应运而生。这种内容简单、文笔通俗、只求以平实的文字讲述吸引人的故事的文体，本质上是在适应最为普通的读者，取悦最为大量的受众。这种“小白文”承载的故事，要么是玄幻、仙侠，要么是后宫、穿越，要么是盗墓、惊悚，要么是灵异、悬疑，基本上是以编织各种玄虚、荒诞、怪异、离奇的故事为能事，以取悦那些好奇的和寻求刺激的读者。这种写作的文学性含量，自然取决于作者本人的文学造诣，但其总体的与终极的目的，是在于作者的自娱自乐与娱乐他人。在这一方面，长于盗墓类型写作的南派三叔的一句话说得很明白，那就是“凡不以好看为目的的写小说，都是耍流氓”①。

① 王科、黄葆青、丁燕、刘晶：《写小说不以好看为目的的都是耍流氓》，《钱江晚报》2011年9月15日。

话虽然说得有些极端，但道出来的确是实情。网络小说侧重娱乐性，使它有了自立的基点、发展的空间，某种意义上也使它流于了浅俗化，减敛了文学性。这种长与短、舍与得、利与弊，在今后的发展中，当会进一步显现出来。

网络文学在文学传播上更看重读者，甚至推崇读者至上，这是它与传统文学的另一个最大区别。在传统型的文学领域，作者与读者的关系，更多的作者在意的是志同道合的交流，桴鼓相应的沟通，并不单单追求阅读的大众性，读者的大众化。而网络文学则不然，它的作者普遍希望在满足兴趣相同的读者的同时，还希求吸引更为大量的旨趣不同的受众。因此，读者在网络作者那里，就是友人、亲人、市场和上帝，而且数量越多越好，跟踪时间越久越好。一些网络作者并不在意有没有人来评论，也不在乎能获什么奖，而始终把读者的喜欢与拥戴放在首位，其原因正在这里。已有评论家指出，网络文学的“读者是上帝”的规则需要予以反思。在文学与阅读的关系上，不要完全从文学消费、文学市场的角度去考量，要从文学启蒙、文学传承的角度，从文化积累、文化建设的角度，去掂量自己的写作的意义与影响。① 这一意见，确实值得网络文学作者的切实关注和认真思考。

网络文学从写作到传播，从生产到经营，都更为重视经济上的效益与直接性的收益，这虽然有别于传统文学的社会效益第一，经济效益第二，但也无可厚非。但近年来一些现象表明，网络文学正在向利益为重的方向大幅度倾斜，这样的倾向委实值得人们关注。2013 年间，除去过去的用户付费阅读、广告、粉丝经济之外，网络文学把“道具打赏”作为一种新方式，以对“粉丝经济”的深度开发，来寻求网络文学新的盈利点。在第八届作家富豪榜榜单上，网络文学作家的收入普遍超过了传统文学作家，成为作家富豪中最引人瞩目的群体。网络文学在谋求发展、开拓产业的过程中，显然存在过分倚重商业、一味强化产业的倾向。从目前的发展趋势来看，利益与资本似乎成为支撑和推动网络文学的主要杠杆与重要力量，网络写作变成了不同环节的人们赚钱的方式，网络作家则成为网络文学利益链上的赚钱工具，而忽略了文学本应具有的审美作用与社会功用。

① 杨鸥：《网络文学：读者是上帝?》，《人民日报》（海外版）2014 年 2 月 18 日。

这从长远来看，无论对网络文学自身，还是对当代文学整体，都是极为不利的。

总之，在当下的中国文坛，立足于信息科技的新平台、网络传播的新媒介的网络文学，已以其持续而海量的生产与传播，及时又广泛的辐射与影响，成为一个不可忽视的文学存在。而且由它的从业人数、行业规模和社会影响来看，都呈一种几何数字的迅猛发展趋势。网络文学的这种强劲崛起，从文学、文化的生态上说，消弭了文学雅俗分化的原有界限，扩大了文学的社会影响，带动了文学的产业发展，在拓展文学领地、重构文学格局上，有一定的积极作用与重要意义。但毋庸讳言的是，它同时又带来不少新的问题，提出许多新的挑战。面对这种已经成为文坛新常态的文学、文化现象，我们需要在走近它与跟踪它的同时，进而了解状况，深入发现问题，提出有效对策，积极应对挑战。

（原载《当代作家评论》2014 年第 5 期）

作为话语的抵抗：网络时代流行词解读

程朝霞*

内容提要：本文旨在考察网络虚拟社会中形成的不同虚拟群体及网络流行词，其古怪的自我命名作为话语抵抗的意义，其背后实际隐藏着沉重的社会现实困境。并以“屌丝”文学及文化现象为具体勘察对象，对我国青年一代的精神特征及生存困境予以关注。

关键词：网络流行词　屌丝　话语抵抗

信息技术构架的互联网世界，其虚拟、浩瀚令人联想到无数生物生活的海洋。它现存的广阔性与未来发展的不可预测性，令人感觉到互联网世界是一个任何奇迹和任何生物都可能存在的生态体系。

网络多媒体出现以后，互联网的用户依照兴趣爱好，围绕各网站、论坛、吧、空间、圈子、社区等虚拟空间，匿名聚集，形成一种动态但持续存在的“虚拟社区”。网络虚拟交往和话题讨论经常围绕最新的事件、消息、政策等展开，其开放性造成了这些虚拟社区成员的流动性。随着新的兴趣和话题的不断推陈出新并迅速传播，网民的聚集度也在流动。网络群体不再具有明显的现实社会的阶层区分特征，而是进行了以“标签”“群”“社区”“论坛”等关键词为主题的网络虚拟分类。这些分类以网络用户的兴趣、爱好、心情、实际需要等更接近精神层面的特征为基础，具有碎片、松散，似乎可以任意组合，而且永远处于流动状态的特征。网

* 作者简介：程朝霞，中国社会科学院文学研究所助理研究员。

络自由开放的特征，确实催生了各种主体欲望的话语狂欢，具有考察的必要性和现实意义。参与网络空间的人都来源于现实社会，因此，不管其行为角色发生多大的改变，都不可能完全脱离现实社会的影响。这种情况下，考察各类群体在网络中的精神诉求，成为我们窥视现实社会精神状态的一个途径。

一　虚拟社会与虚拟主体

20 世纪上半期，为了革命需要而建构的以政治身份、户口身份和行政身份为依据的“工人”“农民”“解放军”“知识分子”“中产阶级”“小资产阶级”的概念，已经在 20 世纪末的商业社会中变形或延异，仅仅隐约成为 20 世纪 90 年代的以职业分类为基础的“十个阶层”划分的基础。随着社会经济飞速发展、国家产业结构调整、教育制度改革、城乡变迁，新的身份不断涌现，如企业家、老总、白领、下岗工人、打工族、保姆、民工、创业者、商户，甚至“蚁族”“北漂”，等等。伴随传统阶级术语的失效，传统社区和村落也正在遭遇瓦解，过去的同村村民、巷弄邻居不断地流散、混杂，我们面临“失落的乡村”。许多学者在研究中国社会的城镇化进程中对此已有论述。

如果说传统中国在现实中是金字塔式社会，那么网络社会则是一个巨大的、熙熙攘攘的、去中心化的海洋。因网络媒介的技术允许单独的个体成为传播的中心，网络虚拟社会从而形成了一个具有强烈个体意识和群体认同的生态体系。这个体系里有“屌丝”“文艺青年”“2B 青年”“脑残粉”“杀马特”“同性恋群体”“五毛党”“宅男”“腐女”“女汉子”，也有“白富美”“剩女”“白领”“高富帅”“丁克”，等等，只不过是极少数拿来作为对比和填充新闻娱乐信息的。

伴随这些网络多媒体生活，逐渐涌现出五花八门、令人目瞪口呆的群体名称。在一定时期内，比较热门的话题及认同度高的词语固定下来，被称作“年度网络流行词汇”，而媒体的重复转载和传播也成为此类词语流行的助力。网络在中国普及的十几年间，分别出现了“草根”“屌丝”“宅男”“腐女”“大神”“文艺青年”“绿茶婊”“脑残粉”“流氓燕”等名词。这些网络流行词语是网络兴起后，网民根据一段时期的网络热点事件或热门人物而不约而同地认同的词汇，往往带有标志性意义和内涵性讽刺，或者体现网络民众的一种评判态度：对抗、嘲讽、无奈、游戏，带有围观和起哄的意味，具有最民主最广泛的精神表达特征。

通过网络流行词汇的呈现，我们还是能够梳理出现实层面中一些群体的精神特征。如网络多媒体文化通常被称作“草根文化”。“草根”顾名思义，是成长在黑暗的地面之下，最底层最廉价却最有生命力。在被引喻为社会群体时，通常有两层含义：一是指同政府或决策者等权力部门相对的势力，比如一些民间组织、非政府组织等，具有意识形态意味。二是指同主流文化、精英文化或精英阶层相对应的弱势阶层，一般是出身寒微、收入微薄的群体。同样含义的词语还有“小民”“P 民”“4B 青年”等。

网络作为新型复合媒体，其信息聚合能力和传播能力大大超过了纸质媒体和单一电子媒体。各种信息通过网络的交互，传播速度的确惊人。网络流行词语一般都是在网络交往语言中，被迅速传播和使用，成为追求时尚和表征自我存在的符号。一个不懂得网络流行词的人，会被看作“out”了的人。这些词语在中国当下语境中，成为一种新鲜时髦、标新立异的文化类别。网民用各种词语自我归类，显示一种对自我困境的自嘲，也显示一种幽默风趣的价值认同。伴随这些指代群体的流行词，普通大众还创造了各种新成语：“不明觉厉”“十动然拒”“男默女泪”“火钳刘明”“累觉不爱”“喜大普奔”“细思恐极”“人艰不拆”……俨然生成了一套平行于现实社会主流文化的文化谱系。

二 个例：“屌丝”文化现象

2012 年初在我国年轻人群体间广泛流行“屌丝”一词，它最初在网络中常指一个人符合穷、丑、矮、呆、胖这些特征。其显著的特征是“穷”，得不到喜欢的“女神”，自甘卑微与平凡，生活平淡无奇、平淡无光的现状。后来，该词逐渐成为一种生活态度，多是刚踏入社会的年轻人或是在校学生等青年群体的自我标榜。巨人网络首款“屌丝”网游《仙侠世界》与易观国际联合发布了《中国互联网“屌丝”用户游戏行为调研报告》（以下简称“报告”）。此次调查共抽样了 34500 名受访者，针对“屌丝”称谓的认同、“屌丝”群体的特征以及“屌丝”的网络游戏喜好习惯等进行了调查。报告显示，我国“屌丝”人数达5.26亿人[1]。这意味着，在13.7亿中国人口中约四成属“屌丝”人群。“屌丝”与否，与个人收入情况、个人年龄情况并没有严格的必然联系，在受访者的深入调查中，“屌丝”认同的现象更多地体现为一种生活态度，并且随着互联网普及的速度，更多地为大众所广泛接受。[2]

伴随此词语的广泛流行，网络媒体上先后出现了“屌丝文学”“屌丝男士”话剧等文学现象。商业类文学网站迅速捕捉到了“屌丝”的商业价值，在百度里输入“屌丝文学”，百度找到相关结果约1260万个，“屌丝小说网”17K文学网屌丝频道（http：//www.17k.com/diaosi），其中有“屌丝生涯”“屌丝情缘”“屌丝逆袭”“屌丝幻想”四个主要分类。在网站频道介绍里，编辑如此介绍：“17K小说网为广大网友精心推荐一批屌丝小说，为广大屌丝同学展示一条励志之路。是的，我们是屌丝，也许我们一无所有，但从不低头，因为我们相信屌丝终会逆袭。”此类作品名字里大多直接冠以“屌丝”，如《一个屌丝的成长记》《屌丝追美记》《屌丝男和他的白富美》等。

网上流传的《史记·屌丝传》将“屌丝”一词的来历和屌丝群体的故事演绎得惟妙惟肖：

> 屌丝者，屌吧粉丝也。初，有国脚名李毅者，言护球神似亨利大帝，国人遂谑称毅为李毅大帝，毅之崇拜者自称屌丝，此其始也。屌者，华夏之魂，男儿之根也。或有路人笑之屌丝之谓不雅，屌丝昂首傲胸，铿锵而曰：燕雀安知屌丝之志哉？
>
> 壮哉！我大中华帝国地大物博，屌丝不可胜数。穷者有饱暖之忧，矮者有短矬之虑，丑者有见人之苦。或曰：穷矮丑，不如狗。然我大中华，历尽劫难，天下屌丝饱尝辛酸，坚如钢而柔似水，软硬进退变化无穷者，是真屌也。恶人出言不逊，则又何惧乎？
>
> 屌丝幼聪慧，有父老言：此子必有为也。居旁有一邻曰女神者，屌丝恭敬孝顺如父母，日日如此，常年不辍，青梅竹马，自是一时佳

① 参见《史玉柱团队再发雷人报告》，《北京晨报》2013年4月1日B04版。
② 同上。

话。及长成，遇高富帅，面愧而疾走，女神见之，挽高富帅曰：“此子吾邻，待吾极好，形如兄妹，你我若婚，必请其登上座。”屌丝隐隐闻其言，面若厚扑红粉，妒汗喷涌，悻悻而还。路遇砖厂，急聘一人搬砖，屌丝暗忖：待我且聘之一试，既可解衣食之忧，亦可坐等高富帅路过，持砖砸之必成。

某日，骄阳似火，屌丝挥汗搬砖，忽闻女神轻呼其名，如饮冰泉，狂奔而去。女神泣曰：“彼恶畜也，弃我而去，我无处可宿矣。”屌丝闻之，窃喜，曰：“你且莫急，待我寻一住处，必妥善。”是夜，女神媚眼游离，屌丝讷讷而言：“夜深，吾且暂避，明日再会。”说罢，疾走，三尺粗影没于夜。

翌日，屌丝持早食而至，不见女神，四下细寻皆无获，后于桌上得一纸幅，乃女神所写，曰：“前，吾乃粉木耳，视汝如吾兄，及至年幼无知，为高富帅所害，始觉悔恨，遂投奔兄处。昨日原想留宿我兄，以身献之，不想兄亦弃我而走，想来必是念我如今木耳已黑，了无食欲，照顾食宿乃顾及多年情分，思及此，则又何必再烦吾兄。”屌丝读罢，伏案而泣。后愤而撸管，年二十五卒。

太史屌曰：天下屌丝，穷者固穷，矮者固矮，丑者固丑，然人如野果，丑者而味甘，美者而剧毒。有歌谣曰：穷矮丑，愿奔走。粉木耳，视如狗。高富帅，只做爱。黑木耳，愿做狗。诚如是，大乱矣。呜呼哀哉！

《与美女总裁同居的日子》是发布于17K的一部“屌丝小说”，主要讲了“屌丝”逆袭成功的故事。作者“两个大馒头”，2013年5月开始驻站17K写书，第一本书《与美女总裁同居的日子》在17K上一经发表就引起了众多网友的极大关注，获得了订阅榜第14名的好成绩。作者在自我简介里这样描述自己：“90后小宅男，死胖子，爱幻想，爱小说，爱看名人经历，玩LOL水准很高。恋爱恐惧症，不会追女孩。”或许作者这种非常典型的屌丝形象定位，只是为了博取屌丝网民们的认同感，获得关注值和阅读量，但是也不乏几分真实地透露当下网络写手的社会特征和精神状态。

如果像许多批评家所指责的那样：女性穿越小说是一群女性共同做

的白日梦，梦想自己进入豪门，与皇子贵族谈恋爱，那么“屌丝文学”绝对是男性的白日梦，带有十足的“YY”（意淫）小说的特点。大部分故事是平凡的男主角，偶然和拥有财富美貌的女性发生故事，获得财富并抱得美人归的故事。与此同时，在屌丝文学中，明显存在大量低俗、性、幻想的特征，如《与美女总裁同居的日子》在网络上的简介：“高富帅睡了我的女神，我睡了高富帅的妈妈和妹妹；既然做不了高富帅，就睡高富帅的妈妈当高富帅他爹。屌丝终有逆袭日，木耳再无还粉时!”这种低级的阿Q式的异想天开，是此类小说为阅读者所诟病的原因。

与屌丝文学的创作相呼应的是屌丝类剧本的创作和演出。源于“屌丝文化”在中国的流行，互联网多媒体“搜狐视频”自制了一个《屌丝男士》的节目，节目利用大众娱乐明星、《大鹏嘚吧嘚》主持人大鹏的形象，制作了一系列屌丝男的故事短篇。大鹏及众多明星为迎合观众趣味，用夸张荒谬的手法饰演现实生活中的各种男性，其中每个人物都有疯狂和“屌丝”的一面，集喜剧的夸张、网络的后现代恶搞、耍贱于一体，将自己包装成为“屌丝”中的一员，借助网络多媒体巨大的受众量和强大的传播功能，争取广大的网络消费群体。

《屌丝男上》编剧的设想和创业，也是全球化大众娱乐文化影响的结果。其故事类型模仿德国电视剧《屌丝女士》的喜剧短片——一部由女演员玛蒂娜-希尔主演的系列短剧，其人物表演特点就是疯癫荒诞、自我夸张、行为耍贱、语言粗俗搞笑，同样类型的演员有好莱坞滑稽影星“憨豆先生”。这类影片以调侃自我人格，用各种不体面或传统道德礼仪认为尴尬、不得体的夸张卖弄的姿势、表情，来刺激大众的笑点。但是此类影片在中国取得了巨大成功，红火程度远远超过了德国，不仅位居国内各个视频网站的下载榜和点播榜高位，且在微博和媒体间，引发了坊间热议和话题传播。《屌丝男士》的编剧就希望大鹏通过此剧可以赢得“中国憨豆”的美誉，实现中国“屌丝男”的成功逆袭。这不得不说是网络时代，全球文化在互联网媒介的影响下，变得同质化的范例。

可以看出，“屌丝”“草根”“4B青年”等流行网络语言，一方面是中国青年群体的自我指涉，另一方面，这类词语的流行，是网络多媒体网站为了达到商业消费热点刻意传播引导的结果。

“屌丝”这个在传统价值观念里不能登大雅之堂的词语却在网络时代迅速流行，成为普通大众普遍的自嘲认同，是极具文化分析价值的。中国新兴网络群体对这一类通俗文化的热衷实际上具有复杂的文化意蕴。这类词语的流行，代表当下网络多媒体中反映出来的青年亚文化精神内涵和大众娱乐文化的特征，体现出对传统核心价值观的解构，借助网络多媒体的平等开放的空间，自觉形成一种自娱自乐、自我调侃和鼓励的文化。其对立面固然指向“霸权消费文化”和“现实主流道德价值”，但也没有严肃的意识形态斗争的色彩，取而代之的是自我娱乐的狂欢精神和逃避现实的后现代主义态度。

三 作为话语的抵抗

以“屌丝”为代表的网络流行词文化之所以在中国引起如此大的认同，并成为流行一时的网络词语，有其深刻的现实渊源。它们体现了青年一代在生活里挣扎，在枯燥中寻找欢乐，或迫于无奈地对待着社会的不平事，又希望持之以恒地坚持最初的梦想。然而“它并不是简单的青春情绪，而是现实社会矛盾不断堆积的征兆”①。“屌丝”所反映的集体焦虑，不仅是文化问题，更是当下中国社会问题的折射。

作家方方创作的《涂自强的个人悲伤》里，叙述了一个叫作涂自强的年轻人，生长在湖北农村，是村子里第一个大学生，第一年的大学学费靠着乡亲们资助和自己打工才勉强交上。在学校里，他勤工俭学，一丝不苟地完成了学业。然而，毕业后，他却依然找不到工作，没有人脉和靠山背景，勤劳朴实的他在城市中疲于奔命，也无法改变自身的命运。小说以这个年轻人患上肺癌的悲剧结局，引导我们陷入深深的反思：普通年轻人，单靠自己的奋斗还能改变人生吗?②

---

① 吕植：《屌丝传——从精神胜利到自我矮化》，http：//blog. sina. com. cn/s/blog_ 490075660102dwum. html。

② 参见蒋肖斌《别让没有背景的年轻人质疑未来》，《中国青年报》2013 年 6 月 18 日第 10 版。

“草根”也好，“屌丝”也罢，或者新兴的“4B青年”，实际上都是现实中国社会经济高速发展、城乡转型、互联网媒介发达时代的社会精神症候在网络媒体上的投射。每一年全国普通高校毕业生六七百万人，当梦想照进现实，“毕业就是失业”。这样一个受过高等教育却在城市底层挣扎的年轻人群体，就是“草根”“屌丝”、就是“4B青年”，就是住在狭小地下室的“蚁族”。他们往往来自农村或者中小城市，拥有大学学历却做着与学历无关的工作，工作努力但生活艰难。

“如果说在80年代个人、个人主义曾经作为历史控诉和思想解放的主体，许多文艺作品里用天空中一行人形的大雁或者茫茫雪地里巨大的人形图案来反思革命的伤痕，那么90年代‘一只特立独行的猪’成为市场经济时代的‘独立’、‘自由’的象征，而新世纪以来这些‘大写的人’却变成了微不足道的蚂蚁、炮灰、粉末和屌丝……”①

联系20世纪中国的“计划生育政策”，联系社会关于“独生子女”成长教育的热烈讨论和反思，如今，这群迷茫苦闷的“屌丝”“草根”，正是当年的“独生子女”群体。这一代青年成长在中国社会巨大转型时期，传统乡村中国道德文化失落，而新兴的商业消费型城市生活又挤兑着他们的生活空间，天价房、户口制度、就业压力、职场拼搏等是他们面对的沉重现实，对天价房的可望而不可即、对没有户口无法皈依城市的漂泊感，对于努力工作却换不来名牌豪车——这些以财富为表征的社会价值的确认。同时，商业发展社会内存在的特权阶层和令人愤怒的腐败，只能给他们带来不是“富二代”也不是“官二代”身份的遗憾。强势的意识形态和传统的精英文化已经无法安慰他们困顿迷茫的精神世界。

西方霸权理论认为，大众文化是人们在积极主动地消费文化工业的文本与实践之中被生产出来的。“大众文化不再是一成不变的自上而下强加的文化（法兰克福学派），不再是社会衰落与腐朽的象征（‘文化与文明传统’），不再是自下而上自然生发出来的文化（文化主义的某些观点），

① 张慧瑜：《青春袭人，黑暗无边——2013中国话题电影》，载《话题2013》，三联书店2014年版，第148页。

也不再是主观强加于被动对象的表意机器（结构主义的某些观点）。”①

在葛兰西的霸权理论观照下，以网络流行词语为表征的网络大众文化，乃是一种在“上与下”“商业与本真”“现实与虚拟”之间的彼此协商产生的混合物，是平衡着大众“抵抗”与商业“收编”、时代现实等多重力量的动态变化的场域。

“屌丝”们总是意识到个人在大时代中无足轻重与无能为力，期待被拯救与拯救他人都已经是不可能的选择。改变不了世界，就只好改变自己的世界观。面对自我不可抗拒的普通和平庸，接受还是拒绝，顺从还是反抗？他们只能故作轻松付之一笑：“我是屌丝。”这个时候，青年们自觉丧失了“指点江山”的飞扬勇气，甘于用荒凉和自嘲的“屌丝”来自居，各种网络上虚拟的群、部落、朋友圈和空间，成为他们沉浸于自我、私人生活的最后空间。而这样的草根，一部分变成沉溺于网络生活而与对房间外的现实生活世界彻底隔绝的“宅男”，一部分变成以穷矮丑为荣、嘻哈面对人生困窘的“屌丝”。

“屌丝”等网络流行词语文化是一种社会政治经济转型中中国人面对生活压力所做的亚文化类表达，这个不够体面的词语反映了他们在经济、情感、个人价值方面的无奈和焦虑。然而，相比上一代，“屌丝”们并没有明显弱势和缺陷，甚至更加独立开放，更加个性张扬，多数拥有自我意识、自我觉醒后才主动归类“屌丝”。随着反抗意识的觉醒，“屌丝”一词逐渐成为一种更广泛的弱势群体社会性自嘲现象，相对地，“白富美”与“高富帅”一类词也在相当大的程度上变成了对拥有特权的阶层或群体的讽刺与嘲笑。而正是在这个意义上，网络多媒体形成的各种“虚拟群体”论坛、网站等，为中国青年亚文化群体提供了抵抗的空间。网络流行词语正是这些群体面对社会霸权文化和现实困境的一种话语抵抗。

因此，如同“屌丝”们无法像“精英阶层”一样担当社会时代的进步标杆，他们也不应该担负时代斑驳的精神面貌之罪。始于20世纪的现代化建设，为我们带来财富和繁荣之时，也带来了环境污染、资源短缺、

---

① ［英］约翰·斯道雷（John Storey）：《文化理论与大众文化导论》，常江译，北京大学出版社2010年版，第100页。

失业增加、城市膨胀、耕地减少的问题。年轻人面对的时代压力，令他们产生焦虑、抑郁、狂躁、无聊等心理疾病。伴随着这种问题和疾病的，就是旧理想主义的破灭和对意义的普遍蔑视与不屑一顾。这种物质主义时代精神环境的恶化，才是危机的真正面目。

“感知操练”：论麦克卢汉的文艺媒介学思想

李昕揆*

内容提要：20 世纪 60 年代，麦克卢汉以托马斯·阿奎那的感知思想和伊尼斯的媒介“偏向”概念为基础，提出一套全新的媒介感知理论。由此出发，麦克卢汉对文艺进行“功能”定位，视其为用于“感知操练”的重要手段；把“根据主导媒介划分历史”的媒介史观运用到文艺形态划分上，提供了看待西方文艺发展史的全新视角；以旨在唤起人们感知并参与当前媒介环境的“反环境”概括艺术史上的“后视镜”现象，使“反环境”一词兼具认识论与实践论的双重内涵，体现出对西方陌生化诗学传统的承递与创新。通过文艺现象与媒介感知的互证，麦克卢汉将媒介研究重心转移到对媒介自身及其后果的关注之上，开创了“文艺媒介学”这一全新的研究路径。

关键词：麦克卢汉　感知操练　文艺媒介学　范式转型

20 世纪 60 年代，加拿大媒介思想家马歇尔·麦克卢汉被美国庞大的宣传机器打造成一颗耀眼的文化明星。汤姆·沃尔夫更是在《纽约先驱论坛报》上刊文称其为“继牛顿、达尔文、弗洛伊德、爱因斯坦和巴甫

* 作者简介：李昕揆，文学博士，中国人民大学文学院讲师，研究方向为文艺媒介学。

洛夫之后最为重要的思想家”①。作为一名起家于文学并长期从事文学研究的学者，麦克卢汉对待媒介的态度“完全是人文主义的”；探讨媒介与人的关系，是麦克卢汉著作一以贯之的主题：他在《机器新娘》中探讨了“工业人”的民俗，在《古腾堡星系》中考察了“印刷人”的诞生，在《文化即产业》《理解当代》《地球村》等著作中探析了“电子人”的生存状况。麦克卢汉的“文艺媒介学”，或者说他对媒介与人的关系的关注，是以“感知”为切入点的；在媒介环境中操练和提升人们的“感知”是麦克卢汉媒介研究的出发点和落脚点。或如麦克卢汉传记作家特伦斯·戈登所说，“总结麦克卢汉的一生，‘感知操练’这一表述实在是再恰当不过了”②。麦克卢汉的全部媒介思想，包括其著名的“媒介信息论”“媒介延伸论”“媒介冷热论”以及“根据主导媒介划分历史”的媒介史观等，可以说都是其媒介感知理论的具体体现。③反映在文艺观念上，麦克卢汉将文艺视为用于操练、培养和提升人们感知当前媒介环境的方式与手段。他常以文艺发展史上的具体现象去验证其“媒介感知理论”，也常借助文艺实践去操练人们对于媒介环境的感知，就此言之，我们实可将麦克卢汉称为“媒介艺术家”，将其丰富的关于媒介与文学/艺术关系的思想称为“麦克卢汉的‘文艺媒介学’思想”。④

---

① Tom Wolfe, “Suppose He is What He Sounds Like”, in G. Stearn (ed.), *McLuhan: Hot & Cool*, New York: Signet Books, p. 31.

② [加] 麦克卢汉:《理解媒介》，何道宽译，商务印书馆2005年版，“戈登序”，第2页。

③ 比如，麦克卢汉提出的“以主导媒介划分历史”的理论，主要在于强调，不同的主导媒介对于人类的感官知觉及思考路径会产生不同的影响。也即是说，一种新的主导媒介的出现，往往会使人类感官的平衡状态发生变动，不仅使某个感官特别突出，甚至会抑制其他感官的发展，塑造人类理解环境的方式，并进而触发社会组织形式的改变。麦克卢汉的“媒介延伸论”认为，一切媒介都是人的感知的扩展和延伸：文字和印刷媒介是人的视觉能力的延伸，广播是听觉能力的延伸，电视则是视觉、听觉和触觉能力的综合延伸。“媒介冷热论”则以媒介是否需要感官参与为判定标准：“热媒介”传递的信息清晰明确，无须动员更多的感官就能理解，“冷媒介”提供的信息量少且较为模糊，要理解则需要多种感官的配合。

④ 对于麦克卢汉关于媒介与文学/艺术关系的思想，有学者将之称作“媒介美学”（详见金惠敏《“媒介即信息”与庄子的技术观》，《江西社会科学》2012年第6期）；有学者将之称作“环境主义的文艺观”“生态艺术思想”（详见李中华《麦克卢汉媒介理论的接受与新世纪中国文学批评的发展》，博士学位论文，湖南师范大学，2013年，第29、38页）。鉴于麦克卢汉论述的主要是媒介与文学艺术之间的关系，笔者在文中将之称作“麦克卢汉的‘文艺媒介学’思想”。

一 媒介感知理论与作为“感知操练”的文艺

在西方文化语境中，源自拉丁语的“感知”（aisthesis）一词具有“perception”和“sensation”双重含义：“perception”侧重于强调颜色、声音、味道等感官方面的属性，它为“认识”服务；“sensation”偏重于人们的情感走向，它以“愉快”与否为评价尺度。[①]麦克卢汉主要是在“perception”的意义上使用“感知”一词的，在他看来，媒介与人类感官之间存在密切关系，“任何媒介都必然涉及感官之间的某种比率”，其效应“不是发生在意见和观念层面，而是毫不受阻地改变着人们的感觉比率和感知模式”[②]。中世纪天主教思想家托马斯·阿奎那的感知理论和加拿大媒介思想家哈罗德·伊尼斯的媒介“偏向”概念对麦克卢汉媒介感知理论的形成产生了重要影响。受奥古斯丁“道成肉身论”的吸引，阿奎那面对的一个基本问题是：人类如何才能获得上帝的再次拯救以重返伊甸园？在他看来，人类因被赶出伊甸园而丧失了与上帝直接意识交流的能力。因此，要想重返伊甸园，恢复与上帝的直接意识交流，需要实现感官和认知模式的重新完整化。阿奎那的这一思想成为自称是“最后一名托马斯主义者”的麦克卢汉媒介思考的起点。他从阿奎那的感官和交流思想中汲取灵感并加以发挥，视媒介为感知与意识的载体，并以此作为其媒介研究的基础。麦克卢汉在致大卫的信中曾直言，其“传播理论就是彻头彻尾的托马斯主义”[③]。当然，给予麦克卢汉媒介感知思想以最直接影响的是其在多伦多大学的同事哈罗德·伊尼斯。在出版于20世纪50年代的两部著作（《帝国与传播》《传播的偏向》）中，伊尼斯通过对希腊、罗马、埃及等古代文明帝国历史进程的追溯，提出了著名的媒介偏向概念。在他看来，石头、黏土、羊皮纸等是时间偏向的媒介，它们耐久性好但不易生产和运输，能够保证宗教的传承和帝国统治的稳固与持续，却不

---

① 参见［德］沃尔夫冈·韦尔施《重构美学》，陆扬、张岩冰译，上海译文出版社2002年版，第81页。

② Marshall McLuhan, *Understanding Media*, Cambridge and London: The MIT Press, 1964, p. 18.

③ Marshall McLuhan, *Letters of Marshall McLuhan*, Toronto: Oxford University Press, p. 427.

利于宗教的传播和帝国的扩张；莎草纸、纸张、印刷品等是空间偏向的媒介，它们质地较轻，适合于帝国对广袤地区的治理和大范围的贸易行为，有利于帝国的扩张和宗教的传播，缺点是耐久性差且不易保存，使得以此为媒介的政治组织形式往往难以持久和稳定。为此，“必须从空间和时间两个方面去克服媒介的偏向，既不过分倚重于时间媒介，也不过分倚重于空间媒介”①。麦克卢汉将伊尼斯的媒介偏向概念称为“解读技术的钥匙”，“凭借这把钥匙，我们可以读懂存在于任何时代、任何地方之技术的心理影响和社会效应”②。伊尼斯的媒介偏向概念对麦克卢汉转向媒介研究并开辟出新的媒介研究方向提供了重要启发，以致麦克卢汉一再谦虚地表示，其媒介理论只是伊尼斯著作的注脚。③当然，麦克卢汉并未遵循伊尼斯侧重于强调传播与社会组织之间关系的研究路子，而是借用其媒介“偏向”概念，并将之与阿奎那的“感知”理论相嫁接，建立起一套强调“媒介自身”及其“感知效应”的全新的媒介感知理论。或如学者道格拉斯·弗兰西斯所言，麦克卢汉“聚焦于伊尼斯著作中的某些细微观念，建立起一套全新而独特的媒介理论，这种媒介理论着力于探讨传播技术对于塑造西方文明之现代心灵的重要性”④。

我们知道，20 世纪 70 年代以后，随着电视的广泛普及和新媒介的不断涌现，探讨媒介与文学/艺术之间的关系——譬如，正在“过时”的印刷媒介如何促进了现代文学的诞生，新近产生的电子媒介对现代文艺带来了怎样的冲击——成为西方学界的热门话题，许多声名卓著的学者如希利斯·米勒、雅克·德里达、让-弗朗索瓦·利奥塔、安东尼·吉登斯、尤尔根·哈贝马斯、伊恩·瓦特、玛丽·伊万丝、马克·波斯特等均对此表现出较高的理论兴趣并发表了各自的看法。事实上，早在 20 世纪 60 年代初，麦克卢汉就较为系统地探讨了媒介与文艺之间的关系——在《古腾

① ［加］哈罗德·伊尼斯：《帝国与传播》，何道宽译，中国人民大学出版社 2003 年版，第 4 页。

② ［加］麦克卢汉：《麦克卢汉序言》，载［加］哈罗德·伊尼斯《帝国与传播》，何道宽译，中国人民大学出版社 2003 年版，第 9 页。

③ Marshall McLuhan, *The Gutenberg Galaxy*, Toronto: University of Toronto Press, 1962, p. 50.

④ R. Douglas Francis, *The Technological Imperative in Canada: An Intellectual History*, Vancouver & Toronto: The University of British Columbia Press (UBC Press), 2009, p. 188.

堡星系》(1962) 中对印刷媒介与文艺之间关系的考察以及在《理解媒介》(1964) 中对电子媒介时代文艺面貌重塑问题的探讨等。他甚至声称其写作《古腾堡星系》的目的，就是探讨“口语、抄写和印刷形式对文艺规范的影响”①。麦克卢汉的逻辑推导是这样的：一种新媒介的引入会导致一个全新环境的产生，环境的效应是使人的感知麻木，所以新环境总是难以察觉的（麦克卢汉将之称作“皇帝的新装”②)，因此，在大多数情况下，人们总处在类似于希腊神话人物“纳喀索斯”那样的麻木状态；要对付、矫正或者说帮助人们摆脱“麻木状态”，就需要对人们的感知进行操练，而文学/艺术在操练、培养和提升人们的感知方面能够发挥独到的作用。由此，麦克卢汉将文艺视为“感知操练”的方式和手段：“文学是对感知的研究和操练”③；“艺术是用来提升感知的专门的人造物”④；“艺术操练和调节我们的感知，提升我们的感知能力”⑤。在此，文学/艺术不再是狭义上的“学科”类型，它从“学科”概念转向“功能”定位，“你只能在其中培养敏锐的感知”⑥。罗伯特·艾琳娜就此评论道：“麦克卢汉已经证明，作为一种‘功能’而不只是一门‘学科’，文学有助于我们理解发展中的媒介图景。作为一位文学教授，他教导我们通过文学去观察、聆听和感知全新的媒介世界。”下面，我们来看看，在麦克卢汉那里，媒介是怎样塑造文艺感知模式的，以及我们应当如何通过文艺去观察和感知发展中的媒介图景。

① Marshall McLuhan, *The Gutenberg Galaxy*, Toronto: University of Toronto Press, 1962, p. 87.

② Marshall McLuhan, "The Emperor' s New Clothes", in Eric and Marshall McLuhan, *Theories of Communication*, New York: Peter Lang, 2011, p. 129.

③ Marshall McLuhan, *Letters of Marshall McLuhan*, Oxford: Oxford University Press, 1987, p. 304.

④ Ibid., p. 310.

⑤ ［加］麦克卢汉：《麦克卢汉如是说》，何道宽译，中国人民大学出版社 2006 年版，第 142 页。

⑥ Marshall McLuhan, *Letters of Marshall McLuhan*, Oxford: Oxford University Press, 1987, p. 187.

二 “媒介史观”与文艺形态变革

在麦克卢汉的媒介感知理论中，最为著名也最富阐释力的是他的用主导媒介重新划分人类历史的“媒介史观”。麦克卢汉一再提醒我们，媒介与人类感知之间存在密切关系，当一种媒介上升为主导媒介之后，它就会重塑人们的感知，并使整个社会在各个层面呈现出与主导媒介相适应的特征，它最终引发的是人们感知世界的方式、能力以及思维模式的整体转变。以此出发，麦克卢汉根据主导媒介的不同，将人类历史重新划定为口传时代、书写时代和电媒时代三个阶段。在口传时代，信息的传播与加工通过面对面的直接交流来完成，口和耳是交流倚重的最主要器官，经验生活由占据主导地位的听觉生活来安排，“部落人”在这种口耳相传的复杂网络中发展起“由复杂情感构成的创造性混成体”①。文字诞生之后，以书面形式进行间接交流和沟通成为信息传播与加工的重要方式。此时，先前具有共鸣特征的“听觉空间”被打破，人们对感官的倚重逐渐转向视觉，人类开始步入分割的、专门化的视觉世界之中。具体到西方文化史，麦克卢汉将表音文字的诞生视作“视觉时代”到来的标志，他认为这与表音文字自身的独特性有关：“表音文字不仅将声音同视觉相分离，而且将意义同字母发音相分离，只以无意义的声音去表达无意义的字母。”②从表音文字音、形、义分离的特性出发，麦克卢汉得出结论：“表音文字的出现，让同时动用所有感官的机会大幅减少，变成了只使用视觉符号。”③麦克卢汉又将书写时代划分为手抄和印刷两个阶段。在他看来，手抄阶段的学习方式仍需大声朗读、口耳相传和深度参与，手抄文本依然保留着浓厚的口语特征，由其创造的感知模式亦并未同口语完全决裂。也即是说，由于莎草纸与鹅毛笔等书写工具的落后，视觉并未与听—触觉完全分离，“只有等到大量生产的经验出现，等到单一种类的事物可以重复生产，视

① Marshall McLuhan, *Essential McLuhan*, eds. E. McLuhan & F. Zingrone, London: Routledge, 1997, p. 231.

② Marshall McLuhan, *The Gutenberg Galaxy*, Toronto: University of Toronto Press, 1962, p. 47.

③ Ibid., p. 45.

觉才能够从其他感官中分离出来”[①]。麦克卢汉所说的“大量生产的经验”，实即印刷术的复制特性，它“以无穷的数量和前所未有的速度复制信息，确保了眼睛在整个感官系统中的主导地位”[②]。印刷这种机械方式的兴起，强化了表音文字的视觉化趋势，实现了眼睛从诸感官中的彻底分离，使表音文字的视觉偏向强化到全新的高度。换句话说，在麦克卢汉看来，尽管表音文字揭开了西方文化史上的“视觉时代”，但它“只是一种支配性手段而非整全的社会文化形式，它仍与旧的听觉文化遗存共存”[③]，只有到作为表音文字的终极延伸——印刷术发明之后，对视觉的强调才达至顶峰。或者说，印刷术以其对书本的标准化生产，以其“统一性、连续性和序列性”的视觉化特征以及对“完整”和“系统”的强调，强化了西方文化史上由表音文字所发端的“视觉革命”。电报的发明标志着西方电媒时代的来临，它打破了视觉的一统局面，开启了人类重返同步、即时的听—触觉世界的历程。简单说来，在麦克卢汉那里，人类历史就是这样一个从口传时代强调诸感官之共同参与的整体感知平衡，到感知分裂、突出视觉和强调专业化的书写时代，再到向电媒时代诸感官深度参与回归的发展历程。

麦克卢汉将媒介同感官相联系，将“媒介塑造感知”同作为“感知操练”的文学艺术相联结，并将之置于对西方文艺发展史的考察之中，带给我们一种观看文艺发展演变的全新方式。根据其“媒介史观”，麦克卢汉将文艺发展史划分为口传时代的听—触觉形态、书写时代的视觉形态以及电媒时代向听—触觉形态的回归三个阶段。在口语时代，占据主导地位的文艺类型是诗歌，它们以口口相传的方式流布和传播。即使口语时代的诗歌被结集之后，它们的口语化特征依然十分明显。流传至今的《荷马史诗》堪称典范，其口语化倾向不仅表现为对口头艺术表现技巧——夸张、烘托、比喻、固定修饰语、套语——的大量运用，也表现在诗歌本

---

① Marshall McLuhan, *The Gutenberg Galaxy*, Toronto: University of Toronto Press, 1962, p. 54.

② Marshall McLuhan, *Essential McLuhan*, eds. Eric McLuhan and Frank Zingrone, London: Routledge, 1997, p. 232.

③ Tom Nairn, “McLuhanism: The Myth of Our Time”, in Gary Genosko (ed.), *Marshall McLuhan: Critical Evaluations in Cultural Theory, Vol I: Fashion and Fortune*, London and New York: Routledge, pp. 24–25.

身所采取的独特韵律——六步格诗行等方面。表音文字诞生以后，过去完全依靠口传的诗歌体制逐渐崩溃，柏拉图将诗人逐出理想国即是表音文字发明之后视觉对口语和听觉进行攻击的一次集中反映。麦克卢汉对此进行了详细说明："《荷马史诗》是听觉智慧的组成部分，文字文化把荷马一笔勾销。在此之前，听觉智慧就是希腊的教育体制，有教养的希腊人就是能够记住《荷马史诗》并且能够在竖琴的伴奏中吟诵《荷马史诗》的人。表音文字诞生以后，柏拉图立即抓住它并且说，'让我们抛弃荷马，追求理性的教育'。可以说，柏拉图对诗人的战争，不是对个人的宣战，而是对教育中口头传统的宣战。"①也就是说，在文字诞生之前，诗歌是口与耳的互动，以此为基础建立起来的教育体制自然是听觉智慧的体现。表音文字诞生之后，部落式的口头传统在书写的挤迫下逐渐衰退，口语化特色随之减弱，对眼睛和视觉的强调开始超出对耳朵和听觉的重视，表现在艺术之中就是"再现性"文艺类型的出现："被表音文字延伸的视觉感官培育出在形式生活中感知单一方面的分析习惯。视觉使我们能够在时空中将单一事件孤立出来，一如'再现艺术'（representational art）所为：它从视觉上表现人或物时，总是将人或物的某一状态、时刻、侧面从众多状态、时刻和侧面中孤立出来。"②作为表音文字之终极延伸的印刷术，进一步"促使艺术家尽其所能地把一切表现形式压缩到印刷文字那单一描述性和记叙性的平面之上"③。这在诗歌中表现为"词与乐的分离"和"向更为抽象的视觉效果的转化"（麦克卢汉以伊丽莎白时期出现的"无韵诗"和17世纪的玄学派诗歌分别进行了说明）④；在小说及其他叙事性作品中表现为"内视角""外视角"的兴起以及对过去"全知视角"主导局面的突破；在绘画中表现为"透视法"和"灭点"理论的兴起以及画家在画布中对于叙述性平面的"逼真"展示。进入电媒时代以后，人们观看事

---

① ［加］麦克卢汉：《麦克卢汉如是说》，何道宽译，中国人民大学出版社2006年版，第155页。

② Marshall McLuhan, *Understanding Media*, Cambridge, London: The MIT Press, 1994, p. 334.

③ Ibid., p. 54.

④ Marshall McLuhan, *Essential McLuhan*, eds. E. McLuhan & F. Zingrone, London: Routledge, 1995, p. 294.

物的方式再次发生改变。“如果说书页像文艺复兴绘画那样模仿视觉透视，将事实和观念按照比例排列以产生客体世界的三维光学影像的话，那么不受约束的新闻界和广告业则放弃了写实特性，它们通过使用尺寸与颜色的动态结构方法，把语词和图片带回一种富有创造力并饱含意义的联系之上。”[①]也就是说，在文艺复兴时期，文艺按照由印刷媒介塑造的透视法建构三维幻觉空间，以对现实的“模仿”和“逼真”展示为目标；到电媒时代，由于电讯报和广告中的所有内容均按照版面价格和新闻的重要性而排列，它们带来的观看方式的变化，使得艺术类型从强调视觉逼真的“再现艺术”转向强调整体通感的“图像艺术”（iconographic art）：“‘图像艺术’寻求创造一个由人或物之许多时刻、阶段和面向所组成的包容性形象；‘图像模式’不再是视觉再现，而是整体性的、通感的，它涉及所有的感官。”[②] 麦克卢汉将塞尚以来的现代主义艺术，包括毕加索的立体派绘画、法国的象征主义诗歌和乔伊斯的文学创作等视作强调整体感知而非视觉再现的“图像艺术”的代表。在他看来，正是受电讯报的影响，“塞尚以来的艺术家们痴迷于对触觉的探索，一百多年来，他们赋予触觉将其他感官统一起来的神经系统的角色，以迎接电媒时代的挑战”[③]；毕加索受益于塞尚，开启了立体派多重视点的实验：“立体派以同时展现物体的各个侧面取代了透视幻觉的单个侧面。它不表现画布上的三维幻象，而是表现各种平面的相互作用及各种模式、光线、质感的矛盾或剧烈冲突。换言之，立体派在二维平面上画出客体的里外、上下、前后等各个侧面。它放弃透视的幻觉，偏好对整体的迅疾的感性知觉。”[④]这同时也是法国象征主义诗歌和现代主义作家乔伊斯的艺术表现手法：“法国象征派和乔伊斯看到，现代报纸的排版中有一个全世界通用的新型艺术形式。”[⑤]

德国哲学家韦尔施从文化史的角度对麦克卢汉以媒介感知划分文艺形

---

① Marshall McLuhan, *Essential McLuhan*, eds. E. McLuhan & F. Zingrone, London: Routledge, 1995, p. 298.

② Marshall McLuhan, *Understanding Media*, Cambridge, London: The MIT Press, 1994, p. 334.

③ Ibid., p. 107.

④ Ibid., pp. 12 – 13.

⑤ ［加］麦克卢汉：《机器新娘》，何道宽译，中国人民大学出版社 2004 年版，第 4 页。

态的做法进行了回应。他指出，西方文化最初是一种听觉文化，到公元前5世纪初，视觉的主导地位开始在古希腊出现并主要集中在哲学、科学和艺术领域；到柏拉图时期，社会已完全盛行视觉模式。在此后的两千多年里，西方文化一直被视觉所主导，直到近几十年电子媒介的兴起，视觉至上才成为学者们批判的众矢之的，视觉文化遂逐渐向听觉文化转型：“当代听觉文化的兴起是电子媒介一路畅行的必然结果，它没有视觉文化的延续性和同质性，却具有电子世界的共时性和流动性。”不仅如此，韦尔施认为，我们的文化只有以听觉为基本模式时才有出路，因为“在科技化的现代性中，视觉的一统天下把我们一股脑儿赶向灾难，唯有听觉与世界那种以接受为主、不那么咄咄逼人的‘交流’关系，才有力挽狂澜的希望”①。在此，我们看到了阿奎那感知与交流理论的影子以及韦尔施对麦克卢汉“媒介感知理论”的呼应。

三　从“后视镜”到“反环境”：陌生化诗学的新发展

在麦克卢汉的媒介感知理论中，“后视镜”和“反环境”是与文学艺术密切相关的两个重要概念。麦克卢汉以“后视镜”概念阐明的是：一种新媒介的产生总会创造出一套全新的环境，此时，原先的旧环境成为新环境的“内容”；由于新环境总是作为“背景”（ground）存在而难以察觉，所以人们能够感知的只是原先的旧环境，这就需要借助于“后视镜”去理解现实。反映在艺术上，表现为艺术家们在艺术创作中对过去的不断“回望”：“诗人、音乐人和艺术家们总是不断地回到存放着弃用陈词的‘破布烂骨店’中去寻找灵感。”②“反环境”概念指的是艺术家们通过自己的艺术创作，“创造性地损坏习以为常的、标准的东西”，“瓦解‘常备的反应’，创造一种升华了的意识”，“最终设计出一种‘新’的现实以代

---

① ［德］沃尔夫冈·韦尔施：《重构美学》，陆扬、张岩冰译，上海译文出版社2002年版，“译者前言”第8—9页。

② Marshall McLuhan, *Essential McLuhan*, eds. E. McLuhan & F. Zingrone, London: Routledge, 1995, p. 373.

替我们已经继承的而且习惯了的现实”[①]。麦克卢汉以此阐明的是：尽管原先的旧环境成为新环境的“内容”而显得“过时”，但“‘过时’并非‘终结’，而是‘审美之始’”[②]。

“我们总是透过‘后视镜’洞察现在，倒退着进入未来。”[③]为此，麦克卢汉以文艺史上的例子分别说明了文艺复兴时期艺术家们对中世纪的回望、工业时代对文艺复兴时期的“后视”，以及20世纪电媒时代对于机械工业时代的“向后看”。莎士比亚的剧作代表了文艺复兴时期人们“后视”中世纪的情况。莎士比亚生活于文艺复兴时期，但其政治思想以及世界观却是中世纪的表征，就像有学者所说，“且不论莎士比亚对以托勒密学说为基础的中世纪宗教神学的天人对应说相信到什么程度，或者莎士比亚对旧秩序究竟持怎样的态度，但就秩序观念来讲，却不能不承认这是时代思想给他打下的烙印”[④]。莎士比亚的戏剧不仅在内容上是“中世纪的”，“他的政治和世界观表现的也是中世纪的图景。这些剧本死死地回望着即将退出舞台的各种中世纪形式”[⑤]。步入工业社会以后，艺术家们又开始回望文艺复兴时期：“到19世纪，文艺复兴已经以完全充分的图景展现在人们眼前，它成为工业时代人们思考的内容。铁路和工厂问世之后，原有的农业世界成为这个新工业和机械环境的内容，对旧的农业世界的向往即田园世界的意识随之高涨。对这个即将退出历史舞台的时代的发现，就是所谓的‘浪漫主义运动’。”[⑥]在浪漫主义艺术中，农业世界成为一种艺术形式，自然界成为一件艺术品，田园牧野成为艺术家们的重要主题：英国画家康斯塔伯在户外画了上百幅油画草稿，试图通过云影、光线的变化去感受大自然的景致；透纳则经常以夕阳、港口、海景作为其绘画

① ［英］特伦斯·霍克斯：《结构主义与符号学》，瞿铁鹏译，上海译文出版社1987年版，第61—62页。

② Marshall and Eric McLuhan, *Laws of Media*, Toronto: University of Toronto Press, 1988, p. 100.

③ Marshall McLuhan, Quentin Fiore and Jerome Agel, *The Medium is the Massage*, New York: Bantam, 1967, p. 72.

④ 张泗洋、徐斌、张晓阳：《莎士比亚引论》，中国戏剧出版社1989年版，第103页。

⑤ Marshall McLuhan, *Essential McLuhan*, eds. E. McLuhan & F. Zingrone, London: Routledge, 1995, p. 212.

⑥ Ibid.

的主题。或如文艺史家勃兰兑斯所说，“新时代的儿童把创造、把自然的本来面目看作最高的形式”①。电能技术兴起之后，“电路把机械环境包裹起来，机器（因成为新环境的内容而）变成艺术品”②。20 世纪荷兰风格派艺术领导人特奥·凡·杜斯伯格将“机械美学”视作时代的美学代表，其绘画作品仅由基本色块和线条组成，以维持机械制造的性格。③未来主义艺术家们更是将机械工业时代的场景直接挪用到艺术创作领域。他们最爱的题材是火车与汽车的疾驰、飞机的穿梭以及车站和节庆的喧闹等：“我们要歌颂夜晚在电月亮的强烈光线下船坞和建筑工地的激荡，歌颂被缕缕黑烟悬挂于云端的工厂，歌颂如健将之跃横跨在阳光闪烁、如刀剪般的河流之上的桥梁，歌颂在天边航行的轮船，歌颂像缰绳长曳的钢铁巨马般在铁轨上敞胸奔驰的火车，歌颂来往飞翔的飞机，它们的螺旋桨像旗帜在迎风作响。”④对此，杜尚曾形象地将未来主义绘画称作“机器世界的印象派”。整个 20 世纪现代派的艺术作品，在麦克卢汉看来，几乎表现的都是对于已经过去的工业时代之速度和机械的赞美，它们代表着电媒时代对机械工业时代的“回望”，机械与机械效果进入电媒时代的艺术领地，并被纳入审美范畴之中。

麦克卢汉将艺术史上这种通过反观过去而与当下环境保持疏离并在这种疏离中唤起对当下环境感知的艺术称作“作为反环境的艺术”，以与“常规性艺术”相区别。在他看来，真正的艺术是“作为反环境的艺术”，而非“常规性艺术”：“‘常规性艺术’是安抚人的催眠术，是对媒介环境单纯的重复；只有‘作为反环境的艺术’能够唤醒人们对于环境的感知。”⑤也即

---

① ［丹麦］勃兰兑斯：《十九世纪文学主流》第 5 分册，人民文学出版社 1982 年版，第 10 页。

② Marshall McLuhan, *Essential McLuhan*, eds. E. McLuhan & F. Zingrone, London: Routledge, 1995, p. 340.

③ 参见 Pam Meecham & Julie Sheldon《最新现代艺术批判》，王秀满译，韦伯文化国际出版有限公司 2006 年版，第 109 页。

④ 河清：《现代与后现代：西方艺术文化小史》，中国美术学院出版社 1997 年版，第 13 页。

⑤ Marshall McLuhan, *Letters of Marshall McLuhan*, Oxford: Oxford University Press, 1987, p. 315.

是说，对真正的艺术家而言，他们“拥有辨识当前环境的能力”①，他们能够通过创造出“反环境”而使人们同当前的媒介环境保持一定的距离并对当前环境有所感知：“艺术家们创造反环境，并使之成为当前的镜子”②；“艺术家创造的反环境是必不可少的手段，它可以使我们意识到我们生活于其间并以技术创造我们自己的环境”③；“艺术的角色就是通过创造反环境以创造感知手段，让反环境去打开人们的感知之门”④。麦克卢汉有时又将“常规性艺术”称为“好消息”（good news），将“作为反环境的艺术”称为“坏消息”（bad news）⑤，之所以如此，是因为“好消息”容易让人麻痹于当前环境而无法自拔，“坏消息”则有助于人们从当前环境的麻木状态中警醒并脱离出来。这也正是麦克卢汉“反环境”概念的根本目的，它旨在不断更新人们对于日常生活的陈旧感知，把人们从狭隘的日常关系束缚中解放出来。在此，麦克卢汉的“反环境”概念表达出与西方文艺美学史上的“陌生化”诗学相类似的观念。我们知道，“陌生化”诗学传统最早可以追溯到亚里士多德的“惊奇”概念，中经16世纪意大利美学家马佐尼、17世纪英国文艺评论家艾迪生、18世纪末19世纪初德国古典美学家黑格尔的相继发展，在20世纪初俄国形式主义文论家什克洛夫斯基那里走向成熟。与麦克卢汉将“反环境的艺术”同“常规性艺术”相对举类似，什克洛夫斯基将“陌生化”与“自动化”对举，认为熟悉的事物容易使人们的感觉趋于麻木，“事物就在我们面前，我们知道这一点，却看不见它”；艺术则以“陌生化”的手法“把事物从感受的自动化里引脱出来”，使人们“恢复对生活的体验，感觉到事

---

① Marshall McLuhan and Harley Parker, *Through the Vanshing Point: Space in Poetry and Painting*, New York, Evanston, and London: Harper &Row, Publishers, 1968, p. xxiii.

② ［加］麦克卢汉：《麦克卢汉如是说》，何道宽译，中国人民大学出版社2006年版，第85页。

③ Marshall McLuhan, *Essential McLuhan*, eds. E. McLuhan & F. Zingrone, London: Routledge, 1995, p. 214.

④ Ibid., p. 333.

⑤ Marshall McLuhan, “The Emperor's Old Clothes”, in Eric and Marshall McLuhan, *Theories of Communication*, New York: Peter Lang, 2011, p. 122.

物的存在”[①]。此外，同什克洛夫斯基将“陌生化”与“形象”相联系类似，麦克卢汉也将“反环境”同“形象”联系起来，以使难以察觉的东西变得“可见”：什克洛夫斯基认为，“形象的目的不是使其意义易于为我们理解，而是制造一种对事物的特殊感受，即产生‘视觉’，而非‘认知’”，“几乎哪里有形象，哪里就有陌生化”[②]。在麦克卢汉那里，艺术家们则通过对“反环境”的创造，使得旧环境从原先不可见的“背景”转换为当下可见的“形象”。[③]在这些论述中，我们能够看出麦克卢汉的“反环境”概念同什克洛夫斯基“陌生化”观念的异曲同工之妙。

当然，同样作为对西方文艺美学史上“陌生化”诗学理论传统的继承与革新，麦克卢汉的“反环境”概念与什克洛夫斯基的“陌生化”方法又有着很大差异，主要表现为以下两个方面：第一，什克洛夫斯基提倡的“陌生化”方法，更多地体现在文学语言的具体应用或者说修辞学层面，“列·托尔斯泰的陌生化手法在于他不说出事物的名称，而是把它当作第一次看见的事物来描写，描写一件事则好像它是第一次发生，而且他在描写事物时，对它的各个部分不使用通用的名称，而是使用其他事物中相应部分的名称”[④]。而麦克卢汉的“反环境”概念，如上所述，则主要表现为艺术家们在创作过程中对于当下的“疏离”和对于过去的不断“回望”：“18 世纪，当现实主义成为新的文学方法时，外部环境处于反环境的位置。笛福等作家让普普通通的现实世界成为艺术的对象，环境成为探索的指针，它把人的注意力吸引到环境自己身上。……始于波德莱尔、兰波，接着是霍普金斯、艾略特和乔伊斯，他们将人们的注意力转向

---

① ［苏］什克洛夫斯基：《作为手法的艺术》，载中国社会科学院外国文学研究所《二十世纪欧美文论丛书》编辑委员会编《散文理论》，刘宗次译，百花洲文艺出版社 1997 年版，第 10—11 页。

② 同上书，第 16 页。

③ Marshall McLuhan, *Understanding Media*, Cambridge, London: The MIT Press, 1994, p. 201.

④ ［苏］什克洛夫斯基：《作为手法的艺术》，载中国社会科学院外国文学研究所《二十世纪欧美文论丛书》编辑委员会编《散文理论》，刘宗次译，百花洲文艺出版社 1997 年版，第 11 页。

语言，语言此时成为探索的指针和反环境。”[①]第二，什克洛夫斯基倡导“陌生化”的根本目的在于保持和捍卫文学作品的“文学性”特征，强调文学应当成为独立的“自足体”和与世界万物相分离的“自在之物”。他作为俄国形式主义文论的主要代表人物，主要涉及的是文学的“内部”层面，关心的是“使特定的作品成为文学作品的东西”，因而对“陌生化”的认识论意义和社会效果关注不多。不同的是，麦克卢汉以“反环境”概念来总结艺术史上的“后视镜”现象，不再是单纯地就艺术论艺术，而意在借此唤起人们对于现实媒介环境的感知，并进而帮助人们参与到新的媒介环境中去：“只有在反环境中，人们才能看清楚社会的普遍程序和环境模式”[②]，“无论在艺术、科学还是社会领域，反环境的功能都是（对当前媒介环境的）感知和控制”[③]。在此，麦克卢汉的“反环境”概念已经超越了什克洛夫斯基“陌生化”概念那种单纯的形式与结构层面的意义，而兼具认识论范畴与实践范畴的双重内涵。麦克卢汉希冀借“反环境”概念使人们认识到：由主导媒介所形塑的环境及根据主导媒介而衍生出的整个社会制度和文化模式，不是永恒和“自然的”，而是历史和人为的，因而是可以通过人的活动加以改变的。也正是以此为出发点，麦克卢汉将媒介研究的重心转移到对媒介自身及其“感知效应”的关注之上，推动西方媒介研究在20世纪60年代实现了一次具有“哥白尼革命”意义的全新范式转型。

（原载《贵州社会科学》2015年第6期）

① Marshall McLuhan, *Essential McLuhan*, eds. E. McLuhan & F. Zingrone, London: Routledge, 1995, pp. 335 – 336.

② ［加］麦克卢汉：《麦克卢汉如是说》，何道宽译，中国人民大学出版社2006年版，第85页。

③ Marshall McLuhan, *Letters of Marshall McLuhan*, Oxford: Oxford University Press, 1987, p. 319.

艺术生产问题：一种断代考察

——古希腊人对艺术生产、制作问题的思考

何志钧*

内容提要：艺术作为生产、制作的观念在古代西方世界一度极为风行。毕达哥拉斯、德谟克利特、赫拉克利特、苏格拉底、柏拉图、亚里士多德等人都有不少相关论述。在古希腊时代，艺术常被视为制作、生产和技艺，而与作为高级精神活动的“诗”的创造相区别。柏拉图的文艺生产制作观并不仅仅是为了凸显文艺与生产技艺的关系，强调艺术作为影像制造的表象性和模糊性、非真理性，究其实质，与其以理念为中心的本体论哲学思想和以“哲人之治”为中心的政治论有内在的逻辑关联。与柏拉图一样，亚里士多德视文艺为生产制作与他视文艺为模仿并不矛盾，二者有着内在的逻辑关联。但他的用心和结论却与柏拉图大为不同。在亚里士多德看来，艺术的生产制作性、模仿本质与其能动性、创造性并不对立。亚里士多德把艺术视为生产还与他对艺术特性的认识、理解有关。古希腊哲人对文艺的生产和消费有许多独到的见解，至今仍很有启发性。如苏格拉底高度重视艺术和审美的效用，既不否认美的感性和物质性，也重视美的理性和精神性。德谟克利特曾把文艺生产消费与社会需要联系起来，看到了文艺生产与社会生产力水平、财富、闲暇、精神需要的复杂联

* 作者简介：何志均，鲁东大学文学院教授。

系。古希腊时代的艺术生产制作说和现代西方的审美主义迥乎不同。

关键词： 艺术生产 古希腊 生产制作说 模仿 技艺

在今天的中国，文化和艺术的生产、制作、消费早已成为随处可见的景观，成为日常生活的一部分。文化生产、艺术生产的说法早已普及，文化和艺术具有生产制作性已成为常识。但在20世纪80年代初，这个问题还常常给人怪异之感。但是，艺术生产观并非毫无根据，我们沿着人类文化史上溯时，不难发现艺术作为生产、制作的观念在古代西方世界一度极为风行，近现代以来，关于文化和艺术生产性、物质性的思考和论述依然不绝如缕。

一

古代欧洲世界对艺术问题进行过旷日持久的思索，其中，古希腊先哲们用力尤勤。古希腊人对文艺问题的探索是颇为复杂深入的，他们立足自身所处的时代文化背景，从多种角度对文艺问题作了不懈的探索和阐析。艺术作为生产、制作的思想也早在古希腊时代就已初露端倪。恩格斯说："在希腊哲学的多种多样的形式中，差不多可以找到以后各种观点的胚胎萌芽。"[①] 同样，在希腊文艺论述的多种多样形式中，也蕴含着以后缤纷陆离的文艺学说和思想的胚胎。

在古希腊时代，艺术常被视为制作、生产和技艺，而与作为高级精神活动的"诗"的创造相区别，"古希腊所说的艺术主要并不是指一种产品，而是指一种生产性的制作活动，尤指技艺"[②]。当柏拉图在《理想国》第十卷中说画家也"在某种意义上"制作事物，画家是"影象制造"者的时候[③]，他既强调了艺术的表象性征和无力抵达理式世界的现象层级（也正是在这个意义上，柏拉图常称诗人是模仿者，只能得到影像，无力

---

① 《马克思恩格斯选集》第3卷，人民出版社1972年版，第468页。

② 朱狄：《当代西方艺术哲学》，人民出版社1994年版，第8页。

③ 参见［古希腊］柏拉图《理想国》，郭斌和、张竹明译，商务印书馆1986年版，第388—399页。

捕捉真理），也强调了绘画的生产制作性和与低贱的体能劳动一致的一面。在《斐德若篇》中，他还特别论述了灵魂投生的级别，他根据灵魂的质量把诗人和其他模仿的艺术家置于君主、战士、财政家、爱好体育或从事治疗的人、祭司之后，工人农人、诡辩家、僭主之前。[①] 在《会饮篇》中他也把能沟通人神的受精灵感通的人与“通一切其他技艺行业的”工匠相区别。[②] 这种对诗与艺术、通灵者与工匠区分的观念在古希腊时代其他人的论述中也屡见不鲜。例如苏格拉底就鄙视下贱的粗俗技艺。琉善也对被视为低级艺术的雕塑嗤之以鼻。西塞罗也曾区别高级艺术、中间艺术和低级艺术，他也把绘画、雕塑、音乐、竞技视为低级艺术。

在古代希腊人看来，包括绘画在内的艺术创造活动都须凭借技艺，在《伊安篇》中柏拉图借苏格拉底和伊安之口强调图画有其共同一致的技艺。[③] 然而，柏拉图有时也说诗人制作了作品，尽管他强调诗人“并非凭技艺的规矩，而是依诗神的驱遣。因为诗人制作都是凭神力而不是凭技艺，他们各随所长，专做某一类诗”[④]。显然，在此诗人的“制作”说到底不过是神力的“制作”。这种观点并不是柏拉图独有，事实上，在古希腊，这一说法为众多诗人和理论家公认，几乎是这个时代定于一尊的共识。例如《奥德赛》第八章第499行曾说：“乐师在天神的指导下表演他的艺术；开始歌唱。”品达的《赞美诗》也说：“神告诉诗人的事情是凡人不能发现的。”当然，对文艺颇有会心的柏拉图毕竟也不能无视文艺创作的经验事实，因此在他的论述中也不无破绽和龃龉，既然诗人不失去正常的理智陷入迷狂就不能代神作诗，诗歌不是诗人的杰作而是神的诏语，那么又何谈“各随所长”？对此柏拉图的解释是：诗神犹如磁石，她给人以灵感，并通过人们的辗转传递而形成“磁链”，但诗人的自身特性仍有

---

① 参见［古希腊］柏拉图《文艺对话集》，朱光潜译，人民文学出版社1963年版，第123页。在《理想国》第6卷中柏拉图也借苏格拉底之口强调人有四种灵魂状态：“相当于最高一部分的是理性，相当于第二部分的是理智，相当于第三部分的是信念，相当于最后一部分的是想象。”参见柏拉图《理想国》，郭斌和、张竹明译，商务印书馆1986年版，第271页。

② 参见［古希腊］柏拉图《文艺对话集》，朱光潜译，人民文学出版社1963年版，第260页。

③ 同上书，第6页。

④ 同上书，第8页。

着部分的能动影响，“每个诗人都各依他的特性，悬在他所属的诗神身上”①，如此说来，诗人在根本上并无自己的主体性，也谈不上什么创作技艺。因为柏拉图也承认每种技艺都必有它的特殊知识，医疗技艺与驾驭技艺自有其差别，诗人既然不比战士、医生更了解战争和医疗，那么他们的作品能够惟妙惟肖，摹形说事，显然不是依靠自身的知识和技艺。对于今天的读者来说，柏拉图的这套理论自然是十分荒谬可笑的，但是这一观念在他所处的时代却是合情合理的。在荷马时代，人们普遍认为诗来自神或灵感，如埃斯库罗斯也曾使用灵感概念。荷马在《伊利亚特》中也说，如果诗人有十条舌头十张嘴，永不疲倦的声音，以及一颗黄铜的心，但没有缪斯的帮助，他还是无法做到他实际上已经做到的地步。《奥德赛》中的歌唱者说，神把一切诗歌的方式放在了他的心中，因此，诗人就好像是显现在声音里的神。赫西俄德在《神谱》中也说，是缪斯赐给他奇妙的声音，让他歌唱过去和未来发生的事情。更晚的抒情诗人品达在《奥林匹克颂》中也说：“诗人的才能是天赋的；没有天才而强学作诗，喋喋不休，好比乌鸦呱呱地叫，叫不出什么名堂来。”“如果没有上天的禀赋，一切努力也是徒然，还不如默不作声的好。”② 当然，这里面也存在非常复杂的具体区别，如德谟克利特虽然也在其著作残篇中使用了“灵感”一词，但并不带有神秘意味。柏拉图的这套带有审美色彩的理论也并非毫无教益。他强调“每种技艺都必有它的特殊知识”，“知识题材不同，技艺也就不同”③ 非常深刻地点破了艺术生产中题材对象与生产技艺内在的对应关系，强调了各种艺术门类生产的特殊性质和规律。在《斐德若篇》中，他也把迷狂分为“预言的，教仪的，诗歌的，爱情的”四种④，显示了他对文艺独特性的清醒认识。古希腊时代艺术和技艺常被混为一谈，柏拉图在其《会饮篇》中也谈到这一点，他指出“诗”或“创作”（poésie）的意义是极其广泛的，无论什么东西从无到有所经过的手续都

① 参见［古希腊］柏拉图《文艺对话集》，朱光潜译，人民文学出版社 1963 年版，第 11 页。

② 《欧美古典作家论现实主义和浪漫主义（一）》，中国社会科学出版社 1981 年版，第 8 页。

③ ［古希腊］柏拉图：《文艺对话集》，朱光潜译，人民文学出版社 1963 年版，第 13 页。

④ 同上书，第 151—152 页。

是创作。所以一切技艺的制造都是创作，一切手艺人都是创作家。但柏拉图对诗与技艺的不同自有自己独到的领会，他借篇中人物之口指出我们并不把一切手艺人都叫作诗人，而单把创作有音律的美文的人叫作诗人。原因是他们的心灵生殖力旺盛，把心灵的美看得比形体的美更珍贵。[①] 可见柏拉图已意识到艺术与技艺的内在关联，也清醒地强调诗歌与心灵的生殖力、丰沛的精神情感的本质关联，却又无法将二者妥帖地连为一体。

但柏拉图的文艺生产制作观并不仅仅是为了凸显文艺与生产技艺的关系，强调艺术作为影像制造的表象性征和模糊性、非真理性，也并非仅仅限于对艺术制作作为奴隶劳动和工匠生产的低贱性的鄙视。究其实质，它与以理念为中心的本体论哲学思想和以“哲人之治”为中心的政治论有内在的逻辑关联。柏拉图的文艺制作说首先与其理式论密不可分。柏拉图之所以说画家是“影象制造者”，与其对艺术远离理式世界的非本质属性的理解息息相关。“作为一个整体，柏拉图的哲学是一个以截然划分精神与物质，上帝与世界，肉体与灵魂的二元论为根据的唯心主义体系。他把真正意义上的存在只归之于精神的存在，而把物质世界只看作是理念世界的模糊的摹本。”[②] 在他看来，画家笔下的床是木匠制作的床的拙劣复制，而木匠制作的床不过是对床的理式的拙劣模仿。由此，艺术和隔真理两层的第三级事物相关，不过是理式世界的影子的影子，模仿的模仿。在《理想国》中，柏拉图指出床的理念、桌子的理念和理念本身存在质的差异，制造床或桌子的工匠注视着理念或形式分别地制造出我们使用的桌子或床来，但理念或形式本身则不是任何匠人能制造得出的，所有的模仿者关于自己模仿得优还是劣既无知识也无正确意见，而画家和荷马以来所有的诗人便是这种没有多大意义的影像的模仿者。[③]

柏拉图的文艺生产制作说与其文化改造、社会改造主张也有着内在的逻辑关联。柏拉图关于文艺的见解显然也不是就事论事。柏拉图学究

---

① ［古希腊］柏拉图：《文艺对话集》，朱光潜译，人民文学出版社 1963 年版，第 263—271 页。

② ［德］E. 策勒尔：《古希腊哲学史纲》，翁绍军译，山东人民出版社 1992 年版，第 137 页。

③ 参见［古希腊］柏拉图《理想国》，郭斌和、张竹明，商务印书馆 1986 年版，第 388—399 页。

天人，他关于文艺的见解与他对宇宙世界、社会人生真理的思考与探索、建立理想的社会文化秩序的对策设想密切相关，与他基于特定时代文化语境对文艺功能的认识和理解不可分割。他的代表作《理想国》与其说是一部哲学巨作，不如说是济世治国的方略。文艺是他从事的庞大的文化教育改造、社会改造乃至人性改良工程的一部分。他力求通过对文艺活动的监督和管理，使文艺事业规范化，符合城邦的政治需要，也强调适应人性天性，因势利导，激浊扬清，促进人性的健康发展。把柏拉图的文艺观置放在从米利都学派到毕达哥拉斯学派、苏格拉底，再到柏拉图、亚里士多德的希腊哲学史长河中进行观照有助于深刻理解柏拉图时代文艺生产制作观关注社会人生的理论实质。英国学者弗朗西斯·麦克唐纳·康福德曾把古希腊哲学史分为四个时期：米利都的泰勒斯开创的爱奥尼亚科学时期、苏格拉底时期、柏拉图时期和亚里士多德时期。他指出苏格拉底是古希腊哲学的分界点，彻底改变了希腊哲学研究的重心和方向。如果说古希腊初民信仰的是超自然的力量，那么米利都的泰勒斯开创的爱奥尼亚科学则把宇宙看作一个有着自己恒定运行规律不为人所左右的自然整体，随后出现的毕达哥拉斯学派、埃利亚学派也多关注宇宙本源和自然万物存在的规律，智者学派的普罗泰戈拉等人和苏格拉底则一反当时忽视人的精神世界的原子论，转而关注社会、人伦和人的精神心理，实现了希腊哲学从探索自然和外部世界到关注人类生活的秩序和目的、探索心灵的本质的剧变。① 如果说苏格拉底只是一个过渡人物的话，柏拉图则承继了苏格拉底的志趣，又吸收了毕达哥拉斯等人的理论观点，建构了自己世界主义的思想体系，最终完成了从自然哲学到社会哲学、实践哲学的转变。当柏拉图在雅典帝国的暮色苍茫中进行哲学创作时，老百姓崇奉的是过去的两个英雄时代，在那个时代，诸神与人类似乎更为融洽或者更为相似。② 柏拉图开创了一个新的时代也彻底终结了前苏格拉底时代。“从苏格拉底那里，柏拉图知道人类生活的问题要通过期望的道德和追求永恒的完美理想来解决。从毕达哥拉斯那里，他学

---

① 参见［英］弗朗西斯·麦克唐纳·康福德《苏格拉底前后》，孙艳萍、石冬梅译，上海人民出版社 2009 年版，第 3 页。

② 参见［美］约翰·E. 彼得曼《柏拉图》，胡自信译，中华书局 2002 年版，第 33 页。

会如何将这种观念延伸到人所关心的领域之外，扩大成这样一个体系——它不仅包含整个自然界，而且将科学的范围改变为《斐多篇》中的苏格拉底渴望看到的样子。”① 柏拉图承继并超越了苏格拉底，他把道德哲学从人类生活领域扩展到了整个宇宙，受毕达哥拉斯影响，他社会改革的主题和宇宙体系建构结合了起来。他的最终目的是把人的灵魂、城邦和宇宙连接为一，建立一个由理念统摄的三位一体的“理想国”。与此相联系，我们才能理解他的文艺观与其人性改造工程的内在关联。柏拉图力图将雅典的道德生活建立在一个新的基础上，在《理想国》第四卷中他指出：“因为，我们建立这个国家的目标并不是为了某一个阶级的单独突出的幸福，而是为了全体公民的最大幸福……当前我认为我们的首要任务乃是铸造出一个幸福国家的模型来……”② 文学艺术之所以引起柏拉图的重视，是因为“节奏和乐调有最强烈的力量浸入心灵的最深处”③，诗人和艺术家常常逢迎人性中低劣的部分，诲淫诲盗，其结果在柏拉图看来只能激发畸形膨胀的欲望，培植哀怜癖和感伤癖，势必从根基上危及理想国的人性改造工程。所以柏拉图才提出驱逐诗人出理想国或规范限制艺术家的创作。因为只有朴质的音乐和文艺教育能产生心灵方面的节制，所以在《法律篇》中他强调“真正的立法者会劝导诗人们，如果劝导不行，就强迫诗人们在节奏，形象，曲调各方面都用美丽而高尚的文字，去表现有自制力和勇气并且在一切方面都很善良的人们的音乐”④。他同时也号召修辞家发挥主观能动性和建设性作用。“文章的功能在于感动心灵，人的心灵和性格因人而异，想做修辞家的人必须知道心灵有哪些种类。”⑤

理想国的建设和人性的改造在柏拉图看来是一个系统工程。他认为人们总是从人世间个别的美的事物出发，由一个两个美的形体到全体美的形体，由美的形体到美的行为制度，再到美的学问知识，逐渐提升到最高境

① ［英］弗朗西斯·麦克唐纳·康福德：《苏格拉底前后》，孙艳萍、石冬梅译，上海人民出版社2009年版，第37—38页。

② ［古希腊］柏拉图：《理想国》，郭斌和、张竹明译，商务印书馆1986年版，第133页。

③ ［古希腊］柏拉图：《文艺对话集》，朱光潜译，人民文学出版社1963年版，第62页。

④ 同上书，第310页。

⑤ 同上书，第163页。

界的美[①]。在这个系统工程中作家艺术家是重要一环，直接影响着城邦保卫者的素质养成。在《理想国》中柏拉图指出音乐和体育服务于人的两个部分——爱智部分和激情部分，有助于促成人性的和谐。因此，作家艺术家只能模仿勇敢、虔敬、有节制等好的品德，久而久之，这些品德就会转化为"第二天性"，并影响到国民的身体、声音和心理[②]。由于人性的培养在儿童时期更为重要，所以儿童们最初听到的更应该是最优美高尚的故事。

柏拉图虽多次征引毕达哥拉斯的美在和谐说，他的灵魂回忆说也直接导源于毕达哥拉斯的学说，但他对和谐的理解与毕达哥拉斯大为不同，他强调的更多是秩序感、情欲的节制，落脚点还是在政治社会的长治久安。约翰·E. 彼得曼说得好，"说柏拉图让理念高于实在，是一种常见的令人误解的简单化做法。柏拉图审查理念的构造以及人们对理念的批评，是为了改进那些'实在东西'，因为我们现在相信它们，却又发现它们并不充分"。[③]

柏拉图的文艺生产制作说也与其对文艺活动社会属性、社会文化的网络化存在形式的理解有关。在《理想国》第二卷中他借苏格拉底之口说："在我看来，之所以要建立一个城邦，是因为我们每一个人不能单靠自己达到自足，我们需要许多东西。……因此我们每个人为了各种需要，招来各种各样的人。由于需要许多东西，我们邀集许多人住在一起，作为伙伴和助手，这个公共住宅区，我们叫它作城邦。"[④] 城邦的建设也不是一次性的，城邦需要不断扩充，加进许多必要的人和物——例如各种猎人、模仿形象与色彩的艺术家、音乐家、诗人和朗诵者、演员、合唱队、舞蹈队、管理员，还需要制作家具和用品的人、制作妇女装饰品的人、佣人。[⑤] 这个城邦是一个有机协作体，"全体公民无例外地，每个人天赋适合做什么，就应该给他们什么任务，以便大家各就各业，一个人就是一个人而不是多个

---

① ［古希腊］柏拉图：《文艺对话集》，朱光潜译，人民文学出版社 1963 年版，第 273 页。
② 同上书，第 52 页。
③ ［美］约翰·E. 彼得曼：《柏拉图》，胡自信译，中华书局 2002 年版，第 129 页。
④ ［古希腊］柏拉图：《理想国》，郭斌和、张竹明译，商务印书馆 1986 年版，第 58 页。
⑤ 同上书，第 64 页。

人，于是整个城邦成为统一的一个而不是分裂的多个”[①]。可见，柏拉图把文艺和整个社会秩序、人性情感、道德文化的生产与扩大再生产联系在了一起，他由个人推及国家，以个人的原型为样板来塑造国家，又由社会的结构推及相对应的个人的结构，而正义的理念则是贯穿整个社会的红线。[②]

二

柏拉图的弟子亚里士多德虽然也深受古希腊重诗艺轻艺术的精英主义艺术观的影响，虽然也像古希腊的大多数圣哲一样信奉模仿说，但他却把一切艺术都视为生产、制造，而且在他看来，艺术的生产制作性、艺术的模仿本质与其能动性、创造性并不对立。亚里士多德关于“诗人的职责不在于描述已经发生的事，而在于描述可能发生的事，即根据可然或必然的原则可能发生的事”[③] 的论断已部分地触及了艺术创造的核心问题。在他看来，模仿还包含“创造”的含义，艺术不是机械地复制现实，而是创造内涵丰富的形象，昭显人生的光色。在亚里士多德看来，艺术作为模仿与艺术作为生产并不矛盾，艺术之所以是生产性的，是因为它体现了人类的理性，是一种有意识的生产性活动，是关乎美的创造活动，它与人类借助技术创制一种人工制品的能力密切相关。

在亚里士多德的著作中生产与创造、实践常常是同义的。亚里士多德强调“艺术必然是创造”，“一切艺术的任务都是生产，这就是设法怎样使一种可存在也可不存在的东西变为存在的，这东西的来源在于创造者而不在于所创造的对象本身”[④]。艺术的生产性或创造性恰恰首先根植于人类的理性，在亚里士多德看来人类的模仿活动和生产实践莫不根源于人是理性的动物，“求知是人类的本性。我们乐于使用我们的感觉就是一个说明”[⑤]。由此就不难理解他为何把悲剧带给人的快感解释为求知的喜悦、

① ［古希腊］柏拉图：《理想国》，郭斌和、张竹明译，商务印书馆 1986 年版，第 138 页。

② 参见［法］让·布兰《柏拉图及其学园》，杨国政译，商务印书馆 1999 年版，第 109 页。

③ ［古希腊］亚里士多德：《诗学》，陈中梅译注，商务印书馆 1996 年版，第 81 页。

④ 转引自朱光潜《西方美学史》上卷，人民文学出版社 1979 年版，第 70 页。

⑤ ［古希腊］亚里士多德：《形而上学》，吴寿彭译，商务印书馆 1959 年版，第 1 页。

理性的快感。如果说德谟克利特强调“人是一个小宇宙”，完善的灵魂可以改善身体，人们应当更多地留意他们的灵魂而不是身体[①]，已经强调了灵魂和理性与人类精神生活的内在关联，显示了把人同动物区别开来的自觉意识。那么，亚里士多德更进一步强调了人与动物的不同，他指出动物仅凭现象与记忆而生活着，而人类还凭技术与理智生活。[②] 策勒尔说得好，“就像康德一样，亚里士多德关于上帝的纯理性的观念似乎也有着双重的来源——精神的体验和诸天及其群星的壮观景象。……他信仰宇宙和心灵的神性”[③]。在现代世界里，艺术的知识和规律不再像古代那样被加以强调，艺术概念在延续亚里士多德观念近两千年后在现代经历了一个根本性的变化[④]，但艺术实践与人类的理性探索不可割裂的这一亚里士多德式观点依然有其合理性。艺术的生产性或创造性还表现在它可以创造一种人工制品。在亚里士多德看来，艺术与科学不同，科学的对象是存在，而艺术则是生成的，是“无中生有”。亚里士多德在《物理学》和《形而上学》中对技术的论述也有助于理解这一思想，他说：“技术活动一是完成自然所不能实现的东西，另一是模仿自然。”[⑤] 动物并不用技术，如蜘蛛、蚂蚁等的工作，利用技术是作为理性动物的人类特有的才能，通过借助技术，艺术家可以创造一种达·芬奇所说的“第二自然”。技术在艺术生产中的重要性显然不容忽视。“一般说来，万物所由生成者为自然，万物所依以生成之范型亦为自然”，“自然产物是这样生成的，其它产物则称为‘制品’。一切制品或出于技术，或出于机能，或出于思想。……从技术造成的制品，其形式出于艺术家的灵魂（形式的命意，我指每一事物的怎是与其原始本体。）”[⑥] 可见，没有技术就没有生产，艺术的创造需要借助技术生成艺术制品。但是艺术的生产不限于技术和制作，在亚里士多德

---

① 北京大学哲学系外国哲学史教研室编译：《古希腊罗马哲学》，三联书店 1961 年版，第 107—114 页。

② 参见［古希腊］亚里士多德《形而上学》，吴寿彭译，商务印书馆 1959 年版，第 1 页。

③ ［德］E. 策勒尔：《古希腊哲学史纲》，翁绍军译，山东人民出版社 1992 年版，第 172 页。

④ 参见［波兰］沃拉德斯拉维·塔塔科维兹《古代美学》，杨力、耿幼壮、龚见明、高潮译，杨照明校，中国社会科学出版社 1990 年版，第 184 页。

⑤ ［古希腊］亚里士多德：《物理学》，张竹明译，商务印书馆 1982 年版，第 63 页。

⑥ ［古希腊］亚里士多德：《形而上学》，吴寿彭译，商务印书馆 1959 年版，第 136 页。

看来，艺术是思想、精神和技术、制作的有机统一体。他说：“关于制造过程，一部分称为‘思想’，一部分称为‘制作’——起点与形式是由思想进行的，从思想的末一步再进行的功夫为制作。”① 亚里士多德实质上已经强调了艺术的精神性与物质性的有机统一，显示了他的辩证眼光和对艺术个中三昧的深刻体悟。

亚里士多德把艺术视为生产还与他对艺术特性的认识、理解有关。在他看来，艺术既不同于理论，也不同于实践，艺术只能是生产的。亚里士多德把知识分为理论的、实践的和生产的。理论知识与以自身为目的的理智有关；实践知识与善（good）有关；生产知识则与美有关。② 可见，在亚里士多德看来，艺术既不同于理论探索，也不同于实践，而是一种独特的有意识的或基于知识之上的审美生产活动，尽管他所说的艺术不限于现代意义上的优美艺术，而是泛指一切人类文化活动和文化制品。这也显示了他过程论的艺术观，他把艺术理解为一个心理—物理的过程，这与现代人更多地把艺术视为一种成品而不是一种动态不居的活动和能力有所不同。与柏拉图一样，亚里士多德也极为注重各种艺术门类的共同一致性和具体差异性。③ 亚里士多德承继并进一步细化和深化了柏拉图的论述。在《诗学》第一章中他开宗明义指出：史诗和悲剧、喜剧以及大部分双管箫乐和竖琴乐“这一切总的说来都是摹仿。它们的差别有三点，即摹仿中采用不同的媒介，取用不同的对象，使用不同的、而不是相同的方式”④，这为理解各种文艺创造活动的特殊性和各艺术门类的复杂内在机制奠定了基础。亚氏已认识到艺术虽然具有非实用性，但人们却乐此不疲，对此，他的解释是“人们总爱好感觉，而在诸感觉中，尤重视觉……较之其它感觉，我们都

① ［古希腊］亚里士多德：《形而上学》，吴寿彭译，商务印书馆1959年版，第137页。

② 参见［美］加勒特·汤姆森、马歇尔·米斯纳《亚里士多德》，张晓林译，中华书局2003年版，第29—30页。

③ 柏拉图在其《理想国》中也感悟到了诗的声音的模仿和视觉方面的模仿的差异，他明确指出悲剧和喜剧是从头到尾都用模仿，而史诗则是模仿和单纯叙述掺杂在一起（参见柏拉图《文艺对话集》，朱光潜译，人民文学出版社1963年版，第50页）。《法律篇》也指出“较大的孩子们会拥护喜剧，受过教育的妇女和年轻人乃至一般人都会投悲剧的票”（参见［古希腊］柏拉图《文艺对话集》，朱光潜译，人民文学出版社1963年版，第308页）。

④ ［古希腊］亚里士多德：《诗学》，陈中梅译注，商务印书馆1996年版，第27页。

特爱观看”①。同样，音调感和节奏感的产生也出自我们的天性，视觉艺术和表演艺术兴盛自有其天性根因。亚里士多德在《诗学》中对媒介对艺术生产的影响有过详细论述，他还强调了艺术家个性气质对作品题材选择和风格的影响。②

亚里士多德尤其强调模仿者所模仿的对象是在行动中的人。强调人的行为遭遇、悲欢离合在文艺表现中的重要性。亚里士多德把德谟克利特（Demokritos）式的模仿自然、柏拉图式的虚幻地模拟理式世界的古老模仿说（尽管柏拉图在《理想国》卷十中也强调诗的模仿对象是在行动中的人）明确地提高到了模仿人生、改善人生的新高度，给模仿说注入了现实活力和生活气息。由此，在柏拉图看来是拙劣的、虚假的、不具有真理性的文艺获得了存在的合理性，在亚里士多德看来，文艺与世俗生活息息相关，充满现世气息和创造活力，文艺比历史更富有哲学意味，它同样可以揭示生存和生活的真理，再生产健全的人性。这也涉及他对文艺功能的理解，在亚里士多德看来文艺与人生的幸福声息相通。“幸福”这个词在亚里士多德这里指两重含义：一是词源上的含义，即好运的意思，二是他自己的说法：幸福存在于能有思考能有道德价值的人类的，以美德为条件的最高尚的精神活动中。③ 难怪乎康德称赞亚里士多德把美学带到了知识的康庄大道上。

但亚里士多德的思想是极为复杂的，对他显然不可以唯物主义、唯心主义的二元化标签简单标定。作为柏拉图的得意门生，亚里士多德的思想中不可避免地烙有柏拉图式的先验论的阴影。亚里士多德在《物理学》中对目的论的深入论证；在《物理学》中首先提出之后又在《形而上学》中系统阐述的“四因说”；对形式和物质是可以分离的，形式可以离开物质而独立存在的默许；对神圣的第一推动者存在的半信半疑，都使他的理论与柏拉图和同时代人有着许多共同一致之处。但他的见解与柏拉图又有很大不同，“亚里士多德能够在前苏格拉底哲学家和柏拉图之间找到一条

---

① ［古希腊］亚里士多德：《形而上学》，吴寿彭译，商务印书馆 1959 年版，第 1 页。

② 参见［古希腊］亚里士多德《诗学》，陈中梅译注，商务印书馆 1996 年版，第 47 页。

③ 参见［古希腊］亚里士多德《物理学》，张竹明译，商务印书馆 1982 年版，第 58 页注释 1。

中间道路，因为他划分了存在的类型。……他否认一般或形式的本体。它们存在，但柏拉图弄错了它们所属的存在类型”①。在他看来应把“本体”定义为基本存在。“终极实在表现为本体。其他事物的存在依赖于本体的存在。前苏格拉底哲学家的错误是把事物由之构成的质料或材料当作本体，柏拉图的错误是把一般形式当作本体。这两种本体都是有依赖的存在，因此都不是本体。”② 亚里士多德和柏拉图一样重视形式和一般的存在，只不过亚里士多德对存在有更深刻的理解，他强调一般存在不能脱离个别本体的存在，这为他理解美的事物与美的形式的辩证关系奠定了基础。

在《天论》中坚持地心说，终身信奉柏拉图式的理念的亚里士多德又因其重视经验事实，且卓具洞察力，而在《物理学》中提出了许多至今仍通行的见解，《物理学》承认物质是世界的基础，强调自然界不断运动变化，这种关于运动的学说是《物理学》的精华，也是亚氏的一大理论贡献。如果说赫拉克利特已强调世界不是神创造的，也不是人创造的，而是一团燃烧腾跃的活火，显示了把世界理解为物质的和运动的倾向。③ 那么，亚里士多德则更进一步，首次对运动作了细分：认为运动包括两类，一是实体的变化：产生和灭亡，二是非实体的变化，其中非实体的变化又有三种情况：性质上的变化、数量上的变化、空间方面的变化。这对我们把文艺理解为一种基于物质基础的特殊精神活动和一种动态的过程颇有启发价值。亚里士多德关于事物是现实与潜能的对立统一体的思想也有助于深化我们对文艺产品生成状况的认识。在亚里士多德看来，事物的发展总是要经过潜在和现实两个阶段的。潜在标示着事物成为现实的可能性和展开趋势，可谓之“潜能”。“潜能的东西（它的现实性是运动）是没有完成的。”④ “现实之于潜能，犹如正在进行建筑的东西之于能够建筑的

---

① ［美］加勒特·汤姆森、马歇尔·米斯纳：《亚里士多德》，张晓林译，中华书局2003年版，第53页。

② 同上书，第54页。

③ 参见北京大学哲学系外国哲学史教研室编译《古希腊罗马哲学》，三联书店1961年版，第21页。

④ 同上书，第270页。

东西……已经制成的东西之于未制成的东西。”[①]。“潜在者本身的现实化称为运动。”[②] 可见，包括文艺产品在内的事物生产的过程就是潜能实现和展开的过程。如果说潜能是根据，那么现实则是根据与复杂的具体条件相结合的结果。文艺产品的现实化过程不仅包括文艺加工对象自身的潜能和艺术家原初的艺术构思基于现实状况发挥和展开的过程，也包括艺术品由其规定的消费者基于各自复杂的状况最终成为消费品的过程。亚里士多德最早看到了潜能与现实的逻辑关联和现实差异，也为后世接受美学对作品与文本关系的“新思维”开启了先河。这一思想也与马克思关于产品在消费中才最终完成的见解遥相呼应。亚里士多德对潜能和现实的区分还有助于我们引出理解文艺主体生成的新角度和新思路。

与柏拉图不同，亚里士多德难能可贵地倡导了关系论的思维模式，他强调事物都是凭一定的关系存在的，精神的状况也一样，它们也全都凭一定的关系存在着。当然他所说的关系主要不是人与人的社会关系，他强调的是精神上的善和身体上的快乐与痛苦的关系，而后者又由可感知事物引起。[③] 亚里士多德在《物理学》中首先提出之后又在《形而上学》中系统阐述了“四因说”，他用质料、形式、目的和动力四因解释自然万物的运动变化。根据四因说，自然物是由物质和形式组成，形式和物质是可以分离的，于是有离开物质而独立存在的形式，事物的本质不是物质而是形式。在亚里士多德看来，自然物的运动和变化就是物质的形式化。这启发我们辩证地看待艺术生产中内容与形式的相互转化关系。

与柏拉图一样，亚里士多德视文艺为生产制作与他视文艺为模仿并不矛盾，二者有着内在的逻辑关联。但他的用心和结论却与柏拉图大为不同。亚里士多德在《物理学》中指出：“如果一种研究的对象具有本原、原因或元素，只有认识了这些本原、原因和元素，才是知道了或者说了解了这门科学——因为我们只有在认识了它的本因、本原直至元素时，我们才认为是了解了这一事物了。”[④] 那么在对文艺的研究中首要的课题当然

---

① 北京大学哲学系外国哲学史教研室编译：《古希腊罗马哲学》，三联书店 1961 年版，第 266 页。

② 同上书，第 268 页。

③ 参见［古希腊］亚里士多德《物理学》，张竹明译，商务印书馆 1982 年版，第 207 页。

④ 同上书，第 15 页。

也是认识理解文艺的本原和根因。在亚里士多德看来，文艺产生的根因在于人类的模仿天性。在《诗学》第四章中他对此作了具体论述："作为一个整体，诗艺的产生似乎有两个原因，都与人的天性有关。首先，从孩提时候起人就有摹仿的本能。……其次，每个人都能从摹仿的成果中得到快感。"[①] 亚里士多德不仅不像柏拉图那样轻视人类的模仿，而是强调了人类模仿内蕴的理性活力，把模仿视为人类进行学习、获得意义的方式，自我生成和不断提升的手段，从而把模仿、艺术生产、理性的再生产连为一体，揭橥了艺术生产的理性根因。而且也初步意识到了艺术产品与加工的生活经验、生活事实的不同，模仿的作品不过是真实事件的再现，而非真实事件本身。这不仅强调了艺术品的虚构性，而且揭示了艺术品的表象性，为深化世人对艺术效果、艺术快感与艺术形象的关联、艺术中的世界与物理事实的区别的认识提供了积极的启示。

古希腊哲人对文艺的生产和消费有许多独到的见解，至今仍很有启发性。如德谟克利特强调音乐是奢侈的产物，"音乐是一种相对地说较年轻的艺术，其原因是在使音乐产生的并不是必需，而是奢侈"[②]。这一观点把文艺生产消费与社会需要联系起来，看到了文艺生产与社会生产力水平、财富、闲暇、精神需要的复杂联系，堪称难能可贵。

公元前 5 世纪的古希腊，随着人本思潮的兴盛和社会生活中享乐主义的风行，建筑和雕塑、雕刻等的装饰化和音乐等的享乐化趋势十分明显。音乐更多地被当作消闲和享乐，服务于宴饮。据说，欧里庇得斯为此备感愤慨："他们虽然创出了诗歌，增加了节日里、宴会里的享乐——这原是富贵人家享受的悦耳的声音——可是还没有知道用管弦歌唱来减轻那可恨的烦恼"，在他看来，音乐应当用于帮凡人泄导愤懑之情，用于富贵人的宴饮则实在是一种浪费。[③] 这显示了对文艺消费问题而不仅仅是文艺创作问题的思考。

当然，古希腊时代关于文艺问题的思考本身也是处于不断变化中的，

---

① ［古希腊］亚里士多德：《诗学》，陈中梅译注，商务印书馆 1996 年版，第 47 页。

② 北京大学哲学系外国哲学史教研室编译：《古希腊罗马哲学》，三联书店 1961 年版，第 104 页。

③ ［古希腊］欧里庇得斯：《美狄亚·欧里庇得斯悲剧二种》，罗念生译，人民文学出版社 1958 年版，第 12 页。

如果说毕达哥拉斯学派的美在和谐说更多强调的是审美对象的物质性和形式美，那么，苏格拉底的美在效用说既不否认美的感性和物质性，也重视美的理性和精神性。而柏拉图的理式说则强调了美的超验性、精神性。他的理式说一方面把神理性化了，另一方面也把理性神化了。为人借助理性抵达本体世界打开了大门。但它的理式高高在上，令普通百姓遥不可及[①]，世俗的艺术在他看来则庸俗不堪，审美和艺术势必与百姓无缘。相比之下，亚里士多德的艺术观则更为平易，在他那里，艺术与现世生活、世俗的快乐、人性的完善并不敌对，而是富有一种建设性的作用。他主张到人伦日用中而不是超人类的浩渺宇宙中去寻找美，将美与人更紧密地联结在一起。但精神美的概念一直到希腊文化的古典时期才出现。[②]

但古希腊的学者、艺术家们在强调艺术活动与物质生产作为生产制作的共同一致性时又往往将二者都视为虚假的、低俗的，受制于时代文化条件，多数人还对艺术的非宗教性和非伦理性、艺术和审美独特性强调不够，古代人和中世纪人都未提出优美艺术的范畴，还往往将艺术与诗、音乐视为两种截然不同的东西，并把诗认作神启的结果，把艺术视作规则的产物。如雨果指出音乐属于理论的艺术，修辞属于逻辑的艺术，而视觉艺术则属于机械性的艺术。文学优越论在古代欧洲很有影响，这显示了与近现代西方的审美主义的明显异趋。

（原载《河北民族师范学院学报》2019 年第 1 期）

① 参见阎国忠《古希腊罗马美学》，北京大学出版社 1983 年版，第 69、90—91 页。

② 参见［波兰］沃拉德斯拉维·塔塔科维兹《古代美学》，杨力、耿幼壮、龚见明、高潮译，杨照明校，中国社会科学出版社 1990 年版，第 136 页。

第四编

马克思主义的当代议题

马克思历史主体观的辩证旨趣*

王福民**

内容摘要：马克思历史主体观是关于历史主体之结构、特质、价值、历史地位的本体论见解。（1）历史主体是现实的、活生生的、从事感性活动的人。（2）构成历史活动并推动历史发展的主体力量是劳动阶级，在资本主义时代是工人阶级。（3）每一时代的社会财富与文明成果，归根到底都是该时代的劳动实践的产物。（4）劳动阶级既是生产力，也是变革社会的决定性力量。（5）劳动阶级创造历史的力量不是无条件的，而总是为其置身其中的那个时代的经济、政治、文化、社会环境所限定与制约着的。

关键词：历史观　历史主体　实践　历史限度

改革开放以来，国内哲学界关于历史主体性的诸多述说中有两大倾向值得注意：一是借马克思哲学辩证唯物主义历史唯物主义之名，行机械唯物主义之实，消解历史主体的实践创造性，把历史看作“无人”的宿命。二是借批判辩证唯物主义或高扬主体性之名，行历史唯心论之实，以观念论语境中的主体性消解马克思唯物史观中的唯物性与辩证法。这些都是马克思恩格斯生前反对并彻底批判过的旧论调。实际上，马克思的历史主体

---

* 本文是国家社科基金项目“马克思主义哲学中国化的日常生活维度研究”（项目编号：08BZX006）之阶段性成果。

** 作者简介：王福民，华侨大学哲学与社会发展学院副院长、研究员、学院学术委员会委员，华侨大学马克思主义哲学硕士点负责人。

观恰恰是以对两者的批判与超越为征候的，其中，本体论上的唯物性以及以此为前提的辩证法，乃是贯穿马克思历史主体观的深层旨趣。舍此，必将抽空马克思历史主体观的精蕴，陷入上述两种倾向的泥淖。在马克思恩格斯看来，旧唯物主义由于不理解历史活动的实践旨趣，从而把历史看作脱离历史主体创造性的“一些僵死的材料的搜集”；相反，唯心主义在抽象发展了历史主体“能动的方面”的同时，又把历史变成了“想象的主体的想象的活动”。马克思历史哲学通过考察人类历史“能动的生活过程”，辩证地揭示并阐释了历史主体的创造性。马克思指出，“只要描绘出这个能动的生活过程，历史就不再像那些本身还是抽象的经验论者所认为的那样，是一些僵死事实的搜集，也不再像唯心主义者所认为的那样，是想象的主体的想象的活动”①。

历史主体观是关于历史主体本质、结构、功能及其内在张力的哲学观点。马克思立足生活实践，在历史主体的内在特质及其结构，历史主体的创造性，历史主体限度三个相关联的向度上，深刻揭示并诠释了历史主体的唯物辩证旨趣。研究马克思历史主体观的辩证旨趣，不仅对厘清“后教科书时代”我国哲学界在主体性研究问题上存在的机械唯物论的形而上学偏执、观念决定论之神秘虚妄具有重要价值，也可以为我们全面、深刻把握马克思关于历史主体的创造性及其边界，提供文本依据与理论支撑。

一

历史主体是现实活动着的人。考察、研究人的本质，历来是探究历史主体结构及其特性的前提。立足物质生活实践，探究并揭示历史主体的现实本质，是马克思历史主体观的本体论基础。历史地看，黑格尔撇开历史主体赖以生存的物质生产实践而立足精神实践，把历史主体的本质抽象地定格于“自我意识”上，这实际上是对历史主体现实性的抽空与否定。与马克思同时代的费尔巴哈力图从人的自然性上探究其本质，但他站在人的现实生活关系之外，对人进行孤立、静态的直观，这当然是缘木求鱼，

① 《马克思恩格斯全集》第3卷，人民出版社1960年版，第30页。

不可能揭示历史主体的实质。青年黑格尔主义者施蒂纳将抽象的自我意识作为人的本质规定，他立足观念论立场，以“虚构”为刀斧，把现实的个人当作可以随意宰割的“龙蛇和鸵鸟，妖精和夜间的怪物，旷野的走兽和豺狼，鹈鹕和箭猪”①。这依旧是在主观唯心论的泥坑里扑腾。与以上哲学家不同，马克思的卓越之处就在于他将“思想闪电”射入现实生活关系结构的物质性层面考究人的生成与存在逻辑，从而揭示了历史主体的内在本质。马克思强调，我们的出发点是从事实际活动的人，而且从他们的现实生活过程中还可以描绘出这一生活过程在意识形态上的反射和回声。

在马克思看来，人作为历史主体，既从事实践活动，又为实践活动所规定。生活实践不仅是一般的社会生活，而且是本体性的物质活动；物质生活实践的交往性关系不仅是一般的社会关系，而是社会关系结构中的基质性关系。马克思指出，人的本质在现实性上是一切社会关系的总和。②这意味着，任何“现实的个人”无不生活在一定社会形态下“现实的”社会关系中。历史主体作为社会存在物，不仅不能脱离社会物质生活关系而存在，而且本质上是一种物质能动性的社会历史存在。据此，马克思深刻揭示了作为历史主体的本质规定。

首先，物质生活实践关系规定了历史主体的存在特质。离开物质生活实践及其交往关系，人就不能作为实践主体而存在。这并非说脱离社会关系，人的生物学躯体就是“无”，而是说脱离社会关系，人只能是某种动物性存在，不可能成为历史主体。生产实践是“人猿揖别”的前提，是“一切社会关系总和”的基础，也是人超越动物而成为历史主体的本质特征，它规定着人区别于动物的其他一切特性。马克思说，可以根据意识、宗教或随便别的什么来区别人和动物，一旦当人开始生产自己的生活资料的时候，人本身就开始把自己和动物区别开来。③ 这表明，物质生产实践在历史主体生成及其本质规定中有本体论地位。作为人的现实本质的社会关系，是复杂多维的结构与开放性过程。每一时代社会关系体系中的不同

---

① 《马克思恩格斯全集》第3卷，人民出版社1960年版，第258页。

② 参见《马克思恩格斯选集》第1卷，人民出版社1995年版，第56页。

③ 同上书，第67页。

结构，又规定着该时代历史主体的具体多样性存在。大体说来，历史主体是一个由个体主体、群体主体和人类主体相互联系组成的生成性开放序列。

作为群体性的历史主体，包括自然群体和由社会分工引起的社会阶级、阶层等利益集团。自然群体是在生产生命的生产即“种的繁衍”过程中生成的，表现为各种形式的家庭及其婚姻关系，从原始社会的群婚制大家庭直至现代的一夫一妻制家庭。家庭及其所蕴涵的社会关系是实践群体主体最初的在人类社会早期占主导地位的类型，包含着尔后一切社会实践群体乃至其他一切社会关系的萌芽。随着这些萌芽历史地发展为成熟的社会关系组织，家庭及其婚姻关系才逐渐淡出社会生活的核心领域，嬗变为从属性的关系。据此，马克思把家庭群体关系作为人类社会原初的基本关系类型之一，指出“一开始就进入历史发展过程的第三种关系是：每日都在重新生产自己生命的人们开始生产另外一些人，即繁殖。这就是夫妻之间的关系，父母和子女之间的关系，也就是家庭。这种家庭起初是唯一的社会关系，后来，当需要的增长产生了新的社会关系而人口的增多又产生了新的需要的时候，这种家庭便成为从属的关系了”①。

家庭结构内部以性别为标识的自然分工以及由此而来的利益差异是其他历史主体类型乃至成熟的社会政治组织——国家的生成、分化与发展的原型与母体。家庭在人类社会的早期是物质生产唯一的至少是首要的主导性样态。与此相适应，家庭内部的分工是生产实践分工的先导并随着物质生产实践的发展而发展。在此基础上形成了利益的多样化对峙。马克思说：“随着分工的发展也产生了单个人的利益或单个家庭的利益与所有互相交往的个人的共同利益之间的矛盾；而且这种共同利益不是仅仅作为一种‘普遍的东西’存在于观念之中，而首先是作为彼此有了分工的个人之间的相互依存关系存在于现实之中。正是由于特殊利益和共同利益之间的这种矛盾，共同利益才采取国家这种与实际的单个利益和全体利益相脱离的独立形式，同时采取虚幻的共同体的形式，而这始终是在每一个家庭集团或部落集团中现有的骨肉联系、语言联系、较大规模的分工联系以及其他利益的联系的现实基础上，特别是在我们以后将要阐明的已经由分工

① 《马克思恩格斯选集》第1卷，人民出版社1995年版，第80页。

决定的阶级的基础上产生的，这些阶级是通过每一个这样的人群分离开来的，其中一个阶级统治着其他一切阶级。”①

其次，物质生产实践之历史图式规定着历史主体的存在谱系。在马克思看来，尽管历史主体本身是一个复杂的结构，但它并不是无据可循的一团乱麻，只要沿着“物质生产活动”之路径前行，笼罩在历史主体身上的重重乱象就会豁然开朗。他认为：“我们的生产同样是反映我们本质的镜子。”② 一定社会条件下物质生活条件的历史变动性，是历史主体存在的基础。“个人怎样表现自己的生活，他们自己就是怎样。因此，他们是怎样的，这同他们的生产是一致的——既和他们生产什么一致，又和他们怎样生产一致。”③ 立足人们的物质生产活动洞察人本身，是马克思研究历史主体的本体论指归，由此构成马克思考察与探究历史主体现实本质的方法论底色。在阐明考察资本主义社会居于统治地位的历史主体时，马克思说：“我决不用玫瑰色描绘资本家和地主的面貌。不过这里涉及到的人，只是经济范畴的人格化，是一定阶级关系和利益的承担者。我的观点是：社会经济形态的发展是一个自然的历史过程。不管个人在主观上怎样超脱各种关系，他在社会意义上总是这些关系的产物。”④ 资本家之所以是资本家，地主之所以是地主，并非他们有天然高贵的血统，而在于他们是一定经济关系的承担者。在资本主义社会结构中，占有生产资料的个体则联合为支配劳动过程及其结果的统治集团——剥削阶级，这个阶级的特性根本地规定了作为其个体的个性；丧失生产资料的个体构成被雇用的劳动阶级，该阶级被剥削的特质又规定了作为个体的工人具有反剥削特性。工业和商业、生活必需品的生产和交换规定着历史主体的生存图示及其现实的个性。马克思立足现代资本主义社会形态对此进行了深刻的阐释。可见，物质生活资料生产方式的复杂性是规定历史个体存在的多样性现实基础。

历史主体之类型、结构及其演变，本质上根源于一定条件下的生活实

① 《马克思恩格斯选集》第1卷，人民出版社1995年版，第84页。

② 《马克思恩格斯全集》第42卷，人民出版社1979年版，第37页。

③ 《马克思恩格斯选集》第1卷，人民出版社1995年版，第67—68页。

④ 《马克思恩格斯全集》第23卷，人民出版社1972年版，第12页。

践关系，归根到底决定于他们生活于其中的物质生产结构及其历史特质。一定历史形态下的物质生产实践及其具体图式，从根本上规定着该阶段上现实的个人的生活样态与总体征候。历史主体结构及其存在谱系总是在一定个人的生活过程中产生的。这说明，以一定的方式进行物质生产活动的一定的个人，在其感性实践活动中发生一定的社会关系，从而构成一定的社会关系结构与阶级结构谱系。

再次，历史个体的社会性及其与变革社会关系的内在一致性。历史个体的社会性，就是他们现实活动的社会关系性。个体主体是历史主体的基本元素与基础。历史的主体，特别是马克思哲学语境中的历史主体，首先是活生生的活动着的现实的个人。马克思指出：全部人类历史的第一个前提无疑是有生命的个人的存在。因此，第一个需要确认的事实就是这些个人的肉体组织以及由此产生的个人对其他自然的关系。[①] 人的个体存在，是考察历史主体的历史起点与逻辑起点。

作为历史主体的个人是现实性、复杂性和发展着的感性的个体。从表象上看，这是单个的个人。但是，现实中的历史的个体不是“人”这个概念或某个“神秘的幽灵”。不是精神、意识发现了和决定着感性的人及其经验关系，而是处在现实交往中的现实的人创造了经验关系，只是在后来，在事后，人们才把这些关系虚构、描绘、想象、肯定、确认为“人”这一概念的启示。[②] 任何个人无不处在一定社会关系中。只有从一定历史条件下的社会实践关系总和出发才能真正说明历史主体的存在特质。马克思基于主体现实生活实践活动，从多维关系的内在逻辑中洞视人的内在特质，从而超越先验式、抽象地、孤立地研究人的思维定式，开启了立足物质生产实践考察历史主体本质的唯物论路径。现代存在主义提出“存在先于本质”的命题，试图超越马克思“人的本质”说。但就其立足于“单个人孤独的精神存在”这个立论前提看，其理论视野、思维方式、逻辑理路仍然没跳出黑格尔与费尔巴哈的哲学窠臼。可见，这不是思想的推进而是历史的后退。

马克思恩格斯指出：现实的个人“由于他们的需要即他们的本性，

---

① 《马克思恩格斯选集》第 1 卷，人民出版社 1995 年版，第 67 页。

② 参见《马克思恩格斯全集》第 3 卷，人民出版社 1960 年版，第 258 页。

以及他们求得满足的方式，把他们联系起来（两性关系、交换、分工），所以他们必然要发生相互关系。由于他们相互间不是作为纯粹的‘我’，而是作为处在生产力和需要的一定发展阶段上的个人而发生交往的，同时，由于这种交往又决定着生产和需要，所以正是个人相互间的这种私人的个人的关系、他们作为个人的相互关系，创立了——并且每天都在重新创立着——现存的关系。”①正由于这种与一定生产方式相联系的社会关系活动，才把表面上的单个的个体联系起来，并使之成为一定社会关系结构中地位各不相同的群体。可见，以群体方式存在的历史主体是在实践个体交往活动过程中生成与发展起来的。马克思说，以一定的方式进行生产活动的一定的个人，发生一定的社会关系和政治关系。社会结构和国家总是从一定的个人的生活过程中产生的。

这同时表明，作为历史主体的人的发展与社会关系的改变是内在一致的。这种一致性，既存在于现实生活世界多维关系的互动之中，又是基于历史性、未来性而观照现实的。由此，要推进人的发展，就必须通过解决现实生活关系的矛盾，突破并否定束缚人发展的各种关系来达成。同时，既然社会关系是属人的，那么，社会关系的变革、社会制度的安排必须围绕人的个性成长、权利与尊严的维护、自由的发展及价值的诉求而展开，贯彻“人是目的”的理念。

二

历史主体是历史的创造者，其历史创造性集中地表现在它在自己的实践活动中创造了“人化世界”，创造了自己的历史，创新了社会制度，创造了精神文化世界。

第一，历史主体在物质生产实践中创造了“人化世界”。马克思指出：“整个所谓世界历史不外是人通过人的劳动而诞生的过程，是自然界对人来说的生成过程。”② 实践主体在物质生产实践中，通过对象化的感性劳动搭建起了人与自然和人与人联系的桥梁。在此，进入实践领域里的

① 《马克思恩格斯选集》第3卷，人民出版社1995年版，第515页。

② 《马克思恩格斯全集》第42卷，人民出版社1979年版，第131页。

自然界由原来的“自在”状态转变为“人化自然”状态。在马克思看来，物质生产实践，本质上是一个变自然世界为属人世界的人化自然过程。马克思说：“自然界没有制造出任何机器，没有制造出机车、铁路、电报、走锭精纺机等等。它们是人类劳动的产物，是变成了人类意志驾驭自然的器官或人类在自然界活动的器官的自然物质。它们是人类的手创造出来的人类头脑的器官。”① 在此，人作为实践的主体成为自然界的有机大脑，自然界作为实践的客体则成了人的无机身体。在人与自然的关系中生成着人与人的社会关系。前一种关系决定着后一种关系，同时后一种关系也制约、影响着前一种关系。从以人为主体的这两种关系的互动实践中，从个人与家庭的实践交往关系中，逐渐形成了私有制、阶级、国家等所有制关系、利益集团和社会组织构成的“人的世界”。可见，人的世界，阶级、国家、社会是从历史主体的感性实践过程中产生的。

宗教神学否定人的世界是人自身的作品，强调神创造人及人的世界的绝对性；柏拉图、黑格尔等唯心主义思辨哲学认为，人的世界是理念的产物，是“绝对精神”的外化，国家是“普遍理性”的体现。马克思历史主体观，立足人类物质生活实践这一现实基础，依据人作为实践主体这个基本事实，深刻揭示了人自己创造自己、创造“人化世界”的历史创造性，从而把“人的关系、人的世界”还给了人自己。这就彻底颠覆了宗教、唯心主义之神秘“创世说”的本体论根基。马克思认为，“以一定的方式进行生产活动的一定的个人，发生一定的社会关系和政治关系。经验的观察在任何情况下都应当根据经验来揭示社会结构和政治结构同生产的联系，而不是应当带有任何神秘和思辨的色彩。社会结构和国家总是从一定的个人的生活过程中产生的”②。完全可以说，没有历史主体创造性活动，没有其发动的持续不断的物质生活实践过程，就没有人的世界，进而，以人的世界为基础构筑的哲学思辨王国和宗教神圣世界也必将轰然坍塌、灰飞烟灭。对此，马克思指出，人们“周围的感性世界决不是某种开天辟地以来就直接存在的、始终如一的东西，而是工业和社会状况的产物，是世世代代活动的结果”。“这种连续不断的感性劳动和创造、这种

---

① 《马克思恩格斯全集》第46卷（下），人民出版社1980年版，第219页。

② 《马克思恩格斯选集》第1卷，人民出版社1995年版，第71页。

生产，正是整个现存的感性世界的基础，它哪怕只中断一年”，整个世界就没有了。①

第二，历史主体在物质生产实践中创造了人的历史。在马克思看来，人的历史就是以物质生活实践发展为基础，以生产工具创造与更新为标志的各个时代历史主体活动的依次交替。以历史主体创造性为表征的感性劳动及其内容与形式的历史更替是人类历史的物质内容和自然基础。“任何历史记载都应当从这些自然基础以及它们在历史进程中由于人们的活动而发生的变更出发。”② 历史主体的历史创造性突出地表现在科学技术、生产工具创造、发明与更新上。火的发明使人类告别了动物类茹毛饮血的时代，引发了人类生活方式的框架性革命；种子的发现使人类告别了渔猎时代进入农业社会，创造了农业文明。在马克思看来，工具是作为实践主体“置于自己和劳动对象之间、用来把自己的活动传导到劳动对象上去的物”，主体利用物的机械的、物理的和化学的属性，并把这些物当作发挥力量的手段，依照自己的目的作用于他物。劳动工具的发明创造不仅是人与动物区别的前提性标志，而且是历史主体之历史创造性的根本确证。历史主体创造的生产工具是区分社会不同时代的重要标志。“动物遗骸的结构对于认识已经绝迹的动物的机体具有重要的意义，劳动资料的遗骸对于判断已经消亡的社会经济形态也有同样重要的意义。各种经济时代的区别，不在于生产，而在于怎样生产什么，用什么劳动资料生产。劳动资料不仅是人类劳动力发展的测量器，而且是劳动借以进行的指示器。”③ 手推磨产生的是封建主的社会，蒸汽磨产生的是工业资本家的社会。

第三，历史主体的创造性以社会制度创新的方式得以彰显。历史主体作为物质生产方式运动的人格化存在，通过不断调整、解决生产力与生产关系、经济基础与上层建筑的矛盾，不断创造着新的人与人之间的社会关系及其规则化制度体系。人们创造生产关系、社会关系及其制度形态，当这些关系蜕变为历史进步的障碍的时候，历史主体之创作性就突出地表现在解构、否定这种关系及其制度系统，创造性地建构新的社会关系、社会

① 《马克思恩格斯选集》第1卷，人民出版社1995年版，第76—77页。

② 同上书，第67页。

③ 《马克思恩格斯全集》第23卷，人民出版社1972年版，第204页。

制度取而代之。马克思恩格斯强调："每一代都立足于前一代所达到的基础上，继续发展前一代的工业和交往，并随着需要的改变而改变它的社会制度。"[①] 这就深刻揭示了制度创新是通过一定社会形态中作为新生产力代表的实践主体所进行的阶级斗争与社会改革来实现的。

恩格斯曾历史地阐述了资产阶级在反封建专制制度过程中的历史进步性。他说，"在反对专制制度和贵族的斗争中，占首要地位的是资产阶级"[②]。马克思恩格斯指出：资产阶级在它不到一百年的阶级统治中所创造的生产力比过去一切世代创造的全部生产力还要多，还要大。[③] 但是，资本主义的社会财富从根本上说，是该社会作为物质生产主体的工人阶级创造的。当资产阶级上升到统治阶级的时候，它就由原来封建制度的"掘墓人"变为既得利益及其"游戏规则"的保守者。它的历史革命性也逐渐转移到其统治下的劳动阶级身上了。马克思说："在当前同资产阶级对立的一切阶级中，只有无产阶级是真正革命的阶级。其余的阶级都随着大工业的发展而日趋没落和灭亡，无产阶级却是大工业本身的产物。"[④] 在此，无产阶级的生成状况及其阶级特质，是它作为变革资本主义世界的历史主体的合法性根据。"无产阶级宣告迄今为止的世界制度的解体，只不过是揭示自己本身的存在的秘密，因为它就是这个世界制度的实际解体。"[⑤] 无产阶级作为资本主义时代革命实践主体的历史创造性，就表现在共产主义革命实践中对传统的所有制关系，对资本主义经济政治文化制度实行根本性的否定，代之以全新的社会主义制度。

应当指出，制度创新的途径不是一维的，有根本性否定式的创新方式，也有完善性自我改革式的创新方式。前者存在于社会基本矛盾对抗性的社会形态中，后者表现为社会基本矛盾非对抗性的社会形态中。当然，改革也会存在于前一种社会形态中并可以延缓和转嫁其社会矛盾，从而使该社会一度出现繁荣与相对的稳定。但这种方式终归不可能从根本上解决该社会对抗性的社会矛盾。社会主义社会的社会基本矛盾是非对抗性的，

---

① 《马克思恩格斯选集》第 1 卷，人民出版社 1995 年版，第 76 页。

② 《马克思恩格斯全集》第 4 卷，人民出版社 1958 年版，第 40 页。

③ 《马克思恩格斯选集》第 1 卷，人民出版社 1995 年版，第 274—277 页。

④ 同上书，第 282 页。

⑤ 同上书，第 15 页。

解决社会矛盾的基本方式是改革。例如，中国30多年来的改革就是完善性的制度创新。虽然它不是“大规模急风暴雨式”的制度性剧变，但这种体制性改革同样可以解放和发展生产力，就其所引发的社会生活之广泛而深刻的革命来说，它依然是一场伟大的制度创新，同样表现出实践主体巨大的历史主动性和创造性，这是为当代中国现实证明了的举世公认的事实。

第四，历史主体的创造性又以其创造的文化世界得以凸显。文化是人类活动的观念形态。它包括理论形态与非理论形态两大基本类型。理论形态的文化主要包括反映人与自然关系的自然科学、人与人的社会关系的社会科学和作为对人类终极关怀的具有超越性的哲学与人文学科等。文化世界的创造，是历史主体作为万物之灵的重要表征。在此，实践主体的创造性不仅表现为从人类物质生活世界创造出具有相对独立性的、丰富多彩的精神文化世界，而且可以能动地把人类的精神力量从文化理论框架转化为实践框架，将精神力量转变为物质力量，推进历史的发展。在马克思看来，科学是一种在历史上起推动作用的革命力量，直接从科学中得出的对力学规律和化学规律的分析和应用使机器能够完成以前工人完成的同样的劳动。恩格斯进一步说道：“德普勒的最新发现，在于能够把高压电流在能量损失较小的情况下通过普通电线运送到迄今连想也不敢想的远距离，并在那一端加以利用——这件事还只是处于萌芽状态——，这一发现使工业几乎彻底摆脱地方条件所规定的一切界限，并且使极遥远的水力的利用成为可能，如果在最初它只是对城市有利，那末到最后它终将成为消除城乡对立的强有力的杠杆。”①

哲学与人文社会科学对社会生活的巨大能动价值同样是不可低估的。崛起于文艺复兴时期的资产阶级文艺复兴运动，启蒙时代的资产阶级革命思想，都曾是资产阶级革命的精神动力，即使是宗教也曾充当中外历史上进步阶级革命的旗帜。

---

① 《马克思恩格斯全集》第35卷，人民出版社1971年版，第445—446页。

三

马克思的历史主体观既充分肯定历史主体的创造性，又反对唯心地将这种创造性推向观念决定论的极致，其内蕴的唯物辩证法旨趣由此得以凸显。在马克思看来，历史主体的创造性既是巨大的又是有限度的。人既是历史的剧作者，又是历史的剧中人。作为历史主体创造性赖以生成与展开的生产力也是历史的而不是万能的。生产力是一种既得的力量，是一种以往的活动的产物，人们不能自由地选择。人作为人类历史的经常性前提，也是人类历史的经常的产物和结果，而人只有作为自己本身的产物和结果才成为前提。这意味着，人的历史主体性是有限度的。为历史主体限度划界是生活本身，是主体置身其中的经济政治文化关系及其内在逻辑。

首先，就历史主体的类主体而言，其创造历史的自由自主性永远不是绝对的。马克思说："这里所说的人们是现实的、从事活动的人们，他们受自己的生产力和与之相适应的交往的一定发展——直到交往的最遥远的形态——所制约。"① 历史主体的创造性永远不能超越其赖以存在的物质生产领域。这个人与自然进行交换、获取物质生存资料的领域不仅是实践主体创造性不可解构、不可颠覆的必然王国，而且是规定实践主体存在及其创造性发挥的客观前提。

诚然，这个领域也是人的活动领域，并随着人的历史活动的发展而发展，但它又始终决定着历史主体的存在、发展状况及主体创造性的发展水平与发挥程度。这个领域的实际状况规定了实践主体的生存及创造性发挥必然受"物的依赖关系"之制约，从而制约着历史主体"自由个性"得以展现的状况与前景。"人的依赖关系（起初完全是自然发生的），是最初的社会形态，在这种形态下，人的生产能力只是在狭窄的范围内和孤立的地点上发展着。以物的依赖性为基础的人的独立性，是第二大形态，在这种形态下，才形成普遍的社会物质交换，全面的关系，多方面的需求以及全面的能力的体系。建立在个人的全面发展和他们共同的社会生产能力

① 《马克思恩格斯选集》第1卷，人民出版社1995年版，第72页。

成为他们的社会财富这一基础上的自由个性，是第三个阶段。”①

即使到“第三个阶段”上的自由王国里，人类获取生活资料的“物质生产领域”这个必然王国依然是不可超越的。马克思指出，事实上，自由王国是在必需的和外在目的规定要做的劳动终止的地方才开始的。按事物本性来说，它存在于物质生产领域的彼岸。像野蛮人为了满足自己的需要，为了维持和再生产自己的生命，必须与自然进行斗争一样，文明人也必须这样做；而且在一切社会形态中，在一切可能的生产方式中，他都必须这样做。这个自然必然性的王国会随着人的发展及其需要而扩大。这个领域内的自由只能是：社会化的人，联合起来的生产者，将合理调节他们和自然之间的物质交换，把他们置于共同控制之下而不让它作为盲目的力量来统治自己；靠最小的力量和最适合他们人类的本性条件来进行这种物质交换。但是不管怎样，这个领域始终是一个必然王国。在这个必然王国的彼岸，作为目的本身的人类能力的发展，真正的自由王国就开始了。② 可见，历史主体创造性地展开，它的自由永远不能撇开“物质生活资料生产”这个必然王国，并将始终受其发展状况的规定与制约。

其次，就历史主体的个体性而言，历史主体活动的动机愿望目的受到活动结果的制约。“一个人的发展取决于和他直接或间接进行交往的其他一切人的发展；彼此发生关系的个人的世世代代是相互联系的，后代的肉体存在是由他们前代决定的，后代继承着前代累积起来的生产力和交往形式，这就决定了他们这一代的相互关系。总之我们可以看到，发展不断进行着，单个人的历史决不能脱离他以前的或同时代的个人的历史，而是由这种历史决定的。”③ 恩格斯说，历史最终的结果是从许多单个意志的相互冲突中产生，有无数互相交错的力量，产生出一个总结果。所以，历史总是像一个自然的过程，而且服从同一运动规律的。④ 这当然不是否定人的历史主体性，而是旨在说明历史主体性展开的限度与边界。同样，个体自由个性的解放、创造力的发展不是任意的，也要以社会历史发展程度为

① 《马克思恩格斯全集》第46卷（上），人民出版社1979年版，第104页。
② 参见《马克思恩格斯全集》第25卷，人民出版社1974年版，第926—927页。
③ 《马克思恩格斯全集》第3卷，人民出版社1960年版，第515页。
④ 参见《马克思恩格斯选集》第4卷，人民出版社1995年版，第697页。

条件。马克思指出，每一个单个人的解放程度是与历史完全转变为世界历史的程度一致的。至于个人的真正的精神财富完全取决于他的现实关系的财富。只有这样，单个人才能摆脱种种民族的局限和地域的局限而同整个世界的生产（也同精神的生产）发生实际的联系，才能获得利用全球的这种全面的生产的能力。[①] 单个人随着自己的活动扩大为世界性的活动，越来越受到对他们自己来说是异己的力量的支配，受到日益扩大的、归根到底表现为世界市场的力量的支配，这种情况在迄今为止的世界历史中当然也是经验的事实。

再次，历史主体的制度创新必然要受到“制度性路径依赖”的影响。制度路径依赖，本质上是社会大众对已经逝去的特别是曾经产生巨大而持久影响的制度的自然记忆与非理性的文化心理迷恋。一种社会制度一旦形成，就有一种自然的自我肯定与强化机制。因此无论其价值大小、效果如何，都会持续存在于社会生活的各个方面并产生种种影响。新制度的产生虽然根源于新的物质生活关系，但并不能完全摆脱制度传统的历史影子。传统制度的历史影响，使旧制度的亡灵不会随其自身的崩溃而消失，反而会作为一种历史传统，以文化无意识的形式植根于历史主体的集体无意识层面，影响甚至制约着新制度的生成与建构。因此，人们在创造自己的历史的过程中，不能自己设定条件，而是在直接遇到的、既定的、从过去继承下来的条件下进行的。甚至在建构新的社会制度过程中，不仅无法摆脱传统制度的阴影，而且基于奠定新制度之历史合法性的需要，人们还要招回旧制度的亡灵，穿上旧制度的衣裳。例如，中国历史上王安石“变法”就披着“法先王”的衣袍，“太平天国革命”曾经打着“拜上帝会”的旗帜，德国宗教改革时期的路德换上了使徒保罗的服装，法国大革命时期的丹东、罗伯斯庇尔、圣茹斯特和拿破仑都穿着罗马的服装，而1848年的欧洲革命又拙劣地模仿着1789年的革命传统。马克思说：“一切已死的先辈们的传统，像梦魔一样纠缠着活着的人的头脑。当人们好像刚好在忙于改造自己和周围的事物并创造前所未闻的事物时，恰好在这种革命危机时代，他们战战兢兢地请出亡灵为他们效劳，借用它们的名字、战斗口号和衣服，以便穿着这种久受崇敬的服装，用这种借来的语言，演出世界历

① 参见《马克思恩格斯选集》第1卷，人民出版社1995年版，第89页。

史的新的一幕。”①

最后，历史主体的文化创造性要受到社会物质生活实践与文化传统的历史制约。马克思指出，物质生活的生产方式制约着整个社会生活、政治生活和精神生活的过程。“这些个人是从事活动的，进行物质生产的，因而是在一定的物质的、不受他们任意支配的界限、前提和条件下活动着的。”② 科学实践主体的创造性及其对象化成果——科学技术，要受到一定历史条件下的物质生产状况的规定。从根本上说，科学是由于社会生产的需要才产生与发展起来的，科学的发展程度与发展水平依赖于一定历史时期的物质生产实践。没有资本主义工商业发展的实际需要，没有资产阶级开拓世界市场的需求，就不会有资本主义科学技术的产生与发展。马克思恩格斯在批评费尔巴哈迷恋“自然科学的直观”和自然科学家“识破秘密的眼睛”时说，如果没有工业和商业，哪里会有自然科学呢？甚至这个纯粹的自然科学也只是由于商业和工业，由于人们的感性活动才达到自己的目的和获得自己的材料的。

艺术品的创造，乍看仿佛是独立自足的，其实不然，这种独立性也是相对的。艺术品的生产与发展水平不仅要受到社会分工与社会繁荣程度、经济环境、民族特点的制约，而且还要受到自身文化传统的影响。马克思和恩格斯在批判施蒂纳割裂绘画与社会分工之关系时指出，桑乔认为，拉斐尔的画跟当时罗马的分工无关。如果桑乔把拉斐尔与列奥纳多·达·芬奇和提戚安诺比较一下，他就会发现，拉斐尔的作品在很大程度上同当时在佛罗伦萨影响下的罗马繁荣有关，而列奥纳多的作品则受到佛罗伦萨的环境的影响很深，提戚安诺的作品则受到全然不同的威尼斯的发展情况的影响很深。和其他任何一个艺术家一样，拉斐尔也受到他以前的艺术所达到的技术成就、社会组织、当地的分工以及与当地有交往的世界各国的分工等条件的制约。像拉斐尔这样个人能否顺利地发展他的天才，完全取决于需要，而这种需要又取决于分工以及由分工产生的人们所受教育的条件。③ 这里，马克思和恩格斯深刻揭示了艺术家创造性的历史限度及其相

① 《马克思恩格斯选集》第1卷，人民出版社1995年版，第585页。

② 同上书，第71—72页。

③ 参见《马克思恩格斯全集》第3卷，人民出版社1960年版，第459页。

对独立性。

总之，历史主体创造的精神世界及其产品的价值与作用，无论是科学、艺术、道德，还是宗教、哲学都不能离开制约它们的社会生活条件。马克思在批判青年黑格尔派的精神状况时指出，每个个人和每一代所遇到的现成的东西：生产力、资金和社会交往形式的总和，是哲学家们想象为“实体”和“人的本质”的东西的现实基础，这种基础尽管遭到以“自我意识”和“唯一者”身份出现的哲学家们的反抗，但他们对人的发展所起的作用与影响却丝毫也不因此而受到干扰。[①] 马克思这一思想内蕴的精神对于当代我国哲学研究的现状与未来发展都不会过时。

（原载《哲学研究》2013 年第 8 期）

① 参见《马克思恩格斯选集》第 1 卷，人民出版社 1995 年版，第 92—93 页。

存在论哲学的两个向度：马克思与海德格尔自由观比较研究

李志强[*]

内容摘要：马克思与海德格尔比较研究，是国内马克思主义研究的热点。本文认为，马克思与海德格尔之间确实存在着共性，都自觉地拒斥近代主体哲学或意识哲学，并试图将人及其自由置于世俗的、与人互动着的现实关系中来加以考察，二者同为存在论哲学。但是，从现实的人与“自由”核心出发，二者在思维原点、价值取向、理论后果等方面存在显著差异。海德格尔所理解的人及其自由，是日常个体的“本真”存在方式，仍然带有浓重的主体形而上学色彩，其理论最终难逃虚无主义的命运；马克思所理解的，则是社会性个体的“自由个性”，体现了彻底的唯物主义品质，其理论导向了激进的历史主义。

关键词：马克思　海德格尔　“人”　“自由”　思维原点　价值取向　理论后果

马克思与海德格尔比较研究，是国内马克思主义研究的热点。比较研究的前提是比较双方既有共性又有差异：没有共性，比较就缺乏合法性；没有差异，比较就没有意义。比较不仅仅是为了寻找共性，更是为了寻找

* 作者简介：李志强，华侨大学哲学与社会发展学院教授、硕士生导师，兼任福建省历史唯物主义研究会理事。

差异，以便在差异中加深理解，拓宽思路。[①] 本文认为，马克思与海德格尔之间确实存在共性，但是对于我们来说更重要的，则是从“自由”这一共同关注的核心出发，仔细辨析马克思与海德格尔在思维原点、价值取向、理论后果等方面存在的差异。马克思和海德格尔都自觉地拒斥近代主体哲学或意识哲学，并试图将人及其自由置于世俗的、与人互动着的现实关系中来加以考察，就此而言，二者同为存在论哲学。但关于现实的人及其自由的理解，两者之间存在深刻的差异：海德格尔所理解的人及其自由，是日常个体的“本真”存在方式，仍然带有浓重的主体形而上学色彩，其理论最终难逃虚无主义的命运；马克思所理解的人及其自由，则是社会性个体的“自由个性”，体现了彻底的唯物主义品质，其理论导向了激进的历史主义。

一 思维原点：什么是“人”？

马克思通过将人的本质概括为“一切社会关系的总和”，将近代主体哲学或意识哲学中作为抽象理性主体的人拉回到坚实的现实生活之上，并置于可经验到的、活生生的现实关系中来加以考察，从而将哲学“从天国降到人间”。海德格尔则通过“此在”（Dasein）来拷问“存在的意义”，而“此在”的存在乃是“在世之在”（In-der-Welt-sein），即在世界中的存在。由此可见，马克思与海德格尔都将“人在此岸世俗世界中的存在”理解为一个始源性事实，以此来拒斥近代主体哲学或意识哲学的形而上学传统，从而进入存在论的哲学范式。传统的主体哲学或意识哲学将人理解为一个先验的、抽象的理性主体，这种原子式的孤独主体被抛入一定境遇中，它与外部世界包括与其他主体的关系是一种外在的、主客对立式的关系；不同于此，马克思和海德格尔的存在论哲学都强调人作为主体的生成性特征。然而尽管如此，马克思与海德格尔各自视域下的人还是

---

① 学术界曾流行“以海解马”，这诚然在一定意义上有助于我们更好地理解马克思，但如果混淆二者之间的真正差异，则结果很可能是：既误解了马克思，也误解了海德格尔。对于马克思与海德格尔自由观的比较，程金生先生曾从“个体”与“共同体”的角度探讨了马克思与海德格尔自由观的多方面差异。参见程金生《“个体”的自由与“共同体”的自由——海德格尔与马克思的本质差异》，《中共浙江省委党校学报》2004 年第 2 期。

大为不同的。

在马克思看来，只有在现实的社会关系中、在与他人的交往以及与环境的互动中，人才能获得相应的界定、自我理解并得以生存、发展。从个体的角度看，其交往方式尤其是生产方式，决定了他的社会身份、地位，乃至他的情感、意志以及思维等生活的方方面面，这样人与其生产之间就具有了内在的一致性。从社会的角度看，一定的生产力和交往水平又决定了人们形成不同的阶级，并在相应的经济基础之上建立起一整套与之相应的上层建筑和意识形态。由此可见，使人成其为人的，不是他的生物属性，而是他的社会属性，其根本在于生产性。在私有制条件下或者说在阶级社会中，人的社会属性集中地体现为阶级性，他的身份以及相应的能力和界限都通过他的阶级地位得到界定和说明。由此可见，在马克思哲学的视域中，不存在先验的、同一的、抽象的理性主体，只存在一些在一定的生产力水平和生产关系中从事着生产和交往的“现实的个人”。人是其自身劳动、生产的历史产物，人的情感、意志和思维能力及其界限都是一定历史阶段的产物。但是，人们又是在一定的社会历史条件下能动地从事生产和其他社会活动的。人们改造着环境，改造着自身，发展着自身，也改变着对自身、对环境以及对人与环境关系的理解。“环境的改变和人的活动或自我改变的一致，只能被看作是并合理地理解为革命的实践。”① 可见，“人的本质不是单个人所固有的抽象物，在其现实性上，它是一切社会关系的总和”②。

在海德格尔看来，“此在”作为“在世之在”，“向来不得不去是作为它本已存在的它而存在”③。也就是说，作为一个始源性事实，自我与它的生存背景本是融为一体的，它不能脱离它的生存背景而存在，因此对自我的理解必须从这一始源性事实出发，并且对自我的理解也向来已经是这一始源性事实的产物了。对此，倪梁康教授这样解释：“此在（人）与存在的关系因此而被放置到了近代传统的人的自身关系之前。人的自身关系（sichverhalten）惟有从他与存在的存在关系（seinsverhaltnis）出发才能得

---

① 《马克思恩格斯选集》第1卷，人民出版社1995年版，第55页。

② 同上书，第56页。

③ ［德］海德格尔：《存在与时间》，陈嘉映、王节庆译，三联书店2006年版，第16页。

到理解。”[①] 可见，与马克思一样，海德格尔也把人生存于其中的世界不是作为一个外在于主体并与主体相对立的客体，而是作为人的生存和自我理解借之获得可能的背景性场域，从而同样将人纳入某种关系中来加以考察。

但是，海德格尔哲学中的世界与马克思哲学中的世界，具有原则性的分野。海德格尔的世界是通过“先验的直观”而产生的，马克思的世界则是经过“经验”的分析而抽象、概括出来的。因此，海德格尔世界中的关系是一种普遍存在的、均质化的抽象关系，马克思世界中的关系则是特定的、有差异的和有规定性的关系。由此导致，海德格尔所理解的人仍然是一个“抽象的人”，这一个体的规定性与另一个体的规定性并没有得到充分而清晰的说明与展开。尽管海德格尔一直强调“此在”的独特性，但是，由于无法在现实关系中给予具体的规定，这一独特性本身仍然不过是一种抽象的先验论断。或者说，如果将每一个体生存境遇的细微差别都作为一种独特性来加以强调，而忽视不同个体生存境遇的一定共性，那么，这种关于个体独特性的任何言说都不可能成为一种理论，而普遍性是理论的基本要求。因此，关于个体独特性的理论就走向了另一个极端，强调所有个体普遍具有的共性，而这种普遍的共性却是极为稀薄的抽象物。辩证地看，绝对的差异就是绝对的同一，海德格尔正是陷入这种绝对的差异中，因而也就陷入绝对的抽象中。如此，他的关于人的存在论分析也就不适于任何场合。而马克思恰恰规避了抽象的知性思维，他在各个不同的、极端差异化的个体与普遍同质的、无声无息的“类”之间，选择了“阶级”这一具有规定性的中介范畴，作为分析世界的独特而有效的视角。“阶级”范畴从现实生活的利益关系中，既将一些人与另一些人区分开来，同时又将一些人联合起来。这样，“阶级”就不是抽象的“类”，也不是一种抽象事实，而是构成我们的生活世界并规定着我们的最为重要的生活关系逻辑。

---

① 倪梁康：《自识与反思：近现代西方哲学的基本问题》，商务印书馆 2002 年版，第 466 页。

二 价值取向：何为“自由”？

对人及其生存环境的规定，决定了马克思和海德格尔对“自由”的理解与把握的差异性，从而折射出他们不同的致思路径和价值取向。

海德格尔强调“此在”的存在论特征，认为“此在”向来就处在事物以及自身与事物的联系之中。他说：“我们首先是、并且日常情况下大都是从事物出发遭遇到我们自己，并以此方式而在我们自己之中敞开给我们自己”[①]，因此，“此在源始地和持续地发现自己在事物之中”[②]。但是，海德格尔在将这种无所不在的日常生活联系看作是“此在”获得可能的始源性事实条件之同时，又将这种日常生活联系中的生活状态称为“沉沦”状态，并与体现自由的“本真”状态相对立。“此在”的存在方式是“在之中”（in-sein），即在与“此在”最切近的周围事物中，海德格尔将这种最切近的事物称为“器具”（zeug）[③]。在海德格尔看来，“人”与“器具”的关系不是主客体关系，“它揭示的是人与存在的关系：‘器具的整体统一’或‘事物的器具联系’构成了我们的世界，构成了与我们息息相关的整体联系。海德格尔称之为‘因缘联系’”[④]。“因缘联系”不是一成不变的，而是生存的，是一种活动的关系整体。周围世界在不断生成着、扩展着，从而又不断构成新的“因缘联系”，“此在”与“世界”便始终处于这样一种相互规定而又相互超越的关系中，从而克服了主体主义视域下的人与对象的物化。“此在”与“世界”的“因缘联系”表明了“此在”是超越之在，但这是否就意味着“此在”是一种自由的存在呢？海德格尔并没有给予肯定的回答，而是区分了“本真”与“非本真”两种生活状态：前者是一种“向来我属”，后者则是自我的丧失与沉沦——“此在”沦为“常人”（das man）。如此，海德格尔的“人”通过与“器

① ［德］海德格尔：《现象学之基本问题》，丁耘译，上海译文出版社 2008 年版，第 227 页。

② 同上书，第 266 页

③ 同上书，第 232 页。

④ 程金生：《“个体”的自由与“共同体”的自由——海德格尔与马克思的本质差异》，《中共浙江省委党校学报》2004 年第 2 期，第 93 页。

具”的互动关系“去存在”，体现了存在的一般超越性——在这个意义上，每个人的活动必然地具有超越性，这种超越性克服了自我与世界的物化，但是却难以将“此在”从平均的常人状态中脱颖出来，免于沉沦。“向来我属”则与实际存在的独特个体有关，与独特个体的自我理解有关，由此，它表明“此在”可以在它的存在中选择自身并摆脱自我的丧失和沉沦，保持自我的“本真”状态。这样，在海德格尔的哲学视域中，只有“向来我属”的“本真”状态体现了人的自由。

马克思所理解的自由经历了一个既断裂又连续的嬗变过程。在《1844年经济学哲学手稿》以前，以博士学位论文为代表，尽管马克思试图通过凸显自由个体的自我意识来突破黑格尔的总体哲学①，但他基本上还是囿于启蒙运动和德国古典唯心主义的意识哲学框架，将人的自由看作理性精神的自由。在《1844年经济学哲学手稿》中，受费尔巴哈唯物主义的影响，马克思批判了黑格尔哲学的神秘唯心主义，批判地吸收了黑格尔关于异化和劳动的思想，将人的自由主要看作一种确证自我本质力量的、自由自觉的对象化活动，即“自由劳动”。但与费尔巴哈不同，此时马克思已经意识到经济问题的重要性，全面论述了私有财产与异化劳动的关系，并且进一步注意到分工的社会作用及其重要性。这样，马克思就已经渐次超越了抽象讨论“自由”的传统路径，转向从人自身的存在方式，即体现人的本质力量的生产来探究人的自由，这无疑是对人的自由探求的新思维。在《德意志意识形态》中成熟的唯物主义视野下，马克思充分意识到，由于人的生物属性，人的生存构成了自由的前提条件，又由于真正现实的自由活动必然是一种对象化活动，自由必须以一定的物质资源作为条件，只有在人自身的生产活动中才得以生成与拓展。由此可见，无论从人的生物性还是从自由活动的本性来看，“自由”要获得可能，都必须以一定的物质资源作为其基础和条件，必须立足于体现人自身主体性的生产活动，以及由此而生成的历史性关系。从这一视角来看，人类的历史同时也就是不断获取作为自由之基础和条件的物质资源的历史，并且同时也是人通过自身的生产，其自由的历史不断得到生成与展开发展的历史。从人的自由对物质资源的依赖和获取程度这一意义上，马克思将人类社会的

① ［英］麦克莱伦：《马克思传》，王珍译，中国人民大学出版社2008年版，第30页。

发展划分为三个历史形态，即人对人的依赖、以物的依赖性为基础的人的独立性，以及人的自由个性。① 而人的“自由个性”阶段，既摆脱了对人的依赖，也摆脱了对物的依赖，它代表着自由的最高发展，体现了人的最高价值。但是，“自由个性”并不意味着人脱离于物、脱离于他人、脱离于他的环境，毋宁说，自由个性体现了人与物、与他人、与他的环境之间自由自觉的相互需要与和解，是人的本质力量的对象化与自由而全面的显现。

通过对马克思哲学文本的透析，我们不难发现，贯穿于马克思自由观始终的是这样一条红线：自由就是自我本质力量的确证，即自由自觉的活动。然而，人的本质力量要得到确证，就不能囿于主体的意识之内，而应当使之对象化并从对象中被直观到。但是对象化活动本身还不是自由，唯有自由自觉的对象化活动才是自由，即自由地面对劳动对象并自由地支配劳动产品。这两方面又是相互依存的，不能自由地面对劳动对象决定了不能自由地支配劳动产品。由此，我们可以看到马克思自由观嬗变的内在逻辑乃是：第一，人的本质力量无法在抽象的自我意识内得到现实的对象化和自我确证：“人应该在实践中证明自己思维的真理性，即自己思维的现实性和力量，自己思维的此岸性。”② 因此，要获得真正的自由就必须超越主体哲学或意识哲学范式所规定的路径。第二，人跳出抽象的自我意识进入现实的客观世界，却发现普遍存在的私有制和异化劳动对人的自由的破坏与排斥：一方面，私有制和异化劳动导致了财富日益集中于少数私有者而大部分无产者却日益丧失生活资料和劳动资料，从而日益丧失了自由活动得以可能的前提和条件；另一方面，不仅无产者因丧失生活资料和劳动资料而失去了自由的前提和条件，而且私有者也因异化而成为私有财产的奴隶。第三，要获得自由关键在于消灭私有制和异化劳动。但是，关于私有制的起源及其消亡问题在《1844 年经济学哲学手稿》中并未得到清晰的解答。这一问题是马克思唯物主义历史观形成之后的核心任务；该任务最终与资本主义的灭亡和共产主义的实现这一主题联系起来。资产阶级与无产阶级的对抗是人类社会最后的对抗形式，并通过无产阶级革命的胜

① 参见《马克思恩格斯全集》第 46 卷（上），人民出版社 1979 年版，第 104 页。

② 《马克思恩格斯选集》第 1 卷，人民出版社 1995 年版，第 55 页。

利实现共产主义，即作为自由人的联合体。在自由人的联合体社会中，人们通过将生产力及社会财富置于联合起来的人们的共同控制之下而创造了实现“自由个性”的充分条件。

三 理论后果：如何自由？

尽管海德格尔和马克思都从存在论哲学范式出发，但由于对个人及其所处现实的不同理解，从而产生了对人的自由及其实现途径、条件的不同求解，并在关于如何实现自由这一问题的不断展开中导向了截然不同的理论形态和理论后果。

海德格尔区分了人的“本真状态”和“沉沦状态”，并指认本真状态为自由。海德格尔试图超越近代哲学传统关于自我理解的抽象性、先验性，强调“在世之在”对于自我理解的始源性，从而试图将人纳入存在关系中来加以考察。但实际上，海德格尔并没有真正跳出近代主体哲学的藩篱，这在很大程度上要归因于他从胡塞尔那里继承来的现象学方法。在现象学视域下，对存在关系或日常生活的研究不过是“本质还原”的一个步骤，还原出那个借存在关系或日常生活而得到显现的、先验的“本质”才是最终目的。也正是因为这样，海德格尔认为能够揭示出“存在”之意义的，不是沉陷于特定关系之中的“人”，而是处于一般关系中的一般“此在”。[①] 由于他关注的是一般共有的抽象关系，“此在”就可能沦为常人而“沉沦”了。为了对抗这种“沉沦”，海德格尔提出了“本真状态”，这种本真状态体现了“此在”的“自由”，同时也正是存在的意义所在。自由或本真的存在，就是要求“此在”的存在具有“向来我属”性，换句话说，就是个体的独特性；这种“向来我属”性或独特性通过“向死而生”的反思而得到呈现和把握。“只要死亡存在，它依其本质就向来是我自己的死亡。死亡确乎意味着一种独特的存在之可

① 与海德格尔不同，马克思恰恰强调处于“特定关系”中的人，他称之为“现实的个人”，即处于某一具体关系或境遇中的个人，如处在阶级关系中的阶级的个人，处于民族关系中的民族的个人，等等。海德格尔则并不关注诸如阶级、民族等这类特定的关系，他倾向于揭示人所共有的、抽象的、单纯存在论层次上的关系中的个体的独特性，即“向来我属”的本真状态。

能性，在它之中所涉及的全然就是向来自己的此在的存在。”① “死”在此处标明了“此在”的独特性，它是不可替代的，同时也就标明了从生到死的整体生活过程的不可替代性，即生活的“向来我属”性。“但‘死’又是一种必然的可能性，这种可能性标志着一切可能性的终结，因此，面对‘死亡’这一大限，‘此在’意识到‘此生’的唯一性。总之，‘向死而生’的反思使‘此在’意识到此在、此生的唯一性、不可替代性和有限性，从而激发‘此在’的‘本真意识’和‘超越意识’。”② 但是，抛开具体的关系和处境来谈本真和超越，必然会重新陷入先验的、抽象的意识哲学和主体哲学。由于寻求一种抽象的本真，海德格尔就必然将任何现实的关系都视为对本真的遮蔽，将任何在现实关系中的生活都视为沉沦；由于缺乏对现实生活关系的具体分析，海德格尔必然将超越视为对任何现实生活关系的抽象否定。正如黑格尔批判抽象的自由意志时所说：“诚然，这种意志以为自己是在希求某种肯定的状态……但是事实上它并不想让这种状态成为肯定的现实。”③ 由此可见，囿于先验哲学的抽象思维，海德格尔这种落脚于个体意识的“烦”“畏”哲学，尽管进一步突出和深化了对自由问题的思考，但最终却陷入“存在主义”的困境。④

在形成唯物主义历史观之前，马克思把人在现实中的苦难和不自由称作“异化”，但随着对异化产生的社会根源尤其是经济根源不断深入的探讨与反思，他逐渐抛弃了“异化”这一具有先验色彩的概念以及与之相应的先验哲学路向，并由此确立起唯物主义的历史观。实际上，马克思此后的工作重心几乎全部在于探讨自由获得可能的外部条件——包括物质的和精神的条件，即对资本主义生产方式及其意识形态的批判与革命，而对于每一具体个体的客观生存条件及其主观精神条件对个体自由所产生的影

---

① ［德］海德格尔：《存在与时间》，陈嘉映、王节庆译，三联书店 2006 年版，第 281 页。

② 邹平林：《存在论哲学的不同路向：马克思与海德格尔个人理论比较研究》，《甘肃理论学刊》2010 年第 6 期。

③ ［德］黑格尔：《法哲学原理》，范扬等译，商务印书馆 1961 年版，第 14 页。

④ 尽管海德格尔自己竭力避免存在主义的标签，但就他在《存在与时间》中的哲学观点来看，强调个体意志选择相对于现实关系的抽象自由，这与萨特的存在主义具有很大的共性。考虑到萨特同样受惠于现象学方法，海德格尔与萨特在个体自由这一哲学倾向上的相似不是偶然的。

响，则没有给予详细而充分的探讨和论述。[①] 究其原因，一方面在于，在马克思看来，表面上千差万别的个体生存条件其实从属于个体的阶级规定性：这些条件从单个个体来看是偶然的，从阶级关系来看却是必然的。单个人也许可能利用偶然性而改变自身的处境，但这种单个人处境的改变并不能改变社会的阶级结构，而社会的阶级结构的改变需要唤起整个阶级的行动，因而考察个体的、具有必然性的阶级规定性远比考察他的偶然的生存境遇重要得多。另一方面，在进入真正的人类社会之前，即实现共产主义之前，个体的主观精神始终受到外在条件的严重制约，因而在不改变外在条件的情况下谈论人的自由始终是一种软弱无力的抽象，而马克思早已批判和超越了这种唯心主义的抽象。

通过对“此在”的存在论分析，海德格尔希望还原出一个本真的自我：在“向死而生”的反思中，“此在”领悟了自身的“向来我属”性，并通过不断的“决断”和超越向本真的自我返回。“此在”要么一直处于沉沦中，要么一直处于对沉沦的意识和反抗中，即处于不断的决断和超越中。此在“就是他所操持和烦忙的东西”[②]。与海德格尔不同，通过将“现实的个人”界定为一个具有阶级规定性的个人，马克思切入了对自由的外部条件的研究。自由的实现不是要脱离外部条件，而是恰恰需要在一定的外部条件的基础上才有可能；但在私有制社会或阶级社会中，这种外部条件被扭曲或禁锢了。因此，自由的实现在于通过不断变革现存的社会条件来创立一个自由人的联合体社会，并将所有这些条件置于联合起来的个人的共同支配下，从而实现人的自由全面的发展。

从以上分析可以很清晰地看到，理论上的区别导致了不同的理论后果：海德格尔试图通过现象学方法还原出某种关于此在的先验本质，这使他重新陷入意识哲学和主体哲学，而马克思则始终坚持将人置于现实生活

① 马克思从“现实的个人”出发，这并不意味着他从各个不同的个体出发。将这种各个不同的个体称为“具体的”个体，其实误解了马克思。恰恰相反，在马克思看来，这种各个不同的个体与其说是具体的不如说是抽象的，因为这种个体概念忽视了人的阶级规定性，从而是片面的。而具体则是“规定性的多样统一”。“现实的个人”就是处于现实关系中的个人，而在阶级社会中，阶级规定性是最普遍、最现实的关系。

② ［德］海德格尔：《现象学之基本问题》，丁耘译，上海译文出版社 2008 年版，第 227 页。

世界的实际关系中来理解，从而远离了任何意义上的抽象本质论；当海德格尔强调一种“向来我属”的本真状态时，无论在方法上还是在结论上，他的理论都是“个体主义”的，而马克思则强调社会关系——尤其是历史地发展着的社会关系对个体自我概念的重要意义，从而能够在自由人的联合体社会中实现人与人之间的和解与合作；海德格尔强调个体生存的时间性，马克思则强调个体与社会的历史维度；海德格尔由于抽象地分析“此在”的存在论关系，只能在对抽象本真的寻求中将“此在”与其外部关系对立起来，从而走向了意志主义，并最终难逃虚无主义的纠缠，马克思则将现存的社会关系看作历史性的、有待革命改造的不完满状态，从而诉诸历史主义；由于缺乏历史的维度以及持一种个体主义的方法论立场，海德格尔将“此在”与世界的关系看成一种“私人关系”，“此在”与世界的相互超越也只关涉到这一私人世界，作为人类的共同活动产物的世界在他的视野之外，从而在根本上这是一种解释世界的哲学范式，马克思的历史唯物主义则倡导一种改造世界的哲学范式。①

海德格尔与马克思分别代表了存在论哲学的两种不同范式，辨析出二者的深刻差异不仅是一个重要的理论课题，同时也具有重大的实践意义。

（原载《哲学研究》2012 年第 6 期）

① 本文讨论的海德格尔的思想主要以他的《存在与时间》为依据。考虑到尽管他后期思想有所变化，但基本上未能突破既有的哲学范式，故在将他与马克思进行比较时忽略他后期思想的一些变化，可以说是无关宏旨的。

实践反思：马克思表达“现实世界”的思维方式

张世远*

内容提要： 马克思的“实践哲学”从人的感性实践出发，关注“现存世界”与“人类世界”，把人们的全部注意力集中到自己身上，实现了哲学对象的变革，从而形成了马克思表达“现实世界”的独特的思维方式：“实践反思”。所谓“实践反思”，就是立足于感性实践，秉持主体性原则，通过“从后思索”的方式，对现实世界采取批判态度，从而达到改造现实世界的目的。“从后反思”是一种实践的辩证法，就是立足于人的实践，通过从知性抽象到具体综合，从现在看过去的辩证法思维过程，克服了传统的知性思维和现成性思维的不足。

关键词： 马克思　思维方式　实践反思　从后思索

马克思哲学的革命性在于它第一次把实践提升为哲学的根本原则，创立了实践的唯物主义，从而终结了传统哲学。在马克思看来，人类实践本身就具有非预成性质，人的现实历史是不断地由他自身的实践活动生成的，因而人对历史的理解和把握只能选择从“事后”开始思索的方式，即一种“实践反思”的思维方式。正如马克思在《资本论》中指出：“对

* 作者简介：张世远，哲学博士，华侨大学哲学与社会发展学院副教授。

人类生活形式的思索，从而对它的科学分析，总是采取同实际发展相反的道路。这种思索是从事后开始的，就是说，是从发展过程的完成结果开始的。”①

一 “实践反思”的对象

费尔巴哈哲学力图以自然人作为其哲学的立足点，所以它“将人连同作为人的基础的自然当作哲学唯一的，普遍的，最高的对象”②。黑格尔则以人类理性作为研究对象，认为“哲学是探究理性东西的”③。马克思哲学正是通过对黑格尔与费尔巴哈哲学的批判，把感性的现存世界当作实践去理解，其研究对象是每个时代的个人的实际生活过程和活动，从而实现其对传统形而上学的革命。

（一）感性实践作为哲学的对象

实践原则是马克思学说的基础与首要问题。马克思说，从前的一切唯物主义——包括费尔巴哈的唯物主义——的主要缺点是：对对象，现实，感性，只是从客体或者直观的形式去理解，而不是把他们当作人的感性活动，当作实践去理解。费尔巴哈想要研究跟思想客体不同的感性客体，但是它没有把人的活动本身理解为客观的活动。所以，他不了解“革命的”，“实践批判的”活动的意义。“费尔巴哈不满意抽象的思维而诉诸感性的直观；但是他把感性不是看作实践的、人类感性的活动。”④ 可见，旧唯物主义和唯心主义有着共同的缺陷，就是两者都不理解人类实践活动及其意义。也正是由于这一缺陷，在近代哲学中造成了主客二元分立的思维方式，也导致了唯物论和辩证法的分离，在旧唯物主义哲学中又形成了“历史和唯物主义彼此完全脱离”的局面。马克思明确把实践活动作为自己哲学的对象，从而实现对传统形而上学思维方式的变革：一是思维的对

① 《马克思恩格斯全集》第23卷，人民出版社1972年版，第92页。

② ［德］费尔巴哈：《费尔巴哈哲学著作选集》上卷，荣震华等译，商务印书馆1984年版，第184页。

③ ［德］黑格尔：《法哲学原理》，商务印书馆1961年版，第10页。

④ 《马克思恩格斯选集》第1卷，人民出版社1972年版，第17页。

象不再是纯粹的感性客体或者思想客体，而是实践活动本身，这就克服了传统形而上学实体性的思维方式，也即思维的对象或是物质实体或是精神实体的思维方式；二是通过对黑格尔与费尔巴哈哲学的批判，把感性的现存世界当作实践去理解，其研究对象是每个时代的个人的实际生活过程和活动，“正是描述人们的实践活动和实际发展过程的真正实证的科学”①，从而实现其对传统形而上学的革命。

（二）强调实践活动中的“活动本身”

马克思对实践的反思，立足点不在于抽象的对象，而在人的活动。从动态的角度来说，马克思关注的是人类实践活动中的活动，任何活动都不是一种物质本身。如果从静态的角度来说，反思的重点则是实践活动的产物，如社会关系，也即从结构功能的角度来看待人的实践活动过程。对此，人们往往又易于把实践活动本身等同于实践活动的产物或者结果，其主要表现就是：把对实践的理解等同于对社会结构的分析；把历史唯物主义研究等同于对社会历史形态的分析。一般而论，这两者的区别是实践活动自身“动态”与“静态”的不同表现形式，但是马克思强调的是实践活动本身中“活动自身”而不是“活动的产物”——社会。因此，作为活动产物的生产关系、经济基础与上层建筑不过是主体实践活动中的对象性存在，一种应该加以革命化的对象和现实存在。不应该把生产力与生产关系、经济基础与上层建筑看作凌驾于人类实践活动之上的“客体”，从而倒退到旧唯物主义的思维方式。

（三）实践是“改造世界”的活动

正如马克思在对费尔巴哈批判时所说的，费尔巴哈“致力于把宗教世界归结于它的世俗基础。他没有注意到，在做完这一工作之后，主要的事情还没有做哪。……因此，对于世俗基础本身首先应当从它的矛盾中去理解，然后用排除这种矛盾的方法在实践中使之革命化”②。马克思认为：“哲学家们

---

① 《马克思恩格斯选集》第1卷，人民出版社1972年版，第31页。

② 同上书，第17页。

只是用不同的方式解释世界，而问题在于改变世界。”① 马克思对资本“拜物教”的批判就是从实践出发，而不是像国民经济学家那样满足于对现实的庸俗解释。马克思说，环境的改变和人的活动的一致，只能被看作是并合理地理解为革命的实践。② 可见，马克思对现实的理解不是局限在理论上，而是立足于实践，最终导向对现实存在的变革，这是马克思哲学区别于传统哲学的一个根本性标志。马克思“实践反思”有着自己鲜明的思维特色：一是实践思维是开放性的，是贯通过去、现在与未来的有机体，思维反思的重心不是现成的东西，而是未完成的实践。“实践反思”正如列宁所言，运用这个理论去考察资本主义即将崩溃的问题，去考察未来共产主义的未来发展问题。③ 二是“实践反思”不是去寻找一个唯一不变的答案，不是满足于对现实世界进行解释，而是立足于改造世界。

可见，感性实践原则是马克思哲学的首要基本观点，是整个学说的基础。马克思主义哲学认为人与世界的关系是“现实的人”和“现实的世界”以“现实的感性活动”为中介而发生的关系。人是融身于世界的人，世界只是人活动于其中的世界，人与世界在实践活动中获得了现实性，但同时也被二重化了，人具有了自然性和超越性，世界具有了自然性和属人的性质。通过否定性的实践活动，完成了人对世界的生成和世界对人的生成，两者达到了真实的统一，实践既是人与世界分化的基础，也是人与世界统一的基础。以人的实践活动规范着对人与世界关系的理解，是马克思主义哲学的主要特点。

二 “实践反思”的本质

马克思认为人的思维“最本质最切近”的基础是人类自己的实践活动。凡是把理论导致神秘主义的神秘的东西，都能在人的实践以及对这个实践的理解中得到合理的解决。④ “人的思维是否具有客观的真理性，这

① 《马克思恩格斯选集》第1卷，人民出版社1972年版，第18页。
② 参见《马克思恩格斯全集》第3卷，人民出版社1960年版，第7页。
③ 参见《列宁选集》第3卷，人民出版社1972年版，第186页。
④ 参见《马克思恩格斯全集》第3卷，人民出版社1960年版，第5页。

不是一个理论的问题，而是一个实践的问题。人应该在实践中证明自己思维的真理性，解释自己思维的现实性和力量，亦即自己思维的此岸性。关于离开实践的思维是否具有现实性的争论，是一个纯粹经院哲学的问题。”① 之所以把马克思的思维反思称为“实践反思”，因为马克思表达“现实世界”的思维方式具有以下特征：（1）反思的对象是人类实践活动本身，亦即实践的自我批评，而不是对外在、抽象客观世界的一种直观；（2）这种反思思维不是外在于感性实践，而是“当作实践去理解”的一个环节，即它本身就是实践的有机组成部分；（3）思维的反思过程是批判的，亦即对现实的实践是采取批判的态度，而不是满足于解释现实世界；（4）思维反思的进路与实践的历史过程是相反的，亦即采取“从后思索”的方式。②

“实践反思”的本质主要体现为两个方面：首先，马克思实践哲学传承了传统实践观所秉承的“主体性原则”，并由此得出：实践是人的本质，而人才是人的最高本质。其次，马克思实践观超越了把实践看作抽象的“观念活动”或者简单的“行为活动”，而是通过实践内在原则的辩证法展开，来完成对现实世界的批判与否定，进而改造现实世界。

（一）主体性原则

主体性原则是马克思学说的根本性原则，它揭示了人的全面性、人与世界的共在性，以及世界的人属性。正如在政治经济学中，凡在旧经济学家看到物与物的关系的地方，马克思则看到了人与人的关系一样，在一般唯物主义者看到人与自然的物质转换的实践活动中，他则看到了人的发展，看到了人的内在尺度，看到了人的自由本质。这就是马克思实践唯物主义的实践范畴的独到和超越之处。

马克思认为，人类的历史是具有意识的，经过思虑或凭激情行动的，追求某种目的的人的活动过程，“人并不是抽象的栖息在世界以外的东西，人就是人的世界”③。换言之，凡是有某种关系存在的地方，这种关

---

① 参见《马克思恩格斯全集》第3卷，人民出版社1960年版，第5页。

② 参见陈志良《思维的反思与建构》，中国人民大学出版社1989年版，第264页。

③《马克思恩格斯选集》第1卷，人民出版社1972年版，第1页。

系都是为我而存在的。

传统哲学对世界的理解都是从客体原则出发，在各种各样的现象背后寻找本原的东西，否定人的主体地位，使人和自然服从于同样的规律。马克思的实践哲学则立足于人的实践，高扬人的主体性，认为人总是按照"人的尺度"对象化世界、改造世界。马克思认为"作为推动原则和创造原则的否定性的辩证法"是黑格尔精神现象学的最后成果，亦即是"黑格尔哲学的真正秘密"，并指出黑格尔的精神现象学和它的最后成果的伟大的地方在于黑格尔把人的自我创造认作一种过程，把人的对象化认作对立化，认作外在化和对这种外在化的扬弃，在于他认识到劳动的本质，把对象化的人——现实的所以是真实的人——了解为他自己的劳动的结果。[①] 可见，马克思的实践辩证法就是人类按照"人的尺度"改造现存世界的实践过程。

就人与世界关系而言，在进入人的视野之前，"被抽象地理解的，自为的，被确定为与人分隔开来的自然界，对人说来也是无"[②]，它只是一种单纯的客观存在，对人毫无意义，只有在实践活动中获得了属人的性质之后，世界自身才获得了现实的品格。动物只按照它所属的物种的尺度生活，因此只能称为生存；人则按两种尺度生活，一个是"任何物种的尺度"，一个是"内在固有的尺度"，所以人是一种世界性的存在，但"动物是和他的生命活动直接同一的，它没有自己和自己的生命活动之间的区别，它就是这种生命活动。人则把自己的生命活动本身变成了自己的意志和意识的对象"[③]。

（二）实践辩证法原则

"实践反思"的内在动力不是简单的自然的辩证法，而是人类自身活动的辩证法，亦即"实践反思"的批评性与革命件。批评性和革命性是马克思辩证法的本质，也是马克思哲学的根本特征，是马克思哲学区别于

① 参见［德］马克思《黑格尔辩证法和哲学一般的批判》，人民出版社1955年版，第14页。

② ［德］马克思：《1844年经济学哲学手稿》，人民出版社2000年版，第116页。

③ 同上书，第57页。

传统哲学的根本标志。马克思对蒲鲁东的批判最能说明这一点，马克思批判蒲鲁东对辩证法作了庸俗化的解释，阉割了辩证法的革命性和批判性。马克思认为“两个矛盾方面的共存、斗争以及融合成为一个新范畴，就是辩证运动的实质”[①]。而形而上学的庸俗辩证法只能在范畴的两个方面，如“好”与“坏”中间“激动、挣扎和冲撞”了。总之，在马克思看来，“辩证法在对现存事物的肯定的理解中同时包含对现存事物的否定的理解，即对现存事物的必然灭亡的理解；辩证法对每一种既成的形式都是从不断的运动中，因而也是从它的暂时性方面去理解；辩证法不崇拜任何东西，按其本质来说，它是批判的和革命的”[②]。“实践反思”这种批评性和革命性正是思维反思的内在动力与源泉，它最基本的特点就在于：在批判旧世界中发现新世界。如果说传统哲学满足于对世界的解释，那么，马克思的“实践反思”的优点恰恰在于不想教条式地预料未来，而只是在批判旧世界中发现新世界。换言之，“实践反思”不是对现存事物的反映，不是满足于对现实世界的解释，而是通过否定性的批判使现存世界革命化，克服“死人”对“活人”的统治。

三 “实践反思”的逻辑

“实践反思”的运思过程可从两个方面去理解：一是从思维的空间维度，也即思维反思中的逻辑行程，它是从感性具体到思维抽象，再到思维具体的辩证过程；二是从思维的历史维度，也即历史与逻辑的关系，它是采取“从后思索”的方式，使得历史上的思维体系“变形”并以“漫画式”的样态存在于重组过的思维体系中，从而完成对“普照光”的透视和对“人体的解剖”。

（一）从抽象上升到具体的逻辑行程

黑格尔虽然第一个提出了由抽象上升到具体的方法，但他不是从感性实践的辩证运动抽象出辩证法，而是倒过来，从思维中的逻辑形式推导出

① 《马克思恩格斯选集》第4卷，人民出版社1972年版，第146页。
② 《马克思恩格斯选集》第2卷，人民出版社1972年版，第218页。

现实实践的辩证运动过程。所以马克思说：“在黑格尔那看来，思维过程，即他称为观念而甚至把它变成独立主体的思维过程，是现实事物的造物主，而现实事物只是思维过程的外部表现。”① 但是，马克思认为：“辩证法在黑格尔手中神秘化了，但这绝不妨碍他第一个全面地有意识地叙述了辩证法的一般运动形式。”② 因此，“从抽象上升到具体”这一原则也是马克思“实践反思”的思维反思进路，它包括以下几个环节的内容。

第一，能动的抽象过程。从感性具体到思维抽象再到思维具体，这一过程与黑格尔绝对理念的思辨过程不同。马克思指出，从抽象上升到具体的方法，只是思维用来掌握具体并把它当作一个精神上的具体再现出来的方式，但决不是具体本身的产生过程。马克思批判了黑格尔思辨哲学的唯心主义本质，指出黑格尔在这里“陷入幻觉，把实在理解为自我综合、自我深化和自我运动的思维的结果”③。所以，“具体总体作为思维总体、作为思维具体，事实上是思维的、理解的产物；但是，决不是处于直观和表象之外或驾于其上而思维着的、自我产生着的概念的产物，而是把直观和表象加工成概念这一过程的产物”④。所以，马克思的“实践反思”不是空中楼阁式的幻觉，而是对现存世界批判的结果，这是马克思“实践反思”的唯物主义倾向的明显表现。同时，马克思也指出，思维具体不是直观的反映，而是通过人的“抽象力”进行加工的产物，是人的能动思维的结果。往往旧唯物主义只能做到对对象的感性直观，局限于感性具体，不懂得思维的反思在思维中是表现为综合的过程，表现为结果，而不是表现为起点，虽然它是现实中的起点，但也是直观和表象的起点。

第二，能动的综合过程。从抽象到具体，是一个创造性的、能动的综合过程。思维反思经历了两个阶段，“在第一条道路上，完整的表象蒸发为抽象的规定；在第二条道路上，抽象的规定在思维行程中导致具体的再现”⑤。这个“具体”并不是感性的具体，而是思维的具体。在马克思看来，具体之所以具体，因为它是许多规定的综合，因而是多样性的统一。

---

① 《马克思恩格斯全集》第23卷，人民出版社1972年版，第24页。

② 同上。

③ 《马克思恩格斯选集》第2卷，人民出版社1972年版，第103页。

④ 同上书，第104页。

⑤ 同上书，第103页。

对于从抽象到具体的两条道路，马克思所重视的显然是第二条道路，因为从感性具体到达一般的抽象规定这条道路，是资产阶级经济学家已经走过的。马克思的天才与卓越之处，就在于他没有停留在这个地方，更没有被这些规定和方法所限制，而是走向进一步综合，从而完成对资本主义社会这一“现存世界”的“先验式”的概念把握。换言之，当思维上升到了具体，这个思维具体也就是一个先验的结构了，具有“洪水前期存在”的意味，就像马克思所说：“在形式上，叙述方法必须与研究方法不同。研究必须充分地占有材料，分析它的各种发展形式，探寻这些形式的内在联系。只有这项工作完成以后，现实的运动才能适当地叙述出来。这点一旦做到，材料的生命一旦观念地反映出来，呈现在我们面前的就好象是一个先验的结构了。”① 马克思的这种思维运思方式正是对知性思维的一种超越，知性思维往往停留于“人口”“民族”“分工”“货币”等抽象的规定上，只能在这些抽象规定之间徘徊和迷茫，而无法前进一步。

（二）“从后思索”的能动过程

思维的反思与批判的源泉是实践本身所构成的历史，而方向是与历史发展相反的，换言之，思维反思的进路与实践的历史进程是相反的。所谓历史与逻辑的辩证统一，这里的逻辑并不是“实践反思”中的逻辑进程。前者是发生学意义上的逻辑，是与历史过程辩证统一的，后者是思维反思过程的逻辑，是与历史发展方向相反的能动过程。马克思的“实践反思”显然是指这个能动的“从后思索”过程，这个对历史进行“从后思索”的思维方式包括以下几个方面的重要内容。

第一，“从后思索”的逻辑起点是现实世界的实践结构。传统哲学常常从抽象的原则出发来演绎其整个哲学体系，如，以“物质”“理性”“有”“无”等概念或范畴作为哲学的逻辑起点。马克思对《资本论》的起点范畴为什么确定为商品进行了具体的解释：劳动范畴尽管比商品范畴更古老，但是，资本主义生产关系没有具体表现在劳动范畴中，因此就不能从劳动一般出发。商品关系将资本主义生产关系掩盖起来了，因此，起点范畴就必须从商品一般出发。目的就是要揭示资本主义生产关系的本

---

① 《马克思恩格斯选集》第 2 卷，人民出版社 1972 年版，第 217 页。

质——一切结论产生与分析的末尾。确定起点范畴也是如此。只有将资本主义生产关系揭示出来之后，才能确定商品一般作为论证的起点范畴。换言之，能够作为思维反思逻辑起点的概念应该是普照光中的最强光。因此，“把经济范畴按它们在历史上起决定作用的先后次序来安排是不行的，错误的。它们的次序倒是由它们在现代资产阶级社会中的相互关系决定的，这种关系同看来是它们的合乎自然的次序或者同符合历史发展次序的东西恰好相反。问题不在于各种经济关系在不同社会形式的相继更替的序列中在历史上占有什么地位，更不在于它们在‘观念上’……的次序。而在于它们在现代资产阶级社会内部的结构”①。马克思认为，资产阶级社会是历史上最发达和最复杂的生产组织，因此，那些表现它的各种关系范畴以及对它的结构的理解，同时也能使人们透视一切已经覆灭的社会形式的结构和生产关系。资产阶级社会借这些社会形式的残片和因素建立起来，其中一部分是还未克服的遗物，继续在这里保留着；一部分原来只是征兆的东西发展到具有充分意义。人体解剖对于猴体解剖是一把钥匙，低等动物身上表露的高等动物的征兆，反而只有在高等动物本身被认识之后才能理解。因此，资产阶级经济为古代经济等提供了钥匙。

第二，“从后思索”是一个“以现在看过去”的思维重组过程。传统的思维方式总是从历史的过去寻找解释现实社会的原因，或者试图通过对历史的研究寻找一个贯穿历史发展的亘古不变的原则。然而，马克思认为，对当下实践活动的理解是对历史进行理解的前提，不是现实从属于历史，相反，是历史从属于现实。马克思认为，历史上的思维体系通过“实践反思”的“变形”和“重组”以萎缩的、漫画式的形式存在于新的思维具体中。历史上的概念按照它在现代实践中的地位，发展不充分的概念体系从属于比较发展的概念体系，而发展比较充分的则从属于发展充分的概念体系，前者总是以“变形”的方式存在于后者。正如马克思所说：“因为资产阶级社会本身只是发展的一种对抗的形式，所以，那些早期形式的各种关系，在它里面常常只以十分萎缩的或者漫画式的形式出现。”② 同时，旧的概念也只有进入新的思维体系中才能获得生命力和现

---

① 《马克思恩格斯选集》第2卷，人民出版社1972年版，第110页。

② 同上书，第108页。

实的规定性。因此马克思说："劳动似乎是一个十分简单的范畴。它在这种一般性——作为劳动一般——上的表象也是古老的。但是，在经济学上从这种简单性上来把握的'劳动'，和产生这个简单抽象的那些关系一样，是现代的范畴。"① 换言之，具体思维是对历史的逻辑修正与逻辑浓缩，是在它"完全成熟而具有典范形式的发展点上加以考察"② 的结果。可见，思维在反思中不是对概念与范畴进行历史时间的秩序排列，而是按照当下进行着的实践活动来重新"综合"成一个有机的理论体系。

综上所述，马克思正是通过吸取黑格尔的概念辩证法的合理内核，创立了"实践反思"，从而使得"反思"这一思维形式开始进入现代形态，内在地蕴含着现时代哲学思维方式所具有的几个共同点：（1）思维的反思性原则。"实践反思"强调思维对现实存在进行创造性重组，是一种辩证法思维，而不是知性的线性思维。（2）思维的否定性原则。"实践反思"对现实性世界持批判的态度，即对现实的批判不但要对人类的观念世界进行历史的反思，更要从感性实践的层面对现存世界进行革命性的批判。（3）思维的建构性原则。马克思的辩证否定，并不是无原则的崩溃的辩证法，而是通过"从后思索"方式达到对事物的"先验"理解，强调的是对现实世界进行逻辑修正与逻辑综合，发现事物发展的必然趋势。

（原载《中国石油大学学报》2010 年第 2 期）

---

① 《马克思恩格斯选集》第 2 卷，人民出版社 1972 年版，第 106 页。

② 同上书，第 122 页。

分工：透析现代生活的棱镜*

薛秀军**

内容提要： 分工是马克思构建历史唯物主义的重要基石，也是其透析现代生活的重要棱镜。借助对分工生成、演变和发展的历史性考察，马克思揭示了现代生活个体化的悖论，展现了现代生活内在的资本技术化的本质运行逻辑，勘定和发现了重构现代生活、实现个人自由和解放的现实道路。以分工为视角探析和把握现代生活，厘清和呈现现代生活的内在规律和未来走向，彰显和突出了马克思分工理论的当代价值。

关键词： 分工　资本　现代生活

分工是马克思构建历史唯物主义的重要基石，也是马克思透析现代生活的重要棱镜。在把握和勘定现代生活内在结构和本质规律的多维探索中，马克思选择作为劳动技术组合方式和所有制关系典型代表的分工，借助对分工生成、演变和发展的历史性考察，厘清了现代生活以资本增值逻辑为核心的根本运行机制，把握了现代生活个体化悖论的实质与根源，并以此为基础探寻和找到了实现个人解放的现实道路。

---

* 本文系中国博士后科学基金项目“分工与自由：马克思分工理论的逻辑进路探析”（项目编号：2012M520539）和福建省教育厅教育科研重点项目“马克思分工理论的逻辑进路及其当代价值研究”（项目编号：JA13027S）的阶段性成果。

** 作者简介：薛秀军，哲学博士，华侨大学哲学与社会发展学院教授，硕士生导师。

一 揭示现代生活个体化的悖论

在马克思的语境中，个人特别是“现实中的个人”，始终是马克思哲学关注的焦点。但是，与之前或者其同时代的学者不同，马克思对个人的关注，不是从个人自身的一般抽象或者脱离现实的某种精神物如“绝对精神”的抽象运动中去分析和把握，而是从个人所置身的以物质生产实践活动为基础和核心的、与他人结成的一定的现实的社会关系的历史性展开中，从不断处于历史生成和流变的现实生活中去审视和思考。由此，在马克思的视域中，考察人，探寻和发现人真正走向自由和解放的现实道路，就不能仅仅局限于对人自身的省思，而是更要着眼于对人所置身和所结成的现实社会关系、所置身和所推动的现实生活历史性变迁，特别是人为了生存而不断展开的物质生产实践活动及其内在的不断发展演变的分工来进行考察。

“个人怎样表现自己的生命，他们自己就是怎样。因此，他们是什么样的，这同他们的生产是一致的——既和他们生产什么一致，又和他们怎样生产一致。因而，个人是什么样的，这取决于他们进行生产的物质条件。”[①] 在这里，决定“个人是什么样的”物质生产条件既包括他们已有的和需要再生产的生活资料本身，也包括他们作为群体化的存在联合开展的物质生产实践活动所结成的内在的人与人的劳动技术组合方式，即分工。在这里，分工直接反映着“他们怎样生产”，同时，也间接地反映着“他们生产什么”。因此，把握了分工，就能从根本上把握人们为了生存所开展的持续不断的物质生产实践活动以及在此基础上所形成和缔结的各种社会关系，就能从根本上把握人的生活、人的历史，把握人本身。

“分工起初只是性行为方面的分工，后来是由于天赋（例如体力）、需要、偶然性等等才自发地或‘自然地’形成的分工。”[②] 此时，真正独立的个人并不存在，个人只是被“自然形成的共同体的脐带”联结在一起的“有生命的个体”，他们“差不多完全受着同他异己地对立着的、不

① 《马克思恩格斯选集》第1卷，人民出版社2012年版，第147页。

② 同上书，第162页。

可理解的外部大自然的支配”。“部落始终是人们的界限，无论对别一部落的人来说或者对他们自己来说都是如此：部落、氏族及其制度，都是神圣而不可侵犯的，都是自然所赋予的最高权力，个人在感情、思想和行动上始终是无条件服从的。”① 这个时代的人们，虽然使人感到值得赞叹，他们彼此并没有差别。但是，人不会总处于这一阶段。随着人为了生存而不断展开的物质生产实践活动的扩大，随着人联合起来的生产能力以及与之相伴随的人与人在生产实践中的劳动技术组合方式的提高和优化，剩余财产开始出现，私有制、阶级和国家也随之产生。此时，分工本身也发生了变化，由单纯的人与人在物质生产实践中的劳动技术组合方式转变为以“物质劳动和精神劳动分离”为基础的对生产资料的不同占有和支配关系。而“分工只是从物质劳动和精神劳动分离的时候起才真正成为分工”②。在这种与私有制相伴生的新的社会分工形式中，一方面，人类摆脱了蒙昧，进入文明的时代，个人借助于对私有财产的不同占有关系，开始作为有意识的独立的个人而存在；另一方面，原始生产和占有的共同性被瓦解，私人占有成为占优势的规则，生产者对自己的生产过程和产品的支配被颠覆，生产对他们来说成为异己的力量，“生产者丧失了对自己生活领域内全部生产的支配权，这种支配权商人也没有得到。产品和生产都任凭偶然性来摆布了”③。并且，在一系列正在生成的新的分工和交换关系中，“用不了多久就又发现一个伟大的‘真理’：人也可以成为商品；如果把人变为奴隶，人力也是可以交换和消费的”，于是，“人们刚刚开始交换，他们本身也就被交换起来了”④。不管人们愿意不愿意，主动态变成了被动态，人成为个人，但是，他们也成为完全“屈从于分工的个人”⑤。

随着文明时代的发展，个人的独立意识与独立性要求越来越强烈，个人对不断扩大化、细化和强化的社会分工，对本来源于自身但现在却完全与自身相异己的外在的物的力量的屈从也越来越强烈。这些，在资本主义

① 《马克思恩格斯选集》第4卷，人民出版社2012年版，第110页。
② 《马克思恩格斯选集》第1卷，人民出版社2012年版，第162页。
③ 《马克思恩格斯选集》第4卷，人民出版社2012年版，第191页。
④ 同上书，第192页。
⑤ 《马克思恩格斯选集》第1卷，人民出版社2012年版，第210页。

所开启的现代生活中达到了极致。“资产阶级在它已经取得了统治的地方把一切封建的、宗法的和田园诗般的关系都破坏了。它无情地斩断了把人们束缚于天然尊长的形形色色的封建羁绊，它使人和人之间除了赤裸裸的利害关系，除了冷酷无情的‘现金交易’，就再也没有任何别的联系了。”① 它逐步瓦解了种族、民族、等级、地域乃至行业和职业对个人的限制，使个人逐步摆脱了对人自身的天然种属、对他人的依附，而日益成为个人。随着资本主义社会的发展，随着现代生活的展开，这一趋势显然正在不断地被强化。但是，与此同时，资产阶级所开创的现代生活，也使个人更加依赖于物，更加依赖于对他而言似乎是完全异己的、无法把控的、偶然的、外在的物的交换关系，使个人不断陷入并不得不屈从于由此展开和不断生成的更加严密、细致，更具有外在强制性的分工之中。于是，在现代社会和现代生活中，一方面，个体化的趋势不断增强，个人日益作为现实的、独立的个人而存在，个人自由和独立的意识与追求在不断增强，这是现代社会区别于传统社会的根本之处；但另一方面，个人对物、对作为连接自身与他人的唯一的中介物——资本的依赖性也在不断增强。这既造成了资本对人的完全统治，对人的生活、对人的发展的完全支配，同时，也使摆脱资本对人、对人的生活、对人生存和发展的控制，成为现代生活最根本的追求与贯穿始终的核心性命题。

二 展现现代生活资本技术化的本质运行逻辑

马克思借助对分工发展历史线索的梳理，把握和呈现了现代生活个体化的悖论。同时，马克思更借助对资本主义分工发展演变的考察，厘清和明晰了支配现代生活的资本增值逻辑的内在运行规律，勘定和揭示了现代生活不断生成的个体化发展悖论的真正实质与根源。

马克思看到，分工本来只是人与人在物质生产实践活动中所结成的内在的劳动技术组合方式，其反映着生产力的发展水平，并成为形塑人的一切现实的社会关系的基础。然而，随着私有制的出现，分工不再仅仅表现为人的物质生产实践活动中内在的劳动技术组合方式，而是更多地表现为

① 《马克思恩格斯选集》第1卷，人民出版社2012年版，第402—403页。

人对生产资料的不同占有关系，表现为私有制本身。随着生产力的不断发展，分工和私有制的表现形式都在不断丰富和完善。资本主义以前的私有制分工，更多的还只是行业、地域、民族、种族的松散的、偶然性的分工，是生产领域中的自然形成的粗陋的分工，是阶级之间显而易见的职能分工。资本主义时代，则不仅在地域、民族、种族、国家之间进行不平等的生产分工，而且在全球化和社会生产的不断扩大化中，还不断地强化、深化和扩大这种分工，并将这种分工作为实现资本增值的重要手段，按照资本的意图不断地去重新划分和定位整个世界。这在带来资本增值的同时，也必然造成全球性的“竞争强制”，造成国家与国家、地域与地域、民族与民族、种族与种族持续不断、永不停歇的冲突与对立。不仅如此，资本主义还在社会生产和社会运作的行业与行业，特别是在部门与部门之间、岗位与岗位之间，在社会生产和社会运作的各个环节之间，不断地调整、制造和植入各种新的分工。这样做，一方面有利于提高生产效率、加强劳动强度，以便更好地实现资本增值；另一方面，则会进一步造成个人生产技能的单一，造成个人对资本的完全依赖，从而在根本上保障和维护了资本对个人的统治。虽然，不断调整变化的分工确实迫使人们为了生存而不断地去学习和掌握新的生产技能，但实际上他们都是完全按照资本的要求而不是按照自己的内在要求去作选择。他们看起来获得了更多的自主选择性，实质上只是被赋予和增加了更多的外在强制性。只不过这种外在强制性不再是通过外在的直接的赤裸裸的强制的形式表现出来，而是通过他们内在的看似自主的实际是完全被资本所规定和设计的自我选择性的形式表现出来。而且，资本为了增值、为了实现对个人的持续统治，还会不断地调整、创造、植入新的分工，不断地在不需要分工的地方强行加入分工，这在推动资本主义生产持续发展的同时，也必然造成资本统治下的整个世界的持续波动与风险，造成资本所塑造和支配的现代生活的永远的动荡与不安。

而且，资本还使职业分工逐步褪去了与等级和身份相关联的神圣光环，用一种专业化也是更加技术化的思维逻辑规范和取代了人与人最为核心的职业交往和社会联系，这无疑提高了整个社会的效率，使整个社会更加丰富，但与此同时，其也必然造成个人的贫乏，造成个人发展的片面化。并且，在社会生产和社会运作中不断普及与强化的技术化和职业化分工，也会使资本的统治不断匿名化，从而使个人联合起来对资本的反抗在现实生活中会越来越感到无从着力、无所依凭。随着生产力水平的不断提高，随着发达资本主义国家借助不平等的国际分工将直接剥削更多地转向发展中国家，发达国家内部的物质生活得到了普遍的提高，同时，文化工业也获得了迅速的发展。文化工业既拓展了资本无限增值和扩张的新的场域，更成为资本对个人、对广大民众，不仅是对发展中国家也是对发达国家民众进行思想控制和意识形态塑造的重要手段。在这些力量的交相作用下，个人的独立意识、反思精神、解放愿望、对自我内在价值的发掘和展现、对个人自由的体会和追求，等等，都不断被虚无化，而无尽的物欲、超出人自身真实需要的消费，却成为个人唯一的追求——这本身既是资本增值逻辑所塑造的，更是资本实现对人的统治、资本保持和实现无限增值所必需的——这必然进一步造成个人的独立意识、反思精神、解放愿望、对自我内在价值的发掘和展现、对个人自由的体会和追求等等的缺失，从而不断形塑个人的单向度化；与此同时，其也由于无度地开发和消耗着自然所无法负载的资源和环境而不断地加剧了人与自然的矛盾。

本来，分工有其自身发展的自我否定性，有其自身自我发展到极致而实现自我跨越和反弹的技术可能性。“现代社会内部分工的特点，在于它产生了特长和专业，同时也产生职业的痴呆。”“自动工厂中分工的特点，是劳动在这里已完全丧失专业的性质。但是，当一切专门发展一旦停止，个人对普遍性的要求以及全面发展的趋势就开始显露出来。自动工厂消除着专业和职业的痴呆。”① 然而，资本为了实现无限增值，为了实现对个人的持续控制与支配，必然不断地阻止和延缓分工自身的技术性反弹。资本会想尽办法在个人与个人本来可以进行直接联合的地方通过维持和强化、细化原有的分工，通过创造和设计新的分工来切断个人与个人的直接联系，来分割个人，来制造个人与个人的对立以及个人对资本的唯一依赖性。这样做，进一步强化了资本借助分工，同时也在不断瓦解分工发展本应有的技术性反弹这一充满矛盾性的技术化逻辑来实现对世界的整合、重塑与控制。而在这一系列充满悖谬的资本技术化运作逻辑的支配下，现代社会、现代生活必然呈现出持续不断的矛盾和冲突，必然泛化和表现为各

---

① 《马克思恩格斯选集》第1卷，人民出版社2012年版，第249页。

种层出不穷的现代性的“病”。解决的根本办法，只能是消灭分工，消灭私有制，彻底地扬弃资本增值逻辑对现代生活的统治——唯有以此为基础，重构一个“每个人的自由发展是一切人的自由发展的条件”① 的真正个人与个人实现自由联合的现代社会、现代生活，才具有可能性。

三 勘定现代生活走向自由和解放的现实道路

马克思借助分工透析了资本增值逻辑的技术化运作对现代生活、对现代生活中的个人的操纵和控制，揭示了现代生活个体化发展的悖论、现代生活不断生成和呈现的各种“病”的真正实质与根源。同时，马克思也借助对分工发展的历史性考察，探寻和勘定了现代生活扬弃资本增值逻辑，消灭分工和私有制，实现个人自由与解放的现实道路，即真正把个人解放植入现代生活发展变迁的历史性逻辑之中，从而使个人解放成为真正现实的运动。

“哲学家们在不再屈从于分工的个人身上看到了他们名之为‘人’的那种理想，他们把我们所阐述的整个发展过程看做是‘人’的发展过程，从而把‘人’强加于迄今每一历史阶段中所存在的个人，并把‘人’描述成历史的动力”，由于这种本末倒置的做法，即一开始就撇开现实条件，所以就可以“把整个历史变成意识的发展过程了”②。对此，马克思所要做的正是要把这种本末倒置的做法重新颠倒过来。也就是说，在马克思看来，使个人从其不得不屈从的分工中摆脱出来，真正实现自由与解放，不是在头脑中想象的意识的发展过程，而是一种现实的历史运动过程，而把握这一过程的内在规律，特别是把握这一过程中分工发展演变和自我扬弃的规律，就能探寻到个人摆脱分工、真正走向自由和解放的现实道路。

正如前文所提到的，马克思很早就发现了分工有其自身发展的自我否定的可能性。并且，随着分工的发展，特别是资本支配下的各种分工的不断扩展、细化、强化，其在保障资本增值并制造一系列现代性的悖谬和困

① 《马克思恩格斯选集》第1卷，人民出版社2012年版，第422页。
② 同上书，第210—212页。

境的同时，也在不断创造和强化自我否定的现实力量。

分工作为物质生产实践中的人与人的劳动技术组合方式，其不断发展变化，反映着生产力本身的发展变化。换句话说，在现代生活中，分工的每一次拓展和更新，都意味着生产力的发展和飞跃。虽然这种生产力的发展和飞跃，从根本上看仍是为了满足资本增值的需要，但是，它客观上也带来了人们的物质生活水平的整体提升。并且，生产力的发展和飞跃，创造的大量物质产品，使人们为争夺生活必需品而不得不开展的斗争的残酷性和激烈性都会不断下降，从而为人与人直接进行联合创造和提供着现实的基础与保障。

分工在世界范围内的不断拓展与深化，虽然建立起了不平等的国际贸易分工体系，不断地制造不同国家、地域、民族、种族发展的矛盾和对立，但是，其也使普遍的世界交往和广泛的世界联系成为可能。分工发展还使不断地创造和应用先进的生产工具和生产技术、进行大规模的科研开发成为可能。科学技术的不断发展，在促进生产力发展的同时，也不断地革新和便捷了人与人的更为广泛、深入、多元的交往和交流。这些，都有利于人不仅摆脱阶级的种属，而且摆脱地域的、民族的、国家的、种族的种属，真正作为更具有独立性的个人而存在。

分工的发展变化在强化人的专业化、职业化的同时，也带来了人被迫在不同专业、职业和岗位的流动，塑造了人的不断学习的能力、广阔的视野和发散性的思维。特别是在文化工业不断发展壮大、在信息互联网不断扩展扩张的时代，正如尼葛洛庞帝所言，资本增值的手段和场域将越来越从物质的生产转向“比特的生产”①，这既为资本的无限增值提供了更大的可能，同时也必然使资本增值更加依赖于个人的创意生产、依赖于个人的内在创造性——这必然要求资本从自身增值的考虑出发，也必须为个人的自由创造至少在生产领域留下更多的自由发展的空间。

今天，现代资本主义一方面在不断地努力开掘个人的创造能力，在不断地为个人创意留下更多自由发展的空间，但另一方面，现代资本主义也在不断地用强化或新制造的分工来限定个人自由创造的边界，来拆解个人在自由创造中必然生成的自由的联合。但是，随着生产力和分工的发展，

① ［美］尼葛洛庞帝：《数字化生存》，胡泳、范海燕译，海南出版社 1997 年版，第 3 页。

随着在这一过程中个人独立意识和自由追求的不断增强，随着生产对个人独立意识和自由追求的要求的不断扩大与提升，于是，一旦自由创造成为生产的真正主导，一旦生产力的发展能够完全满足每一个人的基本生存需要，一旦全球性的普遍交往彻底地消除了每个人身上的天然种属性，一旦人们意识到个人的自由创造所展现和呈现的内在价值不需要资本的同质化逻辑来衡量和认可，完全可以在人与人的直接交往中得到充分的分享与呈现，也就是说，一旦各个人必须占有现有的生产力总和，这不仅是为了实现他们的自主活动，而且是为了保证自己的生存[①]时，则个人跳出资本为其所勘划和设计的分工，摆脱对资本的依赖，实现个人与个人真正自由的联合就成为可能。此时，也只有在此时，“自主活动才同物质生活一致起来，而这又是同各个人向完全的个人的发展以及一切自发性的消除相适应的”。而“随着联合起来的个人对全部生产力的占有，私有制也就终结了”，与之相伴生的分工，也必然成为历史。由此，“在迄今为止的历史上，一种特殊的条件总是表现为偶然的，而现在，各个人本身的独自活动，即每一个人本身特殊的个人职业，才是偶然的”。[②]

今天，现代生活的不断展开正在现实地呈现这一运动过程。借助马克思审视分工的视野，借助马克思把握现代生活的分工这面棱镜，我们能真切地发现和感受到这一运动正在不断增强和加速的趋势。当然，“一个社会即使探索到了本身运动的自然规律”，“它还是既不能跳过也不能用法令取消自然的发展阶段”，但是，通过对这一规律的把握，通过在把握这一规律的基础上而自觉地开展行动，我们毕竟“能缩短和减轻分娩的痛苦”[③]。

（原载《教学与研究》2015 年第 12 期）

---

① 参见《马克思恩格斯选集》第 1 卷，人民出版社 2012 年版，第 209 页。

② 同上书，第 210 页。

③ 《马克思恩格斯选集》第 2 卷，人民出版社 2012 年版，第 83 页。

生产、技术、生态：生活世界的三个维度[*]

许斗斗[**]

内容提要：国外学者对马克思理论是否包含生态思想存在众多议论，持完全否定态度的主要观点认为：唯物史观的“唯生产力论”、技术决定论和无产阶级理论三个观点使得马克思理论不可能包含生态思想。其实，马克思的生产理论强调社会生产是在具体生产方式下进行的，资本主义的生产方式只能使社会生产破坏生态环境；科学技术对社会生产的作用也是在特定的生产方式下展开的，而在资本主义生产方式下，科学技术只能成为征服自然、控制自然并使人更加异化的手段；无产阶级在本质上代表着人类发展的先进性和未来趋势，因而在全球化的人类生态危机中必将能够承担消除危机的历史责任。

关键词：马克思　生产　技术　生态　实践　无产阶级

---

* 本文参考了以下研究成果：方世南：《马克思生产力理论蕴含的环境思想》，《马克思主义研究》2010 年第 3 期；吴晓明：《马克思主义哲学与当代生态思想》，《马克思主义与现实》2010 年第 6 期；陈学明：《马克思“新陈代谢”理论的生态学意蕴——J. B. 福斯特对马克思生态观的阐述》，《中国社会科学》2010 年第 2 期；侯惠勤：《马克思的意识形态批判与哲学变革》，《马克思主义研究》2011 年第 12 期；李勇强、孙道进：《马克思生态批判的双重维度及其现代启示》，《马克思主义研究》2014 年第 9 期；高峰：《论“生产方式”》，《当代经济研究》2012 年第 3 期。

** 作者简介：许斗斗，哲学博士，华侨大学哲学与社会发展学院教授，博士生导师。

在欧洲大工业革命时代背景中产生的马克思理论，是否具有现代人类视野中的生态思想，其生产理论和技术理论是否具有征服自然、破坏环境的含义，这是当前关于马克思主义理论和生态理论研究中的争论焦点之一。如何回应并澄清对马克思主义理论的种种歧义和误解是马克思主义理论工作者的时代任务。

一 当前对马克思生态思想的主要质疑

在当今关于马克思理论是否存在生态思想的研究中，国外学者众说纷纭，他们之中有基本肯定的，有既肯定又否定的，还有完全否定的。以美国学者约翰·贝拉米·福斯特为代表，有些人认为马克思的理论中的许多地方都表现出浓厚的生态意识。对诸如福斯特的肯定观点国内许多学者作了很多的分析和评论，笔者在此不作赘述。对马克思生态思想中既肯定又否定的观点，如英国学者乔纳森·休斯认为，早期马克思理论中有丰富的生态思想，晚期马克思理论则忘却了这一思想，因此早期和晚期的马克思在生态思想上有一个断裂。对此类观点笔者将另文评述。而完全反对马克思生态思想的观点则是我们特别关注的，其代表人物是英国学者凯特·索普，他在《绿化普罗米修斯：马克思主义和生态》一文中认为，有三个主要的理由可以说明马克思在生态问题上“令人反感”：

第一，它与苏联时期的经济实践活动有关，认为斯大林主义严重地破坏了中东欧的环境。“它源于马克思主义与（直到最近的）斯大林主义和新斯大林主义的政治之间、与将工业世界一些最糟糕的污染和环境退化带入中东欧诸国的相关经济实践之间的联系。”①

第二，它与历史唯物主义理论有关，认为历史唯物主义的生产力决定论和技术进步决定论缺乏对自然生态的保护。历史唯物主义“这种理论将优先性赋予了‘生产力的发展’，以之为社会进步的尺度和目标，并向往一个共产主义的‘丰裕’时代，将重要性贴到发达的技术基础设施身上，认为资本主义将会把这种技术基础设施流传给社会主义的后革命的重

① ［英］特德·本顿主编：《生态马克思主义》，曹荣湘、李继龙译，社会科学文献出版社2013年版，第77—78页。

建力量"[1]。意思是说，由于马克思把生产力当作社会进步的尺度和目标，因此在生产上就不顾及对自然有限性的认识和保护，并把生产力的发展建立在技术对自然的控制和驾驭的基础上。

第三，它与马克思主义的阶级分析和无产阶级理论有关，认为："当我们正在应对这类普遍的、跨阶级的问题时，例如资源消耗、臭氧层空洞化、北极污染、'温室效应'等之类的问题时，还用纯粹的阶级语言来描述它们，还在我们有希望找到解决生态危机的满意方案之前建议我们必须通过阶级斗争来看待无产阶级解放的目标，这么做是否合适?"在面对全球性的环境危机，一方面"传统的无产阶级已经分崩离析"，另一方面，作为阶级的无产者是无法解决的，产业工人"决不是一个追求环境保护的人首先要依靠的选民"。[2]

以上三个主要论点总体上体现了索普对马克思生态思想的反对，他的观点可以归结如下：马克思主义唯物史观的"唯生产力论"、技术决定论和阶级分析方法（无产阶级理论），使得马克思理论不可能包含生态思想。直面这种反马克思主义的生态理论，我们将从马克思的生产理论、技术理论和无产阶级理论三个方面给予回应并阐述马克思生态思想的特性与内涵。

二 马克思的生产理论

在西方学者眼里，马克思的生产劳动理论在生态学上是一个备受质疑的焦点。如英国当代学者安东尼·吉登斯就认为："马克思对自然抱一种工具性的态度，这种态度在19世纪当然非常普遍……自然被掌控和服从于人类的目的。"因而他指出："社会主义社会同样追求剥削自然所带来的各种经济利益。"[3] 其实不然，在《1844年经济学哲学手稿》中，马克思在批判了资本主义异化劳动下工人的生产劳动与劳动产品之间反比值异

---

① ［英］特德·本顿主编：《生态马克思主义》，曹荣湘、李继龙译，社会科学文献出版社2013年版，第78页。

② 同上书，第79—80页。

③ ［英］安东尼·吉登斯：《历史唯物主义的当代批判》，郭忠华译，上海译文出版社2010年版，第252页。

化状态时就正面地阐述了劳动的本质，认为劳动是人的生命活动，是产生生命的生活。“一个种的整体特性、种的类特性就在于生命活动的性质，而自由的有意识的活动恰恰就是人的类特性。”① “这种生产是人的能动的类生活。通过这种生产，自然界才表现为他的作品和他的现实。”人在这种展示其现实作品的生产劳动中，“懂得处处都把内在的尺度运用于对象；因此，人也按照美的规律来构造”。② 可见，马克思的生产劳动概念本质上并非征服自然和控制自然，而是具有在自然对象中展示人的审美追求的生命活动。

然而，资本主义的私有制使得马克思不得不面对现实工人异化的生产劳动状态，即工人像逃避瘟疫一样地逃避劳动。因此，马克思从本真的生产劳动内涵转向对现实的、历史的和具体的生产劳动的批判。马克思认为，人们为了进行生产，就要结成一定的生产关系，“人们在自己生活的社会生产中发生一定的、必然的、不以他们的意志为转移的关系，即同他们的物质生产力的一定发展阶段相适应的生产关系。这些生产关系的总和构成社会的经济结构，即有法律的和政治的上层建筑竖立其上并有一定的社会意识形式与之相适应的现实基础。物质生活的生产方式制约着整个社会生活、政治生活和精神生活的过程”③。于是对生产关系和生产方式的关注成为分析现实社会生产的关键，它虽然是由社会生产所决定，但它是使社会生产得以进行和展开的现实基础，换言之，生产只有与生产关系相结合，并构成生产方式，它才能成为现实的活动。生产方式正是社会生产的现实性、历史性和具体性的表现，它是生产的社会方式或生产的社会组织方式。正如马克思指出的：“不论生产的社会的形式如何，劳动者和生产资料始终是生产的因素。但是，二者在彼此分离的情况下只在可能性上是生产因素。凡要进行生产，它们就必须结合起来。实行这种结合的特殊方式和方法，使社会结构区分为各个不同的经济时期。”④ 可见，现实的生产总是在一定劳动者与生产资料相结合的生产方式的条件下进行的，生

---

① ［德］马克思：《1844年经济学哲学手稿》，人民出版社2000年版，第57页。

② 同上书，第58页。

③ 《马克思恩格斯选集》第2卷，人民出版社2012年版，第2页。

④ ［德］马克思：《资本论》第2卷，人民出版社2004年版，第44页。

产方式是区分不同的经济时期和社会形态的基础。马克思还指出："生产劳动不过是对劳动能力出现在资本主义生产过程中所具有的整个关系和方式的简称。""我们所说的生产劳动，是指社会地规定了的劳动，这种劳动包含着劳动的买者和卖者之间的一个完全特定的关系。"① 这说明，马克思所说的生产劳动是具体社会的生产劳动，是具体社会关系、生产方式的体现，是"买者和卖者"之资本关系和阶级关系的体现，在资本主义社会中，它就是在资本主义私有制下的生产劳动。

在《哥达纲领批判》中，马克思就曾尖锐地批判了拉萨尔派离开具体的社会关系和生产关系而抽象地谈论"劳动"。他指出，"劳动本身不过是一种自然力即人的劳动力的表现"。"只有一个人一开始就以所有者的身份来对待自然界这个一切劳动资料和劳动对象的第一源泉，把自然界当做属于他的东西来处置，他的劳动才成为使用价值的源泉，因而也成为财富的源泉。"② 在此，马克思认为劳动是在确定了劳动资料和劳动对象的所属关系之后，即在一定的生产关系之下时，才是现实的劳动和财富的源泉。而在资本主义私有制下，工人的劳动才体现出被剥削，劳动成为工人被剥削的祸根，"因此，不应当泛泛地谈论'劳动'和'社会'，而应当在这里清楚地证明，在现今的资本主义社会中怎样最终创造了物质的和其他的条件，使工人能够并且不得不铲除这个历史的祸害"③。可见，具体和历史的生产劳动是与具体和历史的生产方式相联系的。工人像逃避瘟疫一样地逃避劳动，其原因在于资本主义的生产方式，即私有制。而马克思对生产劳动的分析，其目的是指向对资本主义私有制生产方式的批判。正如美国学者福斯特所说的："如果不了解马克思的唯物主义自然观及其与唯物主义历史观之间的关系，就不可能全面理解马克思的著作。换句话说，马克思的社会思想与生态学世界观是不可分割地联系在一起的。"④ 因此，国外一些学者指责马克思的生产理论包含对自然界的征服、掠夺和破坏之意，他们的指责其实只是在抽象地谈论问题，他们不了解马克思在

---

① 《马克思恩格斯选集》第2卷，人民出版社2012年版，第856页。

② 同上书，第357页。

③ 同上书，第359页。

④ ［美］约翰·贝拉米·福斯特：《马克思的生态学》，刘仁胜、肖峰译，高等教育出版社2006年版，第24页。

生产理论上的社会语境，更不理解马克思建立在生产理论上的社会批判理论中的生态思想。

在马克思那里，人和自然的关系是与人和社会的关系相关联的，而且是通过批判人与社会的关系来梳理人与自然的关系。马克思指出："资本主义生产使它汇集在各大中心的城市人口越来越占优势，这样一来，它一方面聚集着社会的历史动力，另一方面又破坏着人和土地之间的物质变换，也就是使人以衣食形式消费掉的土地的组成部分不能回归土地，从而破坏土地持久肥力的永恒的自然条件。这样，它同时就破坏城市工人的身体健康和农村工人的精神生活。""资本主义农业的任何进步，都不仅是掠夺劳动者的技巧的进步，而且是掠夺土地的技巧的进步，在一定时期内提高土地肥力的任何进步，同时也是破坏土地肥力持久源泉的进步。"[①] 在此，马克思深刻地揭示了资本主义生产发展与自然环境破坏、与社会环境（即城市工人和农村工人身心健康）破坏之间的矛盾和困境，表明了马克思既对资本主义生产给社会带来变化进行肯定，又对资本主义生产给人与土地带来环境破坏进行批判和否定，它是蕴含着生态思想的社会批判。

三　马克思的技术批判

马克思关于科学技术等思想与人的生产和生活相关联，因为科学技术的进展原本就是为了人类的生活、为了解决人类的生产而兴起与发展的。马克思认为，工业是人的本质力量的展示，因此"自然科学却通过工业日益在实践上进入人的生活，改造人的生活，并为人的解放作准备，尽管它不得不直接地使非人化充分发展"[②]。正是在人的生产、生活和"人的解放"的意义上，"自然科学将失去它的抽象物质的方向或者不如说是唯心主义的方向，并且将成为人的科学的基础"[③]。最终达到自然科学与人的科学的统一。同时，马克思对科学技术促进生产力发展、改变社会关系

① 《马克思恩格斯选集》第 2 卷，人民出版社 2012 年版，第 233、234 页。

② ［德］马克思：《1844 年经济学哲学手稿》，人民出版社 2000 年版，第 89 页。

③ 同上。

也给予了充分的肯定，马克思指出："随着新生产力的获得，人们改变自己的生产方式，随着生产方式即谋生的方式的改变，人们也就会改变自己的一切社会关系。手推磨产生的是封建主的社会，蒸汽磨产生的是工业资本家的社会。"① 正因为科学技术对社会关系的改变，它成为不同社会形态区分的标准。马克思对科学技术的社会发展功能和促进生产力进步的充分肯定，是对科学技术之一般功能和普遍特性的赞扬。有如英国学者罗斯·阿比奈特所说的："马克思是从劳动过程的集约化方面——机器技术对生产生活必需品所需的社会必要劳动时间的缩短——来设想机器技术的影响的。"②

但是，正如马克思的生产理论所示，现实的具体的和历史的科学技术也并非如此的理想和纯粹，马克思认为在资本主义生产方式之下的科学技术同样呈现出阶级的性质和剥削的特征。马克思从具体的资本主义生产方式出发阐述了科学技术与社会化生产的关系，"根据马克思的分析，资本主义之所以与众不同，在于其生产商品的目的不是为了消费，而是为了把它们转化为货币"③。资本主义的生产模式是货币—商品—货币，其最终的目的是获取超额的利润，并将利润转变为资本。为了获取更多的资本，即在资本的趋势下，资本家需要在市场竞争中获胜，于是将机器技术引入生产过程，其目的是缩短必要劳动时间，增加剩余劳动时间，以创造出更多的利润，获取更多的资本。因此，马克思指出："加入资本的生产过程以后，劳动资料经历了各种不同的形态变化，它的最后的形态就是机器，或者更确切些说，是自动的机器体系"④，可见在资本的趋势下，机器技术引入生产过程是一种必然。这种必然性决不能被误读为是为了工人的解放，尽管它在事实上和客观上促成了工人的解放，并成为人的解放过程的组成部分。

或许有人会以马克思的"自然科学却是通过工业日益在实践上进入人的生活，改造人的生活，并为人的解放作准备，尽管它不得不直接地使

---

① 《马克思恩格斯选集》第1卷，人民出版社2012年版，第222页。

② ［英］罗斯·阿比奈特：《现代性之后的马克思主义》，王维先、马强、禚明亮译，江苏人民出版社2011年版，第92页。

③ 同上书，第79页。

④ 《马克思恩格斯选集》第2卷，人民出版社2012年版，第773页。

非人化充分发展”这句话来主张资本主义生产方式下的机器技术引入生产过程是对工人生产劳动的解放，从而就一概地认为资本主义社会也具有人的解放的性质。这是不对的，资本主义生产方式下的机器技术和自动的机器体系至多是证明了马克思说的“它不得不直接地使非人化充分发展”，因为“机器的特征决不是像［单个工人的］劳动资料那样，在工人的活动作用于［劳动］对象方面起中介作用；相反地，工人的活动表现为：它只是在机器的运转，机器作用于原材料方面起中介作用——看管机器，防止它发生故障，这和对待工具的情形不一样”①。换言之，马克思认为，在资本的趋势下，机器已经不是一种人与自然的中介，相反，工人才是机器的一种工具；工人在机器生产中不是感到愉悦和轻松，而是感到异在和被支配。“科学通过机器的构造驱使那些没有生命的机器肢体有目的地作为自动机来运转，这种科学并不存在于工人的意识中，而是作为异己的力量，作为机器本身的力量，通过机器对工人发生作用。”“在机器体系中，对象化劳动在劳动过程本身中与活劳动相对立而成为支配活劳动的力量，占有活劳动的资本就其形式来说就是这样的力量。”② 可见，资本主义生产方式把科学技术引入生产劳动过程，只能使工人进一步异化和被剥削，其目的不是解放工人，而是将人的异化推向极端。但是“自我异化的扬弃同自我异化走的是一条道路”③，资本主义生产方式下的科学技术在加速了工人的被剥削的过程中客观地加速了人类的解放进程。

从生态学的角度看，马克思认为，资本主义生产方式下的科学技术也只能使生产劳动成为进一步破坏自然、征服自然的活动过程，因为在资本主义生产方式下，“生产过程从简单的劳动过程向科学过程的转化，也就是向驱使自然力为自己服务并使它为人类的需要服务的过程的转化”，在这种生产方式下，“单个劳动本身不再是生产的，相反，它只有在征服自然力的共同劳动中才是生产的”④。因此，马克思对资本主义社会的批判包含着对资本主义私有制下借用科学技术征服、驱使和破坏自然力的批

① 《马克思恩格斯选集》第 2 卷，人民出版社 2012 年版，第 773—774 页。

② 同上书，第 774 页。

③ ［德］马克思：《1844 年经济学哲学手稿》，人民出版社 2000 年版，第 78 页。

④ 《马克思恩格斯选集》第 2 卷，人民出版社 2012 年版，第 778 页。

判，而消灭资本主义私有制的过程就是消除科学技术被滥用、促进人类解放和人类保护生态环境的过程。可见，这种生态视角的技术批判蕴含着马克思解决生态危机的意向。

四 马克思生产实践的生态意蕴与无产阶级的历史使命

在马克思的理论中，自然观与社会历史观构成完整的世界观，其中自然观与社会历史观是以人的实践活动而有机地统一。马克思一方面指出："自然界，就它自身不是人的身体而言，是人的无机的身体。……人靠自然界生活。……因为人是自然界的一部分"①，另一方面又指出："被抽象地理解的，自为的，被确定为与人分隔开来的自然界，对人来说也是无。"② 换句话说，人与自然是相互依赖、相互生成的，人离不开自然界，而离开了人的自然界是没有意义的抽象存在。针对上述马克思关于"人是自然界的一部分"的观点，英国学者乔纳森·休斯从生态学意义上提出了反对意见，他认为："这可能意味着人类这一物种来源于一个早就存在的自然。事实就是如此，但是这一说法并没有告诉我们任何关于人与自然的当前关系或这种关系含义的任何信息。……这种观点对生态问题几乎没有影响，至少在自然的操作性概念得到充实之前。"③ 其实马克思的这句话不是一个人与自然孰先孰后的"物种来源"问题，其中恰恰蕴含着两方面的生态意义：一方面，它是直接针对异化劳动将人与自然界相分离、相异化的状态而提出的。人与自然界相异化是人与类相异化的表现，而人与自然界的统一是通过人的生命活动——劳动实践来实现的，因此马克思认为，通过生产实践，人将自身融入自然界成为其组成部分，人才能够按照自己的内在尺度在对象上体现"美的规律"。有如福斯特所言："马克思坚持认为，只有在实践的王国中，在人类历史中，才能发现解决

---

① ［德］马克思：《1844 年经济学哲学手稿》，人民出版社 2000 年版，第 56—57 页。

② 同上书，第 116 页。

③ ［英］乔纳森·休斯：《生态与历史唯物主义》，张晓琼、侯晓滨译，江苏人民出版社 2011 年版，第 127 页。

人类对自然异化的方案。"[①] 亦即在福斯特看来，马克思是通过实践来解决人与自然的异化状态、生态环境问题。另一方面，从现代意义上说，马克思的这句话具有反对主客二分的近代思维方式、消解人类中心主义、实现人与自然界平等和谐相处的生态意义。可见，休斯的误读关键在于不理解马克思生产实践的深刻意义。

在马克思的生产实践活动中，人既把自然界纳入人的社会生活之中，也展开着人类的社会历史过程，并在社会历史过程中展示出人类"合目的性"的追求过程。如上所示，马克思的生产理论与技术问题都不只是人与自然的关系问题，也是某一具体社会的生产方式问题。马克思的这种整体性的世界观哲学告诉我们，生态问题是自然观与社会历史观共同面对的问题，在《关于费尔巴哈的提纲》中，马克思一方面指出，对对象、现实和感性应该从实践的角度、从人的主体角度去理解；它否定了与实践和主体脱离开来的纯粹的对象和客体，说明了实践在主客体之间相互关系的关键作用；另一方面还明确指出："环境的改变和人的活动或自我改变的一致，只能被看做是并合理地理解为革命的实践。"[②] 这说明，"环境的改变"只能通过"革命的实践"，此处的"环境"是作为"人的活动"而存在，它不仅是指自然环境，而且包含社会环境，也就是说，马克思的生态思想不仅是指对自然环境的变革，还包括对社会环境的革命性改造，并力图首先通过社会环境的革命最终达到对自然环境的改造。因此福斯特是对的，他认为："如果不了解马克思的唯物主义自然观及其与唯物主义历史观之间的关系，就不可能全面理解马克思的著作。换句话说，马克思的社会思想是与生态学世界观不可分割地联系在一起的。"因此马克思"把生态问题看作一个同时超越了资产阶级社会视野和无产阶级运动直接目标的问题"，"马克思成熟的生态观念"就表现为"自然与社会之间新陈代谢的相互作用理论"[③]，应该说，福斯特是把握到了马克思生态思想的内在逻辑和本质关联。因为马克思对生产、技术等问题的考察最终都落

---

① ［美］约翰·贝拉米·福斯特：《马克思的生态学》，刘仁胜、肖峰译，高等教育出版社2006年版，第88页。

② 《马克思恩格斯选集》第1卷，人民出版社2012年版，第134页。

③ ［美］约翰·贝拉米·福斯特：《马克思的生态学》，刘仁胜、肖峰译，高等教育出版社2006年版，第156页。

实到对资本主义社会的意识形态批判与革命实践问题上。

当生态问题成为一种社会的“革命的实践”、成为“无产阶级运动的直接目标”时，革命实践的主体——无产阶级是否就像索普所说的：“传统的无产阶级已经分崩离析”，他们已经不是环境保护人首先依靠的民众吗？英国学者罗纳尔多·蒙克也类似地说过：“如果其所谓的代理人，无产阶级，哪里都不能找到的话，一场社会主义革命是没有什么价值的。”[①] 换言之，无产阶级是否存在已成为当今社会主义革命的价值和根据所在，无产阶级存在的危机是当今社会主义革命危机的根源。然而“可能无可争辩的是马克思主义神话中的无产阶级现在已经离开舞台，即使它曾经在舞台上存在过”[②]。当代西方学者关于无产阶级已经不存在、宣称“阶级已经死亡”、呼吁放弃“阶级分析”等如出一辙的论调，都促使我们必须重新认识马克思主义的“无产阶级”实质。对此首先，恩格斯在1888年曾明确指出：“无产阶级是指没有自己的生产资料，因而不得不靠出卖劳动力来维持生活的现代雇佣工人阶级。”[③] 这表明无产阶级并非一无所有的无产者，他们还有起码的生活资料，只是没有自己的生产资料从而不得不靠出卖劳动力而被剥削。其次，无产阶级虽然产生于资本主义社会，与资产阶级相对立而存在，但是马克思认为，无产阶级“在社会上已经不算是一个阶级，它已经不被承认是一个阶级，它已经成为现今社会的一切阶级、民族等等的解体的表现”[④]。恩格斯认为“无产阶级”是超越某个特定阶级的“社会阶级”，是掌握着先进生产技术、代表着时代先进生产力发展趋势的“劳动阶级”[⑤]。马克思恩格斯的这些论述足以表明，无产阶级不只是一个“阶级”，它更是整个“人类”的代表并掌握着先进生产技术和社会发展趋势。无产阶级的这些特殊性和先进性表明：一方面，今天的工程师、电脑专家等白领阶层，是无产阶级在当今社会的新样态；另一方面，面对全球性的生态问题、环境危机，作为“人类”先进性代表

---

① ［英］罗纳尔多·蒙克：《马克思在21世纪》，张英魁、王亚栋、张长虹译，江苏人民出版社2011年版，第96页。

② 同上书，第99页。

③ 《马克思恩格斯选集》第1卷，人民出版社2012年版，第400页注1。

④ 同上书，第171页。

⑤ 同上书，第295页。

的无产阶级必然能够承担起全人类共同面临的任务。可见，面对全人类共同的生态危机，无产阶级不仅没有消失而且没有失去其存在的价值。无产阶级将通过革命实践消灭异己的社会条件，构建自己联合体，“而在控制了自己的生存条件和社会全体成员的生存条件的革命无产者的共同体中，情况就完全不同了……这种联合把个人的自由发展和运动的条件置于他们的控制之下”①。“联合起来的生产者，将合理地调节他们和自然之间的物质变换，把它置于他们的共同控制之下，而不让它作为盲目的力量来统治自己；靠消耗最小的力量，在最无愧于和最适合于他们的人类本性的条件下来进行这种物质变换。”② 因此，在这个联合起来的共同体中，生产劳动成为人的自由本质的表现，生产方式和社会关系中不再有剥削和压迫，全人类就将在和谐之中发展科学技术、展开自己的生产实践，人类不再为阶级的私利和个人的私欲而争斗，人类与自然之间的关系是一种合理的物质变换关系，生态危机也将能够合理地化解。

总之，在马克思的生产、技术等理论中始终蕴含着人与自然、人与社会相互协调的生态思想。马克思丰富的生态思想建立在对资本主义生产方式和私有制批判的前提下，并通过无产阶级的革命实践来完成，换言之，在特定时代的语境下，马克思的生态思想是以一种批判和否定资本主义私有制的方式来呈现的。

---

① 《马克思恩格斯选集》第1卷，人民出版社2012年版，第202页。

② 《马克思恩格斯全集》第25卷，人民出版社1974年版，第926—927页。